무죄의 여름

ベルリンは 晴れているか

무죄의
여름

후카미도리 노와키 장편소설
추지나 옮김

RHK
알에이치코리아

등장인물

아우구스테 니켈	미군 병사식당에서 일하는 소녀
파이비시 카프카	배우 출신 도둑
유리 바실리예비치 도브리긴	NKVD(내무인민위원회) 대위
아나톨리 다닐로비치 베스팔리	NKVD 하사
크리스토프 로렌츠	음악가. 독이 든 치약으로 사망
프레데리카 로렌츠	크리스토프의 아내. 전쟁 은신처를 제공
에리히 포르스트	프레데리카의 조카
그레테 노이베르트	프레데리카의 사용인
빌마	전 동물원 사육사
발터	부랑아. 기계 만지기가 특기
한스	부랑아. 히틀러 유겐트 제복을 입음
다니엘라 비키	영화 음향 기사. 통칭 '대니'
데틀레프 니켈	아우구스테의 아버지. 공산주의자
마리아 니켈	아우구스테의 어머니
이다	폴란드인 노동자의 딸
부츠	니켈 가족이 사는 집합주택의 관리인
이츠하크 베텔하임	니켈 가족 이웃에 사는 유대인
에디트 베텔하임	이츠하크의 아내
에바 베텔하임	이츠하크의 딸
기젤라 주더	니켈 가족 맞은편에 사는 다운증후군을 앓는 소녀
레오 주더	기젤라의 남동생
라울	데틀레프의 정치 활동 동료
리젤	데틀레프의 정치 활동 동료
힐데브란트	교사
브리기테 헤르프스트	아우구스테의 동급생
호른	전 영어 교사

▶ 1942년 독일

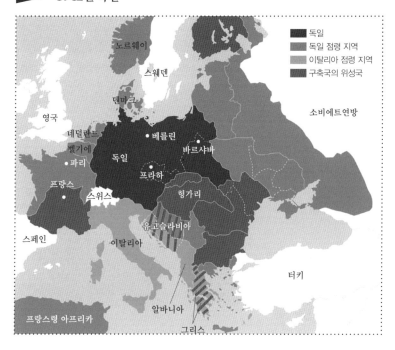

- 독일
- 독일 점령 지역
- 이탈리아 점령 지역
- 구축국의 위성국

노르웨이

스웨덴

덴마크

영국

네덜란드

벨기에

•파리

프랑스

독일

•베를린

•바르샤바

•프라하

스위스

헝가리

유고슬라비아

이탈리아

스페인

소비에트연방

터키

알바니아

그리스

프랑스령 아프리카

▶ 1945년 패전 후 독일 분할

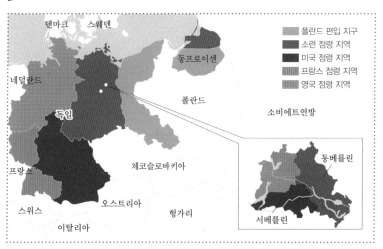

- 폴란드 편입 지구
- 소련 점령 지역
- 미국 점령 지역
- 프랑스 점령 지역
- 영국 점령 지역

덴마크

스웨덴

동프로이센

네덜란드

독일

폴란드

소비에트연방

프랑스

체코슬로바키아

동베를린

스위스

오스트리아

헝가리

서베를린

이탈리아

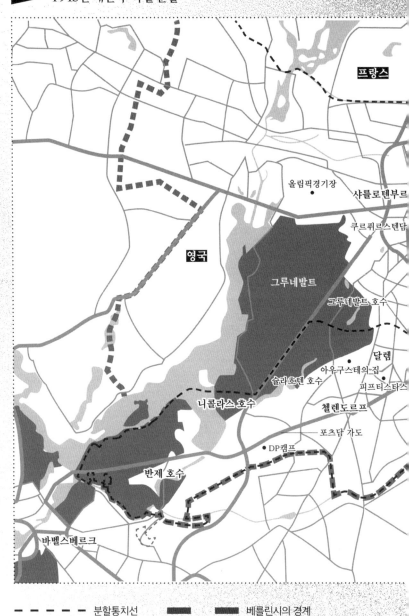

▶ 1945년 패전 후 독일 분할

프랑스

올림픽경기장

샤를로텐부르

쿠르퓌르스텐담

영국

그루네발트

그루네발트 호수

달렘

아우구스테의 집

술라흐텐 호수

피프티스타스

니콜라스호수

첼렌도르프

포츠담 가도

DP캠프

반제 호수

바벨스베르크

- - - - - 분할통치선   ▨▨▨ 베를린시의 경계

베딩

니켈 일가가
살던 집합주택

프렌츠라우어베르크

소련

빌로 광장
(나치스 정권하에서는
호르스트 베셀 광장)

어가르텐

미테

시너고그

알렉산더 광장

물원

운터덴린덴

브란덴부르크 문

소련 검문소

포츠담 광장

카이저 빌헬름
기념 교회

미국

체칠리엔호프궁
(포츠담 회담 회장)

반제 호수

우파슈타트 · 바벨스베르크역

바벨스베르크

포츠담

우파 활영소

포츠담 주변

작가의 말

　이 책의 원제는 『베를린은 맑은가』입니다. 이는 제2차 세계대전이 끝날 무렵, 파리를 불태우라는 작전 용어 '파리는 불타고 있는가'로부터 착안하였습니다. 침략전쟁을 시작한 나라가 패전하고 인과응보처럼 점거된 것을 의식하면서, 개인의 죄악을 반영해 보았을 때 마음은 맑다고 할 수 있느냐는 질문을 던지고 싶었습니다. 또 제 모국인 일본은 패전의 날 하늘이 매우 맑았다고 합니다. 독일과 마찬가지로 침략과 학살을 자행했던 나라임을 기억하라는 뜻도 이 글에 담았습니다.

　　　　　　　　　　　　　　　　　　　후카미도리 노와키

일러두기

◆ 이 책에 나오는 외래어는 기본적으로 외래어 표기법을 따랐으나, 정확한 용례가 없거나 관용적인 표기와 동떨어진 경우 실용적으로 절충했습니다.
◆ 괄호 안에 '옮긴이'라고 표시된 내용은 옮긴이의 설명이며, 그 밖의 설명은 모두 저자의 것입니다.

✦

1945년 7월 독일 베를린

Ⅰ

호출 벨이 요란하게 울린다. A테이블에 콜라병과 콘비프해시, D테이블에 으깬 감자 접시를 두고 벨을 누른 쪽으로 갔다. 발끝으로 방향을 홱 틀자 U.S.ARMY 로고가 들어간 앞치마 자락이 펄럭였다.

술을 파는 밤이 되면 미군 병사식당 피프티스타스는 시끌벅적하다. 낮에는 대식가들을 맞이하던 요리 배식대가 바로 변하고, 콩나물시루 같던 평소 모습과는 딴판으로 차분한 분위기 속에 하얀 식탁보를 덮은 원형 테이블이 새침한 얼굴로 늘어서 있다. 짙푸른 조명에 은빛 미러볼이 반짝이고, 홀 중앙에서 여성과 볼을 맞대고 춤추는 군복 차림 남자들의 얼굴과 몸에 물방울무늬를 드리웠다. 웨이트리스인 내가 빈자리의 잔과 접시를 치우는데 다시 벨이 울렸다. 엉덩이가 의자에서 삐져나올 듯한 거구의 미군 병사가 두꺼운 손가락을 빠르게 까딱이며 빨리 이쪽으로 오라고 재촉하는 모습이 보였다. 내가 겨우 B테이블에 도착하자마자 미러볼 때문에 얼굴이 얼룩덜룩한 그 녀석은 소가 풀을 먹듯 입술을 우물거리며 말했다.

"저기 저 흑발 아가씨는 몇 시에 일이 끝나지?"

여기서 일한 지 아직 닷새도 지나지 않았는데 같은 질문을 벌써 세 번째 받았다. '흑발 아가씨'는 동료 웨이트리스 하넬로레다. 하넬로레는 C테이블에서 다른 미군의 손등을 꼬집고 있었다.

"주문은 식사와 음료만 가능합니다."

한숨을 쉬며 응대하자 양쪽에 앉은 동료 병사들이 웃으며 야유했다. 나는 그가 분노하기 전에 서둘러 발길을 돌렸지만, 아니나 다를까 등 뒤에서 욕지거리가 날아왔다.

"콧대 세우지 마, 나치 년이!"

"머리에 매단 건 돼지 꼬리인가? 돼지 같은 못난이."

웃음소리가 와르르 잇따랐다. 나는 돼지 꼬리라고 비난받은 땋은 머리카락을 쥔 채 성큼성큼 플로어를 가로질렀다. 자기는 소같이 생긴 주제에! 나는 '나치'가 아니다. 하지만 그들에게 독일인은 모두 똑같다.

정면 무대에는 검은 드레스를 입은 독일 가수가 독일 악단을 데리고 노래한다. 그러나 그 뒤에 걸린 커다란 깃발은 성조기다. 줄무늬에 별을 박아 넣은 장난감 포장지 같은 미국 국기.

지금 이 지역을 관리하는 국가는 독일이 아니라 미국이기 때문이다.

일주일쯤 전에 싸구려 조립식 건물로 지은 병사식당이 생겼다. 아직 접착제와 새 자재의 화학약품 냄새가 코를 찌른다. 나처럼 어느 정도 영어를 할 줄 아는 독일 종업원이 미군 주방장과 함께 일한다. 드디어 폐점 시간이 되어 느끼한 옥수수기름과 데친 감자 냄새에서 멀어져 한숨 돌리려고 주방 뒷문을 통해 바깥으로 나갔다.

"sewerage가 무슨 뜻인지 몰랐다고 저 자식들은 내가 바보인 줄 알아. 댁들이야말로 독일어로 떠들라고. 어차피 자기네 나라 말밖에 못하는 주제에."

벌써 휴식 중이던 하넬로레가 다른 웨이트리스 몇 명과 투덜대는 소리가 들렸다. 푸른 어둠 속에 드러난 그녀들의 그림자에 손님에게 받은 듯한 담배의 붉은 불이 띄엄띄엄 빛났다. 하넬로레는 나를 발견하고는 "럭키 스트라이크야."라며 담배 한 개비를 주었다. 나는 하얗고 늘씬한 미국제 담배를 주머니에 넣고 조만간 성냥과 교환해야겠다고 생각했다. 집에 있는 성냥이 슬슬 떨어질 때였다.

"거기 너희들! 이쪽 일 좀 도와! 지급품이 도착했다!"

우리를 부르는 서양배 같은 얼굴의 맥기네스 특기중사는 이곳의 주방장이다.

식당 뒤 거대한 저장고로 가니 수송 트럭은 이미 출발했고 반입구 앞에 나무 상자가 대량으로 쌓여 있었다. 측면에 검은 스탬프로 찍은 품명을 하나하나 읽으면서 잘못된 위치에 놓지 않도록 주의해서 나른다. 상자를 정리하려고 허리를 구부렸을 때 옆 수풀 이파리들 틈으로 어린아이의 얼굴이 보였다. 그 시선 끝에는 늦게 반입된 듯한 나무 상자 하나가 덩그러니 놓여 있다. 나는 못 본 척하며 내 몫의 짐을 들어 올려 저장고로 날랐다.

아침부터 밤까지 종일 일하고 내일 쓸 감자 껍질을 벗기고서야 겨우 업무를 마쳤을 때는 이미 밤 열 시가 지나 있었다. 다른 사람과 공동으로 쓰는 로커를 열자 내 겉옷이 무사히 기다리고 있었다. 모든 것이 부족한 지금 이 나라에서는 남의 것을 빼앗으며 살아가는 것이 당연하고 도둑질도 일상다반사다. 이틀 전에는 주방에 숨어들려던 남자가 헌병에게 잡혔고 조금 전에는 아이가… 나는 고개를 가로저어 생각을 멈추고 지급품인 앞치마를 벗어 로커에 건 뒤 겉옷에 팔을 집어넣었다. 한여름이니 사실은 두꺼운 양모 외투를 벗고 싶다. 하지만 언젠가 반드시 올 겨울을 외투 없이 지낼 수는 없으니 몸에 착용한다. 내 몸이 가장 믿음직한 금고인 까닭이다. 로커 문을 닫고 팔에 하얀 수건을 다시 감는다. '항복한다'는 증표다.

다리는 나른하고 허리가 아팠지만, 오른손에 든 종이봉투의 묵직함이 기분 좋았다. 내용물은 설탕과 소금 꾸러미 하나씩 그리고 진짜 밀가루와 코코아. 맥기네스 특기중사가 익살스럽게 윙크하며 "이건 불량품이로군." 하고 종이봉투에 넣어주었다.

불쾌한 미국인도 있지만 상냥한 미국인도 있다. 나쁜 인간과 좋은 인간. 그리고 대부분은 둘 다이기도 하고 어느 쪽도 아닌 사람들이다.

그럼 나는 어떨까? 적어도 천국에 갈 만큼 착한 인간이라는 자신은 없었다.

해가 저문 지 얼마 되지 않아 전기가 들어오지 않아도 어슴푸레 밝았다. 그 덕에 건물 잔해가 나뒹구는 길에서도 걸려 넘어지지 않고 걸을 수 있었다. 닳은 구두 밑창 너머로 거친 모르타르와 콘크리트 감촉이 전해진다. 탁 트인 빈터에서는 건설 중인 조립식 건물이 성조기를 펄럭였다.

여름의 길고 긴 황혼이 슬슬 끝날 무렵이다. 낮의 푸른 하늘보다 어둡고, 깊은 밤 칠흑의 하늘보다 밝은, 귀부인 가슴에서 빛나는 사파이어 같은 푸른 어둠이 폐허 위에 끝없이 펼쳐진다. 지난달은 하지였지만 여전히 분진이 감도는 도시에서 여름의 도래를 축하하는 사람이 누구 한 사람 있었을까.

외출 금지 시각이 지난 지 오래라 나 말고 돌아다니는 독일인은 거의 없었다. 미국 장병과 그들 가족이 사는 지구에서 벗어나 소음과 목소리가 사라지자 불안과 안도가 어우러져 걸음이 빨라진다.

하루 절반을 풍족하고 넉넉한 미국 시설에서 지내면 나도 모르게 조국의 패전과 비참한 상황을 깜빡할 뻔한다. 멈춰 서서 주위를 둘러보면 곧바로 현실로 돌아온다. 온 길을 돌아보면 전깃불이 반짝반짝 빛나지만 집에 가는 길로 시선을 돌리면 빛 없는 잿빛 도시가 펼쳐진다. 공습으로 불탄 발전소의 복구가 늦어지는 탓에 만성적인 전력 부족으로 특히 밤에는 차례로 정전되기 때문이다. 그렇게 남은 전력은 점령군에게 흘러간다. 그들의 거주 구역은 언제나 깨끗하고 밝다. 독일인이 항의해도 발전소에 폭탄이 떨어질 만한 짓을 한 탓이라고 일축당하리라.

고개를 들자 광고탑에 걸린 '더 이상 독일에는 어떠한 정부도 존재하지 않는다'는 현수막이 바람에 나부꼈다.

두어 달 전 아돌프 히틀러 총통이 국민을 버리고 자살, 나의 조국 독일은 항복하고 전쟁에서 패했다.

이미 공습으로 엉망이던 도시에 승자가 쳐들어와 국민의 손에서 나라를 빼앗기까지는 정말로 눈 깜짝할 사이였다. 이곳 수도 베를린은 소비에트연방, 미합중국, 영국, 프랑스 네 나라의 통치 아래 놓였고, 독일인에게 발언권은 없다. 독일인은 적이었던 나라의 명령을 어린아이처럼 순순히 받아들이는 수밖에 없었다.

특히 나는 평범한 베를린 시민보다 몇 배나 더 적에게 순종

"네…. 미국 헌병은 연행하는 이유를 말해주지 않았어요."

마음속으로는 그때, 시가전이 한창이던 때 내가 죽인 적군 병사 때문에 연행되었다고 생각했다.

동이 트기 전이 가장 어둡다고들 하지만 전쟁이 끝나기 직전의 나날은 어두운 정도가 아니라 생지옥이었다. 국경 방어전을 돌파한 적군 병사는 증오하는 적국(敵國)의 여자 따위 그저 구멍 뚫린 따뜻한 자루로밖에 생각하지 않았을 것이다.

그날 숨어 있던 지하 방공호에서 적군 병사의 난폭한 손에 끌려 나온 여자들 가운데는 여덟 살 여자아이와 여든 살 노파도 있었다. 나도 예외가 아니었다. 그 일이 일어나기 전까지 월경은 번거롭고 우울한 애물단지라고 생각했다. 6월 초에 다시 피가 흐른 순간 나는 기뻐서 울었다. 병원에서 간호사에게 받은 커튼 조각을 가랑이 사이에 대면서 아주 오래전에 싫어진 하느님께 감사했다.

그런 비참한 일은 두 번 다시 겪고 싶지 않았다.

나는 그때 덮친 적군 병사의 라이플을 빼앗아 정신없이 그의 목을 쐈다. 드문 일은 아니었다. 한창 시가전이 벌어지던 때 일어난 일이고, 그는 그 짓을 하는 내내 내 턱 밑에 칼을 들이댔다. 죽이지 않으면 내가 살해당했을지도 모른다. 실제로 강간당한 끝에 목숨까지 잃은 처참한 여자 시체를 보았다. 우리는 적이었다. 전쟁이었다.

그러나 전쟁이 끝난 지금 독일인은 전쟁 중에 한 행위로 죄를 물어야 하니, 나 또한 다른 사람과 마찬가지로 체포당하는 것일까.

하지만 대위의 모습에 위화감을 느꼈다.

"그야 그렇겠죠. 미군에게는 최소한의 정보밖에 주지 않았으니까요. 적군과 군정부에조차 밝히지 않았습니다. 이번 사안은 제가 직접 담당합니다. 곧 도착하니 잠깐만 참으세요."

참으라고. 만약 내가 동포를 살해한 인간이라고 생각한다면 이런 말을 쓸까. 찝찝한 의문은 해소하지 못한 채 대위의 말대로 그로부터 15분쯤 뒤에 동쪽 지구의 큰길 프렌츠라우어베르크의 경찰지서에 도착했다.

양 날개를 펼친 독수리와 하켄크로이츠 조각 위에는 간판이 포개져 두껍고 커다란 키릴문자로 무언가 적혀 있다. 바로 아래에 작게 '시경(Stadtpolizei)'이라는 독일어가 있어서 뜻은 이해가 갔지만 독일어는 주눅 들어 보였다.

경찰서 안에는 이전과 마찬가지로 녹색 질서경찰 제복을 입은 사람이 몇 있었지만, 썰렁할 정도로 한산했다. 벽에는 '구한다 인원 구한다 진정한 경찰관 지금이야말로 정의의 인민경찰 설립을! 자유독일국민위원회'라고 적힌 종이가 붙었다.

전쟁이 끝난 뒤 연합군이 친위대와 경찰을 비롯한 나치당원을 전범수용소로 연행한 탓에 어느 경찰서도 인원이 부족하다는 이야기가 떠올랐다. 그 대신인지 아니면 독일인을 감시하려는 목적인지 곳곳에 군복 차림의 러시아인이 있다. 그들은 웃음기 하나 없이 입술을 굳게 닫고 눈을 번뜩였다.

건물 내부는 어둑하지만 전기는 들어왔다. 정면 벽에 설치한 가늘고 긴 형광등은 숨이 끊어질 듯 말 듯한 상태로 깜빡였다. 그 밑에서 헐렁한 제복을 입은 미덥지 못한 중년 남성이 고개를 숙이고 서류를 작성하고 있다. 도브리긴 대위가 말을 걸자 안쓰러울 정도로 당황하면서 흘러내린 안경을 밀어 올리며 "안으로 들어가시죠, 프로일라인." 하고 재촉했다.

구두 소리가 크게 울리는 복도를 걸으면서 도브리긴 대위가 말했다.

"어떤 인물의 시신을 확인할 겁니다. 미테의 부검소는 폭격당해 이용하지 못하므로 여기에 안치했죠."

안내받은 곳은 자극적인 포르말린 냄새가 가득한 작은 방이었다. 중앙 처치대 위에 초록색 천을 덮어놓았는데 누군가 누워 있다는 사실을 알 수 있게 사람 모양으로 부풀어 있었다. 틀림없이 내가 죽인 소련 병사다. 하지만 곰곰이 생각하면 두 달도 전에 죽은 시신이 여기에 있을 턱이 없었다.

중앙 처치대 옆에는 대머리 남자가 서 있었다. 낡아서 해진 상의 주머니에 가위가 여러 개 꽂혀 있어 의사이리라 짐작했다. 그는 성의 없는 동작으로 초록색 천을 걷었고 나는 반사적으로 "앗!" 하고 소리쳤다.

누워 있는 남자 시신. 생기를 잃고 밀랍 인형처럼 굳은 얼굴과 팔다리. 처치대에서 삐져나올 듯한 거구, 건장하고 각진 얼굴, 풍성한 백발. 살짝 뜬 눈꺼풀 너머로 보이는 다갈색 눈동자는 내가 죽인 소련 병사가 아니었다. 다른 남자, 아는 독일인이었다.

크리스토프. 크리스토프 로렌츠.

믿기지 않는다.

매부리코에 입술은 얇고 오른쪽 턱 아래에는 작은 자홍색 점이 있다. 예순 살이 넘었을 것이다. 최근에 면도를 했는지 턱에는 가늘게 긁힌 상처가 있고 입술 옆에 하얀 거품 같은 것이 들러붙어 있다.

"이 남자가 누구인지 아니?"

의사는 동유럽 억양이 묻어나는 목소리로 나에게 물었다.

"네, 알아요."

"그의 이름과 그와의 관계는?"

"이름은 크리스토프 로렌츠예요. 관계는… 저에게는 은인이죠. 돌아가신 건가요?"

"오늘 낮에 자택에서 쓰러졌다."

마치 심장에 사슬로 엮은 무거운 쇠구슬을 매단 것 같은 심정이었다.

"…설마 자살인가요?"

"독일인의 자살은 분명 자주 일어나지만 이자는 그럴 리 없어. 자세한 이야기는 나중에 경찰에게 들어주게."

뒤에 서 있던 대위에게 복도에서 기다리라는 명령을 받고 비틀거리는 걸음걸이로 바깥으로 나갔다. 그 순간 위가 맹렬하게 울렁거리는 바람에 서둘러 화장실로 뛰어갈 새도 없이 복도 구석에 시큼한 위액을 토했다.

말도 안 돼. 정말로 죽었다니. 숨 쉬기가 힘들어서 벽에 손을 짚은 채 주르르 바닥에 웅크렸다. 증오하는 소련 병사의 시신을 보는 편이 차라리 나았겠다. 타일 바닥은 서늘하니 차갑고, 여름인데 오한으로 몸이 떨렸다.

나는 크리스토프가 어째서 이런 곳에 있는지 이해할 수 없었다. 어째서 소련 관할 지구에 있지? 로렌츠 부부의 집은 여기에서 제법 먼 샤를로텐부르크 지구다. 공습으로 저택이 불탄 건 안다. 하지만 그 뒤에도 익숙한 서쪽 지구에서 집을 구해 살 줄 알았다.

도브리긴 대위는 얼마 지나지 않아 안치실에서 나와 바닥에 주저앉은 내 팔을 슬쩍, 그러나 뿌리칠 수 없을 정도로 꽉 쥐고 계단을 올라가 안쪽 방으로 데려갔다. 검은 문 앞에는 적군 군복을 원피스로 만들어 입은 덩치 큰 여자 군인이 서 있다가 대위와 눈짓을 하더니 문고리를 밀어젖혔다.

따라 들어간 방은 복도보다 어둡고 가운데 놓인 책상 위 전등 말고는 빛이 없었다. 책상에는 검은 머리를 전부 옆으로 빗어 넘긴 여윈 독일인 경찰관이 앉아서 연필을 움직여 무언가를 적었다. 도브리긴 대위가 문을 닫자 경찰관은 고개를 들었다. 안경 렌즈에 불빛이 반사돼 잠자리의 겹눈처럼 감정을 읽을 수 없다.

"앉으십시오."

나는 말없이 맞은편에 앉고 대위는 경찰관 쪽으로 돌아가 의자에 자리했다.

벽에 걸린 초상화는 이제 히틀러 총통이 아니라 스탈린이고, 콧수염이 덥수룩한 새로운 지도자가 허공을 응시하고 있다. 이 방은 아무리 봐도 취조실이다. 긴장해서 입안이 바싹바싹 말랐다.

"심문하시는 건가요?"

그러자 경찰관은 몽땅한 연필 끝을 할짝 핥으며 담담히 대답했다.

"아니요, 간단하게 물으려는 것뿐입니다."

진땀을 잔뜩 흘리고 있는 걸 들키지 않으려고 슬며시 손바닥을 치마에 문질렀다.

"아우구스테 양. 어제와 오늘 어디에서 무엇을 했습니까?"

"계속 일했어요. 달렘 지구 가리 길의 병사식당 피프티스타스에서 아침 여덟 시부터 밤 열 시 넘어서까지요."

취업증명서를 보여주자 경찰관은 안경을 내리고 입을 살짝 벌린 채 서류를 읽었다. 고개를 옆으로 돌릴 때 안경다리를 수선한 흔적이 보였다.

"확인했습니다. 돌려드리죠. 근무 중에 외출은 가능합니까?"

"그럴 틈이 없어요. 밥도 주방에서 대충 먹는걸요."

"출근 전과 퇴근 후에는 어디에 있었습니까?"

"집이랑 일터만 오가죠. 아침에 일어나서 1킬로미터쯤 떨어진 직장까지 걸어서 가고, 온종일 일하고 녹초가 돼서 집으로 돌아오자마자 잠들어요. 일하기 시작한 지 닷새쯤 되었지만 판에 박은 듯 똑같은 생활이에요."

"이 일을 하기 전에는 어디에 있었습니까?"

"알렉산더 광장 근처의 야전병원에서 일을 도왔어요."

"간호사입니까?"

"아뇨. 그냥… 시가전에서 다치고 회복한 뒤에도 갈 곳이 없어서 그대로 간호사 흉내를 낸 거죠."

다쳤다고만 했지만 실제로는 소련 병사와 그 일이 있고 감염병으로 쓰러져 병원에서 눈을 떴다. 다행히 경찰관은 더 추궁하지 않았다.

"알겠습니다. 그래서 이달 8일에 미군이 오자 곧장 일을 구한 거군요. 리히터펠데의 미독(米獨) 고용사무소 맞습니까?"

나는 고개를 끄덕였다. 더는 아무것도 묻지 말고 풀어주기를 바랐다. 유감스럽게도 그런 일은 없었다.

"크리스토프 로렌츠 씨와 언제 마지막으로 만났습니까?"

나는 발끝으로 타일 바닥을 긁듯이 움직여 다리를 바꿔 꼬고 천장을 쏘아보았다.

"잠깐만요. 기억을 더듬어볼게요."

사실 떠올리는 것뿐이라면 어려운 일이 아니었다. 하지만 머리가 뒤죽박죽이라 좀처럼 떠오르지 않았다. 콧속이 찡해서 자칫 눈물을 쏟을 뻔했다. 크리스토프의 시신을 보고 나서 소리 지르고 싶은 충동을 견디느라 필사적이었고, 경찰에게 이야기하기 위해 용기를 끌어모아야 했다. 어린 이다와 부모님의 얼굴이 머릿속에 떠올랐다가 사라지고 떠올랐다가 또 사라진다. 꼭 나를 부르는 것만 같았다.

그래도 간신히 말을 긁어모아 한 박자 쉬었다가 설명을 시작했다.

"…아마 2년쯤 전일 거예요. 공습이 심해지기 직전에 저택을 나왔어요. 이다가 은신처에서 죽는 바람에 저는 더는 로렌츠 부부 저택에 있을 필요가 없어졌거든요."

"이다는 누굽니까?"

"폴란드인 노동자 소녀입니다."

"그렇군요. 로렌츠 부부가 전쟁 중에 나치의 탄압을 피해 다니던 이들을 숨겨준 일은 우리도 파악하고 있습니다. 당신은 이다라는 소녀를 부부에게 맡겼군요. 대체 어떤 경위로 그랬습니까?"

"이다는 미아였어요. 아버지와 함께 일하던 공장에서 돌아오는 길에 우연히 만났죠. 저는 아커 길에 사는 노동자의 딸이었고, 근처에 외국인 노동자들의 집단수용소가 있었어요."

그랬다. 1943년에 막 접어든 한겨울이었다. 짙은 안개가 낀 추운 밤이었다. 전황이 좋지 않다는 사실은 배급품이 한층 적어지고 작은 사치도 누릴 수 없게 되었을 때 다들 대충 짐작했다. 점령지에서 온 외국인 노동자는 점점 늘어 내가 잔심부름을 하던 공장에서도 많이 일했다.

"그날 밤 이다는 인기척 없는 성당 앞에 멍하니 서 있었어요. 옆에는 차 사고를 당한 걸로 보이는 여자가 쓰러져 있었고. 아마 엄마였겠죠. 곧 숨이 끊어졌어요. 가슴에 폴란드 총독부에서 온 노동자를 표시하는 'P'라는 천을 달았죠. 이다는 아직 어린애였어요."

그러자 경찰관은 연필로 글을 적던 손을 잠시 멈추고 나를 쳐다보았다.

"어린애? 폴란드 총독부의 강제노동자는 16세 이상이라고 정해져 있지 않았습니까?"

"네, 맞아요. 하지만 이다는 실제로 열 살 남짓이었을 거예요. 아버지는 이다의 엄마가 요령껏 몰래 데려왔을 거라고 하셨어요. 대량으로 이송된 시기였고, 이다는 눈이 보이지 않아서… 어쩌면 강제수용소에서 감독관에게 들켜 도망치던 길이었을지도 모르죠. 아무튼 아버지랑 저는 이대로 강제수용소로 돌아가면 아이가 죽을 거라고 생각했어요. 그래서 몰래 보호했던 거예요."

당, 나치는 '범죄자가 없는 아름다운 민족 공동체'를 만들기 위해 많은 사람을 박해의 대상으로 삼았다. 유대인은 물론이고 슬라브인과 폴란드인, 치고이너(집시. 로마인을 가리키는 당시의 멸칭)에 공산당원, 병자와 장애인 등. 나와 부모는 인종조사국이 발행한 정식 아리아인의 혈통증명서과 독수리 인장이 찍힌 독일 국적을 가졌지만, 아버지는 정치범으로 처형당했고 어머니는 연행되기 전에 스스로 목숨을 끊었다.

조부모도 형제도 없는 나에게 이다는 마지막으로 남은 유일한 가족이었다. 하지만 결국 지키지 못했다.

"잠시나마 같이 살며 이다는 저에게 여동생 같은 존재가 됐어요. 하지만 저희 부모님이 게슈타포의 표적이 되어 이다를 집에 숨기기가 어려워져서 폴크스뷔네 뒤쪽 서점을 통해 지하 활동가에게 부탁했어요. 그 은신처가 프레데리카 씨가 소유한 작은 창고였어요."

"그런데 죽었다?"

"네."

"유감이군요."

나는 한숨을 참지 못했다. 창고의 습한 널판에 깐 얇은 모포 위에 반점투성이의 작고 가녀린 몸을 누인 모습이 기억에 들러붙어 떼칠 수 없었다. 이대로 감상에 젖어 책상에 엎드려 울 수 있다면 얼마나 좋을까.

그러나 그때 지금껏 줄곧 침묵을 지키며 대화를 지켜보던 도브리긴 대위가 손을 휙 움직여 전등을 내 쪽으로 돌렸다. 눈이 부시다. 너무 밝아서 눈을 뜨지 못하겠다. 그 때문에 슬픔이 흩어지고 나는 강제로 현실로 돌아왔다.

"이다라는 소녀는 어째서 죽었습니까?"

도브리긴 대위의 말투는 온화했지만 심문을 시작하려는 게 분명했다.

"아팠어요. 저도 몇 차례 식사 나르기를 도왔지만 알아차렸을 때는 이미…."

도브리긴 대위가 신호해 경찰관을 물러나게 하더니 책상에 양손을 짚고 내 정면에 섰다. 조명의 강렬한 빛 속에 떠오른 그 야윈 얼굴에 오한이 들었다.

"당신은 아직 크리스토프 로렌츠 씨의 사인을 모르시지요."

"…네, 전혀요."

"그러시겠죠. 그는 치약 때문에 사망했습니다."

옅게 미소 지으며 말하는 대위를 보며 어떤 대답을 해야 할지 갈피를 잡지 못한 채 멍청하게 똑같이 되물었다.

"치약이라고요?"

"놀랍지요. 치약으로 사람이 죽다니 저도 들은 바가 없습니다. 그러나 웃을 일이 아닙니다. 실제로 크리스토프 로렌츠는 칫솔에 짠 치약을 입에 머금은 순간 숨이 끊어졌으니까. 프렌츠라우어베르크 자택에서 아내 프레데리카 로렌츠 눈앞에서 말이죠. 치약에는 청산가리가 섞여 있었습니다. 조금 전 의사가 이야기한 대로 이 사실로 미루어 자살이라고는 생각할 수 없습니다. 목을 매거나 뛰어내리면 손쉽게 죽을 수 있는데 굳이 치약에 독을 넣어 죽는 인간이 있을까요. 게다가 이토록 물자가 부족한 도시에서 어떻게 치약을 구했을지 의문이 생기지 않습니까?"

도브리긴 대위는 그렇게 말하고 내 눈을 빤히 응시했다.

어째서 이곳에 끌려왔는지 그제야 알아챘다. 무슨 말이든 해야 한다. 하지만 목소리가 나오지 않았다. 물이 필요하다. 침을 삼키려 해도 입속은 바싹바싹 타들어 갔다.

대위는 상체를 일으키더니 손을 들어 뒤쪽에 신호했다. 그러자 안쪽 벽 일부분이 갑자기 드르륵 옆으로 움직였다. 실내가 어두워서 눈치채지 못했지만 옆방과 이어진 비밀 창 형태로 되어 있었다.

문이 열리며 나타난 유리창에 조금 전 위협사격을 한 키 큰 하사와 여자 한 명이 모습을 드러냈다. 기억 속의 그녀와는 많이 달랐지만 틀림없다.

"프레데리카 씨."

크리스토프의 아내 프레데리카다. 예전에는 통통하게 살집이 있었는데 지금은 볼품없이 말라서 유복하고 품위 있던 모습은 사라졌다. 프레데리카는 나와 눈이 마주치자 시선을 쓱 떨어뜨렸다. 도브리긴 대위의 더없이 냉철하고 담담한 목소리가 귀를 찔렀다.

"프레데리카 로렌츠는 신고자이자 남편 살해 용의자입니다. 아우구스테 니켈 양, 당신은 어떻게 생각합니까? 그녀는 남편을 죽일 만한 인물입니까?"

도브리긴 대위가 몸을 옆으로 비틀어 유리창이 더 확실히 보였다. 창문에 빛이 반사되어 내가 유리에 비치자 꼭 프레데리카 옆에 서 있는 것 같았다.

"저는." 목소리가 갈라져서 헛기침을 했다. "최근에 프레데리카 씨와도 만나지 못했어요. 지금은 어디에 사는지조차 모르는걸요. 그러니까 알 수 없어요."

"그렇다면 당신이 알던 시절 부부는 어땠는지 대답하십시오. 두 사람은 사이가 좋았습니까? 다툼이 있었습니까?"

"평범한 부부였어요."

"평범하다?"

도브리긴 대위는 한쪽 눈썹을 치켜들었고 말투에 살짝 짜증이 섞였다.

"그러니까 그게… 험악하지는 않았어요. 프레데리카 씨는 첼로 연주자인 크리스토프 씨의 재능과 과묵함을 존중하는 것처럼 보였고, 크리스토프 씨도 부유한 아내를 시기하지 않고 밝은 그녀를 사랑했어요."

부부는 샤를로텐부르크의 북적이는 번화가와 공장가에서 떨어진 호숫가 근처의 조용한 지역에 살았다. 들은 바로는 집은 크리스토프 소유가 아니라 프로이센 귀족의 피를 물려받은 일가의 막내딸, 프레데리카의 자산이었다. 베를린에서 부유층이 사는 남서부가 아니라 샤를로텐부르크를 고른 까닭은 그 지역이 음악과 문화를 접하기 쉬웠기 때문이라고 한다. 연주가에 내성적인 크리스토프와 접대에 능통하고 사교적인 프레데리카. 부부는 표면적으로는 나치 고위 관료의 사람이고, 뒤에서는 도망자들에게 소유한 집과 오두막을 빌려주는 지하활동가라는 이중생활을 했다. 그러나 2년 전 공습으로 저택도 불타버렸다. 나는 그 직전에 두 사람의 집을 나왔다.

"프레데리카 씨가 사람을 죽인다니 상상도 할 수 없어요."

"그러니까 크리스토프의 죽음에 프레데리카는 관계가 없다는 말입니까?"

"네, 그렇게 생각해요."

"자선가라고 해도 충동에 휩싸이면 사람을 죽일 수도 있지 않겠습니까?"

"…아무리 그러셔도 제가 아는 프레데리카 씨 얘기를 했을 뿐이에요."

"알겠습니다. 그럼 약간 다른 이야기를 해보죠. 크리스토프가 쓴 독이 든 치약 말입니다만, 미제인 '콜게이트'였습니다. 케어패키지라 불리는 지급품에 포함되어 있다더군요. 당신도 알겠죠. 미군에 종사하는 독일인에게 배급되는 보수니까요. 베를린 일반 시민에게는 황금만 한 가치가 있는 물건일 겁니다. 치약은 비누 이상으로 사치품이고 특히 미제는 품질도 믿을 만하니까요. 그나저나 당신은 콜게이트를 지급받았습니까?"

마침내 화살이 나를 향했다.

"…네. 임금은 돈 대신 물품으로 선불 지급돼요. 그래서 동료와 반씩 나눴어요. 그 안에 틀림없이 콜게이트가 있었어요."

"지금도 가지고 있습니까?"

"아뇨…. 암시장에 팔았어요. 대위님 말씀대로 비싸게 팔리니까요. 실제로 그 돈으로 오랜만에 물건을 샀어요. 이 가죽 가방요. 남자 가방이지만 이게 있으면 중요한 물건을 잃어버리지 않겠죠."

"언제죠? 치약을 판 상대는 어떤 인물이었습니까?"

"8일에 암시장에 갔어요. 상대는 잘 기억나지 않아요. 남자였을 거예요."

"남자였을 거다? 생김새는요? 키는 컸습니까? 작았습니까?"

"아주 평범한 사람이었어요. 키는 컸던 것 같아요."

"독일인입니까?"

"…아마 그렇겠죠. 그게 중요한가요?"

"당연합니다. 하지만 이상하군요. 케어패키지를 지급받은 지 얼마 되지 않았을 텐데 기억 못 하다니요. 정말 팔았습니까?"

도브리긴 대위의 노골적인 심문에 나는 달려들 듯 이를 드러내며 대답했다.

"팔았다고 했죠! 그것 말고도 팔 물건이 있었고, 사람이 많아서 누구에게 뭘 팔았는지 기억할 틈도 없다고요! 설마 저를 의심하세요?"

"당신이 죽인 것 아닙니까?"

옆방과 이어진 창문 너머에는 아직 프레데리카가 서 있었다. 프레데리카의 늙은 얼굴도 유리에 반사된 나 역시도 안색이 몹시 나빴다.

나는 한숨을 푹 내쉬고 신중하게 말을 골랐다.

"어째서 제가 은인을 죽여야 하죠?"

"프레데리카는 당신에게 동기가 있다고 했습니다. 자신들이 끝까지 숨겨주지 못하고 죽은 이의 가족 중에 살아남은 사람은 당신 정도밖에 없다더군요."

그 말은 커다란 망치를 내려친 것처럼 묵직하고 아팠다.

생각해 보면 빤한 이야기다. 누가 이름을 가르쳐주었으니 내가 지금 여기에 있는 거다. 그 누군가는 프레데리카 말고는 없다. 소련 쪽이 내가 사는 곳을 파악하기도 그다지 어렵지 않았을 것이다. 내가 영어를 공부하고 미국을 동경했다는 사실을 프레데리카는 잘 알았기 때문이다. 살아 있다면 틀림없이 미국 관리 구역에 있으리라 짐작하고 경찰에 알렸다. 그리고 도브리긴 대위가 미군 정부에 의뢰해서 헌병이 주민등록부와 고용 서류를 찾아 병사식당 직원 목록에서 내 이름을 찾았으리라. 정말이지 나란 인간은 왜 이리 둔하고 멍청한가. 떨리는 손으로 치마를 쥐고 냉정해지려고 자신을 타이르며 애써 말을 찾았다.

"그러니까 제가 이다의 죽음에 원한을 품고 크리스토프 씨를 죽였다는 말씀이신가요."

목소리의 떨림은 억누르지 못했지만 하고 싶은 말은 했다.

그러자 도브리긴 대위는 만족한 듯이 미소 짓고 다시 손을 들었다. 그 신호로 창문이 닫히자 프레데리카는 사라지고 어두워진 유리창에는 내 흰 얼굴만 남았다.

의자에 앉은 대위는 신사의 몸짓으로 돌아가 전등 위치를 돌리며 상냥한 말투로 말했다.

"위협해서 미안했습니다. 나는 당신이 결백하다고 믿습니다."

"…믿을 수 없어요. 대위님께서는 저를 범인이라고 생각하시죠. 그렇지 않다면 저를 굳이 찾아서까지 연행하지는 않았을 거예요."

"마음대로 의심하십시오. 하지만 실제로 당신의 이야기를 듣고 죄가 없다고 확신했을 따름입니다. 아니면 의심하기를 바랍니까?"

"그건 아니에요."

"심정은 이해한다고 말해둡시다. 우리로서는 독일의 신참 경찰관에게 우리의 방식을 학습하게 할 필요도 있고 말이죠. 감옥에서 나치의 파시스트들이 돌아오기 전에 동지 스탈린에게 충실한 경찰관을 육성해 둘 필요가 있습니다. 인원은 뜻을 함께하는 공산당원과 노동조합원으로 다시 편성할 작정이지만, 아직은 전문가가 아니라서 말입니다. 게다가 아무래도 치안경찰은 영국 쪽에 붙은 것 같더군요. 그렇게 되기 전에 인민경찰을 확립해야만 합니다. 베를린은 소비에트 것입니다."

옆에서 문서를 작성하던 안경 쓴 경찰관의 연필이 딱 부러지는 소리가 들렸다.

"이 안경 쓴 신참 경찰도 이전에는 그저 백화점 경비원이었습니다. 그러나 농민이 훌륭한 병사가 되듯이 그 역시 좋은 경찰관이 될 겁니다."

도브리긴 대위가 주머니에서 나이프를 꺼내자 경찰관은 고맙다며 이미 몽땅한 연필을 신중하게 깎았다. 당장 믿기는 어렵지만 언젠가 정말로 소련의 붉은 별을 단 경찰관이 이 부근을 단속하는 미래가 올지도 모른다.

"그럼 이야기를 다시 돌리죠. 대체 누가 크리스토프 로렌츠를 죽였을까요? 당신은 미제 치약 입수가 가능한 인물입니다. 그러나 원한이라는 동기는 솔직히 희박하죠. 아무리 당신이 이다라는 폴란드인 소녀를 도우려 했다 한들 복수의 화살을 은신처 제공자에게 돌리는 건 부자연스럽습니다. 게다가 지하활동에 열심이던 사람은 프레데리카고 크리스토프 자신은 적극적이지 않았다고 들었습니다. 맞습니까?"

"…네. 크리스토프 씨는 연주자 일을 중시했어요."

"그랬군요. 그렇다면 당신이 크리스토프를 죽일 동기가 한층 더 적어지는군요. 원망할 상대는 오히려 프레데리카 아닙니까? 하지만 그녀는 멀쩡해요. 크리스토프 살해범으로 가장 의심스러운 자는 아내인 프레데리카입니다. 하지만 그녀는 같이 사니까 치약에 독을 넣는 짓 따위 하지 않더라도 남편을 죽일 수 있습니다. 음식이나 음료 어디에든 독을 넣어 죽이면 그만

이죠. 거리에 시신이 넘쳐 나니 병사했다고 하면 아무도 의심하지 않을 겁니다. 그런데 프레데리카는 하인을 시켜 경찰에 신고했습니다. 범인이 할 행동으로 보기에는 부자연스럽지 않습니까. 당신과 프레데리카 같은 일반 독일 민간인에 의한 단순 원한 살인이라면 아무리 비전문가 집단이라지만 나도 이곳 경찰관에게 사건을 맡기겠죠. 내무인민위원회인 내가 움직일 때는 다른 이유가 있는 겁니다."

도브리긴 대위는 책상에 팔을 괴고 내 쪽으로 몸을 살짝 들이밀었다.

"크리스토프 로렌츠 씨는 금일 7월 14일 오후 미제 치약 콜게이트를 쓴 직후에 쓰러져 즉사했습니다. 조사 결과 청산가리가 들어 있다는 사실이 판명됐습니다. 다시 말해 우리 소비에트가 관리하는 구역에서 독일 민간인이 미군 지급품에 넣은 독으로 죽은 겁니다. 이는 신중하고 주의 깊게 생각할 가치가 있는 사태입니다. 무슨 의미인지 알겠습니까?"

고개를 가로젓자 도브리긴 대위는 담배를 물고 한 개비를 나에게 내밀었다. 평범한 적군 병사가 피우는 손으로 만 마호르카 담배와 다른 곧고 하얀 담배다. 암시장에서 팔면 한 개비에 3마르크 정도는 받을 수 있다. 나는 경계를 풀지 않기 위해 고맙다고 말하지 않고 담배를 손가락으로 집어 웃옷 주머니에 넣었다.

그러자 도브리긴 대위는 기분 나쁜 미소를 씩 지었다.

"당신 몸에서는 담배 냄새가 나지 않습니다. 하지만 담배를 받아 들었죠. 당연히 암시장에서 팔 생각을 했을 겁니다. 치약을 팔았듯이."

이미 주머니에 넣었던 담배를 되돌려 주려 했으나 대위는 "팔아도 괜찮습니다." 하며 고개를 끄덕였다.

"이 거리에서는 일요일이면 여기저기에 암시장이 열리죠. 시민은 저마다 옷이며 구두며 보석 따위를 가지고 나와서 배급품에 없는 물건을 사고팝니다. 독일인 사이의 자유로운 거래는 바람직하지 않지만 너무 규제하면 폭동이 일어나니 현재로서 군이나 경찰도 묵인하고 있죠. 다른 세 나라도 같은 심정일 겁니다. 유감스럽지만 동지 중에도 암시장에서 시계나 외제 장신구를 구하려는 자가 많습니다. 농민과 노동자가 대부분인 적국 동지 눈에는 신기한 물건이 매력적으로 비치기 때문입니다. 사는 것만으로 만족하지 못하고 여기저기서 입수한 자전거며 우유를 팔아 돈을 버는 자도 있어요. 만약 이 암시장을 이용해 테러를 일으키려고 획책하는 놈들이 있다면 어떨까요. 남의 이목을 끌면서 입에 넣는 물건에 독을 섞어 암시장에 유통시킨다면요? 어쩌면 크리스토프 로렌츠 씨는 우연히 독이 든 사과, 독이 든 치약을 얻은 것인지도 모르죠."

대위는 담배에 불을 붙이고 천천히 흔들었다. 담배 연기가 흔들리며 피어올라 내 몸에 들러붙는다.

"이런 이야기는 어떨까요. 당신도 조금 전 눈으로 목격하고 피부로 느꼈을 테죠. 소비에트와 서방 삼국은 같은 연합국으로 싸웠지만 사이는 매우 험악합니다. 특히 미국 놈들과는 난투 소동으로 사망자마저 나왔습니다. 상층부도 다르지 않습니다. 독일이 항복하고 조만간 일본제국도 패배를 인정할 지금, 트루먼과 처칠 같은 맹금류가 위대한 동지 스탈린의 뱃속을 염탐하고 있습니다. 놈들은 소비에트의 정당한 몫을 빼앗기 위해 실수하지 않으려고 필사적입니다. 거기에 연합국에 악한 감정을 품은 어떤 인물이 암시장을 이용해 네 나라를 분단시켜 전쟁을 일으키려고 했다면 어떨까요? 독일인에게는 동기가 있습니다. 국토는 어차피 폐허. 혼란을 일으켜 연합국끼리 싸우는 틈을 찔러 나치를 부활시킨다. 그런 짓을 꾸밀 가능성은 없겠습니까?"

이해가 가지 않는 것은 아니지만 나는 그 생각을 납득할 수 없었다.

"독일인에게 동기가 있다고요? 겨우 전쟁이 끝났는데 일부러 그런 짓을 하지는 않을 거예요. 다들 지쳤고 식량도 부족하다고요. 하루하루 사는 것만으로도 벅차요."

"압니다. 당신들 '선량한' 독일인은 그렇겠지요. 나도 모든 독일인이 연합국 타파를 꾸민다고 말하지 않았습니다. 우리도 고작 테러 따위로 흔들리지 않아요. 그러나 극히 일부의 어리석은 인간, 이제는 처지가 뒤바뀌어 레지스탕스가 돼서 적의 전복을 호시탐탐 노리는 파시스트라면요? 체포의 손길을 피해

지하로 도망친 놈들이 계획을 세울 가능성은 있지요. 특히 당신들 말로 '베어볼프(늑대인간)'라 불리는 나치의 전 공작원 말입니다. 놈들은 의심스러워요."

베어볼프. 그 말에 아직 전쟁 중이던 넉 달 전 일을 떠올렸다. 겨울이 끝나고 길에 쌓인 눈도 녹을 무렵 동쪽에서 붉은 군대, 서쪽에서 미국과 영국이 독일 바로 옆까지 압박하자 선전부는 열성적으로 설득하기 시작했다. "베어볼프에 참가하여 지하활동에 대비하자!"라는 내용이었다. 나치는 그때까지 반정부 지하활동가를 철저하게 뿌리 뽑으려 했으면서, 이제는 나서서 지하로 숨으라고 한다. 그 방송을 들었을 때 나는 우습고도 허무해서 웃고 말았다.

그 무렵 아직 총통과 승리를 믿던 일부 사람은 '총통이 아직 비밀 병기를 감추고 있다. 한 방에 대역전하여 독일이 이긴다'고 호언장담했지만, 대부분은 이제 아무래도 좋으니 빨리 끝나기를 바랐다. 거리는 이미 공습의 불길과 폭탄의 여파로 무너지고 어디를 가든 비위생적이며 생필품은커녕 먹을 것도 없는데, 이제 와 국가를 위해 무언가 할 마음이 들 리가 없다. 그래도 당은 무기를 들고 죽을 각오로 싸우지 않는 자는 반역자로 취급했다. 그런 상황에서 굳이 지하로 숨어들려 한 사람은 내가 아는 한 하나도 없었다.

"베어볼프 활동을 모집하기는 했지만 그렇게 많지는 않을 거예요."

"그렇습니까? 겉으로만 그래 보이는 것 아닐까요? 실제로 철도와 건물에 폭발물을 설치하는 테러가 일어나고 있습니다. 모르셨습니까?"

"…몰라요. 베어볼프 같은 건 존재조차 잊고 있었어요."

그러자 도브리긴 대위는 미소 지으며 조용히 일어나 천천히 걸음을 뗐다.

"미안합니다. 당신 말이 맞아요. 나치스의 지배 아래서도 굴복하지 않고 가여운 강제노동자 소녀를 도우려 했지요. 당신은 나치의 소녀단에도 가입하지 않았죠? 어린데도 훌륭하군요."

"잘 아시네요."

"뜻밖인가요?"

나는 앞을 바라본 채 또각또각 울리는 대위의 구두 소리를 들었다. 프레데리카는 절대로 입이 가벼운 사람이 아니고 오히려 반대였다. 쫓기던 사람들을 숨겨주던 전쟁 중에는 작은 부주의로 흘린 한마디가 목숨을 위협했다. 누구보다도 발설의 위험성을 잘 알고 있을 프레데리카가 내 이야기를 한 것은 그녀가 나를 범인이라고 확신했거나 소련의 심문이 혹독했거나 둘중 하나일 것이다. 어둠에 가라앉은 벽, 프레데리카는 아직 비밀 창 너머에 있을까. 대위의 '동지'들이 귀를 기울이고 있을까. 이내 바로 오른쪽 공기가 흔들렸고 도브리긴 대위가 곁까지 다가온 것을 감지했다.

"프로일라인, 당신은 선량한 독일인입니다. 기억한다면 어떤 남자가 당신의 콜게이트를 샀는지 우리에게 틀림없이 알려주었겠죠. 부디 떠올리십시오. 그 남자는 당신에게 콜게이트를 사서 이번 테러를 생각해 냈을지도 모릅니다."

"그러니까 크리스토프 씨가 베어볼프의 음모에 휘말렸다는 말씀이세요?"

"베어볼프의 실수로 휘말렸을지도 모르고 크리스토프가 표적이었을지도 모릅니다. 크리스토프 로렌츠는 동지문화부에서 연주하던 관계자였습니다."

그랬구나. 알았다. 소련인은 독일인을 말살하고 싶을 만큼 증오한다. 혐오하는 독일인 한 사람이 죽은 정도로 왜 이렇게 소란을 피우는지 이상했는데, 그들에게 크리스토프는 이미 동지였던 것이다. 크리스토프는 나치 시대에는 나치 고위 관료를 위해 연주하고, 소비에트가 지배자가 되자 소비에트를 위해 연주했다. 크리스토프와 프레데리카의 변함없는 호신술이다.

"아우구스테 양. 치약을 산 남자의 얼굴이 기억나면 언제든 연락하십시오. 당신만 믿습니다."

"하지만… 외람되지만 대위님, 콜게이트를 지급받은 사람은 많아요. 용돈을 벌고 싶은 미군일 수도 있고 판 사람은 달리 있겠죠. 왜 저인가요?"

고개를 들고 도브리긴 대위를 똑바로 바라본다. 도브리긴의 표정은 여유가 넘쳐서 심문자가 아니라 아이를 가르치는 학교 선생님 같았다.

"오랫동안 인간을 관찰한 사람의 감이라고 할까요. 당신은 순박해 보이는군요. 겉모습뿐만 아니라 내면도요."

심문은 그것으로 끝이었다. 문이 묵직하게 삐걱거리며 열리고 복도의 불빛이 어두운 방에 네모나게 비쳐 들었다. 조금 전 제복을 입은 여성이 문 앞에서 경례하는 모습이 보인다. 도브리긴 대위는 다시 한번 내 쪽을 돌아보고 미소 짓더니 여유 있는 태도로 방에서 나갔다.

남겨진 나에게 존재감이 완전히 사라진 독일인 경찰관이 말했다.

"돌아가도 좋습니다."

그런 소리를 해도 바로 다리에 힘이 들어가지 않았다. 열린 문이 이상하게 멀게 느껴지고 눈이 부셔서 한 손을 책상에 짚고 일어서자 경찰관이 노트를 탁 덮었다.

"걱정하지 않아도 이 사건은 내일 당장이라도 해결됩니다. 여기서만 하는 얘기지만 NKVD 러시아 양반 혼자서 헛다리 짚은 게 분명해요. 테러라니 웃기지도 않지. 아마도 누가 쓰다 만 치약을 양을 늘려서 팔려다가 실수로 청산가리를 섞은 걸 모르고 암시장에 내놨겠죠. 청산가리는 어디에나 있으니까요. 크리스토프 로렌츠 씨는 운이 나빴을 뿐이에요."

경찰관은 고개를 들고 사마귀처럼 양손을 바쁘게 비비며 말했다.

"아가씨도 함부로 암시장에서 물건을 사면 안 돼요. 그런 쓰레기장 같은 곳에서 뭐가 걸릴지 모를 일이니까. 힘들게 살아남았으니 조국 부흥을 위해 온 힘을 다하세요."

조국 부흥. 온 힘을 다해. 내가 뭘 할 수 있다는 걸까? 그리고 조국은 나에게 뭘 해주었을까?

취조실에서 나오니 정면에 파란 모자를 쓴 청년이 서 있었다. 대위의 부하, 조금 전 검문소에서 위협사격을 한 베스팔리 하사다. 황갈색 웃옷이 꽉 낄 만큼 체격이 건장하지만 볼이 야위고 입술의 혈색이 좋지 않다. 그래도 밝은 곳에서 보니 상당히 젊어 보였다. 나와 별로 차이가 나지 않을 나이, 아마도 두세 살쯤 위일 것이다. 총통이 있던 시절 당은 이 남자 같은 슬라브인을 경멸하고, 나 같은 아이들에게 열등한 민족이라고 가르쳤다. 하지만 서 있기만 해도 타인을 경계하게 하는 군인 특유의 압박감과 나를 빤히 응시하는 움푹한 눈매는 국방군 병사와 똑같았다.

순간 체포당할지 모른다는 두려움이 가슴을 스쳤지만 그러지는 않았다. 하사는 턱짓으로 복도 끝을 향해 먼저 가라고 신호했다. 걸음을 뗀 내 뒤에 그가 바싹 붙어서, 뒤통수에 시선이 똑똑히 느껴졌다. 전쟁 중에도 전쟁이 끝나고서도 감시하는 인간이 달라졌을 뿐 체제가 하는 짓은 똑같다.

순순히 계단을 내려가자 바로 아래에서 "제발 그렇게 아프게 잡지 말라니까!" 하는 목소리가 들리고, 녹색 제복과 모자 차림의 독일인 경찰관 두 사람과 그들 사이에 끼어 투덜거리는 남자까지 3인조가 우르르 소란을 피웠다. 남자는 마르고 작은 얼굴에 비해 커다란 귀가 앞으로 쏠렸고, 헐렁한 옷깃에서 가무잡잡한 목이 꽃줄기처럼 비죽 들여다보였다. 복장은 달랑 옷 한 벌이 다인 듯한 차림으로 짙은 회색 윗옷과 갈색 바지, 셔츠 위의 멜빵도 너덜너덜했다.

남자는 손이 뒤로 묶여 있는지 어깨를 어색하게 흔들면서 계단을 올라왔다.

"그러니까 전부 오해래도! 이야기를 좀 들어봐. 난 도둑이 아니야. 그냥 집을 잘못 찾아갔을 뿐이라고!"

몹시 억지스러운 변명을 외치면서 내 쪽으로 가까워지는 남자의 몸에서 쉰내와 함께 알코올 냄새가 풍겼다. 스쳐 지날 때 남자는 다리에 힘을 줘 버티고 서서 베스팔리 하사를 향해 호소했다.

"이보시오, 소련 양반, 자비를 베풀어주세요. 나는 선량한 사람이에요. 도둑 따위가 아니라고요."

"이봐 그만해, 빨리 걸어!"

중년 경찰관이 호통을 쳐도 남자는 얌전해지기는커녕 점점 더 목소리가 커졌다.

"나는 내 집으로 돌아간 거야. 댁네 높으신 분 집이 되어버린 줄은 몰랐어! 소비에트군 장교 집인 걸 알았다면 가까이도 안 갔을걸! 맹세해!"

경찰관들은 "실례했습니다." 하고 사과하면서 남자를 잡아

끌고 남자는 다리를 버둥거린다. 몸부림치다 쓰고 있던 헌팅캡이 떨어져 빡빡 깎은 머리가 드러나자 이목구비가 또렷이 보였다. 그 생김새에 나는 깜짝 놀랐다.

"…저기 잠깐만요. 이 사람 혹시 유대인 아닌가요?"

내 목소리는 그다지 크지 않았다. 하지만 그 말을 한 순간 모두의 시선이 나에게 집중되고 소동이 순식간에 잠잠해졌다.

"유대인?"

"네…. 그냥 느낌이 그런 것뿐이지만요. 만약 이주했던 곳에서 막 돌아온 유대인이라면 자기 집이 접수된 줄 모르고 돌아와도 이상하지 않아요. 게다가 술에 취했다면 알아채지 못하지 않을까요?"

자신 없이 당사자인 남자를 쳐다보았다가 심장이 철렁했다. 남자는 조금 전까지 난동 피우던 모습과 달리 입을 다물고, 취기로 풀어졌던 얼굴이 백팔십도 달라져 딱딱하게 굳었다. 그 표정은 무언가와 비슷했다. 그렇다. 공습으로 건물 잔해에 깔려 죽은 사람이다. 스스로 자신의 죽음을 믿지 못하고 놀라서 눈을 부릅뜬 채 경직된 듯한 표정이다.

경찰관은, 역시 그도 얼마 전에 새로 채용되어 익숙하지 않은지 머뭇머뭇 나와 남자를 번갈아 보았다.

"매부리코, 짙은 눈썹, 가무잡잡한 피부… 듣고 보니 유대인 놈들, 아, 미안. 유대 민족의 특징이 있군. 아가씨 말이 맞을 수도 있겠지만."

또 다른 경찰관도 머리를 긁적이며 도움을 요청하는 눈빛으로 이쪽을 바라본다. 그러자 여태껏 침묵을 지키던 베스팔리 하사가 입을 열었다.

"프로푸스크. 신분증은 확인했나?"

대위만큼 유창하지는 않지만 문법이 정확한 독일어가 이 젊은 군인에게 흘러나와 솔직히 놀랐다. 두 경찰관은 서로 얼굴을 마주 보고 쭈뼛거리며 고개를 가로저었다.

"신분증이 없었습니다. 그리고 설마 유대인이 남아 있을 줄은… 그러니까 그게, 베를린은 유대인청소(Judenfrei)가 끝났다고 선언한 곳이라서 그만…. 아니 이렇게 빨리 돌아올 줄은….."

"저는 의심했습니다! 이 일대는 유대인 마을 옆이고 소령님 저택도 분명히 이전에는 유대인 집이었습니다. 아주 부유한 일가였죠."

"그렇다면 그의 주장이 일리가 있다는 말인가?"

베스팔리 하사는 팔짱을 끼고 벽에 기댄 남자에게 물었다.

"자네는 유대인인가?"

남자는 마치 백일몽을 꾸다가 그제야 정신이 든 것처럼 눈을 껌뻑거리더니 크게 숨을 들이쉬고 끄덕끄덕하고 몇 번 고개를 주억거렸다.

"아아, 그래. 나는 유대인이야."

땀에 흠뻑 젖은 그의 얼굴은 역시 학교에서 본 유대인 그림과 많이 닮았다. 경찰관 중 한 사람이 손뼉을 짝 쳤다.

"생각났다! 이 사람, 배우인 파이비시 이스라엘 카프카아! 오랫동안 영화에 출연하지 않아서 이주했겠거니 했더니만! 하사님, 이 남자는 틀림없이 유대인입니다. 영화에 나온 걸 여러 번 봤어요. 악착스럽고 얄미운 놈이죠. 앗, 지금 그 말은 딱히 유대인 험담은 아닙니다."

"…동지. 우리에게 유대인은 이미 중요 사항이 아니다. 취조실로 끌고 가. 그러나 지금 이야기는 위에 보고해 두지."

베스팔리 하사의 담담한 말로 이야기가 종료되자, 유대인과 경찰관은 위로 올라가고 우리는 드디어 계단을 내려왔다.

한밤중인데도 넓은 홀에는 드문드문 사람이 있었고 그중에는 프레데리카 로렌츠의 모습도 보였다. 검은 소파 한가운데 낡은 디자인의 보라색 치마를 펼치고 앉은 프레데리카는 마치 묘비에 바친 한 떨기 꽃 같았다. 조금 전 취조실에서 봤을 때도 느꼈지만 예전보다 많이 여위어 당장에라도 시들어버릴 것 같았다. 프레데리카는 검은 핸드백을 소중히 끌어안고 어둑한 조명 아래에서 눈에 고인 눈물을 반짝였다.

나는 프레데리카에게 들키지 않고 여기를 빠져나가 전부 잊어버리려고 했다. 프레데리카와 마주해 이야기할 준비는커녕 자신의 기분조차 정리되지 않았다. 하지만 내가 검은 소파 옆을 지나치려 했을 때 고개를 든 프레데리카는 나를 알아보고 말았다. 그리고 10대 소녀 같은 동작으로 소파에서 뛰어내려 달려왔다. 나는 그녀에게 욕을 먹거나 뺨 맞을 각오를 했다. 그녀가 경찰에 내 이름을 고발한 것은 틀림없었기 때문이다. 하지만 프레데리카의 반응은 생각과는 정반대였다.

"아우구스테, 아아, 어렵게 만났는데 이런 상황이라니."

그렇게 말하며 근래 보기 어려운 레이스 장갑을 낀 양손으로 내 손을 잡았다. 프레데리카의 속내에 악의나 거짓이 없는지 경계했지만, 경찰서 안은 숨 막힐 정도로 찌는데 프레데리카의 손가락은 서늘하니 차가웠다. 나는 조심스레 그녀의 손을 맞잡았다.

"삼가 고인의 명복을 빌어요, 부인. 정말로 안됐어요…. 슬프고 괴로워요."

프레데리카가 미소 짓자 눈가에 잔주름이 자글자글 졌다.

"네가 살아 있어서 반갑구나. 오늘 밤에는 우리 집에서 묵고 가렴. 이 시간에 집으로 돌아가기는 힘들지?"

나는 그 말을 들을 때까지 집으로 돌아갈 수단이 없다는 사실을 잊고 있었다. 철도는 벌써 끊겼을 심야이고, 여기에서 집이 있는 첼렌도르프까지는 20킬로미터는 더 된다. 그래도 나는 사양하려고 했다. 지금도 간신히 말을 골라 이야기하는 건데 집에서 자고 가라니.

"죄송하지만 저는 이만 돌아가려고요…."

"나 때문이구나, 아우구스테. 그렇지?"

무심코 움찔해 손이 멈추자 프레데리카는 고개를 떨구고 진심으로 미안해하는 말투로 사죄했다.

"네 이름을 말해서 정말로 미안하다. 나를 원망하는 게 당연해. 하지만 꼭 우리 집에 와서 쉬고 갔으면 좋겠어. 밤길은 위험해. 그리고 내가 그이가 없다는 것에 아직 익숙해지지 못해서 누가 있어주면 좋겠구나."

프레데리카가 눈물이 글썽이는 눈동자로 바라보는 바람에 나도 모르게 고개를 끄덕였다.

그렇게 정하자마자 걸음을 뗀 프레데리카는 피로 탓인지 다리가 꼬여 기우뚱 비틀거렸다. 허둥지둥 부축하자 프레데리카는 힘겹게 미소 지으며 "왜 이러지. 몸이 내 몸 같지가 않아."라고 중얼거리고 내 팔에 손을 얹었다. 덜덜 떨리는 그 손에 그녀가 이렇게 나이 든 사람이었나 하고 깨닫는다. 우리는 함께 경찰서를 나왔다.

주차장에는 차가 서 있었는데 진짜 엔진을 실은 차는 대부분 소련의 붉은 깃발을 걸었고, 깃발이 달려 있지 않은 차는 구석으로 내몰린 목탄차 정도였다. 지위 있는 인간이 아니면 엔진 달린 승용차에 탈 수 없기는 이전이나 지금이나 변함없다. 문득 신음이 들려 돌아보니 경찰서 건물 땅바닥에서 살짝 들여다보이는 지하 감방 철창 사이로 남자 손이 쑥 빠져나와 뭔가를 원하듯이 꿈틀거렸다. 꾀죄죄한 검은 소매는 친위대 제복과 닮았다. 여태껏 훌륭한 승용차를 타고 돌아다니던 사람은 이제 지하 감방 속에 있다는 소리다.

"아우구스테, 어서 오려무나."

손짓하는 프레데리카 앞에 엠카 한 대가 있다. 빨간 소련 깃발이 꽂혀 있는데 타고 있는 사람은 군인이 아니라 평범한 독일인 여성이었다. 검은 베레모를 쓰고 다갈색 셔츠와 남성용 바지를 입었다. 이런 차를 누가 운전하나 했는데, 20대 중반쯤 된 얼굴이 낯익었다. 프레데리카의 저택에서 본 지하활동가 그레테다. 프레데리카는 당연한 듯이 그레테가 운전하는 소련 장교용 엠카를 타고 나에게도 빨리 오라고 재촉했다. 문득 기억 밑바닥에서 나치 깃발을 현관홀에 장식하고 고위 관료들을 접대하던 프레데리카의 얼굴이 되살아나, 머릿속의 나치 깃발을 소련 깃발로 바꾸었다.

　차는 짙은 어둠을 전조등으로 가르며 달린다. 문에 설치된 핸들을 돌려 창문을 열자 불과 가솔린 냄새가 날아들었다. 폐허 곳곳에서 모닥불이 붉게 타올라 불티가 날리고, 때때로 아코디언 소리와 러시아 말 노래가 흐른다. 재즈와 댄스와 네온을 사랑하는 미군의 관리 구역과는 분위기가 완전히 달라 미지의 동쪽 토지에서 온 이국의 정서를 짙게 느꼈다. 러시아 말 노래는 힘차고 웅장하지만 어쩐지 서글퍼서 귓가에 남는다. 나도 모르게 함께 흥얼거릴 뻔했다.

　밤하늘은 뿌예서 별이 별로 보이지 않는다. 올여름이 이렇게 더운 까닭은 건물이 무너질 때 피어오른 재 같은 것이 아직 대기에 떠다녀서 바깥으로 열이 나가지 못하기 때문이라고 어딘가에서 들었다. 지금도 저 하늘에 며칠, 몇 달, 몇 년쯤 전에 불탄 먼지가 날아다니는지도 모른다.

"아우구스테, 잘 지냈니?"

옆에 앉은 프레데리카가 물었다.

"네, 잘 지냈어요."

부인은 어떻게 지냈냐고 물으려다 황급히 입을 다물었다. 아무리 그래도 이제 막 남편을 잃은 사람에게 해도 될 질문은 아니다.

"아우구스테, 지금은 어디에 사니? 미군 밑에서 일한다고 들었는데 문제는 없어?"

"괜찮아요. 잘 지내니까 걱정하지 마세요."

"그래, 잘됐다. 나도 예전에 아주 조금 러시아어를 배운 적이 있어. 덕분에 일거리를 찾았어."

프레데리카가 살던 샤를로텐부르크 지구는 몇십 년도 전에 일어난 러시아혁명 뒤 도망쳐 온 러시아인들이 한때 거주했었다고 한다. 러시아어 책을 다루는 서점이나 키릴문자가 뒤섞인 식당이 들어서고, 특히 러시아 음악에는 프레데리카뿐 아니라 크리스토프도 친숙하니 아마 잘 처신하며 살았을 것이다. 그런 잡담을 한바탕 나누고 나서 갑자기 입을 다문 프레데리카의 옆얼굴에서 나는 시선을 돌렸다.

차창 밖을 스치는 풍경, 짙고 깊은 어둠 속에 이따금 희미한 녹색 인광이 떠올랐다. 등화관제가 실시된 무렵 마을 곳곳에 표식으로 바른 야광도료다. 지붕과 벽이 날아가고 구멍이 난 건물 구석에 깡마른 아이가 앉아 다리를 흔들면서 이쪽을 빤히 바라본다. 야광도료의 수상한 녹색 빛에 떠오른 그 얼굴은 마치 옛날이야기에 나오는 작은 유령 같았다.

"사모님, 따돌릴까요?"

갑작스레 운전석의 그레테가 나직한 목소리로 말했다. 순간 무슨 이야기인지 이해하지 못했지만, 고개를 돌려 뒤창 너머를 확인하니 검은 차가 딱 붙어서 따라오고 있었다.

"하지 마. 어차피 집은 아니까."

"그러네요. 알겠습니다."

"무슨 일이에요? 소련 차인가요?"

불안해하며 묻자 그레테가 대답했다.

"NKVD겠지. 소련에도 게슈타포 같은 첩보부가 있다는 소리야."

NKVD, 도브리긴 대위가 자신을 소개할 때 말한 조직이다. 대위나 그 부하가 아직 우리를 감시하는 걸까.

"놈들은 무슨 영문인지 이 건에 관여하고 싶어 해. 지금 탄 차를 빌려준 것도 그렇지만 아마 무슨 꿍꿍이가 있을 거야."

지하활동가 출신다운 그레테의 담담한 설명을 들으면서 등줄기가 오싹하게 차가워지는 것을 느꼈다. 도브리긴 대위가 미행하는 이는 프레데리카일까 나일까, 아니면 다른 목적이 있을까.

프레데리카의 집에 가까워지면서 멀쩡한 집합주택이 늘어

났다. 프렌츠라우어베르크는 공습을 피했다는 소문을 들었지만 공습 전 풍경이 그대로 남은 곳은 오랜만에 본다. 4차선 도로는 넓고 어디나 평탄해 잔해 더미도 보이지 않고, 중앙을 가로지르는 노면전차의 선로는 열기로 비뚤어진 곳 없이 일직선이다. 앞쪽부터 안쪽까지 죽 늘어선 좋았던 옛 시절의 집합주택, 오래된 집이 반가웠다. 그래서 술에 취해 고성을 지르며 길을 걷는 적군 병사들이 없었으면 하고 한층 더 바랐다.

그레테는 프렌츠라우어베르크를 우회전해 가로수 길 가장자리에 차를 세우고 우리를 내려준 뒤 자신은 온 길을 돌아갔다. 미행 차량은 모퉁이에 대기하다가 그레테의 엠카가 앞을 지나치자 뒤따라갔다. 나는 프레데리카에게 묻지 않고는 배길 수 없었다.

"설마 미행 대상이 그레테 씨인가요? 그레테 씨도 조사를 받는 거예요?"

"아마 그렇겠지. 저 애는 지금 우리를 도우며 같이 사니까. 하지만 방심하지 마. 조금 전 차에서 내리는 사람이 보였어…. 자물쇠를 열었으니 문을 밀어주겠니?"

나는 프레데리카 대신에 정면 현관의 묵직한 철문을 체중을 실어 열었다.

과거 공무원용 집합주택이었다는 건물은 간소하지만 내가 어릴 적에 살던 아커 길의 집합주택보다 넓고 기둥과 계단실 창문 장식도 정교했다. 벽에 달린 가스램프 불빛을 의지해 통로를 겨우 몇 걸음 나아가 안쪽 벽에 설치된 나무 문을 열고 주거동 안으로 들어간다. 프레데리카를 따라 타일을 깐 홀에서 뻗어 나온 마호가니 계단을 올라갔다. 프레데리카가 크리스토프와 함께 살던 방은 길가 주거동 2층, 전체 중 가장 볕이 잘 들어 시세가 높은 집이었다. 아마 부부가 친분 있는 소련의 문화부 장교에게 특별히 받은 것이리라. 그래도 프레데리카가 이런 생활을 견디고 있다니 놀라웠다.

복도는 너무 짧고 이전 저택과 비교해 방 숫자가 5분의 1로 준 데다 습기도 심각하다. 집에서 일하는 사람도 그레테 한 사람뿐인 듯하고 복도 오른쪽에 몰려 있는 주방, 화장실, 욕실 등의 배수 시설도 상당히 불편할 것이다. 복도 왼쪽 가장 넓은 응접실을 일상생활 공간으로 쓰는지 묵직하고 튼튼한 테이블에 의자가 네 개 있다. 그러나 어느 의자고 양식이 다 달라서 의자 다리에 장식이 있는 것부터 접이식까지 통일감이 없다.

프레데리카는 집으로 돌아와 긴장의 끈이 끊어졌는지 "목이 말라." 하고 중얼거리더니 절대 그녀가 좋아할 스타일이 아닌 꽃무늬 소파에 쓰러지듯이 앉았다. 나는 주방을 빌려 뭐라도 마실 것을 준비하려 했지만 수도꼭지를 아무리 비틀어도 끼익 소리만 나며 헛돌기만 하지 물은 나오지 않았다. 타일을 깐 조리대 위에는 말린 감자가 든 봉투와 기름종이로 싼 호밀빵 덩어리, 반쯤 남은 소시지 그리고 투명한 수프가 든 작은 냄비가 있었다. 냄비 옆에서 물을 담은 양철 양동이를 발견한 나는 냄새를 맡아 안전을 확인하고 나서 물을 끓이고 대용 커피를 내렸다. 밤을 부숴 볶은 갈색 액체는 벗은 양말을 물에 담근 듯한 악취가 나지만 따뜻한 것을 마시면 몸도 긴장이 풀린다.

등을 구부린 프레데리카는 내가 건넨 따뜻한 김이 나는 커피 잔을 양손으로 감싸고 사그라들 듯한 목소리로 말했다.

"다시 사과할게, 아우구스테. 고초를 겪게 해서 정말로 미안하구나…. 남편이 죽고 나서 사고가 완전히 멈춰버렸어. 무슨 일이 일어났는지 통 알 수가 없고 넋을 놓은 사이에 경찰한테 네 이름을 말해버린 거야. 나는 너를 의심한 게 아니야. NKVD의 대위가 크리스토프를 죽일 동기가 있는 자를 얘기하지 않으면 당신을 체포하겠다고 협박하는 통에 나도 모르게 이름이 튀어나왔어. 정말로 진심이야."

나는 어떻게 대답해야 할지 몰라 뜨거운 대용 커피를 홀짝이며 입을 닫았다. 어느 집에서 갓난아이가 우는지 얇은 벽을 통해 소리가 들렸다.

프레데리카는 우아한 귀부인으로 나 같은 노동자 계급 인간과는 영원히 접점이 없을 부유층이었다. 처음 만났을 때 그녀는 짧은 검은 머리카락에 부드럽게 컬을 넣고, 소매가 풍성한 고풍스러운 레이스 드레스에 진짜 비취 목걸이를 하고 있었다. 환갑이 가까웠지만 행동거지는 소녀 같고 밝게 잘 웃었다. 순수하고 밝고 자선가이며, 때때로 드러나는 자신의 잔혹함은 순진할 정도로 알아차리지 못했다. 그래도 놀라울 만큼 대담하고 예리했다. 불과 2년 만에 사람의 성격이 바뀔 수 있을까. 프레데리카가 자신도 모르게 내 이름을 말하는 광경이 쉽게 떠올랐다.

프레데리카를 흘끔 보았다가 붉게 충혈된 눈과 시선이 마주치고 말았다. 어쩔 수 없다.

"저는 이제 괜찮아요, 부인. 그보다… 크리스토프 씨가 어떻게 숨을 거두었는지 알려주실 수 있어요?"

시신을 보고 나서도 여전히 나는 그의 죽음이 믿기지 않았다.

"저쪽 베란다에서 그랬어."

프레데리카는 가녀린 손가락으로 응접실 안쪽에 있는 커다란 창문 밖을 가리켰다.

"오늘 남편이 웬일로 늦잠을 자더라고. 아침마다 하는 연습을 빼먹은 거야. 나랑 그레테는 이미 아침을 먹었고 그레테는 건물 잔해 철거 작업을 하러 가는 참이었어."

베란다는 좁아서 작은 화분 두 개가 면적 대부분을 차지했다. 베란다로 드나드는 키 큰 창문 부근은 더러웠고, 바로 앞 바닥은 여러 사람이 돌아다닌 발자국이 남아 있었다. 유일하게 얼룩이 없는 가운데 부분에서 크리스토프는 쓰러졌을 것이다.

"겨우 일어난 그이는 아침을 먹지 않고 담배를 피우더니 양치를 하겠다며 일어났어. 너도 기억할지 모르겠지만 크리스토프는 자주 아침을 거르니까 나도 그러라고 하고 베란다를 열었지. 그이는 베란다를 좋아해서 늘 화분의 아스파라거스를 보면서 양치를 했어."

"그때 독이 들었다는 치약을 쓰신 서예요?"

"맞아. 치약이 있는 줄은 생각도 못 했어. 오돌(독일제 치약)도 통 구하지 못해서 얼마 전까지는 칫솔에 소금을 묻혀 썼는데 이제는 소금도 배급품이잖아. 그런데 설마 미제 치약이라니. 대체 언제 샀는지도 깜깜이야. 그 사람들이 온 뒤인 건 틀림없지만."

프레데리카는 한숨을 쉬고 대용 커피를 홀짝이더니 맛없다는 듯이 얼굴을 찌푸렸다.

"아아, 소름 끼치는 맛이야. …양치질을 시작하고 그이가 쓰러질 때까지 겨우 몇 초였던 것 같아. 어찌나 놀랐는지 황급히 그레테를 도로 불러왔어. 뒷일은 거의 다 그레테에게 맡겼지."

커튼이 없는 창 너머로 시선을 던진다. 지금쯤 그레테는 경찰서에 도착했을까. 그녀도 취조실에서 도브리긴 대위의 심문을 받을까.

"도브리긴 대위는 크리스토프가 암시장에서 치약을 구했다고 했어요."

"그래, 아마 그럴 거야. 미군이 언제 여기에 왔더라?"

"이달 초니까 딱 일주일 전이에요."

"그러니까 암시장에 콜게이트가 나온 건 그 뒤겠지. 크리스토프는 자주 산책을 나갔는데 도중에 암시장에 들르기도 했거든. 아마도 그때 샀겠지."

프레데리카는 한숨을 쉬면서 커피 잔을 나에게 내밀고는 아직 내용물이 남았는데도 "이거 치워주겠니?"라며 당연하게 말했다. 나는 대꾸하지 않고 받아 들어 주방 개수대에 받아둔 물로 컵을 씻었다. 행주로 닦으면서 문득 작은 냄비로 시선을 돌려 맑은 수프 속에 가라앉은 깔끔하게 깍둑썰기한 당근의 주황빛을 바라보았다.

"그레테 씨는 그 대위한테 의심받지 않았나요?"

"괜찮을 거라고 생각할래. 그 애가 크리스토프를 죽일 리가 없잖아…. 그건 너도 마찬가지지. 우리 남편은 나치 망령들의 테러에 휘말린 거야. 아니면 누군가 독을 넣은 걸 실수로 판 거겠지."

"…크리스토프 씨가 개인적으로 표적이 되었을 가능성은 없어요?"

취조실에 있는 동안에 도브리긴 대위의 말투가 옮았나 보다. 응접실로 돌아가자 프레데리카는 소파에 앉은 채 창밖의 먼 하늘을 바라보고 있었다.

피로가 밴 옆얼굴은 이 질문을 거부하는 것이 아니라 기대했던 것처럼 보이기도 했다. 나는 의자에 앉아 테이블에 손가락을 문지르며 볼록하게 부풀어 오른 물방울과 물방울을 서로 연결하면서 프레데리카의 대답을 기다렸다.

프레데리카는 대답하지 않았다. 입가 주름을 깊게 만들며 나에게서 시선을 돌렸다.

그러나 프레데리카가 시선을 돌린 이유는 얼버무리고 싶어서가 아닌 듯했다. 그녀는 눈농자를 천천히 움직여 방 한쪽에서 딱 멈추었다. 시선 끝을 좇자 내 허리만 한 높이도 되지 않는 작은 선반이 있고 그 위에 액자 두 개가 나란히 있었다. 나는 일어나서 액자를 보러 갔다.

한 장은 프레데리카와 크리스토프가 둘이서 찍은 사진 그리고 또 한 장은 세 사람이 찍힌 사진이었다.

내가 아는 것보다 스무 살쯤 젊은 프레데리카와 크리스토프, 둘 사이에 작은 남자아이가 있다. 조그마한 치아를 드러내며 귀엽게 웃는 어린 남자애였다. 검은 곱슬머리에 인상적인 커다란 눈, 짙은 눈썹. 오른쪽 광대뼈 부근에 오리온자리의 벨트 같은 점 세 개가 있다. 새하얀 블라우스 옷깃은 빳빳하게 세우고 거무스름한 타이를 매고, 짙은 색 반바지 아래로 둥근 무릎을 드러냈다.

나는 한참 동안 사진을 뜯어보았다. 신기한 감각이 몸을 관통해 하마터면 액자를 떨어뜨릴 뻔했다. 아이가 이다 또래인 탓도 있지만 다른 이유로 그보다 더 큰 충격을 받았다.

이 사람을 안다. 그렇다, 나는 이 아이와 똑같은 얼굴을 한 남자를 안다. 나란히 있는 세 개의 작은 점, 새카만 눈동자를 지닌 사람을 본 적이 있다. 그러나 어디에서 만났는지 기억나지 않았다.

"이 아이는 누군가요?"

"조카인 에리히야. 에리히 포르스트. 죽은 언니의 외동아들이란다. 이 전쟁에서 무사히 살아남았다면 스물여섯 살이 돼."

프레데리카는 깊은 한숨을 쉬었으나 이어서 나온 목소리에는 조금이나마 생기가 돌아오고 어떤 결의가 배어 나왔다.

"언니는 에리히가 여섯 살 때 독감으로 죽었어. 아아, 그 뒤로 벌써 스무 해나 지났구나. 형부는 이전 세계대전에 참전한 뒤로 돌아오지 않았고, 아이를 고아원에 맡기기도 가여워서 우리가 양자로 삼기로 한 거야."

"그런 아이가 있었군요. 몰랐어요."

"그래, 그 애 얘기는 되도록 하지 않았으니까…. 그 아이는 말이지, 우리에게 정을 붙이지 못했어. 자기 힘으로 나갔단다."

나는 몸을 돌려 프레데리카를 보았다. 그녀는 마치 미술관에서 명화를 감상하는 사람처럼 고개를 갸웃하고 창밖에 펼쳐진 밤하늘을 바라보았다.

"그러니까 가출한 건가요?"

"가출이지만 돌아오지 않는 가출이었어. 다른, 우리보다 훨씬 좋은 부모를 직접 찾아서 함께 살기로 했지."

에리히가 아홉 살이었을 적, 그러니까 16년 전인 1929년 베를린 중심부에 있는 유명한 동물원에 갔을 때였다고 한다. 에리히는 사람들 속에 파묻혀 길을 잃었고, 해가 저물어 밤이 되도록 찾지 못해 경찰까지 출동하는 바람에 한바탕 소동이 벌어졌다. 프레데리카는 잠 못 이루는 밤을 지새우고, 사흘 뒤 쿠르퓌르스텐담에 있는 극장 지배인의 아내라는 여성에게 편지를 받았다. 에리히를 맡고 있다는 내용에 흥분한 프레데리카는 유괴 사건이라고 믿었으나 실제로는 그렇지 않았다.

"바로 만났어. 상대방이 지정한 카페 크란츠러에서 내 친한 변호사도 함께했지. 운터덴린덴의 보리수 가로수가 금빛으로 빛나는 계절이었지. 여자는 빨간 윗옷과 치마에 한 쌍인 빨간 모자를 쓰고, 검은 장갑을 낀 손으로 에리히의 손을 상냥하게 끌면서 나타났어. 옆에는 인자한 얼굴의 신사가 함께였고. 그래, 중심가에 사는 사람다운 멋진 차림이었어. 그리고 정이 깊었지. 에리히는 우리보다 이 젊은 부부를 따른다는 걸 똑똑히 알았어."

에리히는 동물원에서 미아가 된 것이 아니라 제 의사로 도망쳤다. 그러나 정처 없이 달리다가 정말로 미아가 되어 불안에 떨며 밤을 보냈다. 그런 소년을 우연히 발견해 도운 이가 극장 지배인 부부였다고 한다. 그리고 두 사람은 에리히를 입양하고 싶다고 제의했다.

그런 과거를 털어놓으면서 프레데리카는 팔걸이의 쇠 장식을 손가락으로 톡톡 두드렸다.

"솔직히 부끄러웠어. 아니, 계급 차이가 아니라… 나는 그 부부보다 나이가 많았는데 아이 하나 제대로 기르지 못했다는 소리를 듣는 것 같았거든."

"그럴 리가요. 그때 크리스토프 씨도 같이 계셨나요?"

"아니, 무도회 연주로 외출했어. 그 무렵에는 아직 귀족이며 예술가가 많아서 이따금 우아한 무도회가 열렸단다. 그렇다고 에리히에게 무관심했던 건 아니야. 크리스토프는 아이들을 싫어하지 않았고 애정 어린 눈빛으로 에리히를 바라봤어. 하지만 확실히 우리는 둘 다 육아와 맞지 않았던 것 같아. 어린애에게 익숙하지 않았거든. 에리히를 소중히 여겼지만 몸져누운 날 밤에 엄마를 찾으며 우는 그 아이를 잘 달래지 못했어. 그러니까 나는 에리히가 지배인 부부의 양자가 되도록 절차를 밟았어. 그 아이가 고른 사람과 살아야 한다고 생각했으니까."

프레데리카는 참을성 없이 팔걸이를 계속 두드렸다. 나는 다시 사진을 바라보았다. 어린 에리히의 웃는 얼굴은 구김살 없이 천사처럼 천진하다. 아마도 프레데리카와 크리스토프가 거둔 직후에 찍었으리라. 양쪽에 서서 앞을 바라보는 부부는 어쩐지 긴장한 것처럼 보였다.

"그런 일이 있던 줄은 몰랐어요."

"남에게 떠들 만한 일이 아닌 것 같아서. 남 얘기 좋아하는 사람 말로는 내가 조카를 기르지 못한 가책 때문에 사람들에게 은신처를 제공하게 되었다더라. 그래서 말하지 않기로 했어. 예전에 이런 사람이 있었어. 노숙인들을 위한 자선 배식에 참여한 부인을 보고 '저이는 아이를 잃은 걸 견디지 못해서 남에게 애정을 쏟기 시작했어'라는 거야. 그래서 되받아쳤지. 그녀는 아이를 잃기 전부터 좋은 사람이었다고. 다들 남의 선의를 시기해. 자신을 향한 선의가 아니면 특히 더 그러지."

"히지만 오늘은 저에게 조카분 이야기를 해주셨군요."

"…신경 쓰이는 점이 있어."

탁탁 손톱으로 팔걸이를 두드리던 소리가 뚝 끊겼다.

"여기 정착하기 전에 집이 불탄 우리 부부는 쇠네베르크에 사는 지인 집에 그레테와 함께 몸을 의탁했어. 어느 날 지인의 가정부가 불러서 아래로 내려가니 젊은 남자한테 전화가 왔다는 거야. 바벨스베르크 우체국에서 걸려 왔다고 하는데."

"바벨스베르크? 영화로 유명한 곳요?"

"맞아. 우파(UFA. 국가의 재정 지원을 받아 설립한 독일 영화사─옮긴이) 영화사의 촬영소가 있는 우파슈타트야. 가정부는 캐묻고 싶은 눈치였지만 나도 도무지 누가 전화를 했는지 알 수 없었어. 아무튼 수화기를 드니 모르는 젊은 남자가 '프리카, 당신이 무사해서 다행이에요'라고만 말하고 전화를 끊었어."

"그 남자가 조카분인가요?"

프레데리카는 고개를 작게 끄덕였다. 부부의 집이 있던 샤를로텐부르크에 폭탄이 떨어진 것은 2년 전 11월로, 어린 조카도 어엿한 성인이 되었을 것이다.

"달리 짐작 가는 사람도 없고 그렇게 생각하고 싶은 마음도 있어. 곁을 떠났다고는 해도 조카가 우리를 떠올리며 걱정해 주었다면 이모로서는 행복인걸…. 하지만 그이가 이렇게 가고 나니 혹시 무슨 연관이 있는 걸까 싶어서…."

프레데리카는 양손을 뺨에 대고 지금 한 말을 스스로 지우 듯이 고개를 가로저었다.

"아아, 어쩌지. 이런 소리를 하고 싶지는 않은데. 취조실에서 도 대위에게는 에리히 얘기를 꺼내지 않았어."

"잠깐만요. '연관'이라면 조카분이 크리스토프 씨를요…?"

프레데리카는 힘없이 고개를 끄덕이고는 그대로 얼굴을 떨 구었다.

"말도 안 돼요. 2년이나 지난 얘기잖아요? 다른 사람이 전화 했을지도 모르고요."

"그 집으로 이사한 건 분명히 2년 전 늦가을이지만 전화는 1년 전 봄에 왔어. 그리고 나를 프리카라고 부르는 사람은 죽 은 언니랑 크리스토프 그리고 에리히뿐이야. 너도 이 얘기를 들으면 납득할지도 모르겠네. 최근에 남편이 암시장에서 누군 가를 만난 것 같아."

"누구를 만났다고요?"

이 이야기는 어디로 향하는 걸까. 잿빛 구름이 빠르게 하늘 을 뒤덮듯이 전개가 심상치 않아졌다. 심장이 경종을 두드리는 것을 느끼면서 나는 프레데리카의 대답을 기다렸다.

"내가 본 게 아냐. 그레테가 그랬어. 그 애에게는 에리히 얘 기를 했는데, 혹시 크리스토프가 에리히를 만난 게 아니냐고 하더구나. 그레테도 모습은 보지 못했다는데 크리스토프에게 그런 기색이 있었던 모양이야. 어쨌거나 그레테는 대위에게 틀림없이 에리히의 존재를 이야기할 거야. 그렇게 되면… 아니, 어쩔 수 없다는 건 알아. 하지만 주체할 수 없이 괴로워."

전부 설명하지 않아도 프레데리카의 두 눈에 고인 눈물을 보면 그녀가 무슨 말을 하려는지 알 수 있었다. 나는 더 참지 못하고 프레데리카에게서 시선을 돌렸다. 위 부근이 묵직하니 검은 납덩이가 쌓인 듯한 기분이었다.

"미안하구나, 아우구스테. 네 얘기는 경찰에게 했으면서 조카 얘기는 할 수 없었어. 미안해, 미안하다….”

프레데리카는 목소리를 떨기 시작하더니 코를 훌쩍였고, 하얀 뺨에는 눈물이 반짝였다. 이런 구석에서 굳어 있지 말고 당장 그녀 옆에 앉아 등을 쓸어주어야 했다. 그러나 할 수 없었다. 나는 액자 장식의 홈을 하릴없이 손가락으로 더듬었다.

"조카는… 착한 아이였어. 그리고 남편도 조용하고 멋진 사람이었어. 다들 그래. 다들 좋은 사람들인데 어째서….”

프레데리카는 울면서 자기 주변에서 얼마나 많은 사람이 사라졌는지, 지키려 했던 사람들이 죽었는지 한탄했다. 전쟁 중에 온갖 위장 공작을 하면서 자신이 소유한 집에 숨겨준 이들 대부분은 보람도 없이 전쟁이 끝나기를 버티지 못하고 목숨을 잃었다. 이다도 그중 한 사람이다. 이다와 함께 그 눅눅한 보트 대여점에서 지내던 소년도. 지하활동가도 대부분 살해당했다. 프레데리카의 집에 있던 노르웨이인 주방장도 공습 때 미처 도망치지 못했다고 한다. 그러나 나는 살아남았다.

내 부모는 반사회분자라서 죽었다. 그리고 국가반역죄를 지은 부모의 자식들은 교정 시설에 보내 국가에 순종하도록 재교육한다. 그래서 나는 전국청년지도국 어른들이 오기 전에 도망쳤다. 만약 붙잡히면 감별소나 청년수용소로 끌려가겠지만 그래도 도망쳤다. 그리고 이다를 맡긴 중개인에게 부탁해 프레데리카의 집에 이르러 문을 두드렸다.

"…저는 부인께 감사해요. 부인이 집에 들여주시지 않았다면 어떻게 됐을까요. 전부 나치와 전쟁이 나쁜 거예요. 전부."

거의 자신을 타이르듯이 중얼거리고 어깨 너머로 살짝 돌아보니 프레데리카가 양팔을 벌렸다.

"이리 오렴, 아우구스테. 나한테 와."

나는 머뭇거리면서도 액자를 든 채 프레데리카의 품속으로 들어갔다. 목덜미에서 오래된 순무 같은 냄새가 나고 그녀의 처진 볼과 내 뺨이 스칠 정도로 닿았다. 오른손에 쥔 액자 속 에리히와 눈이 마주쳤다.

포옹은 겨우 몇 초였다. 나는 프레데리카에게서 몸을 떼고 서먹함을 지우기 위해 헛기침을 했다.

프레데리카는 그 뒤 곧 잠이 들었다. 침실 침대가 아니라 소파에 몸을 뉘고 작게 색색거린다. 나는 발소리를 죽이고 옆 침실로 들어가 침대의 모포 두 장을 들고 돌아왔다. 불빛 아래에서 보니 모포가 아니라 시커먼 곰 모피라 흠칫 놀라 눈을 동그랗게 떴다. 독일에서는 좀처럼 볼 수 없는 물건이니 소련 문화부 장교에게 받은 것인지도 모른다. 나는 프레데리카에게 모피한 징을 덮어주고 다른 한 장은 바닥에 깔고 촛불을 껐다.

방은 순식간에 어둠에 깊이 잠겨 금 간 창문으로 비치는 달빛이 눈 부실 정도로 밝게 느껴졌다. 나는 바닥에 깐 모피에 누워 줄곧 어깨에 메고 있던 검은 가죽 가방을 베개 삼았다.

내 손안에는 액자가 있다. 어쩐지 손에 든 채 놓을 수가 없었다.

물림쇠를 풀고 뒤판을 떼어 낡고 얇은 사진이 찢어지지 않도록 조심하며 뺐다. 사진은 싱거울 정도로 쉽게 손에 들어왔다. 나는 똑바로 누워 파르스름한 달빛에 사진을 비춰보았다. 세피아색 세계 속에서 어린 에리히는 티 없이 웃었다.

에리히 포르스트.

그가 동물원에서 사라지고 스스로 고른 다른 부부의 양자가 되었다는 1929년은 내가 한 살이 된 해다. 세계공황이 일어난 해이기도 하다. 이 역사적인 불경기에서 '총통이 독일을 구했다'고 학교에서 집요하게 가르쳤다.

불현듯 들릴 리 없는 공습경보가 울려 퍼지는 것만 같았다. 부모님도 이다도 잃고 홀로 방공호에 들어갔던 나날의 어느 하루가 머릿속에 되살아났다.

2년 전, 한참 잠잠하던 공습이 다시 시작되는 바람에 일이 끝난 뒤 쿠르퓌르스텐담의 숙소에 있던 나는 지하 방공호로 도망쳤다. 그때 뺨에 점 세 개가 나란히 있는 청년을 보았다.

청년은 지하 방공호로 들어오려 했지만 이미 꽉 차서 거부당하고 바깥으로 나갔다. 이윽고 아침이 오고 영국 공군이 샤를로텐부르크에 폭탄을 떨어뜨려 대부분이 불탔다는 소식을 들은 나는 걸어서 로렌츠 부부의 저택이 무사한지 살피러 갔다. 저택은 불타고, 거무스름한 돌이 어지러이 나뒹굴고, 잔해에서는 아직 불똥이 탁탁 튀었다. 거기에 그 남자가 나타났다. 옷과 모자가 여기저기 그을고 코끝에 재가 묻었지만, 뺨의 점은 가리지 않았다. 불에 타 사라진 집 앞에서 두 눈을 부릅뜬 채 명하니 있다가 나와 눈이 마주치자 그을린 모자를 쓰고 서둘러 떠나버렸다. 마치 지나가던 사람이 공습 피해에 놀라서 발길이 멈췄던 것처럼.

이제껏 잊고 있었다.

나는 고개를 들고 프레데리카가 깊이 잠든 것을 확인한 뒤, 일어나서 발소리를 죽이고 선반으로 가서 액자를 뒤집어 다시 올려두었다. 빼낸 사진은 가방에 넣는다. 변명은 나중에 생각하자. 어쨌거나 내일 아침 여기를 나가기 전까지 추궁당하지 않으면 된다.

바닥에 깐 모피에 다시 누워 눈꺼풀을 닫고 잠을 청하려 했다. 하지만 머릿속이 시끄러워서 좀처럼 잠이 오지 않았다. 가방 안의 노란 책을 옆으로 밀어 딱딱한 모서리에 머리가 닿지 않도록 해도 소용없었다.

말이며 사람 얼굴이며 풍경이 머릿속에 떠올랐다가 사라지고, 사라졌다가 떠오르고, 유원지 회전목마처럼 빙글빙글 돌아 나에게서 졸음을 내쫓는다. 위상 부근에 가라앉은 까끌까끌한 무언가가 점점 묵직해진다. 빨리 잠들어야 한다고 초조해할수록 머리가 맑아져 결국 나는 모피 냄새와 바닥에 얼룩진 먼지 냄새를 맡으면서 아침이 오기를 기다렸다.

이튿날 아침 외출 금지가 끝나는 여덟 시를 기다렸다가 프레데리카의 집을 나섰다. 프레데리카는 아직 잠들어 있고 같이 사는 그레테는 돌아오지 않았다. 혹시 지하 감방에 수감되지는 않았는지 불안했다.

오늘도 쾌청하게 맑다. 태양은 층수 높은 집합주택이 늘어선 거리를 벌꿀색으로 비추고 거리에 짙은 그림자를 또렷이 드리웠다. 곳곳의 굴뚝에서 아침을 준비하는 하얀 연기가 피어올랐다. 문이 쾅쾅 열렸다 닫히고, 사람들이 움직이고, 태엽을 감은 장난감처럼 도시가 살아 숨 쉰다. 길바닥에 깐 돌이 상할 대로 상한 길에 발부리가 걸리지 않도록 조심하면서 걷는데, 눈앞에 벌거숭이 아이가 불쑥 뛰쳐나오더니 바로 뒤에 어머니임 직한 여성이 따라 나와 아이의 목덜미를 붙잡고 말없이 스웨터를 입히자 까치집 지은 어린애의 머리가 구멍으로 쑥 빠져나왔다.

카페가 문을 열고, 하얀 앞치마를 두른 노인이 칠판 앞에 웅크려 앉아 몽땅한 분필로 '오늘의 아침, 호밀빵 포함 콩 수프

20마르크, 소시지 100마르크, 진짜 쇠고기 수프 120마르크'라고 적었다. 카페 의자에 앉은 사람은 대부분 군복을 입은 적군 장교다. 그 앞을 중년 여성이 세탁 봉투를 쌓은 짐차를 끌고 지나가고, 작은 여자아이가 돌멩이를 늘어놓고 "한 개에 20마르크야." 하며 소꿉장난을 했다. 길모퉁이에는 소련의 붉은 깃발을 단 배급차가 서 있고 제각기 접시를 든 독일인들의 행렬이 이어졌다. 행렬은 중간부터 지수전 앞에 늘어선 줄과 뒤섞여 꾀죄죄한 헌팅캡을 쓴 남자가 어느 쪽이 어떻게 줄을 섰는지 알 수가 없다며 투덜거린다. 두 량짜리 노면전차가 묵직하게 천천히 달려와 만원인 칸에 승객을 더 태우자 사람들이 출입구에서 삐져나왔다.

그렇게 살아가는 독일인 대부분이 오른팔이나 가방 혹은 몸 어딘가에 하얀 천을 둘렀다. 항복의 표시다.

소련식 녹색 트럭이 요란하게 경적을 울리고 짐칸의 적군 병사들이 큰 소리로 떠들며 독일인을 조롱해도 고개를 드는 사람은 몇 명이 다다. 트럭은 검은 연기를 뿜으면서 어딘가로 달려갔다. 광장으로 나가자 마치 오리 장난감 같은 형태를 한 T34전차가 서 있고 그 주변에서는 적군 병사가 통조림에 얼굴을 파묻고 아침 식사를 했다.

타국 병사들 곁을 지날 때면 다들 고개를 숙이고 걸음을 빨리한다. 나도 눈을 마주치지 않으려고 노력하며 서둘러 광장을 가로질렀다. 그래도 폐허가 없는 길, 건물 잔해에 묻히지 않은 길을 걷기는 오랜만이라 아주 조금 마음이 편해졌다.

프레데리카의 집에서 30분쯤 걸어서 간밤의 경찰서 앞을 지났다. 그런데 어째 분위기가 이상했다.

건물 주변과 부지 바깥까지 소련 군인으로 가득하고 이상하게 삼엄한 분위기였다. 솜을 넣은 옅은 갈색 군복 차림의 적군 병사와 딱 맞는 붉은 군모를 쓴 적군 장병, 한여름인데 긴 외투를 휘날리는 군인도 있다. 방위선을 치려는 건지 간단한 바리케이드를 깔고 라이플을 든 보초가 감시의 눈을 번뜩였다.

대체 무슨 일이 일어난 걸까? 크리스토프 일로 머리가 가득했던 나는 불안에 휩싸여, 어떻게든 상황을 살피려고 주위를 둘러보았다. 거리를 사이에 둔 곳에 공원이 있다. 그 짙은 녹음과 울타리 아래에 뚜껑 덮인 커다란 쓰레기통이 놓여 있었다. 운동신경은 절대 좋은 편은 아니지만 저 높이라면 어떻게든 기어오를 수 있을 것 같다. 도로를 건너서 신발을 벗어 쓰레기통 위에 놓고 양 무릎을 뚜껑에 얹어 기어올라 보려고 했다. 그러나 좀처럼 무릎이 올라가지 않는다.

인간의 몸은 어째서 이리도 무거울까? 다리를 버둥거리며 끙끙대는데 갑자기 누군가 내 허리를 받쳤다.

"내가 올려줄게."

남이 밀어 올리자 오히려 배 주변 살이 더 당겨서 아팠지만 이를 악물고 간신히 쓰레기통 위로 올라갔다. 고맙다고 말하려고 돌아보니 낯익은 얼굴이 눈앞에 있었다. 야윈 볼, 부리부리한 눈, 커다란 코와 귀, 턱은 지저분하게 수염이 났고 구깃구깃한 옷깃 사이로 목젖이 볼록하게 눈에 띈다. 짙은 회색 윗옷에서 술 냄새가 풀풀 났다.

"아… 감사합니다."

"나야말로 고맙지. 어제저녁에는 아가씨 덕분에 살았어. 무사히 풀려났어."

생각났다. 어젯밤 경찰서에서 만난 도둑이다! 정말로 석방된 모양이다.

"그래서 뭐 하려는 거야? 여기서 곡예라도 선보여서 러시아인한테 돈이라도 받으려고?"

"아니에요! 그저 저렇게 삼엄한 이유를 알고 싶어서."

"아가씨, 호기심이 사람 잡는 거 알아? 자칫하면 험한 꼴 당해."

나는 그의 말을 무시하고 옆에 있는 가로등에 손을 대고 군복 장벽 너머를 보려고 했다. 그때 불현듯 깨달았다.

가방이 가볍다.

돌아보자 남자는 이미 없었다. 허둥지둥 가방 버클을 만져보니 분명히 잠갔는데 열려 있었다. 식은땀을 흘리며 안을 들여다보니 프레데리카 집에서 가지고 나온 에리히의 사진이 하늘하늘 떨어져 내려 얼른 잡았다. 가방은 텅 비었다. 마르크도 신분증 종류도 소중한 노란색《에밀과 탐정들》도 사라지고 없었다.

거짓말쟁이! 속았다! 역시 그 사람은 도둑이었다!

나는 쓰레기통에서 뛰어내리려다가 높이에 아찔해져서 포기하고 가로등에 달라붙어 간신히 미끄러져 내려왔다. 좌우를 둘러보자 오른쪽의 넓고 평평한 길 너머에 긴 팔다리를 부산하게 움직여 도망치는 등이 보였다. 마침 모퉁이를 돌려는 참이었다.

소매치기를 쫓아 달렸지만 금세 숨이 찼다. 간신히 그가 사라진 모퉁이를 돌았지만 그 앞은 T자 길로 막다른 곳에는 벽돌로 지은 커다란 맥주 공장이 높은 울타리로 둘러싸여 있었다. 그러나 오른쪽 길에도 왼쪽 길에도 인기척이 없다.

"어디로 간 거야."

숨을 헐떡이면서 오른쪽으로 가야 할지 왼쪽으로 가야 할지 머뭇거리는데 눈앞 맥주 공장에서 개가 사납게 짖는 소리가 들렸다. 설마 이 안으로 들어간 거야? 내 키의 두 배는 될 법한 울타리는 도저히 오를 방도가 없다. 낙심한 채 울타리를 쥐었는데 왼쪽에 부자연스러운 하얀 판자를 덮은 부분이 문득 시야에 들어왔다. 철사로 묶은 판자는 네 귀퉁이 중 하나만 고정되어 있어서 비스듬히 기울어 덜렁거렸다. 시험 삼아 옆으로 밀어 뒤를 살펴보니 울타리 두 개가 부러져서 몸을 옆으로 하면 손쉽게 안으로 들어갈 수 있었다.

빨간 벽돌로 지은 공장 앞에서 사슬에 묶인 점박이 개가 사납게 짖었고, 내가 나타났을 때 남자는 마침 사료가 든 그릇을 치우며 개를 놀리고 있었다.

"찾았다!"

남자는 씩 웃고 그릇을 원래 있던 곳으로 돌려놓더니 윗옷 자락을 빙그르르 펄럭이며 눈 깜짝할 사이에 달려가 버렸다.

"잠깐만… 부탁이야, 그 책은 소중한 물건이야! 돈은 줄 테니까 책을 돌려줘!"

부지 안에는 드문드문 사람이 있었지만 무시하고 남자를 쫓았다.

달리고 달려도 소매치기와의 거리는 조금도 줄어들지 않았다. 하지만 신기하게도 엄청나게 멀어지지도 않았다. 오히려 쫓아오기를 바라는 것처럼 흘끔흘끔 나를 돌아보고 상황을 살피는 듯한 시늉마저 하면서 내 속도에 맞춰 걸음을 늦추거나 달리거나 했다.

남자는 계속해서 남서쪽을 향해 달렸고, 공습을 피한 지구를 지나자 앞으로 나아갈수록 무너진 건물과 잔해가 늘어갔다. 도중에 삼각형 모양의 호르스트 베셀 광장도 지나쳤다. 폴크스뷔네 극장과 바빌론 영화관이 남아 있어, 부모님과의 추억이며 프레데리카가 제공한 은신처에 보내기 위해 헤어진 이다 생각이 가슴에 왈칵 밀려 올라왔다. 우리 가족이 살던 아커 길 주변 집합주택은 여기서 서쪽으로 2킬로미터쯤 가면 있다.

내 고향. 내가 아는 마을. 하지만 뒤에서 부는 바람은 계속 나를 재촉했고, 나는 먼지와 굴러다니는 돌멩이와 함께 걸음을 뗐다. 작아지는 도둑의 등을 쫓아서.

남자를 쫓아 붉은 광장을 빠져나가 사람들로 북적이는 알렉산더 광장을 지나고, 두 갈래로 나뉜 슈프레강을 건너 박물관 섬을 통과했다. 이 부근부터 도시의 상흔이 한층 깊어져 큰 부상의 환부에 가까워지는 기분이었다. 평평하고 넓은 길 곳곳에 벽돌과 모르타르 덩어리와 부러진 철골이 나뒹굴고, 걸으면 걸을수록 많아졌다. 상한 데 없이 남은 건물이 손에 꼽을 정도로 적다. 나는 뻘뻘 흐르는 땀을 닦고 아픈 옆구리를 손으로 감싸쥐며 고개를 들었다.

　한때 아름다웠던 베를린 대성당의 둥근 지붕은 보수를 위해 빨간 망을 쳐놔서 흉물스러웠다. 그 옆 루스트 정원, 총통의 연설을 들으러 많은 사람이 모였던 광장도 지금은 구멍투성이다. 건너편 기슭으로 이어지는 평평한 다리 위에는 거지와 구두닦이 소년이 앉아 어설픈 영어 노래를 부르며 미군의 구두를 닦는다. 하늘이 너르다. 하늘 자락과 지평 그리고 강의 수면이 겹치는 선까지 보였다.

　소매치기는 그대로 다리를 건너 운터덴린덴, '보리수나무 아래'라 불리는 베를린에서 가장 큰 대로를 돌아다녔다. 1.5킬로미터나 되는 직선 도로로, 길 끝에는 베를린의 상징 중 하나인 유명한 석문 브란덴부르크 문이 버티고 있다.

　나는 숨이 차서 더는 뛰기는커녕 후들거리는 무릎을 간신히 움직여 걷는 게 고작이었다. 어쩌지, 이대로는 소매치기를 놓치고 만다. 그러나 그도 언제부터인가 뛰기를 멈추고 터벅터벅

걷기 시작했다. 나와 마찬가지로 지친 걸까, 아니면 보폭을 맞추는 걸까 의심하면서 마른 등을 관찰하는데 소매치기가 갑자기 다리를 휘청이더니 가로등에 손을 짚고 왝왝 토했다. 풍기던 술 냄새를 생각하면 아무래도 숙취인 모양이다. 소매치기는 손등으로 입술을 훔치고 나를 슬쩍 노려보더니 달리지 않고 비틀비틀 걸었다.

도망치는 소매치기도 쫓는 나도 기진맥진해서, 점점 강렬해지는 여름 뙤약볕 아래 50미터 정도 거리를 유지하면서 걷는 기묘한 술래잡기다.

옛날 운터덴린덴은 아름다웠다. 평평하고 넓은 일직선 외길에 승용차와 이층버스에 전차까지 나란히 달리고, 퍼레이드를 할 때면 몇천 명이나 되는 군인이 질서 정연하게 행진했다. 길가 건물은 하나같이 거대해서 올려다보면 목이 아팠다. 모두 정면에 돌기둥을 세워서 꼭 고대 로마 제국의 신전 같았다. 장엄한 건물들이 내려다보면 인간 따위 정말 사소한 존재처럼 느껴졌다.

하지만 지금은 볼품없고 처참했다. 명물 보리수 가로수는 사라지고 위대했던 건물들은 검게 그을려 상처투성이다. 블록버스터 폭탄의 불이 내부 장식을 태워 외벽만 남은 폐허와 포탄을 온몸에 맞아 곰보처럼 팬 건물. 잿빛 벽에는 거대한 맹수가 발톱으로 후려친 듯한 생채기가 남았다.

길에는 폐허를 치우는 여성 인부가 여러 명 있었다. 여성들이 무너진 건물의 잔해가 쌓인 산에 올라가 지상까지 대열을 이루고 잔해를 가득 담은 양동이를 차례차례 옮겨 수작업으로 밑으로 내린다. 양동이는 트럭 몇 대에 내용물을 털어내고 빈 통이 되어 다시 손에서 손으로 비탈을 올라간다.

폐쇄된 대학교 부지에서 얼룩덜룩한 무늬의 젖소 몇 마리가 나란히 풀을 뜯는다. 바로 앞 그루터기에는 나무 막대기를 한 손에 든 감독관이 앉아 게으름 피우는 사람이 없는지 날카로운 눈빛으로 주시하고 있다. 운터덴린덴과 교차하는 프리드리히 길에 있는 병원 앞에서는 환자가 다 들어가지 못하고 밀려나왔다.

길모퉁이에서 썩은 과일 같은 냄새가 나고, 붕대를 감은 사람이나 몸져누운 채 꼼짝 못 하는 사람이 맨바닥에 앉아 서로 몸을 기댔다.

연합군의 트럭이 오간다. 소련의 낫과 망치가 그려진 적기, 미국의 성조기, 영국의 유니언잭, 프랑스의 삼색기를 제각기 펄럭이며 경적을 울리고 큰 목소리로 타국의 말을 떠든다.

그들은 카메라를 들고 무너진 도시와 길 가는 사람들에게 렌즈를 돌린다. 손으로 돌리는 카메라로 활동사진을 찍는 사람도 있다. 대개 미국인으로, 완장과 성조기 배지를 달지 않았어도 차림새로 알 수 있다. 머리카락은 깔끔하게 빗어 정발제를 바르고, 노동자 같지도 않은데 반소매 셔츠 한 장에 볕에 탄 팔을 드러내고, 바짓부리가 짧고 통이 좁은 바지 아래로 반듯한 복사뼈가 보인다. 그들은 짐이 적고 바람처럼 홀가분했다.

보리수 가로수가 사라진 뒤 중앙분리대는 양배추며 토마토며 완두콩 같은 작물을 심은 밭이 되어, 더위에 부패된 비료 썩은 내 때문에 가까이 갈 때는 코를 막고 걷는다. 조금 떨어져서 앞으로 나아가자 고열로 찌부러진 자동차의 잔해와 철골과 차바퀴, 시가전에서 바리케이드로 쓴 철판 등을 모아서 버려두었다. 비바람을 맞고 완전히 녹슬어 이제는 그저 불그스름한 고철 더미다. 건조하고 뜨거운 여름 바람이 불어 부러진 와이퍼가 끼익끼익 소리를 내고, 내 땋은 머리카락도 공연히 흔들렸다.

태양이 내리쬘수록 썩은 하수와 배설물의 악취가 심해지고 살아 있는 인간의 체취에 숨이 막힌다.

도시 대부분이 파괴되어도 인간은 많았다. 건물이 없으니 앉을 곳도 없고 어쩔 수 없이 바깥을 어슬렁거려야 했다. 자전거가 있는 남성은 따르릉거리면서 쌩쌩 달리고, 멀리서 걸어왔는지 하이힐을 양손에 들고 맨발로 걷는 젊은 부인이 지나가면서 투덜대는 소리가 들렸다.

양동이와 꽃병을 든 여성이 급수차 앞에 줄을 서고 허리 굽은 노파 두 명이 서로를 부축하면서 힘겹게 걸어간다. 짐차를 끄는 외국인, 짐을 한껏 짊어지고 휘청거리는 사람. 솔로 돌바닥을 문질러 얼룩을 닦는 사람. 아이들은 담배를 문 미군 병사 뒤를 따라다니며 다 피운 담배꽁초가 버려지면 우르르 몰려든다. 그 옆에서는 볼 절반이 화상으로 일그러진 소년이 땅바닥에 납작 엎드려 값나가는 물선을 찾는다.

때때로 즐거운 웃음소리가 들렸다. 어린아이가 쓰러진 철 기둥에 기어오르거나 폐허를 비밀기지 삼아 논다.

첫 공습 이후 5년이 지났고 무너진 거리에서의 삶은 이제 이골이 났다. 불탄 벽 앞에서 밝게 인사하고, 시가전에서 죽은 친위대에게 훔친 헬멧으로 양동이 대신 물을 긷는다. 구부러진 철골에 앉아 꾸벅꾸벅 졸기도 한다.

그러나 문득 하늘에 그림자가 스치면 다들 움찔해서 얼굴을 굳히고 움직임을 멈춘다. 까마귀나 매가 하늘을 날아간 걸 깨닫고는 가슴을 쓸어내리며 다시 살아간다.

소매치기는 아직 운터덴린덴을 걷고 있고 길 끝에 있는 거대한 브란덴부르크 문 가까이에 있었다. 돌기둥 여섯 개가 받치고 있는 돌문은 시가전 포탄과 총탄의 생채기로 여기저기 무너지고 꼭대기에 얹은 청동 사두마차상(쾌드리가)도 검게 불타고 말았다. 게다가 소련의 점령 표시인 붉은 천이 걸렸다. 문 앞에는 붉은 별을 단 거대한 스탈린 초상화가 놓였고 적군 병사들이 주위에 꽃을 장식하고 있었다.

브란덴부르크 문의 기둥에는 '소비에트 관리 지구는 여기까지, 이곳부터 영국 관리 지구'라는 말이 러시아어, 영어, 독일어 3개 국어로 적힌 간판이 걸려 있다.

소매치기는 브란덴부르크 문을 통과하지 않고 바로 앞 모퉁이를 왼쪽으로 꺾어 운터덴린덴을 뒤로했다.

그 뒤 10분쯤 걸어 소매치기가 향한 곳은 포츠담 광장이었다.

순식간에 차량이 늘어나고 요란한 호루라기 소리와 경적이 울린다. 적군의 원피스를 입은 여성 병사가 호루라기를 입에 물고 절도 있는 움직임으로 깃발을 올리고 내리며 교통을 정리하고 차와 노면전차가 달린다. 여기는 폭이 넓은 커다란 도로가 동서남북에서 다섯 개나 모이는 합류 지점으로, 사람이 다니는 길에는 지하철 U반 역으로 내려가는 계단이 있다. 운행은 하지만 전력 부족과 온갖 문제로 멈추기 일쑤다.

한때는 백화점인 콜럼버스하우스, 영화관, 고급 호텔 같은 웅장하고 화려한 건물이 광장을 당당하게 둘러쌌지만 지금은 모조리 공습으로 불타 텅 빈 폐허가 되어버렸다. 그래도 다시 쓸 가치는 있다는 듯 베를린 시민들은 검게 그은 건물 중 벽이 날아가 뻥 뚫린 1층에 자리 잡고 저마다 물건을 가져와 점포를 열었다. 활기 자체는 변함없다. 오히려 이전보다도 시끌벅적하다.

평소보다 사람으로 붐비는 포츠담 광장을 보고서야 나는 오늘이 일요일이라는 사실을 떠올렸다. 암시장이 열리는 날이다. 숨이 콱 막힐 듯한 사람들의 열기 속으로 한 걸음 내디디자마자 헐렁한 외투를 입은 소년이 내 소매를 잡아끌었다.

"누나, 멋진 브로치가 있어. 도금이 아니라 순금이야."

더위로 볼이 벌겋게 달아오른 소년은 앞머리가 젖을 정도로 땀을 흘리면서 외투 앞섶을 열어 안주머니에 감춘 무언가를 반짝반짝 빛냈다. 아마도 병뚜껑 같은 물건이리라. 나는 동정은 하면서도 말없이 고개를 젓고 소년에게서 도망쳤다. 그러나 다른 소녀가 이어서 소매를 잡아끌었다.

인파 속에서 실랑이를 벌이는 사이에 소매치기의 모습을 놓쳤다.

여기저기서 호객하는 목소리가 들린다. 부인용 구두, 아이용 신발, 신사용 구두, 고기 통조림, 빗, 나일론 스타킹, 비단 스타킹, 아스파라거스 통조림, 라이카 카메라, 향수. 벽이 사라져 기둥뿐인 폐허 안과 인도 한복판에서 물건을 가득 담은 여행용 가방과 천을 펼친 '가게'에 물건을 늘어놓고 판다. 길 맞은편에서는 국방군의 막대 십자를 덧칠해 감춘 밥차가 김을 피우고 하얀 손수건을 머리에 두른 여성들이 배급표 없이도 먹을 수 있는 무료 수프를 나누어주었다.

폐허의 벽이며 깨진 창문이며 기둥에는 메시지를 적은 종이가 빽빽하게 붙었다.

'찾습니다. 레오폴트 바너, 9세 3개월 남자아이, 금발에 갈색 눈동자, 날 때부터 오른쪽 정강이에 짙은 붉은 반점 있음. 보신 분은 빈터펠트 길의 헬가 바너에게.'

'마를렌 잉게바르트, 40세 건강한 여성. 잡일 무슨 일이든 합니다.'

'여름용 신사복 있음. 아이용 겨울 구두와 교환 희망.'

'신선한 양배추, 래디시, 당근. 티어가르텐 앞에서 판매 중. 50그램에 80마르크 또는 배급권Ⅳ 이상도 가능. 상담 가능.'

'루트에게. 아버지는 살아 있다. 반드시 집으로 돌아오너라.'

그렇게 몇백 장이나 모인 각양각색의 종이는 저마다의 말을 싣고 불어오는 바람에 파르르 나부꼈다. 인도의 돌바닥에도 초크와 목탄 등으로 쓴 메시지가 줄지어 당장에라도 목소리가 들릴 것 같았다. 갑자기 한층 거센 바람이 불어 반쯤 떨어졌던 종이 한 장이 눈 깜짝할 사이에 날아가 불어오는 모래와 함께 사람들 틈으로 사라졌다.

소매치기도 어딘가로 사라지고 없었다. 이 인파 속에 숨어들어 자취를 감출 작정인가, 아니면 어느 가게로 숨어들어 책을 팔 생각인가. 영문판 책이 독일인에게 팔릴 것 같지는 않지만 여기에는 미군과 영국군도 와 있다.

어쨌거나 이 오거리에서 어느 길을 골라 도망쳤는지 알 수가 없다. 나는 소매치기가 이곳에서 책을 팔아 치운다에 걸고 포츠담 광장에 나와 있는 가게를 하나씩 보며 돌아다녔다.

양초, 천 조각과 커튼, 박격포 포신과 헬멧을 가공한 물 긷는 바가지 등의 일용품, 미군의 트럼프 카드. 마찬가지로 미군의 풋 파우더는 영어로만 표기된 탓인지 '분'으로 잘못 팔렸다. 신발 끈이며 고무줄이며 철사를 파는 아이들은 등에 손을 집어넣어 몸을 긁고, 점포를 잃었다는 약국 주인은 정발제인 포마드와 대체 어디에 숨겨뒀는지 품질 좋은 비누를 작게 잘라 팔았다. 거품이 잘 나지 않고 더러운 국민 비누와 다른 비누는 오랜만에 보았다. 팔리는 것은 물건만이 아니다. 푸른 하늘 아래에 이발사들이 늘어서서 하얀 케이프를 목에 두른 손님들의 머리를 자르고 면도를 한다. 안경을 수리하는 직인 옆에는 젊은 여성이 주변에 아이들을 앉히고 너덜너덜한 그림책을 읽어 주었다.

외국인도 많았다. 대부분 러시아인이나 영국인 또는 미국인으로, 군인 외에도 장교의 아내인 듯한 부인이 팔자 좋게 구경하며 걸으면서 입가에 손수건을 갖다 댔다. 적군은 시계라는 뜻의 친숙한 단어 '우르'를 반복하며 온갖 사람을 압박해서 되도록 많은 손목시계를 우려내려 했다.

태양은 중천을 향해 점점 높이 떠올라 오븐처럼 정수리를 태운다. 프렌츠라우어베르크에서 여기까지 10킬로미터 가까이 걸었더니 다리가 아팠다. 아주 잠깐, 단 1, 2분만이라도 그늘에서 쉬려고 벽 절반이 날아간 폐허로 들어가 노점을 차린 곳에 앉았다.

옆에서는 머리를 길게 따 등에 드리운 나보다 서너 살쯤 어린 소녀가 길고 가는 초록색 병을 팔았다. 선갈퀴 시럽이 들어간 추억의 탄산수다. 하지만 이런 곳에서 진짜를 팔 리가 없다. 한 병에 5마르크 또는 담배 한 개비. 유리병에 담긴 맹물에 치르기는 지나치게 비싼 값이다.

그때 저쪽에서 흑발의 소년이 다가왔다. 등을 구부리고 안

짱걸음으로 무슨 켕기는 일이라도 있는 것처럼 두리번두리번 주변을 둘러보면서 다가오더니, 소녀에게 "이봐." 하고 말을 걸고는 나는 흘끔 보고 바로 시선을 돌렸다. 소녀는 표정 없이 오른손 손가락 두 개, 왼손 손가락 세 개를 세우고 말했다.

"담배 두 개비, 손으로 5분. 미국 담배면 한 개비여도 괜찮아."

"음… 입으로는?"

"입은 안 해. 그걸 원하면 다른 데로 가."

그렇게 말하고 소녀는 소년이 내민 담배 두 개비를 빼앗듯이 가로챘다. 암시장에서 팔리는 것은 물건만이 아니다. 소년은 멋있는 척이라도 할 요량인지 주머니에 손을 쑤셔 넣고 휘파람을 불었지만, 귀까지 새빨간 얼굴을 하고 잰걸음으로 뒤쪽으로 돌아가 폐허 계단을 올라갔다. 소녀는 아무래도 상관없다는 듯이 얼굴에 붙은 머리카락을 귀 뒤로 넘기고 담배를 외투 주머니에 넣고서 나를 획 돌아보았다.

"있지, 가게 좀 봐줄 수 있어? 5분이면 끝나."

"…알았어. 대신에 한 병 얻을 수 있을까? 목이 말라서."

"좋아. 오른쪽 끝에 있는 거 마셔. 우물에서 퍼 올려서 신선하니까."

"고마워."

나는 감사히 오른쪽 병을 들어 꿀꺽꿀꺽 단숨에 들이켰다. 물은 소녀의 말대로 신선하고 달콤해서 바싹 말라 갈라진 지면에 비가 스며들 듯 목을 촉촉하게 적셔 피로가 날아갔다.

5분 동안 가게를 본다. 자, 이제 소매치기를 어떻게 찾을까. 눈앞에 독일인, 직군 병사, 미국인이 지나간다. 개중에는 아주 커다란 짐을 짊어지고 여기저기 부딪쳐 혼나고는 어쩔 줄 몰라 하는 가족도 있었다. 아마도 동프로이센이나 폴란드 총독부에서 귀환한 재외 독일인일 것이다. 해방된 외국인 노동자들은 조금 더 기운이 넘치고 프랑스어나 이탈리아어, 잘 모르겠는 언어가 뒤섞였다.

지금은 몇 시일까. 프레데리카의 집을 나온 것이 아침 여덟 시, 이미 두 시간은 지났을 테니까 피프티스타스의 출근 시간은 지나고 말았다. 무단결근했다가는 틀림없이 잘릴 것이다. 만약 그렇게 되면 나는 집에서 쫓겨나고, 다른 직장을 구하지 못하면 길가에 나앉는다. 하지만 지각이라면 그래도 괜찮을지 모른다. 빨리 소매치기를 찾아서 책을 되찾아야 한다.

물이 든 탄산수병을 팔던 소녀가 막 돌아왔을 때 곰이 포효하는 듯한 아우성이 울려 퍼졌다.

다들 일제히 고개를 들고 목소리가 난 곳을 보았다. 고함은 여전히 계속되었고 간신히 러시아어인 걸 알았다. 솜을 둔 해진 천 윗옷에 바지, 어깨에는 황갈색 모포 같은 것을 둥글게 말아 비스듬히 멘 적군 병사 네다섯 명이 누군가를 둘러싸고 저마다 소리쳤다. 그리고 찌그러진 냅킨 같은 모양의 전투모를 쓴 머리, 머리, 머리의 파도 틈으로 한 남자의 가무잡잡한 얼굴이 쑥 올라왔다. 소매치기다. 게다가 오른손에 노란 책을 들고 휘두르고 있다.

상황을 살피는데 주변에서 사람들이 점점 늘어나 구경꾼으로 발 디딜 틈이 없다.

"슬라브인이 난폭하다는 말은 진짜군, 짜증 나! 딴 데로 가 버려!"

"야, 잠깐 보러 가자."

얼른 도망치는 사람, 욕설을 지껄이는 사람, 재미있어하며 다가가려는 사람. 나는 북새통에 치이면서 사람들을 헤치고 서둘러 소란의 중심으로 향했다. 물속을 죽을힘을 다해 걷는 듯한 저항을 느끼면서 숨을 삼키고 키 큰 남자들의 겨드랑이 밑을 파고들어서 간신히 틈이 난 곳으로 나가 신선한 공기를 가슴 한가득 들이쉬었다. 눈앞에는 적군 병사들이 있다.

"잠깐만요, 저 좀 보세요!"

큰 소리로 외치자 몰려 있던 적군 병사들이 일제히 나를 보았다. 그들의 등에서 흔들리는 크고 두꺼운 라이플, 분노로 가득한 눈동자에 오금이 저렸지만 주춤할 때가 아니다.

소란의 중심에서는 소매치기가 마치 장난을 치다가 늑대에게 쫓겨 나무로 올라간 원숭이처럼 옆에 있던 가로등으로 올라갔다. 나를 보더니 한숨 돌린 듯이 얼굴이 풀어졌지만 나는 그 남자의 편이 아니다.

"당신들을 방해하러 온 게 아니에요. 저기 있는 남자가 책을 훔쳐 갔어요. 되찾아 줘요. 소중한 물건이에요. Bitte(제발)."

"비테? 비테."

병사는 내 흉내를 내며 웃는다. 하지만 그중 한 사람, 둥근 안경을 쓴 작은 체구의 병사가 어설프지만 혀를 굴린 독일어로 대답했다.

"저놈, 속였다. 너, 친구인가?"

"아뇨, 친구 아니에요."

"저놈, 거짓 했다. 저 책으로 신기한 점 친다 말했다. 우리 돈 낸다. 저놈 점 안 한다."

병사는 침을 뱉고 더러운 검지를 소매치기에게 들이댔다.

"마셴니크!"

마셴니크가 무슨 말인지는 모르지만 소매치기가 사기를 쳤다는 건 알았다. 소매치기는 가로등에서 휙 뛰어내려 도망치려 했지만 전선에서 싸운 보병 상대로 당해낼 리가 없다. 이내 가장 덩치 큰 병사에게 목덜미를 잡혀 가녀리고 긴 팔다리를 바둥거렸다.

"잘못했어, 내가 잘못했어! 이봐, 제발 당신도 부탁해 줘. 우발적으로 저지른 거였어!"

어젯밤 경찰서에서 애원하던 모습을 떠올리고 한숨을 내쉬었다.

"…자업자득이네. 감옥으로 돌아가면 되지 않아?"

"그렇게 차가운 소리 하지 마! 나는 분명히 이 녀석들을 속였고 네 물건을 훔쳤지만 나도 불쌍하다고. 배가 고파서 배식소에서 밥을 먹는데 너한테 받은 마르크를 도둑맞은 거야."

"나는 준 적 없는데."

"말이 그렇다는 거지. 나쁜 놈은 내 옆에 있던 녀석이라고. 내 주의를 끌어서 뒤에 있던 동료가 돈을 훔쳐 갔다니까!"

"소매치기가 소매치기한테 당했다고?"

"어쩔 수 없잖아. 간만에 제대로 된 식사를 하느라 방심했어. 아무튼 와줘서 살았어! 자, 책 돌려줄게!"

하필이면 소매치기가 책을 던지는 바람에 노란 책등이 허공에 떠올랐다. 허둥지둥 팔을 뻗으며 달려갔지만 사람이 너무 많아서 받지 못할 것 같았다. 그러자 다른 사람이 대신 책을 받아주었다.

파란 군모, 파란 바지. 빳빳하게 다린 황갈색 상의. 도브리긴 대위다.

조금 전의 적군 병사들은 불편한 기색으로 오른쪽 어깨 부근을 손가락으로 탁탁 두드리고 그것을 신호로 어딘가로 사라졌다. 그들의 등을 바라보는 도브리긴 대위의 시선은 차가웠지만 나에게는 생긋 미소 지으며 붉은색 띠 아래로 검게 빛나는 챙을 잡고 신사답게 인사했다.

"안녕하세요, 프로일라인. 또 뵙게 되어 영광입니다."

"어떻게… 여기에?"

암시장을 둘러보던 길일까. 아무리 그래도 우연이 지나치다. 책을 돌려받고 싶어서 여기까지 왔는데 대위가 내민 책이 올

가미 같다는 생각을 떨칠 수 없었다. 나치의 게슈타포가 할 법한 수직이다. 그때 퍼뜩 깨닫고 소매치기를 보았다. 남자는 한심하게 웃으며 뒤에 있던 덩치 큰 베스팔리 하사 뒤에 숨었다. 하사는 노골적으로 얼굴을 찌푸렸지만.

"설마 당신 일부러…?"

그래서 소매치기가 도망치면서 흘끔흘끔 돌아본 거였다. 너무 떨어지지 않도록, 하지만 붙잡히지 않을 정도로 도망치며 내가 잘 오고 있는지 확인하기 위해서. 그러자 소매치기 대신 도브리긴 대위가 대답했다.

"네, 내가 당신을 이곳으로 데려오도록 지시했습니다. 경찰서 안은 현재 붐비고 우리는 그 사건 때문에 조사를 해야 하니까요. 카프카 씨에게는 석방해 주는 조건으로 작은 도움을 받았습니다."

카프카, 그러고 보니 지난밤에 경찰관이 그렇게 말했다. 이 남자는 카프카라는 이름의 배우라고. 카프카는 하사 뒤에서 가늘고 긴 손가락을 팔랑팔랑 움직여 나에게 손을 흔들었다. 정말 열 받는다. 나는 울컥하면서 도브리긴 대위의 손에서 책을 챘다.

"저는 직장이 있어요. 무단으로 결근하면 잘린다고요. 이런 곳에서 한가롭게 노닥거릴 시간 없어요. 저를 이리로 불러낸 이유가 뭔가요?"

"직장 일은 사죄드립니다. 저희가 근무처에 연락해서 어쩔 수 없는 사정을 전하죠. 가리 길의 병사식당 피프티스타스였죠."

"아뇨, 직접 갈 테니까 어쩔 수 없는 사정이 있었다고 종이에 적어주세요. 늦었지만 지금 출근할 거예요."

"그렇게는 못 합니다."

예상치 못한 대답에 나도 모르게 "네?" 하고 목소리가 튀어나왔다. 소련 군인이 아니라면 더 거친 말을 내뱉었을지도 모른다. 그러나 도브리긴 대위는 태연한 얼굴로 내 어깨에 살며시 손을 얹고 "저쪽에서 이야기하죠. 여기는 듣는 귀가 많으니까요."라며 광장의 인기척 없는 곳으로 이끌었다. 틈을 엿봐 도망치려던 카프카에게 "너도 따라와." 하고 못을 박는 것도 잊지 않았다.

간판이 검게 그을고 기울어진 술집 뒤편으로 들어가 암시장의 북적거림에서 멀어지자 도브리긴 대위는 뒤쪽 하사에게 손가락으로 신호를 보내고 허리띠에 찬 가죽 가방에서 수첩과 고급 만년필을 꺼냈다.

"프로일라인, 바로 묻도록 하죠. 어떤 인물에게 치약을 팔았는지 기억났습니까?"

"…아뇨, 하룻밤 만에 떠올리기는 무리예요."

아무래도 대위는 거북이가 물고 늘어지는 것만큼 끈질긴 것 같다. 어떻게 대응해야 할지 고민하는데 대위가 먼저 선수를 쳤다.

"그렇다면 기억이 나도록 돕겠습니다. 젊은 남자, 뺨에 점 세

그렇게 생략 없이

105

개가 있는 흑발의 청년은 아니었습니까?"

나도 모르게 놀라서 눈을 동그랗게 뜨고 나서 이내 아차 싶어 후회했다. 대위는 내 반응을 놓치지 않았고, 뒤쪽 하사가 펜을 놀리는 소리가 들렸다.

"아무래도 아시는 모양이군요."

"아니에요! 대위님이 말씀하신 그런 의미가 아니에요. 정말이에요. 바로 어젯밤에 프레데리카 부인께 들었던 이야기라 놀란 거예요."

"호오? 프레데리카에게요."

이야기하면 할수록 점점 무덤을 판다. 가방에는 에리히의 사진이 있었지만 들키지 않기를 마음속으로 빌었다.

"…제가 아는 사실은 프레데리카 부인에게는 조카가 있고 지금 대위님이 말씀하신 남성과 똑같은 특징을 지녔다는 것뿐이에요. 어젯밤에 프레데리카의 집에 머물면서 옛날이야기를 했거든요."

"그랬군요. 우연의 일치네요. 저도 어젯밤 같은 인물의 이야기를 들었습니다. 프레데리카의 사용인인 그레테 노이베르트 양에게 말이죠. 이달 초 이곳 암시장에서 크리스토프는 누군가와 만났다는군요. 그레테 양의 말로는 조카가 아닐까 하던데요."

도브리긴 대위는 가볍게 말하고 하얗고 길쭉한 담배를 물었다. 곧바로 뒤에 서 있던 베스팔리 하사가 성냥을 그어 불을 붙였다.

"그레테는 지금 어쩌고 있나요? 무사해요?"

"당연하지요. 식사와 청결한 침상을 제공했고 건강하고 팔팔합니다. 조금 더 자세히 이야기를 듣고 싶지만 안타깝게도 지금 경찰서에서는 통상 업무를 하기가 어려워서 그대로 머물도록 했습니다."

"…무슨 뜻이죠?"

"아뇨, 이번 건과는 전혀 관계가 없는 일입니다. 라디오는 듣지 않습니까? 사실은 조만간 우리 동지 스탈린이 베를린에 오십니다."

"네?"

"몰랐다니 놀랍군요. 퍼레이드도 할 예정이고 독일 방송도 포함해 곳곳에서 대대적으로 보도하고 있습니다. 물론 스탈린 동지가 경찰지서 같은 곳에 들를 일은 없으시죠. 그래도 만반의 준비가 필요합니다. 동지뿐만 아니라 영국의 처칠, 미국의 트루먼도 옵니다. 각국의 수장이 한자리에 모이는 역사에 새길 일이 일어날 거예요. 솔직히 독일인 살인 사건에 매여 있을 상황이 아닙니다. 그러나 나는 조직 안에서도 이단에 속해 있어요. 독일어를 할 줄 아니까요."

대위는 자조했다.

"그러나 베어볼프의 범행 가능성을 부정하지 못하는 이상 조사를 해야 합니다. 별일 아니라고 여긴 결과 만에 하나 동지에게 무슨 일이 생겼다가는 큰일이니까요. 그래서 부탁이 있습니다. 지금부터 바벨스베르크로 가서 에리히 포르스트의 거처를 알아내십시오. 그가 베어볼프가 아닌지 조사하고자 합니다."

"…지금부터 제가요?"

"네. 군정부는 매우 바빠서 인원을 차출할 수 없습니다. 제복을 입고 가면 경계할 테고 무엇보다 같은 나라 사람인 당신에게 맡기고 싶습니다. 독일 지도로는 여기에서 바벨스베르크까지 30킬로미터도 되지 않아요. 열차를 타면 한나절이면 돌아올 수 있죠. 피프티스타스에는 우리가 연락해 두겠습니다."

그런 문제가 아니다. 지나치게 무리한 주문에 나는 고개를 가로저었다.

"못 해요. 저는 한낱 민간인인데, 찾을 자신 없어요. 애초에 제가 판 상대는 에리히가 아니라고요. 그것만큼은 보증해요."

"호오, 그렇다면 누구에게 팔았습니까?"

"누구라뇨… 확실히 기억나지는 않아요. 하지만 에리히처럼 젊지는 않았어요."

"구매자만 다를 수도 있습니다. 그거야말로 베어볼프 같은 조직이라면 할 만한 수법이죠. 아무튼 에리히 포르스트가 베어볼프가 아니라면 그 증거가 필요합니다."

나는 귀를 의심하며 도브리긴 대위를 보았다. 이 사람은 진심으로 에리히 포르스트가 베어볼프고, 가당치 않은 죄를 계획하는 반란분자라고 생각하는 것 같다. 나는 에리히가 어떤 사람인지 모르고 정말로 베어볼프인지 아닌지는 알 수 없다.

그런데도 내가 그 얘기를 받아들이고 도브리긴 대위의 말대로 바벨스베르크까지 가기로 한 이유는 내가 에리히를 만나야 한다고 직감했기 때문이다. 그렇게 정하자 위장 부근에 가라앉았던 묵직함이 조금 가벼워진 것 같았다.

"안심하시죠. 보수는 지불합니다. 사람을 수색하기에는 단서가 적지만 이 남자를 데리고 가면 도움이 될 겁니다."

뾰족한 턱을 획 쳐들어 카프카를 가리킨다. 나와 카프카는 동시에 항의했다.

"잠깐만요. 왜 이 사람이랑 같이 가야 하죠?"

"이봐, 나는 이제 할 일 끝났잖아! 이제 그만 풀어줘!"

그러나 도브리긴 대위는 말을 들을 줄을 모른다. 둥글게 부푼 바지 주머니에서 은색 회중시계를 꺼내더니 여유롭게 말했다.

"서두르지 않으면 날이 저무니까 간단히 하죠. 이 남자, 카프카는 전 영화배우입니다. 촬영장이 있던 바벨스베르크의 지리에 밝죠. 그리고 카프카, 너의 속죄는 아직 끝나지 않았어. 감옥으로 돌아가고 싶지 않다면 얌전히 명령에 따라. 스스로 뿌린 씨앗은 스스로 거둬야 한다."

떠날 때 도브리긴 대위는 나에게 10마르크 지폐 한 장과 담배 두 갑을 주었다. 담배는 중세의 이상한 하얀 레이스를 목에 감은 남자 초상화가 그려진 미국 롤리 담배였다.

나는 진심으로 한숨을 쉬면서 가방에 책과 담배를 집어넣었다. 한편 카프카는 아직 결심이 서지 않았는지 우물쭈물 투덜거렸다.

"어째서 이런 꼴을 당해야 하는 거야. 내가 뭘 했다고."

"거짓말했잖아. 진짜 도둑이었는데 괜히 도와줬어."

"진정해. 나는 분명 네 물건을 훔쳤지만 명령 때문에 어쩔 수 없었고, 집을 잘못 찾아간 건 정말이었어. 무서운 소련 장교 집인 줄 알았다면 도둑질하러 안 들어갔지. 무엇보다 말이지. 굶주리면 훔치지 않고서는 살아갈 수 없기도 해. 신께 충성을 맹세한 프링스 추기경도 말했잖아? '어쩔 수 없다'고."

"도둑질은 도둑질이고 사기는 사기야."

나는 받은 10마르크 지폐를 볕에 비춰 구석구석 관찰하며 진짜인지 확인했다. 가운데에 여자 세 명이 그려진 지폐는 아무래도 진짜인 것 같았다. 이번에는 소매치기당하지 않도록 돈은 가방이 아니라 겉옷 안주머니에 신분증과 함께 핀으로 고정해 둔다.

"분명히 말해두는데 적어도 나와 함께할 동안에는 훔치지 마. 내 물건도 남의 물건도. 도둑에 사기꾼이랑 다니기는 싫으니까."

"그러니까 너는 나를 데려갈 마음이로구나."

"달리 달아날 구멍이 있다면 알려줘. 가지 않으면 우리는 체포될 거야."

패전한 피점령국 국민의 처지는 벌레만큼 낮다. 나는 가방의 꼬인 어깨끈을 고치고서 가슴을 펴고 남서쪽으로 걷기 시작했다. 카프카가 따라오든 말든 신경 쓰지 않을 작정이었지만 카프카는 뭐라 뭐라 투덜거리면서 뒤따라왔다. 구깃구깃한 헌팅캡을 탁탁 두드려 다시 쓰면서.

"달아날 구멍 말이지. 여기에는 나랑 너밖에 없잖아. 너는 내가 어디로 갔는지 발설하지 않고, 나도 네 얘기를 입 다물면 도망칠 수 있어."

마음은 흔들리지만 받아들일 수는 없었다. 전쟁 때를 생각하면 저쪽 사람들의 정보망과 집요함을 우습게 보면 위험하다는 걸 알았고, 무엇보다 나는 이미 결심했다.

"…당신이 그러고 싶으면 가도 돼. 하지만 나는 가야 해."

"왜?"

"에리히. 도브리긴 대위가 행방을 찾으라고 명령한 사람을 나도 만나고 싶어."

그것이 이 걸음을 내디딘 가장 큰 이유였다. 그가 여기서 나를 숨어서 기다리지 않더라도 조만간 바벨스베르크에 갈 작정이었다. 그래서 프레데리카의 집에서 사진을 허락 없이 가져왔다. 그를 찾고 싶었기 때문이다.

"만나고 싶다고? 생이별한 오빠나 애인인가?"

"아니, 전혀 모르는 사람이야."

"뭐? 그럼 왜…."

어이없다는 목소리에 카프카를 흘끔 쳐다보니, 멍청하게 입을 벌리고 있어서 긴 얼굴이 더 길어졌다.

"대단한 이유는 아니야. 그저 에리히 포르스트라는 남자에게 이모부의 죽음을 전하고 싶을 뿐이지. 육친의 죽음을 모르고 산다는 건 역시 서글픈 일이니까."

나에게는 이제 육친이라 부를 사람이 아무도 없다. 유해를 매장하는 것조차 허락되지 않았다. 그 시절에 당국이 반란분자의 시신을 정중히 다루었을 리가 없다. 아마도 집단 무덤에 아무런 생각 없이 쓰레기처럼 던져졌을 것이다. 나는 유품 하나 가지지 못한 채 아무도 기다리지 않는 집으로 돌아가는 괴로움을 견디며 줄곧 후회했다.

지금 나에게는 다른 어떤 것보다도 에리히를 만나 이야기를 나누는 일이 중요했다. 이 심정을 카프카가 이해했을지는 차치하더라도 말이다.

그러나 "하핫." 하고 웃는 카프카는 신이 나 보였다. 흥미가 생긴 모양이다. 결국 카프카는 따라왔고 나의 소소한 여정의 길동무가 되었다.

빠르게 오르는 기온과 여기저기서 피운 불로 열기가 자욱해 길 앞에는 신기루가 아른거린다. 높은 건물이 사라져 무서울 정도로 넓어진 하늘에 비행기가 하얀 구름을 끌면서 폭탄을 뿌리지 않고 날아갔다.

내가 반걸음 앞서고 조금 뒤처져 카프카가 따라온다. 옆에서 보면 평범한 두 사람으로 보일 것이다. 우리가 누구인지 가리키는 완장이나 증표는 어디에도 달려 있지 않으니까.

막간 I

가련한 꽃이 바람에 흔들리는 평온한 봄이 저물고 졸린 듯
하던 태양이 드디어 눈을 떠 힘찬 여름이 시작되려는 6월의 어
느 날.

임신한 마리아 니켈이 축축하고 어둑한 집합주택 부엌에서
산기를 느꼈다. 남편 데틀레프는 공장에서 일하는 터라 혼자
집에 있던 마리아는 임신한 몸을 끌듯 걸어가 간신히 맞은편
집 문을 두드렸다. 옆집 일가의 모친이자 그 집 남편이 하는 조
산원의 간호사이기도 한 에디트 베텔하임은 마리아의 상태를
보자마자 아들에게 물을 데우라고 이르고 재빠르게 처치를 시
작했다. 이마에 진땀을 잔뜩 흘리면서 정신을 놓으려는 마리아

에게 열 살인 장녀 에바 베텔하임이 말을 걸어 격려했다. 그로부터 두 시간 뒤 마리아 니켈은 건강한 딸을 낳았고, 소식을 듣고 날아온 데틀레프가 아우구스테라고 이름을 지었다. 두 사람이 아우구스트 길의 묘지에서 만났기 때문이다.

시대는 1928년, 바이마르 공화정 시기의 독일, 수도 베를린. 프로이센의 역사를 잇는 장엄한 건물이 늘어서고, 동시에 강철이 만든 아치 또한 아름다운 도시다.

지난 세계대전에서 패하고 굶주림과 폭력과 질서 붕괴를 지나 10년의 세월이 흐른 베를린에는 해가 저물지 않은 백야 같은 난잡하고 광기 어린 명랑함이 존재했다. 번화가에서는 뉴욕 같은 네온사인이 번쩍이고, 영화관과 카바레 같은 화려한 볼거리가 거리를 장식했다. 술집에서는 스윙 재즈에 맞춰 댄서가 춤을 추는 가운데 섹스 상대뿐 아니라 코카인도 구할 수 있었다. 화력발전소의 굴뚝은 자욱하게 연기를 뿜고, 사람들 머리 위에는 전선이 종횡무진 깔려 하늘을 올려다보면 격자 구조물 아래에 있는 듯한 기묘한 기분이었다. 도시가 정비되면서 슬럼이 철거된 뒤 광장에서는 땀범벅이 된 남자들이 새로 개통하는 지하철을 위해 구덩이를 파고, 어디를 가나 공사 중이다.

그런 베를린 중심부의 서쪽 베딩 지구에서 아우구스테는 태어났다. 종합 전자기기 회사 AEG의 빨간 벽돌로 된 거대 공장이 가동하고 교회와 시너고그가 기도 소리를 높이는 이 지구에는 노동자와 이민자, 비교적 가난한 유대인들이 많이 살았다.

묵은 그을음으로 공기가 더러운 이 마을을 부유한 인간은 가까이하러 하지 않는다. 길은 좁고 5층짜리 집합주택이 빈틈없이 빽빽하게 늘어섰으며, 지하실의 작은 창문으로는 세탁물을 삶는 증기가 넘친다. 수세미를 손에 든 중년 여자가 땀을 흘리면서 벽을 닦지만 아무리 열심히 청소해도 들러붙은 얼룩은 좀처럼 지워지지 않는다. 고깃집 앞에는 사람들이 행렬을 이루어 몇 시간이나 기다려야 하고, 젖먹이가 길에서 잠들고 깡마른 개가 짖는다.

거리의 담과 집 벽에는 각 정당의 프로파간다 포스터와 당 기관지를 붙였다 떼었다 한 자국이 있다. 특히 다섯 손가락을 펼친 노동자의 손바닥을 콜라주한 독일공산당 포스터와 검은 갈고리 십자가에 흰색과 빨간색 완장을 두른 팔이 코가 큰 붉은 얼굴을 때리는 국가사회주의 독일노동당 포스터가 한층 눈에 띄었다.

수목의 잎이 물들고 가을이 깊어지기 시작한 10월의 이른 아침. 연료 업자가 목탄과 석탄을 쌓은 트럭을 몰고서 집합주택마다 정면 현관 초인종을 누르며 돌아다녔고, 다음은 아커 길 차례였다.

아커 길 22번지에 있는 집합주택 관리인 부츠는 잠에 취한 눈을 비비면서 주민에게 모은 돈으로 석탄을 두 양동이만큼 사더니 욕실이 있는 지하로 내려갔다. '공동욕실, 다음 가마 때는 날, 다음 주 금요일 오후 5시부터 7시'라고 적은 칠판을 내놓은 문을 거칠게 열고 양동이를 안에 집어넣었다.

관리인은 안마당으로 돌아가 둥근 얼굴을 찌푸리고 성냥을 그어 담배에 불을 붙였다. 아침의 가을바람이 벗겨지고 있는 머리카락을 살랑살랑 매만진다. 주거동에 둘러싸인 좁은 하늘에 새 한 쌍이 날아갈 때 갓난아이가 칭얼대는 목소리가 들렸다. 그때 문득 생각이 떠오른 부츠는 지하실로 돌아가 양동이에서 큼직한 석탄 두어 개를 슬쩍해서 주머니에 찔러 넣었다.

1번부터 5번까지 세로로 이어진 주거동을 갓난아기 소리가 들리는 안쪽으로 나아가, 4번 건물 1층 오른쪽 문을 열고 계단실로 들어갔다. 허리춤의 열쇠 꾸러미를 철컹철컹 흔들면서 오르자 목소리가 점점 더 가까워진다. 각 방은 두 호씩 마주 보고 있고, 부츠가 난간을 잡고 돌아서 올라가는 모습을 문틈으로 훔쳐보는 아이의 얼굴이 보였다.

목표인 3층에 올라간 부츠는 울음소리의 발신지인 오른쪽 문을 두드렸다. 잠시 뒤 불그스름한 금발을 뒤로 동그랗게 묶은 삐삐 마른 젊은 여자가 얼굴을 내밀었다. 관리인은 평소에는 무뚝뚝한 얼굴을 어설프게 당겨 웃는 표정을 지었다.

"안녕하시오, 니켈 씨. 아기 상태는 어떤가?"

"안녕하세요, 부츠 씨. 우리 애가 좀처럼 울음을 그치지 않아서… 시끄러웠나요?"

관리인은 마리아의 대답에 만족한 모습으로 고개를 끄덕이더니 무슨 이유인지 기쁜 듯이 웃었다.

"아주 기운이 넘치는군. 이걸로 따뜻한 수프라도 만들어. 어이쿠, 나른 사람들에게는 비밀이야. 특히 옆집 유대인한테는 각별히 입단속해."

부츠는 목소리를 낮추어 그리 말하고는 주머니에 숨겨둔 큼직한 석탄을 건네고 휘파람을 불면서 계단을 내려갔다.

석탄을 받아 든 마리아 니켈은 문을 닫고 귀를 댄 채 멀어지는 관리인의 발소리를 확인하고는 안도의 한숨을 내쉬었다. 이달 집세를 아직 내지 못했다. 곧바로 앞치마에 감싼 검고 큼직한 석탄 덩어리를 보고 나중에 청구당할까 불안해서 입술을 깨물었다. 부츠는 변덕쟁이다. 화를 내나 싶으면 갑자기 상냥하게 군다. 주민은 변덕이 심한 관리인의 기분에 이리저리 휘둘렸다.

마리아는 부엌으로 돌아가 석탄을 작업대 위에 두고 칭얼대던 아우구스테를 안아 올렸다. 마리아의 손은 세탁물을 삶는 양잿물의 뜨거운 물로 물집이 잔뜩 잡히고 세제 때문에 손가락 피부도 거칠었지만, 딸의 뺨을 부드럽게 닦자 아우구스테는 그제야 칭얼거림을 멈추고 가슴에 얼굴을 비볐다. 가늘고 긴 부엌의 작은 창문으로 약하게 비쳐 드는 가을볕 아래 마리아는 딸의 등을 통통 두드리고 천천히 어르면서 노래를 흥얼거렸다. 갓난아이는 멍하니 눈을 가늘게 뜨고 사르르 잠이 든다.

안심하고 잠든 딸을 확인한 마리아는 아기를 요람에 다시 눕히고 발소리가 나지 않도록 조심조심 부엌을 나갔다. 근처

성 세바스찬 성당의 종소리와 거의 동시에 공장이 소음을 연주한다. 남편 데틀레프는 지금쯤 공장 어딘가에서 일할 것이고 자신도 일할 시간이다. 마리아는 머리에 삼각 두건을 두르고 바깥으로 나가 옆집 문을 두드렸다. 코가 커다랗고 둥근 초로의 이츠하크가 나와 생긋 웃었다.

"마리아, 부츠가 해코지했어?"

"조금 생색 내고 갔을 뿐이야, 고마워 이츠하크. 에바는 있어?"

"당연하지. 당신이 오기를 기다렸어."

그렇게 말하자마자 이츠하크의 다리 사이로 자그마한 에바가 나와서 "아주머니 안녕하세요!" 하고 땋은 검은 머리카락을 흔들면서 마리아의 집으로 들어갔다.

"아이고, 학교도 저렇게 기운차게 가주면 좋을 텐데 공부는 싫어한다니까."

"무슨 걱정이야, 에바는 현명한 아이인걸. 내가 얼마나 도움을 많이 받는데."

딸을 보는 건 에바에게 맡기고 마리아는 3번 안마당 공동세탁소로 갔다.

한 바구니에 0.5마르크를 받은 시트, 셔츠, 속옷 등을 가마가 달린 커다란 솥에 넣고 잿물로 삶아 증기에 새빨개진 손으로 막대기를 써서 건지고 롤러로 짠다. 오후가 되면 학교에서 돌아온 소년들이 용돈 벌이로 일을 도우러 온다. 부유한 독일인의 집에는 미제 전기식 자동세탁기가 있지만 이 집합주택에 사는 가족 대부분은 세탁 공장에 보내는 것조차 주머니 사정이 아쉬웠다. 넉분에 빨랫줄에 넌 세탁물의 양은 끝이 없어 자칫하면 정신이 아득해질 것 같았지만, 담담히 손을 움직이면 언젠가는 끝난다.

마당 화단에는 꽃과 나무가 무성하고 비를 고스란히 맞아 금이 간 벤치에서는 수염을 기른 할아버지들이 파이프 담배를 태우거나 노파가 뜨개질을 하며 쉰다. 한편에는 신문의 구인란만 일사불란하게 읽는 남자나 아직 술이 깨지 않아 빨간 눈을 하고 드러누운 남자도 하나둘 있었다.

4번 주거동 아래 4번 안마당 구석에는 장미를 심어놓아 에바 또래의 여자아이 기젤라가 가을에 핀 장미를 멍하니 바라보고 있었다. 작은 입에서 혀가 삐져나와 옆에 앉은 모친이 이따금 손수건으로 침을 닦아주었다. 그런 모녀를 못마땅하게 지켜보던 어린 남동생 레오는 떨어진 가지를 주워 누나를 때리고는 혼이 나기 전에 재빠르게 도망쳤다.

집으로 돌아온 어머니들은 아이들에게 연한 수프를 먹이고, 밤에는 공장이나 토목 작업 현장에서 돌아온 남편을 맞이하고 마가린과 호밀빵 또는 감자로 저녁 식사를 마친다. 그런 흐름이 여기에 사는 여자들 대부분의 평소 하루였다.

이날 밤 마리아의 남편이자 아우구스테의 아버지인 데틀레프 니켈은 집으로 돌아와 부엌 식탁에서 삶은 감자를 우물거리다 풍로 옆에 놔둔 석탄을 발견했다.

"어쩐 일이야. 훌륭한 석탄이잖아."

"관리인 부츠 씨가 줬어. 이걸로 따뜻한 거라도 먹으라면서. 하지만 집세를 아직 안 냈으니 나중에 같이 청구할 수도 있어."

"됐어, 쓰자. 사실은 내일부터 파업을 시작해. 급료가 안 나온다고 그동안 석탄도 없이 살 수는 없잖아?"

"또야? 집세는 어쩌려고?"

"내 원두 볶는 냄비를 팔고 올게. 그보다 이것 좀 꿰매줘. 또 해먹었어."

데틀레프는 키는 마리아보다 작지만 AEG 소형모터 공장의 노동으로 근육이 단련되어 팔이 마리아의 허벅지만 하게 커져서 윗옷 어깻죽지가 금방 찢어진다. 마리아는 어이없다는 얼굴로 데틀레프의 땀이 밴 윗옷을 받아 들더니 식탁에 가스등을 켜고 바느질을 했다. 그 사이에 데틀레프는 더러운 탱크톱에 멜빵 달린 바지 차림으로 원두용 철 냄비를 팔기 전에 마지막 커피콩을 볶았다. 향긋한 냄새가 나는 커피를 마리아와 자신의 머그잔에 따르고 나무 의자에 앉아 신문《베를리너 타게블라트》를 펼친다.

"체펠린호가 무사히 대서양을 횡단했대."

"비행선? 부럽다. 하늘을 날면 어떤 기분일까?"

재빨리 바느질을 마치고 고개를 든 마리아의 눈에 심각한 얼굴로 신문을 읽는 데틀레프가 비친다.

"안 좋은 얘기라도 있어?"

"아니… 나치당 보도가 마음에 걸려서. 그놈들 활동은 한물 갔다고 생각했는데 아무래도 슈포르트팔라스트 연설에서 이상한 걸 썼나 봐. 라우드 스피커라고, 목소리를 멀리까지 확산하는 장치라네."

'국가사회주의 독일노동당(NSDAP)'이라는 혀가 꼬일 듯한 이름을 가진 민족주의자들 얘기는 마리아도 자주 듣는다.

"쿠데타를 일으켜서 체포된 사람들이지? 벌써 연설도 해?"

"연설 금지 기간이 풀리고 굳이 베를린까지 왔다는군. 의용군 출신들은 뮌헨 맥줏집(브로이하우스)에 얌전히 앉아나 있을 것이지."

데틀레프는 짜증 내며 신문지를 흔들다 접어놓고는 커피를 마셨다.

국민은 지난 세계대전이 종결되자 안심하고 가슴을 쓸어내리며 10년 동안의 평화를 누렸다…라고는 말할 수 없었다. 독일은 아직 혼란의 한복판이었다. 전승국이 부여한 조약과 신헌법은 국민 대부분에게 온갖 불만의 배출구였다. 직장을 얻지 못한 것도, 긴 줄을 서고도 고기를 사지 못하는 것도, 많은 외국인이 와서 제 세상인 양 거리를 돌아다니는 것도 전부 강제된 체제 탓이라고들 했다.

종전과 함께 황제를 끌어내린 뒤, 공화국 체제라는 항로로 나아가려는 나라의 키를 사실은 누구에게 맡겨야 할지 온갖 논의로 시끄러웠다. 특히 정부에 반발하는 이들은 공산주의자 그리고 패전을 급진적 사회주의(볼셰비즘)에 의한 덫이라고 보는 민족주의자로 서로 격렬하게 대립했다.

후자인 급진파가 NSDAP다. 아돌프 히틀러라는 이름의 오스트리아 출신 귀환병은 독일 민족을 하나의 국가로 통일하는 '국가주의'를 내걸고 '영토를 잃고 거액의 배상금에 시달리는 이 비참한 상황은 독일 정복을 꾀하는 유대인, 마르크스주의자들의 비열한 음모'라고 주장했다.

한편 데틀레프는 전자였다. 10년 전에는 아직 선거권도 없는 가냘픈 노동 소년이었으나 종전을 호소하는 데모에 참여했다. 그러나 11월 혁명도 결국은 뜻대로 되지 않고 혁명파가 공산당과 사민당으로 찢어지자 성인이 된 데틀레프는 극좌인 독일공산당원이 되었다. 현 정부는 배신자다. 그러나 NSDAP는 더욱 마음에 들지 않는다.

데틀레프는 마리아가 수선한 윗옷에 팔을 꿰면서 벌컥 불만을 터뜨렸다.

"다들 어차피 히틀러는 무솔리니 흉내나 내는 놈이니 금방 사라질 거라고 하지만, 이탈리아의 전철을 밟을 수도 있다는 생각은 안 하나? 그 쩨쩨한 콧수염 자식은 '민주주의는 말할 것도 없다, 경제에도 유해하다'고 지껄인다고. 그런데 남독일의 지지 기반은 누구일 것 같아? 노동자야. 솔직히 다들 더 심각하게 생각해야 해. 오늘 밤 집회에는 당신도 오지 그래?"

마리아는 열성적으로 이야기하는 데틀레프를 바라보며 천

천히 고개를 가로저었다.

"억지 쓰지 마. 알잖아. 공산당 집회도 나라가 금지했어, 데틀레프. 나까지 체포되면 아우구스테는 어쩔 거야?"

"그것도 그렇군. 미안."

황급히 마리아의 이마에 입을 맞춘 데틀레프가 나가자 집은 금세 조용해졌다. 벽시계의 바늘 소리만이 째깍째깍 괜스레 크게 울려 퍼졌다. 지난 대전 때 식량난으로 죽은 데틀레프의 부모가 남긴 유품이었다.

구름이 낀 잿빛 밤, 데틀레프는 세운 옷깃 안에 목을 웅크리고 주머니에 손을 찔러 넣었다. 푼돈을 아끼기 위해 노면전차를 타지 않고 걸어서 독일공산당 본부가 있는 뷜로 광장으로 간다. 환기팬으로 마늘과 향신료 냄새를 풍기는 '돼지고기 없음'이라고 쓴 유대인 식당 앞을 지나쳐 돼지고기 100퍼센트를 선전 문구로 삼은 '순수 독일 소시지' 포장마차 모퉁이를 돌았다. 길에는 증기 해머가 요란한 소리를 내면서 도로를 수선하고 억센 남자들이 반라의 몸을 땀으로 번들거리면서 일한다.

살담배를 신문지 조각으로 말면서 길을 건너려는데 뒤에서 노면전차가 경적을 울리며 다가와서 데틀레프는 일부러 천천히 노선 위를 건넜다. 그러고는 두 량을 연결한 박스에 탄 승객들을 노려보며 "팔자 좋군." 하고 불평했다.

평소 뷜로 광장은 한산하고 눈에 띄는 것이라고는 극장인 폴크스뷔네가 다였다. 데틀레프가 어릴 적 이 부근에는 동유럽에서 온 가난한 유대인이 모인 슬럼가 쇼이넨피어텔이 있었지만 사라진 지 오래다. 삼각형 빌로 광장 주변에 있는 가게는 초라한 목조 건물밖에 없고 화려한 중심부와 부유층이 사는 남서 지구에 비하면 똑같은 베를린이라고 생각할 수 없을 정도로 낙후되었다.

그러나 오늘은 사람이 모여 제법 떠들썩하다. 독일공산당 본부 리프크네히트 하우스 앞에 노동자, 예술가, 작가 등의 공산당원이 모였다. 화가인 게오르게 그로스의 모습도 보인다. 늘 타는 트럭에는 '선택은 공산주의'라고 흰 페인트로 쓴 선거 슬로건이 그대로 적혀 있고, 당원의 단골 가게와 바빌론 영화관에는 프로파간다 포스터가 쭉 붙어 있었다.

"바이마르 연합은 못 미덥다고 생각하지 않나? 모조리 미국에 의존하잖아!"

"타도 정부! 공산주의 만세! 이 목소리를 모스크바에 전하자!"

남자들은 주먹을 휘두르고 여자들도 손뼉을 치며 소리쳤다. 군복과 비슷한 회색 제복을 입은 적색전선 청년들이 붉은 깃발을 휘두른다. 그러나 집회의 열기는 한순간이고 누군가의 신고로 경찰관들이 달려와 치고받는 난투가 벌어졌다. 여기저기서 비명을 지르고, 경찰의 기다란 샤코 군모가 날아가 돌바닥 위를 나뒹굴고, 노동자들이 경찰관을 밀어붙인다. 그러자 경찰대가 지수전에 호스를 연결해 엄청난 수압으로 광장에 물을 뿌렸다. 흠뻑 젖은 당원들은 도망치려고 우왕좌왕하고, 동료들

보다 뒤처진 남자는 맞고 걷어차이고 그대로 체포당했다.

데틀레프는 골목을 뛰어다니며 간신히 도주에 성공해 물이 괸 신발로 질퍽질퍽 소리를 내며 단골 술집으로 들어갔다.

"데틀레프, 살아 있었나."

정면 테이블에서 친구 라울이 맥주잔을 들었다. 데틀레프와 달리 키가 크고 은막 스타처럼 잘생겼다.

가게 안에는 이미 동료들이 모여 있었는데 다들 옷을 입은 채 란트베어 운하에서 목욕이라도 한 것처럼 흠뻑 젖어서 바 카운터의 가게 주인은 당장에라도 손님을 쫓아낼 분위기다.

가게 손님도 공산주의자들이 모여들기 시작하자 자리에서 일어나 데틀레프와 스쳐 지나가면서 "동포를 등 뒤에서 떠민 매국노들." 하며 혀를 찼다. 그러나 라울은 소탈한 얼굴로 헌팅 캡을 걸레처럼 짜서 바닥에 물웅덩이가 생겼다.

"하지만 정부는 엉망진창이야. 정말로 유대인이 볼셰비키의 우두머리라면 경찰 부청장인 유대인 나리는 어째서 우리를 괴롭히지? 나치랑 똑같이 보지 말라고. 그럼 뭘 마실래, 데틀레프?"

"주머니 사정이 안 좋아."

이 꼴로 돌아가면 마리아가 크게 걱정할 것이다. 그렇게 생각한 데틀레프는 윗옷을 벗어 짜려다가 웨이트리스의 사나운 시선에 하는 수 없이 뒷문으로 나갔다. 문을 열자 쥐 몇 마리가 도망친다. 데틀레프는 쓰레기통과 맥주 캔으로 가득한 뒷문에

서서 윗옷, 모자, 바지를 벗어서 짰다. 차가운 가을 밤바람에 몸이 부르르 떨린다. 그때 뒤에서 라울이 맥주잔을 들고 나타났다.

"마셔, 마셔. 내가 사지."

"무슨 바람이 불었어? 네가 술을 다 사고."

"얼마 전에 보험 회사로 옮겼어. 거기 보스인 유대인 박사가 인심이 후해. 역시 일하려면 놈들 회사가 좋아. 잘나가는 인간은 위세도 좋지. 좀생이 독일인이랑 다르게 말이지."

"그랬군. 고맙다."

"공산주의에 건배!"

보름달이 비추는 밤, 멀리서 들리는 취객의 노랫소리를 안주 삼아 데틀레프는 맥주잔을 기울였다. 그때 골목 저쪽에서 잘 아는 사람이 이쪽으로 달려오는 모습이 보였다. 라울은 쾌활하게 양손을 펼치고 맞이하려 했다.

"리젤 아니야! 어디로 갔나 했네. 많이 늦었군."

그런데 모습이 이상했다. 짧은 흑발이 흐트러진 채 숨을 헐떡이며 치마가 찢어질 듯이 성큼성큼 다가왔다.

"두 사람! 얘기 좀 들어줘. 아이가 행방불명됐대."

다기진 리젤이 어쩐 일로 동요하고 있어서 데틀레프와 라울은 처음에 리젤이 아는 집 아이가 행방불명된 줄 알았다. 그러나 그게 아니라 조금 전에 만난 낯선 여자의 아이라고 한다. 리젤 뒤에서 백지장보다 하얀 얼굴에 절망적인 표정을 지은 젊은 부인이 모습을 드러냈다. 그녀는 말랐지만 아름다웠다. 라울이 곧바로 손을 끌어 쉬라고 재촉했다. 긴장과 공포로 떠는 부인이 사정을 설명했다.

"저는 남편과 헤어지고 세 아이와 살고 있어요. 그런데⋯ 여덟 살 큰아들하고 여섯 살 딸이 쿠르퓌르스텐담에 간 뒤로 돌아오지를 않아요."

이 가족은 주거를 확보하기 위해 신축한 집을 이리저리 옮겨 다니는 '제습 일'을 하며 산다고 한다. 집합주택은 지금도 증가하는 중으로, 막 지은 집은 습기가 차기 쉬운데 창문도 연료도 적으면 건조하기가 어려웠다. 그 때문에 처음 1, 2년 동안은 가난한 가족이 살며 체온으로 집을 건조하는 직업이 있었다.

젊은 부인은 계속 흡입한 습기와 곰팡이 탓에 폐가 망가졌는지 이따금 격렬하게 기침했다.

"지금은 이 근처에 사는데요. 아이들은 벌이가 되는 쿠담(쿠르퓌르스텐담의 약칭) 길에서 구두닦이와 도로포장 일을 했어요. 그런데 날이 이렇게 어두워지도록 돌아오지를 않아요. 경찰도 상대해 주지 않고요."

부인의 이야기에 세 사람은 얼굴을 마주 보았다. 위압적인 긴 샤코 군모에 짙은 쪽빛 제복을 입은 경찰관이 가난한 자를 위해 애쓰는 모습은 상상하기 어려웠고, 그렇지 않더라도 조금 전 공산당 집회에서 쫓겨 물에 빠진 생쥐 꼴이 된 데틀레프 일행이 경찰서로 가기는 위험했다. 데틀레프가 팔짱을 끼고 심각한 표정을 짓자 라울이 리젤에게 보이지 않도록 재빠르게 한쪽 눈을 감기에 저도 모르게 하늘을 올려다보았다. 라울과는 오래 알고 지냈지만 그 가벼움과 음흉한 마음씨에는 언제나 넌더리가 났다. 이 부인은 라울이 좋아할 만한 미인이다.

"걱정하지 마세요, 부인. 제가 함께 찾아드리죠."

라울이 젊은 부인의 어깨에 팔을 두르고 골목 저편으로 사라지자 리젤은 "어쩔 수 없지." 하며 고개를 내젓고는 두 사람의 뒤를 따라갔다.

그로부터 1년이 지난 1929년 가을, 10월의 어느 목요일. 독일에서 멀리 떨어진 미합중국 뉴욕 월가에서 겨우겨우 표면장력을 유지하던 칵테일 잔 테두리에 한 줄기 물이 흘러 떨어졌다. 불과 80퍼센트로 시작된 주가 하락은 조금씩 주위를 도려내는 듯하더니 홍수처럼 터져 나왔고, 전 세계로 범람해 주가가 곤두박질쳤다. 그날은 영원히 잊을 수 없는 암흑의 날이었다.

이를 계기로 미국, 영국, 프랑스, 독일 등 세계의 선두를 달리는 거대 국가가 흔들리고, 독일 마르크화도 휴지 조각으로 바뀌어 바이마르 공화정은 풍전등화 상태가 되었다. 공장에서는 직원이 대량으로 해고당하고 데틀레프도 하마터면 실직할 뻔했다. 마리아는 삯바느질을 하고 식사에는 쐐기풀 같은 들풀이 섞였다. 원래 검소한 생활을 미덕으로 삼던 독일인들은 지갑을 더욱 닫아 1페니히도 허투루 쓰지 않는 생활을 보냈다.

야당은 이 기회를 놓치지 않았다. 각지에서 온갖 연설을 펼치고, 인쇄소의 윤전기는 굉음을 내며 프로파간다 전단과 당 기관지를 찍어냈으며, 깃발과 현수막이 걸렸다. 적대하는 당의 당원끼리 싸움이 잇따르고 습격 사건과 사망자가 나오는 심각한 폭행 사건이 어느 진영에서건 일어났다.

경제 혼란이 정치 혼란을 야기하고 선거 횟수가 늘어났다. 일요일인 투표일은 축제 같은 분위기에 휩싸여 각자의 당가와 당기로 가득한 가운데 국민은 표를 던지고, 또 선거를 치르면 다시 표를 던졌다. 선거권을 가진 독일 국민은 마침내 정부의 목을 날리자 다음에는 누구의 머리를 둘지 고민했다.

"우리 나라의 붕괴 원인을 제거하고 이 붕괴로 부당한 이익을 취한 놈들을 '절멸'시키자."

히틀러의 연설에서 '놈들'이 가리키는 바는 그의 말로 분명해졌다. 공산주의자와 유대인. 듣는 이의 증오를 부추길 뿐만 아니라 히틀러 자신 또한 믿어 의심치 않는 이 주장을 사람들 역시 믿었다. 점차 변호사, 의사, 정부 공무원 등 높은 자리에 앉은 부유한 유대인이 얄미워졌다. 히틀러의 완급을 조절한 교묘한 말재간은 광장에서 광장으로 울려 퍼지고 모든 강과 호수를 넘어 비행기를 타고 돌아다니며 독일뿐 아니라 국경 바깥까지 널리 퍼졌다. 그의 말은 알기 쉽고 많은 국민의 가슴을 때리고 흥분시키고 눈물까지 불렀다. 히틀러의 말은 이제 오락이었다. 집회에 모이는 인원수는 점점 더 많아지고 회장은 점점 더 넓어졌으며 온갖 지구에서 개최되었다. 영화관에 걸리는 주간 영화 뉴스에서도 방영되자 극장에서 준비하던 당원이 환호성을 지르는 통에 니켈 일가는 영화관에 거의 발걸음하지 않게 되었다.

변화는 뷜로 광장에서도 일어나 독일공산당 집회를 몰래 빠져나가 NSDAP로 옮기는 사람도 생겼다. 데틀레프는 NSDAP를 싫어하는 자와 마찬가지로 그들을 '나치스'라고 부르며 경멸했다.

갈고리 십자가를 단 사람들의 구두 소리가 드높고 질서 정연하게 울려 퍼졌다. 거리는 평온해지기는커녕 난장판이 되었고, 열에 들뜬 자들의 사상이 충돌하고 전국에 폭력적인 대폭풍이 불어 문을 닫기에는 이미 늦었다.

그리고 맞이한 1933년 1월 말.

네 살 반이 된 아우구스테 니켈은 태어났을 때부터 정해진 자기 자리, 안마당에 면한 부엌 창가에서 작은 나무 의자에 가만히 앉아 있었다.

겨울 해는 일찍 저물고, 안 그래도 약한 태양 빛은 눈 깜짝할 사이에 검푸른 어둠에 사라지고 만다. 아우구스테의 작은 무릎에는 작년 생일에 아빠가 사준 책이 놓여 있다. 불용품 시장에서 산 책으로 표지는 샛노란 색이고 한가운데 그림이 그려져 있는데, 흰 기둥 뒤에 두 소년이 숨어서 앞서 걷는 초록색 겉옷 차림의 누군가를 지켜보고 있다. 아동서인《에밀과 탐정들》이었다.

그러나 아우구스테는 하나도 읽지 못했다. 말이 어려운 탓이 아니라 영역판이었기 때문이다.

작가인 에리히 캐스트너는 독일인이고 원서도 독일어로 쓰였지만 불용품 시장에 나온 물건이다 보니 팔다 남은 외국어 번역서도 섞여 있었다. 책을 가지고 싶어 하는 아우구스테를 데틀레프가 수레 높이까지 안아 올렸을 때, 아우구스테는 그저 이 선명한 노란색에 끌려 책을 골랐다.

데틀레프는 읽지도 못하는 책을 사서 손해 봤다며 불평했지만 딸은 신경 쓰지 않았다. 제목에 있는 'DETECTIVES'가 무엇을 가리키는지도 모르지만 책장을 펼치면 삽화가 잔뜩 실려 있었고, 그림으로 상상을 부풀리는 것은 무척 즐거운 놀이였기 때문이다.

창밖의 안마당에서는 이미 어두워졌는데도 같은 4번 주거동에 사는 아이들이 돌멩이를 차며 놀았다. 아우구스테는 같이 어울리고 싶지는 않았다. 그러나 한겨울 화단 한쪽에 홀로 핀 가련한 흰 장미는 보러 가고 싶었다.

아우구스테는 창밖을 응시하며 장미 넝쿨 밑에 여전히 놓여 있는 휠체어를 보고 조금 실망했다. 그곳에는 기젤라라는 열다섯 살 소녀가 앉아 있었다. 움푹한 작은 눈을 깜빡거리면서 흰 장미를 바라보는 기젤라를 향해 소년들이 "얼간이!", "야, 맹추야!" 하고 소리 지르며 놀렸다. 평소 얌전한 기젤라가 고양이 같은 소리로 울음을 터뜨리자 소년들은 웃으며 도망쳤다.

"아가씨, 우유 드세요."

모락모락 김이 나는 법랑 머그잔이 눈앞에 나타나자 아우구스테는 환하게 웃었다.

"고마워, 엄마."

"천만에. 책은 재미있니?"

"응!"

마리아는 책에 빠진 딸을 조금 부러운 듯 보면서 빳빳하게 다린 앞치마 주머니에서 하얀 포장지를 꺼내 아우구스테의 손바닥에 얹었다. 노란색으로 빛나는 사탕 조각이었다.

"옆집에서 줬어. 아주머니가 벌꿀로 만들었대."

입가에 하얀 우유 수염을 단 아우구스테는 조금 불만스러운 듯이 고개를 갸우뚱했다.

"자그마하네."

평소 아우구스테는 분에 넘치는 말은 별로 하지 않는다. 그러나 아우구스테는 옆집 베텔하임 일가가 이 집합주택 안에서도 비교적 유복한 편이라고 믿었다. 산부인과 의사인 데다, 열다섯 살이 된 에바와 놀 때면 건포도나 호두가 듬뿍 들어간 달콤한 빵이 나왔고, 불순물 없는 새하얀 각설탕이나 벌꿀을 넣고 깨를 듬뿍 띄운 홍차를 마실 수 있었다. 그런데 오늘 사탕은 무척 작다.

사탕을 입에 휙 던져 넣고 우유를 함께 머금어 대굴대굴 굴리는 아우구스테를 보며 마리아가 작게 한숨을 쉬자 완만하게 굽이치는 짧은 금발이 흔들렸다. 베텔하임 일가는 유대인이고, 최근 들어 이 지구에서도 NSDAP의 세력이 강해져 유대인에게 물건을 풀지 않는 상점이 늘어나는 바람에 마리아가 몰래 장을 대신 봐주기도 했다. 그런 사실을 아직 다섯 살도 채 되지 않은 딸에게 설명해야 할지 고민하다 결국 말을 삼켰다.

"나중에 고맙다고 인사해야 해. …어머, 기젤라가 아직도 바깥에 있네."

마리아는 아우구스테의 머리 너머로 바깥을 내다보고 불쑥 중얼거렸다. 어둠에 잠긴 안마당에는 엄마들이 나와서 놀던 소년의 귀를 붙들거나 엉덩이를 차며 한창 집으로 돌려보내고 있었지만, 한쪽 구석에 무성한 장미 옆에 머무는 기젤라 주변에는 아무도 없었다. 열다섯 살 기젤라는 휠체어에 앉아 이따금 벌어질 뻔한 입을 황급히 닫고 둥그런 턱을 어색하게 소매로 닦으며 다시 화단을 바라보았다. 이전에는 어머니가 늘 곁에 있었지만 지난달 말에 폐렴으로 죽어 오늘은 아무도 보이지 않는다.

그렇게 바깥을 내다보니 데틀레프 같아 보이는 사람이 3번 주거동과의 경계인 아치 밑에서 나타나 뒤를 돌아보며 안마당을 가로질러 이쪽으로 다가오는 모습이 보였다.

"아빠다!"

어린 아우구스테는 천진하게 들떠서 마중을 나가기 위해 의자에서 뛰어내려 현관으로 달려갔지만, 남편의 모습이 이상하다는 사실을 깨달은 마리아는 어두운 표정을 지었다.

집으로 돌아온 데틀레프는 아우구스테와 가볍게 포옹했으나 그 손에는 평소 같은 힘이 없었다. 아우구스테가 의아해하며 고개를 드니 아빠의 얼굴이 괴물 같았다. 왼쪽 눈 위가 붓고 뺨도 검붉게 변했다. 아우구스테는 비명을 지르고 뒤따라온 마리아도 흠칫 놀라 멈추어 섰다. 아내와 딸의 반응에 데틀레프는 힘없이 미소 짓고는 "다녀왔어." 하고 평소보다 작은 목소리로 말했다. 아우구스테가 칭얼대는 소리에 정신을 차린 마리아는 부엌으로 돌아가 수건을 물에 적셔 꼭 짠 뒤 현관으로 돌아와 데틀레프의 얼굴에 대고, 다른 한 손으로 부축하며 응접실 의자에 앉혔다.

"아우구스테. 잠깐 밖에서 놀고 오렴."

"싫어!"

"아빠랑 엄마가 중요한 얘기가 있어."

"안 나가! 바깥은 벌써 캄캄하고 기젤라가 있는걸!"

"얘, 아우구스테!"

마리아가 득달같이 야단치자 아우구스테는 한층 큰 소리로 울었다.

"하지만 기젤라는 이상한걸. 벌써 다 컸는데 침을 흘리잖아."

아우구스테의 입에서 천진한 악의가 흘러나오자 마리아는 두 눈을 질끈 감았다.

은퇴한 교사인 주더 부부의 딸 기젤라는 여섯 살에 신경정신병원 의사의 진단을 받았다. 아직 다운증후군이라는 이름도 없어 눈이 작고 이목구비가 다소 평평한 탓에 '몽고증'이라는 이름이 일반적이던 시대, 대학을 나온 훌륭한 의사도 교과서에 따라 기젤라의 진단서에 그런 병명을 적었다. 나이 든 부부와 장애인 딸이 있는 일가를 이 집합주택 안에서도 험담하며 숙덕였다. 기젤라에게는 레오라는 남동생도 있었지만 두 사람이 함께 있는 모습은 거의 보지 못했다.

아우구스테는 안 그래도 퉁퉁 부은 아빠 얼굴을 보기도 무서운데 엄마에게 혼이 나자 혼란과 분노와 공포로 울음을 그칠 수 없었다. 눈물을 뚝뚝 떨구며 흐느끼는 딸을 데틀레프가 끌어안았다.

"우리 귀여운 딸, 잊으면 안 되는 게 있어."

"…뭔데?"

"세상에는 다양한 사람이 있다는 거야."

아우구스테는 코를 훌쩍이고 두 눈을 끔뻑거리며 상처투성이인 아빠의 얼굴을 쳐다보았다. 상냥하게 미소 지은 아빠의 얼굴은 조금 전만큼 무섭지 않았다.

"사실은 말이지 아우구스테. 기젤라는 네가 무서울 거야."

"무서워?"

놀라서 동그랗게 뜬 눈에서 눈물이 쏙 들어갔다.

"나, 하나도 무섭지 않은데!"

"아니, 무서워. 네가 기젤라를 무서워하듯이 기젤라도 너를 무서워해."

데틀레프는 입술이 부루퉁한 아우구스테를 안아 들어 무릎 위에 앉혔다.

"왜냐하면 기젤라는 아우구스테에게 아무것도 하지 않았는데 아우구스테가 자신을 이상하다고 말하고 무서워했기 때문이란다. 무서운 일을 당했다면 화내며 반박하거나 무서워해도 되지만 기젤라가 너를 때렸니? 못된 말을 했어?"

"…아니."

"그럼 아무 잘못도 없이 괴롭힘 당하거나 못된 말을 들으면 상대방이 무서워지겠지?"

아우구스테는 눈을 치켜뜨고 아빠의 모습을 흘끔 살피면서 고개를 끄덕였다. 아무것도 하지 않았는데 놀림을 받으면 기분이 안 좋기 때문이다. 이를테면 안마당에서 놀던 소년들. 아우구스테가 바깥에 나가기만 해도 금방 놀리는데, 기젤라에게 험한 말을 지껄이는 것을 듣고 소년들이 한층 무서워졌다. 기젤라도 아우구스테에게 그렇게 느꼈을까.

"내가 그 애들이랑 똑같은 거야?"

"아빠랑 엄마는 그렇게 되지 않기를 바란단다."

아우구스테는 미간에 주름을 잔뜩 모으고 자신의 작은 머리가 가득 차오르는 것을 느꼈다. 아직 말로 표현할 수는 없는, 희미한 윤곽의 무언가가 만들어지기 시작한다.

"하지만… 기젤라가 있으면 장미를 볼 수 없어. 모처럼 추운데 피어서 보고 싶었는데. 갑자기 큰 소리를 내잖아."

"같이 보면 되잖니. 하지만 무서워서 못 보는 거지?"

작은 방에서 구급상자를 가져온 마리아가 뒤에서 애태우며 손톱을 깨물었지만 데틀레프는 그대로 말을 이었다.

"무서워하는 건 나쁜 게 아니야. 갑자기 큰 소리를 내면 아빠도 깜짝 놀란단다. 하지만 그게 기젤라야. 만약에 우리 딸이 재채기가 없는 나라에 가서 재채기를 한다면 재채기를 모르는 사람들은 깜짝 놀라 너를 무서워하게 되겠지. '저게 뭐야? 이상해!' 하면서 말이야."

"재채기가 없는 나라? 이상해!"

"이상하지. 하지만 기젤라에게는 우리가 이상한 거야."

"…잘 모르겠어."

"지금 당장 알지 못해도 돼. 하지만 말이지, 아우구스테. 네가 여기에 있어도 되는 것처럼 기젤라도 여기에 있어도 되는 거란다. 네가 재채기를 하고 싶을 때 재채기할 수 있는 것처럼 기젤라가 장미를 보고 싶을 때 장미를 봐도 되는 거야. 만약 앞으로 기젤라가 장미를 보고 싶어 하는데 많은 사람이 안 된다면서 '기젤라 견학 금지' 팻말을 세우더라도 아우구스테는 팻말을 뽑아내고 기젤라에게 장미를 보여주면 좋겠어. 약속할 수 있어?"

데틀레프는 한쪽 눈꺼풀이 부은 눈으로 아우구스테가 고개를 갸웃하면서도 끄덕이는 모습을 부드러운 시선으로 지켜보았다. 아우구스테는 아직 어려서 아빠가 하는 말의 절반 이상은 이해하지 못했다. 하지만 오늘 일을 훗날 떠올리게 된다.

뒤에서 대화를 듣던 마리아는 구급상자에 팔을 감고 꼭 껴안았다. 데틀레프가 왜 지금 치료를 미루면서까지 이 이야기를 딸에게 하는지 이해했기 때문이다. 금지 팻말에는 곧 자신들의 이름도 포함될 것이다.

딸과의 대화를 마친 데틀레프 앞에 마리아가 몸을 숙이고 바이엘사에서 나온 소독약으로 탈지면을 적셔 얼굴 상처를 닦아주었다. 데틀레프는 아픔에 얼굴을 찌푸리면서 속삭이듯 말했다.

"나치 돌격대에게 당했어. 그놈들은 우리를 없앨 작정이야. 경찰도 죄다 꼭두각시고 더 심해졌어. 모두 체포될지도 몰라."

"그런 일 그만해."

"그만두고 싶어도 현실로 닥쳐왔다고. 곧 힌덴부르크 대통령이 히틀러를 수상으로 삼을 거래."

"…곧이라는 게 언젠데?"

"나도 모르지만 리젤은 얼마 안 남았을 거라고 했어. 조심하라는군."

마리아가 입술을 깨물고 고개를 젓자 금발이 턱 부근에서 천천히 흔들렸다.

"마리아, 괜찮아?"

"괜찮아. 리젤이 그렇게 말했다면 정말로 조심하는 편이 좋 겠어. 어떻게 조심하면 될지 모르겠지만… 앞으로 무슨 일이 일어나는 거야?"

"아마도 내각은 전부 히틀러 측근이 점령하겠지. 리젤은 좌 파뿐만 아니라 우파도 나치당 외에는 전부 배제될 거라고 예 상했어. 아직 낙관하며 연립정권을 노리자는 사람도 있지만 그 들은 상황을 너무 쉽게 본 거야."

거즈를 얼굴에 대고 치료를 마치자 데틀레프는 일어나서 아 내의 어깨를 살며시 안았다.

"저녁은 아직 안 먹었지? 바깥 공기를 잠시 쐬러 가자. 여기 서 꿍해봤자야. 리젤이 여동생 가게에서 술을 사겠대. 사실은 바깥에 차를 대고 기다리고 있어."

"기다린다고? 그럼 빨리 가야지."

마리아가 서둘러 아우구스테에게 외투를 입히고 손뜨개로 만든 털모자를 귀까지 씌우자 데틀레프가 아우구스테를 안고 조용히 계단을 내려갔다. 남편이 어째서 이토록 신중하게 걷는 지 마리아는 불안했지만, 따라서 발소리를 죽이며 계단을 내려 갔다. 서둘러 나오는 바람에 아직 손에 들고 있던 외투 소매에 팔을 꿰면서 1층에 도착한 마리아는 놀라서 앞 단추를 잠그던 손을 멈추었다. 우편함에 검은 페인트로 어둠 속에서도 보일 만큼 커다랗게 낙서가 적혀 있었다. 다비드의 별과 '꺼져라, 유 대인!'이라는 글자였다. 이웃의 베텔하임 일가를 향한 낙서가 틀림없었다.

"아, 안녕하신가."

느닷없이 밝은 등불이 비쳐 부부는 흠칫 놀라 돌아보았다. 석유등 불빛에 관리인 부츠의 얼굴이 떠올랐다.

"이 시각에 외출하나?"

최근 몇 년 동안 머리카락이 점점 더 후퇴하고 배는 지방을 축적해 늘어졌다. 짙은 색 외투 옷깃에 작은 배지가 반짝였다.

"네… 외식이라도 하려고요."

"이거 웬일이지. 축하할 일이라도 있어? 그런데 아우구스테야, 네 생일은 아직 멀었지."

부츠가 애벌레 같은 손가락으로 볼을 쓰다듬자 아우구스테는 곧바로 기분 나빠하며 고개를 돌렸다. 그런 동작에도 관리인은 "귀엽구나." 하며 웃었다.

"이렇게나 잘 자랐다니. 석탄 덕분인가?"

"석탄은 감사했어요."

"뭘, 서로 돕는 게 중하다고 하지 않나. 기젤라에게는 넌더리가 나지만."

부츠는 투덜투덜 불평을 늘어놓으면서 발길을 돌려 맞은편 건물 위층을 향해 소리쳤다.

"주더 씨, 이보게, 없나! 댁의 멍청한 딸을 이제 그만 집으로 들여보내! 규칙은 지켜야지!"

마리아는 돌아보고 부츠에게 무슨 말을 하려 했으나 데틀레프가 말렸다.

"그만둬. 옷깃의 당원 배지 봤어? 정치에는 흥미 없는 척하더니 곧장 나치당에 가입했어."

부부는 관리인의 호통을 피하듯이 잰걸음으로 주거동을 빠져나왔다. 도중에 위층 창문 커튼이 쓱 닫혀서 마리아의 가슴에 불길한 예감이 스쳤다.

집합주택을 나선 길 끝에 리젤의 차가 보여 부부는 서둘러 탔다. 앞자리에는 운전석에 리젤만 있고 조수석은 비었다. 리젤은 화장을 지우지 않고 잤던 건지, 아니면 울었는지 짧은 흑발 사이로 보이는 옆얼굴이 떨어진 마스카라로 얼룩져 있었다.

"라울은?"

"안 올 거야."

리젤은 퉁명스럽게 대답하더니 데틀레프가 문을 닫기 전에 액셀을 밟았다.

자동차가 베딩에서 칸트 길까지 40분쯤 달리는 동안 마리아는 불안하게 창밖을 바라보았다. 거리는 하나도 변하지 않은 것처럼 보인다. 지저분한 베딩 지구와는 달리 화려한 미테(중심부). 백화점이 있고 네온사인이 빛나고 한낮처럼 밝은 영화관에는 사람들이 줄줄이 들어간다. 호텔과 레스토랑과 카페가 늘어선 길에는 모피 목도리에 폭이 좁은 외투를 맞춰 입은 부인, 지팡이를 손에 든 검은 망토의 신사, 뉴욕풍 검은 재킷을 걸치고 어깨에 힘을 주고 걷는 청년 들이 오간다. 그러나 길모퉁이대로 주변에는 군복 같은 다갈색의 긴 더블버튼 외투에 갈고리 십자가의 붉은 완장을 차고 검은 장화를 신은 남자들이 보였다. NSDAP 돌격대라 불리는 자들로, 거리를 오가는 사람 모두가 범죄자라는 양 날카로운 눈으로 주변을 둘러보았다.

저렇게 많았다니. 마리아는 손을 꼭 쥐고 빠르게 뛰는 심장을 느끼면서 경찰관보다 눈에 띄는 갈색 군단을 지켜보았다.

활기찬 번화가 칸트 길에 있는 가게에서 다른 독일공산당원들과 회의가 열렸다. 그중에는 데틀레프가 모르는 남자들도 있었다. 소련 공작원과 연결된 '랍코르(노동통신원)'였다. 그러나 결국 아무 해결책도 찾지 못한 채 이야기가 끝났다. 모스크바의 도움이 있다면 나치가 정권을 잡아도 별일은 없으리라고 낙관하는 자도 있는가 하면, 이걸로 모든 것이 끝났다고 절망하는 사람, 양쪽 다 다독여서 진정시키려는 사람도 있어서 끝내 평행선을 이루었다.

하지만 어느 이야기고 데틀레프는 한 귀로 흘려들었다. 가게에 도착하자마자 라울이 탈퇴하고 나치당으로 갈아탔다는 이야기를 듣고 큰 충격을 받은 탓이다. 라울과는 거의 같은 시기에 독일공산당에 입당해 지금까지 줄곧 함께 활동했다. 유약한 성격인 줄 알고는 있었지만 설마 이렇게 될 줄은 생각지 못했다.

왁자지껄 소란스러운 테이블에 턱을 괸 데틀레프가 손안의 병맥주를 가만히 바라보며 라울을 어떻게 정신 차리게 할지 고민하던 때, 작은 종소리가 울리면서 문이 열렸다.

라울이다.

반사적으로 일어난 데틀레프의 허벅지가 테이블에 부딪히는 바람에 병이 쓰러져 병 입구에서 맥주가 콸콸 흘렀다.

늘씬한 체구의 라울은 갈짝은 걸음걸이로 테이블 사이를 지나 안쪽 자리에 앉은 데틀레프 일행에게 다가오더니 비스듬하게 쓴 중절모를 살짝 들어 인사했다. 데틀레프의 눈은 라울의 겉옷 옷깃에서 빛나는 갈고리 십자가 배지에 고정되었다.

"안녕들 하신가."

"라울! 네놈이 무슨 낯짝으로 여길 온 거야!"

고참 당원이 격분하자 라울은 "진정해." 하며 웃고 담배를 입에 물었다. 노동자다운 궐련이 아니라 고급품이었다.

"할 말이 좀 있어서. 이봐, 이리 오게."

라울이 화려하게 등장한 통에 다들 뒤에 있던 인물의 존재를 깨닫지 못했는데, 라울 옆에서 쓱 나타난 새카만 차림의 여성을 보고 리젤이 앗 하고 소리쳤다.

4년 전 공산당 집회 후 술집 뒷문에서 만난 여자였다. 아이가 사라졌다고 호소하던 젊은 부인이다.

당시 아름다웠던 부인은 아직 서른 살도 넘지 않았을 텐데 미간에 깊은 주름이 생기고 검은 모자 아래로 엿보이는 머리카락은 흰머리가 섞여 회색빛이었다. 대여섯 살 남자아이의 손을 잡고 있다. 부인은 마리아 옆에 앉아 냉랭한 시선으로 당원

144

들 한 사람 한 사람을 보았다. 당원들은 몸을 가만두지 못하고 속닥속닥 귓속말을 나누었다.

상복을 입은 음산한 부인과 대조적으로 라울은 쾌활한 성격을 그대로 드러내며 이렇게 말했다.

"사실 오늘은 여기에 있는 모두에게 권유하러 왔어. NSDAP에 들어와. 지금 들어오면 좋은 일이 생길 거야."

이에 당원들의 분노가 들끓어 취객들의 난투를 막기 위해 가게에서 고용한 힘센 남자들이 말리지 않았다면 병원에 실려가는 사람이 나올 뻔했다. 라울은 뺨에 생긴 멍을 문지르고 어깨가 뜯어진 겉옷의 먼지를 털면서 아직 숨소리는 거칠지만 조금 진정된 옛 동료들에게 다시 입당을 권했다.

"다들 직장이 필요하지?"

"우습게 보는 것도 정도껏 해. 직장이라면 있어."

"지금 직장 말고. 더 벌이가 좋은 직업 말이야. 당원이 되면 우선으로 할당받을 수 있어. 수입이 늘고 세탁 공장에 세탁물 보내는 데 인색하지 않아도 되고 승용차도 살 수 있겠지. 그리고 지도자 히틀러는 최첨단 기술이란 걸 잘 알아. 우리 직업도 바뀔 거야."

"흥, 아직 정권도 손에 넣지 못한 주제에 엄청 거만하군."

"손에 넣을 거야, 틀림없이. 늦든 빠르든 내각은 NSDAP 일색으로 물들겠지. 세상 모든 것도. 그렇게 되면 당신들은 끝장이야. 공산주의자는 지금보다 더 미움 받고 들개처럼 쫓겨서 수용소로 보내지겠지. 그 뒤에는….”

라울은 그렇게 말하고 손가락으로 자신의 목을 긋는 시늉을
했다. 여기에는 모두가 반론하지 못했다. 조금 전까지 낙관하
던 당원도 흘끔흘끔 시선을 흘리며 입술을 깨물었다.

“그리고 말야. 너희도 그녀가 복수하는 데 도움을 줬으면 해.”

그제야 라울은 왜 그녀를 데려왔는지 설명했다.

4년 전에 행방불명된 두 아이 중 딸아이의 시신이 발견되었
다. 불과 몇 달 전이었다. 장소는 아이가 자취를 감춘 쿠르퓌르
스텐담. 번화가 지하를 흐르는 하수도 안에서 백골화된 시신이
시궁쥐 소굴이 되었다고 한다.

“마침 부잣집 아들이 행방불명되었거든. 길베르트인가 하는
아이야. 덕분에 경찰이 주변을 이 잡듯이 뒤지다 우연히 발견
해 주었지. 딸의 시신 옆에는 백골이 된 아이 시신이 한 구 더
있었지만 아들은 아니었어. 입은 옷도 머리카락 색도 달랐고,
검안소 선생 말로는 여자아이였다고 하니까. 아들의 행방은 아
직 수색 중이다.”

라울은 창백한 얼굴이 딱딱하게 굳은 젊은 부인을 흘끔 보
고 목소리를 낮추었다.

“불행 중 다행은 뼈는 하나도 부러지지 않았고 폭행도 당하
지 않은 듯하다는 점이야. 뼈에서 비소가 검출되었으니 독살이
라더군.”

“…길베르트인가 하는 부잣집 아들은 어떻게 됐지?”

"아, 발견했어. 멀쩡히 살아 있었지. 돈을 노린 유괴일 거라는군."

딸의 백골 사체가 발견된 곳과 같은 쿠르퓌르스텐담 거리의 집합주택 지하실에서 수사관이 밧줄로 묶여 감금된 피해자를 찾아냈다. 같은 방에 있다가 현행범으로 체포된 그 집 주인은 유대계 폴란드인이었다.

"범인은 유대인 의대생으로 부잣집에 원한이 있었다더군. 발견된 길베르트 소년은 많이 맞아서 오른팔이 골절된 모양이야. 경찰은 그녀의 딸을 죽인 범인도 이 유대인이라고 단언하는데, 놈은 다른 행방불명된 아이들의 살해 혐의는 인정하지 않고 있어. 그녀의 아들 행방도 알 리가 없다며 시치미를 떼고 있지. 하지만 놈이 한 짓이 틀림없어."

"어째서?"

"비소야. 그녀의 딸과 옆에 있던 이름 없는 여자아이의 뼈에서 비소가 검출됐어. 독약과 의대생, 잘 맞아떨어지잖아. 독약으로 어린아이의 목숨을 빼앗다니 인두겁을 쓴 악마야."

이야기를 들으면서 리젤은 자연스럽게 성호를 그으려다 상복을 입은 부인의 싸늘한 시선과 눈이 마주치자 손을 멈추었다. 이어서 부인이 직접 입을 열 차례였다.

"당신에게는 감사해요, 리젤. 처음에 저를 도와주셨으니까요. 그리고 다른 모든 분도 좋은 분이라고 들었어요. 그러니까 부탁드릴게요. 유대인들을 이 베를린, 아니 독일 모든 곳에서 쫓아내는 데 도움을 주세요. 그놈들의 몸에는 범죄자의 피가 흘러요."

부인은 폐가 망가진 환자 특유의 격렬한 기침을 했고, 마리아가 손수건을 건네려 하자 붉게 충혈된 눈가를 적시면서도 거부했다.

"아들인 루카도 아마 이제 이 세상에는 없겠죠. 범인인 남자가 처형당하는 건 당연해요. 하지만 그놈만 죽어서는 또 똑같은 일이 일어날 거예요. 유대인들은 모두가 뒤에서 연결되어 있다고 책에서 읽었습니다. 그 남자를 체포해 봤자 틀림없이 다른 동료가 아이들을 죽일 거예요. 놈들을 내버려 두어서는 안 돼요!"

"하지만… 하지만 부인, 진정하시고…."

감정이 격앙된 부인의 말에 끼어든 사람은 리젤뿐이었다.

"범인은 엄벌받아야 마땅하고 부인의 아이는 정말로 안됐어요. 그렇다고 해서 모든 유대인이 뒤로 연결된 범죄자라뇨. 범죄자의 피 이야기 같은 건 오컬트예요. 독일인 중에도 범죄자는 있어요."

다음 순간 부인은 곁에 있던 칵테일 잔을 들고 내용물을 리젤의 얼굴에 뿌렸다. 리젤은 머리와 턱에서 위스키를 뚝뚝 떨구며 두 눈을 감은 채 입을 다물었다.

"역시… 역시 진짜였어. 히틀러 님 말씀은 진짜였어. 공산당은 유대인과 내통하고 있어. 유대인은 공산주의자의 흑막이라고 말씀하셨어. 당신들 모두 한패로구나!"

부인의 검은 눈동자에 테이블 위 촛불이 비친다.

"놈들을 지옥에 떨어뜨릴 수 있다면 나는 목숨도 아깝지 않아. 당신들도 지옥에나 떨어져!"

부인은 그렇게 내뱉더니 자리를 일어나 다른 손님들의 호기심 어린 시선을 무시하고 출구까지 곧장 돌진했다. 그 뒤를 아들이 따르고 라울도 "이런." 하고 중얼거리면서 모자를 고쳐 쓰고 일어나려 했다. 그 팔을 리젤이 재빠르게 붙잡아 라울의 소매에 젖은 손가락이 흔적을 남겼다.

"혹시 당신이 나치로 돌아선 이유가 그녀 때문이야?"

"괜찮은 여자지? 미인이고, 분노로 타오르는 모습이 마음에 들어."

"헛소리 작작 해."

"여전히 답답하군. 나는 그저 많은 고민 끝에 공산주의도 NSDAP도 그다지 다르지 않다는 생각에 이르렀을 뿐이야. 뭐가 됐든 공화정을 때려 부수고 부아가 치미는 조약을 어떻게든 해주면 돼. 그러기 위해서는 강한 국가가 필요하고 강한 지도자가 반드시 있어야 하지. 너희의 모스크바, 소베츠키 소유즈(소비에트연방) 동지 스탈린도 그렇잖아?"

표정이 굳은 리젤을 라울은 딱하다는 눈으로 바라보았다.

"생각해 봐, 리젤. 나는 유대인이 싫어. 보험 회사에서 돈을 제법 벌기는 했지만 이야기는 별개라고. 다들 그렇지? …뭐 됐어. 멍청한 시베리아 이반(러시아인을 가리키는 멸칭)에게 휘둘리는 거랑 독일 민족을 결속할 힘이 있는 아돌프 아저씨 중에 누가 나은지 정하려면 바로 지금이야. 더 망설일 시간은 없어."

라울은 이번에는 진짜로 나갔다. 리젤은 넋이 나간 채 손을 축 내려뜨렸다. 남은 당원은 아무 말도 하지 않고 그저 자기들 잔을 바라만 볼 뿐이었다.

어른들이 다투는 사이에 아우구스테는 선갈퀴 시럽이 들어간 달콤한 탄산수를 마시면서 눈을 한껏 동그랗게 뜨고 의미를 알 수 없는 대화를 들으려 했지만, 결국 중간에 지루해져서 엄마 무릎 위에서 잠들었다. 꿈속에서 아우구스테는 장미를 보고 있었다. 문득 고개를 들고 집이 있는 방향을 올려다보니 창 너머에서 기젤라가 아우구스테의 노란 책을 들고 있었다.

그로부터 며칠 뒤인 1월 30일, 바이마르 공화정의 수장 힌덴부르크 대통령이 NSDAP당 당수 아돌프 히틀러를 수상으로 임명했다.

데틀레프는 자신이 나고 자란 고향 베를린에 횃불을 든 히틀러 지지자들이 모여 행진하는 모습을 보았다. 3월이 되자 독일공산당 국회의원이 체포되고 독일공산당은 사실상 비합법 조직이 되었으며, 5월 1일 노동자의 날에 노동자 조합이 소멸했다. 독일공산당 본부는 폐쇄되고 데틀레프가 집회를 열던 뷜로 광장의 이름은 공산당의 적색전선 대원에게 살해당한 나치 돌격대원 호르스트 베셀의 이름으로 바뀌었다.

라울의 예언은 현실이 되었다.

베를린 남부, 템펠호프 지구에서 열린 히틀러의 연설에는 수 제곱킬로미터나 되는 광장을 끝에서 끝까지 가득 메울 만큼 방대한 수의 일반 시민이 몰려들었다. 바이마르 공화정의 깃발은 사라지고 대신에 진홍색에 흰색과 검은색으로 갈고리 십자가를 그린 하켄크로이츠 깃발이 질서 정연하게 늘어섰다. 히틀러가 주먹을 쳐들면서 연설하자 군중은 일제히 오른손을 앞으로 들고 힘껏 외쳤다.

"나의 지도자, 명령을 내리십시오! 독일 민족 만세! 하일 히틀러!"

✦

II

    암시장의 북적임을 뒤로한 나와 카프카는 'YOU ARE NOW ENTERING BRITISH SECTOR'라고 굵은 글자로 적힌 간판 앞을 지나 빨간색, 파란색, 흰색의 유니언잭이 나부끼는 영국 점령 지구로 들어갔다.

    소비에트보다 두 달 늦은 이달에 들어서야 마침내 베를린에 도착한 서쪽 연합군은 베를린 서쪽을 분할하여 주둔했다. 위부터 프랑스, 한가운데에 영국, 밑은 미국. 이제 막 시작된 이 체제가 언제까지 이어질지는 알 수 없다. 도브리긴 대위가 말한 연합국의 세 거물이 모인다는 회의 결과로 또 바뀔지도 몰랐다.

    "더워서 못 살겠군."

옆에서 걷던 카프카가 한숨을 쉬고 길가에 불쑥 튀어나온 기울어진 지수전을 비틀어 넘쳐흐르는 물에 까까머리를 적셨다. 물보라가 햇살을 받아 보석처럼 반짝였다.

정말 너무 더워서 나도 물을 벌컥벌컥 마셨다. 중천의 태양은 자신의 무대를 뽐내듯이 드넓은 파란 하늘 한가운데에서 작열하며 원맨쇼를 펼쳤다. 구름이 막아줄 낌새도 없다.

암시장이 있던 포츠담 광장에서 여정을 시작한 것은 포츠담 안에 있는 바벨스베르크로 향하는 우리에게는 기묘한 인연이었을지도 모른다. 베를린 광장인데 포츠담이라는 이름이 붙은 유래는 베를린과 이웃한 브란덴부르크주의 중심 도시인 포츠담으로 가는 긴 도로가 있었기 때문이라고 한다. 열차가 발명된 뒤에는 S반인 마그데부르크선이 놓이고 포츠담광장역에서 출발하는 직통열차가 생겼다.

예전 같으면 목적지까지 한 번에 갈 수 있다. 하지만 지금은 중간 선로가 공습과 시가전으로 파괴된 데다 소련 관할에 놓인 탓에 좀처럼 재개되지 못해서 베를린·포츠담역도 봉쇄되고 말았다.

그런 까닭에 바벨스베르크로 가는 우리는 걸어서 어느 정도까지 가기로 하고 어딘가에서 남서 방면 열차가 움직이면 이어서 탈 작정이었다.

그러나 처음부터 좌절을 맛보았다. 넓은 녹지대 길이라면 건물 잔해가 적어서 걷기 쉽겠거니 생각한 것이 실수였다. 분명히 돌멩이는 적지만 폐허가 없으면 그늘도 없으니 앞으로 2킬로미터 이상이나 텅 빈 들판이 이어지는 티어가르텐 곁을 걸어야 한다는 사실을 일찍 깨달아야 했다.

한때 귀족의 사냥터였던 티어가르텐에는 수목이 울창하게 우거졌지만 폭탄으로 불탔는지 연료로 벌목되었는지 꼴이 말이 아니었다. 그러나 나무가 적어져도 흙은 있다. 흙이 있다면 밭으로 쓴다. 경작해서 볼록하게 솟아오른 두렁에 싱싱한 녹색 잎이 무성했다. 괭이와 가래를 휘두르는 이들은 여성이다. 손수건을 머리에 두르고 남자 바지를 입고 셔츠 소매를 걷어 팔을 드러낸 채 하나하나 손수 일군다.

수확해서 펌프의 물로 막 씻은 채소를 모아놓은 커다란 대야 뒤에는 '지금 키우지 않으면 겨울에 심각한 기아가 찾아온다'는 영국 정부의 지시가 팻말로 꽂혀 있었다.

그 글자를 읽은 순간 '하지만 어떻게?' 하는 분노가 머릿속에 떠올랐다. 연합국은 트랙터, 셔블카, 크레인 등등 기계라고 이름 붙은 모든 것을 독일인에게 몰수해 놓고서 어떻게 효율적으로 채소를 기르라는 걸까. 산업의 핵심인 공장까지 폐쇄되어 모든 '선량한 독일인'에게 앞으로는 농민이 되라고 한다.

"이봐 저것 봐. 저기 승리의 여신님 말이야."

카프카는 어느새 슬쩍한 당근을 어적어적 씹어 먹으면서 티어가르텐을 가리켰다. 그 앞을 보자 전승기념탑이 불탄 들판 한가운데 홀로 서 있었다. 꼭대기에는 황금빛으로 빛나는 승리의 여신이 양 날개를 펼치고 있을 것이다.

"…역광 때문에 안 보여."

"어차피 도금이야. 하지만 저 여신님이 온 뒤로 계속 진 것 같지 않아? 저쪽에 보이는 국회의사당은 후련하겠지. 주변도 자기처럼 불탔으니까."

어깨 너머로 돌아보니 전쟁 전에 방화 소동으로 전소하고 나서 줄곧 그대로인 국회의사당의 둥그런 천장 뼈대가 보인다. 카프카는 싱글거리면서 당근을 죄다 먹어 치우더니 남은 푸른 잎을 길바닥에 버렸다. 바로 옆에서 괭이를 한 손에 들고 담배를 피우며 한숨 돌리던 여자가 우리를 노려보았지만, 카프카는 알면서도 무시했다. 아마도.

"그래서 네 신변에 무슨 일이 있었던 거야? 왜 굳이 잘 알지도 못하는 남자에게 부보를 전하러 가지? 애초에 어떤 인물이란 게 누군데?"

카프카는 손을 바지 엉덩이 부분에 닦으면서 물었다.

"그 무서운 이반 양반은 베어볼프가 어쩌고 하던데."

만약 총통처럼 "카프카를 신용하는가?"라고 묻는다면 나는 망설임 없이 "아닙니다!"라고 대답할 것이다. 하지만 카프카는 에리히가 있을지도 모르는 바벨스베르크를 잘 안다. 베를린 밖으로 나간 적 없는 나로서는 놓칠 수 없는 길잡이다. 적어도 대역이 없을 때는 말이다.

"…어제 내 은인이 돌아가셨어. 크리스토프라는 남자인데 어디선가 구한 치약, 미제 콜게이트에 독이 들어 있었대."

"미제라고? 하하, 그랬군. 그래서 이반 놈들 눈빛이 달라진
건가. 크리스토프는 소련 관계자였어?"

"응. 크리스토프 씨는 첼로 연주자인데 문화부 장교의 위문
공연도 했었나 봐."

"그래서 베어볼프 음모설이 튀어나온 거로군. 전 나치 테러
리스트의 표적이 되었다 이거지."

생각보다 카프카의 두뇌 회전이 빨라서 속으로 놀라면서도
그런 말은 하지 않기로 했다.

"도브리긴 대위는 그렇게 생각하는 것 같아."

"그러니까 피해자의 조카란 놈이 베어볼프일지도 모른다
고? 그놈이 바벨스베르크에 확실히 있기는 한 거야?"

"적어도 1년 전 봄까지는 있었던 모양이야. 전화가 걸려 왔
고 연결해 준 전화교환원이 바벨스베르크에서 온 전화라고
했대."

나는 에리히의 성장 과정과 로렌츠 부부의 양자가 되었으나
도망쳐서 쿠르퓌르스텐담의 극장 지배인이 맞아들였고, 그 뒤
로 부부와는 한 번도 만나지 않은 것 같다는 이야기를 했다.

"그랬군. 그래도 뭔가 구린걸. 에리히가 크리스토프를 죽였
을 가능성은 크지 않나?"

"글쎄. 남의 집 일은 알 수 없잖아. 추측하는 것도 실례가 아
닐까?"

얼굴 주변을 날아다니는 파리를 손으로 쫓아내는데 카프카는 무슨 재미있는 것이라도 발견한 눈빛으로 나를 바라보았다.

"설마 도브리긴 녀석은 너도 베어볼프라고 의심하는 거야?"

"글쎄. 나한테 캐내려던 건 치약을 암시장에서 판 상대였지만 속으로는 나도 한패라고 생각했을 수도 있지."

"그거 걸작이군. 만약 너처럼 선량해 보이는 젊은 아가씨가 베어볼프라면 나는 전승기념탑에 올라가 여신의 도금을 벗겨 전부 소련에게 주겠어. 애초에 왜 네가 경찰서에 온 거야?"

"프레데리카 부인… 그녀가 크리스토프 씨의 부인인데, 경찰의 심문에 용의자로 내 이름을 언급했어. 부부는 전쟁 때 은신처가 필요한 사람들을 숨겨주는 지하활동에 협력했거든. 나랑 내 가족도 신세 진 인연이 있었으니까."

"가족?"

"피는 이어지지 않았어. 강제노동으로 폴란드에서 끌려온 맹인 여자아이였어. 성당 앞마당에서 엄마로 보이는 사람을 방금 사고로 잃은 아이를 보호하다가 끝까지 숨겨줄 수 없어서 지하활동가에게 맡겼던 거야. 그 뒤에 나도 교정 시설에 갈 처지가 되어서 로렌츠 부부를 찾아갔어. 그러니까 나한테도 은인이야."

"교정 시설이라면 네 부모도 체포됐어?"

"맞아. 반사회분자래. 두 분 다 돌아가셨어."

내가 철들었을 때는 이미 총통이 있고 국기는 검은색과 흰

157

색과 붉은색의 하켄크로이츠기에, 다른 당과 함께 독일공산당도 없어졌기 때문에 아버지 데틀레프의 젊은 시절 활동은 잘 모른다. 하지만 이따금 몰래 집을 방문하는 사람이 있던 것이나 술집에서 어른들이 언쟁하던 것은 희미하게 기억한다.

"이다… 폴란드인 여자아이는 결국 숨어 지내던 중에 죽어버렸어. 나는 이다를 아꼈고, 그래서 원한을 품고 복수했을 가능성이 있다고 생각했나 봐. 프레데리카 부인은 나중에 사과했고 NKVD에 협박당해서 어쩔 수 없었다고 했지만, 진짜 속내는 모르겠어."

"하지만 숨어 있다가 죽은 인간은 그야말로 죽을 만큼 많았잖아."

"응, 살아남은 건 나 정도일 거야. 그러니 의심했겠지."

'살아남았다'. 말로 하자 가슴 부근에 외풍이 불었다. 내가 살아남아야 했을까. 벌써 몇 번이고 되물은 질문이 가슴을 옥죈다.

너른 티어가르텐을 따라 난 길은 길게 이어져 끝이 보이지 않는다. 볕에 탄 땅바닥이 신기루에 일렁인다. 불 냄새가 난다. 티어가르텐 반대쪽에 누가 불을 붙였거나 남은 가솔린이 태양열로 발화했는지 국방군의 자주포가 불길에 휩싸였다. 그 옆에 외톨이 여자아이가 우두커니 서 있다. 나도 모르게 걸음을 멈추자 카프카는 쌀쌀맞게 말했다.

"동정하지 마. 어딘가에 부모든 보호자든 있겠지."

"동정하는 거 아냐."

"그래? 나는 잘 알아. 너는 더없이 '선량한 독일인' 느낌이 나."

카프카는 빈정대듯이 말하고 길에 아무렇게나 놓인 돌멩이를 발로 찼다. 돌멩이는 기세 좋게 날아갔다. 그 옆얼굴에는 분노가 숨어 있는 것만 같았다. 이 사람은 유대인이고 그 지독한 도시에서 살아남았다. 문득 베텔하임 씨 댁 사람들의 모습이 겹쳐졌다. 그들은 지금 어떻게 되었을까. 내가 구하지 못한 사람들. 장미 팻말 앞에 사라져버린 사람들.

"미안해."

"응? 왜 사과하는데?"

"…화났잖아."

카프카는 나를 내려다보고 커다란 눈을 끔뻑거리더니 갑자기 웃는 얼굴이 되었다. 더없이 배우다운 몸짓이었다.

"뭐야, 화나지 않았어. 선량한 독일인, 좋잖아. 자, 얼른 어디가서 배를 채우자고. 당근을 먹었더니 배가 더 고파졌어."

우리는 전승기념탑 옆으로 뻗은 길을 왼쪽으로 돌아 티어가르텐에서 벗어나 도시 안으로 돌아갔다. 베를린에서 가장 번화했던 장소다.

네온사인이 무너진 영화관 우파 팔라스트 옆은 베를린의 아이들이라면 반드시 한 번은 가본 유명한 동물원이다. 이 일대도 폭격 피해가 심각해 동물은 전부 죽어버린 듯하다. 문이 떨어진 입구에 유니언잭이 걸렸고, 바로 앞에서 붉은 베레모를 쓴 영국 병사가 지나가는 간호복 차림의 여성을 희롱했다.

동물원 안쪽 새파란 하늘 아래에는 잿빛의 거대한 대공포탑 구스타프가 우뚝 솟아 있다. 어둡고 무기질적인 정육면체 모양의 대피 방공호 위에 포신이 정면으로 튀어나와 있었다. 방어벽에 기대어 담배 피우는 사람이 보인다. 대공포는 더는 불을 뿜지 않고, 발사 충격으로 땅을 흔들지 않는다. 지금은 아래 방공호가 병원으로 쓰이는 것 같았다.

동물원에서 길을 사이에 둔 맞은편, 여섯 개의 대로가 교차하는 중심에는 카이저 빌헬름 기념 교회가 뾰족한 지붕을 하늘에 내밀고 있었다. 이 교회 종루에 매달린 종 다섯 개는 소리가 엄청나게 커서, 어린 시절 부모님과 함께 동물원에 갔을 때 소리가 너무 지독한 나머지 나도 모르게 귀를 막았다. 장엄하다고 하면 듣기에는 좋지만 어린아이 귀에는 기분 나쁘고 무자비하고 무시무시한 신의 호통처럼 들렸다.

그 종루도 종도 이제는 없다. 종 네 개는 전차를 만들기 위해 녹였고 마지막 하나는 종루와 함께 랭커스터 폭격기에 깨끗하게 불탔기 때문이다. 나는 그날 마침 이 부근에 있다가 화염 속에서 첨탑 절반이 고스란히 날아가는 모습을 목격했다. 지금은 세로로 쪼개진 화분처럼 깎여 나가고 검게 탄 지붕 끝에 새가 앉아 느긋하게 깃 손질을 하고 있다. 아래 교회당은 아이들의 놀이터가 되어 꺄악꺄악 신나 들뜬 목소리가 들렸다.

"그럼 여기까지 왔으니 뭐라도 먹을거리를 구해볼까."

벽 곳곳이 무너지고 탄환 구멍이 가득했지만 그래도 역시 번화가의 큰 거리는 달랐다. 많은 사람이 칸트 길과 쿠르퓌르스텐담을 오가고 시끌벅적하게 활기가 있었다. 카프카의 말대로 끼니를 때울 가게 정도는 찾을 수 있겠다.

하지만 이름 그대로 동물원 바로 옆에 있는 동물원역, 지상을 달리는 S반과 지하철 U반 모두 정차하는 커다란 역 주변에 사람들이 몰려 있어 불길한 예감이 들었다. 혼잡하기는 늘 똑같지만 오늘은 줄이 꿈쩍할 기척도 없다. 원래 우리는 여기서부터 열차를 타고 포츠담 방면으로 갈 생각이었다.

"잠깐만 기다려. 그 전에 철도가 움직이는지 확인하자."

거리가 불탔는데 역이 무사할 리가 없다. 베를린에서도 손꼽히는 환승역 안할터역은 전소했고 다른 노선에서도 선로가 열로 찌부러졌으며, 차량은 바리케이드로 쓰이거나 군대에 동원되었다. 하지만 한 구간밖에 되지 않든, 한 시간에 한 대 운행이 고작이든, 어떻게든 열차는 달렸다.

열차의 차량은 해방되어 고국으로 돌아가려는 외국인 강제노동자와 짐으로 늘 가득했지만, S반이 움직이면 목적지인 바벨스베르크까지 한 시간 남짓이면 도착한다. 당연히 중간에서 몇 번 멈추거나 운전이 늦어지기도 하겠지만, 그래도 여기 베를린 중심부에서 베를린 남단까지 몇십 킬로미터를 걸어서 가기보다는 몇 배나 나았다.

그러나 불안은 적중했다.

"열차 운행을 멈춥니다! 운행 중지! 지하철도 폐쇄되었습니다!"

동물원역 구내에 들어가기 전에 역무원이 큰 소리로 알렸지만 그래도 사람들이 흩어지지 않아 발 디딜 틈도 없이 혼잡했다. 커다란 짐을 들고 고향으로 돌아가려는 동유럽인 같은 생김새의 전 노동자들이 항의의 목소리를 높이고, 이국의 언어가 오갔다.

"왜 움직이지 않을까."

갑자기 목이 쉰 여자 목소리가 나에게 물어서 카프카가 또 장난을 치나 하고 옆을 보자 카프키 대신 똥그랗고 두꺼운 안경을 쓴 노부인이 어느새 옆에 있었다. 머리에 둘러 묶은 스카프가 토끼 귀처럼 쫑긋 섰다.

"이봐요 아가씨, 나는 어쩌면 좋아? 오늘 안에 리히텐베르크까지 가야 해."

노부인은 볼에 손을 대고 고개를 갸웃거리더니 내 대답을 기다리지도 않은 채 이번에는 다른 사람에게 똑같은 질문을 하고, 또 다른 사람에게 물어보기를 거듭했다. 엇갈려서 카프카가 돌아왔다. 아무래도 역무원에게 사정을 묻고 온 모양이다.

"완전히 글렀어. 놈들은 '운행 정지입니다!'란 말밖에 안 해. 말이 안 통해."

그러자 그때 빨간 베레모를 비스듬히 쓰고 황갈색 군복에 어깨에서 비스듬히 내려오는 하얀 가죽 벨트를 찬 영국 군인들이 달려와서 역으로 들어가려는 집단을 힘으로 쭉쭉 밀어 돌려보냈다. 그러는 와중에 언어가 통하지 않는 난민과 역무원이 다투고, 일촉즉발 상태가 된 남자들도 있었다.

여기저기서 불만의 목소리가 터져 나오고, 이쪽으로 떠밀린 초로의 남성도 "뭐 하는 짓이야, 토미(영국 병사를 가리키는 속어) 놈들이." 하며 혀를 찼다. 끝이 위로 휙 올라간 카이저수염을 기르고 이 식량난에도 덩치가 좋은 데다 이발사가 잘 입는 하얀 유니폼 차림이었다.

군중 속의 누군가 갓난아이를 안고 있었는지 불에 덴 듯이 울고 개가 짖고 항의하는 목소리가 커진다. 그 사이에 역무원이 짙은 쪽빛 모자를 위아래로 움직이면서 양팔로 커다란 나무 상자를 안고 땀을 뻘뻘 흘리며 내 앞을 달려가 영국 병사에게 향했다. 잠시 뒤 사람들 사이에서 군인 두 사람이 쑥 튀어나왔다. 한 명은 나이가 많고 한 명은 젊다.

"제군, 제발 진정하게!"

영국인의 으스대는 듯한 영어 발음으로 연장자가 설명을 시작하자 옆에 있던 청년은 간단한 독일어로 통역했다.

"오늘 아침 그루네발트역과 니콜라스호수역 사이 선로에서 폭탄이 발견되었다! 경계와 확인을 위해 모든 열차는 운행을 멈춘다! 재개 시각은 미정! 이상!"

영국 군인이 설명은 했지만 혼란은 오히려 가중되었다.

"폭탄? 범인은 누구지?"

"불발탄 아니야?"

사람들의 목소리가 시끄럽게 술렁이면서 이 역에도 폭탄이 설치되기라도 한 양 허겁지겁 아이들을 끌어안고 떠나는 여자들도 있었다. 말을 알아듣지 못하는 외국인들은 정보를 얻기 위해 우왕좌왕하고 역 앞은 점점 더 혼란에 빠졌다.

"한시가 급한데 말이야. 참말로 왜 또 폭탄이람."

조금 전 똥그란 안경의 노부인이 다시 돌아와 한숨을 쉬며 손에 든 연분홍색 두루주머니를 안절부절못하며 주물럭거렸다. 거기에 카이저수염을 기른 이발소 주인이 발끈하며 대답했다.

"반란분자겠지. 전쟁이 끝난 데 불만 있는 놈들이 틀림없소. 놈들을 확실하게 단속하지 못하는 건 전부 다 경찰이 무능한 탓이라니까."

"반란분자…. 어, 당신 어디서 본 적 있는데."

노부인은 카이저수염을 보고 두꺼운 안경 때문에 확대된 거대한 눈을 끔벅거린다. 카이저수염은 흠칫하며 얼굴을 굳히고 우리를 보았다. 우리가 도와주리라 생각했나 보다.

"오오, 자네는 유대인 친구 아닌가?"

"…나 말이야?"

카프카는 어째 재미있다는 듯이 옅은 미소를 지었다. 무척 냉소적인 미소였지만 카이저수염은 알아채지 못한 것 같았다.

"그래! 토미 놈들을 설득해 주겠나. 자네들은 제국의 피해자인 '선량한 사람들'이잖나! 연합국 놈들이 융통성을 발휘해 준다잖아. 자네가 반드시 열차에 타고 싶다고 하면 사정을 봐줄게야. 이보게 부탁하네. 나는 자네처럼 쫓기던 사람들을 아주 많이 숨겨주었어. 그리고….."

다음 말을 하려던 순간 카이저수염이 기세 좋게 앞으로 밀려 헛발을 디뎠다. 뒤에서 똥그란 안경을 쓴 노부인이 연분홍색 주머니로 카이저수염의 뒤통수를 힘껏 후려친 것이다.

"당신! 구역 지도자인 베커 맞지!"

그렇게 외치면서 노부인은 다시 주머니를 쳐들고 카이저수염의 얼굴을 몇 번이나 두드려 팼다.

"당신! 잘난 체하며 거들먹거리더니! 우리 아들은! 우리 아들은 죄가 없었어! 네놈 때문에 죽었어! 그렇게 번쩍번쩍 광나던 당원 배지는 어디다 났나! 숨겼어? 아니면 삼켜버렸냐!"

카이저수염은 미키마우스 영화처럼 다리를 회전시켜 허둥지둥 도망쳤다. 그런 그를 노부인이 쫓아가고 사정을 모르는 사람들이 어리둥절하며 지켜보았다. 노부인이 중간에 주저앉는 일도 없이 두 사람의 모습이 더는 보이지 않게 되자 구경꾼들은 김이 샌 듯 삼삼오오 역 앞에서 흩어졌다.

"카이저수염, 진짜로 구역 지도자였다면 신고하는 게 나을까."

"관둬. 어차피 저런 인간은 뻔뻔하게 살아남을 거야. 그리고 여기 있는 놈들은 다들 남모르게 켕기는 데가 있을걸. 이런 건

보고도 못 본 척하는 게 상책이야."

"어떻게 그래."

"됐어, 됐어. 우리도 가야지. 이제 진짜 밥을 먹자."

확실히 나도 슬슬 공복이 한계에 달했다. 아침부터 아무것
도 먹지 못했다.

"배급표를 쓸 수 있으면 좋은데."

내 겉옷 안감에 신분증과 함께 배급표를 옷핀으로 고정해
두었다. 전쟁 때 쓰던 제국배급권처럼 품목마다 정확하게 색이
나뉜 배급표를 책자로 만든 것이 아니라, 한 장짜리 얇은 종이
에 여러 품목이 제각기 적혀 있다. 점선으로 나뉘어 있고 이 중
에서 원하는 것을 잘라서 식료품점에서 배급품과 교환하는 방
식인데, 솔직히 쓰기 불편했다. '빵' 옆에 '쿠아르크(크림 같은 유
제품의 일종)'가 있으면서 '지방분'은 또 다른 곳에 있다. 하지만
제국배급권 시절에는 분류가 너무 세세해서 그건 그거대로 쓰
기 불편했다.

내 배급표에 적힌 가장 큰 글자는 '합중국 점령 구역 식량품
권 배급 번호 E90, 유효기간 1945년 7월부터 8월까지'로 발행
처와 기한이 정확히 기재되어 있다. 그다음으로 큰 글자는 '전
세계에서 당신을 위한 빵을 보내주었습니다'라며 생색내는 글
귀다.

"오, 부럽군. I등급이잖아! 진짜야?"

카프카가 어깨 너머로 훔쳐보다 못해 뻔뻔하게 손을 뻗어서

나는 얼른 피했다.

"댁도 I등급 아냐? 유대인이잖아."

점령군이 시민에게 나눠준 배급표는 평등하지 않다. 미군 아래에서 일하는 종업원인 나는 최상급인 I등급. 나치에게 박해받은 유대인도 I등급일 것이다. 조금 전 카이저수염이 말했듯이 '연합국이 융통성을 발휘해' 준다는 야유는 때때로 듣는다. 그런 사람은 상대의 반응을 살피며 같은 의견이면 기다렸다는 듯이 계속 떠들고, 눈살을 찌푸리거나 헛기침을 하면 황급히 "하지만 그들에게도 필요하지." 하고 얼버무리곤 했다.

그러나 카프카는 커다란 코를 벅벅 긁으며 "아아." 하고 실없이 웃었다.

"나는 신분증이 없어."

"말도 안 돼. 어째서? 설마 숨어 지내느라 파기하고 새로운 신분증을 만들지 않은 거야?"

전쟁 중에 도시에 몸을 숨겼다면 진짜 신분증은 없는 편이 낫다. 이다 때도 신분을 위조하기 위한 증명서를 손에 넣기가 힘들어서 결국 KdF(Kraft durch Freude. 즐거움의 힘. 국가 관리하에 노동자들에게 여가생활을 장려한 정책 – 옮긴이)의 여행증명서를 썼다. 하지만 벌써 전쟁이 끝나고 두 달이나 지났다.

"이래 봬도 바쁜 몸이거든. 위조한 아리아인 신분증이라면 있었지. 그거라면 분류가 '평범한 민간인 남성'이 되잖아. 배급 등급은 III이야. 유대인 혜택은 하나도 못 받아."

"그랬구나."

나는 설득될 뻔했지만 순간 이상한 점을 깨달았다.

"어젯밤에 경찰서에서 순경이 신분증이 없었다고 했지. 그 위조 신분증은 어쨌어?"

"자잘한 것까지 잘도 기억하는군. 위조 신분증은 팔아버렸지. 가여운 IV등급 녀석에게. 그런 연유로 나는 신분증도 배급표도 없어! 너만 믿을게, I등급 아가씨."

카프카는 휘파람을 불면서 신나게 쿠르퓌르스텐담 방향으로 갔고, 나는 어이가 없어서 한동안 우두커니 서 있었다. 이런 시국에 신분 등록도 하지 않고 돌아다니다니! 신분증을 팔았다고? 처음 들어보는 이야기는 아니지만 어지간히 생계가 어려웠던 걸까. 도둑질을 할 정도로.

이 사람은 대체 어떻게 살아온 걸까…. 아마도 괴로운 일을 잔뜩 겪었을 것이다. 하지만 익살꾼 같은 행동 탓인지 이 사람이 유대인인 걸 금방 까먹는다. 신기할 정도로 나는 이 사람을 모르는데 이렇게 함께 걷고 있다.

옛날부터 멋진 레스토랑과 예술가들이 모이는 카페, 백화점, 극장에 카바레 등이 늘어선 화려한 문화 거리였던 번화가 쿠르퓌르스텐담도 다른 곳과 마찬가지로 폐허와 잔해로 가득했다. 그래도 사람들은 공습과 시가전의 포격을 피한 건물이나 반은 무너졌지만 아직 쓸 만한 건물에서 가게를 열고 장사를 했다.

"햄 있어요, 햄!"

호객꾼 앞을 짐차가 요란한 소리를 내며 지나가고, 호객꾼
은 더욱 목소리를 키웠다.

"햄 있습니다! 햄!"

구운 빵을 길거리에서 파는 빵집, 어딘가에서 주운 양동이
나 헬멧 등의 용기를 파는 아이, 뒷골목에서 손님을 기다리는
딱 봐도 수상한 남자도 있는가 하면, 암호로 쓴 간판을 건 지하
실에 살금살금 들어가는 사람도 있었다.

고급스럽고 우아한 호텔 암 초(동물원 옆 호텔)는 비교적 무사
해서 1층 카페의 테라스 자리에는 드문드문 손님이 있었다. 머
리카락을 윗부분은 감아올리고 아래는 내려뜨린 여성, 베레모
를 쓴 여성. 젊은 남자는 군인 정도다. 대부분 영국 병사거나
미국 병사로, 군복을 입은 채 발을 뻗고 쉬거나 지나가는 미인
을 꾀었다. 똑같은 영어를 쓰기 때문인지 다른 자리 미군들과
친숙하게 떠드는 영국 병사도 있었다.

딱 맞는 파란색 군복을 입고 생긋 미소 짓는 금발 신사가 설
마 여기에 폭탄을 떨어뜨린 영국 공군 병사라니 도저히 믿기
지 않았다. 지상에 내려온 그들의 인상은 온화하고, 전우와 함
께 자신들이 파괴한 거리를 걸으면서 발음이 신기한 영어로
담소를 나눈다. 무너진 집 아래에서 맛있는 홍차를 가져다주는
상냥한 독일인을 찾는지도 모른다.

인도에는 레이스처럼 구멍이 뚫린 그림자가 드리웠다. 옆을

올려다보니 홀로 남은 벽이 무너지지 않고 서 있어서 판자에 뚫린 구멍으로 변해버린 창문이 레이스처럼 보였다. 레이스 모양 그림자는 앞쪽으로 쭉 이어져 작은 여자아이가 네모난 빛에서 빛으로 콩콩 뛰며 놀았다.

건물 잔해는 길에 비어져 나왔지만 원래 도로 폭이 넓었던 덕분에 조금 돌아서 가면 걸을 수 있었다. 거리 중앙에 흙을 두둑이 얹은 마찻길이 있고 어딘가의 불탄 음악 홀에서 실어다 놓은 듯한 그은 악기가 잔뜩 버려져 있다. 저 하얀 막대는 뭔가 하고 자세히 살펴보니 분해된 피아노 건반이었다.

여성 인부 수십 명이 각설탕에 모여드는 개미처럼 잔해 더미에 올라 작은 양동이를 차례차례 나른다.

만약 이렇게 생활하던 사람들이 일제히 사라진다면 언젠가 '멸망한 문명 도시'라는 제목으로 어느 나라의 교과서에 실릴 것이다. 고대 로마나 고대 그리스 유적처럼 반파된 내용물이 고스란히 드러난 석조 건축물은 영락없이 문명의 황혼을 보는 것 같다. 하지만 실제로는 벽이 사라진 방에 '훤히 들여다보이는 카페'라는 간판을 내건 강인함이 있고, 지상을 오가는 사람을 향해 손님인 노인이 커피 잔을 들며 인사했다. 이때다 하고 집 안에서 빨래를 말리거나 화분에 채소를 기르며 태양의 혜택을 누리는 위생모 차림의 여성도 있다.

앞으로 더 나아가자 회수해서 모아놓은 잔해 안에서 형태가 예쁜 벽돌을 찾아 다시 분리 작업을 하는 여성들이 있었다. 재

사용 가능한 벽돌은 짐차로 옮겨 잔해가 철거된 빈터로 보낸다. 그곳에서는 머리에 손수건을 두르고 목장갑을 낀 여자들이 흙손을 솜씨 좋게 이용해 시멘트로 벽돌을 쌓아 가게 벽을 복원했다.

갑자기 밝은 재즈풍 음악이 흐르고 신나는 트럼펫 음색이 폐허를 수놓는다. 음악은 무너진 레코드 가게에서 들려왔다. 한쪽 팔이 없는 노인이 축음기 곁에 서서 거리를 눈 부신 듯 바라보았다.

몸을 움직이고 무언가를 나르고 돌아다니고 파내고 짜 맞춘다. 음악을 틀고 커피를 마시고 사람과 대화를 나눈다. 멈추면 그대로 쓰러져 두 번 다시 일어나지 못하기라도 할 것처럼.

거친 길을 걷는 사이에 신발 안에 돌멩이가 들어갔는지 발바닥에 이물감이 느껴졌다. 오른쪽 신발을 벗어 왼쪽 발로 깽깽이를 뛰면서 통후추만 한 돌멩이와 악전고투하는 동안 카프카는 찾던 가게를 발견했다.

"이봐, 여기야 여기. 여기서 먹자."

하지만 예상대로 여기도 영업을 할 것처럼 보이지는 않았다. 1층은 기둥도 창문도 부서지지 않았지만 그보다 위는 마치 괴력의 거인이 통째로 들고 간 것처럼 자취를 감춰 오그라든 철골만 남았다. 1층 창문으로 안을 들여다보니 가구며 온갖 것이 쓰러져 엉망이었다. 그래도 분명히 음식 냄새가 안에서 풍겼고 옆으로 시선을 옮기자 지하로 내려가는 계단이 있었다.

신으려다 만 신발에 발을 집어넣으며 계단 밑을 들여다보는데 카프카가 등을 밀었다.

"네가 가서 밥을 조달해 와. 나는 여기서 기다릴게."

"응? 같이 가지 않고?"

"아니, 사실은 출입 금지를 먹었거든. 배우 시절 단골집인데 술이 좀 과한 바람에. 맛은 보증할게."

어이가 없어서 할 말도 없다. 나는 땅이 꺼져라 한숨을 쉬고 어두운 계단을 내려갔다.

계단을 둘러싼 오래된 벽돌 벽은 습하고 곰팡내가 났다. 정면 문 앞에는 여덟 살쯤 된 소년이 돌멩이로 계단에 낙서를 하고 있다. 나를 보더니 서둘러 일어나 지나치게 큰 모자챙을 매만지면서 문지기답게 가로막고 섰다. 콧구멍에서 완벽한 누런 콧물이 흘렀다.

"누님, 손님인가?"

"그래. 식사 2인분을 포장할 거야."

"돈은?"

웃옷 안쪽에서 배급표를 꺼내 보여주니 소년은 흥 하고 코웃음을 쳤고 누런 콧물이 흔들렸다.

"이건 안 돼! 미군 거잖아! 여기는 영국군 관리 지역이라고. 교환하지 못하면 휴지 조각일 뿐이야."

"미군 관리 구역에 가면 되잖아."

"안 돼, 안 돼, 규칙이니까! 내가 보스에게 혼난다구."

하는 수 없이 가죽 가방 안을 살며시 열어 도브리긴 대위에게 받은 담배를 두 개비만 건넸다.

"알았어. 그럼 이건 어때? 이제 안으로 들어가게 해줘."

"…한 개비 더 필요해. 포장비도 내야지."

어떻게든 불평하며 바가지를 씌우는 게 이미 인사 대신이 된 것 같다. 순순히 지불하면 내 지갑이 탈탈 털릴 것이다.

"그럼 이렇게 하자. 요리를 보여주면 한 개비 더 줄게. 변변찮은 슈페츨레(올챙이국수와 비슷한 독일식 면 - 옮긴이)밖에 안 들어간 수프라면 내 손해니까."

"어쩔 수 없네, 쳇. 이래서 여자는 안 된다니까!"

"이래서 남자는 안 돼. 자, 콧물이나 닦아."

손수건을 내밀자 소년은 "캑!" 하고 손등으로 콧물을 닦고 문을 열었다.

안으로 한 걸음 들어선 순간 더할 나위 없이 맛있는 냄새가 풍겼다. 남은 재료를 푹 끓인 맛없는 아인토프나 피프티스타스 주방에 충만한 매스꺼운 기름 냄새, 개 사료 같은 통조림 고기 냄새도 아닌 그럴싸한 냄새가 난다. 설마 진짜 고기를 썼나?

"어때, 맛있겠지!"

의기양양하게 가슴을 펴는 소년에게 고개를 끄덕이는 수밖에 없었다. 내 기분은 금세 기대로 부풀어 올라 자연히 미소가 흘러나왔다.

가게 안은 동굴처럼 어두워서 내 발밑조차 잘 보이지 않지만 장사가 잘되는 건 알겠다. 겨우 몇 개의 촛불이 테이블을 비추어 손님의 얼굴이 희미하게 떠올랐다. 여기에 점령군 인간은 없는 듯하다. 그러나 마음 편한 수다 소리는 들리지 않는다. 어지간히 배가 고팠는지 다들 일사불란하게 수프를 마시고 빵을 씹고 걸신들린 듯이 먹는 소리만 들렸다.

"자리는 필요 없지? 이쪽이야."

소년이 소매를 잡아끌면서 안쪽으로, 안쪽으로 나아갔다. 식당의 막다른 벽에 있는 작은 문에서 짧은 통로가 이어진다. 그 앞은 주방이었다.

주방이라고 해도 옛날에 흔히 보던 은색 찬장과 풍로는 자취를 감추고 대신에 녹회색의 커다란 조리차가 한가운데에 묵직하게 놓여 있었다. 어떻게 지하까지 옮겼는지 모르겠지만 국방군의 야전 취사차다. 굴뚝과 차바퀴가 달렸고 김이 모락모락 피어올라 마치 증기기관차 같았다. 풍로에는 커다란 냄비가 올라가 있고 맛있어 보이는 냄새가 풍겼다. 굴뚝에서 나온 연기는 열려 있는 뒷문을 통해 바깥으로 흘러 나갔다.

그 옆에는 어느 일반 가정에서 슬쩍한 듯한 귀여운 꽃무늬 조리대가 있었는데, 위에 있는 것은 커다란 정육칼에 피로 붉게 물든 도마 그리고 무언가의 내장이 가득 담긴 볼이었다. 볼 맨 위에는 어째서인지 울퉁불퉁한 큰 돌덩이가 놓여 있다. 그 밑에서 팔다리가 긴 갈색 잡종견이 예의 바르게 앉아서 혀를 내밀고 신이 나서 나를 올려다보았다.

이것들 한가운데서 요리를 하는 덩치 큰 주방장은 작은 나이프를 솜씨 좋게 다루면서 분홍색 고기를 작게 다졌다. 위생모 대신에 하얀 천을 머리에 둘러서, 아까 본 똥그란 안경을 쓴 노부인처럼 토끼 귀 같은 매듭이 쫑긋 서 있었다. 주방장은 우리를 흘끔 보더니 다시 작업으로 돌아갔다.

"보스, 손님이에요! 2인분 바깥으로 가지고 간대요. 별도 요금은 아직 안 냈지만."

"앙? 바깥에서 먹으려면 그릇값도 내야지."

주방장은 퉁명스럽게 말했다.

"식기는 바로 반납할게요."

"우리한테도 수고비란 게 있어."

항의하기 위해 주방장에게 가까이 가려고 야전 취사차 앞을 지나는 순간, 내 눈에 말도 안 되는 물체가 들어왔다.

"꺅!"

큰 냄비 안에서 내 얼굴만 한 커다란 파충류의 앞발이 삐져나와 이리로 오라고 손짓하는 것 같았다. 나도 모르게 뒷걸음치자 조리대 위의 내장이 담긴 볼에 손이 닿았다. 미끈한 감촉에 닭살이 돋고, 돌덩이라고 생각한 것에 이빨이 나 있는 것을 깨달았다.

악어 머리다. 두 눈을 감고 조용히 죽어 있다.

목구멍 안쪽으로 소리 없는 목소리를 쥐어짜며 뭔가에 기대려고 손을 뻗자 그곳은 선반도 벽도 아니라 구멍이 숭숭 뚫린 철망이었다. 철망 안에는 하얀 깃털에 노란 부리를 가진 커다란 새가 있었다. 펠리컨이다. 펠리컨은 내가 놀라게 한 탓에 혼란에 빠져 갸악갸악 울며 새장을 흔들었고 깃털이 날아다녔다.

"이봐 너, 뭐 하는….."

"하인츠, 당신이란 작자는!"

주방장이 내게 다가온 그때, 뒷문에서 여자가 호통치며 뛰어 들어왔다. 늘씬하게 키가 큰 젊은 여성이었는데, 짙은 쪽빛 셔츠와 국방군 바지 차림에 턱 부근에서 흔들리는 검고 짧은 머리카락이 정신없이 흐트러졌다. 그녀는 곧장 이쪽으로 돌진하더니 기세 좋게 주방장을 몸으로 밀치고 순식간에 그의 땅딸막한 목덜미를 잡았다.

"우리 동물들이야! 지금 당장 돌려내!"

주방장은 여자에게 목을 졸려 "구웩!" 하고 개구리처럼 소리 지르며 양팔을 버둥거렸다. 그 바람에 조리대를 쳐서 국자가 튀어 오르고 악어 머리가 정신없이 흔들리고 개는 자기 꼬리를 쫓기 시작하고 새장 안 펠리컨은 한층 더 날뛰었다.

"그만해, 빌마, 보스가 죽겠어!"

소년이 허둥지둥 말리러 끼어들고 주방장의 얼굴이 벌게져서 나도 가세했다. 간신히 두 사람을 떼어놓고 진정시키자 동물들도 조용해졌다. 바닥에 주저앉은 주방장 앞에 빌마라는 이름의 여성이 우뚝 가로막고 섰다.

"…운하에서 악어를 잡았지? 어디 있어?"

주방장의 숨이 아직 거칠어서 대신에 나와 소년이 동시에 손가락으로 가리켰다. 김이 피어오르는 냄비를.

"너무해. 이게 무슨 짓이야."

사정은 모르겠지만 나는 빌마가 더욱 격앙되어 이번에야말로 주방장을 죽이지 않을까 걱정했다. 그러나 실제로는 반대로 빌마의 얼굴에서 순식간에 분노의 기척이 사라지고 대신 슬픔이 배어 나왔다. 그녀는 조용히 냄비를 확인하러 가서 내장 더미 꼭대기에 놓인 악어 머리를 보고 살며시 만졌다. 하얀 손가락이 붉게 물든다.

겨우 진정이 된 듯한 주방장은 한숨을 푹 쉬고 머리를 벅벅 긁었다.

"우는 거 아니지? 악어 따위에 쩨쩨하게 굴지 마. 나도 먹고 살아야지. 식량에 일일이 눈물지으며 살아야겠냐고."

"이 아이는 동물원에 있던 사육용 동물이었어. 인간에게 먹히기 위해 살았던 게 아니야."

뒤로 돌아서 있는 빌마에게 갈색 잡종견이 콧등을 비비며 꼬리를 살랑살랑 흔든다. 빌마는 개의 머리를 쓰다듬었다.

"개한테까지 손댈 생각은 아니겠지."

"개고기는 맛없어서 안 팔려."

주방장이 퉁명스럽게 대꾸하자 개가 짖으며 추임새를 넣는다. 빌마는 천사 같은 미소로 다시 한번 개를 쓰다듬고 흐트러진 옷깃을 정돈하면서 우리 앞을 가로질러 펠리컨 새장을 끌어안았다.

"이봐, 그놈은 내일 필요하다고!"

주방장이 황급히 소리쳤지만 빌마는 무시하고 들어왔던 뒷문으로 다가갔다.

"어쩔 수 없네. 알았어, 데리고 가!"

뒷문에서 나가는 순간, 빌마는 돌아보며 냉랭한 눈빛으로 주방장을 노려보았다.

"다음은 없어, 하인츠. 만약 우리 아이들을 고기로 만들어 손님에게 낸다면 그때야말로 당신을 잘게 다져서 수프로 만들어 줄 거야. 그 큰 덩치면 아마 많은 사람의 위장을 채워주겠지."

빌마가 결정적인 말을 내뱉고 나가자 분노에 가득 찬 구두 소리와 펠리컨 울음소리 또한 멀어지다가 이내 사라졌다.

폭풍 같은 소동에 멍하니 있는데 주방장이 투덜거리며 일어나서는 국자를 주워 얼룩진 앞치마로 닦았다.

"지독한 여자야. 동물이랑 인간 중에 어느 쪽이 더 중요한 건지…. 영국 놈들은 케첩 맛 콩조림과 크래커가 다야. 그것도 아주 찔끔밖에 안 주지. 연합군 말대로 살다가는 말라 죽을 거야. 이보시오, 아가씨, 이거 가지고 가. 소란 피운 사과로 그릇 값은 깎아줄게. 다음에 여기 올 때 씻어서 돌려줘."

주방장은 '스페셜 레이션 타입C'라고 적힌 빈 통조림 두 개에 악어 수프를 담고, 덤으로 얇은 빵을 얹어주었다. 맑은 수프에는 잘게 자른 감자와 고기 파편이 가라앉아 있다. 가여운 악어와 빌마를 생각하면 가슴은 아프지만 고기 진액 향기에 군침이 돈다.

"고맙습니다."

뜨거운 캔 위쪽을 들고 뒷문을 통해 바깥으로 나가 수프를 흘리지 않도록 신중하게 계단을 올라갔다. 그러자 카프카의 가늘고 긴 얼굴이 쑥 나타났다.

"와하하, 지친 얼굴이네."

"그게… 어?"

계단을 다 올라가서 놀라고 말았다. 카프카 옆에는 조금 전에 본 빌마가 있었다. 아는 사이 같은데 그녀의 태도로 그리 단순한 사이가 아니란 걸 알아챘다. 얌전해진 펠리컨의 새장을 한 손에 들고 다른 한 손을 허리에 댄 채 카프카를 보는 눈이 차갑다. 카프카는 둔한 건지 아니면 신경도 쓰지 않는 건지 변함없이 쾌활하고 허물없었다.

"문을 열어두니까 그대로 다 들렸어. 사육사다운 행동이던데."

"…전 사육사지. 동물원은 폐쇄 상태니까."

빌마는 동물원에서 일했고 공습 때문에 도망친 동물들을 대충 2년 가까이 착실히 찾고 있다고 한다. 악어도 그중 한 마리였다.

카프카는 악어 이야기를 듣고도 한 치의 망설임도 없이 수프를 맛있게 후루룩거렸다.

"역시 맛있어. 하인츠는 정말 존경스러워. 악어는 숙취에도 잘 듣는다고. 아, 간에 스민다."

"그딴 얘기 들은 적 없어. 또 아무 말이나 지껄이는구나. 죄
송해요, 빌마 씨."

"괜찮아, 너도 신경 쓰지 말고 먹어. 벌써 고기가 되었으니
버리기보다는 먹어줘."

그렇게 말하면서도 빌마의 푸른 눈동자에서는 슬픔이 배어
나왔다. 나는 그녀를 되도록 보지 않으면서 빈 캔에 입을 대고
수프를 마셨다. 닭고기와 비슷한 깔끔한 맛의 수프는 확실히
맛있었다.

어디에선가 정오를 알리는 교회 종소리가 들린다. 한바탕
바람이 불고 모래 먼지가 날아올라 아이들이 깔깔거리며 달려
간다. 그러고 보니 국민학교 동창들은 지금 어떻게 살고 있을
까. 어울리지도 않는 생각을 하고 말았다. 나는 친구가 없었다.

"빌마 씨는 카프카랑 친구인가요?"

빌마와 카프카는 둘 다 20대일 것이다. 특히 빌마는 내가 학
교 다니던 시절 담임이던 힐데브란트 또래로 보였다. 20대 중
반, 스물한두 살치고는 차분하고 스물여덟아홉 살보다는 젊은
것 같다. 짙은 남색 웃옷, 안에 입은 블라우스, 허리를 벨트로
조인 남자 군복 바지 모두 아마 단벌옷이라 세탁하지 않았을
텐데, 파란 눈동자와 시원스레 가지런히 자른 검은 머리카락
덕에 신기하게도 산뜻한 분위기가 감돌았다. 그와 반대로 카프
카는 밭에 우두커니 선 허수아비 같았다.

"친구라고 해야 하나. 악연이지. 배우 하던 시절 이 사람은 이 근처 유명인이었어. 문제아에 떠들썩해서 다들 알았지. 나도 직장이 동물원이라 쿠담에는 자주 들렀는데 어쩌다 보니 돌봐주는 처지가 됐네."

"바벨스베르크의 집에서 쫓겨나 너희 집에서 신세 진 적도 있었지."

"정말로 민폐였다니까. 아, 오해하지 마, 애인 아니니까. 이제 가야겠다. 앞으로도 잘 지내… 파이비시. 안녕."

빌마가 '파이비시'라고 말했을 때 묘하게 강조하며 소리 없이 웃은 것 같았지만 곧바로 발길을 돌려서 분명히 알 수는 없었다.

"아, 그렇지. 이봐 빌마!"

"뭐야?"

가려던 빌마가 넌더리 난다는 얼굴로 돌아보았다.

"사람을 찾고 있어. 이런 사람 몰라?"

카프카는 빌마에게 에리히 이야기를 꺼냈다. 스무 해 전에 샤를로텐부르크 저택에서 잠시 지내다가 쿠담 극장 지배인의 양자로 들어갔고, 성인이 되어서는 바벨스베르크에 간 남성을 본 적이 없느냐고. 나도 에리히의 어릴 적 사진을 건넸다.

"본 적 없어… 난 베를린 출신이지만 그래도 모르겠어. 포르스트라는 성은 지배인 부부의 성이야? 아니면 친부모 성이야?"

되묻는 말에 그만 놀라고 말았다. 그런 생각은 하지도 못했다. 프레데리카는 어떤 의미로 그의 성을 포르스트라고 했을까? 사람을 찾는데 이름도 정확하지 않다니 말도 안 되는 실수를 저질렀다. 그러자 빌마는 격려하듯 내 어깨에 살며시 손을 얹었다.

"괜찮아, 꼭 찾을 거야. 적어도 내가 아는 극장 지배인 중에 포르스트라는 사람은 없었으니까 친부모 성일 가능성이 크겠지. 양자 중에는 원래 성을 계속 쓰는 사람도 있으니까."

"그럴까요."

"아마 그럴 거야. 있지, 만약 시간 있으면 우리 집에 들렀다 갈래? 동료는 나보다 오래 여기 살았고 슬슬 돌아올 시간이니까 금방 만날 수 있을 거야. 어쩌면 기억하는 게 있을지도 몰라."

빌마가 사는 곳은 쿠르퓌르스텐담에서 서쪽으로 나아가 왼쪽으로 꺾은 뒤, 브란덴부르크 길가에 있는 프로이센 공원 뒤편에 있었다. 중심지에서 한 발 떨어진 이 구획은 환락가 같은 쿠담과는 딴판인 오피스 거리로 민간 기업과 은행, 청사 등 훌륭하고 위엄 있는 건물이 여기저기 있었다. 무너진 콘크리트에서 삐져나온 철골에 얼룩진 하켄크로이츠 깃발이 무참히 꽂힌 채 바람에 펄럭였다.

가는 길 집합주택 앞에 사람이 몰려 있고 여자들이 모포로 감싼 긴 물체를 바깥으로 나른다. 지나가면서 흘끔 보니 관자놀이에 구멍이 뚫려 죽은 중년 부부가 누워 있었다. 두 사람은 각자 정장과 원피스를 입은 외출복 차림으로 이제 죽음의 여행을 떠나려는 듯 머리카락도 깔끔하게 매만졌다. 부인은 품에 무언가를 끌어안고 있었다. 멈춰 서서 자세히 들여다보니 총통의 사진이었다. 지금도 자살하는 사람은 많다. 다만 자살하는 사람의 종류가 전쟁 때와는 정반대로 바뀌었다.

빌마가 안내한 곳은 오래된 호텔로 벽 곳곳이 포탄과 총탄의 흔적으로 파이기는 했지만 견고해 보이는 건물이었다. 입구 앞에서는 영국 병사가 젊은 독일인 여성을 꾀고, 그 뒤에서는 갓난아이를 업은 부인이 대야 물로 옷을 빨았다. 빌마는 웃옷을 벗어 펠리컨 새장을 덮어 감추더니 냉큼 안으로 들어갔다.

호텔 카운터에는 아무도 없고 벽에는 영국의 유니언잭이 붙어 있다. 빌마 이야기로는 경영자는 어디로 도망치고 텅 빈 건물을 영국군이 접수해 집 없는 독일인을 살게 했다고 한다. 원래 고객이 중간층이었던지 장식이 적고 복도도 좁다. 계단을 오르는 동안에도 빨간 카펫을 깐 복도를 걷는 동안에도 누군가와 마주쳤다. 더없이 부르주아 같은 풍모의 은발 노부인이 아름다운 핑크빛 핸드백을 한 손에 들고 오더니 "안녕하세요. 누구 이 핸드백과 배급권을 바꾸지 않으시겠어요?"라며 말을 건다. 아무도 사지 않을 것 같자 미련 없이 다른 방문을 두드리고 안에 사는 사람에게 똑같은 질문을 되풀이했다.

"어서 들어와."

빌마가 재촉해서 안으로 들어가자마자 숨이 콱 막히게 톡 쏘는 짐승 냄새가 코를 찔렀다. 펠리컨도 동류의 존재를 감지했는지 웃옷으로 덮은 새장이 흔들흔들 움직인다.

"괜찮아, 착하지. 조금만 참아."

빌마의 방은 동식물로 가득했다. 신문지와 넝마를 깐 바닥에 화분을 늘어놓고 가녀린 나무를 심고, 녹색 잎 옆에는 새장을 설치했다. 새장 안에는 아름다운 청록색 앵무새와 란타나 같은 귀여운 노란색과 분홍색 앵무가 주인의 귀환에 눈을 떠 날갯짓했다. 바로 앞 커다란 우리에서는 여우 두 마리가 꼭 붙어 경계하듯이 우리를 빤히 바라본다. 발밑을 뭔가 스쳐 지나간 느낌이 들어서 보니 아르마딜로였다. 등딱지 같은 둥근 등을 흔들며 두껍고 짧은 다리로 우당탕 안쪽으로 도망친다. 그 뒤를 목걸이를 한 검은 고양이가 쫓는다. 카프카는 배를 안고 웃었다.

"이거 굉장하군. 노아의 방주잖아!"

"설마 동물원이 불탄 뒤로 줄곧 여기서 사육하고 계신 건가요?"

"처음부터 그런 건 아니야. 원래는 무사한 우리에 모아서 어떻게든 돌봤는데 러시아군이 오기 직전에 무사했던 아이들을 트럭으로 안전한 장소에 옮겼어."

빌마는 그렇게 말하면서 샤워실 문을 열고 펠리컨 새장을 넣으러 갔다. 상태를 들여다보다가 물이 담긴 욕조에서 하마가 얼굴을 내밀어서 펄쩍 뒤로 물러났다. 옛날에 본 하마보다는 작았지만, 샤워실에서 쉬는 하마를 보다니 이런 기회는 두 번 다시 없을 것이다.

"이 아이는 부모를 둘 다 잃었어. 아직 어린애지. 빨리 넓은 곳으로 이동해야 해."

빌마가 펠리컨을 새장에서 꺼내자 펠리컨은 놀랄 만큼 날개를 넓게 펼치고 퍼드덕퍼드덕 움직였다. 하마랑 같이 둬도 괜찮은 모양이다.

"동물원에 있던 동물들은 전멸한 줄 알았어요."

공습으로 동물원에 떨어진 폭탄은 우리에 있던 동물들을 죽였고 구사일생으로 탈출한 동물도 굶주린 인간들에게 먹혔다고 한다. 게다가 티어가르텐과 동물원은 시가전의 격전지였다. 적의 공습은 물론이거니와 구스타프 대공포탑이 도시 방위를 위해 쏜 탄막은 적뿐만 아니라 지상의 시민까지 휩쓸어 맥도 못 추었다.

"실제로 거의 전멸이야. 3000마리가 넘었는데 살아남은 건 현재 여든아홉 마리고, 사육사가 다 함께 분담해서 돌보고 있어. 처음 공습을 받고 벌써 2년이 흘렀고, 동료들도 이제 포기하라고 하지만 나는 아직 살아남은 아이들을 찾으며 거리에서 정보를 모으고 있어. 봐, 그 덕분에 오늘은 이 아이를 구했잖아."

빌마는 샤워기를 틀어 물을 채우더니 사랑스럽다는 듯 펠리컨 등을 쓰다듬었다.

남자 사육사는 대부분 징병되어 전쟁터에서 아직 돌아오지 않았다고 한다. 지금은 여자 사육사들끼리 토목 작업으로 돈을 벌고 동물 분뇨는 비료로 만들어 팔아 먹잇값을 댄다고 한다.

원래는 호텔이었던 건물도 세간은 점령군에게 접수되었는지 앉을 의자도 없거니와 커피를 마실 테이블도 없고, 대신에 뒤집은 나무 상자와 커버 없는 쿠션이 바닥 구석에 마련되어 있었다. 빌마가 생활한 흔적은 간이 주방의 풍로 위 빨간 주전자 정도가 다였다. 벽에는 다 씹은 껌 따위로 종이를 붙여놓았다. 무슨 무슨 동물이 누구의 집에 있는지 주소와 연락처, 건강 상태, 부족한 물건 등이 빼곡히 적혀 있었다. 그에 따르면 호랑이를 두 마리나 맡은 사육사도 있는 듯하다.

"차고를 빌려 코끼리도 돌보고 있어. 하지만 역시 불편하니까 조금 더 제대로 된 환경을 마련해 주지 않으면 이 아이들은 노이로제에 걸리겠지. 그러니까 지금은 동료와 함께 토미와 교섭해서 동물원 부흥을 추진 중이야."

"잘되면 좋겠네요."

"고마워. 아마 괜찮을 거야. 그 사람들은 동물과 아이들은 예뻐하니까."

빌마가 그렇게 말하고 장난스럽게 웃었을 때 동료가 돌아왔다. 빌마보다 조금 젊은 여자였다. 긴 금발을 하나로 땋아 정리하고 주황색 모자를 쓰고 반소매 블라우스에 빌마와 똑같은 군용 바지를 맞춰 입었다. 건강한 분위기를 풍기는 쾌활한 사람이다.

"와우, 무슨 일이야? 무슨 모임인데?"

동그란 눈을 더 똥그랗게 뜬 그녀는 그야말로 동물원의 작은 원숭이를 닮았다.

"소개할게, 이쪽은 엘리. 내 동료고 어릴 적부터 쿠담 옆에서 살았어. 너희에게 도움이 되면 좋겠다."

아직 눈을 깜빡거리는 엘리에게 빌마가 설명하고 내가 에리히의 사진을 건넸다.

"살아 있으면 스물여섯 살이라니 나보다 네 살 많네. 보자, 애들이 많아서…."

나에게는 형제가 없지만 외동은 드물어서 한 가정에 아이가 세 명 이상 있는 집이 일반적이다. 간단히 쿠르퓌르스텐담이라고 해도 3킬로미터가 넘는 거리라 그 주변에서 사람 한 명 찾기란 어려운 문제였다.

엘리는 손톱을 깨물면서 사진을 한차례 바라보고서 나에게 돌려주었다.

"어떠세요. 짐작 가는 곳이 있나요?"

"으음, 기억이 애매하네. 하지만 양자를 들였다는 극장 지배인이 있던 건 기억해. 내가 아직 유치원을 다닐 때 근처에서 연속으로 어린아이가 행방불명됐어. 다들 '쿠담의 피리 부는 사나이'라고 했지. 나이 많은 남자애들이 겁을 줘서 울음이 터지기도 했는걸. 마침 그 무렵에 극장 지배인 부부네 아이가 늘었어. 혹시 유괴한 거 아니냐고들 했어. 뭐, 아무도 진심으로 한 말은 아니었겠지만."

"유괴가 아니에요. 이 아이는 스스로 이모네 부부 곁을 떠났을 뿐이지 정식 절차를 밟아서 양자로 갔다고 해요."

"응, 오해였겠지. 부잣집 아이를 유괴한 유대인 범인이 체포되고 나서 쿠담의 피리 부는 사나이에 관한 소문은 잠잠해졌어. 하지만 그 극장은 어느새 문을 닫았어. 외모도 거의 기억나지 않지만 당시 유행하던 차림에, 그야말로 예술의 거리 쿠담답고 멋졌어."

"바벨스베르크로 이사했나요?"

"그럴 가능성이 클 것 같은데. 영화의 도시 우파슈타트라면 전 극장 지배인에게도 일이 있을 법하니까."

엘리는 고개를 끄덕였다. 그렇다면 예정대로 바벨스베르크로 가자. 나는 마음이 놓였지만 카프카는 조금 더 자세한 정보를 원한다고 했다.

"하다못해 극장 지배인의 성 정도는 알아두는 편이 좋겠지."

"그러고 보니 카프카는 짐작 가는 데 없어? 전 극장 지배인 부부와 그 아들, 우파에 없었어?"

"안타깝게도 극장 출신 인간은 많아. 그리고 내가 우파슈타트에 있었던 건 1940년부터 딱 3년 동안이야. 거기는 넓고 여러 직종이 있거든."

우리가 대화를 나누는 동안에 엘리는 배낭에서 캔을 꺼내 영국 병사가 선물로 주었다면서 빌마에게 건넸다. 진짜 홍차였다. 원산지인 인도는 영국군 아래에 있었고 전쟁이 시작된 이래 벌써 몇 년이나 홍차 따위는 맛을 보기는커녕 구경도 하지 못했다. 아주 드물게 수입된 홍차와 중국차는 당 간부가 가로채거나 비싼 값에 암거래했다는 소문이다.

두 사람은 신경을 써주어 나와 카프카 몫의 홍차도 탔다. 군용이니까 아마도 상등 물품은 아닐 것이다. 그래도 오랜만에 마시는 은은하게 향기가 나는 떫은 차는 맛있었다.

"우리 아버지라면 조금 더 자세히 기억할 수도 있지만."

우리가 떠나려고 할 때 엘리가 머뭇거리며 말했다.

"그런데 어머니가 유산탄에 휘말려 죽고 나서 아버지는 이상해졌어. 원래도 좋은 사람은 아니었지만 점점 더⋯ 술을 마시면 특히 심해."

"너희 집에서 아버님께 인사를 드리라고? 괜찮지만, 나는 이웃밖에 없어."

카프카는 이럴 때도 장난을 친다. 빌마는 당황하는 엘리에게 상대하지 말라고 냉정하게 말하고 홍차 컵을 치웠다. 엘리는 뺨을 긁으면서 이야기했다.

"음⋯ 미안하지만 우리 아버지는 집에 안 계셔. 집 자체는 있지만 나가버렸어."

"어디에 계시지? 돌아가신 어머님이 잠든 곳 근처인가?"

"설마! 시신은 우리 집 마당에 묻었어. 그래서 나간 거야. 으음, 하지만 역시 그 사람을 만나는 건 추천 못 하겠어."

"부탁드려요. 작은 단서라도 필요해요."

내가 애원해도 엘리는 아직 마음이 내키지 않는지 떨떠름한 얼굴을 했지만 빌마가 의미심장하게 카프카를 흘끔 보고 "뭐 어때? 가르쳐주지."라고 하자 결국 져주었다.

"꼭 찾아가야겠다면 그루네발트 호수에 가봐. 퓌클러 길에서 사냥궁전이 있는 방향으로 가서 중간에 숲 왼쪽으로 들어가. 지금은 아마 수영하러 온 사람으로 북적일 테니까 금방 찾을 수 있을 거야. 탈의용 오두막이 죽 늘어서 있고 그 바로 뒤쪽에 구덩이가 있어. 거기에 아버지 발두어 하세가 앉아 있을 거야."

우리는 두 사람에게 감사 인사를 하고 집을 나섰다.

프로이센 공원에서 베를린 서쪽 일대에 숲과 호수가 펼쳐진 녹지 그루네발트까지 걸어서 가면 두 시간 넘게 걸린다. 여름은 낮이 길다지만 이대로는 날짜가 바뀌고 말 것이다.

지하철 U반이 움직이는지 확인하기 위해 시험 삼아 페어벨리너 광장으로 갔다. 제국식량국이었던 건물 앞에는 영국군과 미군 장교로 보이는 근사한 복장에 모자 차림의 군인을 태운 사륜구동차가 교차로를 왔다 갔다 했다. 제국식량국은 건물이 번듯해 곡선을 그리는 정면 벽이 방문객을 압박하는 인상이 있었지만, 이렇게 보면 반으로 자른 거대한 바움쿠헨 안쪽에서 있는 것 같다. 바움쿠헨 안쪽에는 성조기, 유니언잭, 삼색기가 걸렸다. 무늬는 다르지만 모두 적색, 청색, 백색이다.

다행히 지하철은 운행을 재개했는지 움직이고 있었다. 계단 앞 칠판에 따르면 남쪽 방면 노선은 폭탄 소동이 있던 그루네발트 전까지만 운행하지만 달렘도르프역까지는 간다고 한다. 그거면 충분하다.

어둑한 구내에 각진 얼굴을 한 진노랑 차량이 둥근 눈알 두 개를 빛내면서 들어온다. 타고 내리는 승객은 커다란 짐을 든 이가 많다. 짊어진 배낭에는 물통과 냄비, 자루 등이 매달렸고 양손도 보따리나 아이로 여유가 없다. 물림쇠 대신에 시트며 로프로 칭칭 감아 짐을 짊어진 사람도 많이 보였다. 짐이 적은 것은 점령군 군인뿐이다.

남쪽 방면 승강장으로 들어온 열차는 차체에 성한 곳이 없어 전쟁의 불길을 헤쳐 나왔다는 걸 한눈에 알 수 있었다. 도착한 열차의 차량 문 핸들을 힘주어 쓰러뜨리고 수동으로 무거운 문을 밀어서 안으로 들어간다. 여성 역무원이 깃발을 들자 흔들거리며 움직이기 시작한 열차는 쇠로 된 바퀴를 묵직하게 삐걱거리면서 어두운 지하 선로를 천천히 달렸다. 차량 천장에는 커다란 구멍이 뚫렸고 창문은 군데군데 유리 대신에 널빤지를 박아놓았다.

기다란 나무 의자는 만석으로 승객은 지하철 진동에 흔들리면서 자거나 옆 사람과 이야기를 나누거나 아무것도 보이지 않는 캄캄한 창밖을 바라보았다. 차 안에서는 온갖 언어로 속삭이는 소리가 열차가 달리는 소음과 뒤섞여 커진다. 독일어, 영어, 프랑스어, 폴란드어, 러시아어. 불과 반년 전까지는 1종이나 2종 여행증이 없는 지극히 평범한 일반인은 설령 차량이 텅텅 비어도 열차 탑승이 금지였다니 꿈속 같다.

앞으로 어떻게 될까. 총소리도 비명도 번개 같은 대공포탑의 포격음도 들리지 않고 누군가에게 밀고당할까 겁먹지 않아도 되는 것은 기쁘다. 하지만 NSDAP가 없는 독일, 총통이 법률을 만들지 않는 독일이 정말로 잘 굴러갈까? 나는 총통도 나치당도 좋아하지 않았다. 그래도 이 지하철처럼 주변이 전혀 보이지 않는 상태로 모르는 땅으로 끌려가는 불안은 씻기지 않는다.

"뭘 그렇게 멍하니 있어?"

옆에 있던 카프카가 어깨를 찔러서 정신이 들었다.

"별일 아냐. 잠깐 생각한 것뿐이야. 열차에 타면 나도 모르게 생각에 빠져."

"기분은 이해해. 철도를 타는 고독한 자는 모두 즉석 철학자가 되지…. 이봐, 저것 좀 봐."

카프카는 천장을 가리켰다. 지하를 달리고 있을 텐데 커다란 구멍으로 하늘이 보였다. 도중에 지하도에 포탄이 떨어져 무너진 채 막지 않은 것이다. 잠깐 비쳐 든 햇살에 다들 고개를 들고 들쭉날쭉한 푸른 하늘을 올려다보았다.

15분쯤 걸려 종점 한 정거장 앞, 포드비엘스키길역에 도착해 내렸다. 이전에는 S반을 이용했기 때문에 걸어서 가기는 처음이지만 그루네발트 숲은 무척 친숙한 곳이다. 베를린에 산다면 먼저 여기로 나들이를 와야 한다.

베를린은 남서쪽으로 갈수록 녹음과 호수가 많은 전원 지대가 펼쳐져 부유층이 많고, 도심의 집합주택과 달리 단독주택에 전용 정원이 붙은 빌라가 널찍한 간격을 두고 서 있었다. 하지만 지금 정원수를 가꾸거나 지붕을 수리하는 사람은 몸집이 작은 영국군 졸병이나 공병들이다. 장교 가족이 이쪽으로 와도 살 수 있도록 집을 정비하는 것이다. 장교가 호화로운 집에 살고 싶어 하는 것은 미군 관리 구역이나 소련 관리 구역도 마찬가지다.

도시 중심부로 이어지는 넓은 간선도로를 건너 호수로 이어지는 숲의 포장도로로 들어가자마자 강렬한 흙과 나무껍질 냄새에 둘러싸였다. 숲의 수목은 무성한 초록색 잎이 버거운 듯 몸을 기울이고, 부는 바람에 산들산들 술렁술렁 흔들린다. 나뭇잎 사이로 비쳐 드는 황금빛 햇발이 땅바닥 가득 그물 무늬를 드리워 오가는 사람들도 빛과 그림자로 얼룩졌다. 기온은 도심과 2, 3도는 차이가 날 것 같다. 염천의 타들어 갈 것 같은 더위와 달리 나무 그늘은 어쩜 이리 시원할까. 어느새 숲과 녹음이 우거진 정원이 있는 집에 살고 싶다는 생각을 하다가 문득 집에 두고 온 방울토마토 화분이 떠올랐다. 돌아가면 바로 물을 줘야겠다.

작은 새가 지저귀는 숲길, 우리 앞을 한껏 멋 부린 영국 병사와 시원한 반소매 원피스를 입은 독일인 여성이 팔짱을 끼고 걷는다. 뒤에서 달려온 사륜구동차 뒷좌석에는 독일인 여성세 명이 탄 채 날카로운 환호성을 질렀다. 다들 이 앞에 있는 그루네발트 호수로 놀러 가는 것이리라. 저편에서 지프를 타고 돌아오는 미군 병사들은 가슴에 은색 인식표를 번쩍이면서 수영팬티 한 장 차림으로 벗은 몸을 드러냈다.

"봐, 진짜 웃기게 탔네! 배만 하얘서 꼭 개구리 같군."

카프카가 껄껄대며 웃자 앞을 걷던 영국 병사와 독일인 여성 커플이 흠칫 놀라 돌아보고 잰걸음으로 우리와 거리를 두었다.

마침내 사냥궁전의 푸른 표식이 보였을 때 우리는 왼쪽으로 꺾어 길에서 벗어나 숲으로 들어갔다. 부드러운 흙을 밟는다. 영양을 가득 머금은 토양의 푹신푹신한 감촉을 즐기면서 수목 안쪽으로 나아가는 사이 숨 막히는 악취가 감돌았다. 몸을 씻지 않은 사람에게서 나는, 명치 부근을 메슥거리게 하는 때 냄새다. 누군가 있다.

악취가 점점 심해지더니 갑자기 시야가 트였다. 주춤해 작은 가지를 밟자 우드득 소름 끼치는 감촉이 발바닥에 전해진다. 숲을 깎아낸 땅이다. 벌채한 나무 대신에 수십 명이 앉아 있었다.

쨍쨍 내리쬐는 태양 아래 사람들이 지친 모양새로 여기저기에 누워 심각한 얼굴로 자고 있다. 엘리가 표식으로 가르쳐준 수영복을 갈아입는 오두막은 보이지 않았다. 그녀가 말한 '지금은 아마 사람들로 북적일 테니까'란 아마도 물놀이를 하러 온 관광객이지 이런 광경은 아니었을 것이다. 부친을 만나러 가지 않는 것 같았으니 현재 상황은 몰랐을 것이다.

곳곳에 나뭇가지에 웃옷이며 시트를 묶어 텐트를 설치하고 모닥불을 피우는 사람도 있다. 여기에 정착한 지 꽤 오래된 듯하다. 남자, 여자, 노인, 아이까지 있었다. 폴란드나 동유럽의 강제노동자와 명백히 다른 점은 이들은 악취를 풍기더라도 차림새가 좋다는 사실이었다. 샀을 당시에는 고급품이었을 웃옷, 블라우스, 위가 둥그런 중산모, 금발을 땋아 머리에 두르는 독일풍 머리 모양. 그런데 다들 초라하고 더럽고 딱할 만큼 비참했다.

"…독일인 난민인가."

그들의 모습을 본 카프카가 불쑥 중얼거린다. 동프로이센 외에 총독부와 보호령, 다시 말해 독일이 획득한 나라로 이주했지만 소련의 붉은 군대에 쫓겨 조국으로 귀환한 사람들이다. 갈 곳이 없는 난민은 외국인만이 아니다. 유럽은 온통 난민이라는 소문은 들었지만, 지금 눈앞에 있는 사람들도 난민의 지극히 일부이리라.

주변에는 영국군의 사륜구동차와 군용 트럭이 한 대씩 정차해 있고 '검역소'라는 팻말이 있지만, 병사 여러 명이 그저 그 자리를 둘러싸고 있을 뿐이지 의사다운 사람은 보이지 않는다. 손에 라이플을 든 보초들의 눈은 아주 최근까지 자주 보았던 적을 감시하는 병사의 눈빛이었다. 상대를 인간이라고 생각하지 않는 눈이다.

"눈에 띄면 골치만 아파. 숲속을 빙 돌아서 뒤로 가자."

우리는 살며시 걸었다.

오두막은 사라졌지만 엘리가 말한 구덩이는 난민 임시캠프에서 떨어진 숲을 몇십 미터 나아간 곳에 있었다.

더러운 검은 윗옷 차림의 남성이 굽은 등을 돌린 채 구덩이 가에 앉아 있었다. 아무도 없는 허공을 상대로 백발이 몇 다발 드문드문 남은 대머리를 흔들며 중얼중얼 말을 건다. 뒤에서 들여다보니 구덩이 흙에 돌멩이를 채워서 늘어놓아 네모난 틀 같은 것을 만들었다. 남자의 모습에 카프카는 "그런 거였군." 하고 작게 말했다. 나는 마음을 다잡고 말을 붙였다.

"실례합니다. 발두어 하세 씨인가요?"

엘리가 가르쳐준 이름으로 물어보니 노인은 천천히 돌아보았다.

"…매매는 안 해. 나는 집을 짓고 있어."

설마 이게 집의 뼈대인 걸까. 노인의 두 눈은 붉게 충혈되고 토해내는 숨은 술 냄새가 진동했다. 그 옆에는 병이 있고 바닥에 투명한 액체가 남아 있었다. 카프카는 하세 씨 옆에 홀쩍 쪼그려 앉아 병 입구에 코를 대더니 얼굴을 찌푸렸다.

"영감, 이건 안 마시는 게 좋겠어. 연료용 알코올이야. 이반 한테 강매라도 당했나?"

그때 하세 씨가 갑자기 카프카의 손목을 잡았다. 그 순간 술병이 떨어져 흙 위에 알코올이 콸콸 스며들었다.

"네놈이 왜 이런 곳에 있어? 돼지 같은 유대인 놈."

멍하던 노인의 눈에 금세 힘이 돌아왔다.

"천박한 입을 열고 나한테 의견을 내놓다니 무례한 놈. '별'은 어쨌나? 집에 두고 깜빡했나? 네놈의 피로 내가 표시를 그려줄까?"

"…댁이야말로 당원 배지는 어디다 놨어? 무서워서 버렸어?"

카프카가 손목을 잡힌 채 침을 뱉어 노인의 처진 뺨에 철썩 달라붙었다.

노인의 분노는 엄청났다. 붉으락푸르락한 얼굴로 입에서 침이 흐르는 것도 모른 채 호통을 치고 카프카의 얼굴에 주먹을 날리려다 카프카가 피하자 그대로 땅바닥에 나가떨어졌다. 나도 모르게 비명을 지르며 노인을 말리려 했지만 노인이 나뒹구는 술병을 잡는 것이 더 빨랐다. 노인이 술병을 카프카의 머리에 그대로 내려치자 유리가 깨져 수정처럼 반짝이면서 산산이 부서졌다. 카프카의 이마에서 한 줄기 붉은 피가 흐르고 노인은 "총통님 명령을 내려주십시오! 당신을 따르겠습니다!" 하고 외쳤다.

"그만해요! 도와주세요!"

"무슨 소란이지? 거기 세 사람 손 들어!"

뒤에서 영국군 보초가 라이플을 들고 총구를 우리에게 겨눈 채 다가왔다. 나는 허둥지둥 양손을 들고 카프카 옆으로 갔다.

"우리는 피해자예요. 느닷없이 공격당했습니다. 나치 잔당이에요."

카프카는 이마에서 흐르는 피를 닦으려고도 하지 않고 단호히 말했다. 아직 청년이라 할 만큼 젊은 영국 병사 2인조는 아마도 독일어를 몰랐던 것 같다. 처음에는 수상쩍어하며 카프카를 바라보았다. 그러나 카프카의 피와 '나치'라는 단어 그리고 하세 씨 손안의 깨진 술병에 총구를 노인에게 돌렸다. 노인은 그제야 취기가 가셨는지 "손이 미끄러졌어, 일부러 그런 게 아니야!"라며 변명하려 했다. 그제야 몸의 떨림과 호흡이 진정된 내가 영어로 설명하려 하자 카프카가 말렸다.

"이봐, 틈을 봐서 도망치자."

영국 병사가 노인에게 주의를 기울이는 사이에 우리는 조금씩 뒷걸음질 쳐 구덩이에서 나온 뒤 방향을 돌려 있는 힘껏 달렸다. 뒤에서 때리고 발로 차는 소리, 청년의 웃음소리, 노인의 비명이 들렸지만 나는 돌아보지 않았다.

마구잡이로 수목 사이를 달려 간신히 숲을 빠져나왔을 때 엉뚱한 곳이 나오면 어쩌나 불안했지만 다행히 잘 아는 거리였다. 첼렌도르프, 그러니까 미국 관리 지역인 우리 집 바로 옆이다. 인도를 걷는 미군 병사가 '이상한 놈들'을 보는 눈빛을 하고 지나갔다.

영국 병사는 쫓아오지 않았다. 카프카는 숨을 헐떡이며 이마의 땀을 더러운 소매로 닦으려 했다. 움직인 탓에 아직 출혈이 멈추지 않았다. 나는 허둥지둥 그의 손을 붙잡았다.

"잠깐만, 상처에 균이 들어가겠어!"

"괜찮아."

"곪으면 큰일 나."

병원을 떠올리면 지금도 등줄기가 얼어붙는다. '카추샤'로 하늘을 불태우는 적군을 본 뒤 며칠 있다가 갑자기 불길이 치솟았다. 백기를 걸어도 소용없었다. 지하실에 임시로 만든 야전병원은 과일이 썩는 듯한 달큼한 악취와 피 냄새로 가득해서 수도 없이 욕지기가 올라왔다. 간호사를 돕기 위해 병원에 남은 뒤 신선한 공기를 찾아 이따금 지상으로 나가면 죽은 환자들의 시체가 여전히 바깥에 쌓여 있고 파리가 알을 낳았다. 그로부터 두세 달밖에 지나지 않았다.

"알았어, 아가씨. 그럼 살균을 위해 술이 필요한데."

"…우선 물로 씻자."

거리의 수동 펌프에는 다행히 아무도 줄을 서지 않아서 내가 막대 모양 핸들을 위아래로 움직여 맑은 물이 터져 나오자 카프카는 얼굴을 씻었다. 다친 왼쪽 이마를 살펴보니 엄지손톱만 한 상처가 뻐끔 벌어졌다. 가벼운 상처지만 이마인 탓에 물로 씻어 닦아도 잠깐뿐이고 금방 붉은 피가 흘렀다.

"무언가로 지혈해야 해. 우선 이 손수건을 써. 어제 빨아서 말린 거라 깨끗하니까. 그리고 우리 집에 들르자. 병원에서 받은 구급상자가 있어."

우리 집. 스스로 그렇게 말해놓고서 새삼 낯선 단어라고 생각했다. 나에게는 불과 2년 전까지 동쪽 지구의 지저분한 공장 도시, 야윈 개가 짖는 좁은 골목이 의심할 여지 없는 우리 집이었다. 지금은 서쪽 지구에서 미군의 관리를 받으면서 살고 있다.

거리 표지판에는 나치 시대에 즐겨 쓰던 화려한 프락투어(독일식 고딕체—옮긴이)와는 딴판인 미군다운 간결하고 읽기 쉬운 두꺼운 글자로 '클레이 대로'라고 적혀 있다. 클레이, 미국 육군 장군의 이름이다.

이 길을 곧장 남쪽으로 나아가 오스카헬레네하임역에서 오른쪽으로 꺾고, 온켈톰스휘테역 방면으로 아르겐티니셰 길을 따라가면 집합주택에 도착한다. 가리 길까지 가지 않는다면 피프티스타스 동료들 눈에 띄지 않을 것이다.

"결국 에리히의 양부모 이름은 알아내지 못했군."

"그러네. 포르스트라는 이름으로 지내기를 바라야지."

"…내 친구가 아직 우파에 남아 있을 거야. 그 녀석이라면 알 수도 있고."

"정말로? 잘됐다!"

"너무 기대하지 마. 그 일대는 적군한테 심하게 당했대. 죽었을지도 몰라. 뭐, 그때는 그때 가서 생각할 일이지."

카프카는 마지막에 밝고 자신 있게 말하더니 이마에 손수건을 대고 위를 올려다본 채 줄을 타는 서커스 단원처럼 한 손으로 중심을 잡으면서 걸었다. 나무 그늘에서 쉬던 젊은 여자들이 비웃는 모습을 보고 나는 옆구리를 쿡쿡 찔렀다.

"그만해. 장난치지 마. 엘리에게 어떻게 사과해야 할지 생각해야지."

"왜?"

"아버지는 수용소로 보내졌을 거야. 엘리는 아마 슬퍼하겠지."

하세 씨의 그 행동. 아마 총통에게 심취한 열성적인 당원이었을 것이다. 구덩이에 돌을 늘어놓고 집을 세울 작정이었던 그의 머릿속에서는 무슨 일이 일어나고 있을까.

나는 문득 한때 같은 집합주택에서 살았던 레오라는 청년을 떠올렸다. 만약 레오가 살았다면 지금쯤 베어볼프가 되어 철도에 폭탄을 설치하고 있을지도 모른다.

그러나 카프카는 "그 사람이 먼저 쳤으니 어쩔 수 없지."라며 어깨를 으쓱했다.

"엘리라는 애도 구체적으로 아버지가 어떤 인간인지는 숨겼잖아. 나 같이 생긴 인간을 만나게 하면 어떻게 될지 가르쳐줘도 됐을 텐데."

"몰랐던 거 아닐까? 아버지랑 별로 친하지 않아 보였으니까."

"글쎄다. 그러고 보니 빌마 녀석 '뭐 어때?'라고 했지. 제길… 아무튼 이미 지나간 일이야. 그만 생각할래. 그런데 너도 이상한 애구나. 아까는 카이저수염을 통보하려고 했잖아."

"그야… 그랬지만."

"가족을 아니까 동정했지? 마음은 이해해."

정곡을 찔린 나는 아무 대답도 하지 못했다.

"혹시 에리히를 찾는 것도 그런 이유야? 혹시 그렇다면 너무 신경 쓰지 마. 은인의 죽음을 짊어질 필요 따위 없으니까."

나는 말없이 나뭇잎 사이로 비쳐 드는 햇빛 아래 앞서 걷는 카프카의 등을 바라보았다.

하얀 햇볕이 내리쬐는 고급 주택가의 빌라 여기저기서 영어 라디오 소리며 밝은 스윙 음악이 들렸다. 차체가 둥근 미군의 뷰익 에이트가 달리고, DDT나 수영장에 뿌리는 염소 같은 냄새가 감돈다. 길 저편에서는 화려한 넥타이를 맨 기자들이 모여 이야기에 몰두하고, 옆에서는 카메라맨이 지프를 탄 미군 병사를 향해 셔터를 누른다. 카메라맨은 반소매 셔츠를 무방비하게 걷어 올려 볕에 탄 팔근육을 뽐내듯이 드러냈다.

"그러고 보니 아우구스테 씨? 너는 왜 영어책을 가지고 있는 거야? 그거 《에밀과 탐정들》이지? 안을 보고 놀랐어."

눈에 흐르는 피를 성가신 듯 닦으면서 묻는 카프카에게 나는 잠시 생각하고 나서 솔직하게 말하기로 했다. 아침보다는 다소 친근함이 생긴 듯하다.

"어릴 적에 부모님이 헌책방의 불용품 시장에서 생일 선물을 사주셨는데 잘못 집었어. 덕분에 영어를 공부하려고 마음먹었고 지금은 직업을 얻었지."

"잘리지 않는다면."

"내 말이 그 말이야."

지하철 오스카헬레네하임역 앞에는 독일인이 미국 병사를 상대로 장사하려고 노점을 열었다. 구두닦이, 보석과 여성 구두, 향수, 라디오 같은 기계 등을 시트에 늘어놓은 가게도 있다. '가지고 계신 VE-301형, DKE 38형 라디오 수신국 늘려드립니다. 수리, 부품 교환합니다'라고 독일어와 영어로 병기한 간판 뒤에서 헌팅캡을 쓴 초로의 남성이 드라이버를 손에 들고 라디오를 만지고 있다. 견본 라디오에서는 깨끗한 음성이 흘러나오고 미국인 아나운서가 뉴스를 보도한다.

"포츠담 회담을 위해 거두들이 움직이고 있습니다. 대서양 헌장을 위해 루스벨트 대통령을 태웠던 구축함 어거스트가 이번에는 트루먼 대통령을 태우고 어제 앤트워프항에 도착해, 아이젠하워 원수의 환대를 받고…"

그 옆에는 파란색과 흰색 줄무늬 천막을 친 왜건 앞에 아이들이 몰려들어 있었다. 하얀 전투모와 앞치마 차림의 취사병이 분홍색 종이로 싼 노란 콘에 초콜릿 아이스크림을 얹어 아이들에게 내민다. 작은 손을 열심히 뻗어 아이스크림을 조르는 아이는 온몸이 더럽고 반바지 아래 장딴지는 진흙투성이에, 머리카락에는 나뭇잎이며 모르타르 가루가 달라붙어 있다.

조금 떨어진 곳에 필름 카메라를 든 카메라맨이 서서 렌즈를 아이들과 미국인 취사병 쪽으로 돌렸다.

"애들아 밀지 마, 차례를 지켜!"

하지만 아이들은 말을 듣지 않고 내가 먼저라며 손을 뻗어 서로 뺏으려고 해서 그만 아이스크림이 땅바닥에 떨어지고 말았다. 취사병은 웃으며 "진정해. 괜찮아, 아직 잔뜩 있으니까."라고 하더니 다음에는 더 크게 얹은 초콜릿 아이스크림을 맨 앞에 있는 작은 여자아이에게 건넸다. 떨어진 아이스크림은 참을성 없는 아이들이 손가락으로 찍어서 핥아 먹었다.

"앗, 어이! 너희들!"

외친 사람은 취사병이 아니라 카메라로 촬영하던 카메라맨이었다. 팔을 쳐들고 와아아 소리치며 도망치는 아이들 뒤를 호통치면서 쫓는다. 정신이 팔린 틈에 가방을 도둑맞은 듯하다. 감탄하는 사람은 카프카뿐이었다.

"제법인데. 그러고 보니 이 부근에 고아와 부랑아만 모은 절도단이 있다나 봐. 그것도 여럿이래."

"잘 아네. 도둑 친구가 가르쳐준 거야?"

내가 빈정대고 카프카가 받아치는 시시한 대화를 주고받으면서 아르겐티니셰 길을 걷는데, 보닛에 커다란 하얀 별무늬를 단 지프가 달려와 지나갔다. 아니, 지나간 줄 알았는데 갑자기 브레이크를 밟고 경적을 울리더니 "거기 너! 귀여운 아가씨!"

하는 소리가 들린다.

또 미군 병사가 누군가를 꾀나 보다. 적어도 나는 아니다. 그러나 지프는 일부러 후진해서 우리 바로 옆에 다시 정차했다. 아무래도 신경이 쓰여 옆을 보니 스무 살 남짓한 젊은 미군 병사 하나가 운전석에서 왼팔을 지프 문에 걸쳤다. 뒤집은 보트 같은 형태의 전투모를 뒤로 젖혀 쓰고 야전복과 달리 길이가 짧은 다갈색 재킷에 베이지 넥타이를 맸다.

"어젯밤에 만났지."

영어를 잘못 알아들었나 했다. 어젯밤? 그 헌병? 전혀 딴판이다. 말상에 밉살스러운 그 인간과는 닮은 구석이 하나도 없는 데다, 그 사람이 '귀여운 아가씨' 같은 소리를 한다니 소름이 끼쳤다. 그러나 "무사히 돌아온 것 같아 다행이네." 하는 목소리는 분명히 그 헌병, 하사였다. 그때는 한밤중이라 어둡고 MP라고 적힌 헬멧을 깊이 눌러써서 얼굴을 제대로 보지 못했다.

"그냥 두고 돌아가서 화났어? 임무였으니 나쁘게 생각하지 말아줘."

하사는 껌을 짝짝 씹으면서 내 얼굴과 가슴 그리고 옆에 있는 카프카를 보았다.

"이 사람은? 설마 애인이야? 유대인이라니 너도 취향이 참 고상하군."

"그럴 리가요! 아니에요. 볼일이 있을 뿐이에요."

"흐응. 이마의 손수건이 새빨갛잖아. 다쳤어?"

"작은 사고를 당했어요. 지금 집에 들러 치료를 하려던 참이에요."

"집이라. 그대로 침대에서 치료하나? 맞지?"

하사는 히쭉히쭉 웃음을 그치지 않는다. 지긋지긋하다. 무시하고 그대로 걷자 액셀을 천천히 밟으며 따라왔다.

"화내지 마, 진짜로 마음보가 비뚤어진 양배추 아가씨네. 타, 응급처치 키트라면 지프에도 있고 내가 응급처치 솜씨가 꽤 좋거든."

"야, 이 사람이 뭐라는 거야?"

영어를 모르는 카프카가 몸을 숙이고 귓속말을 했다.

"구급 키트가 있고 치료해 주겠대."

"진짜로? 그럼 신세 좀 지자! 솔직히 좀 아파."

분명 카프카에게 빌려준 내 손수건은 피로 젖었고, 여기서 고집을 부리는 건 비효율적이다. 나는 한숨을 쉬고 하사의 지프에 타기로 했다.

하사는 정말로 솜씨가 좋았다. 지프 좌석 밑에서 FIRST AID라고 적힌 초록색 양철 트렁크를 꺼내 열고 유리 케이스에 담긴 탈지면을 핀셋으로 하나 집어 상처 주위 피를 닦았다. 대부분 붕대 꾸러미인 트렁크에서 작은 술파제 봉지를 찾아내 입으로 찢고 분말을 뿌린 뒤 거즈가 달린 붕대로 묶는다.

"상처는 얕으니까 꿰매지 않아도 되겠지. 청결하게 유지하고 2, 3일 지나면 아물 거야."

"감사합니다."

"됐어. 그래서 말인데. 데이트에 방해가 되지 않는다면 이대로 드라이브라도 하지 않을래?"

순간 무슨 소리인지 이해하지 못하고 "네?" 하고 되물었다. 드라이브? 또 소련 관리 지구로 끌려가는 걸까? 그러나 그의 얼굴이 살짝 발그레한 것을 알아채고서야 깨달았다. 데이트 신청을 하는 거다.

"아, 저기…."

"이번에는 뭐래, 응?"

말은 알아듣지 못해도 분위기는 파악했는지 머리에 붕대를 감은 카프카가 히쭉거리며 내 옆구리를 찔렀다. 정말이지 짜증난다.

"드라이브하재."

"좋네! 내가 방해되나. 이만 물러갈까."

"그만둬. 우리는 에리히를 찾는 중이니까. 빨리 바벨스베르크로 가야 해. 당신도 함께."

그사이 하사는 담배를 피우며 지프 문을 손가락으로 탕탕 두드리면서 기다렸다. 나는 헛기침을 하고 하사에게 사정을 털어놓았다.

하사의 운전은 변함없이 거칠었다. 너무 속도를 내서 덮개가 없는 지프는 바람을 고스란히 맞았다. 길게 땋은 내 머리카락은 승마 채찍처럼 휘어졌다.

나는 친척이 바벨스베르크에 살아서 만나러 가는 길이라고 거짓말했다. 카프카가 남는 것에는 불만인 듯했지만 하사는 흔쾌히 허락하고 우리를 태워주었다. 나는 조수석, 카프카는 뒷자리. 그러나 미국 지프는 역시 벽이 너무 적어서 어딘가를 붙잡지 않으면 중심을 잃고 굴러떨어질 것 같았다. 나는 계기반에 매달려서 되도록 몸을 웅크리고 어금니를 악물었다.

자동차는 아르겐티니셰 길을 서쪽으로 나아간다. 잎이 무성한 수목 너머에 5층짜리 집합주택들이 보이고 우리 집이 있는 건물 앞도 지나쳤다. 아르겐티니셰 길은 완만하게 구불거리면서 남쪽으로 뻗어 있어 하사는 핸들을 조금씩 왼쪽으로 돌리면서 액셀을 밟았다. 크루메랑케역을 지나 서첼렌도르프역으로 접어든다. 미군 병사가 많고 번화한 역 앞에는 군대 위안영화관의 커다란 간판이 걸려 있었다. 깨끗한 휴가용 군복 차림에 전투모를 쓴 미군들은 저마다 여자를 옆에 꼈다. 대부분 베를린 여성이다. 머리카락을 예쁘게 만지고, 아마도 단벌 정장일 파란색이나 분홍색의 고운 원피스를 입고 생글거리며 데이트 상대를 했다. 그런 광경을 멍하니 바라보는데 갑자기 하사가 말했다.

"사실은 아까 피프티스타스에 갔어. 네가 어떤지 궁금해서. 하지만 나오지 않았다더군. 그만둔 건 아니지, 어거스터?"

"…네."

아마도. 속으로만 그렇게 중얼거렸다. 아까까지 해고당하면 어쩌나 걱정이 되어 안절부절못했는데 지금은 그만두고 싶어졌다. 그리고 이름을 여전히 잘못 부르는데, 언제 정정해야 할까.

"대통령이 오니까 며칠 동안은 어렵지만 끝나면 밥 먹으러 갈게. 돌아가는 길에 영화 보자."

동료인 하넬로레의 마음을 지금은 잘 알겠다. 손등을 꼬집으면서 싫다고 가볍게 거절할 수 있다면 얼마나 좋을까. 하지만 여기서 내려야 할 걸 생각하면 거절할 수가 없다. 게다가 이 남자는 그 하사다. 나를 적군 한복판에 두고 도망친 하사.

그는 내가 아직 대답하지 않았는데 자신이 여태까지 본 영화 이야기를 떠들더니 이야기가 끝나자 이어서 위안 방문은 마를렌 디트리히보다 베티 그레이블이 훨씬 좋다, 베티는 각선미로 유명해서 뒤돈 포즈가 많지만 나는 앞을 보고 있는 핀업 사진을 얻고 싶다, 글래머니까 하면서 나를 흘끔 보았다.

그래서 나는 어깨 너머로 뒤돌아 뒷좌석에서 태평하게 몸을 뻗고 쉬는 카프카에게 눈짓했다. 카프카가 어떻게 해주리라 기대하지는 않았지만, 더 이상 하사 옆에 있다가는 토할 것 같았다.

"왜 그래?"

"미안하지만 역시 걸어서 가자."

"그래. 그럼 세워달라고 하지?"

영어를 하나도 모르는 카프카는 무슨 대화가 오가는지 모른 채 어리둥절했다. 역시 용기를 내서 내려달라고 부탁하는 수밖에 없다. 그러자 내가 머뭇거리는 것을 알아챘는지 카프카는 "아아." 하고 중얼거리더니 갑자기 머리를 감싸고 신음하며 하사의 어깨를 손으로 탁 짚었다.

"머리가! 상처가 아파! 살려줘!"

하사는 깜짝 놀라 앞뒤를 번갈아 보면서도 계속 액셀을 밟았다. 이러면 나도 말하기 쉽다.

"죄송하지만 세워주시겠어요? 이 사람을 보살펴야 해요."

그렇게 부탁하자 하사는 그제야 갓길에 차를 세웠다. 계속 아픈 척 연기를 펼치는 카프카를 일단 지프에서 내리게 하고 길가 녹지에 심은 가로수 밑동에 앉혔다. 하사는 이걸로 단둘이 드라이브할 수 있다고 생각한 모양이지만 내가 카프카와 여기에 있을 테니 오늘은 이만 헤어지자고 하자 짜증 난 기색이 역력했다.

"혹시 날 피하는 거야? 응?"

그러자 카프카는 눈을 동그랗게 뜨고 "저 얼빠진 아미는 왜 저렇게 화난 거야."라고 말해버렸다.

"지금 아미라고 했지? 다 들었어. 나를 말하는 거로군? 이놈은 아픈 척한 건가?"

하사는 막 돌진하려 하는 투우처럼 콧김을 거칠게 내뿜더니 사납게 카프카의 목덜미를 붙잡고 끌어 올려 "잠깐만 기다려 봐!" 하고 양손을 드는 카프카를 무시하고 왼쪽 뺨에 오른쪽 주먹을 있는 힘껏 때려 박았다. 카프카는 기우뚱하고 비틀거리다가 그대로 쓰러졌다. 하사는 계속해서 카프카의 배를 걸어 찼다.

나는 비명을 지르고 하사의 팔을 잡고 그만하라고 애원했지만 눈을 희번덕이며 노려봐서 다리에 힘이 풀렸다.

"…지프에 탈 거지?"

나는 고개를 끄덕일 수밖에 없었다. 달리 뭘 할 수 있을까?

"그래야지. 나는 친절하니까. 그 전에 이 녀석을 더 제대로 된 곳으로 보내줄게."

하사는 기절한 카프카를 난폭하게 뒷좌석에 처넣더니 운전석으로 돌아가 지프를 급하게 출발시켰다.

"어디로 가는 거예요?"

목소리가 떨리고 이렇게나 태양이 내리쬐는데도 몸이 차갑다. 심장이 아플 정도로 빠르게 뛰고 숨이 가쁘다.

"어디로 가는 거죠?"

하사는 대답하지 않았다. 포츠담 가도를 달리다 도중에 '바벨스베르크행' 표지판을 보고 안심한 것도 잠시, 지프는 갑자기 왼쪽으로 방향을 꺾었다. 침엽수 군락지 구획 옆을 지난 뒤 솟아오른 흙에 한쪽 바퀴를 올려 정차한다. 너무 급하게 도는 바람에 몸을 내밀고 있던 나는 앞창 철제 틀에 이마를 세게 부딪혀 눈앞에 별이 깜빡였다.

"여기서 기다려. 오늘은 밤부터 비번이야. 함께 시간을 보내자고."

하사는 나를 또다시 핥듯이 보더니 뒷좌석 문을 열었다. 아직 정신이 들지 않은 카프카의 양쪽 겨드랑이에 팔을 끼워 넣고 지프에서 끌어 내리더니 부상병을 옮기듯이 상반신을 부축해 침엽수림에 둘러싸인 길로 끌고 간다. 볕에 그은 노란 지면에 카프카의 발뒤꿈치 흔적 두 줄기가 또렷이 남았다. 그 앞에 하얀 목제 게이트와 작은 초소가 보인다.

검문소보다 견고하게 만든 게이트에는 MP 헬멧을 쓴 미군 보초가 있었다. 모두 라이플을 어깨에 멨고 바리케이드 용도의 차량 위에는 기관총 같은 형태의 그림자까지 보인다. 여기서 다투었다가는 나는 물론이고 카프카도 어떻게 될지 알 수 없다.

나는 지프에서 몸을 내민 채 어쩌지도 못하고 끌려가는 카프카의 모습을 멍하니 바라보았다. 부디 어젯밤처럼 게이트가 열리지 않기를.

당연하지만 적군의 게이트와는 달리 같은 미군 동료는 쉽게 게이트를 열었다. 그뿐 아니라 다른 헌병이 도우러 와서 카프카의 다리를 들어 둘이서 안으로 데려가고는 게이트가 닫혔다.

여기가 대체 어떤 곳인지 확인하려 해도 게이트에는 영어로 'DP캠프'라는 간판밖에 없었다. 캠프는 취락 또는 수용소를 가리키는 말인데, DP는 대체 무슨 약자일까? 이 부근에는 마그데부르크선의 뒤펠역이 있을 것이다. 그러면 Düppel의 약자일지도 모른다. 하지만 누구를 수용하는지까지는 알 수 없었다. 입구 게이트 너비는 대형 트럭 두 대가 나란히 들어갈 정도로 넓고 바깥에서 보기에는 부지도 제법 넓은 것 같았다. 주위는 침엽수림이니 어딘가에 샛길이 있지 않을까 싶었지만 찾다가 붙잡힐지도 모른다.

미국인은 유대인에게 친절하다는 소문이 있다. 하지만 정말로? 정말로 그럴까?

어쩌지. 어쩌면 좋을까. 내 탓이다. 내가 카프카에게 도움을 요청하는 바람에 이렇게 되고 말았다.

어느 교회에서 종이 울렸다. 이제 곧 밤이 된다. 구하려면 서둘러야 했다.

그러나 점령군에게 피점령민이 홀로 맞서봤자 호소가 먹힐 리가 없다. 오히려 게이트에 있는 병사에게 호소했다가 동료인 하사가 돌아오면 끝장이다. 앞으로 하사가 나에게 무슨 짓을 할지는 잘 안다. 지금의 베를린에서 밤에 점령군 병사에게 '함께 시간을 보내자'는 말을 듣고 식사만 하고 돌아갈 수 있으리라 생각할 만큼 나도 어리숙하지 않다. 그 눈빛, 핥듯이 가슴을 쳐다보는 눈빛을 떠올리는 것만으로 구역질이 났다. 하지만 어떻게 도망칠까? 걸어서? 주위에 내 편은 없고 숨을 곳도 없다. 곧 사냥터에 풀려날 여우는 이런 기분일지도 모른다고 이마의 땀을 닦으면서 생각했다.

느릿느릿 고개를 들었을 때 눈앞에 더러운 얼굴이 날아들었다. 노란빛을 띠기 시작한 저녁 해에 비쳐 형형히 빛나는 눈과 눈이 마주친다.

비명을 지르기 직전에 손으로 내 입을 막으며 속삭인다.

"쉿, 조용히 해."

아이다. 아직 열네댓 살 되어 보이는 체구가 작은 소년. 커다란 모자를 쓰고 딱 붙은 까맣고 긴 앞머리 아래에서 빈틈없고 현명해 보이는 검은 눈동자가 재빠르게 움직였다.

하사가 지프 오른쪽 타이어를 흙더미 위에 올려놓아서 조수석 바로 옆은 침엽수림이었다. 아무래도 소년은 이 작은 숲에 숨어들어 내가 고민하는 틈에 몰래 탄 듯하다. 눈동자만 굴려 주변을 확인하니 나무 그늘에 다른 아이들이 숨어 있다가 소년이 오른손으로 획획 신호하자 새끼 쥐처럼 우르르 나타나 소리도 없이 지프를 덮쳤다. 차에 타서 아래로 기어 들어가 값나가는 물건을 훔친다. 작은 손에 렌치와 드라이버를 들고 미국 문명의 광맥을 탐색한다. 카프카가 말하던 고아로 이루어진 절도단이 분명하다.

나는 내 가방을 뺏기지 않으려고 품에 끌어안고 등만 쭉 펴서 아무 일도 일어나지 않은 척했다. 아이들에게 적으로 간주되는 건 위험했고 하사를 비롯한 미군 병사에게 도움을 요청하고 싶지도 않았다.

처음에 내 입을 막은 소년이 도둑단의 리더 같았다. 독일 아이들은 히틀러 유겐트의 영향으로 보통 반바지를 입는다. 하지만 이 아이는 어른처럼 긴 바지를 입었다. 불량소년이다. 온몸에서 가솔린과 윤활유 같은 기름 냄새를 풍겼다. 소년은 여전히 내 입을 왼손으로 막은 채 오른손을 운전석 앞으로 뻗어 핸들 뒤쪽에 설치된 총집에서 라이플을 꺼내고는 어깨끈에 팔과 머리를 넣어 비스듬히 걸었다. 마침 아이들의 도둑질도 끝났는지 나무들 속으로 다시 돌아간다.

"누나, 그럼 안녕. 얌전히 있어줘서 고마워."

소년은 이제 막 변성기가 시작된 듯 갈라진 목소리로 나에게 귓속말하고 슬쩍 뒤돌아 지프를 내리더니 침엽수림 뒤쪽으로 사라졌다.

"…기다려!"

나도 모르게 불러 세웠다. 아이들에게 부탁하려고? 스스로 자신의 행동에 놀라면서도 게이트 보초가 한눈파는 틈에 허리를 옆으로 미끄러뜨려 떨어지듯이 지프에서 내렸다. 다행히 소년은 아직 나무 뒤편에 있었고 무거워 보이는 자루에 꿴 끈을 어깨에 메던 참이었다.

"뭐야, 덤비려고?"

"아냐. 저기… 도와줘."

"뭐? 당신 양키의 일행이지? 여기에 있으면 좋은 일이 있을 테니 가만히 있는 게 좋을 거야. 우리랑 달리."

"그게 아니라. 하사가 억지로 끌고 온 거야. 여기에 있고 싶

215

지 않아. 하지만 친구가 안으로 끌려갔어. 다쳤거든. 부탁이야, 구하도록 도와줘."

소년은 표정에는 의심의 빛이 서렸지만 똑바로 나를 응시하는 눈동자 안쪽에서 냉정한 지성이 재빠르게 사고를 굴리는 걸 알 수 있었다. 그때 갑자기 게이트에서 말소리가 들리고 아이들이 일제히 그를 재촉했다.

"발터, 빨리!"

발터라 불린 소년은 발길을 홱 돌리고 허리를 숙여 자세를 낮추면서 숲을 달려갔다. 누구든 좋으니 나에게는 내 편이 필요하다. 쫓는 수밖에 없다.

숲은 좁아서 이내 산길이 끝나고 회색빛 포츠담 가도가 나왔다. 조금 전에는 없던 미군 지프 여러 대가 길가에 정차해 있어 발터는 "우회한다!"라고 명령하고 곧장 가도를 가로질렀다. 작은 아이들은 마치 새끼 늑대 무리처럼 리더를 따라 뛰어오르고 달린다. 각자 어깨에 짊어진 자루가 덜그럭덜그럭 요란한 소리를 냈다. 서쪽으로 기우는 태양이 눈 부셔서 나는 왼손으로 해를 가리면서 무리를 따라 달렸다.

흙투성이 더러운 아이들은 슐라흐텐 호수 지구의 한적한 고급 주택지 담장을 넘고 밑으로 기어 들어가 아름다운 정원수 잎이 무성한 정원에서 정원으로 달렸다. 도중 한 정원에서는 두 남녀가 나체나 다름없는 모습으로 잔디에서 뒹굴다 아이들이 뛰어들자 비명을 질렀다. 아이들은 요란하게 놀리면서도 빈

216

틈없이 비치볼이며 호스를 슬쩍했다.

"야, 이놈들! 좀도둑 불량아들아!"

어른이 막으려고 호통치자 아이들은 회오리바람처럼 손을 빠져나가 엉덩이를 때리고 조롱하면서 작은 새의 지저귐 같은 웃음소리를 흘렸다.

황금색을 띠기 시작한 여름 하늘 아래 태양을 향해 뛰고 또 뛰어서 마침내 탁 트인 목초지로 나왔다. 나들이하기에는 최적의 공원, 레비제다. 땅을 고르지 않아서 완만한 경사가 있고 졸참나무와 느릅나무가 크게 자랐다. 그 너머에 아우토반 고가도로의 그림자가 보였다.

"다들 멈춰! …좋아, 전원 있지?"

발터는 나를 흘끔 보았지만 무시하고 아이들한테만 이야기했다. 등줄기부터 손가락까지 쭉 뻗어 유겐트식 차렷 자세를 한 아이도 있는가 하면 깔깔 웃으면서 이상하게 몸을 비틀며 수선 떠는 아이도 있다.

"전원 전리품을 주머니에 넣어!"

발터가 배낭을 펼치고 대장답게 명령하자 아이들은 대열 끝부터 쇠 장식이며 파이프, 구부러진 철선, 삽, 잡동사니 등을 배낭에 넣었다. 발터의 차림은 단정치 못해 더러운 셔츠 자락이 긴바지 허리춤에서 삐져나와 나치 소년단이나 소녀단 리더 같지는 않았다. 하지만 그는 아이들 다루는 법을 잘 알았다. 전리품 회수가 끝나자 발터는 아이들 주머니에 오트밀 한 사발과 각설탕을 몇 개씩 넣어주었다.

나는 이 풍경을 어딘가에서 본 적이 있음을 떠올리고 웃음을 터뜨릴 뻔했다. 《에밀과 탐정들》이다. 발터는 경적 소년, 구스타프와 어딘가 닮았다. 아이들을 이끄는 모습은 더욱 그래 보였다.

"그럼 다들 수고했다! 주의를 게을리하지 말고 각자 거처로 귀환하라. 해산!"

아이들은 작은 손을 비스듬히 들어 총통식 경례를 하고 깔깔대며 삼삼오오 흩어졌다. 나와 발터 두 사람만 남았다. 그러나 발터는 나에게는 눈길도 주지 않은 채 정리하고 라이플을 고쳐 메더니 가버리려고 했다.

"기다려봐."

다시 말을 걸자 발터는 정말 귀찮아하며 돌아보았다.

"뭐야? 미군한테서 도망쳤으니까 됐잖아."

"내가 아니라 친구 말이야. 저 게이트로 돌아가서 구할 수 있게 도와줘. 나 혼자서는 게이트 보초가 하사를 불러내면 끝장날 거야."

"이것 봐, 내가 뭘 할 수 있겠어? 나는 어디에나 있는 보잘것없는 고아야. 미국 양반에게 부탁하기도 전에 거지라고 쫓겨날 걸. 어쩌면 UNRRA(연합국구제부흥기관) 자선가들에게 넘길 수도 있어."

"무리한 부탁인 건 알아. 하다못해 게이트 너머에 뭐가 있는지 알려줘. 그러면 나도 대책을 세울 수 있을지도 모르니까."

도와달라는 부탁만으로 에밀처럼 금세 사이가 좋아질 만큼 현실은 동화같이 녹록지 않다. 나는 한 걸음 나아가 숨결이 느껴질 정도로 거리를 좁혔다. 발터는 나보다 어리고 체구도 작았다.

"도와주지 않는다면 지금 당장 게이트로 돌아가서 너희가 미국 지프에 무슨 짓을 했는지 고발하겠어."

그러자 발터는 말문이 막혀서 한 걸음 물러났다. 뜻밖에 감정이 얼굴에 잘 드러나는 솔직한 아이다.

"나도 단독으로 움직이는 게 아니야. 쓸데없는 짓 하면 위험하다고."

"무슨 소리야?"

"나도 저 시설이 뭔지 잘 몰라. 얼마 전에 생겨서 살펴본 적이 있을 뿐이야. 영어도 못 읽고. 두목은 아는 것 같지만."

"그럼 너희 두목을 만나게 해줘."

그러자 발터는 팔짱을 끼고 새카만 눈동자로 쏘아보았다.

"거절한다."

"어째서?"

"…두목은 내가 지금 여기에 있는 걸 몰라. 아까 아이들은 내가 마음대로 쓰는 애들이고 이번 벌이는… 그러니까 알려지면 위험해."

그랬구나. 다시 말해 그는 두목 허락 없이 일을 벌인 것이다.

"너희 두목에게는 내가 본 거 말하지 않을게. 부탁해. 오늘 안에 바벨스베르크에 가서 사람을 찾아야 해. 하지만 그 친구가 없으면 찾을 수 없어. 안내인이거든."

발터는 침묵을 지킨 채 좀처럼 고개를 끄덕여 주지 않았다. 나는 한 번 더 밀어붙이기 위해 어깨에 멘 가방 버클을 열고 안에서 담배를 꺼내 내밀었다. 이미 두 개비 쓴 담배가 아니라 아직 뜯지도 않은 새 물건이다. 한 갑에 50마르크는 된다. 발터는 눈을 동그랗게 떴지만 유혹을 뿌리치듯이 고개를 내저었다.

"웃기지 마, 어차피 가짜지? 빈 갑에 자른 신문지가 가뜩 들어 있을걸. 열었던 부분은 뭘로 붙였지? 딱풀인가?"

"아무 장난도 안 친 진짜 미국 담배야. 나는 미국 병사식당에서 일해. 영어를 할 수 있으니까. 담배는 피엑스에서 바로 살 수 있고 집에는 케어패키지로 지급받은 물자도 있어. 소금도 있어. 도와준다면 먼저 너에게 이 담배를 줄게. 두목에게는 비밀로."

절반은 진짜고 절반은 거짓말이다. 나는 피엑스에서 물건을 살 수 없고 집에 남은 물자도 그리 많지는 않다. 소금 주머니는 건물에 사는 사람들과 공용으로 쓴다. 하지만 이런 건 허세가 중요하다. 발터도 내가 얼마쯤 부풀렸으리라 내다보고서 절충안을 찾고 있을 것이다.

발터는 내 손에서 담배를 채듯이 빼앗더니 개처럼 코를 벌름거리며 담배 냄새를 맡았다. 그러고는 나를 힐긋 노려보더니 담배를 바지 주머니에 쑤셔 넣었다.

"좋아, 따라와. 하지만 기대는 하지 마. 두목은 마녀야."

마녀라는 말에 나는 노파를 상상했지만 실제로는 내 또래 소녀라고 한다. 발터와는 아무 관계도 없는 생판 남으로, 그녀도 가족을 잃고 비슷한 처지의 부랑아를 모아 보살피고 있다고 한다.

"착한 사람이네."

그렇게 말했더니 발터는 지나치게 신 자우어크라우트를 먹은 것처럼 얼굴을 찡그렸다.

"꼬맹이들에게 도둑질 기술을 가르치는 두목이 착한 인간인 것 같아?"

태양은 서쪽으로 더욱 기울어 땅에 드리운 그림자도 제법 길어졌다. 발터는 따라오라고 한 주제에 따돌리려고 작정했나 싶을 정도로 험한 길로만 갔다. 정차 중인 미군 차량과 차량 사이를 빠져나가 말라 죽은 관목을 헤치고 계단 없는 제방의 비탈을 올라갔다.

숨을 헐떡이며 간신히 비탈을 기어오르자 갑자기 시야가 트였다. 베를린 외곽을 빙 둘러쌀 계획이었으나 공사가 중지된 라이히스아우토반(제국고속도로)과 일반 도로가 만나는 입체교차로다.

병사와 자재를 실은 군용 차량이 휙휙 지나가고, 퀴퀴하고 거북한 배기가스에 기침이 난다. 아래 도로를 보니 여기에도 난민들이 많이 모여 있다. 노인부터 어린아이까지 누구나 볕에 그을어 검은 얼굴로 짐이 가득해 무거워 보이는 짐차를 끌고 여기저기 구멍이 난 데다 전차 바퀴 자국으로 울퉁불퉁해진 길을 따라 남쪽으로 간다. 고향은 훨씬 더 먼 곳이리라.

나는 발터를 쫓아 도로를 가로지르고 아스팔트에 잡초가 더부룩이 난 비탈을 미끄러져 내려가 다시 침엽수림으로 들어갔다. 이번에는 아까보다 더 수목이 울창한 거친 숲이었다. 여기저기에 신문지며 넝마로 만든 텐트와 요리를 하기 위한 냄비가 있어 여기서 사람이 생활한다는 사실을 알 수 있었다.

바늘처럼 가느다란 낙엽이 쌓인 부드러운 흙을 밟고 안쪽으로, 더 안쪽으로 나아간다. 침엽수 특유의 상쾌하고 자극적인 향기. 아까도 카프카와 이런 숲을 걸었는데 지금은 발터라는 이름의 낯선 소년이 앞서 걷고 있다.

갑자기 음식물 쓰레기의 악취가 코를 찌르고 거대한 파리떼가 부웅부웅 날개를 떨며 머리 위를 날아갔다. 악취의 근원은 아무래도 오른쪽인 듯, 마침 'US 시빌리언' 완장을 두른 민간 독일인 작업자가 트럭 짐칸에서 대량의 가루를 쏟아붓고 있었다.

"미국 양반들의 쓰레기장이야. 놈들의 결벽증이란! 아직 먹을 수 있는 게 산처럼 있는데 전부 석회를 뿌려서 못쓰게 만든다니까."

"그렇구나…. 저기 은신처는 아직이야? 서두르지 않으면 카프카가."

"데려왔으니 시끄럽게 재촉하지 마. 드디어 눈앞에 입구가
있는데."

안내받은 장소는 얼핏 보면 아무런 특징도 없이 낙엽뿐인 땅
바닥이었다. 그러나 나뒹구는 통나무 아래에 발터가 손을 짚고
로프를 잡아끌자 낙엽이 단숨에 들리며 아래에서 맨홀이 나타
났다. 낙엽은 수제 위장 그물로 맨홀이 바깥에서 보이지 않도
록 한 것이다. 뚜껑을 열자마자 입을 딱 벌린 어두운 구멍에서
차가운 바람이 불어와 치맛자락이 펄럭였다.

"미군에게는 들키지 않았어?"

"전혀. 독일인한테도 알려지지 않았나 봐. 두목 말로는 옛날
에 슐라흐텐 호수에서 니콜라스 호수로 통하는 지하 수로를
만들려다가 어느 방향치의 실수로 맹장처럼 삐져나와 버린 길
이래."

구멍이 제법 깊은지 목소리가 울렸다. 안을 들여다보자 콘
크리트로 굳힌 벽면에 간소한 철제 사다리가 있었다. 발터가
배낭에서 꺼낸 휴대용 램프에 불을 붙이고 손잡이의 고리를 입
에 물면서 먼저 들어가라며 턱짓으로 재촉했다. 나는 잠자코 사
다리에 발을 딛고 깊은 어둠 속으로 들어갔다. 위쪽에서 발터
가 뚜껑을 닫는 기척이 나자 램프의 불빛만을 의지해야 했다.

한 계단, 한 계단 사다리를 내려가 5미터쯤 되는 깊이에 이
르렀을 때 지면에 닿았다. 상상과 달리 지하 수로는 무척 짧아

조금 걷자 금세 막다른 곳이었다. 다만 벽을 자세히 보니 위장하듯이 짙은 회색으로 칠한 철문이 있었다. 아무래도 방향치 작업자는 수로뿐만 아니라 방까지 만든 듯하다. 그 사실을 지적하자 발터는 씩 웃었다.

"두목은 몇십 년 전에 여기를 파던 작업자의 실수라고 하지만 나는 그렇게 생각 안 해. 분명히 지하 수로는 꽤 오래전에 생겼겠지. 하지만 이 문은 새것이잖아? 요컨대 나치 시절에 누군가 여기에 있었던 거야."

"…설마 유대인들이?"

"유대인들인지 그 사람들을 숨겨주기 위해서인지, 아니면 패전을 예감한 나치 일당이 여기를 은신처로 삼으려고 했던 건지. 거기 막다른 벽을 살짝 만져봐."

그 말대로 손가락으로 만져보니 벽은 말랑말랑하고 부드러웠다. 잘 안다. 맨홀 뚜껑을 덮은 위장 그물과 마찬가지로 방과 문을 감추기 위한 것이다. 목재로 뼈대를 만든 다음 콘크리트를 쓰지 않고 솜과 톱밥을 채워 회반죽을 바른 것이다. 얼핏 보면 벽으로 보이지만 망치 따위로 세게 치면 쉽게 무너진다.

"이 벽 너머가 진짜 수로야. 이것 덕분에 우리 은신처는 들키지 않았지. 여기를 만든 장본인은 어떻게 되었는지 알 바 아니지만."

"그렇구나. 너는 머리가 좋구나."

솔직히 감탄했더니 발터는 비꼬는 말로 받아들였는지, 아니면 부끄러운 건지 무뚝뚝하게 냉큼 벽의 철문을 열었다.

"어쩐 일로 일행이 있지? 여간내기가 아니네, 발터."

창고라고도 할 수 있을 만큼 좁은 지하 방공호 한가운데에 젊은 여자가 등을 곧게 펴고 앉아 있다. 녹색의 고급스러운 1인용 의자에 앉아 하얀 블라우스와 파란 치마 위로 모포만 한 검은 숄을 감싸고 아름다운 금발을 땋아 가슴 부분까지 드리웠다. 이목구비가 또렷하고 눈동자는 푸르러 당의 청소년 지도자가 침을 흘리며 기뻐할 만한 '아리아인'다운 미모의 소유자였다.

그녀 주변에서는 아이들 대여섯 명이 땅바닥에 앉아 일을 하고 있었다. 상자에서 식기며 촛대를 꺼내 천으로 닦아서 옆 상자에 넣거나 담배꽁초를 철사로 풀어 톱밥을 섞은 뒤 종이로 말아 겉보기에는 새것이나 다름없는 담배를 만들기도 했다.

"안 보여서 어디로 갔나 했더니 여자애랑 데이트야? 마음대로 해. 하지만 자기 몸을 떠올리고 울지는 마."

소녀의 말뜻은 이해할 수 없었다. 발터는 모자를 벗고 머리를 긁적이면서 퉁명스럽게 대답했다.

"일행 아니야. 돈줄이지."

"돈줄? 이 애가?"

"미군 밑에서 일한대. 그래서 물자와 맞바꿔 거래하고 싶은 모양이야…. 그럼 내 역할은 끝났다."

발터가 방에서 나가자 소녀는 나를 똑바로 응시했다. 고급

도자기처럼 하얗고 뾰족한 턱을 가볍게 들어 나를 깔보는 듯한 태도를 보였다. 나는 문득 동급생이었던 심술쟁이 브리기테를 떠올리고 머릿속으로 이 소녀에게 브리기테 2호라는 별명을 지어주었다.

"미안하지만 나, 걸을 수가 없어. 이쪽으로 와서 취업증명서를 보여줘."

브리기테 2호는 팔걸이에 팔꿈치를 괴고 뺨에 손을 댄 채 한 발을 흔들거렸다. 나무로 된 의족이었다.

그런 것보다 빨리 카프카를 구해야 한다는 생각에 초조해지기 시작했지만 참고 걸어가서 증명서를 내밀었다. 그리고 그녀가 하품을 삼키면서 서류를 읽는 동안 애태우며 방을 둘러보았다. 발터가 말한 대로 여기를 만든 인물은 아마도 오랜 시간 숨어 지낼 작정이었으리라. 벽 윗부분에는 둥근 통기구가 뚫려 있어 지하도의 구정물 냄새 나는 공기를 실어 온다. 선반에 늘어선 상자는 모두 자물쇠가 잠겨서 열쇠를 가진 이밖에 열 수 없었다.

방 안쪽은 오른쪽 절반을 커튼으로 가리고 왼쪽 절반은 구석에 책상이 놓여 있어, 가냘프고 야윈 청년이 장부를 기록하고 있었다.

"흐응, 진짜네."

브리기테 2호는 따분하다는 듯이 말하면서 나에게 증명서를 돌려주더니 "한스." 하며 뒤돌아 손을 흔들어 책상을 마주한 청년을 일으켜 세웠다. 아무래도 이 청년이 가장 나이가 많은 것 같다. 나와 이 소녀보다 한두 살쯤 많아 보인다. 덜름한 짧은 반바지를 입어 다리털이 옅게 난 긴 다리가 그대로 드러난 것이 부끄러운지 쑥스러운 듯이 등을 구부렸다. 히틀러 유겐트 제복을 아직도 입고 있는 것이다. 그도 아직 습관에서 벗어나지 못했는지 예쁜 금발을 딱 붙여 7 대 3으로 가르마를 탔다.

"한스, 손님에게 마실 것을 내와."

젊은 여제의 명령에 반바지 청년은 고개를 끄덕이더니 방에서 나갔다.

"마실 거라니. 그보다 빨리…."

"내가 하는 일에 토를 달려는 거니?"

브리기테 2호는 거만하게 말하고 내게 싸늘한 시선을 쏟았다. 여기서 쫓겨날 수는 없다. 나는 잠자코 따랐다.

"그래서?"

나는 그녀를 완전히 믿을 마음이 들지 않아 친구가 'DP캠프'라는 곳에 끌려갔다고만 이야기하고 도브리긴 대위에게 받은 10마르크 지폐를 꺼내서 보여주었다.

"친구가 미군에게 끌려갔어요. 나는 직접 미군에게 접근하지 못할 사정이 있어요. 혹시 구하는 걸 도와준다면 이 돈을 드리겠습니다. 구하고 나면 우리 집에 있는 물자도요."

그러자 소녀는 갑자기 참을 수 없다는 듯이 웃음을 터뜨리더니 고개를 젖히고 깔깔 웃었다.

"아주 이상하네. 선량하고 멍청한 아가씨야, 당신."

"…뭐가 이상하죠."

"미군 밑에서 일하는데 몰라? DP는 뒤펠의 약자가 아니야. Displaced Person, 그러니까 '난민'을 말하는 거지."

그녀의 영어는 내 발음보다 훨씬 훌륭했다. 나의 당혹감 따위 다 꿰뚫어 본 것처럼 턱을 괴고 생긋 미소 짓는다.

"나, 나폴라 출신이야. 어릴 적에 미국에 잠시 유학한 적도 있어. 머리도 외모도 혈통도 너보다 훨씬 우수하지. 그런데 아미 놈들은 나를 고용하기는커녕 강간하려고 했다니까. 지옥에나 떨어지라지. 아무튼 그건 그렇고."

주머니에서 담뱃갑을 꺼낸 브리기테 2호는 마치 알을 다루는 것처럼 신중한 손놀림으로 상자를 열어 하얗고 고급스러운 담배를 입에 물었다. 곧바로 아이 한 명이 달려와 성냥을 긋고 불을 붙인다. 이내 담배 연기가 천천히 흔들리며 천장을 훑었다.

"당신 친구는 유대인이지? 걱정하지 않아도 괜찮아. 아마 지금쯤 살판났을 테니."

"…무슨 뜻이죠?"

"그런 곳으로 끌려갔으니까."

아직 모르겠어? 그렇게 말하는 것처럼 나를 바라보고 여유롭게 의족인 다리를 꼬았다.

"연합국의 난민 캠프는 여기저기에 있어. 독일에 와서 아직 처분이 결정되지 않은 더러운 슬라브인이나 폴란드인을 가둬 두기 위한 비위생적이고 음식이 적은 막사야. 하지만 미국이 준비한 유대인 수용소는 좀 달라. '이주'한 곳에서 뻔뻔하게 돌아온 유대인을 바보 같은 아미가 보살펴 주고 있지. 위선자 놈들. 부자인 미국 유대인과 국제사회의 눈을 신경 쓰는 거야. 거기에 보내졌다면 당신 친구는 유대인이야. 잘됐네. 친위대가 여기에 없어서."

"수용소는… 끔찍한 곳이잖아요."

내 머릿속에는 이다 같은 동유럽 노동자가 있던 더럽고 좁은 창고가 모인 듯한 회색 막사가 떠올랐다. 그러나 브리기테 2호는 "설마." 하고 비웃었다.

"거기 있는 뒤펠의 수용소는 모르지만 국경에 있는 막사는 모두 청결하고 새것이래. 소문으로는 주방장과 의사, 랍비도 있다던걸. 조만간 우편배달부며 법무 담당관도 붙이지 않을까?"

브리기테 2호의 뾰족하고 날카로운 콧구멍에서 연기가 가볍게 피어올랐다.

"있지, 치사하지 않아? 우리한테 괴롭힘 당했으니 유대인은 구제받아 마땅하다는 거야. 하지만 나는 라디오에서 괴벨스 씨가 유대인용 수용소는 무척 좋은 곳이라고 하는 말을 들었고 뉴스영화에 나온 유대인이 행복하다고 대답하는 것도 봤어. 괴롭히지 않았는걸! 이 전쟁에서 가장 달콤한 꿀을 빠는 건 놈들이야. 배급품도 좋은 것만 받지. 이 나라에서 괴롭힘 당했다면 얼른 나가면 되는데, 좀도둑 같은 유대인, 정말 철저하게 약아빠진 놈들이야!"

나는 뺨을 얻어맞은 기분이었다.

작년 대규모 공습 직후에 이웃의 베텔하임 일가가 모두 죽었다는 소식을 들었다. 부모님이 돌아가신 뒤 떠났던 생가의 상황을 보러 갔다가 잔해로 변한 예전 집합주택에서 지인이 알려주었다. 일가는 폭격으로 죽은 것이 아니다. 그보다 전에 어딘가로 '이주'당해서 병과 사고로 죽었다. 사망 통지는 아우슈비츠와 다하우라는 낯선 장소에서 우편으로 왔다. 베텔하임 일가와는 친하게 지냈다. 내가 태어난 날부터 곁에 있었고 영독사전을 준 사람도 그들이었다.

…병이니 사고니 도저히 믿을 수 없다. 일가의 장녀이자 내 소꿉친구인 에바는 결혼해서 집을 나갔고 행복해져야 했다. 다른 유대인들도 다들 사라지고 말았다. 하지만 마술에도 해법이 있다. 그들은 어딘가에 있을 터였다. 사라져버린 것이 아니다.

눈앞의 아름다운 소녀는 옅은 미소를 띠며 나를 보았다. 나를 무지한 인간이라고 말하는 것처럼.

"그러니까 유대인에게 친절하게 대하지 않아도 돼. 학교에서 배웠지. 도와주지 않아도 네 친구는 즐겁고 행복하게 살고 있단다."

브리기테 2호의 어깨를 흔들며 뭘 아느냐고 따지고 싶었다. 그때 마침 한스가 바깥에서 돌아와 나에게 김이 나는 머그잔을 "마셔요." 하며 건넸다. 그는 입가를 올려 애써 웃으려 했지만 어쩐지 어색했다. 컵 내용물은 커피와 비슷하다면 비슷한 거무스름한 액체지만 대용 커피 냄새조차 나지 않았다.

"…하지만 네가 가진 물자도 탐나네."

브리기테 2호는 그렇게 혼잣말하며 두 눈을 가늘게 떴다.

"그거 마셔. 그러면 네 친구를 데리고 나올 수도 있고. 몸에 좋아. 자양강장, 피부도 고와지지."

검은 액체는 아무리 봐도 커피가 아니다. 대체 뭘까? 입술에 가까이 대면서 흘끔 시선을 올리자 젊은 여제 뒤에 선 한스가 고개를 작게 가로저은 것 같았다.

"목이 마르지 않아."

"마시지 않으면 네 부탁은 들어줄 수 없는걸?"

이 사람이 돕는다고 카프카가 기뻐할까. 그때 방 안쪽에 친 커튼이 움직인 것 같았다. 틈에서 가녀린 팔이 나오고 소녀를 부르는 쉰 목소리가 들린다. 그 팔에는 작은 흔적이 군데군데 있었다. 모르핀 중독자의 팔이다.

"언니… 언니, 주삿바늘이 부러져 버렸어."

"정말 손이 많이 가는 아이야. 한스, 바늘을 줘."

열린 커튼 아래로 아직 어린 소녀가 슬쩍 보였다. 어딘지 모르게 여제와 닮았다. 그 뒤에는 모르핀 병과 페르비틴(필로폰과 같은 메스암페타민 계열 마약으로 강력한 각성 작용을 일으켜 제2차 세계대전 중 독일군과 민간인에게 널리 사용된 약물 – 옮긴이) 라벨이 붙은 병이 아무렇게나 놓였고, 하얀 알약이 널려 있었다. 그리고 중독된 아이 옆에 새카맣게 말라비틀어진 어떤 사체가 있었다. 갓난아이의 시신이다.

손안의 머그잔이 미끄러져 떨어져 갈색 액체가 튀었다.

더는 여기에 머물 수 없다. 나는 달려서 방에서 튀어나와 황급히 철문을 닫아서 "붙잡아!" 하는 목소리를 막았다. 빛이 들지 않는 지하도는 램프 없이는 너무 어두워서 아무것도 보이지 않는다. 갈팡질팡하는데 철문이 안쪽에서 쿵 하고 밀려 다급히 몸으로 막으면서 손을 더듬거려 자물쇠를 바깥쪽에서 걸었다. 난폭하게 문을 두드리는 소리에 떨리는 손가락으로 벽을 짚으며 사다리를 붙잡았다.

뒤에서 쫓아올까? 자물쇠는 녹슬었으니 틈으로 장도리 같은 것을 내밀어 부수면 손쉽게 나올 것이다. 나는 기도하는 심정으로 사다리를 뛰어 올라가… 천장에 부딪혔다.

"누가 좀 열어줘요!"

맨홀 뚜껑은 아래에서는 꿈쩍도 하지 않았다. 어딘가에 핸들이나 경첩이 있겠지만 이리 어두워서는 한 치 앞도 알 수 없어서 완전히 평정심을 잃은 채 맨홀을 두드렸다. 아래를 보니 철문 틈에서 빛이 희미하게 새어 나오고 예상대로 장도리로 자물쇠를 파괴하려 시도하는 소리가 들렸다.

숨을 삼킨 그때 천장이 둔탁한 소리를 내며 열렸다. 밝은 빛속에서 발터가 나를 내려다본다.

"이쪽이야. 어서 올라와."

발터는 여전히 무뚝뚝한 얼굴이었지만 손을 뻗어 나를 끌어 올렸다. 지금까지 어디서 뭘 했는지 몸을 훈제기에 말린 듯한 냄새가 났다. 목에 오토바이 라이더가 쓸 법한 고글을 걸고 양손에 가죽 장갑을 끼고 허리에는 시커멓게 더러운 천을 끼웠다.

"그것 봐, 무시무시한 마녀였지."

지상으로 나오자 피로가 몸을 왈칵 덮쳤다. 양손을 땅에 짚은 채 숨을 들이마셔 폐에 한가득 산소를 집어넣었다. 공기가 달다. 하늘은 황금빛으로 빛나며 날이 저물고 있다. 이쪽이 진짜 세계고 조금 전에 본 것은 그저 악몽일 뿐이다. 이대로 부드러운 흙 위에 누워서 잠들어 버리고 싶다. 그러나 발터는 내 팔을 세게 잡아끌며 됐으니까 달리라고 명령했다.

"달리라니, 어디로?"

"좋은 게 있어. 도와줄게."

나무뿌리가 굵게 뻗은 둔덕을 뛰어내려 그대로 완만한 내리막길을 달렸다. 그 앞에 한층 커다란 낙엽송이 있고 거기에서 수상한 흰 연기가 뭉게뭉게 피어올랐다. 발터는 몸을 홱 뒤집어 나무 밑으로 숨어들더니 이쪽으로 오라고 손짓했다. 팬 땅에 낙엽송의 굵은 뿌리가 뻗어 있어 커다란 물건을 숨기기에는 안성맞춤인 구덩이였다.

그곳에 검은 오펠 자동차가 서 있어서 나는 숨을 삼켰다.

233

다만 진짜 차가 아니다. 정확하게는 오펠 자동차 껍데기를 뒤집어쓴 수제 목탄가스차라고 해야 할 것이다.

목탄가스로 달리는 차는 가솔린이 군과 당의 중역 이외에 공급되지 않게 된 이후 여러 자동차 회사가 개발해 보급한 터라 전쟁 중에 여기저기서 목격했다. 하지만 크기와 규격이 뒤죽박죽인 발터의 차는 아무리 보아도 시판 제품이 아니다. 부품을 꾸준히 모아 직접 만든 것이리라.

겉모습은 오펠처럼 둥근 차체지만 트렁크 뒤쪽에는 길이가 모자란 목제 짐칸이 달려 있고 거대한 급탕 장치 같은 은색 가마와 발생로 그리고 큼직한 여과기가 탑재되어 있었다. 위로 뻗은 배기관에서 요란한 소리와 함께 하얀 연기가 나와 가까이 다가가니 연기가 맵다. 차 지붕에는 가마에 보충하기 위해 작게 자른 장작 꾸러미가 쌓여 있었다.

차 안을 들여다보니 볼트로 조인 투박한 강철 대시보드가 달렸고 밖으로 노출된 핸들과 기어, 기압계와 속도계 외에 나로서는 용도를 알지 못하는 은색 크랭크며 이런저런 것들이 설치되어 있었다. 발밑에는 액셀과 브레이크 페달도 빠짐없이 달려 있다.

좌석은 어딘가에서 주워 온 듯 색도 형태도 제각각인 의자 네 개가 놓여 있고 철제 프레임에 볼트와 너트로 거칠게 고정되어 있었다.

열어놓은 보닛의 엔진에서 삐져나온 또 다른 배기관에서도 하야스름한 기체가 넘쳐 나왔다. 발터는 성냥을 그어 불을 가까이 대고 불길이 세진 것을 확인하더니 재투성이 가죽 장갑으로 입을 가리고 불을 껐다.

"이 녀석은 시험작 제1호야. 아까 그 지프의 부품으로 완성했지. 안전성은 보장 못 하지만 잘 달려. 어쩔래?"

목에 고글을 매단 발터는 대담하게 씩 웃었다. 서둘러 정비한 모양이다. 얼굴도 셔츠도 걷어 올린 소매 밑도 새카맣게 더러웠다. 목탄가스는 20분은 태우지 않으면 가스가 충분히 축적되지 않아 엔진도 움직이지 않는다. 설마 내가 돌아오리라 내다보고 준비해 준 것일까.

"어째서 태워주는 거야? 처벌받지 않아?"

"그러는 편이 나한테도 좋아. 그 얼음 마녀와 끝낼 좋은 기회니까. 한스가 마실 걸 가져왔지? 마셨어?"

고개를 젓자 발터는 안심한 듯이 웃었다.

"그건 덫이야. 흙탕물을 뜨거운 물에 녹여서 칼모틴(수면제-옮긴이)을 섞은 거지. 마시면 한 방에 잠들어. 그 사이에 소지품을 몽땅 뺏기고 여자라면 옆쪽 클라인마흐노 지구의 이반 놈들에게 팔지. 신분증 주소를 찾아가면 집 안도 마음껏 뒤질 수 있어. 한스는 겁쟁이니까. 얼굴에 티 나지 않았어?"

뭔가 있을 거라고 생각했지만 설마 칼모틴이 들었을 줄은 꿈에도 몰랐다. 한스가 고개를 젓지 않았다면 마셨을지도 모른다.

발터는 엔진키를 돌려 엔진을 점화했다. 목탄가스는 불이 잘 붙었는지 덜컹덜컹 커다란 소리를 내면서 숨을 토해내고 언제든 출발할 수 있다고 말하는 것처럼 으르렁거렸다.

"아무튼 타. 서두르지 않으면 마녀가 올 거야."

당연히 그러겠다고 고개를 끄덕이려던 그때 바로 옆에서 누가 가지를 밟는 소리가 들렸다.

"어어… 이런 곳에 있었어?"

내가 뒷좌석 문을 잡은 순간 소문의 한스가 낙엽송 위에서 얼굴을 내밀었다. 그리고 낯빛이 달라졌다.

"발터? 너희 뭐 해?"

"서둘러, 빨리 타!"

발터가 때려서 허둥지둥 뒷좌석에 몸을 실었지만 한스의 몸은 의외로 가벼워서 나무뿌리를 훌쩍 뛰어내려 다가왔다. 발터가 운전석에 앉았을 때 한스가 조수석 문을 열었다.

"어쩔 수 없지, 한스, 너도 타! 길동무다."

눈을 깜빡거리면서도 한스는 발터의 말대로 가늘고 긴 몸을 웅크려 안으로 들어와서 조수석에 앉았다. 발터가 있는 힘껏 액셀을 밟자 타이어는 끔찍한 쇳소리를 냈지만 흙을 뿌리면서도 출발해 숲길을 달렸다.

뒤에서 아이들의 아우성이 들린 것도 같았지만, 엔진 소리가 시끄러운 나머지 잘못 들었는지도 모른다.

막간 II

1939년.

8월 말, 열한 살의 아우구스테는 중등학교의 새 학기가 도무지 기다려지지 않았다.

여름방학은 이름뿐이고 노동 봉사며 하기 캠프에 동원된 데다 매일 아침 일찍 집단체조에 참가해 총통을 찬양하는 노래를 불러야 했다. 책을 읽으려 해도 소녀단에서 나누어준 책은 대개 마지막에는 금발에 푸른 눈을 한 독일 민족이 승리하고 끝나니 아무런 반전도 없어 지루하기 짝이 없었다.

학교에 가면 어디서 멋진 휴가를 보냈을 브리기테가 엄청나게 흥분하며 으스대는 얘기를 들어야 한다. 브리기테와는 국민

학교부터 같은 학교로 사사건건 부모 둘 다 나치의 상급 당원이라는 이야기를 하는데 작년 여름에는 특히 심했다. 지구의 독일소녀동맹에서 최우수였던 언니가 뉘른베르크 전당대회에 참가해 무슨 연설을 했다고 자랑했다. 그러고는 "너희 가족은? 당대회에 참가한 적 있니?" 하고 묻는 것이다.

아우구스테는 등을 구부리고 어깨에 멘 가방끈을 꽉 잡고 '크레인이 쓰러지든 공사로 지반침하가 되든 뭐든 학교 건물이 무너져라'라고 저주하면서 꾸물꾸물 중등학교로 향했다. 안타깝게도 학교는 오늘도 그곳에 존재하고 국기인 하켄크로이츠기를 위에서 드리우며 여학생들을 잇달아 삼킨다.

교실로 들어가자 이미 브리기테가 휴가 때 있었던 일을 늘어놓고 동급생 대여섯 명이 감탄하고 고개를 끄덕이면서 이야기를 듣고 있었다. 올해는 당대회가 아니라 제국으로 병합된 오스트마르크주(현재의 오스트리아) 빈에서 관람한 오페라 이야기가 한창일 때 아우구스테가 교실로 들어왔다. 되도록 들키지 않도록 슬쩍 뒤로 돌아갈 작정이었지만, 브리기테는 "하일 히틀러, 아우구스테!" 하고 인사했다.

"…하일."

"뭐야, 얘 부루퉁한 얼굴 좀 봐! 아마 여름에 아무 데도 못 갔겠지. 아버지가 당원이 아니니까."

브리기테가 들으란 듯이 자신을 둘러싼 소녀들에게 하는 이야기를 아우구스테는 무시하고 가장 안쪽 창가 자리에 앉았다.

함부로 떠들지 마! 속으로 브리기테를 비웃어 준다. 아버지는 당원이 아니지만 노동전선(DAF)에는 들어갔고 KdF로 당일치기이기는 해도 선박 여행을 했다. 처음 탄 KdF 대형 여객선의 흔들림에 계속 토하느라 하나도 즐겁지는 않았다.

교실에는 국기와 아돌프 히틀러 총통의 초상화가 걸렸다. 총통의 검은 눈동자를 아우구스테가 노려보았을 때 힐데브란트 선생님이 들어왔다.

"여러분, 하일 히틀러!"

"선생님, 하일 히틀러!"

자리에 앉은 소녀들이 일제히 인사하자 힐데브란트는 생긋 미소 지었다. 늘씬하게 키가 큰 힐데브란트는 마른 몸을 곧게 펴고 겨울의 맑은 날 하늘을 떠올리게 하는 푸른 눈동자에 멋진 금발을 깔끔하게 묶어 올린 모범적인 교사였다. 새하얀 블라우스 소매에는 진홍색 하켄크로이츠 완장을 찼고 옷깃에는 당원 배지가 빛났다.

학생들은 기립하여 힐데브란트가 아코디언으로 연주하는 〈모든 것 위에 있는 독일〉에 맞춰 "독일이여 세상 모든 것 위에 있도다." 하고 노래했다.

음악이 끝났을 때 교실 문이 열리고 학생들과 같은 또래의 소녀가 모습을 드러냈다. 뒤에 검은 제복 차림의 친위대가 있다. 소녀는 고개를 숙이고 좀처럼 들어가려 하지 않았지만 친위대가 난폭한 동작으로 등을 떠밀어 힘겹게 입실했다. 학생들이 작은 목소리로 숙덕이자 교실은 시끌시끌 소란스러워졌다.

"저 애 유대인 아니야? 왜 여기에 있어?"

이전에는 같은 학교에서 지내기도 한 유대인과 집시 아이들은 지금은 거의 모두 일반 학교를 떠나 유대인 학교에 다닌다.

"정숙, 정숙하세요. 자 여러분, 첫 수업은 인종 우생학입니다. 국민학교에서도 배웠죠? 아주 중요하고 세계에서도 최첨단 학문이니까 확실히 익혀야 합니다. 그럼 바로 복습합시다."

힐데브란트는 맨 앞줄 학생에게 도움을 받아 칠판에 커다란 그림을 붙였다. 어디에나 있는 잡화점 풍경을 그린 그림으로 손님이 몇 명 있다. 계산대 안쪽에는 뚱뚱한 부인이 있고, 매장에는 상냥하게 미소를 짓는 힐데브란트와 닮은 금발 부인과 아이들, 검은 유대인 모자를 쓴 수염 기른 노인, 밤색 머리카락의 여성, 손에 가방을 든 남성 등이 있다.

"이 그림에는 이상한 점이 있죠. 이 잡화점은 아리아인 상점인데 여기에는 있어서는 안 되는 사람들이 있습니다. 누구인지 알겠나요?"

그러자 브리기테가 소리 높여 "유대인입니다!" 하고 대답했다. 무심결에 한숨이 나와버린 아우구스테는 옆자리 학생에게 들리지 않았는지 신경 쓰였지만, 바가지 머리를 한 그 아이는 오른쪽 옆자리 아이와 수군대느라 전혀 관심이 없었다.

아우구스테는 노트 구석에 낙서를 끄적이며 시선을 흘끔 들고 문 앞에 있는 낯선 소녀를 보았다. 교실에 들어왔으나 방치되어 고개를 숙이고 당장에라도 울음을 터뜨릴 것 같다. 아직 수업이 시작된 지 얼마 되지 않았는데 아우구스테도 집으로 돌아가고 싶어 견디기 어려웠다.

"너. 이 안에서 유대인을 찾아보렴."

지명받은 학생은 건네받은 분필로 유대인 모자를 쓴 노인에 동그라미를 쳤다. 그러나 힐데브란트는 아직 학생을 돌려보내지 않았다.

"더 있어. 또 한 사람."

학생은 조금 고민한 끝에 가방을 든 젊은 남자에게 동그라미를 그렸다. 옆을 본 남자는 코가 도드라지게 크고 피부는 거무스름하고 눈썹이 짙고 두껍게 그려져 있었다. 표정은 무척 심술궂게 일그러져 이 잡화점을 빼앗으려는 것 같았다.

"정답입니다. 잘했어요."

칭찬받은 학생은 발을 깡충깡충 구르면서 자리로 돌아가 뽐내듯이 고개를 치켜들었다. 힐데브란트는 하얀 교편으로 코가 큰 남자 얼굴을 가리켰다.

"유대인이라도 알기 쉬운 복장만 입지는 않고, 신분을 숨기고 아리아인 가게에서 물건을 사려고 하는 교활한 거짓말쟁이도 있습니다. 명백한 법률 위반이죠. 유대인은 다들 독일 민족을 미워하고, 공산주의자와 함께 나라를 빼앗을 기회를 엿보고 있습니다. 그러니 절대로 친하게 지내서는 안 됩니다. 그들은 가여운 척 연기를 잘합니다. 그러나 친절한 독일 민족을 이용

241

하려는 것뿐이니 속아서는 안 됩니다. 이상한 것 같으면 반드시 신분증 제시를 요구합시다. 그때 별 스탬프만 확인해서는 안 됩니다. 우리는 민족 공동체의 일원으로서 그들이 분명하게 유대인이라 알 만한 이름을 대는지, 남자라면 이스라엘, 여자라면 사라가 들어갔는지 확인합시다. 여러분은 혈족조사국에서 아리아인 신분증을 발행받았죠?"

일제히 "네, 선생님!"이라는 대답을 외친다. 그때 교실 가운데에 앉아 있던 학생이 손을 들었다.

"선생님, 저희 집 근처에 사는 일가가 있는데요. 부친은 유대인인데 아이들 신분증은 혼혈아로 적혀 있습니다. 그럴 때는 어떻게 해야 합니까?"

그러자 힐데브란트는 "어머나." 하고 눈을 동그랗게 떴다.

"그런 사례는 아마도 모친이 아리아인이겠죠. 혼혈은 개탄할 문제이지만 곧 총독께서 바른 대답을 우리에게 내려주실 겁니다. 결혼과 혼혈에 대해서는 다음 수업에서 다룰 테니 지금은 먼저 유대인에 대해 학습합시다. 열등 민족의 신체적 특징을 알아보죠. 눈이 움푹하고 코가 크고 성격은 교활하고 언제나 못된 꿍꿍이가 있습니다. 이마가 좁고 후두부는 절벽처럼 평평하므로 필연적으로 뇌는 작아지고 지성이 떨어집니다."

힐데브란트는 고개를 숙인 유대인 소녀에게 재빠르게 손짓해 칠판 앞에 세운 뒤 "헤르브스트 양도 이리 오세요." 하고 브리기테를 불렀다. 브리기테는 칠판 앞에 서더니 유대인 소녀에게 악취를 맡은 것처럼 코를 쥐었고, 학생들 절반은 웃고 절반은 거북한 듯이 시선을 피했다. 힐데브란트는 교편 끝으로 '인종 우생학'의 표본이 된 두 소녀를 가리켰다.

"여러분, 뒤통수의 형태를 잘 보세요. 북방계 순수 독일 민족인 헤르브스트 양은 훌륭한 곡선을 그렸지만 이 유대인 소녀는 아주 평평합니다. 턱과 코의 형태, 눈의 인상도 아주 다르니 비교해 보고 관찰하죠."

아이들이 노트에 연필을 끄적이며 스케치와 유대인의 특징을 적는 동안 교사가 퍼뜩 고개를 들어 아우구스테와 눈을 맞췄다.

"그렇지, 니켈 양. 이따 교장실로 오세요."

"…네, 선생님."

주변 학생이 처음으로 아우구스테의 존재를 알아챈 것처럼 빤히 바라보는 바람에 아우구스테는 노트 위로 오른손을 슬쩍 움직여 오만하게 행동하는 힐데브란트를 그린 낙서를 숨겨야 했다.

마침내 표본 취급에서 벗어난 유대인 소녀는 친위대에게 끌려 교실을 나가고 힐데브란트는 책자 다발을 앞줄 학생에게 건네 모두에게 한 권씩 돌리도록 명령했다.

"다음은 우리 자신, 다시 말해 독일 민족과 아리아인 이야기를 해보죠. 아까 조금 이야기가 나왔죠. 독일 민족이 번영하기 위해 우리 독일 여성은 양질의 건강하고 순수한 혈통을 지닌 아이들을 많이 낳아야 합니다."

모든 수업이 끝나고 종소리와 함께 바깥으로 나가는 아이들 무리에 아우구스테의 모습은 없었다.

교장실에서는 호되게 야단을 맞았다. 교장과 교무주임, 독일 교원연맹 간부 등 빨간 하켄크로이츠 완장을 단 어른 대여섯 명이 둘러싸고 부친인 데틀레프에 대해 꼬치꼬치 캐물은 끝에 이미 제출한 가계도를 꺼내고 머리 계측까지 해야 했다.

데틀레프는 이미 독일공산당에서 탈퇴했으며 몇 년 전부터 터빈 공장의 반장을 맡았다. 그러나 여전히 입당하지 않았고 국가 방침에 반하여 마리아와의 사이에 아이가 한 명밖에 없는 탓에 찍히기 쉬웠다.

그보다 더 최악이었던 것은 계측기를 손에 든 힐데브란트가 한 말이었다.

"아리아 인종치고는 뒤통수가 평평하군요. 이런 머리로 제대로 책이나 읽을 수 있을지."

아우구스테는 어깨를 들썩이며 돌바닥을 쿵쿵 내디디면서 큰 보폭으로 서둘러 집으로 돌아갔다.

거리는 온갖 곳에 붉은 바탕에 하얀 원, 검은 갈고리 십자가가 그려진 국기가 걸렸다. 병원과 우체국 같은 공공시설은 물론이고 호텔과 개인 상점, 길 가로등과 전봇대에도 깃발이 펄럭였다. 제3제국의 상징인 갈고리 십자가는 국기뿐 아니라 온갖 것에 각인되었다. 편지지, 그림엽서의 소인, 영화관 티켓과 열차표, 장난감과 책, 통조림과 밀가루 봉지에까지. 당연히 인간도 예외가 아니다. 하켄크로이츠를 다는 것이 정상이고 달지 않으면 이단이다. 유대인의 집과 병원 등은 국기를 걸고 싶어도 게양이 금지되어 더욱 이단으로 취급받았다.

아우구스테가 집으로 돌아가는 길에 있는 유대인 여학교도 그중 하나였다.

마늘이며 향신료의 냄새가 밴 어둑한 거리, 표본 취급을 받았던 소녀가 아우구스테보다 조금 앞서 터벅터벅 걸었다. 짧은 바가지 머리는 누가 꽉 움켜쥐었는지 흐트러졌다. 아우구스테는 학교 가방의 가방끈을 꼭 쥐고 지금이야말로 말을 걸자고 생각했다가 용기가 나지 않아 입을 다물기를 되풀이했다. 마침내 아우구스테의 부모가 처음 만난 곳이라는 아우구스트 길의 오래된 묘지를 지나, 벽돌로 만든 학교 앞에 도착하자 유대인 소녀는 가느다란 팔로 문을 힘겹게 열고 안으로 들어갔다.

문이 열린 짧은 순간 아우구스테는 초록색과 흰색에 연지색을 조합한 교내의 아름다운 타일 바닥과 벽을 보았다. 안뜰에서 비쳐 드는 햇살로 반짝반짝 빛난다고 생각한 것도 한순간, 외벽에 던진 날달걀과 낙서로 더러운 문이 닫혀 더는 보이지 않았다. 문에는 '해당 학교에는 이미 퇴거 지시를 내렸다. 엄연한 법령 위반이다. 신속하게 퇴거하라'라는 벽보가 있었다.

공원에서는 히틀러 유겐트가 행진 연습을 하는 중이고 그 앞 슈테티너역에는 많은 정장 차림 회사원과 친위대가 내렸다.

이전에는 흔히 보던 일하는 여성의 모습은 없고 여성은 대부분 어린아이와 함께이거나 장바구니를 들었다. 늦여름의 붉은 저녁노을을 바라보자 멀리 커다란 빨간 벽돌 건물, AEG 공장이 보였다. 거리를 오가는 자동차는 이전보다 군용차가 늘었다. 당의 축일에 열리는 군사 퍼레이드는 점점 더 화려해지고 불길한 기운을 감지한 시민도 적지 않았지만, 아우구스테도 포함해 다들 별생각 없는 척했다.

아우구스테는 아커 길의 집합주택에 도착해 지하실을 공사 중인 작업원의 시선을 피하며 자택이 있는 4번 안마당으로 곧장 나아갔다. 문을 열고 계단실로 들어가자 마침 이웃 베텔하임 댁의 늙은 아버지, 이츠하크가 계단을 오르고 있었다. 산부인과직을 박탈당한 뒤로 부쩍 나이가 들어 허리와 심장이 안 좋아진 이츠하크는 헉헉 숨을 헐떡이면서 오른손으로 난간을 붙잡고 왼손에 봉지를 들었다. 아우구스테가 거들자 이츠하크는 잿빛 머리카락에 덮인 얼굴에 희색이 돌았다.

"오오, 오오, 옆집 아가씨, 꽃같이 상냥하구나."

"무슨 말씀이세요, 이츠하크 아저씨. 또 조피엔 게마인데 묘지에 갔었죠. 너무 위험한 일 하지 마세요. 에바가 걱정해요."

각 지구의 유대인 공동체(게마인데)는 잇따라 봉쇄되었고 아직 남은 장소도 당의 감시를 받는다. 그러나 이츠하크는 고개를 젓고는 아우구스테를 어린 시절 애칭인 '거스티'라고 불렀다.

"내일은 금요일이야, 거스티. 양초를 구해야지. 시너고그에서 받지 못하게 되었으니까."

이츠하크의 왼손 봉지에는 양초 다발이 들어 있었다. 내일 일몰부터 시작되는 안식일 준비다. 아우구스테는 학교에서 일어난 일과 유대인 여학교의 낙서를 떠올리고 어째서 위험을 무릅쓰면서까지 종교에 집착하는지 의아해졌다.

"목숨이 더 중요하잖아요. 참아요. 작년 가을 일 기억하시죠?"

작년 가을 끝 무렵 예전부터 유대인이 많이 살던 이 베딩 지구는 과격한 나치 돌격대의 습격 표적이 되었다. 예배당 시너고그는 불타고 유대인 상점은 파괴되었으며 진열창의 유리가 산산조각 났다. 유대인 주민 중에 살해당한 사람도 있지만 벌은 돌격대가 아니라 유대인이 받았다.

"하지만 거스티, 아무리 엄격하게 관리당해도 인간의 마음은 자유란다."

마늘과 유향(乳香) 냄새가 밴 이츠하크의 몸을 아우구스테가 부축한 채 계단을 올라 간신히 3층에 도착해 문을 열었다. 순식간에 베텔하임 집안 특유의 향신료 냄새가 훅 풍겼다. 방 구조는 어느 집이나 마찬가지일 테지만 복도의 인상도 공기의 냄새도 자신의 집과는 완전히 달랐다. 어릴 적에는 그래서 더 들떴지만 지금은 불안과 희미한 위화감에 마음이 술렁였다.

이츠하크가 집으로 돌아오자 주방에서 에바가 얼굴을 내밀었다. 이제는 다 커서 검은 원피스가 잘 어울렸다.

"고마워, 아우구스테. 우리가 널 돌봤었는데 이제는 반대가 됐네."

아우구스테가 마리아의 배 속에 있던 시절부터 신세를 진 열 살 위 소꿉친구다. 그러나 오늘은 학교에서 있었던 일이 떠올라 에바를 똑바로 바라볼 수가 없었다. 분명히 코가 조금 크고 눈이 동그랗고 옴폭하고 피부가 약간 검다…. 아우구스테가 자신 안의 힐데브란트와 싸우는 동안에 이츠하크가 나직하게 무슨 말을 웅얼거리며 집으로 들어갔다. 에바는 걱정스러운 듯 아버지를 지켜보더니 마음을 다잡듯이 밝게 말했다.

"맞다, 잠깐만 기다려봐."

에바는 아우구스테를 그 자리에 세워놓고 오래된 가죽 책을 들고 돌아왔다.

"이거 줄게. 거스티, 계속 영어 책을 읽고 싶다고 했잖아."

영독사전이었다. 학교에서 있었던 일 따위 머리에서 날아가고 아우구스테의 얼굴이 대번에 환해졌다.

"정말? 나 가져도 돼? 우와!"

에바가 미소 지으며 고개를 끄덕이자 검고 아름다운 곱슬머리가 흔들렸다.

"동생들도 안 쓴다고 하고, 써줄 사람이 가지는 게 제일이니까. 하지만 우리 집에서 받은 건 비밀로 하렴."

옛날처럼 왜냐고 되물을 수 있다면 좋을 텐데. 그러나 지금의 아우구스테는 에바의 말뜻을 싫을 만큼 잘 안다. 아우구스테는 고맙다고 인사하고 맞은편 자택으로 돌아갔다.

부모님이 아직 돌아오지 않은 집 안은 텅 비어 고요했다. 아버지는 AEG 공장에서 공군용 터빈을 만들고, 맞벌이 금지령으로 세탁 공장 일을 결국 그만두게 된 어머니는 장을 보러 간 듯하다. 아우구스테는 부엌에 들어가 유리컵에 우유를 따르고 홀짝홀짝 마시면서 창문으로 바깥을 바라보았다.

4번 안마당 벤치는 예전과 변함없이 낡아빠졌지만, 앉아 있는 사람은 노인이 아니라 어느 동인가에 사는 중년 당원 두 사람으로 큰 목소리가 3층까지 들렸다.

"우리 아들내미가 제1방공대란 곳에 배속됐어. 이전 전쟁에서는 못 들은 부대인데 뭐 하는 데지?"

"이봐, 그야 방공인가 하는 새로운 방위의… 아무튼 간에 좋은 곳에 배속됐군. 군비를 정비하는 건 평화 유지에 도움이 되니까. 한 번도 싸우지 않고 영토를 되찾은 것도 그 덕분이야. 프랑스나 영국도 벌벌 떨잖아. 총통은 정말로 대단한 분이셔."

안마당 벽에는 10월부터 시작되는 당의 동계구제사업 고지 포스터와 '자가용을 타고 싶다면 매주 5마르크를 저축하자'라는 적금 포스터가 나란히 붙어 있다. 안마당에서 놀던 소년들은 자라서 징병으로 군대에 있거나 유겐트에서 노동 봉사를 하느라 보이지 않는다.

장미 덤불 앞에 앉은 기젤라만 변하지 않았다. 에바와 마찬가지로 성인이 되어 휠체어가 커졌지만 기젤라는 지금도 장미를 사랑한다. 옆에는 나이 들어 등이 완전히 굽은 부친이 함께였다.

아우구스테는 우유를 다시 홀짝홀짝 마시고 자신의 침실로 갔다. 원래 부모와 함께 쓰던 긴 방 가운데에 얇은 벽을 세워 나누고, 안쪽 좁은 방을 아우구스테에게 주었다. 책장으로 쓰는 작은 나무 상자에는 영문판 《에밀과 탐정들》이 소중히 꽂혀 있다.

선명했던 노란 표지는 세월이 흘러 색이 바래고 먹다 흘린 음식물 찌꺼기나 볕바램 때문에 여기저기 더러웠지만 아우구스테에게는 소꿉친구 얼굴에 있는 점이나 주근깨 같은 것이었다. 아버지가 손수 만든 책상 앞에 앉아 책을 펼치고 옆에 조금 전에 얻은 영독사전을 두고 심호흡했다. 오래된 책의 독특한 곰팡내가 기분 좋았다.

드디어 읽을 수 있다.

감출 길 없는 미소를 지으면서 아우구스테는 책을 펼쳤다.

힐데브란트는 아우구스테의 평평한 뒤통수를 보고 "이런 머리로 제대로 책이나 읽을 수 있을지."라고 했다. 하지만 아우구스테는 영어로 된 책을 혼자 읽는다. 작가 캐스트너의 '고래 다리가 몇 개인지가 마음에 걸려 남태평양 소설 집필을 그만두었다'는 진심인지 허풍인지 모를 머리말 부분을 번역하고 자지러지게 웃었다.

아우구스테는 자신을 어리석다고 생각하지 않았다. 동시에 책 읽기에 서툰 어머니나 아버지를 어리석다고 생각하지 않았다.

원래 의사였던 이츠하크의 영독사전은 세월이 묻어나고 직접 쓴 히브리어로 여기저기 주석이 적혀 있다. 아우구스테는 조금씩 번역하며 《에밀과 탐정들》을 읽어나가면서 원서를 먼저 읽지 않기를 잘했다고 생각했다. 애초에 캐스트너의 책은 당의 분서 대상이다. 인기작이었기 때문에 간신히 남겨진 《에밀과 탐정들》도 열람 제한이 있었다.

독일제국 내에 존재하는 것에는 하나부터 열까지 당의 하켄크로이츠가 달려 있다. 책도 예외가 아니다. 모두 제국문화원에 합격해 당의 보증을 받은 독일 민족을 찬양하는 내용이거나 유대인과 공산주의자를 비판하는 이야기만 서가에 늘어섰다. 신데렐라와 왕자는 사랑이 아니라 순혈 동지이기 때문에 다시 만나 행복해진다는 결말로 바뀌었다. 작가를 걸러내고 작품 내용은 검열한다. 전쟁은 무섭고 비참하다거나 자유로운 인생을 자신의 의사로 나아간다거나 국경 없이 평등하게 인간을 사랑하자는 내용의 책은 서점과 도서관에서 모조리 빼내 광장에서 불태웠다. 처음에 책에 불을 붙인 이들은 대학생이었다.

그런 게 일반적인 세상에서 아우구스테는 어째서 자신이 국가가 장려하지 않는 캐스트너의 책에 가슴이 뛰는지 신기했다. 어째서 브리기테와 사이좋게 지내고 싶지 않은지, 어째서 언젠가 독일소녀동맹에 가입해야 한다는 생각을 하면 넌더리가 나는지, 수요일 밤 '가정의 저녁'이 지루해서 견딜 수 없는지 신기했다. 미키마우스의 단편영화는 그렇게 재미있는데 우파가 만든 영화가 시작되면 어느새 잠들어 이따금 앞줄에서 감시하는 히틀러 유겐트가 두드려 깨웠다.

자신은 이단일지도 모른다. 그런 생각에 휩싸이면 아우구스테는 곧잘 자신을 인어공주에 비유했다. 바다에서 벗어나면 죽어버리는데도 육지를 갈망해 결국 뭍으로 올라온다. 마녀와의 계약에 아름다운 목소리를 대가로 바치고도 이곳에 없는 것에 이끌리는 심정을 완전히 지우지 못한다. 그리고 이단자는 어쩐지 멋져 보이기도 했다.

이날 8월 31일까지 아우구스테는 앞으로의 나날에 불만은 있어도 생명의 위협까지는 느끼지 않았다. 이튿날 9월 1일 이른 아침, '국민수신기' 라디오의 입에서 총통 본인의 목소리가 흘러나오기 전까지는 말이다.

"이봐, 다들! 라디오를 들어봐!"

오전 일곱 시경 아래층 주민이 부엌 창문으로 고개를 내밀고 큰 소리로 주변에 외쳤다. 그러나 바로 반응이 돌아오지 않자 그녀는 맨발로 바깥으로 뛰어나와 4번 안마당에 서서 국민수신기나 소형 수신기를 들으라고 외쳤다. 평소에는 멋쟁이라 가난해도 나름대로 유행을 신경 쓰던 그녀가 분홍색 헤어롤을 단 머리를 남 앞에 드러내서 다른 주민은 심상치 않은 일이라고 알아챘다.

"나는 끈기 있게 몇 번이고 교섭을 제안했으나 폴란드의 대답은 도발 행위였다. 우리는 금일 오시 사십 분 이후 적의 포화에 포화로 응전한다."

아우구스테는 부모인 마리아, 데틀레프와 함께 거실에서 라디오를 들었다. 총통이 "나는 신성한 군복을 다시 입었다. 승리가 확보될 때까지 벗을 생각이 없다."라고 말하고 연설 회장인 회의장에 모인 각료가 "승리 만세(지크 하일)!"라고 외치자 데틀레프는 표정 없이 라디오의 전원을 껐고, 작은 새의 평화로운 지저귐과 부엌에서 김을 뿜는 주전자 소리만 들렸다. 퍼뜩 정신을 차린 마리아는 부엌으로 달려가 주전자를 불에서 들어 올리고 데틀레프는 담배를 물고 불을 붙였다. 그리고 멍하니 라디오를 바라보는 아우구스테에게 한쪽 눈을 찡긋하며 말했다.

"놈들이 '승리 만세!' 하고 뛰쳐나오기까지 앞으로 몇 초 걸릴지 내기할까?"

아우구스테는 두 눈을 깜빡거리다가 아버지의 농담에 웃었다.

"30초."

"좋아. 아버지는 10초에 건다…. 3, 2, 1."

"하나의 민족, 하나의 제국! 독일! 승리 만세, 하일 퓌러!"

집합주택에 사는 몇몇 당원이 여기저기 안마당으로 나와 환호성을 지르며 하켄크로이츠 깃발을 흔들었다.

"봐라, 아버지가 이겼지. 돌아오는 길에 담배를 사다 주렴.

앞으로는 배급제가 될 테니까."

아버지는 그렇게 말하고 평소처럼 출근하고 아우구스테도 학교로 갔다.

머릿속은 전쟁이란 글자로 가득했다. 예감은 줄곧 있었다. 그러나 그것이 현실에서 일어나자 하늘빛이 갑자기 초록색으로 바뀌는 것도 새가 지저귐을 멈추는 것도 아니라서 인간만 붕 떠 있는 듯했다. 길에서 이야기를 나누는 두 노인의 대화에서 "또 굶주림의 겨울이", "청년들도 죽어"라는 말이 들리는가 하면, 의기양양하게 행진하는 히틀러 유겐트가 "적을 쏴라!"라고 외친다. 쓰레기장 앞에 있던 부인들은 이렇게 이야기했다.

"폴란드 잘못이지. 총통은 '평화를 위한 공격'이라고 말씀하셨으니 나라를 지키기 위해 어쩔 수 없었던 거야."

학교는 수업이 시작되어도 술렁술렁 시끄러웠고 교사인 힐데브란트마저 넋이 나가 몇 번인가 딴생각에 빠지는 순간이 있었다. 아우구스테 옆자리에 앉은 아이는 "모두 죽을까?"라며 계속해서 흐느꼈다. 제아무리 브리기테라도 의기소침하지 않을까 기대했지만 그녀는 오히려 기운이 넘쳤다.

"다들 어째서 풀이 죽었어? 독일 민족 재통일은 총통의 비원. 부당하게 빼앗긴 영토를 되찾고 생존권을 넓히는 거야. 우리는 민족을 위해 싸워야 해! 소녀단의 깃발에도 있잖아. '너희는 독일을 위해 죽고자 태어났다'고. 우리의 목숨을 독일에 바치자!"

브리기테가 일어나 고무하자 힐데브란트는 손수건으로 눈가를 닦으며 손뼉을 쳤다.

수업이 끝나고 바깥으로 나오니 제국방공동맹 완장을 찬 조합원들이 지금 막 만든 모래주머니를 나누어주고 있었다. 길모퉁이를 돌자 모래를 실은 트럭이 여러 대 정차해 있고 부인회 여자들이 모래주머니에 모래를 담으면, 남자들이 담으며 갓길에 쌓아 올렸다. 식료품점은 진열창에 제9방위지구 배급소 간판을 걸었고 이미 물건을 사러 온 손님이 긴 줄을 이루었다.

"사재기 금지! 아까 법령이 내려왔어! 사재기하려는 인간은 그 자리에서 전부 먹게 할 거야!"

가게 주인의 큰 목소리가 거리를 사이에 두고 들려온다. 아우구스테는 아버지의 담배를 사려고 줄 섰지만 이미 품절이었다.

녹초가 되어 집으로 돌아와 부엌을 들여다보니 어머니 마리아가 작업대 앞에서 심각한 얼굴을 하고 있었다. 타일로 된 조리대에는 감자 더미와 색색의 종이를 엮은 소책자가 놓여 있다.

"왜 그래?"

"이거 봐. 둘 다 감자 배급권이야. 하지만 이쪽은 저장용이고 이쪽은 조리용이래."

그렇게 말하고 '저장증명서'라고 적힌 종이를 아우구스테에게 보여주어서 두 사람은 "저장용은 요리에 쓰면 안 돼?", "정말이지 독일인의 성실함과 서류 중독은 못 말려!"하며 배를 움켜쥐고 폭소했다. 실제로 제국배급권은 구조도 분류도 세세하고 복잡해서 무척 쓰기 어려웠다.

최초의 공습경보는 개전을 고한 날 밤에 울렸다.

커다란 사이렌과 작은 사이렌이 겹치면서 온 거리에 울려 퍼지고 아무리 시간이 지나도 멈추지 않았다. 들은 적도 없는 소리, 인간의 청각을 거슬러서 불안을 부추기는 소리에 사람들은 우왕좌왕했다. 저녁을 먹던 니켈 일가는 마리아가 스푼을 떨어뜨리고 아우구스테가 그것을 줍는 동안에 데틀레프가 커튼으로 바깥을 확인했다.

"…다들 지하실로 대피하는 모양이야. 관리인 부츠가 안내하고 있어. 우리도 가자."

마리아는 귀중품을 담은 핸드백을 품에 안고 딸의 손을 잡으려 했다.

"아우구스테! 어디 있니?"

"엄마, 잠깐만."

아우구스테는 침실로 가서 베갯잇 안에 《에밀과 탐정들》과 이츠하크의 영독사전을 급하게 쑤셔 넣고 부모 뒤를 따랐다. 니켈 일가는 저녁 식사를 식탁에 남겨둔 채 바깥으로 나와 이웃집 문을 두드렸다. 사이렌은 아직 멈추지 않았고 창백한 달빛이 계단실 창문으로 비쳐 들었다.

겨우 문이 열리고 이츠하크의 아내 에디트가 문틈으로 얼굴을 내밀었다.

"데틀레프, 무슨 일이야? 우리는 한창 안식일을 지내고 있는데."

"안식일이라고? 그런 건 됐으니까 같이 아래로 내려가. 만에 하나 정말로 폭탄이 떨어지면 어쩔 거야?"

그러나 안마당으로 나온 니켈 가족과 베텔하임 가족 앞을 관리인 부츠가 가로막고 섰다. 부츠는 지구(地區) 방공 책임자라는 완장을 찼다.

"댁들은 괜찮아. 하지만 유대인은 바깥에 있는다! 지하실에 들어가서는 안 된다!"

"뭐라고요? 폭탄이 떨어진다고요!"

"지하실은 좁아, 니켈 씨. 독일인이 최우선이다. 불평할 거면 당신도 나가!"

데틀레프는 계속해서 부츠에게 덤벼들려 했으나 맞은편 집의 레오, 그러니까 기젤라의 열여덟 살 남동생이 "유대인은 밤 여덟 시 이후 외출 금지야!" 하고 소리치자 이츠하크가 데틀레프의 팔을 잡고 회색빛 머리카락에 덮인 검은 얼굴로 천천히 고개를 가로저었다. 베텔하임 일가, 늙은 부모와 에바 그리고 10대 동생들은 계단실로 돌아갔다. 레오는 환호성을 지르고 다른 주민들은 시선을 피하는 수밖에 없었다.

데틀레프는 입술을 깨물고 아우구스테와 마리아 그리고 떠나는 이웃의 뒷모습을 번갈아 보았다. 그리고 "너희는 밑에 있어. 알았지?"라는 말을 남기고 이웃을 뒤따랐다. 그때 마리아는 아우구스테의 어깨를 꼭 붙잡고 "엄마한테서 떨어지지 마." 하고 속삭이고 다른 주민과 함께 지하로 들어갔다. 엄마 손의 떨림은 아우구스테에게도 전해졌다. 아빠가 없어진 순간 부츠가 기쁜 듯이 싱글벙글하며 엄마를 본 것도.

다행히 공습경보는 울리기만 하고 독일 어디에도 폭탄이 떨어지지 않았다.

경보는 날마다 울리고 군 시설의 서치라이트가 하늘을 비추었다. 특히 폴란드에서 철수를 요구하는 영국과 프랑스의 최후통첩 기한이 끝나고 양국과도 전쟁을 시작하고 나서는 내일이라도 대규모 공습이 시작될 것처럼 당이 온 힘을 다해 국민의 전의를 부추기려 했다.

학교에서는 피난 훈련과 가스마스크 착용 훈련 수업을 하고 《등화관제: 어떻게 해야 하나?》라는 소책자를 배부했다. 친위대의 일원인 브리기테의 오빠가 친위대 특무부대에 들어가게 됐다며 힐데브란트와 교장에게 극찬받았다.

"최고의 혈통인걸요. 당연하죠."

브리기테의 집은 이제 베딩 지구의 술집이 아니라 누구나 벌벌 떠는 고참 당원의 엘리트 일가가 되었다. 브리기테는 돌아가는 길에 아우구스테를 발견하더니 쫓아와서 참견했다.

"네가 사는 곳에 '쓸모없는 인간'이 있지?"

아우구스테가 눈에서 불길을 뿜을 듯이 노려보자 브리기테는 "뭐야, 네 가족 말고." 하며 웃었다.

"기젤라 말이야. 가엾지만 어쩔 수 없어. 남동생 레오는 혈족 조사국의 증명서를 친위대에게 반환당했대. 당연하지. 입대는 건강한 가계가 이어진 아리아인만 할 수 있으니까."

아우구스테는 저도 모르게 브리기테의 땋은 머리카락을 잡아당겨서 두 사람은 크게 싸웠다. 그러나 달려온 어른들에게는 아우구스테만 엄하게 혼이 났다. 그중에 양심적으로 보인 젊은 남성은 이렇게 말했다.

"아가씨, 저 애를 거스르면 안 돼. 가족을 생각해."

집합주택에서는 관리인 부츠가 당에서 잇따라 발령하는 법률을 의욕에 넘쳐 충실하게 지켰다. 방화용 물을 담은 양동이를 지하실로 나르고 주민이 앉기 쉽도록 벤치를 설치하고 구급상자도 마련했다. 제국방공동맹 부인회가 만든 등화관제용 검은 커튼을 모든 가정에 배포하고 야간에 창문으로 조금이라도 등불이 새어 나온 집은 즉시 통보하겠다고 위협하는 전단을 곳곳에 붙였다.

같은 무렵 베텔하임 집안에서는 에바와 10대 후반 남동생들 그리고 나이 든 이츠하크까지 강제 동원되었다. 쓰레기 처리, 철도 심야 회수 작업 중 하나를 명령받아 이츠하크는 쓰레기 처리를 선택했다. 다른 유대인들과 함께 이른 아침부터 저녁까지 쉬지 않고 악취를 풍기는 비위생적인 쓰레기를 손으로 회수하고 차도 없이 쓰레기 처리장으로 간다. 이츠하크는 점점 더 쇠약해지고 고열이 났지만 쉴 수 없었다.

한편 아우구스테의 집에서는 데틀레프의 귀가가 늦어졌다. 브루넨 길에 있는 AEG 터빈 공장 라인은 대부분 군수물자 생산으로 바뀐 데다 인력 부족까지 겹쳐 작업을 전혀 따라잡지 못했다.

그러나 귀가가 늦는 이유는 잔업만이 아니었다. 동료 한 사람이 몰래 DKE38형 라디오를 개조해 영국 BBC 방송을 수신할 수 있게 되어서 일을 마치면 동료 몇 명과 함께 그의 집에 들렀기 때문이다. 국외의 정보는 귀중하다. 그에 따르면 히틀러의 연설에서 나온 '폴란드가 선제공격을 했다'는 말은 사실이 아니고 독일군이 일방적으로 침략했다고 한다. 군비를 갖추지 못한 폴란드는 군인과 민간인 모두 많은 사망자가 나왔고, 개전한 지 한 달 남짓 만인 10월에 항복해 지도상에서 나라 이름이 지워졌다.

그 직후 데틀레프가 크게 낙심할 일이 일어났다. 히틀러는 소비에트에 불가침조약을 제의했고 스탈린이 이를 받아들였다. 독일과 소비에트는 서쪽과 동쪽에서 각자 폴란드를 침공해 영토를 나누어 가졌다. 나치의 당원들에게도, 지하활동을 계속하며 연명하던 공산주의자에게도 당혹스러운 일이었다.

"히틀러는 먼저 영국과 프랑스를 해치울 작정이겠지. 동서와 한 번에 싸우기는 힘들 테니까. 스탈린도 전략가야. 손을 잡을 만하지."

라디오의 주인인 동료는 냉정하게 분석했지만, 집으로 돌아간 데틀레프는 바닥 밑에 숨겨둔 레닌의 초상화와 붉은 깃발을 난로에 쑤셔 넣고 성냥을 그어 태웠다.

영국의 정찰기는 주로 야간에 독일 상공을 날았고, 베를린에서도 공습경보는 밤이면 밤마다 울렸으며, 푸른 서치라이트가 어두운 구름 사이로 모습을 포착하면 어디에서 누가 무슨 일을 하든 친위대나 제국방공동맹의 면면이 나타나 "어서 피난하지 못하겠나!"라며 소리쳤다. 그러나 폭격기가 실제로 폭탄을 떨어뜨리는 일은 거의 없고 대신에 항복을 재촉하는 전단을 뿌려서 종이만 위에서 하늘하늘 내려왔다. 점차 경보가 울려도 신경 쓰지 않고 일상생활을 하는 사람들이 많아졌다.

어느 날, 학교에서 돌아온 아우구스테의 귀에 누군가의 숨죽인 오열이 들렸다. 마침 3번 안마당을 지나 4번 안마당으로 들어가려던 때라 아우구스테는 발소리가 나지 않도록 살며시 아치를 통과했다.

평소처럼 장미 덩굴 앞에 기젤라가 있고 그 옆의 늙은 부친이 등을 구부리고 어깨를 떨었다. 아우구스테는 한 걸음 더 나아가 우뚝 멈추어 섰다. 기젤라의 부친이 어째서 우는지 묻지 않아도 알았다. 4번 안마당 벽에 '유전자 질환자를 계속 부양하다가는 당신의 평균수명이 줄어든다'는 문구 아래 건강한 금발 청년이 '유전자 질환'을 끌어안은 인간을 무겁게 떠받친 당의 프로파간다 포스터가 붙어 있었다. 포스터는 한 장이 아니라 안마당을 빙 두를 만큼 붙어 있었다. '쓸모없는 놈!'이란 낙서까지 되어 있는 포스터도 발견했다.

기젤라는 평소처럼 장미가 시들어도 화단을 바라보고 있고 부친만 울었다. 아우구스테는 어떤 말도 할 수 없었다. 언제였던가, 자신의 아버지가 '장미의 팻말을 뽑아주렴' 하고 타이르던 말을 떠올리고 지금이 그 순간일까 멍하니 생각했다.

그러나 아무것도 하지 못했다.

아우구스테는 방향을 휙 돌려 곧장 계단실 문으로 돌진해 안으로 들어갔다. 문을 닫으면 부친의 오열이 더는 들리지 않을지도 모른다. 그러나 계속 쫓아왔다. 2층으로, 3층으로 올라가 집으로 돌아가도 콧물을 훌쩍이며 떨리는 소리로 우는 노인의 목소리가 들렸다.

동생인 레오가 누나 기젤라를 티어가르텐 4번지에 있는 보건국 사무소에 신고해 베를린 대관구의 국가보건국에서 담당자가 찾아온 것은 그로부터 며칠 뒤였다.

차가운 비가 퍼붓는 밤, 주민 대부분이 창문으로 안마당을 살피며 내다보며 처음부터 끝까지 지켜보았다.

"그런 짓을 해도 친위대에 가입하지는 못하는데."

아우구스테 옆에서 마리아가 중얼거렸다.

그러나 아우구스테는 레오 따위 아무래도 좋았다. 아우구스테에게는 기회가 있었다. 몸을 떨며 우는 기젤라의 아버지에게 말을 붙이고 어딘가로 도망치라고 하든지 포스터를 붙인 인물을 찾아내 대항할 수는 없었을까. 그러나 자신은 그렇게 하지 않았다. 기젤라가 장미를 보지 못하도록 막는 팻말을 뽑아주지 못했다.

기젤라를 잡아넣은 호송차가 전조등을 빛내며 멀어지는 동안 레오는 꼿꼿하게 서서 움직이지 않은 채 오른손을 들고 경례했다. 그것은 떠나는 누나를 향한 전별이 아니라 국가보건국과 이 일에 함께한 친위대에게 바치는 경례였다. 장미 앞에서는 그의 부친이 고개를 떨구고 있었다.

통첩에 따르면 기젤라는 '특별한 시설에서 최신 약물 치료'를 받는다고 한다. 그러나 더 이상 소식은 오지 않고 면회 신청도 애매하게 얼버무려 허락되지 않은 채 해가 바뀌고, 얼마 후 주더 일가의 우편함에 '당신의 딸 기젤라 주더는 장염으로 사망했다'는 통지와 '감염을 방지하기 위해 이미 화장되었다'는 뜻의 인정 없는 편지가 도착했다.

이튿날 아침, 장미 뒤쪽 벽에서 목을 매고 죽은 기젤라의 부친이 발견되었다.

III

발터의 목탄가스차, 시험작 제1호는 숲에서 벗어날 때까지
미친 듯이 날뛰었다.

어딘가에 매달리지 않으면 창문으로 떨어져 버릴 것 같아서
나는 한스가 앉은 조수석을 붙들고 혀를 깨물지 않도록 어금
니에 힘을 주었다. 기압계 바늘은 낮은 수치를 가리키고 발터
가 액셀을 밟을 때마다 엔진이 파열하는 소리를 냈다.

"잠깐만 참아, 도로로 나가면 안정되니까!"

덤불로 돌진해서 가지를 잡아 뜯는가 싶더니 타이어가 진창
의 진흙을 튀겨 쉬고 있던 새들도 허겁지겁 도망쳤다. 수목을
쭉쭉 추월해 앞이 점점 밝아지고 시야가 트이고, 이제 비탈만

오르면 포장된 도로로 나갈 수 있다…. 시험작 제1호의 앞바퀴가 윙윙거리며 두둑한 흙 위로 올라갔다. 그리고 그대로 멈추고 말았다. 뒷바퀴가 회전하며 점점 더 진흙을 찬다.

"무리인가. 두 사람 다 미안하지만 뒤에서 밀어줘."

목탄가스는 가솔린보다 몇 단계 마력이 떨어져서 베를린 버스에서도 가끔 이런 일이 있었다. 나와 한스는 서둘러 바깥으로 나가 뜨거운 보일러를 만지지 않으려고 조심하면서 차체를 밀었다. 출발 직전에 합류한 한스는 반강제로 차에 탄 거나 마찬가지인데 도망치지 않았다. 그런 생각을 하는데 한스가 차를 밀면서 말을 붙였다.

"저기."

"뭐야?"

"아까는 죄송합니다."

음료 얘기를 하는 걸까. 나는 양손을 뻗은 채 한스를 보고 "지금은 그럴 때가 아니야."라고만 대답하고 시험작 제1호를 밀었다. 딱히 한스를 원망하지는 않는다. 오히려 그걸 마시지 말라고 신호해 준 사람은 그다. 허리를 낮추고 두 다리에 힘을 주어 분노와 함께 있는 힘을 다해 차를 밀고 있으니 정말로 아무래도 좋다는 생각이 들었다.

발터가 액셀을 밟자 시험작 제1호는 간신히 비탈을 올라갔다. 나도 한스도 진흙 범벅이 되어 숨을 헐떡이면서 다시 올라탔다.

베를린의 길은 평탄한 데다 아우토반과 만나는 커다란 가도는 돌바닥이 아니라 아스팔트라서 목탄가스차라도 제법 잘 달린다. 시험작 제1호도 털털 가벼운 소리를 내면서 매끄럽게 나아갔다. 하지만 이따금 적군 전차의 무한궤도에 깎여 구멍이 뚫린 곳을 피할 때 조금 흔들리기는 했다.

뉘엿뉘엿 저무는 여름 저녁놀 아래 창문이 없는 목탄가스차를 타고 달리는 건 상쾌했다. 바람 방향이 바뀌어 연기가 반대 방향으로 휘어지자 서쪽 하늘로 지는 태양과 지평선의 경계에서 상쾌한 바람이 불었다. 어쩐지 달콤하고 찡하게 애달픈 듯한 냄새를 맡자 시간에도 냄새가 있다는 생각이 들었다.

"드디어 이걸로 마녀와도 안녕이다."

발터는 모자를 벗고 머리를 흔들어 땀에 젖은 검은 머리카락을 개처럼 말렸다.

드라이린덴의 침엽수림에서 크루츠 첼렌도르프로 나와 입체교차로를 왼쪽으로 돌아서 포츠담 가도를 북쪽으로 돌아왔다. 속도계 바늘은 시속 60킬로미터를 가리켰고, 이 속도라면 카프카가 끌려간 DP캠프까지 15분은 걸릴 듯했다. 그러나 사정을 들은 한스는 우회하는 게 좋겠다고 말했다.

"정면 출구는 위험하니 일단 돌아서 선로를 따라 뒤로 가는 게 좋아. 뒤쪽 숲은 예전에 내가 정찰해서 알아."

넓은 포츠담 가도는 난민 송환용 차량 부대 트럭이 늘어서고 산더미 같은 짐차와 여행 가방, 포대를 끌어안은 외국인들이 기나긴 행렬을 이루었다. 어깨에 불꽃을 감은 검 모양 휘장을 단 미군 병사가 난민을 한 사람씩 트럭에 태운다. 그 옆을 시험작 제1호가 지나가자 운전석에 소년이 탄 탓인지, 아니면 오펠 껍데기를 뒤집어쓴 목탄가스차가 재미있었던 탓인지 난민과 미군 병사들이 우리를 보며 놀려댔다. 그러나 까칠해 보이는 하사관은 호루라기를 불었다.

"거기, 꼬마들, 멈춰!"

발터는 창문으로 손을 내밀고 구름에 붉게 물든 여름 하늘 아래에서 가운뎃손가락을 세우더니 뒤를 향해 외쳤다.

"퍽유 아메리카! 퍽유 모건도!"

발터는 깔깔 웃고 액셀을 밟아 난민과 미군 병사들을 추월했다.

"당연하지. 모건도, 그 망할 유대인이 미국에서 '독일인의 공업을 빼앗고 모두 농민으로 만들라'는 멍청한 계획을 발표했어. 나치가 무서워서 독일에서 망명한 주제에 이제 와서 참견하지 말라고."

발터는 핸들을 쥔 채 밖에다 침을 뱉었다.

창문 오른쪽에 침엽수 가로수가 보이고 안쪽 골목 너머로 하사가 지프로 끌고 온 하얀 게이트가 있었다.

"이 부근은 원래 주말농장이었어."

한스가 그렇게 알려주자 발터가 훼방을 놓는다.

"우아한 당 간부 여러분이 채소니 뭐니를 심으며 평화를 즐

겼단 얘기지. 그렇지, 한스?"

"말투가 거슬리지만 맞아. 난민 캠프는 그곳을 밀어서 만든 거야."

발터는 그렇다 치고 한스는 이 상태를 어떻게 생각하는 걸까. 두 사람 사이는 나쁘지 않아 보이고 발터의 도망을 막지 않는 걸 보면 그도 함께 갈 생각인지도 모른다. 한스의 순수한 금발은 조금 길었지만 겉모습은 누가 봐도 상류층 출신처럼 온화하고 고상했다. 어째서 아이들 갱단에 들어간 걸까? 그러자 내 시선을 알아챈 한스가 어깨 너머로 돌아보았다.

"내 얼굴에 뭐 묻었어?"

"어, 아니, 아니야. 그냥 신경 쓰여서."

"난 알지. 도련님이 왜 여기 있을까 싶은 거지? 한스, 부랑아와 같이 다니는 이유를 설명해 줘."

그러자 한스는 "아아." 하고 고개를 끄덕이더니 "발터는 막무가내라니까."라며 웃었다.

한스는 열여덟 살로, 법률에 정해진 대로 소년단에서 히틀러 유겐트로 순서대로 올라가 올봄 시가전 직전에 국민돌격대가 아니라 국방군 병사로 징병되었다고 한다.

"다리 방어전에 배치됐어. 출격 직전에 기절해 버린 덕분에 목숨을 건졌지."

부끄러운 듯이 말하자 하얀 볼이 붉어졌다.

"그런데 집에 돌아와 보니 아무도 없었어. 다들 나를 두고

268

붉은 군대가 들이닥치기 전에 베를린에서 도망친 거야. 나는 가족에게 미움받았으니까. 쓸모없는 자식은 버리고 갔다는 걸 곧바로 알아챘어. 가정부로 고용한 체코인 아주머니도 도망쳐서 외톨이가 된 데다 적군이 쳐들어와서 집을 빼앗았어. 적군은 남자를 발견하면 죽인다는 얘기를 들어서 나는 빈털터리로 도망쳤어. 슐라흐텐 호수 숲으로 들어가서 안 먹고 안 마시고 사흘을 지내고는 쓰러졌어."

"그걸 내가 주웠지."

"그때는 심각했지. 발터는 나를 시체라고 착각해서 등을 발로 힘껏 차서 구덩이에 묻으려고 했다니까."

"오히려 인도적이지! 시가전이 한창일 때도 시체를 매장해주는 나는 정말 좋은 놈이야."

두 사람은 그 뒤에 '마녀', 브리기테 2호에게 고용되어 청소년 절도단에 들어갔지만 도망칠 기회를 엿보았다고 한다. 나는 그 어둑한 지하실에서 본 한쪽 다리가 의족인 오만한 소녀와 등 뒤 커튼 안쪽에 있던 모르핀에 중독된 여동생인 듯한 아이 그리고 말라붙은 갓난아이 시신을 떠올렸다.

"너희의 '마녀'는 어떤 사람이야? 그 어린애는?"

그렇게 묻자 운전석과 조수석에 앉은 두 사람은 얼굴을 마주 보고 거의 동시에 한숨을 쉬었다.

"동정하지 마."

"…그녀는 무척 화가 났어. 믿었던 국가에 버림받고 모친은 적군에게 살해당하고, 부친과 오빠는 전쟁터에서 돌아오지 않았어. 한쪽 다리는 공습 때 떨어진 건물 잔해에 깔렸대. 목숨도 위험했던 모양이야. 갓난아이는 동생과 유겐트 대원 사이에 생긴 아이인데 태어나자마자 죽었어."

"동생은 그래서 모르핀 중독이 된 거야?"

"몰라. 우리가 그녀와 만났을 때는 이미 페르비틴에 모르핀 같은 약에 절어 있었어."

한스는 입을 다물고 그 이상 아무 말도 하지 않았다. 차 안에 무거운 공기가 흐른다. 발터가 헛기침을 했다.

"그러니까 동정하지 말라니까. 이것 봐."

그렇게 말하며 액셀을 밟은 채 핸들에서 양손을 떼고 팔꿈치 위까지 소매를 걷어 올렸다. 팔꿈치 밑에서 위팔까지 둥글고 작은 화상 흔적이 수없이 남아 있었다.

"재떨이 대신으로만 삼은 게 아냐. 그 여자는 한스를 남창으로 만들려고 했어. 게다가 자신의 여동생에게 씨를 제공하게 하려 했다고. '생명의 샘(Lebensborn. 레벤스보른, 아리아인의 혈통 보전을 위해 나치 독일이 시행한 인종 교배 실험 –옮긴이)'이라고 들어봤어? 거기 있던 나치 의사처럼 말이야."

"…발터, 그녀는 동생이 이번에야말로 건강한 아이를 낳으면 병이 나을 거라 믿었어."

"멍청한 소리 하지 마. 약물 중독인데 어떻게 건강한 아이를 낳아? 그리고 애초에 너한테 무리인 걸 알면서 강요한 거야.

270

잊었어? 한스, 자신을 죽이지 마."

발터는 핸들을 오른쪽으로 꺾어 DP캠프 울타리의 모퉁이를 돌았다. 세로로도 긴 것을 보니 부지 면적이 상당히 넓은 듯하다. 안의 상황을 살피고 싶어도 소나무와 가문비나무 같은 정원수 벽이 길게 이어져 아무것도 보이지 않는다.

DP캠프 뒤편 역시 침엽수를 심은 지대라 차는 다시 울퉁불퉁한 지면을 크게 좌우로 흔들리면서 달려야 했다. 잡초가 아무렇게나 자란 나무 그늘에 차를 세운 뒤 엔진이 조용해지자 DP캠프 쪽에서 망치로 말뚝을 박는 소리가 들렸다.

한시라도 빨리 카프카를 만나야 한다. 만약 브리기테 2호의 말대로 유대인에게 살기 좋은 곳이라 카프카가 남고 싶다고 한다면 그래도 된다. 하지만 하다못해 바벨스베르크에 있다는 지인이 어디의 누구인지는 알아야 했다. 나는 재빠르게 문을 열고 차에서 내렸지만 발터와 한스는 그대로 앉아 있었다.

"…같이 안 가?"

"이제 충분하잖아? 너는 영어를 할 수 있지만 나는 무슨 말인지도 모르고 어차피 도움은 되지 않아. 그럼 친구 잘 찾아."

발터가 그렇게 말하고 시동을 걸려고 해서 나는 허둥지둥 떠보았다.

"뒷일도 도와준다면 더 많은 물자를 줄게. 그리고 일이 없잖아? 나라면 소개해 줄 수도 있고."

발터는 핸들에 기대고 한동안 목뒤를 긁다가 "알았어."라며 한숨을 쉬고 모자를 고쳐 쓰더니 차에서 나왔다. 한스는 여기서 차를 지키기로 하고 나와 발터 두 사람이 DP캠프에 접근했다.

말뚝을 박는 소리와 중장비 엔진 소리를 향해 나아가는 사이, 나무 그늘이며 풀잎 그늘에서 몇몇 사람을 보았다. 치마를 펼치고 솔잎과 나뭇가지, 먹을 수 있는 들풀과 살찐 유충을 채집하는 여성, 미군이 버린 피우다 만 꽁초와 쓰레기를 줍는 아이, 하반신을 드러내고 뒤엉킨 남녀. 익숙하게 봐온 평소와 다를 바 없는 광경이다. 이런 곳은 발치를 조심하지 않으면 토끼와 다람쥐를 포획해 먹으려고 놓은 덫에 걸리고 만다.

흙에 떨어진 잔가지를 우둑우둑 밟으며 숲의 침입자를 막는 침엽수 벽과 철제 울타리 틈으로 DP캠프 안을 훔쳐본다. 널찍한 부지에 하얀 텐트를 열 개쯤 쳐놓았고 로프가 풀린 덮개 천이 바람에 파닥파닥 펄럭였다. 난민이 제법 많으리라 예상했지만 캠프 안에는 미군 공병만 있고 말뚝에 가로대를 가로질러 울타리를 만들거나 새로운 텐트를 치며 딱히 서두르는 기색도 없이 담배를 문 채 작업하고 있었다. 국방군이었다면 이런 태도를 보이는 병사는 심하게 질책받았을 것이다. 서쪽 하늘로 떨어지는 저녁 해가 역광이 되어 피부색이 짙은 병사의 얼굴에 그림자가 드리웠다. 나는 미군과 프랑스군이 올 때까지 흑인을 본 적이 없었다. 많은 독일인이 그랬을 것이다.

"친구는 있었어?"

"…아니. 온통 미군밖에 없고, 난민 같은 사람은 그림자도 안보여."

"이제 막 생겨서 미완성이겠지. 반대편 서쪽으로 가보자. 여기 주말농장은 동서로 두 구획이 있어. 들길을 사이에 두고 나뉘었는데 둘 다 캠프로 쓸 거야."

어차피 울타리에 구멍을 발견하지 못해 여기로는 들어갈 수 없다. 발터의 생각대로 서쪽 구획으로 가는 편이 나을 것 같았다. 우리는 저무는 태양을 정면으로 바라보면서 울타리를 따라 나아가다가 늘어선 나무들이 끊긴 지점에서 일단 멈추었다. 울타리 대신에 이번에는 주말농장의 더러워진 푯말을 건 철문과 철조망이 동서 구획을 나누는 길을 바깥에서 침입하지 못하도록 막고 있다. 문틈으로 길 상태를 슬쩍 엿보니 운송 트럭과 지프가 세로로 길게 주차된 줄 훨씬 안쪽에 카프카가 끌려간 하얀 게이트 뒤편이 보였다. 그렇구나, 이 앞은 이렇게 되어 있었구나.

휘파람 소리에 고개를 드니 어느새 발터가 앞서서 무릎을 세우고 손짓했다.

"이쪽이야, 이쪽. 여기로 들어갈 수 있어."

잰걸음으로 철문 앞을 지나 발터 옆으로 다가붙었다. 철조망이 뚫리고 문 철책도 부러진 곳이 있었다.

"예전에도 침입한 놈이 있었겠지. 이리로 들어갈 수 있어. 말해두지만 나는 안 갈 거야. 이제 혼자 열심히 해봐."

"…들어가서 어떻게 하면 돼? 군인밖에 없는데 금방 잡힐 것 같아."

그러자 발터는 이 세상에서 가장 귀찮은 건 도둑이나 불법 침입 경험이 없는 녀석이라는 듯이 얼굴을 찌푸렸다.

"잘 봐. 트럭은 군용만이 아니야. 차체에 UNRRA나 JDC, 국제적십자 스탬프를 새긴 차도 있잖아."

UNRRA는 군대가 아니라 영국과 미국의 민간 조직으로 병사식당 옆에서 난민용 급식과 생활용품을 배급하는 모습을 한번 본 적이 있다.

그 사람들과 똑같이 머리에 손수건을 두르고 앞치마를 한 여성과 새하얀 간호복을 입은 여성이 나무 상자를 트럭에서 내려 날랐다.

"저 사이에 끼어. 너는 영어도 통하고 적당한 짐을 들고 안으로 들어가면 의심받지 않겠지. 그럼 건투를 빌게."

발터는 너무 어리고 아무리 보아도 구제 활동에 종사하는 민간인이 아니다. 나는 옷과 구두에 묻은 흙먼지와 진흙을 털어내고 심호흡했다.

"나는 UNRRA 직원, 나는 UNRRA 직원."

반복해서 자신을 세뇌하고 부서진 철문 구멍을 빠져나가 홀로 부지 안으로 들어갔다.

진녹색 군용 트럭 옆을 걸을 때 달리지 않으려고 자신을 타일렀다. 그 시절처럼. 숨어 지내던 이다에게 식사를 나르던 나날 동안 나는 절대로 뛰지 않는 법을 배웠다.

하지만 그렇다고 익숙해지지는 않았다. 미군은 친위대나 비밀경찰과는 다르다. 설령 들통나더라도 사정도 듣지 않고 단두대에서 목을 매달거나 총으로 쏘는 짓은 하지 않는다. 알지만 안으로 침입한 뒤부터 심장이 불안으로 터질 것 같았다.

U.S.ARMY의 하얀 스탬프를 차체에 찍은 군용 트럭 운전사는 더러운 양말을 창문으로 내밀고 군 기관지《스타스 앤드 스트라이프》를 읽었다. 다음 트럭은 빈 짐칸에서 병사가 트럼프 카드로 포커에 열을 올리고 있고, 다음 UNRRA 트럭은 운전석 문을 열고 팔짱을 낀 민간인 남성이 코를 골며 꾸벅꾸벅 졸고 있다. 왼쪽 어깨 아래에 UNRRA의 빨간 와펜이 달려 있었다. 나는 전후좌우를 확인하고 와펜을 손으로 잡았다. 운 좋게도 대충 꿰매 붙였는지 실이 뜯어져 살짝 당겼을 뿐인데 빨간 실이 천에서 스르륵 빠졌다. 그가 깨지 않도록 신중하게 와펜을 뜯고 웃옷 뒤에 신분증을 고정했던 안전핀을 풀어 신분증은 가방에 넣고 핀으로 웃옷 왼쪽 어깨에 와펜을 고정했다.

트럭이 가려서 바깥에서는 보이지 않았지만 사람이 다니는 길에는 접이식 테이블 몇 개를 내놓고 화물 분류 작업을 하고 있었다. 각각 '의류', '일용품', '식량'이란 종이가 붙어 있다. 빠른 말로 떠들면서 분류하는 여성들 틈을 봐서 나는 쌓인 나무 상자 하나를 들고 군인과 자선조직 직원에 섞여 서쪽 구획으로 들어갔다.

구획 입구에도 게이트가 있어 흑인 공병이 트럭과 통행하는 사람을 검문했다. 병사식당 개수대 담당과 어딘지 모르게 비슷하지만 계급장은 특기중사로 신분은 훨씬 위였다. 나는 숨을 깊게 내쉬면서 머릿속에서 몇 번이나 영어 응답을 시뮬레이션하고 열려 있는 게이트로 돌진했다. 나에게는 수상한 구석이라고는 한 군데도 없다. 허가받은 인간이다.

그런데 내부까지 한 걸음 남았을 때 공병이 "이봐, 거기!" 하고 불러 세웠다.

"왜 그러시죠?"

심장이 날뛰어서 입으로 튀어나올 것 같았다. 덩치 큰 병사는 노란 눈으로 나를 지그시 바라보더니 부드러운 말투로 말했다.

"신발 끈이 풀렸어. 제대로 매지 않으면 넘어져서 짐이 엎어질 거야."

나무 상자를 내려두고 닳도록 신어서 너덜너덜해진 구두끈을 묶은 뒤 고맙다고 인사하고서 안으로 들어갔다. 됐어, 작전 성공이다! 자신의 임기응변에 우쭐해서 웃음이 새어 나오지 않도록 어금니를 악물었다.

DP캠프 안은 진한 소독약 냄새가 가득하고 마스크를 쓴 공병이 양동이를 들고 어떤 약품을 살포했다.

서쪽 구획에서도 공병들이 말뚝을 박거나 텐트를 쳤지만 분명히 이쪽 건설이 더 빨리 진행되고 있었다. 운반로를 끼고 양쪽에 각각 하얀 울타리를 빙 둘러쳤고, 그 왼쪽에는 커다란 조립식 막사가 몇 동 있으며 독일어와 영어로 '관리동', '의료동', '검역실' 등의 팻말이 있었다. 부지는 넓고 특히 왼쪽 구획은 국민학교 건물이 네다섯 채쯤 쑥 들어갈 것 같았다. 건설은 앞쪽부터 시작해서 안쪽으로 갈수록 아직 비어 있어, 공병들이 자재가 쌓인 트럭을 몰고 수없이 오갔다.

오른편은 분위기가 달랐다. 하얀 울타리 앞에는 보초 두 사람이 섰고, 포치와 계단까지 있는 고급 막사 안으로 멋진 군모를 쓴 장교가 들어갔다. 벽에는 '베를린 지구 미국 육군 DP캠프 관리지령본부'라는 간판이 달렸다.

들어오기는 했는데 어떻게 카프카를 만나지? 관리지령본부에는 없을 테니까 물자를 나르는 척하며 왼쪽 지구에 숨어드는 것이 상책 같았다. 그쪽에는 사람도 많고, 무엇보다 막사의 열린 문으로 줄무늬가 있는 파자마 같은 옷을 입은 사람들의 모습이 드문드문 보였다.

서둘러 가보려고 한 걸음 내디뎠을 때 뒤에서 팔을 붙들렸다. 흠칫 놀라 돌아보자 조금 전 검문소 병사가 나를 내려다보았다.

"…아가씨, 그쪽은 아니야. 변장하려면 옷을 세탁하고 깔끔한 차림을 해야지. 지급품을 노린 도둑인가? 아니면 스파이?"

지령본부 안은 신축 건물 특유의 접착제 냄새가 났다. 복도

277

입구에서 짧은 복도로 들어간 뒤 모퉁이를 돌아 유리를 끼운 문을 노크하고 열었다. 그곳은 서류 캐비닛과 책상이 줄줄이 놓인 사무실로 사무병 대여섯 명이 일하고 있었다. 그들은 우리를 흘끔 보더니 이내 바로 앞 타자기로 시선을 돌렸다. 나를 연행한 흑인 병사는 팔을 놓지 않고 방으로 나아가 안쪽에 있던 마르고 덩치가 작은 백인 하사관에게 말했다.

"워싱턴 특기중사다. 중령님께 용무가 있다."

그러자 사무병은 무성의하게 연필을 흔들어 방으로 들어가라고 재촉했다.

"실례합니다."

문을 열자마자 시야가 하얗게 흐려지고 강렬한 담배 연기로 숨이 막혔다. 나는 마지막 저항으로 버티고 섰지만, 병사를 당해낼 재간도 없이 끌려 들어가 문 너머로 밀어 넣어졌다.

파란 카펫이 깔린 방은 가운데에 소파와 테이블 같은 응접 세트가 놓였고, 왼쪽에 큰 책상과 커다란 캐비닛, 성조기가 있었다. 중년 장교가 블라인드 친 창문을 등지고 책상 의자에 앉아 있고 그 옆에 장교가 한 사람 더 있었다. 둘 다 다갈색 평상복 차림으로 계급장은 중령과 소령이었다. 소령은 젊고 머리카락도 까맣지만 중령의 머리는 눈이라도 맞은 것처럼 새하얗다. 소령이 점잖은 동작으로 재떨이에 담배를 눌러 끄고 경례한 채 서 있는 워싱턴 특기중사에게 말했다.

"워싱턴인가. 자재 반입이 지연되기라도 했나?"

"아뇨, 수상한 독일 소녀가 얼쩡거려서 끌고 왔습니다."

"그딴 일은 자네가 쫓아내든지 독일 경찰한테 연행해. 우리는 바쁘단 말이다."

"알고 있습니다. 그러나 이 소녀는 친구가 이곳에 잘못 수감되었다고 했습니다."

워싱턴 특기중사는 내 등을 밀며 신분증을 제출하라고 명령했다. 손이 떨려 제대로 가방 버클을 열지도 못하고 있자 벽 쪽에서 대기하던 졸병이 빠르게 다가와 가방을 빼앗더니 난폭하게 뒤집어 내용물을 몽땅 털어놓았다. 《에밀과 탐정들》이 거꾸로 낙하해 책장이 접히고 말았다. 졸병은 멋대로 내 신분증과 취업증명서를 줍더니 소령에게 건넸다.

"…하, 피프티스타스의 종업원이군. 처분은 해고로 충분한가? 아니면 공안부에 연락해 수용소에 집어넣을까?"

이제 끝장이다. 눈앞이 어지러워 얼음처럼 차가워진 손을 쥐고 쓰러지지 않기 위해 간신히 버텼다.

"아뇨, 이 소녀는 범죄 행위는 저지르지 않았습니다. 말씀드렸다시피 친구가 실수로 수감되었다고 호소하러 왔다가 길을 잃었답니다."

워싱턴 특기중사는 내 말을 장교들에게 들려주었으나 소령 뒤에서 무뚝뚝하게 나를 노려보는 중령의 눈빛에는 분명한 경멸의 빛이 떠올랐다. 나뿐만 아니라 특기중사마저 같은 시선으로 바라보았다. 실수로라도 '좋아, 친구를 찾아주마' 같은 전개는 불가능하다는 건 알았다.

"이딴 계집애 상대로 시간 낭비하지 마. 쫓아내, 멍청한 '검둥이'."

중령은 느리고 나직한 목소리로 내뱉듯이 말했다. 워싱턴 특기중사가 주먹을 꽉 쥐는 것이 시야 끝에 보인다. 그러나 특기중사가 "예, 실례했습니다." 하며 경례하고 발길을 돌리는데 소령이 불러 세웠다.

"아니, 기다려라, 워싱턴. 중령님, 잠시 괜찮으십니까?"

소령은 특기중사와 나를 세우고 중령에게 귓속말로 속삭였다. 중령의 표정은 변함없이 탐탁지 않은 모양새였지만 결국에는 마음대로 하라는 듯이 한 손을 올렸다.

우리 쪽으로 돌아선 소령은 두꺼비 같은 얼굴에 미소를 장착하고 "자네는 담당 구역으로 돌아가게."라며 워싱턴 특기중사를 물러가게 했다. 내 편이 되어줄 만한 사람을 전부 잃고 나보다 세 배쯤 나이가 많은 남자 앞에 홀로 섰다. 공포로 무릎이 떨린다. 생각도 없이 이런 곳에 오다니 멍청하기 짝이 없다.

"아가씨. 병사식당에서 근무한다면 영어를 할 줄 알겠지?"

"…네, 할 수 있어요."

"그렇다면 단도직입으로 묻지. 폭탄을 어디에 설치했나?"

"폭탄이라뇨? 무슨 말씀이세요?"

무슨 이야기인지 이해를 못 하고 입만 멍청히 벌렸다. 그러나 소령은 내가 모른 척한다고 생각하는 것 같았다.

"몰라? 오늘만 선로 다섯 곳에서 폭탄이 발견됐어. 여기는 유대인 수용 캠프다. 나치 잔당이라면 아주 박살이 나도록 폭파하고 싶겠지."

"저는 나치가 아니에요."

"호오, 정말 그럴까? 자신은 나치가 아니라고 다들 말은 그렇게 하지. 당에 들어간 까닭은 그러지 않으면 내 신변이 위험했기 때문입니다. 히틀러 따위 정말 싫었어요!"

소령은 한 옥타브 높은 목소리로 흉내를 내며 웃었다.

"어떻게 변명하든 독일인은 모두 히틀러의 광신자다. 실제로 놈의 유지를 이어 지금도 연합군을 쳐부수려고 획책하며 제3제국의 부활을 노리는 놈들이 있다. 애써 우리가 민주적인 나라로 부흥시켜 주려고 하는데 번거롭게 만들어 뜻을 꺾으려 하지…. 자네가 그 일당이라고 인정하게."

"아니에요. 믿어주세요. 정말이에요. 워싱턴 씨 말대로 친구가 실수로 이곳에 입소하게 돼서 데리러 왔을 뿐이에요."

"그 친구도 베어볼프 동료인가? 그만해. 거짓말은 들을 만큼 들었다. 정말이지 나치란 놈은 이런 소녀까지 세뇌를…."

그런데 그때 갑자기 바깥이 소란스러워지더니 누군가 황급히 복도를 달려오는 소리가 들렸다.

"중령님, 실례하겠습니다!"

노크에 대한 대답도 기다리지 않고 문이 열리자 소령과 중령의 얼굴이 굳었지만, 문을 연 장본인인 사무병은 움츠러들지 않았다.

"방금 사무국에 전화가 왔습니다."

"전화? 멍청한 놈, 사무국에 전화가 온 게 뭐가 이상하다는 거야."

"그게 일반적인 전화가 아닙니다…. 소련 NKVD에서 온 전화입니다."

"뭐라?"

"여기에 독일인 소녀가 방문하지 않았느냐고 물었습니다."

놀라서 하마터면 소리를 지를 뻔했다. 설마, 어째서? 도브리긴 대위의 빈틈없는 눈빛이 되살아난다. 우연치고는 지나치다.

미국 장교들은 노골적으로 의심하며 나를 바라보았다.

"그게… 있다고 대답했는데 괜찮을까요?"

그러자 중령은 얼굴이 새빨개져서 당장 사무병을 영창에 집어넣을 기세로 일어났다.

"이 바보가, 어째서 순순히 대답했나!"

"죄, 죄송하지만 소련은 연합국 동지이고 정보 공유는…."

"네놈도 망할 공산주의자인가? 지금 당장 총으로 자신의 머리를 쏘든지 바깥으로 나가서 수상한 인물이 없나 보고 와라!"

곧 졸도할 것처럼 하얗게 질린 사무병은 경례하고 발길을 돌려 상관 앞에서 사라지려 했다. 하지만 "앗!" 하고 작게 외치며 굳었다. 거의 동시에 "기다려! 멈춰!" 하는 목소리가 들렸다. 그리고 사령실 문으로 파란 모자와 파란 바지 차림의 체격이

듬직한 소련 군인이 나타났다.

별이 달린 빨간 띠와 검은 챙 아래 빈틈없이 예리한 빛이 깃든 눈동자로 나를 응시하더니 미군 장교들을 쳐다본다. 도브리긴 대위의 부하 베스팔리 하사다.

그 뒤로 안경을 쓴 사무병이 황급히 쫓아왔다.

"죄송합니다. 소련인이 갑자기 들이닥쳐서."

"멍청한 놈, 보면 안다! 됐으니까 나가!"

미국 측은 야단이 났지만 하사는 표정 하나 바뀌지 않았다. 그는 서툴고 딱딱한 러시아 억양이지만 영어로 말했다.

"갑작스러운 방문, 사죄드립니다, 각하."

"자네는… 먼저 관등 성명을 대는 게 예의 아닌가? 이야기는 그 뒤에 하지."

"실례. 저는 아나톨리 다닐로비치 베스팔리 하사. 우리 동지 도브리긴 대위의 전갈을 가져왔다."

새삼 대위의 이름을 들으니 목덜미가 서늘해졌다. 그는 대체 어떻게 내가 여기에 있는 걸 파악했을까? 설마 이 잡듯이 전부 전화를 걸어 소재를 찾았을 리는 없다. 아마도 내가 이 DP캠프에 있는 것을 알고 그 안에서도 정확한 장소를 확인하기 위해 지령부 사무실에 전화했을 것이다. 하지만 어떻게 여기에 있는 줄 알았지? 카프카와 다닐 때라면 모를까 하사의 지프에 타거나 발터의 시험작 제1호에 탄 것은 그들에게도 예측 못 할 사태였을 것이다. 걸어가다가 갑자기 차로 갈아타면 따라올 수 없으리라. 게다가 수상한 자동차는…. 아니, 없었다는 확신은 없다. 하사와 발터가 소련의 앞잡이였다거나? 설마.

장교들은 베스팔리 하사를 경계하며 노려보았다.

"…어떻게 된 일인지 설명해 주시겠습니까. NKVD의… 하사. 대답에 따라서는 당신에게 이의를 제기할 수도 있습니다."

나는 어느 편에 서야 할지 알 수 없었다. 미국 장교들은 분명히 말해서 싫다. 하지만 이 청년 병사나 도브리긴 대위에게는 의문점이 너무 많고 두려웠다. 나는 한 걸음, 두 걸음 뒷걸음질 쳐 소령 쪽으로 조금 다가갔다. 그래서 소령이 중령에게 재빠르게 귓속말하는 소리가 들렸다.

"NKVD는 스탈린의 개, 라브렌티 베리야의 조직이자 내무부입니다. 적군과는 다릅니다. 어째서 여기에 왔을까요? 설마 UNRRA 관련일까요. 소문으로 들은 횡령은…."

"기다려 소령. 스미스, 저 계집애를 당장 감방이든 어디든 집어넣어. 거슬려."

역시 미군은 믿어서는 안 되는 모양이다. 졸병이 성큼성큼 나에게 다가왔다. 그 사이로 베스팔리 하사가 쓱 끼어들었다.

"여자, 우리가 데려간다."

"뭐라고?"

"그랬군. 이 계집애는 베어볼프가 아니라 소련의 앞잡이였어."

"아니에요! 저는…!"

그러자 베스팔리 하사가 떠들지 말라는 듯이 싸늘하게 나를 노려보고 냉철하게 대화로 돌아간다.

"각하, 제 용건을 말하겠다. 여기에 수용된 어떤 인물의 인도를 요구한다."

"어떤 인물? 설마 이 계집애가 말한 유대인인가?"

중령은 하사를 쏘아보면서 천천히 의자에 앉았다.

"무슨 꿍꿍이가 있군, 하사. 우리 군은 우리 나라에 불이익이 되는 일에 승복하지 않는다. 그 인물은 정말로 평범한 민간인인가? NKVD의 첩보원이 아니라? …전원 구류한다. 자네도 심문을 받아야 할 걸세."

"나를 심문하는 것은 현명하지 않다, 중령님."

"흥, 단순한 절차야, '동지' 하사. 자네들이 우리에게 위해를 가하지 않는다는 증거가 있다면 보여주게."

"미국인에게 위해? 오해다. 그 반대다. 우리 동지 도브리긴 대위는 해당 유대인을 살인 및 절도범으로 체포할 것이다."

놀라서 베스팔리 하사를 올려다보았다. 그러나 군인다운 강철 같은 무표정에 감추어져 의도는 파악할 수 없었다. 그는 장교에게서 눈을 떼지 않고 똑바로 응시한 채 가슴 주머니에서 종이를 꺼내 소령에게 건넸다. 소령은 의아해하며 받아 들어 안경을 쓰고 내용을 읽었다.

"…귀 시설에 잘못 수용된 인물의 반환을 요청드린다. 해당 인물은 소련 관리 구역 내에서 부인을 잔혹하게 죽이고 금품과 수백 마르크를 훔쳤다. 피해자는 적군 소령의 아내다. 귀하의 수용 시설을 방문한 아우구스테 니켈은 해당 인물의 친구로 도주를 도왔다. 조사에 따르면 귀 육군 헌병대 하사는 두 사람의 간청으로 차에 태웠으나 중간에 해당 인물을 유대인 난민으로 오인하고 이곳으로 보냈다. 잔인무도한 살인범의 인도를 소망합니다, 각하. 두 사람은 우리 공통의 적, 베어볼프일 가능성도 있습니다. 요청을 거부한다면 우리 조국과 귀국 사이에 반드시 심각한 골이 생길 것입니다."

거짓말이다. 하지만 다시 말하자면 도브리긴 대위는 이야기를 부풀리면서까지 우리를 도우려 한 것일까.

소령은 편지를 읽더니 커다란 콧구멍을 더욱 부풀려 하사와 자신의 상관을 번갈아 보았다. 중령은 얇은 입술을 굳게 디문 채 팔짱을 끼고 허공을 쏘아보았다. 하사는 조금 전 내가 발터를 떠보았을 때처럼 한 걸음 더 장교에게 다가갔다.

"답변을 하십시오. 귀하의 대답은 무엇인가. 소비에트의 적을 감쌀 것인가? 우리끼리 끝내는 편이 귀하를 위한 일이다."

그러자 소령은 목소리를 낮추는 것도 잊고 중령에게 간언했다.

"중령님, 지금은 일단 물러나죠. 내일이면 대통령 및 군과 정부의 장관이 오십니다…. 만약 이놈들이 이상하게 이야기를 악화시키면 어쩝니까. 이깟 문제로 대통령님을 번거롭게 하는 것은 아닌지."

결국 이 마지막 말이 효과가 있었다. 중령은 깊게 한숨을 쉬더니 졸병을 불러 나를 풀어주고 바닥의 짐을 정리하라고 명령했다.

나는 무표정한 소련 군인과 함께 밖으로 쫓겨나 조립식 건물이 늘어선 구획의 입구 앞에서 카프카를 기다렸다. 태양은 더욱 저물어 주변은 제법 어두워졌다. 나는 하얀 울타리에 기대 호기심으로 우리를 빤히 쳐다보는 미군 병사에게서 고개를 돌렸다.

근처에 물가가 있는지 물새인 물닭의 울음소리가 들린다. 석양은 이미 거뭇한 나무의 우듬지에 숨어 보이지 않고 서쪽 하늘은 피처럼 붉게 물들어 공습이 있던 날 하늘이 떠올랐다. 마음이 평온해지는 날은 이제 다시 오지 않을 것이다.

한 사람을 만나기가 이렇게나 어려운 건 당이 있던 시절과 다르지 않다. 전쟁이 끝나기 전, 나치에 반대하던 사람들은 연합국이 오면 자신들을 해방하고 자유롭게 해주리라 믿었다. 하지만 아니었다. 우리를 기다린 것은 정의의 사도가 아니라 독일인은 모두 총통의 맹신자이며 모두 같은 사상을 지녔다고 믿는 평범한 군대였다.

옆을 흘끔 보니 베스팔리 하사는 다리를 살짝 벌리고 가슴을 펴고 군인답게 기다리고 있었다. 나보다 겨우 몇 살 정도 많아 보이는데 어째서 이리도 다를까.

그때 저녁 바람 소리에 섞여 저벅저벅 구둣발 소리가 다가왔다. 드디어 카프카가 왔나 했지만 아니었다.

베스팔리 하사가 재빨리 경례하고 러시아어로 무슨 말을 했다. 도브리긴 대위는 고개를 끄덕이고 치하하듯이 부하의 어깨를 두드린 뒤 나를 보았다.

미국의 합리주의적이고 청결한 새하얀 울타리와 조립식 막사를 배경으로 꼭 맞는 파란 모자와 금색 버튼이 달린 녹색 상의, 부푼 바지와 검은 장화 차림의 슬라브 민족이 서자 여기가 어느 나라인지 헷갈린다.

이미 독일이라는 나라는 존재하지 않는다. 병사식당에서 돌아오는 길에 보는 현수막을 떠올렸다. 그 말이 맞다.

"아우구스테 니켈 양. 무사해서 다행입니다."

"…저야말로 도와주셔서 감사드려요."

감사 인사를 하자 대위는 생긋 미소 지었다.

"천만에요. 카프카는 곧 올 테죠. 그런데 에리히 포르스트의 단서는 찾았습니까?"

"아직요. 그런데… 어떻게 제가 있는 곳을 아셨어요?"

"신경 쓰지 말고 지금까지 여정이 어땠는지 가르쳐주십시오. 많이 걸었죠?"

요컨대 묻지 말라는 뜻이다. 대위는 생긋 웃었지만 눈은 하나도 웃지 않았다. 나는 하는 수 없이 오늘 있었던 일을 간추려서 이야기했다. 그러고 보니 발터는 어쩌고 있을까. 발터라면 이미 어딘가로 도망쳤을지도 모른다.

"사람을 찾는 데는 시간이 걸립니다. 당장 찾지 못해도 어쩔

수 없습니다…. 수속에 아직 시간이 걸릴 것 같군요. 그 남자를
기다리는 동안 시간 때우기로 잠시 이야기를 나눌까요."

"네? 네, 좋아요."

도브리긴 대위는 기묘한 소리를 한다. 그가 담배를 입에 물
자 곧바로 베스팔리 하사가 성냥을 그어 불을 붙였다.

"시간 때우기라면 최근 나는 심심할 때마다 알렉산더 광장
의 형사경찰서로 가서 재미있는 것을 읽는답니다. 과거 독일에
서 일어난 범죄 기록입니다. 흥미로운 사건이 많아요. 이를테
면 'S반 살인귀'라고 아십니까?"

당연히 안다. 전쟁이 시작되고 1년쯤 지났을 무렵 독일 공군
이 영국 본토에서 도버해협에 걸친 상공에서 영국 공군(RAF,
Royal Air Force)과 싸움을 벌이고 날마다 라디오를 통해 전황이
흘러나오던 시기에 있었던 일이다. 영국 공군의 폭격기가 독일
본토까지 세력을 떨쳐 본격적으로 공습이 시작되려 했기 때문
에 거리는 등화관제로 모든 창문에 암막을 치고 전등에는 덮
개를 씌웠으며, 길에는 형광도료 표식으로 수상한 초록색 빛이
났다. 베를린 동물원과 공원에서 대공포탑 공사가 시작된 게
이 무렵이다.

그 어둠을 틈타 제국철도 S반을 이용한 살인 사건이 일어났
다. 여성 승객 여덟 명이 강간당한 뒤 살해되었다. 누구나 아는
유명한 사건이다.

"나치스의 홍보지는 외국인이나 유대인이 수상하다고 보도

했나 보더군요. 그러나 결국 범인은 철도 직원에 나치당원이었지요."

"…네, 맞아요. 철도신호원 조수였어요. 형사경찰이 체포하자마자 처형했을 거예요."

"기억하십니까?"

"유명한 사건인걸요."

"그렇군요. 그럼 이건 어떻습니까? 쿠르퓌르스텐담 주변에서 일어난 아동 실종 사건. 이 사건은 아직도 행방을 알 수 없는 아이도 많은 듯하지만 살해당한 아이도 있었죠."

도브리긴 대위의 푸른 눈동자가 나를 응시하는 바람에 나는 고개를 가로저었다.

"죄송하지만 그렇게까지 살인 사건을 잘 알지는 못해요. 그리고 이 나라에서는 아이들이 많이 죽었어요."

그때 가만히 듣던 베스팔리 하사가 코웃음을 치며 "Какая, Безжалостная девушка."라고 중얼거렸다. 뜻은 몰라도 모욕당한 건 알았다.

"다닐루치, Приведи его сюда."

대위는 담배의 재를 털며 형이 동생을 타이르듯이 조용히 명령했다. 하사는 작게 경례하고 발길을 돌려 어딘가로 빠르게 달려갔다.

"…뭐라고 한 거죠?"

"무자비한 여자애라고 한 겁니다, 프로일라인."

냉수를 뒤집어쓴 듯 덜컥 심장이 얼어붙었다. 대위는 굳어가는 내 표정을 꿰뚫어 봤는지 이렇게 말했다.

"그는 어릴 적에 우크라이나의 진짜 기근에서 살아남았습니다. 양친은 사망했습니다. 군인이 된 뒤로도 사람들이 굶주림으로 처참하게 죽어가는 모습을 보았죠. 당신들 독일 국방군에 포위된 레닌그라드의 보급 수송 작전에 참가했거든요. 나는 이야기로만 들었지만 식량이 하나도 없었다고 합니다. 사람들은 천이며 종이는 물론이고 벨트와 신발 가죽, 도료 기름까지 먹었습니다. 때로는 개와 고양이를 그리고 인간까지도요. 비참합니다. 너무나 잔혹합니다. 그러나 불굴의 정신으로 이겨내 인간 같지 않은 당신들에게 승리한 겁니다."

부하의 과거를 이야기하는 대위의 말투는 담담해서 듣기에 따라서는 냉정하게 느껴지기도 했다. 무엇을 감추고 있는 것인지, 아니면 부하의 이야기를 대단치 않게 여기는 것인지 파악하기 어렵다. 어떻게 대답해야 할까.

"…전부 전쟁 탓이에요. 저는 그렇게 생각해요."

"그렇습니까?"

"네. 저도 당신들 적군에게 욕을 당했어요."

대위는 입술을 씩 일그러뜨리며 담배 연기를 뱉었다.

"프로일라인, 당신도 괴로웠겠죠. 그러나 잊지 마십시오. 이것은 당신들 독일인이 시작한 전쟁이라는 사실을요. 선량한 독일인? 평범한 민간인? 관계없습니다. 여전히 '설마 이렇게 될 줄은 예상하지 못했다'고 할 겁니까? 자신의 나라가 나쁜 쪽으로 폭주하는 것을 막지 못한 것은 당신들 전원의 책임입니다."

이 사람은 그게 내 탓이라는 건가. 독일 여성들은 아버지, 오빠, 남동생이 타국에서 사람을 죽인 대가로 능욕당한 것인가.

밀어닥치는 감정을 어떻게 표현해야 할까. 이름 짓지 못한 감정이 폭발해 가슴이 터질 것 같았다. 그러나 도화선은 연기만 나고 불씨가 사그라진다. 마치 마음이 유리병이 되어 코르크 마개가 단단히 닫힌 것 같았다. 날뛰고 싶은데 출구가 막혀서 감정을 둘 곳이 어디에도 없다.

피처럼 붉은 하늘.

대위는 담배를 필터까지 다 피우고는 손가락으로 튕겨서 버리고 장화 바닥으로 꽉 짓밟았다. 담배꽁초는 눌려서 필터가 풀려 진흙투성이가 되었다.

"그만 감정적이 되어 죄송합니다, 프로일라인. 말이 지나쳤습니다. 아직 에리히 포르스트 찾기는 계속할 테지요?"

"…네. 카프카가 돌아오면요."

"잘됐군요. 그는 곧 나타날 겁니다. 보세요."

도브리긴 대위는 파란 군모를 고쳐 쓰고 입구 쪽으로 눈길을 보냈다. 역광이라 짙은 그림자가 진 막사 앞에 많은 사람이 나타나기 시작했다. 울타리의 문이 열리고 베스팔리 하사의 그림자 옆에 가늘고 긴 마른 남자가 있다. 카프카가 틀림없다. 그런데 상태가 이상했다. 고개를 떨군 채 그 자리에서 꿈쩍하려

하지 않았다. 하사는 작은 가방을 들고 재빠르게 이쪽으로 돌아와 대위에게 무슨 말인가 귓속말을 하고 경례하더니 캠프 검문소로 나갔다.

"그렇지, 아우구스테 양."

도브리긴 대위는 움직이려 하지 않는 카프카에게서 시선을 떼지 않고 이상한 질문을 했다.

"카프카의 이름을 들었을 때 이상하다고 생각하지 않았습니까?"

"아뇨. 배우라고 들었지만 저는 영화를 별로 보지 않아서요."

"그렇습니까. 그럼 그가 유대인에게 몹시 미움받는다는 이야기는요?"

소독약의 인공적인 냄새가 나는 미지근한 바람이 수런수런 풀을 흔들고 흙먼지를 일으켰다. 울타리 너머에 서 있는 사람들의 그림자와, 바깥으로 나왔지만 고개를 숙인 채 움직이려 하지 않는 카프카. 그들은 모두 유대인이었다.

"…설마 카프카가 밀고자였나요?"

학교에 다닐 때 동급생은 선생님께 칭찬받고 싶은 욕심에 저 애는 유대인 잡화점에서 물건을 샀다든 둥 저 애의 엄마는 동계구제사업단 기부에 참여하지 않았다는 둥 여러 이야기를 기꺼이 밀고했다. 학교 바깥에서도 같은 일이 일어났다. 그리고 유대인 안에서는 자신과 가족을 박해로부터 지키기 위해 동포를 파는 사람이 생겼다고 들은 적이 있다.

카프카는 동포를 파는 밀고자였다. 그렇게 생각하면 그가 신분증이 없는 이유도 앞뒤가 맞는다. 새삼 유대인 공동체에 갈 수도 없었을 것이다. 그러고 보니 이전부터 카프카를 알던 빌마도 감추는 게 있는 듯한 말투였다.

그러나 도브리긴 대위는 고개를 젓고 "아닙니다." 하고 부정했다.

"나치스 시절, 그쪽 내무부에는 성명과라는 곳이 있었다고 들었습니다. 다비드의 별만 달게 한 게 아니라 유대인에게 유대인다운 이름을 쓰게 하기 위한 개명 법률이 있었다고요."

생각지도 못한 방향으로 가는 이야기에 나는 어리둥절했다.

"무슨 말씀이세요?"

"성명과에는 아마 글롭케가 만들었다는 리스트가 있었죠. 아리아인 같은 이름을 지닌 유대인이 앞으로 써야 할 개명안을 적은 참고 목록입니다. 미군의 공문서 담당 차관이 내무부 폐기 서류 더미에서 발견했어요. 그런 얼굴 하지 마십시오. 나에게는 우수한 부하가 있습니다. 이 정도 정보 입수는 식은 죽 먹기죠."

"…아뇨, 왜 그런 이야기를 하시는지 이상해서요."

그러자 도브리긴 대위는 생긋 웃었고, 잠깐이지만 득의양양한 남자애 같은 표정이 엿보였다. 그러나 이내 원래의 비밀경찰다운 얼굴로 돌아갔다.

"목록의 정보를 손에 넣은 내 부하는 유대계였습니다. 목록에 있는 개명 참고 예시를 보고 이런 건 말도 안 된다며 웃었 답니다. 대충 히브리어처럼 들리지만 이상하고 존재하지 않는 이름밖에 없다더군요. 파레그, 파이텔 그리고 파이비시."

눈앞이 어지러웠다. 이마에 손을 대고 머리를 정리하고 싶 어도 할 수 없었다.

"당연히 그런 목록을 실제로 쓴 유대인은 없었을 테죠. 히브 리어 이름을 쓰라고 한다면 자기들끼리 제대로 된 이름을 지 을 겁니다. 그런데도 '파이비시'라는 이름을 쓰는 남자가 있습 니다."

"하지만 예명이라 그런 거 아닌가요?"

"말씀하신 대로 예명입니다. 그럼 영화사 우파의 이야기를 할까요? 최고사령부 스타브카는 미군보다 먼저 우파의 유산을 계승해 소비에트 사회주의 공화국 연방(CCCP)의 영화 기술을 높이라고 말씀하셨습니다. 4월에 우파슈타트를 제패했을 때 서류와 정보, 필름과 갖가지 물건을 압수했습니다. 물론 내용 물은 우리가 이미 검열을 마쳤죠."

한층 거센 바람이 불어 도브리긴 대위의 군복이 펄럭인다. 그의 등 뒤 울타리 너머에 검은 그림자가 점점 늘어났다.

"그러다 알았죠. 괴벨스는 영화 산업에서 철저하게 유대인 을 쫓아냈다더군요. 그러나 여전히 선전영화를 촬영하고 공개 했습니다. 유대인을 현장에서 추방했다면 누가 유대인 역할을 연기했을까요? 정답은 독일인 배우가 유대인으로 분장한 겁니다. 때로는 유대인과 용모가 비슷한 독일인이 민낯 그대로 연기했죠. 말하지 않아 죄송하지만, 어젯밤 심문으로 전부 판명되었습니다. 그중 한 사람이 파이비시 이스라엘 카프카, 본명 지기스문트 그라스입니다. 그는 유대인이 아닙니다. 유대인을 깎아내리기 위해 유대인으로 분장해 돈을 번 순수 아리아인입니다."

어느새 도브리긴 대위는 내 앞에 없었다. 검문소 게이트를 지나 나가는 뒷모습만이 보였다.

내 바로 뒤에 누군가 서 있다. 돌아보지 않아도 안다.

"카프카, 어째서…."

그는 대답하지 않았다.

"어째서 거짓말했어? 어째서 얘기하지 않았어? 어째서?"

나는 그를 유대인이라고 믿었다. 나뿐만 아니라 예전에 자전거 가게를 했다던 유치장의 경찰도 엘리의 부친 하세 씨도 모두 그를 유대인이라 믿었다. 머릿속에 힐데브란트 선생님의 수업이 다시 떠오른다. 가무잡잡한 피부, 커다란 코, 짙은 눈썹, 움푹 들어간 눈. 상점이나 길에서 지나친 사람을 "저 사람 유대인 아니야?"라고 귓속말로 속닥이며 밀고해야 할지 망설이는 사람들. 이웃집 에바의 얼굴.

아직 전쟁이 격렬하지 않아 학교나 영화관이 있던 시절, 아이들은 몇 번이나 거의 강제적으로 스크린 앞에 앉아야 했다. 싫어하는 아이는 적었을 것이다. 오락의 최고봉이 영화였으니까. 극장에서든 강당에 매단 스크린에서든 어디에서든 간에 영화를 볼 수 있는 것만으로도 기뻤고 꿈만 같았으니까. 나도 처음에는 순수하게 기뻤다.

하지만 여러 번 보면 질리기 시작한다. 총통의 연설과 올림픽 영상 그리고 '심술궂고 한심한 유대인'에게 괴롭힘 당한 독일 민족 아이가 유대인에게 이긴다는 어린이용 계몽 작품. 다 보고 나면 감상문을 써야 한다. 거기서 만약 '지루했습니다'라거나 '내 유대인 친구는 좋은 사람입니다' 같은 말을 쓴다면 징벌교정 캠프에 보냈다.

그런 영화의 유대인 역할을 박해받을 걱정 없는 독일인이 연기했다니. 게다가 그는 오늘 종일 내 곁에 있었다.

나는 그의 팔을 흔들었다. 아프다고 호소해도 이상하지 않을 정도로 세게 쥐고 변명이든 뭐든 좋으니 말을 끌어내려 했다. 그러나 그는 고개를 떨굴 뿐이었다.

울타리 너머로 점점 늘어난 사람들이 조용히 서서 우리를 빤히 바라보았다. 그중 몇 명은 우리에게 다가와 철망에 손가락을 걸었다.

강렬한 죽음의 냄새가 피어올랐다.

다들 막대기 같았다. 가늘고 긴 막대기 꼭대기에 어울리지 않게 커다란 까까머리가 얹혀 있고, 헐렁한 옷을 대충 걸쳤다. 구름이 흐르고 눈 부시게 붉은 저녁 해가 저마다의 얼굴을 비추었다.

그들은 우리를 응시했다. 망령이란 아마도 이런 모습이리라. 마치 성경에 나오는 최후의 심판 뒤에 연옥에서 귀환한 사자들이 오랜만에 보는 현세에 얼이 빠진 것 같았다.

풀은 무성하고 나뭇가지는 자라고 벌레가 윙윙거리며 날고 물새인 물닭이 지저귄다. 하늘도 대지도 생명력으로 넘쳐 났다.

그저 인간만이 죽어갔다.

그때 운반용 입구에서 적십자 트럭이 와서 핸들을 왼쪽으로 꺾어 후진하면서 검문소 앞에 차체 뒷부분을 댔다. 완장을 단 위생병들이 차례차례 내려 짐칸의 덮개를 올린다. 어둠 속에서 무언가 꿈틀거린다 했더니 안쪽에서 줄무늬 죄수복을 입은 사람이 천천히 모습을 드러냈다.

울타리 안쪽에 있는 사람들과 비슷하지만 더 흙빛에 심각한 상태였다. 등도 팔다리도 굽어 노인으로밖에 보이지 않는데 피부 어디에도 주름이 없었다. 두개골에 직접 무두질한 가죽을 붙인 것처럼 이상할 정도로 반들반들하다. 너무 야위어서 주름이나 늘어짐을 만들 만한 지방조차 없는 것이다. 입술 살조차 없어 치아가 드러난 사람도 있었다. 옷은 더러웠지만 왼쪽 가슴에만 다비드의 별 형태로 하얗게 흔적이 남았다.

그들에게는 강렬한 위화감이 있었다. 다들 똑같은 틀로 만든 말 못 하는 허수아비 같았다. 위화감의 정체를 깨닫고 소름이 돋았다.

'개성'이 없다. 머리카락 색깔이나 복장 차이, 뚱뚱하거나 보통 체격이거나, 쾌활한 눈동자나 음침한 입술 같은 보통은 누구나 가진 인격이 없다. 그들의 몸에서 모조리 긁어 없앴다.

지금 이 중 다섯 명이 여기서 쓰러져 죽어도 숫자가 조금 줄었다는 생각밖에 들지 않을 것이다.

새로이 DP캠프에 온 그들은 위생병의 안내에 따라 조심조심 짐칸에서 내려 '검역소' 막사에 줄을 선다. 막사 바깥에는 시트를 펼치고 갈아입을 옷을 접어서 나란히 두었다. 행렬은 천천히 나아간다. 한 걸음 디딘 순간 정신을 잃어 위생병이 실어 간 사람도 있었다.

겨우 몇 분 동안 벌어진 일이었다. 그런데 영원한 시간의 흐름이라고 착각할 정도로 길게 느껴졌다.

처음에는 뒤에서 작은 돌멩이가 날아왔다. 엄지손가락 끝만한 작은 돌이 조심스레 수용소 울타리 안쪽에서 우리를 향해 날아와 내 발꿈치에 맞고 탁 소리를 내며 튀었다. 돌아보자 막사 앞 사람들이 저마다 돌을 들고 겨누고 있었다. 다음 돌멩이는 조금 더 크고 기세가 있어 카프카였던 남자, 가짜 유대인의 복사뼈 부근에 맞았다. 그다음에는 침이 날아와 그의 뺨에 찰싹 붙어 흘렀다.

"가버려."

"당장 꺼져. 너희 때문에 우리는."

"두 번 다시 여기 오지 마. 이 이상 욕보이지 마. 내버려 둬."

지독히 쉰 목소리였지만 똑똑히 들렸다. 바람은 그들의 썩은 달걀 같은 숨을 실어 왔고 나는 분명히 그것을 맡았다.

그들은 틀림없이 이곳에 있었다. 브리기테 2호는 모른다. 그리고 나 역시도. 그러나 지금은 눈앞에 있다. '이주'에서 돌아온 유대인들의 모습에서 '이주' 끝의 지옥을 보았다.

숲으로 돌아왔을 때는 외출 금지 시간이 훨씬 지나 있었다. 일대는 날이 완전히 저물어 하늘 밑자락은 하루 중 가장 짙은 붉은빛으로 물들고 중천은 짙푸른 색으로 별이 반짝이기 시작했다. 담배꽁초를 줍거나 먹을 수 있는 것과 태울 수 있는 잔가지를 모으러 온 사람들도 사라지고 새들도 저마다의 둥지로 돌아갔다.

침엽수의 상쾌한 향기는 공기를 정화한다. 하지만 몸에 흥건히 달라붙은 그들의 존재는 사라지지 않는다.

외출 금지 시간에 어슬렁거리다가 또 귀찮은 일이 일어날지도 몰라서 우리는 이대로 숲에서 노숙하기로 했다. 여름이니까 추위에 떨 일도 없다. 하지만 마음이 울적한 탓인지 조금 으슬으슬했고, 들개를 피하는 데도 효과가 있어서 움푹한 땅 한가운데에 구멍을 파고 솔잎과 작은 가지를 넣어 모닥불을 지폈다. 푸른 어둠에 주황빛 불이 튀어 작은 불꽃을 피운다.

"…괜찮아?"

나는 그에게 물었다. 그의 긴 얼굴은 두드려 맞아 입가는 찢어지고 볼에는 보라색 멍이 들었다. 때린 사람은 발터다.

지금 여기에는 그와 단둘이었다. 발터와 한스는 농장이던 시절 수원인 연못 쪽에 있다.

20분쯤 전, DP캠프에서 돌아온 우리를 발터는 뒤쪽 철문 앞에서 맞이했다. 도망치지 않고 기다려주었다. 카프카, 사실은 그라스라는 이름의 남자와 나 두 사람의 표정이 어지간히 우울해 보였을 것이다. 발터는 놀라서 입을 벌리고 무슨 일이 있었는지 걱정했다.

"안 좋은 일이라도 있었어?"

안 좋은? 그렇다, 분명히 좋지 않은 일이 일어났다. 하지만 '무엇이' 안 좋은지 설명하려 하면 말문이 막혔다. 지금 내 눈으로 본 광경, 옆에서 아직도 고개를 숙이고 있는 거짓말쟁이 남자 그리고 나. 그들에게는 똑같은 죄인인 나 자신. 도브리긴 대위의 말대로 모든 독일인의 책임이라면 나는 그를 나무랄 처지가 못 된다.

그래도 나는 그가 거짓말을 했고, 사실은 나치스의 반유대인 영화에 유대인 역할로 출연한 배우였다고 설명했다.

그러자 발터의 표정이 백팔십도 달라졌다.

말릴 새도 없었다. 발터는 순식간에 그에게 덤벼들어 숲의 완만한 비탈을 굴러떨어졌다. 발터는 남자 위에 올라타 때렸고, 두 사람의 모자가 땅바닥으로 날아갔다. 나는 허둥지둥 발터를 뒤에서 막으려고 팔을 잡았다가 그가 거센 힘으로 뿌리치는 바람에 넘어지면서 나뭇가지에 볼을 긁혔다.

"한스, 한스!"

나는 숲으로 달려가 시험작 제1호를 찾았다. 다행히 차를 구덩이에 세워둔 채 안에서 한스가 졸고 있었다. 서둘러 깨우고 왔던 길을 돌아갔지만 한스 혼자서는 발터의 맹렬한 기세에 이기지 못해 나와 둘이서 간신히 떼어냈다.

그는 아무런 저항도 하지 않아 발터의 몸에는 상처 하나 없었다. 발터는 어금니를 꽉 물고 소리 죽여 울었다.

"발터는 집시의 아이야."

발터를 일단 차에 태우고 진정시키는 동안 한스가 가르쳐주었다.

"그리고 할머니가 유대인이셨어. 가족 모두 '이주' 목록에 올랐어. 발터는 그보다 전에, 그⋯."

한스는 웅얼거리며 한숨을 쉬고 허리에 손을 올렸다.

"국가보건국에서 단종(외과 처치로 생식기능을 빼앗는 것)을 당했어."

나라가 박해한 사람들에는 집시도 포함되었다. 때로 형사경찰의 차가 집합주택 앞에 서서 집시로 보이는 사람들을 차에 태우고 '특별 구류 구역'이라 불리는 곳으로 끌고 가는 모습을 보았다. 게다가 조모가 유대인이라면 발터 자신은 나치스가 정한 '4분의 1 유대인'이 된다. 시험작 제1호의 운전석에서 핸들에 엎드린 발터와 조금 전 울타리 너머에 있던 유대인들이 겹쳤다.

"발터는 구류 구역 관리동에 통신기를 달던 남자 엔지니어가 제자로 베를린에 데려와 준 덕분에 살았대. 발터는 단종한 덕에 허가가 났다고 얼버무렸지만. 가족의 행방은 모르는 것 같아."

아동 절도단 지하 기지에 내려갔을 때 브리기테 2호가 나를 데려온 발터에게 "자신의 몸을 떠올리고 울지는 마."라고 한 말이 이 뜻이었다.

"혹시 DP캠프에 따라와 준 이유가 가족의…."

'이주'한 곳의 수용소에서 살다가 해방되었다면 어느 난민 캠프에 있을 가능성이 크다. 한스는 "아마 그럴 거야."라고 동의했지만 나는 고개를 저어야 했다.

"한스, 발터에게는 저 캠프를 보여주면 안 돼."

"어째서?"

"너무 비참하니까."

그러고 나서 나와 한스는 발터와 그를 한동안 떼어놓아야겠다고 결론 내리고 한스는 발터를 데리고 근처 연못으로, 나는 그와 여기에 머물기로 했다.

그는 무릎을 끌어안고 고개를 숙인 채 여전히 한마디도 하지 않았다. 나는 시험작 제1호의 타이어에 기대 한스가 놓아둔 물통의 물을 마셨다. 조금 비리고 차가운 물이 목에서 텅 빈 위장으로 흘러 들어가자 머리가 조금은 개운해진 것 같다. 그도 분명 목이 마를 것이다.

"마셔. 탈수로 쓰러지겠어."

물통을 내밀자 그는 천천히 고개를 들었다. 발터에게 맞은 멍과 상처가 애처롭다. 받을 때까지 기다렸더니 그는 겨우 팔을 뻗어 물통을 받아 들었다.

"…아우구스테는 화나지 않아?"

갈라진 목소리다. 지겨웠던 쾌활함과 뻔뻔한 경박함은 사라지고 없었다.

"화냈으면 좋겠어?"

그는 대답하지 않고 목젖을 위아래로 움직이며 물통의 물을 마셨다.

화낼 수 있다면 얼마나 좋을까. 마치 집이 깨진 빈사 상태의 달팽이처럼 무방비하고 창백하고 힘없는 그 얼굴에 나는 주체하지 못할 슬픔을 느꼈다.

요새 계속 맑았던 탓인지 솔잎이 잘 탄다. 나는 책상다리를 하고 앉아 모닥불에 새로운 잔가지를 넣고 불길이 구석구석 잘 가도록 두꺼운 가지로 뒤섞었다.

"동물원역 소란 때 당신 입으로 말했잖아. 누구든 남모르게 켕기는 데가 있다고. 나도 그래. 털어놓지 않았을 뿐이야."

"너도 유대인에게 나쁜 짓을 했어?"

그가 말을 받아주어서 조금 안심했다. 하지만 이제 우리는 되돌릴 수 없는 곳에 있다. 도망쳐도 현실은 반드시 우리를 붙든다.

"…여러 일이 있었어. 에리히를 만나면 그 뒤에 얘기할게."

자신의 죄를 자각하지 못하는 것은 아니다. 그저 인정하고 싶지 않을 뿐이다.

가까이서 나뭇가지를 밟는 소리가 들려 깜짝 놀라 돌아보았는데 어두운 나무에 둘러싸여 아무것도 보이지 않았다. 발터와 한스가 돌아온 걸까, 달리 노숙하는 사람이 있는 걸까, 아니면 들개나 강도일까. 혹시 몰라 시험작 제1호의 뒷문을 열고 좌석 아래에서 라이플을 꺼냈다. 발터가 하사의 지프에서 훔친 그 라이플이다. 묵직하게 무겁고 주체 못 해 볼썽사나울 정도로 긴 데다 몸통이 두껍다. 내 작은 손으로는 총신을 쥐는 것도 고생이었지만 호신용으로 가까이 두고 싶었다. 미국 라이플은 처음이지만 시가전 직전에 배운 모제르의 카빈총에 관한 지식이라면 있다. 소련 총은 쏠 줄도 알았다. 다만 그때는 총탄이 장전된 라이플을 빼앗은 터라 방아쇠를 당기기만 해도 총알이 나갔지만.

놀라서 부릅뜬 적군 병사의 눈동자. 목에서 뿜어져 나온 붉은 피. 용감하게 전쟁터에 달려온 자신이 바지를 내린 꼴로 죽을 줄은 꿈에도 몰랐을 것이다.

만약 내가 그 남자를 죽이지 않아 지금도 살아 있다면 훈장을 받아 웃는 얼굴로 기차를 타고 가족 곁으로 돌아갔을까. 어린 여동생과 사랑스러운 애인에게 빛나게 닦은 훈장을 보여주고 전장이 얼마나 대단했는지, 너희가 얼마나 그리웠는지 이야기했을까.

아무것도 모르는 가족과 애인이 그 남자의 죽음을 애도하고 나를 죽이러 올까. 안다고 해도 '그깟 일로 그 사람을 죽이다니'라며 어처구니없어하며 내 목에 밧줄을 걸어 복수할지도 모른다.

사람을 해치고 죽음으로 몰고도 가슴 아파하기는커녕 모든 것을 상대방에게 덮어씌우는 인간이 있는 것을 나는 안다. 하지만, 하지만…. 그 소련 병사는 살아서 후회와 죄책감에 시달리며 악몽을 꿨을지도 모른다. 그 후회마저 빼앗을 권리가 나에게 있었는지는 알 수 없다.

어쨌거나 '전쟁이었으니까', '비상사태였으니까' 눈을 뜬 맹수가 나 자신의 내면에 있던 것은 분명했다.

나는 언제부터 미쳐버린 걸까. 언제부터 타인이 죽길 바라는 것을, 죽음으로 인도하는 것을 주저 없이 올바르다고 생각하게 되었을까. 아니, 미친 것은 세상이 아닌가? 어째서 이렇게나 괴로워하고 자신을 나무라야 하지? 총통의 자살도 원망스러웠다. 그 인간은 자신에게 벌을 내린 것일까. 아니면 뒤쫓아 오는 현실이나 미래로부터 도망치기 위해 죽음의 문을 연 것일까. 이제 알 수 없다.

불현듯 충동에 휩싸여 라이플의 총구를 들여다보았다. 둥글고 어두운 구멍. 만약 라이플을 지지하는 이 손이 미끄러져 방아쇠를 건드린다면, 눈 안에 총탄이 박혀 나는 죽는다. 해보고 싶다는 생각이 온몸을 관통한다. 해보고 싶다. 아무 생각도 하지 않고 당겨보고 싶다. 나는 얼굴을 총구에 가까이 대고 시야 가득 펼쳐진 뻐끔한 구멍을 보면서 떨리는 손가락을 방아쇠에 걸쳤다. 그리고 호흡을 멈췄다.

"…아."

정말로 쏠 뻔했을 때 탄창이 비었음을 깨달았다.

"삽탄자를 장전하지 않으면 못 쏴."

그가 불쑥 지적했다. 내 행동을 계속 지켜본 모양이다. 나는 잠자코 시험작 제1호의 뒷좌석을 다시 뒤져 총탄을 세로로 가지런히 고정한 삽탄자를 찾아냈다. 그는 내 손에서 라이플과 삽탄자를 뺏어 탄창에 집어넣더니 두 사람 사이에 세웠다. 내 몸을 휘젓던 쏘고 싶다는 충동은 이미 시들었다.

무릎을 끌어안고 타닥타닥 모닥불 타는 소리를 듣는다. 온종일 걸어서 복사뼈가 아팠고 온몸이 땀으로 더러웠다. 아무래도 땀띠가 생긴 듯한 등과 목뒤를 긁고 하품을 참았다.

그러자 그가 입을 열었다.

"어릴 때부터 유대인 같다는 소리를 들었어."

"…뭐?"

"내 이야기야. 듣고 싶지?"

듣고 싶은지 듣고 싶지 않은지 묻는다면 흥미는 있었다. 고개를 살짝 끄덕이자 그는 조용히 이야기를 털어놓았다.

"가족 안에서도 나만 특이했어. 어릴 적부터 부모님이 몇 번이나 변명하는 소리를 들었지. '가족 중에 유대인이 있던 적은 없어요, 그냥 우연이에요.' 유대인이나 외국인에 대한 험담은 동네에서 인사만큼 가벼운 일상이었으니까. 아버지는 직장에서 집으로 돌아오면 자주 어머니를 때렸어. 다른 유대인이랑 통해서 나를 낳은 거 아니냐고. 어머니는 늘 울면서 부정을 저지른 적은 한 번도 없다고 호소했고, 유대인을 멀리하고 말도 섞지 않고 접촉도 하지 않게 됐어. 실제로 나는 아버지 자식이야. 그 자식이랑 똑같이 새끼손가락이 특히 짧거든."

그는 그렇게 말하며 양손을 들었다. 확실히 그의 새끼손가락은 다른 손가락에 비해 짧아서 약지의 두 번째 관절 정도 길이였다.

"나는 뮌헨에서 태어났어. 맞아, 나치가 시작된 도시에서 자랐지. 철이 들었을 무렵에 뮌헨 폭동이 있었고 아직 젊었던 총통과 괴링을 본 적도 있어. 세탁 공장의 인색한 공장주였던 내 아버지는 놈들이 맥줏집(브로이하우스) 테이블 위에 서서 연설하던 시절부터 나치를 좋아했어.

내가 아직 어릴 적에 아버지가 신문을 읽으면서 '흑인은 공포'라며 불평하던 걸 기억해. 프랑스군이 배상금을 뜯어 가기 위해 라인강을 건너 흑인 병사가 독일 여성을 강간한다고 말이야. 그냥 소문일 뿐이었지만 '나라는 뭘 하는 거냐'며 화를 내셨어.

어느 날 아버지는 서점에서 책 한 권을 사 왔지.《나의 투쟁》. 아버지는 흠뻑 빠졌어…. 실제로 그 두꺼운 책을 어디까지 스스로 읽었는지는 모르겠지만. 아무튼 책에는 공화정부도 프랑스군 침입도 흑인 병사도 공산주의도 유대인 탓이라고 적혀 있었대. 그 뒤로 아버지는 나쁜 일은 전부 유대인의 음모라고 주장했어. 자신의 아들이 이런 얼굴인 것도 음모래. 어머니는 내가 있으면 아버지가 이상해진다면서 나만 다른 방에서 식사하게 했어. 형제들과 나갈 때도 한 걸음 떨어져서 걷게 했어. 부모가 행동하면 아이들도 따라 하지. 형과 동생은 나를 괴롭히며 놀았어."

모닥불에 붉게 비친 그라스의 옆모습은 그저 쓸쓸해 보였다.

"그런 집이니까 돌아가고 싶지 않았지만 학교도 심각했지. 친구를 만들려 해도 유대인은 친구로 못 끼워준다거나 유대인 학교로 가라더군. 그런 게 쌓이고 쌓여서 나는 유대인을 미워했어. 곧잘 나는 그놈들이랑 달리 '진정한 독일인'이라며 소리쳤지. 그래서인가. 진짜 유대인도 나를 싫어해서 편을 들어주지 않더군.

하는 수 없이 나는 괴롭히는 애들이 시키는 대로 했어. 외톨이로 사는 게 무서웠어. 날마다 땅바닥에 무릎을 꿇고 흙투성이 구두를 핥는 거랑 이웃에 사는 못생긴 할멈 집에서 속옷을 훔치는 거랑 어느 쪽이 나은지 고민하고 선택했지. 도덕적으로 나은 걸 고른 게 아니야. 그저 나에게 편한 쪽을 골랐어.

그렇게 자라서 꾀가 늘자 뻔뻔해졌지. 비뚤어지다 못해 쾌

309

활한 인간이 된 거야. 나는 셰마 이스라엘(유대교 율법에 적힌 가장 중요한 기도의 말)을 암기하고 아버지 세탁 공장에서 훔친 검은 모자와 모피 머플러로 만든 가짜 수염으로 변장해서 모두 앞에서 '멍청한 랍비'를 연기했어.

반응은 뜨거웠지. 다들 보고 싶어 하던 유대인은 내가 되고 싶지 않다고 생각하는 유대인이랑 똑같으니까, 그대로 따라 하면 그만이었어. 거무스름한 피부에 커다란 코와 귀, 이상한 수염을 기르고 웃긴 모자를 쓰고 향신료 냄새를 풀풀 풍기지. 그러고서 억척스레 돈 계산을 하거나 아도나이니 에홋이니 기도하고 '돼지고기다! 갈았어도 돼지고기는 돼지고기다! 더러운 지고!'라며 호통치고 짓밟는데 사실은 개똥이었다는 콩트를 만들기도 하고."

"다들 웃었어?"

"응. 나를 괴롭히던 녀석도 선생님이 좋아하던 우등생도 언제나 얌전한 녀석도 다들 웃었어. 교실에 몇 명 있던 유대인 학생들까지. 딱 한 사람만 웃지 않았어. 금발에 푸른 눈, 아까 나를 때리던 도련님을 막아준 청년처럼 더없이 아리아인다운 외모를 가진 녀석만이 차가운 눈으로 나를 노려보더니 나중에 불만을 말하러 찾아왔지. 그 녀석은 랍비의 손자에다 유대인이었어."

그는 바지 주머니를 뒤져 몽땅한 담배꽁초를 입에 물더니 가느다란 가지를 모닥불에 집어넣어 옮긴 불씨로 담배에 불을 붙였다. 하얀 연기가 밤의 어둠에 녹아든다.

"그 녀석은 말했어. '네 행동은 잘못됐다. 랍비는 소시지에 호통치는 어리석은 사람이 아니다. 이러니저러니 해도 독일인인 너는 절대로 이 나라에서 셰마 이스라엘을 기도하는 유대인의 심정은 알 수 없겠지'라면서.

실제로 그 녀석은 무척 정의감이 강한 남자여서 한 번도 나를 괴롭히지 않았고, 내가 점심을 싸 오지 못한 날에는 사과를 나눠준 적도 있었어. 하지만 열두세 살이었던 시절 나는 다들 좋아하는 게 하도 기뻐서 우쭐해서는 이놈은 아주 돌대가리에 재미없는 녀석이다, 농담도 통하지 않는 융통성 없는 자식이라며 코웃음 쳤어.

여자는 어떤지 모르지만 남자는 신기한 생물이야. 다들 같은 체험을 공유할 때 찬물을 끼얹는 걸 아주 싫어해. 특히 못된 장난을 공유한 사이에서는 이성적으로 주의하는 녀석을 거북해하고 규탄의 대상으로 삼지. 나는 그걸 이용했어.

간단했지. 또 '멍청한 랍비'를 해달라고 조를 때 슬픈 표정을 지으며 '쟤가 하지 말라고 해서 이제 못 해'라고 한마디 하면 끝이었어.

그 애는 머리도 운동신경도 좋아서 그때까지는 다들 우러러봤지만, 그 일을 경계로 처지가 뒤바뀌었지. 영웅의 몰락이야. 다들 개가 무슨 말을 해도 유대교도 주제에 가짜 아리아인 자식이라며 험담했어. 이미 뮌헨은 나치당 일색이었고 유대계 상

311

점 불매운동이 일어나기도 해서 유대인은 점점 설 자리를 잃어가던 시절이었어. 나는 굳히기로 놈이 아리아인 같은 외모를 한 이유는 엄마가 불륜을 저지른 탓이라고 퍼뜨렸어. 이런 비방이 효과가 있다는 걸 몸소 알았으니까. 랍비의 손자는 순식간에 얌전하고 존재감 없는 녀석이 되어서 아무도 모르게 베를린으로 이사했어.

실업학교를 졸업한 나는 제대로 일도 하지 않고 외모를 이용한 우스꽝스러운 유대인 흉내로 푼돈을 벌었어. 히틀러가 총통이 되어서 뮌헨은 호황이었어. 나는 지역에서는 괴롭힘 당하는 일이 거의 없어졌지. 거리에서 재주를 펼치면 때때로 아무것도 모르는 외지인이 '이봐, 저 유대인 입을 다물게 해!'라며 욕했지만 누군가 '아니, 저 사람은 사실 독일인인데 멍청한 유대인을 연기하는 거야'라고 알려주면 함께 웃음을 터뜨렸지.

하지만 집 안에서는 점점 더 불편해졌어. 고참 당원인 아버지는 완전히 금계(고참 당원의 배지 색을 본뜬 야유)가 다 되어서 행세를 과시하며 지역 명사까지 올라갔고, 어머니는 알코올에 빠졌어. 세탁 공장은 나치의 융통으로 제법 규모가 커졌지만, 당연히 형이랑 동생 놈이 잇게 돼 있었지.

집에 남을 이유가 없었지만 나는 이 얼굴 말고는 아무것도 없었어. 광대 짓을 하든 호객꾼으로 날품팔이를 하든. 하지만 상품인 여자에 손을 대서 잘렸지. 아무튼 한심하게 살았어.

4, 5년이 지났을 때였어. 우파가 프로파간다 영화에서 유대

인을 연기할 배우를 모집한다는 거야.

나는 두말할 것 없이 덤벼들었지. 남 앞에서 연기하는 데 익숙했고 내 유일한 특징인 이 외모를 살릴 천직을 찾았다고 말이야.

그래서 가방 하나 들고 집이랑 작별해서 열차를 타고 바벨스베르크 우파슈타트로 개명된 지 얼마 안 된 역에 내렸지. 하얀 니커보커스를 입은 작업자가 역 앞 간판에 크리스티나 쇠데르바움의 커다란 포스터를 붙이고 있었어."

나는 반짝이는 은막의 세계에 내려선 그의 모습을 상상했다. 영화관인 우파 팔라스트는 화려하고 네온과 늘어선 전구로 눈부시게 빛나 무척 호화로웠다. 촬영 현장도 필시 화려할 거라고 생각했지만 그렇지도 않았던 모양이다.

"일반인이 보면 실망할지도 몰라. 촬영소는 지극히 평범해. 곳곳에 거대한 창고가 있고 사실 공장에 가까워. 가장 많은 건 평범한 외모의 스태프고, 여기저기서 쇠망치 소리가 들리지. 세트를 짐칸에 실은 트럭이 곳곳을 달리며 경적을 울려. 이따금 드레스를 입은 여배우나 연미복 차림 남배우, 로마 황제 차림을 한 남자가 어슬렁거리는 건 재미있지만. 한여름에 모피코트를 입고 추위에 떨기도 하고. 오른쪽으로 가면 로마 신전, 왼쪽으로 가면 파리의 샹젤리제, 안쪽으로 가면 중국의 붉은 기둥과 용이 달린 문. 하지만 뒤를 보면 판자가 붙어 있지. 한 번 거기서 생활해 보면 재미있을 거야. 안 좋은 현실 따위 전부

313

잊을 수 있지. 거들과 스타킹만 신은 다리를 드러내고 하이힐로 당당히 걷는 여배우는 훌륭한 눈요기였어. 요컨대 촬영소는 장대한 거짓말을 만드는 공장이야."

그는 입술을 오므려 담배 연기를 후 내뱉더니 무지러진 담배를 손가락으로 튕겨 버렸다.

"영화의 중심지에 도착한 나는 면접장이 어디인지 접수처에 물은 순간부터 반응을 느꼈어. 접수받던 아가씨는 나를 유대인으로 착각해서 경비원을 부를 뻔했고, 신분증을 꺼내 간신히 오해를 풀고 나서도 주변 사람들은 나를 빤히 봤어.

면접장에서는 선전부 말단 공무원과 우파 제작부 채용 담당자의 입이 벌어지던 걸 똑똑히 기억해. 놈들이 당황하는 모습이 어쩌나 우습던지…. 더럽고 비좁은 헛간에 갇혔거나 중노동으로 쩔쩔 짜고 있을 유대인이 펄펄한 모습으로 의기양양하게 나타나 눈앞에서 '하일 히틀러!' 하고 인사했으니 말 다 했지.

그러고 나서는 평소처럼 연기하는 걸로 충분했어. 다들 보고 싶어 하는 '야비하고 교활하고 아리아인에게는 당해내지 못하는 유대인'의 모습을 호들갑스럽고 과장되게 보여줬지.

물론 대호평이었어. 뭐, 좀 지나쳐서 정말로 내가 아리아인인지 몇 번이나 확인하고 신분증 제시에도 성이 차지 않아 주택국이니 인종정책국이니 가족조사관이니 여기저기 전화를 걸어댔지. 우연히 견학 온 제국문화원 상관이 내 아버지를 알더라고. 뮌헨의 그라스 세탁 공장 아들놈인 걸 바로 알아봐서 흔쾌히 '총통께 충실한 독일 민족이자 아리아인 일가의 아들'이라고 확실하게 보증을 해줬지. 그래서 나는 당당히 우파의 배우 파이비시 이스라엘 카프카가 됐어."

"…왜 본명을 쓰지 않았어?"

"내 얼굴이 유대인이랑 너무 비슷했으니까. 지기스문트 그라스라는 어엿한 아리아인 이름을 대면 영화를 본 관객이 혼란스러울 거라는 말을 들었지. 그야 그렇지. 나치의 과학에 따르면 순수 독일 민족에게 이런 모습을 한 인물은 없다고 되어 있으니 스크린에 나오면 곤란한 거야. 나는 순순히 주어진 예명을 받고 그 뒤로는 이 이름을 썼어.

첫 출연작은 유감스럽게도 영화가 아니야. 뉴스영화 '우파 주간 토키'의 날조된 영상 작업이 많았어. 도둑질하는 유대인 기사, 폭력을 행사하는 공산주의자 같은 역할. 그리고 조연이나 금방 죽는 유대인 역할이나 공산주의자, 쩨쩨한 악역으로 영화에 출연하게 됐어. 내 이름을 알다니 어제 경찰서에 있던 순사는 꽤 영화광인가 봐.

그 뒤 얼마 지나지 않아 전쟁이 터졌어.

얼마나 놀랐는데. 언젠가 평범한 민간인도 징병될 테니까. 나는 절대로 병사가 되고 싶지 않았어. 나치도 총통도 아무래도 좋아, 나라를 위해 죽는다니 절대로 싫었어.

병역을 피할 방법 중 하나가 나치의 마음에 들거나 국내에서 절대 빼놓을 수 없는 일을 하는 거였어. 하지만 당시에는 베르너 크라우스 같은 악랄한 연기를 잘하는 명배우가 많았고, 솔직히 메이크업으로 안 되는 게 없거든. 민얼굴이 유대인을 닮았다는 것만으로는 역할을 따지 못했어. 그래서 나는 필사적으로 선전부와 영화원에 아첨하고, 내가 필요한 인재라고 생각하도록 선전용 역할도 나서서 연기했어. 파티에 따라가서 유대인 소재로 웃기고, 상대방이 만족할 때까지 욕설을 듣기도 했지. 반쯤 장난으로 침을 맞을 뻔하거나, 채찍으로 맞고도 계속 웃었어.

베를린에 와서 이곳저곳 파티에 얼굴을 비치며 높으신 양반의 비위를 살피고, 쿠담의 카바레에서 정신없이 마시고, 레스토랑을 마구 더럽혀서 출입 금지령을 먹고, 매일 아침 다른 여자의 침대 안에서 인사하는 생활을 했어.

참고로 전 사육사인 빌마와 처음 만난 건 그 무렵이야. 취한 김에 미인의 방에 숨어들었는데 같이 살던 언니가 돌아와서 비명을 질렀어. 그 언니가 빌마였지. 괘씸한 가짜 배우 주제에 우리 집 소중한 여동생에게 손대지 말라면서 무시무시하게 화난 얼굴로 호통을 치며 쫓아냈어."

"그럼 역시 빌마는 당신이 가짜인 걸 알았구나."

"그래. 전쟁 중에 잔소리 많이 들었지. '너는 안전한 곳에서 그 사람들을 연기하면서 그들을 내몰고 있다'든가. 맞는 말이야. 난 나야말로 유대인 때문에 실컷 피해를 입었으니 돈이라도 조금 벌게 두라고 되받아쳤어. 얻어맞았지. 하인츠의 레스토랑에서 우연히 재회했을 때, 제발 부탁이니 너에게는 말하지 말라고 부탁했어. 만약 사실이 밝혀지면 너는 화낼 테고, 절교당하면 밥을 못 먹는걸. 너의 I등급 배급표는 군침이 돌 만큼 매력적이었으니까. 빌마는 이러니저러니 해도 정이 두터운 인간이라 알았다고 했지만 변함없이 나를 뱀 보듯이 싫어해. 여동생은 공습으로 죽었다니까 내가 더 밉겠지. 생각이 나니까."

이야기에 집중하는 사이 모닥불의 불이 약해져 바람을 타고 불안하게 흔들렸다. 그가 발치의 가지를 주워 딱 꺾어 집어넣는다.

"빌마에게는 정말로 신세만 졌어. 한때 나는 집에서 한 걸음도 나갈 수 없었어. 빌마가 보살펴 줬어."

"배탈이라도 났어?"

"유감이지만 재미있는 이야기가 아니야. 듣기 싫은 아주 심각한 이야기지."

그는 깊고 깊은 한숨을 쉬고 말을 끊었다.

바람 방향이 바뀌어 구름이 움직이고 푸른 밤하늘에 새하얀 달이 얼굴을 내민다. 기세를 더한 불길이 구멍에서 주황빛 혀를 드러내고 불에 타는 장작 냄새가 강해졌다. 그는 숨을 깊게 들이쉬고 각오를 굳힌 듯 다시 이야기를 시작했다.

"어떻게 잊을까. 1942년 말의 일이야. 아우구스테, 그 무렵 거리가 어땠는지 기억해?"

3년 전, 몇 년에 무슨 일이 일어났는지 엄밀하게는 생각나 않지만 1939년에 전쟁이 시작되고부터 일상에 드리운 그늘이 짙어지고, 생활 제한도 점점 심해진 건 분명했다. 베딩 지구는 정세가 바뀌어 유대인들을 통제하는 정책이 날마다 더해졌고 이츠하크가 쓰러졌다. 꼬박 하루를 쉼 없이 노동한 끝에 작업 중에 심장 발작을 일으켜 그대로 돌아오지 못했다. 마침 하이 드리히 국가보안본부(RSHA) 장관이 체코에서 암살당해 베를 린에서 대규모 장례식이 거행된 무렵이었다고 기억한다. 이츠 하크를 잃은 베텔하임 일가에게 유대인 공동체에서 '이주' 전 재산 신고서 목록이 도착한 건 그 뒤, 아마 1942년 늦가을이었 을 것이다. 결혼해서 집을 나갔기 때문에 에바는 제외되었지만 얼마 지나 사망 통지가 도착했으니 최종적으로는 그녀도 '이 주'당했던 것 같다.

같은 시기에 그의 신변에 무슨 일이 일어난 것일까.

"그해가 곧 끝나려 하는 겨울밤, 나는 페어베를리너역 근처 술집에서 잔뜩 마시고 평소랑 반대 방향, 동쪽으로 가는 S반을 타버렸어. 정신이 드니 티어가르텐도 프리드리히 길도 지나서 증권거래소역에서 겨우 잠에서 깨어 뛰어내렸지. 조금 더 갔다 가는 알렉산더 광장의 형사경찰서 구치소로 스스로 들어가는 꼴이 될 참이었어.

눈이 많이 내리는 밤이야. 등화관제용 형광도료의 초록색이 새하얀 눈 위에서 기묘하게 빛나서 어쩐지 환상적이었던 걸 기억해. 열차 안에서는 취해서 곯아떨어졌는데 너무 추워서 단숨에 잠이 달아났어. 만약 밖에서 잤다면 틀림없이 동사했을 거야. 술의 온기는 어디로 갔는지 나는 이를 딱딱거리며 어디 싸구려 숙박 시설에 몰래 들어갈 수 없을까 하면서 돌아다녔어. 하지만 길에 인기척이 하나도 없는 거야. 이런 밤이면 불법 방석집 호객꾼 하나쯤 있어도 될 텐데 그런 건 일절 없었어. 기분 나쁠 정도로 조용했어. 눈은 소리를 지우지만 그보다 더한 뭔가가 있었어.

이유는 곧 알았지. 눈 속에서 거리를 걸으며 문득 고개를 드니 맞은편 석조 건물 꼭대기에 기운 다비드의 별이 있었어. 그래, 시너고그. '수정의 밤(Kristallnacht. 1938년 11월 9일 나치 대원이 독일 전역의 유대인 상점을 약탈하고 시너고그에 방화를 저지른 날. 깨진 유리 파편이 아침 햇살에 수정처럼 빛난 데서 유래한 역설적인 이름 – 옮긴이)'에 불탄 뒤 벽돌 벽이며 아름답던 둥근 돔도 불에 타 무너진 채 방치된 유대교 예배당이 눈앞에 있었어.

나는 허둥댔어. 어느새 유대인 마을에 와버린 거야. 유대인 정책이 점점 심해지면서 나도 되도록 그들이 사는 지역은 가까이하지 않았는데…. 이 얼굴로 휘말렸다가는 웃어넘길 일이 아니지. 질서경찰 중에 아는 순경이 많았지만 혹시 실수로 체포된다면, 내 정체를 아는 사람을 만나지 못한다면, 성가시기만 한 게 아니라 무슨 짓을 당할지 모를 일이야. 그래서 평소에는 아리아인 친구를 곁에 두거나 금발 가발을 쓰고 나가거나 되도록 대비를 했어.

그런데 공교롭게도 그날은 나 혼자고 아무 변장 도구도 없었어. 서둘러 역으로 돌아가려고 했지만 길도 집집도 눈이 쌓인 탓에 전부 똑같아 보여서 길을 잃고 말았어. 자신의 감을 믿고 이리저리 모퉁이를 도는 새 갑자기 탁 트인 장소가 나왔지.

역으로 돌아가기는커녕 실제로는 마을 안쪽으로 더 깊이 들어간 나는 한적한 묘지 앞에 있었어. 유대인 전용 묘지. 담 여기저기에 낙서가 있고 존엄 따위 없으나 마찬가지인데, 눈이 쌓인 탓인지 어쩐지 마음이 끌려 한동안 우두커니 그 자리에 서 있었어.

그때 여자 울음소리가 들렸어. 처음에는 유령인 줄 알았어. 정말로 그냥 유령이었으면 좋았을걸. 이어서 남자의 고함과 냉소 그리고 애원하는 다른 목소리가 들렸어. 눈 때문에 처음에는 알아채지 못했지만 묘지 옆에 있는 건물 앞에 국가보안본부의 검은 차와 보안경찰 트럭이 서 있었어.

그제야 '이주'인 걸 알았어.

여느 때처럼 유대인이 경찰에게 감시받으며 더 좁은 집으로 이주할 때였다면 별거 아닌 구경거리였겠지. 놀려대는 아이가 있거나, 주인이 아직 있는데도 저 카펫이 갖고 싶다느니 옷장을 달라느니 하면서 재산관리국 공무원이나 유대인 공동체에 말하는 사람들도 있었잖아. 나는 껄끄러워서 돌아서 다른 길을 고르거나 들어갈 생각도 없던 술집 문을 열고 여자들이랑 떠들거나 아스바흐 우어알트를 한잔 걸치며 끝날 때까지 시간을 보내기도 했어. 그들이 어떤 표정으로 살던 집을 떠나는지 보고 싶지 않았으니까.

하지만 그날 밤은 평소의 구경거리 같은 분위기가 아니었어. 그로스함부르크라는 거리 전체가 죽어버린 것 같았어. 친위대원인 검은 놈들 여러 명이 총을 들고 지키던 탓일지도 모르지.

시간을 보낼 만한 적당한 가게가 없어서 가까운 공중전화 부스에 들어가 그 자리에서 버티기로 했어. 얼굴 위치에 유리창은 있었지만 몸을 숙이면 벽 뒤에 숨을 수 있었거든. 섣불리 움직여서 검문당하기도 무서웠고 무엇보다 가슴이 진정되지 않았거든.

나는 뿌연 창문을 소매로 닦아 상황을 살폈어. 이윽고 묘지 앞에 가슴과 오른쪽 어깨 뒤에 다비드의 노란 별을 단 유대인들이 줄줄이 나와 어딘가로, 아마도 모아비트 방면으로 걸어갔어. 그 모습을 유대인 공동체 동포가 고개를 떨구고 지켜봤어.

나중에 알았지만 묘지 옆 건물은 유대인의 김나지움이었대. 학교를 폐쇄하고 나서 집에서 쫓겨난 유대인들을 대거 처넣어 '이주'까지 대기시키는 징집소로 썼던 모양이야. 나는 그 몇 번째 집단 '이주' 현장을 맞닥뜨린 거야.

추운 날이었어. 보기에 젊은 남자는 없고 노인들과 아줌마, 젊은 여자, 아이들뿐이었어. 끊임없이 내리는 눈 아래 변변한 외투도 걸치지 못하고 얇은 옷으로 떨면서 걸어갔어. 갓난아이의 칭얼대는 소리가 들려 감시하던 친위대가 호통쳤어. 친위대도 보안경찰도 공무원도 좋은 외투에 튼튼한 장화 차림이어서 펄펄했지.

대열에서 허리가 굽은 영감 하나가 뒤처졌어. 눈에 발이 걸려 넘어져 철책을 붙들고 일어나려 했지만 잘 되지 않았어. 그때 성을 내며 돌아온 친위대원 한 사람이 간신히 일어난 영감의 가슴을 힘껏 걷어찼어. 노인은 벼랑 끝의 도날드 덕처럼 양손을 휘저으며 뒤집어졌어. 운 나쁘게 노인의 바로 뒤에는 철책의 단단한 토대가 있었어. 끔찍한 소리가 났지. 눈 깜짝할 사이에 눈이 피로 물들고 노인은 돌로 된 토대에 머리를 둔 채 몸을 움찔움찔 떨면서 이상한 소리를 냈어.

누군가 비명을 질렀어. 친위대원은 '이봐, 아직 동네 안이잖아'라고 말하면서 이토록 우스운 희극은 본 적이 없다며 웃었어. 동요는 전염되고 갓난아이는 불에 덴 듯이 자지러지게 울었어. 보안경찰이 조용히 하라고 호통쳤지만 역효과였지.

'이주' 대열은 앞으로 나아가고 노인의 시체와 갓난아이 그리고 아이의 모친만 남겨졌어. 애 엄마는 필사적으로 친위대원에게 애원했어. 무서워서 우는 거예요, 부디 이 아이만은 살려주세요. 그러자 친위대원이 씩 웃으며 애 엄마 품에서 갓난아이를 받아 들더니 가죽 장갑을 낀 커다란 손으로 입과 코를…."

그 결과는 말로 꺼내지 않아도 안다. 나는 반사적으로 그에게서 시선을 돌렸다.

"…모든 것을 본 유대인 공동체 사람들은 아무 말도 하지 않았어. 아무도 저항하지 않았고, 갓난아이의 엄마조차 눈 위에 무릎 꿇은 채 말을 잃었어. 묘지 주변은 무시무시할 정도로 고요에 둘러싸여 내뱉는 숨소리까지 들릴 것 같았어. 나는 전화부스 안에서 비명을 지르지 않으려고 입을 막아야 했어. 이 자리에 남은 자신의 판단을 저주하면서 되도록 몸을 작게 말고 빨리 놈들이 어딘가로 가기를 오랜만에 신께 빌었어. 그때 그 녀석이 돌아왔어."

"그 녀석?"

"나의 영웅. 실업학교에 다니던 랍비의 손자, 금발에 푸른 눈을 한 유대인 말이야. 뮌헨에서 베를린으로 이사한 건 알았지만 설마 이런 곳에서 다시 보다니 내 눈을 의심했지. 아무리 말라도 단정한 얼굴과 불안에 휩싸이면 입술을 뾰족 내미는 버릇은 틀림없이 그 녀석이었어. 곰곰이 생각하면 베를린 안의 유대인을 모아 가둔 곳이니까 징집소 근처에 가면 만나는 것도 이상하지 않았지만, 당시 나는 신이나 악마의 심술궂은 장난이라고 생각했지.

그 녀석 말고도 젊은 남자가 열 명 넘게 있었어. 다들 더러운 옷 가슴에 유대교의 별을 달고 멍하니 그 자리에 서 있었어. 아마도 '군수용 유대인'으로 강제노동 작업장에서 이제 막 돌아온 거였겠지. 손이며 얼굴이며 검은 기름 범벅이었으니까.

남자들은 상황이 이상하다는 걸 깨닫고 가까이 가기를 주저

했지만 노동국 감독원이 '걸어!'라고 명령해서 내 쪽으로 다가 왔어. 마침 내가 숨은 전화 부스 앞을 지날 때 나는 녀석의 창 백한 옆얼굴만 쳐다봤어.

남자들이 김나지움 수용소로 들어가고 감독원이 트럭 앞에 서 국가보안본부 놈들과 무슨 이야기를 나누는 동안 그 녀석 만 멈춰 섰어. 뒷모습밖에 보이지 않았지만 움직이지 않는 노 인과 갓난아이 앞에 멍하니 서 있다는 걸 알 수 있었어.

그리고 아이 엄마가 그 녀석의 이름을 불렀어.

여자는 그 녀석의 아내였지. 그러니까 죽은 아기는 그 녀석 의 아이였어.

남편의 얼굴을 보고 긴장의 끈이 풀렸는지 아내는 울면서 아이를 죽인 친위대원의 바지에 매달려 자신도 죽여달라고 애 원했어. 다른 유대인은 내쫓겨 눈 속으로 사라지고 그 녀석과 아내 그리고 친위대 두 사람만 남았지.

친위대원은 난폭하게 다리를 들어 올려 여자의 손을 떼치더 니 군홧발로 머리를 짓밟았어. 그러자 그 녀석은 친위대 옆에 서서 고개를 숙이고 그녀는 아이를 잃고 동요하고 있다, 몸을 일으키면 냉정해질 테니 도와달라고 호소했어.

친위대원은 피우던 담배를 녀석의 머리에 눌러서 끄더니 아 내 옷을 벗기고 나체로 겨울 하늘 아래에 세우면 용서해 줄 수 도 있다고 대답했어. 말도 안 되지.

정의감 강한 녀석이니 분명히 거부하리라고 생각했어. 어릴 적 모두가 아무리 웃으며 랍비를 바보 취급해도 그 녀석만은 신념을 굽히지 않았으니까.

하지만 틀렸어. 그 녀석은 아내에게 옷을 벗으라고 명령했어.

부인이 어떤 표정을 지었는지 내가 있는 곳에서는 잘 보이지 않았어. 보인 건 새하얀 눈을 맞으며 떨리는 손으로 웃옷을 벗고 블라우스 단추를 풀어 드러난 늑골과 찢어진 브래지어에서 낙낙한 유방이 흘러나오듯이 드러난 장면뿐이야. 치마와 드로어즈를 내리는 모습은 도저히 똑바로 볼 수 없었어.

친위대원은 아무 말도 하지 않았어. 하얀 입김만이 기차 굴뚝처럼 흔들렸어. 그리고 천천히 코트를 부스럭거리기 시작했어. 아마도 바지를 내리고 그녀를 범하겠지. …하지만 틀렸어. 친위대원이 뽑은 건 자신의 물건이 아니라 권총 루거였어. '돼지 같은 년'이라고 한마디 욕을 하며 총성이 울려 퍼지고 살갗을 드러낸 그녀의 몸이 힘없이 길 위에 쓰러졌어. 검은 머리가 풍성하고 긴 여성이었어. 이마에 뚫린 구멍에서 피가 넘치고, 그녀는 눈을 부릅뜬 채 남편을 응시했어.

그때 그 녀석이 낸 소리는 형용할 수 없어. 자신의 손가락이 하나씩 절단되더라도 나는 그런 목소리는 낼 수 없을 거야.

친위대원 두 사람은 목록에서 삭제하라고 명령하더니 놈을 두고 사륜구동을 타고 떠나는 김에 한 발, 놈을 쐈어. 눈이 쌓인 길에는 몇 줄기 타이어 흔적과 노인, 갓난아이, 여자의 시체 그리고 죽어가는 그 녀석이 쓰러져 있었어. 그 녀석은 피투성이가 된 복부를 손으로 누르고 눈밭을 구르며 아내 곁으로 다가가려 했어.

나치가 떠나고 나서 똑같이 별을 단 유대인 공동체 놈들이 몹시 어두운 얼굴로 꾸물꾸물 나왔어. 남은 동포에게 삽이며 짐차를 가져오게 해서 근처에서 보기 전에 서둘러 옆 묘지에 묻으라고 명령했어. 그 틈에 나는 도망쳤어. 전화 부스에서 뛰쳐나와 놈들을 등지고 뒤도 돌아보지 않고 도망쳤어.

나는 그 녀석을 구하지 못했어. 아직 숨이 붙어 있으니 묻지 말라고 말하지 못했어. 그 녀석의 시체를 숨기지 말라고 말하지 못했어. 집집마다 문을 두드리고 여기서 학살이 일어났다고 외치지 못했어. 하지만 외친다고 누가 상대해 주겠어? 역을 향해 정신없이 달리며 숨을 쉴 때마다 겨울의 얼어붙은 공기가 폐를 찔러 괴로웠어.

마지막 열차에 올라타 겨우 바벨스베르크 근처 집에 도착한 나는 그대로 몸져누웠지. 아마 감기도 걸렸겠지만 변소에 가는 것 말고는 침대에서 나올 수 없었어. 침대에서 변소, 변소에서 침대로 왕복하는 생활. 먹을 것도 넘어가지 않았고 물조차 마실 수 없었어.

내 머릿속에 그 녀석과 그 녀석 가족의 모습이 깊게 박혀서 미쳐버릴 것 같았어. 아니, 어쩌면 실제로 이미 미쳤을지도 모르지."

이야기를 듣는 사이 모닥불을 잊어 솔잎과 잔가지가 어느새

다 탔다. 숲은 어둡게 가라앉고 여름밤인데 곧 눈이 내릴 것 같은 기분마저 들었다. 문득 손바닥이 아파서 달빛에 비춰보니 무의식중에 꺾은 가지 끝에 긁혀서 상처가 났다.

그는 말을 한번 끊고 물통의 물을 마시고 나서 긴 한숨을 토했다.

"…악몽에 시달리고 열은 내리지 않아서 관리인이 마지못해 가져다준 빵이니 쇠고기 통조림으로 연명하며 꼬박 열흘을 쉬었어. 조금 기운을 차렸을 때 일에 복귀했지. 독감에 걸린 데다 친척이 죽은 걸로 하고 말이야.

하지만 그렇게 특기였던 유대인 역할을 전혀 연기하지 못하게 됐어.《베니스의 상인》의 샤일록을 본뜬 억척스러운 역할은 커녕 사람들 앞에서 수없이 했던 '멍청한 랍비'조차 무리였어. 어째서인지 몸이 말을 듣지 않고 목소리가 나오지 않았어. 카메라가 돌아가고 슬레이트를 치고 감독이 호통을 쳐도 나는 식은땀을 줄줄 흘리면서 새하얀 조명을 맞으며 멍청하게 서 있었어.

바로 잘렸지. 돈은 바닥나고 집도 쫓겨났어. 나는 일개 지기스문트 그라스로 돌아갔어. 독일노동전선에 등록했지만 국가 노동봉사단으로 보낼 것 같아서 도망쳤어. 군 노동도 병역 훈련도 사양이니까. 날품팔이로 일거리를 찾기 쉬운 미장이에 접시닦이, 경마와 도박장의 호객꾼, 함부르크까지 가서 레퍼반(나치스 당국이 지정한 공인 매춘가)에서 관광객 안내를 하며 입에 풀칠했지. 집세가 밀려서 주택국이 집에서 쫓아내는 바람에 이번에는 공원과 뒷골목에서 자면서 순찰하는 경찰이며 히틀러 유겐트 순찰대가 오기 전에 장소를 옮겼지.

겨울이 끝나자 경찰에게 잡히는 일이 늘었어. 별을 단 유대인이 거리에서 전부 사라진 탓에 더 눈에 띄었으니까. 나는 가발을 뒤집어쓰거나 모자를 써서 되도록 사람 눈에 띄지 않으려고 했지."

그가 말한 겨울의 끝은 1943년 2월과 3월일 것이다. 나도 똑똑히 기억한다. AEG 터빈 공장에서 직공장이 되고 나서 바싹 마른 아버지가 공장에서 일하는 '군수용 유대인' 대신에 앞으로는 폴란드인 노동자와 동유럽 노동자가 많아진다고 했다. 딱 그 무렵에 이다와 만났다.

"나도 슬슬 집 없는 생활은 어려울 것 같아서 빌마에게 신세를 졌지. 빌마는 나를 갱생시키려고 노력했어. 제대로 된 직장을 얻고 제대로 살라고. 하지만 '제대로'가 뭐지? 총을 든 감독관의 감시를 받으며 지친 얼굴의 동유럽 노동자나 포로들과 함께 전차 부품을 만드는 일? 아니면 국가노동봉사단에 들어가 자기도 모르는 새에 헬멧을 뒤집어쓰고 전선에서 수류탄을 던지는 일? 당원의 구두를 닦으며 동료를 밀고해서 단두대에 보내는 일인가? 그것도 아니면 '어디나 똑같다'며 물정 밝은 얼굴로 어깨를 으쓱할까? 가여운 유대인과 동유럽 노동자에게 남몰래 배급표를 융통해 주면서 히틀러는 독재자니까 눈을 뜨라고 다 아는 사실을 전단에 써서 여기저기 뿌리고 도망쳐? 뭐가 '제대로'인 건지 가르쳐달라 이 말이야!"

그는 흥분하며 몸을 앞으로 내밀고 단숨에 지껄이고는 어깨로 거칠게 숨을 쉬었다.

"…알아. 빌마가 말하는 '제대로'는 그 어느 것도 아니고 그저 나를 걱정했을 뿐이란 거. 하지만 나는 도망치고 싶었어. 잔소리가 귀찮아져서 결국 빌마의 집을 나왔어. 공습은 격렬해지고 남자들이 속속 징병되어도 나는 잘 빠져나가 살아남았어. 드디어 총통이 죽고 전쟁이 끝났을 때 진심으로 안도했어. 이제 살금살금 숨지 않아도 돼. 깨끗하게 과거와 결별하고 새로운 인생을 걸을 수 있어. 나치에 입당하지 않아도 돼, 정말로! 놈들은 위험하다 했어, 내 눈은 틀리지 않았어! 그렇게 떠들면서 말이지. 어느 날 나는 연합군에게 배급표를 받으려고 베를린 시의회 식량국으로 갔어. 거기서 본 거야. 건물에서 웃옷에 별을 단 유대인이 나왔어. 다른 독일인은 모두 멀찌감치 둘러싸고서 살아 있었냐는 얼굴로 숙덕였어. 살아남은 유대인은 배급표를 몇 장 찢더니 나머지는 뒷골목 암거래 업자에게 팔았어. 나는 뒤쫓아서 업자에게 몇 등급 표였냐고 물었어. 돌아온 대답은 '1등급'이래! 그러니까 내 유대인 얼굴은 지금 '이득'이었던 거야."

일단 말을 끊고 물을 마시고 더러운 소매로 입을 닦는다.

그가 이야기를 계속해 줄 거라 생각했다. 그러나 물통을 지그시 바라본 채 좀처럼 입을 열려 하지 않았다. 숲 어딘가에서 올빼미 우는 소리가 들린다.

"괜찮아?"

"아니… 별거 아냐."

그는 헛기침하고 콧물을 훌쩍였다.

"…제대로 된 생활을 하지 않은 탓에 몸이 야위어서 내 모습은 숨어 지내며 살아남은 인간으로 보였어. 설령 유대인 신분증이 없더라도 도망치다 신분증을 버렸다고 설명하면 I등급 배급표를 받을 수 있을지도 몰라. 절호의 기회야. 배 터지게 먹을 수 있고 팔면 상당한 돈이 되지. 나는 그들처럼 머리를 밀고 '지기스문트 그라스' 신분증은 공원 흙에 묻고 식량국 출구에서 삐져나온 대열에 줄 섰어. 내 심장은 우파의 면접을 본 그날보다 훨씬 빠르게 뛰어 숨이 괴로울 지경이었어. 많은 사람이 배급표 등급에 일희일비하는 얼굴을 지켜보면서 나 자신에게는 빛나는 미래가 기다린다는 기대로 가슴이 벅찼어. 선과 악의 저울질 따위 무시하고 자신의 이득만을 생각했어. 나는 난생처음 부모에게 이 얼굴로 낳아준 걸 감사했어. 하지만 말이지. 앞에 줄 선 사람의 차례가 오고 드디어 다음이 내 차례가 되었을 때, 나는 대열에서 빠져나왔어. 마치 깜빡한 물건이 있는 멍청이인 척하며 긴 대열을 계속 거슬러 식량국에서 뛰쳐나왔어. 묻은 신분증을 파내고 그대로 눈앞에 잠든 병자에게 쥐버렸어. 지금 생각하면 어리석은 짓이지."

나는 얼이 빠져 그를 바라보았다. 다들 먹기 위해 필사적이다. 그 때문에 속이거나 사기를 치는 건 어쩔 수 없는 이야기고, 이 남자 성격을 생각하면 놀랄 일이다. 다시 말해 도둑에 거짓말쟁이가 끝내 양심의 가책을 견디지 못한 거라고 나는 멋대로 상상했다.

"믿기지 않지만… 하지만 대단한 일 아냐? 거짓말을 할 수 없었던 거지?"

"그렇게 생각해?"

나는 그가 어째서 쓴잔을 든 것 같은 얼굴을 하는지 이해할 수 없었다.

"…그럼. 카프카를 연기할 수 없었던 건 좋은 일이니까."

"하하, 오해야. 실제로 나는 그 뒤에 카프카가 되었잖아."

분명히 그렇다. 그러니까 일이 이렇게 되지 않았는가. 내 말문이 막히자 그는 조금 웃더니 쓸쓸히 앞을 보았다.

"양심의 가책이었으면 좋았겠지. 나는 딱히 유대인에게 미안해서 배급표를 받지 못한 게 아니야. 쑥스러웠기 때문이 아니야. 정말로 그저 들키는 게 무서워서 그만뒀어. 내가 전쟁 때 무슨 짓을 했는지까지 들키면 다른 나치처럼 죽을 것 같아서. 소련 관리 구역 경찰서에 연행되었을 때, 네가 유대인 아니냐고 해서 나는 이번에야말로 각오를 굳히기로 했지. 지금이야말로 '아냐, 나는 유대인이 아니야, 그러니까 너의 변호는 합당하지 않아'라고 대답해야 한다고. 하지만 현실에 일어난 건 네가 본 대로야. ···후회는 했어. 미안한 짓을 했다 생각했어. 그들이 뒤집어쓴 참상을 목격하고 그제야 예전에 빌마가 한 말을 이해했어. 이러쿵저러쿵해도 안전한 곳에 있는 자신과 국가 권력 아래 간단히 죽어가는 사람들은 전혀 어울리지 않는다고. 우파에서 연기하지 못하게 된 이유는 그게 컸을 거야. 하지만 결국 나는 내 몸이 제일 소중해. 소련 놈들에게 취조당하고 싶지 않은 일념으로 술술 이름을 댔어. 지금도 그래. 죽다 살아 돌아온 유대인에게 자신들을 골수까지 빨아먹고 직접 손쓰지는 않았더라도 프로파간다에 가담해 죽음으로 내몬 인간이라고 지적받았어. 그런데 아직 나는 앞으로 두 번 다시 '카프카'라는 이름을 쓰지 않겠다고 맹세할 수 없어. 아마도 나는 또 하겠지. 다시 저지를 거야."

목소리는 떨렸지만 그는 분명히 그렇게 말했다. 달빛 아래 발터에게 맞아서 부은 눈, 멍이 든 뺨에 한 줄기 눈물이 흘러내렸다.

그 옆얼굴은 학교 칠판에 붙은 그림 속 남자를 정말로 빼다 박았다. 그림을 보았을 때 어이없어서 치워버리고 싶은 심정과 확실히 유대인의 특징이라고 납득하는 생각이 동시에 마음속에서 생겨났던 일을 떠올렸다.

그리고 지금의 나는 어느 쪽도 정답이 아니라고 느꼈다.

나는 일어나서 솔잎과 잔가지를 모아 모닥불 구멍에 집어넣고 성냥을 그어 불을 붙였다. 순식간에 솔잎이 타는 거친 냄새가 코를 자극하고 주황빛 불길이 활활 타올랐다.

"…앞으로 당신을 뭐라고 부를까?"

불길은 솔잎을 삼키며 점점 커졌다. 대답이 없어서 어깨 너머로 돌아보자 그는 눈물을 글썽이며 얼빠진 얼굴로 아무래도 좋은 듯 어깨를 으쓱했다.

"마음대로 불러."

"무슨 소리야. 본명은 지기스문트 그라스라고 했지? 카프카 때랑 똑같이 이름으로 부르면 돼? 아니면 다른 호칭이 있어? 혹시 그대로 카프카가 좋아?"

그러자 그는 그제야 정신을 차렸는지 눈을 끔뻑거리더니 "지기."라고 중얼거렸다.

"옛날 친구는 나를 그렇게 불렀어. '지기'라고."

"그래. 그럼 당신은 지기로구나."

그때 부스럭부스럭 덤불을 흔드는 소리가 들리고 지기 뒤에서 누군가의 얼굴이 쑥 나타났다. 동그랗게 부릅뜬 두 눈과 시선이 마주쳤다.

나는 숨을 삼키고 뒤로 물러나다가 하마터면 모닥불에 다리를 집어넣을 뻔했다.

"앗, 뜨거워!"

"뭐야, 아우구스테… 우왁!"

수상한 남자는 느닷없이 지기 뒤에서 덤벼들어 지기는 자세를 바꾸지 못하고 땅바닥에 얼굴을 찧었다. 본 적 없는 낯선 남자다. 얼굴은 수염으로 덮였고 형형히 빛나는 눈 아래에는 다크서클이 있어, 누가 봐도 페르비틴인지 뭔지 모를 약물 중독자였다. 더러운 속옷에 검은 바지를 입고 장화를 신었다. 특징 있는 부푼 바지와 장화는 친숙했다. 친위대의 제복이다.

남자는 힘이 쭉 빠진 지기 위에 올라타 한 손을 쳐들었다. 칼날이 긴 나이프가 달빛에 번뜩였다.

"그만, 멈춰요!"

내가 외치고 모닥불에서 불붙은 가지를 꺼내 던졌다. 남자는 잠시 움츠렸다가 초점이 맞지 않는 눈동자로 나를 보았다. 손에 든 나이프의 손잡이는 해골 모양이었다.

"그 사람을 죽이지 마! 저리 가!"

친위대의 망령이다. 전쟁이 끝난 줄 모르든, 아니면 알고도 인정하고 싶지 않든 제국의 잔상에 들러붙은 망령이었다. 남자는 지기에게서 손을 떼고 나를 응시하면서 이쪽으로 다가오려 했다. 오른손의 나이프 칼끝을 나를 향해 곧장 들이댔다. 나는 다시 한번 모닥불에서 불붙은 가지를 꺼내 쥔 채 경계하고, 지기는 지기대로 신음하면서도 손을 뻗어 친위대 망령의 장화를 붙잡았다.

화난 망령이 지기의 옷깃을 끌어 올렸을 때, 나는 옆에 있던 라이플이 사라진 걸 깨달았다. 다음 순간 귀청을 찢는 총성이 울리고 둥지에서 잠든 새들이 일제히 날아올라 모든 우듬지에서 도망쳤다.

남자는 무릎부터 쓰러져 쿵 하고 앞으로 고꾸라졌다. 손에서 해골 장식의 나이프가 떨어진다. 오랜만에 맡은 화약 냄새, 거친 숨소리, 일어나는 지기. 구덩이의 흙벽에 기댄 지기의 품에 라이플이 있었다.

"설마 쏜 거야?"

"…쏘면 안 돼?"

총구에서 하얀 연기가 가늘게 피어올라 천천히 사라진다. 친위대 남자가 고꾸라지고 땅에 피가 서서히 퍼진다. 눈을 뜬 채 꿈쩍도 하지 않는다. 뒤통수 머리카락이 바람에 흩날렸다.

그러자 숲 너머에서 다시 발소리가 이쪽으로 다가왔다. 완전히 동요한 나와 지기는 라이플을 겨누었지만 나타난 사람은 발터와 한스였다.

"총성이 들려서… 우와, 뭐야?"

한스가 구덩이로 내려와 친위대의 얼굴을 들여다보았지만 손을 댈 용기는 없는지 구부린 자세 그대로 흠칫거리며 뒷걸음질 쳤다. 파트너를 어이없어하며 발터가 이어서 발끝으로 친위대를 굴려 얼굴을 위쪽으로 누였다.

"죽었어. 꼴좋다."

"진짜 친위대일까."

"발가벗기면 알겠지."

발터는 주머니에 손을 집어넣더니 접이식 나이프를 끄집어내 칼날을 꺼냈다. 거칠게 옷을 찢어서 벌리고는 왼쪽 위팔을 드러나게 했다. 남자는 완벽하게 숨이 끊어졌다. 마치 고무로 만든 인형처럼 부르르 흔들린다.

"여기 팔 안쪽을 봐. A라는 문신이 있지. 이건 혈액형이야. 진짜 친위대원이야."

"그런 사람이 왜 숲에 있어?"

"연합군에 잡히지 않으려고 숨어 있었겠지. …지하활동, 베어볼프 관련이려나."

납득이 갔다. 아마도 어딘가에 숨기 쉬운 구멍이나 지하실로 통하는 맨홀 같은 게 있을 것이다. 음식을 노리고 우리를 습격했는지도 모른다.

그를 죽인 당사자인 지기는 라이플을 끌어안은 채 피바다에 누운 친위대원을 멍하니 내려다보았다. 차마 이대로 시체를 내버려 둘 수는 없어서 어딘가에 묻을 장소를 찾자고 제안하자 발터는 "멍청한 소리 하지 마, 내버려 둬."라고 거칠게 말했다.

한스는 잠시 시체를 관찰하고는 빨리 여기를 뜨자고 말했다.

"어쩌면 이놈 동료가 있을 수도 있어. 정말로 베어볼프 일당이라면 보복당할 위험이 있어. 그리고 총성은 꽤 멀리까지 들려. DP캠프의 미군이 순찰하러 오면 귀찮아져."

"그렇지. 하지만 바로는 무리야."

발터는 시험작 제1호를 턱짓으로 가리키고 말했다.

"20분… 아니, 15분 줘."

가솔린과 달리 목탄가스는 엔진을 움직일 만큼 힘이 모이는

데 시간이 걸린다. 발터와 한스는 재빨리 짐칸에서 장작 주머니를 내려 손바닥에 들어오는 크기의 각목을 보일러 위쪽 입구에서 난로에 채워 넣었다.

"…나도 도울게."

머뭇머뭇 말을 꺼낸 지기를 발터는 완전히 무시했고, 대신에 한스가 대답했다.

"그럼 송풍기를 돌려주실래요?"

"한스, 그건 내가 해."

발터는 밧줄에 손을 대지 말라는 듯 거세게 콧김을 흥 하고 내뿜었지만 한스는 신경 쓰지 않았다.

"그럼 당신은 재를 빼주세요."

발터도 별로 하고 싶지 않은 일이었나 보다. 지기는 점화구 아래에 있는 둥근 뚜껑을 열고 소형 부지깽이를 집어넣어 안의 다 탄 재를 긁어냈다. 그걸 마치자 발터는 모닥불에서 불씨를 주워 재빨리 화구에 넣고 송풍기의 둥근 핸들을 빙글빙글 돌렸다. 순식간에 타다다닥 소리가 나고 하얀 연기가 뭉게뭉게 피어올랐다.

"한스, 보닛 열어둬."

"알겠어."

손으로 돌리는 송풍기는 상당한 노동력이 필요한지 발터는 순식간에 땀범벅이 되어 헉헉 숨을 뱉었다. 중간에 내가 대신 핸들을 돌려보았지만 금세 팔이 아팠다. 결국 지기까지 모두가 교대하면서 송풍기를 돌렸고 발터는 그동안 성냥을 그어 보닛 쪽 배기구에서 뭔가를 확인했다.

"…괜찮겠어. 다들 타."

운전석에서 발터가 키를 돌리자 시험작 제1호는 다시 숨을 쉬며 기세 좋게 윙윙거렸다. 나는 왔을 때와 마찬가지로 뒷좌석, 한스는 조수석에 탔다. 지기도 잠시 망설이다가 머뭇머뭇 내 옆에 탔다. 모두 탔을 때 숲 안쪽에서 독일어로 누군가의 이름을 부르는 여러 목소리가 들렸다. 그 남자의 동료일지도 모른다. 갑자기 발터가 문을 열고 운전석에서 뛰쳐나가 죽은 친위대원 쪽으로 달려가더니 다리를 벌렸다.

"뭐 하는 거야, 저 자식. 야, 발터! 빨리해!"

한스가 큰 소리로 불러도 발터는 우리에게 등을 돌린 채 몇 초 동안 서 있다가 배 부근을 긁적이면서 서둘러 돌아왔다.

"망할 자식한테 오줌 갈겨주고 왔어."

"뭐?"

발터는 굳은 미소를 지으며 액셀을 밟았고 타이어는 진흙을 튀기면서 발진했다.

우리 네 사람을 태운 시험작 제1호는 여전히 날뛰는 말처럼 튀어 오르듯이 나무 틈을 빠져나가 두두룩한 흙 위를 달렸다.

조금 전 목소리의 주인은 역시 그 대원의 동료였던 듯하다. 엔진 소리에 섞여 남자들의 고함과 총성이 들렸다. 발터가 액셀을 한층 더 깊이 밟자 타이어가 진흙과 흙덩이를 흩뿌리면서 숲을 빠져나갔다.

간신히 길로 나와 안도한 것도 잠시, 이번에는 전방에서 전조등 두 개가 눈 부시게 빛나면서 대형 트럭이 우리에게 빠르게 다가왔다. 발터가 어마어마한 속도로 핸들을 꺾자, 시험작 제1호가 한쪽 바퀴에 중심을 걸고 오른쪽으로 돌았다. 나와 한스는 비명을 질렀다. 간신히 중심을 다시 잡았지만, 안타깝게도 상대방 미국 수송 트럭은 피하려다 조작을 잘못해 길에서 벗어났고, 차체 절반이 숲에 처박히고 말았다.

"저 형편없는 운전 봤냐?"

발터는 아무렇지 않은 얼굴로 말하며 레버며 콕을 움직였고, 시험작 제1호는 드디어 평범하게 달렸다.

흔들림이 잦아들고 나서 한스가 가방에서 식량을 꺼내 나눠주었다. 투명한 셀로판으로 싼 네 장짜리 K-1 비스킷, 감자로 양을 늘린 끈적한 배급 호밀빵, 다 함께 치즈 한 조각씩.

"따뜻한 요리가 아니라 미안."

한스는 그렇게 말했지만 배가 부른 것만으로 행복하다. 악어 수프 이후 물 말고 아무것도 먹지 못한 탓이다.

네 사람이 한동안 말없이 먹고 물통의 물을 돌려 마시며, 즐거웠다는 말은 도저히 할 수 없는 식사를 했다. 간밤의 나는 설마 24시간 후에 이런 일이 벌어질 줄은 생각지도 못했다. 처음 본 세 사람과 이렇게 목탄가스차를 타고 저녁을 먹고 노숙할 장소를 찾고 있을 줄이야.

그건 그렇고 생각보다 시간이 걸렸다. 크리스토프의 조카 에리히 수색은 내일 안에 끝내야 한다.

옆에 앉은 지기를 흘끔 살피니 그는 식욕이 없는지 비스킷을 든 채 멍하니 바깥을 바라보고 있다. 아직도 품에 라이플을 끌어안고 있다.

"라이플 내리지."

"어? 응⋯."

지기는 라이플의 존재를 잊고 있었는지 깜짝 놀란 얼굴로 라이플을 좌석 밑에 내려놓았다.

"미국 라이플을 쏠 줄 알다니 대단하네요."

한스가 침착한 목소리로 말했다.

"아니⋯ 그냥 방아쇠를 당기니 탄환이 나가버렸을 뿐이야."

"그래도 대단해요. 저는 적을 앞에 두고 도망쳤는걸요."

한스는 군대 훈련을 받은 사람다운 말로 지기를 격려하고, 발터를 만나기 전 다리 방위에 배치되었을 때의 이야기를 자세히 털어놓았다.

부대와 함께 다리에 도착한 한스는 딱 한 대만 지급된 판처파우스트(1회용 휴대식 대전차 척탄 발사기)를 끌어안고 다른 청년 병사와 함께 다리 기슭에서 떨었다고 한다. 그러나 긴장이 정점에 달해 도저히 변의를 참을 수 없어졌다. 한스는 상관에게 욕을 먹으면서도 근처 민가 화장실을 빌렸다. 집주인은 이미 피난했는지 아무도 없어서 화장실로 직행했는데, 볼일을 본 그 자세 그대로 정신을 잃었다.

"정신을 차렸을 때는 벌써 붉은 군대가 밀고 들어왔어. 동료의 안부를 확인할 여유도 없어서 판처파우스트를 버리고 도망쳤지. 달리면서 헬멧도 군복 상의도 바지도 전부 벗어서 속옷차림이었어. 적군 병사에게 들키면 살해당하고, 아군에게 발견되어도 적 앞에서 도망쳤다고 처형당할 테니까. 아무튼 이대로는 안 되겠다 싶어서 죽은 사람의 옷을 빌렸지만 벌레가 들끓었어. 가려운 걸 간신히 참으면서 옷을 갈아입으러 집으로 돌아갔어. 하지만 가족은 벌써 나가고 남은 가재도구나 옷도 사용인으로 고용한 노동자들이 훔쳐 간 뒤여서 집에는 거의 아무것도 없었어. 유일하게 남은 게 이 유겐트 시절 반바지였던 거지. 이것도 빨리 갈아입고 싶었지만 돈은 없고 나는 도둑질도 서툴렀어."

"너는 훔치지 않아도 된다고 했잖아. 내가 할게."

"안 돼, 발터. 너는 이제 도둑질에서 발을 빼야 해. 그러기 위해 우리는 그 아이의 지하실에서 도망쳤잖아."

"그런 큰소리는 돈을 벌고 나서 해. 너 같은 도련님이 부모없이 어떻게 벌 거야."

발터는 이 안에서 가장 어렸지만 태도는 가장 거만했다. 한스는 한숨을 쉬고 얼룩이라도 빼듯이 손톱을 반바지 자락에 문지르고 손으로 탁탁 털었다. 그러고 보니 한스는 어째서 가족과 사이가 나빠졌을까.

"가족한테는 더 이상 기댈 수 없어?"

"맞아, 평생 무리야…. 나는 한 번 유겐트 교정 시설에 들어간 적이 있어. 가족이 나와 인연을 끊은 이유가 그거야."

한스는 고개를 살짝 숙이고 앞창 너머에서 빛나는 달을 보았다.

"유겐트 여름 행사에서 캠프파이어를 했을 때, 동료와 키스하는 모습을 들켰어. 정신요법연구소의 치료를 마친 건 작년 크리스마스였어. 부모는 나에게 소집이 내려왔다는 사실조차 몰랐을 거야. 아이는 부모를 사랑해야 한다지만, 솔직히 나는 두 사람 무덤 앞에서 미친 듯이 웃을 자신이 있어."

"그러니까 우리는 박해받은 동지끼리 서로 상처를 보듬고 있는 거지. 나는 여자를 좋아하지만 씨가 없고, 이 녀석은 남자를 좋아하고 벌써 다 컸는데 반바지 차림이지. 안 웃고 어떻게 배기겠어."

온 길을 돌아가던 차는 마침내 숲을 빠져나가 반제 호숫가에 도착했다.

이런 호숫가는 노숙하거나 연인과 애정을 나누는 장소로 생각보다 사람이 많았다. 발터는 핸들을 꺾으면서 빈자리를 찾더니 풀숲 그늘에 차를 세웠다. 목탄가스차는 한숨을 토하는 듯한 소리를 내며 조용해졌다.

만으로 착각할 정도로 넓은 반제 호수의 수면은 바람을 맞아 완만하게 잔물결 치며 반짝반짝 빛났다. 특히 안쪽 기슭 주변은 눈 부신 전등이 줄을 지어 보석처럼 밝았다. 저곳은 나치스의 대관구 지도자 같은 상급 간부의 별장이 있던 고급 지대다. 지금은 분명 미군 상급 장교들이 여름밤을 보내고 있으리라. 그에 반해 이쪽은 잉크병 안처럼 어둡다. 달빛이 유일한 등불이다.

"약속대로 나는 네 친구 구하는 거 도왔어."

발터는 내 옆에 서더니 중얼중얼 말했다.

"응."

"…내 일은 여기까지야. 내일 아침이면 작별이다."

두 사람에게 큰 신세를 졌지만, 이제 더 이상 끌어들여서는 안 된다.

발터는 지기를 미워한다. 그 심정은 뼈저리게 잘 알고, 오히려 하룻밤 함께 노숙하는 것만으로도 고마울 지경이었다.

"정말로 고마워. 사례는 반드시 할게."

"작별 선물로 묻는데, 너 바벨스베르크에 가서 뭘 하려는 거야?"

그렇다. '카프카' 일에 정신이 팔려서 원래 사정은 이야기하지 않았다. 나는 사람을 찾고 있고, 그 사람은 소련 관리 구역에서 청산가리를 먹고 죽은 은인 크리스토프 로렌츠의 조카라고 이야기했다.

"이상하네."

발터는 얼굴을 잔뜩 찌푸리고 주근깨투성이 코에 주름을 만들었다.

"네가 에리히란 녀석을 찾는 이유가 별로 납득이 가지 않는데. 네가 에리히를 범인이라 확신하고 은인의 복수를 한다면 일부러 행방을 찾는 이유도 알겠어. 하지만 그렇지 않지?"

"부보를 전하러 가는 게 그렇게 이상해? 가족의 죽음을 모르는 건 괴롭잖아."

스스로 말하면서 나는 아차 하고 후회했다. 발터도 가족이 어떻게 되었는지 알고 싶을 텐데, 신중할 정도로 그런 기색을 비치지 않으니까.

"그러니까… 적어도 크리스토프 씨의 아내 프레데리카 부인에게 전화해서 무사힌지 물을 징도로 걱정한 걸 아닐까…."

발터는 모자를 벗고 머리를 긁으며 어깨를 으쓱했다.

"글쎄다. 전화한 건 어쩌면 죽일 준비였던 거 아닐까? 진짜 거기에 있는지 확인해야 죽일 수 있잖아."

"설마!"

나는 웃으며 부정했다. 에리히는 크리스토프를 죽이지 않았다. 맹세할 수 있다.

문득 기척이 나서 돌아보니 지기가 서 있었다. 발터는 허둥지둥 사라져 한스 쪽으로 가버린다.

"그만 자자. 내일 또 생각하면 돼."

지기 말대로 몸이 녹초가 되어서 눈을 감으면 바로 잠들 것 같았다.

여름이고 얼어 죽을 일도 없을 테니 바깥에서 자려고 했는데 한스가 말렸다. 나는 시험작 제1호 안에서 자고 남자 셋은 바깥에서 잔다고 한다.

"정말로 괜찮아?"

"이 일대는 은밀한 만남의 장소이기도 하니까 여자애는 안전한 곳에 있는 게 좋아. 그리고 다 함께 좁은 차에 엉겨 붙어 자기는 비효율적이야. 하늘 모양을 보니 비도 내리지 않을 테고 들판에서 발 뻗고 자는 게 피로도 풀려."

한스는 차 트렁크에서 얇은 모포를 꺼내 한 장을 나에게 주고 나머지는 바깥으로 꺼냈다.

"고마워."

뒷좌석의 울퉁불퉁한 시트에 누워 눈을 감자마자 바닥없는 늪으로 힘차게 뛰어든 것처럼 꿈속으로 끌려 들어갔다.

꿈은 낮의 기억을 조각조각 보여주거나 부모의 망령을 데려와 살려달라고 호소했다. 라이플을 들고 부모님을 도우러 가서 지하실 문을 연다. 그곳에 이다와 상복을 입은 백발 여성이 쓰러져 있었다. 놀라서 펄쩍 뒤로 물러난 나를 부축한 사람은 에리히 포르스트로, 손에 콜게이트 치약의 빨간 튜브를 쥐고 있었다.

막간 Ⅲ

프랑스 항복이 전해진 이튿날 1940년 6월 22일 토요일 오후, 열두 살이 된 아우구스테는 아버지와 함께 미테의 동물원 앞에 있었다.

엄동이었던 1, 2월의 지독한 추위가 거짓말인 것처럼 초여름 하늘은 쾌청하고 점점 더워져서 동물원 앞 아이스크림 가판대에서는 하지를 축하하는 말이 적힌 쿠키를 덤으로 주었다. 무사히 전승 퍼레이드를 지켜본 뒤 아빠는 아우구스테에게 아이스크림 하나를 사주었다. 거리에 우뚝 솟은 카이저 빌헬름 기념 교회의 종루를 올려다보며 달콤하고 차가운 바닐라 아이스크림을 맛보면서 '이 순간 오늘이 끝나고 전승 기념행사도 전부 건너뛰면 좋을 텐데' 하고 생각했다.

오늘 밤 예정된 소녀단의 하지 축제는 틀림없이 프랑스 전승 행사로 바뀔 것이다. 베를린에서는 어느 집이든 창문에 하켄크로이츠 깃발을 걸었는데, 일부러 바느질해서 만들어야 하는 사람도 있을 정도였다. 베를린 시민이 모두 나온 게 아닐까 싶을 만큼 혼잡한 대로의 인도에는 조금 전 행렬 맨 *끄트*머리가 사라진 전승 퍼레이드에서 날린 작은 색종이가 눈처럼 쌓였다. 그래도 이 부다페스터 길보다 운터덴린덴 전승 퍼레이드가 몇 배 더 굉장했다고 한다. 니켈 부녀 가까이에 있던 젊은 커플은 더 빨리 나오면 그쪽에서 좋은 장소를 잡았을 거라며 서로의 잘못을 따졌다. 데틀레프는 여기에 있는 것만으로도 고통이지만, 가지 않으면 이웃에게 무슨 말을 들을지 모를 일이다.

인도에 늘어선 구경꾼들은 붉은색과 흰색과 검은색이 섞인 작은 깃발을 들고 줄줄이 이동하고, 녹색 제복을 입은 질서경찰이 차량 통행 금지 표지판을 정리하거나 빗자루와 쓰레받기를 손에 든 유대인들에게 뒷정리를 명령했다.

"여름은 날씨가 좋아서 괜찮지만 더운 건 좋아할 수 없어. 아이스크림은 맛있지만."

불쑥 아우구스테 옆에 낯선 남자가 서서 생긋 웃었다. 중절모를 쓰고 둥근 안경을 낀 서른 살 전후의 남자였다. 손에는 아우구스테와 똑같은 아이스크림 컵을 들었다. 콧수염을 기른 데다 어디를 봐도 회사원 같은 장정인데 어깨에 검은 가방을 메고 "아이스크림은 역시 초콜릿이 최고야." 하면서 아이스크림을 먹는 모습에 아우구스테는 "어른인데 어린애 같아." 하고 같이 웃었다.

"이상해. 그리고 아이스크림은 바닐라가 제일 맛있어."

"하핫, 너는 바닐라당이냐. 초콜릿당의 반란분자로구나. 체포하겠다."

"딸애가 실수라도 했습니까?"

낯선 남자를 수상하게 여긴 데틀레프가 끼어들자 남자는 눈을 동그랗게 뜨고 허둥지둥 "아, 이거 실례했습니다." 하고 모자를 가볍게 들었다.

"저는 호른이라고 합니다. 사실은 얼마 전에 4번 주거동에 이사해서 가끔 따님을 봤어요. 그만 경솔하게 말을 걸었네요. 죄송합니다."

"그래요? 반갑습니다, 니켈입니다."

악수를 나누는 두 사람을 아우구스테는 눈이 부신지 얼굴을 찡그리며 올려다보았다. 아버지 데틀레프는 처음 본 상대를 경계하는 걸 알았기 때문이다. 데틀레프의 얼굴은 역시 굳어 있다. 그에 반해 상대방인 호른은 아무렇지 않은 듯 별로 개의치 않는 눈치였다.

"오늘은 둘이서 전승 퍼레이드 견학인가요?"

"…예, 그렇죠. 아내가 부인단 일을 도와야 해서요. 끝나기를 기다리는 중입니다."

"음, 맛있는 아이스크림이었네요. 특히 저기 매대가 좋아요. '승리 만세' 같은 말이 쿠키에 안 적혀 있으니까요."

그렇게 말하며 쿠키를 입에 쏙 넣고 입가에 부스러기를 흘리며 먹는다. 대화를 바로 옆에서 지켜보던 아우구스테는 아빠의 몸에서 긴장이 풀리는 걸 느꼈다. 앗, 안 돼, 아이스크림이 녹아서 흐른다. 열심히 먹는데 인도 저편에서 엄마 마리아가 돌아왔다. 아우구스테는 아이스크림으로 끈적거리는 손을 흔들었다.

독일제국은 전쟁에서 연승을 거두며 영토를 확장했다. 북유럽을 연이어 항복시킨 독일군은 네덜란드와 벨기에를 공격해 도시를 공습으로 불태웠다. 감쪽같이 속아서 끌려 나온 프랑스군과 영국군은 해안가로 내몰렸고 6월 초에 영국군이 됭케르크에서 도망치자 프랑스가 함락되었다. 각지에서 수탈한 수많은 전리품이 독일에 우르르 보내져 창고가 순식간에 가득 차고, 이국의 물건을 하나라도 사려는 사람이 줄을 지었다. 거리의 게시판에 붙은 '동부 유럽, 운명의 전쟁'이라는 전선 지도 앞에는 사람이 모여들어 우리 독일 국방군이 얼마나 강한지, 생존권(Lebensraum, 레벤스라움)은 어디까지 확장되었는지를 확인했다.

"영국은 숨이 끊어지기 일보 직전이겠지. 공군이 폭탄을 빗발치듯 퍼부으면 처칠 돼지 놈도 패배를 인정할 거야."

정육점이 특별 배급품인 돼지고기를 잘라 저울에 달면서 호언하자 손님 대부분은 고개를 끄덕였지만, 이따금 "전쟁을 너무 가볍게 보면 호되게 당할 거야."라고 대답하는 이도 있었다. 그런 인물은 가구 공장 또는 토목 작업 일을 마치고 집으로 돌아오는 길에 보안경찰에 연행되어 두 번 다시 모습을 보이지 않았다.

그해 늦여름, 장을 보고 돌아온 마리아는 배급품인 싸구려 비누와 겨우 모은 포인트로 산 아우구스테의 새 신을 욕실에 내놓고 나서 종이봉투를 부엌에 내려두었다. 쿠아르크와 적양배추, 소시지, 소시지 모양을 한 건조 완두콩 수프 가루 위에 아티초크가 놓여 있다. 꽃잎이 녹색 돌로 만든 장미 봉오리 같은 이 기묘한 채소는 점령한 프랑스에서 보낸 특별 배급품이다. 대체 어떻게 조리해야 할지 몰라 마리아는 고개를 갸웃했다.

"에디트, 에바, 있어?"

마리아는 음식을 잘하는 이웃이라면 아티초크의 조리법을 알지 않을까 싶어 문을 두드렸다. 조금 이따 나온 에디트는 아직 쉰 살도 되지 않았는데 칠순 노파처럼 머리가 하얗고 얼굴도 주름이 자글자글하고 지친 기색인 데다 여름인데도 기침을 했다.

충격을 받은 마리아는 서둘러 집으로 돌아가 약과 우유, 설탕 항아리 그리고 조금 망설이다가 쇠고기 통조림을 들고 베텔하임가를 다시 찾아갔다. 에디트를 소파에 눕히고 부엌을 빌려 작은 냄비로 우유를 데우고 설탕을 녹인다. 국자로 저으면서 식량 선반이 텅 비어 싹 난 감자 몇 개뿐이라는 사실을 알았다.

"미안, 에디트. 코셔(유대교의 계율에 기초한 식사 정화 율법)는 잘 모르지만 우유는 괜찮아?"

"괜찮아, 고마워."

데운 우유를 따른 컵을 받아 들면서 에디트는 힘없이 미소 지었다.

"이제는 코셔보다는 먹을 수 있는 것만으로도 고마워해야지. 이츠하크는 아직 싫어하지만."

마리아는 마음속으로 자신을 욕하면서 한숨을 쉬었다. '나도 참, 아티초크가 뭐라고!' 일어난 에디트 옆에 살짝 엉덩이를 걸친 마리아는 별생각 없이 테이블로 시선을 옮겼다가 내놓은 출생증명서를 보고 말았다. 각자 이름에 변경이 있어 남자에게는 '이스라엘', 여자에게는 '사라'라는 더없이 유대인 같은 이름이 인종국에 의해 추가되었다. 그 수준 낮은 법령이 정말로 실시된 것이다. 마리아는 저도 모르게 굳었다가 퍼뜩 정신을 차렸다.

"쇠고기 통조림을 가져왔으니까 먹어. 조금이지만 아이들에게 나눠줘."

그러나 에디트에게는 모든 것이 전해졌다. 주름진 뺨에 눈물이 뚝뚝 흘러내려 마리아는 참지 못하고 그 어깨를 끌어안았다. 두 여자는 한동안 조용히 서로의 체온을 느꼈다.

마리아는 에디트가 울음을 그친 뒤에도 서로 손을 맞잡고 에디트가 띄엄띄엄 중얼거리는 말에 귀를 기울였다. 오늘 군수용 배송 창고에서 강제노동을 하다가 배가 고픈 나머지 하마터면 기절할 뻔했는데 직업 주임의 기지가 없었으면 비밀경찰에 체포됐을 거라는 얘기, 무거운 소득세 때문에 일주일에 20마르크인 집세밖에 내지 못하고 암시장에서 빵 한 덩이를 사려면 40마르크나 한다는 얘기. 이제 막 성인이 된 아들들에게 부과된 중노동에 대한 불안. 큰딸 에바가 같은 유대인 남성에게 청혼받았지만 거절하려 한다는 이야기도 떨리는 목소리로 털어놓았다.

"그 아이는 자기가 없으면 부츠가 가족들을 내쫓을 거래."

마리아는 한숨을 푹 쉬었다. 관리인 부츠가 할 법한 소리다.

부츠는 조금이라도 예쁜 여자 주민 뒤를 쫓아다니며 작은 은혜를 베풀고 보답을 바라는 남자다. 이를테면 안마당에서 세탁물을 말릴 때 부츠가 지하실 창문으로 훔쳐보아도 '요전에 그거 해줬잖아'라며 불평하지 말라고 끈적한 눈으로 요구하는 것이다. 집합주택의 여자들은 부츠를 일주일 빨지 않은 양말보다 더 혐오했지만, 관리인인 데다 건물 방공 책임자라는 당의 직무를 맡은 인물에게 거스르지 못했다.

그리고 에바는 아름다운 데다 유대인이라는 약점이 있다.

"이런 세상을 하느님이 용서하지 않으실 거야. 작은 행복조차 분에 넘치는 바람이야?"

"괜찮아 에디트, 에바는 행복해질 거야. 당연하잖아."

마리아는 덜덜 떠는 에디트의 어깨를 다시 끌어안고 눈가에 맺힌 눈물을 슬쩍 닦았다.

저녁 다섯 시가 되자 일대에 올해 몇 번째인지 모를 공습경보가 울렸다. 처음에는 다들 영국 공군이 이번에도 폭탄이 아니라 종잇조각을 떨어뜨리리라 생각했다. 그러나 아니었다. 폭탄은 군수부를 태웠고, 충격으로 지면이 흔들리자 각 지구의 방공 감시자가 길거리 사람들에게 방공호로 들어가라고 명령했다.

데틀레프는 마리아, 아우구스테와 함께 집합주택 지하실로 향했다. 소화용 모래와 물을 담은 양동이가 문 옆에 있고 선반에는 주민이 2, 3일은 버틸 만한 양의 비축 식량이 진열되어 있다. 전기를 꺼서 지하실 안은 바다 밑바닥처럼 어두웠다. 벽에는 어디에 출입문이 있는지 가리키는 형광도료의 초록색 표시가 떠올랐다. 일가는 좁은 벤치에 어깨를 기대고 앉아 다른 가족의 어린 아들들이 피난 훈련 주사위 놀이를 바닥에 펼치고 "잘 안 보여!"라며 웃으며 노는 모습을 물끄러미 바라보았다. 그 옆에서는 부근에서 가장 체구가 작은 여성, 전쟁이 시작됐을 때 라디오를 켜라며 머리에 헤어롤을 만 채 외친 주민이 작은 젤리 봉지에서 끊임없이 젤리를 꺼내 입에 집어넣으면서 대용 가죽과 코르크로 만든 새 신을 신고 형태가 발에 맞는지

353

발이 아프지 않은지 시험했다. 하지만 아무래도 잘 맞지 않는지 마지막에는 포기한 기색으로 고개를 저었다.

베를린 대관구에서는 군수부가 불탔지만, 공습은 크게 심해지지 않아 지하실로 대피하는 주민은 드물었다. 오히려 신이 나서 지붕에 올라가 폭탄으로 불탄 집과 나무를 구경하다 제국방공협회에 잡히거나 벌금을 내기도 했다.

데틀레프가 반드시 지하실로 들어가는 이유는 관리인 부츠의 감시와 밀고를 경계했기 때문이다. 전쟁이 시작된 이래 데틀레프는 점점 더 말수가 적어지고 좌익 활동도 좀처럼 가까이하지 않았다. 한때 그가 열성적인 공산당원이었다는 사실은 경찰에게도 알려졌고 자칫 체포되면 치형은 틀림없는 데다 사족까지 휘말린다. 게다가 이미 데틀레프 본인이 볼셰비키를 믿지 못하게 되었다. 마르크스나 레닌이 말한 이상은 그저 덧없는 이야기고, 현실에서는 히틀러와 손을 잡고 타국을 침략하는 놈들이었다.

히틀러가 독일 제3제국의 정점에 선 뒤로 동료 독일공산당 당원들은 잇달아 체포되었고 한때 적의 포로를 수용하던 형무소에 갇혀 교수형을 당하거나 단두대에서 목숨을 잃었다. 그중에는 소련 정보작전을 도운 이도 있었지만 스탈린은 히틀러를 선택했다. 러시아혁명을 동경해 죽을힘을 다해 활동하던 독일인 따위 스탈린에게는 어차피 털면 떨어지는 먼지에 지나지 않았다. 데틀레프는 크게 실망했다. 청춘을 불태운 불길은 꺼지고 말았다.

그 후 데틀레프는 AEG 터빈 공장에서도 담담히 일하며 어떤 대화에도 끼지 않고 오로지 근로 시간과 부여된 생산량을 지켰다. 개조한 라디오로 BBC 방송을 듣던 동료들은 작업원인 척한 당의 스파이에게 밀고당해 어느 날 자취를 감추었다. 동료 중에는 공산주의 지하활동 조직 '붉은 오케스트라(Die Rote Kapelle)'의 '음악가'도 있었으며 한 사람이 고문으로 죽었다. 소문을 들은 데틀레프는 평정을 가장했지만 속으로는 소변을 지릴 뻔할 만큼 덜덜 떨었다. 자신이 여태 한 행동의 무서움을 뼈저리게 깨달았다.

갑자기 지하실 문이 열리고 "선생, 얼른 들어가죠." 하는 부츠의 성가시다는 듯한 목소리가 들리더니 젊은 남자가 발을 휘청이며 계단을 내려왔다. 동그란 안경은 한쪽 다리가 귀에서 떨어졌고 검은 머리카락은 까치집을 지었으며 잠옷 바람이었다.

"어, 호른 씨."

호른은 얼굴에서 흘러내린 안경을 고쳐 쓰면서 데틀레프를 확인하더니 "아, 안녕하세요." 하고 힘없이 웃었다. 신문을 사서 돌아오는 길에 관리인과 딱 마주친 모양이다.

"대피는 귀찮네요. 오늘도 잠이나 자려고 했는데 소파에서 신문을 읽다가 부츠 씨한테 끌려 나왔어요."

호른은 그렇게 말하고 니켈 가족 곁에 앉더니 신문을 펼쳐 태평하게 읽었다. 그러나 이내 "이런 어두워서 읽을 수가 없

네."라며 투덜댔다. 데틀레프는 당원이 아닌 호른에게 적잖이
호감이 있었기에 담배를 권하며 물었다.

"무슨 중요한 뉴스가 있습니까?"

"글쎄요…. 아, 눈여겨볼 기사가 하나 있어요."

담배에 불을 붙이기 위해 성냥을 밝혔을 때, 신문이 독일어
가 아니라는 사실을 깨닫고 데틀레프는 "어." 하며 호른을 다시
쳐다보았다. 영어다. 미국 대사관 사람이 읽을 법한 신문이다.
미국과는 아직 교역 관계가 있어서 기자나 여행객 등의 미국
인이 베를린에 있다. 옆에 있던 딸을 흘끔 살피자 이미 흥미진
진하게 호른의 신문을 응시하고 있었다.

"베를린에서 어린아이 실종 사건이 일어났다는군요."

"어린아이가 실종됐다고요?"

"네. 이상한 사건이라고 하네요. 초록색 야간 형광도료 말이
죠. 벽에 쩍 발라진 곳에 손전등을 대면 빛의 흔적이 남아 그림
을 그릴 수 있대요. 아이들은 그런 종류의 비밀스러운 장난감
에 약하잖습니까. 부모 몰래 한밤중에 놀러 나온 아이가 몇 명
있었는데 그중 두 아이가 돌아오지 않았답니다."

"위험하네요. 이 근방 아이인가요?"

"아뇨, 쿠르퓌르스텐담이에요."

불길한 예감이 들어 데틀레프는 얼굴을 찌푸렸다. 꽤 오래
전에 일어난 쿠르퓌르스텐담의 실종 사건, 한때 동료였던 라울
의 배신, 그 씁쓸한 기억이 되살아난다. 아들과 딸을 잃은 그

가엾은 부인은 지금 어떻게 살고 있을까.

"쿠담인가요."

"네. 댁의 따님도 부디 조심하세요. 그 일대는 사람이 많고 차량도 많으니까요. 미국인 기자는 아마 사고를 당했을 거라고 썼군요."

"미국? 아저씨 미국인이에요?"

이야기에 끼고 싶어서 근질근질하던 아우구스테가 드디어 사이에 끼어들었다. 마리아가 한마디 하며 말렸지만 호른은 "괜찮습니다."라며 웃었다.

"아가씨, 미안하지만 나는 미국인이 아니란다."

그렇게 말하고 흘끔흘끔 시선을 보내며 살피는 다른 주민과 히틀러 유겐트 제복 차림 소년을 보면서 "자네와 같은 민족 동포지." 하고 대답했다. 소년은 시선을 얼른 피하고 어린 동생들을 보살폈지만 귀를 기울이고 있을 것이다.

"아저씨는 예전에 학교 선생님이었는데, 미국인에게 통역을 부탁받아 직업을 바꾸었단다."

"굉장하다. 그러면 영어로 말할 줄 알겠네요?"

"당연하지. 너 영어에 흥미가 있니?"

그러자 결국 히틀러 유겐트 소년이 화가 치밀었는지 말참견을 했다.

"야, 영어보다 모국어를 공부해. 어차피 영어 따위 독일어에 밀려 사라질 테니까."

그때 공습경보가 드디어 멈추고 대신에 경보 해제를 알리는 사이렌이 울렸다. 곧바로 멋쟁이 여성이 일어나 젤리를 씹으면서 전구 스위치를 켜자마자 지하실이 밝아지고, 히틀러 유겐트 소년은 취기가 가신 듯한 얼굴을 했다. 위세를 잃은 소년은 겸연쩍은 듯 등을 돌리고 어린 동생들에게 "주사위 놀이 정리해." 라고 말했다. 다른 주민들도 슬슬 일어나고 여성이 코르크 하이힐을 경쾌하게 울리면서 계단을 올라 바깥으로 나갔다.

아우구스테는 아쉬운 듯이 호른을 돌아보면서 마리아의 손에 이끌려 계단을 올랐고 지하실에는 호른과 데틀레프가 마지막으로 남았다.

"영특해 보이는 따님이군요. 게다가 요즘 시대에 영어에 흥미를 보이다니 신기하네요."

"제 자랑거리죠. 저나 아내나 책은 통 읽지 않는데 저 아이는 사전을 들고 혼자서 영문판《에밀과 탐정들》을 읽었어요."

호른은 동그란 안경의 윤곽과 똑 닮을 만큼 눈을 동그랗게 떴다.

"이거 놀랍네요. 제 학생이었다면 무척 자랑스러웠을 겁니다."

두 사람은 나란히 바깥으로 나갔다. 등화관제의 영향으로 여전히 어느 집 창문이든 어둡고, 가을이 가까워진 밤하늘에는 별이 가득 빛났다. 데틀레프는 언젠가 친구 라울과 술을 마시던 밤을 떠올리고 고개를 저었다. 그 자식은 그만 됐다. 돌아가자마자 마리아에게 호른 이야기를 해야겠다.

이전의 데틀레프라면 사랑하는 딸이 자본주의의 화신인 미합중국에 끌리는 것을 탐탁하게 여기지 않았을 것이다. 그러나 이때 데틀레프의 머리에는 아우구스테가 호른에게 영어를 배우면 어떨까 하는 생각이 싹텄다. 아우구스테가 영어를 공부하고 싶어 하는 건 데틀레프와 마리아도 잘 안다. 그러나 현재 학교는 애국주의 교육과 가정 과목에 힘을 쏟아 외국어는 뒷전이었다. 가난한 환경에서 아우구스테가 영어를 배울 기회는 독학 말고는 없다.

마리아의 동의를 얻은 데틀레프는 아우구스테에게 물었다.

"호른 씨에게 영어를 배울 마음이 있니?"

아우구스테는 몸을 앞으로 내밀며 꼭 배우고 싶다고 대답했다.

그때부터 매주 이틀, 호른이 니켈 일가의 저녁 식사에 함께하면서 아우구스테는 영어를 배우게 되었다. 호른은 원래 교사였던 데다 현재는 미국 대사의 가족이나 기자의 통역을 생업으로 하는 만큼 읽기, 쓰기, 회화, 청취 등 아우구스테가 흡수할 것이 무척 많았다. 친해지면서 호른이라는 남자가 어떤 인물인지도 알았다. 대사에게 통역으로 발탁되었다는 건 앞에서 하는 소리고 실제로는 고등 학습을 두고 독일교원연맹과 대립한 결과 영어 교사 자리에서 쫓겨나 간신히 대사관 일을 얻었을 뿐이었다. 이 때문에 아내와 이혼했다고 한다.

호른은 아우구스테의 교과서용으로 대사관 서점에서 미국

소설을 구했지만 당원에게 "대단한 학구열이로군. 미국에게 나쁜 영향을 받은 거 아닌가?"라고 비난받자 단골이던 서점 주인에게 부탁해 북독일, 킬항의 항만 노동자 편을 이용하게 되었다. 1941년까지는 양국은 아직 위태위태하면서도 교류가 있어 무역 항로가 살아 있었다. 항구에서 하역을 담당하는 노동자 중에는 나치의 고위 관료나 연줄이 있는 당원, 학자, 일부 호사가 등이 구입하기 위해 들여오는 미국 물건을 암암리에 빼돌리는 자가 있었다. 나치에 연줄이 없는 사람은 거기에서 구입했다.

이렇게 아우구스테에게는 두 달에 한 권 정도 주기로 미국 작가 혹은 영국 작가인 걸 숨기고 배에 실은 오락소설이 도착했다. 아우구스테는 특히 메리 로버츠 라인하트라는 이름의 작가가 마음에 들어 자주 읽고 또 읽었다.

새로운 책을 읽는 기쁨. 낯선 이야기를 즐기는 기쁨. 총통의 빛나는 공적을 찬양하는 분위기며 독일 민족 동포를 자랑스럽게 여기는 말이며 열등 민족을 향한 모멸도 검열로 검게 칠한 문장도 없는 책은 무척 신선했다. 먼 나라에서 쓰인 책은 폭력적이고 자유롭고 해맑고 더러우며 애상과 미래가 있었다. 민족과 국가라는 결말이 아니라 단 한 사람의 인물을 따라가는 이야기는 아우구스테의 마음을 속절없이 흔들었다. 마침내 진짜 친구와 만난 기분이었다.

아무리 학교에서 갑갑한 일을 겪어도, 말실수할 위험에 떨어도 집으로 돌아와 책을 펼치면 문자 너머에서 미지의 바람이 불었다. 아우구스테는 가슴 한가득 공기를 들이마셨다. 이야기는 배신하지 않는다. 에밀이 친구들과 만난 것처럼 이야기는 곤란에 빠진 나를 격려하고 지켜준다.

이듬해 1941년은 전쟁이 다음 단계로 넘어가 마침내 모든 것을 갖춘 해였다.

6월, 영국 본토 항공전에서 독일 공군이 패해 전선이 동부로 바뀌었다. 히틀러는 스탈린과 맺은 독소불가침조약을 깨고 국방군을 소비에트연방 영역 내로 침공시켰다. 허를 찔려 격노한 스탈린이 응전하면서 동부전선에서 전쟁이 발발했다. 반년 뒤인 12월, 추축국이자 독일 동맹군인 일본제국 해군이 미국령 진주만을 공격. 독일은 일본에 응해 미합중국에 선전포고했고, 미국은 정식으로 연합국 군대로 참전하게 되었다. 적이 된 미국인은 독일에서 떠나고 호른은 또다시 직장을 잃었다. 새로운 영어책도 구하지 못하게 되었다. 그래도 아우구스테는 니켈 일가를 찾아오는 호른에게 계속해서 영어를 배웠다.

그리고 1942년 초여름. 아우구스테는 열네 살이 되었다.

학교 교사는 모두 어깨나 가슴에 상장(喪章)을 달았다. 보헤미아 모라비아 보호령인 프라하에서 습격당해 사망한 라인하르트 하이드리히의 장례가 어제 있었기 때문이다. 아우구스테를 포함한 학생들도 성대한 장송 행렬을 지켜보기 위해 빌헬름 길이나 프리드리히 길에서 한 손을 들고 기다려야 했다.

학생의 수는 줄었다. 다른 지방으로 피난했거나 농업봉사단에 참가해 시골로 갔다가 가끔 돌아왔다. 교실 앞 열 빈자리에는 점령지에서 아리아인으로 인정받아 '민족 독일인'이라 불리는 금발에 푸른 눈의 아름다운 소녀가 앉았다. 그녀는 독일어도 영어도 모르는 채 가족과 떨어져 종일 울었다. 브리기테가 나서서 소녀 옆에 앉아 열심히 챙기며 연필과 노트로 독일어와 총통의 말씀을 가르쳐주었다.

브리기테의 오빠는 북방군 집단에 배속되어 동프로이센에서 출격해 소련과 싸웠다. 그러나 여름에 레닌그라드에서 전사했고, 브리기테는 새빨갛게 부은 눈으로 동급생에게 작별을 고하고는 가족과 함께 동프로이센으로 갔다. 브리기테뿐만 아니라 가족이 전사한 학생은 날마다 늘었다.

아커 길의 집합주택에서도 한창 일할 나이의 남자와 청년은 대부분 자취를 감추었다. 아우구스테는 부엌에 서서 평소처럼 창문으로 안마당을 내려다보았다. 어릴 적 자신을 놀리던 연상 남자애들은 모두 군복을 입고 어머니와 형제를 끌어안고 손을 흔들며 전쟁터로 향했다. 기젤라가 사랑한 장미는 뿌리째 뽑혔고 화단은 철조망으로 둘러싼 담뱃잎과 당근 밭이 되었다.

어느 뜰이든 공원 흙이든, 운터덴린덴 중앙을 가르는 마찻길마저 땅을 갈아 밭으로 만들어 양배추와 무와 토마토 등의 새싹이 무성해졌다.

끝날 기미가 없는 전쟁에 베를린은 점점 더 적합하게 변모했다.

시민의 쉼터였던 동물원과 넓은 공원에는 거대한 철근콘크리트로 만든 건조물이 모습을 드러냈다. 대공포탑이라 불리는 가로 한 변이 70미터에 두께는 3.5미터나 되는 회색 요새는 내부가 시민용 대피소로 쓰였다. 네모난 기초부의 베란다에는 경포(輕砲)와 중포(中砲), 네 귀퉁이에 설치된 탑에는 중포(重砲)를 배치해 긴 포신이 허공을 노려보았다.

중심가 문방구에서 노트 특별 배급이 있다는 이야기를 들은 아우구스테는 오랜만에 버스표를 사서 시내로 나갔다. 쇼핑백에는 지난번 폭격당한 쾰른에 보낼 헌 옷이 들어 있다. 버스 안에는 선전부의 계몽 포스터가 붙어 있고 '석탄 도둑! 가스 낭비 근절하자!', '적은 듣고 있다' 등의 표어와 어쩐지 기분 나쁜 그림이 그려져 있었다. 창밖을 보면 국방군의 트럭과 당원이 타고 돌아다니는 검고 매끈한 가솔린차가 도로를 달리지만, 일반 시민은 자전거나 목탄가스차 또는 이층버스를 이용했다. 동부전선 탓에 독일에 석유가 공급되지 않았기 때문이다.

버스에서 내려 번화한 거리를 걷는 아우구스테에게는 사람들이 세 가지 색으로 나뉘어 보였다. 가장 화려한 색은 당원, 친위대, 국방군, 유겐트와 그 가족들이고, 그다음은 평범한 일반 시민의 중간색, 그리고 가장 어두운 것은 점령지에서 연행된 외국인 노동자와 강제 징용된 포로, 노란 별을 가슴과 오른쪽 어깨 뒤에 붙여 어느 방향에서든 어떤 출신인지 알게 한 유대인들이었다. 외국인 노동자의 수용소(라거)는 도시 외곽에 밀집해 있어 노동자들은 거기서부터 걸어오지만 일반인은 대부분 관심을 보이지 않는다. 세 가지 색의 계층으로 나뉜 사람들은 길에서 스쳐 지나고, 같은 공간에 있으면서도 서로를 보지 않았다.

벽 곳곳에 화살표와 '공공 방공호' 표시가 있고 인도 끝에 설치한 지수전에는 '소방용, 긴급 상황 외 사용 불가'라고 적힌 종이를 철사로 동여맸다. 옆 전당포는 문에 '국가재무국 인가 고물상' 팻말이 걸려 있고 진열창에 유대인에게 압수한 재물을 헐값에 내놓았다.

배급품인 학용품을 구한 아우구스테는 한 손에 종이봉투를 끌어안고 한 손에 가방을 들고 지나는 길에 백화점 진열창을 들여다보았다. 실크 스타킹을 여봐란듯이 입은 마네킹 다리와 리본 달린 빨갛고 예쁜 상자에 든 파란색 구두, 세공이 아름다운 향수병, 최신식 타자기에 전기 급탕기, 멋진 커피밀. 그리고 그것들 아래에는 으레 '전시품은 비매품입니다'라는 안내판이 놓여 있다. 실제로 백화점을 들여다보면 지극히 평범한 물건, 비누와 초, 전선 같은 생활용품을 다루는 선반은 텅텅 비어서 품귀 상태다.

백화점 옆에는 국민복지단 사업소가 있고 가게 앞 카운터에 전시 각출 접수처가 있었다. 위에는 '아름다운 도시 쾰른, 폭격당하다! 지금이야말로 애국 원조의 정신을 보이자!'라는 현수막이 걸려 있다. 아우구스테가 봉사자인 독일소녀동맹의 검은 네커치프를 두른 소녀에게 말을 걸자 "하일 히틀러!" 하고 비할 데 없이 환히 웃는 얼굴을 내밀었다.

"안녕하세요…. 저기, 옷을 쾰른에…."

"아아! 고마워, 틀림없이 쾰른의 민족 동포들도 기뻐할 거야. 이 서류에 이름과 주민등록번호를 쓰렴."

아우구스테가 연필로 서류 칸에 글씨를 쓰는 동안 독일소녀동맹의 소녀는 '쾰른행, 공습 피해자용' 상자에 니켈 일가의 헌옷을 넣었다. 뒤쪽 벽에는 독일 공군이 영국 캔터베리에 보복 폭격한 신문 기사가 붙어 있었다.

상점이 늘어선 거리는 매번 무슨 줄이 생겨 있는데, 세탁 공장 일을 마친 마리아와 합류한 뒤 두 사람은 일단 눈에 띈 행렬에 나눠 서서 두 시간 뒤에 간신히 당근과 마지팬, 돼지 콩팥을 샀다. 마지팬의 분홍색 설탕 옷은 귀엽지만 먹으면 식감은 자갈 같고 사카린의 이상한 맛과 딸기라고 하기 애매한 인공 향료의 강렬한 냄새가 났다. 데틀레프와 합류해 가끔 가족이 다 같이 대중식당에 들어가면, 더러운 테이블에 톱밥으로 양을 늘린 소시지가 나왔다. 아우구스테는 포크로 신중하게 골라내며 먹어야 했다.

오랜만에 가족끼리 외출했다 돌아온 세 사람은 우스갯소리를 하며 웃으면서 안마당을 지나갔다. 그러나 4번 주거동에 도착하자마자 아우구스테는 심장이 요동쳤다. 위에서 누군가 우는 소리가 들렸다.

일가의 단란한 온기는 한순간에 식었다. 계단실로 들어가자 우편함 앞에서 양복 차림의 호른과 예쁜 물빛 드레스를 입은 멋쟁이 여자가 계단을 올려다보며 눈살을 찌푸리고 있었다. 두 사람은 일가를 향해 고개를 작게 가로저으며 조심하라고 신호했다.

데틀레프에 이어 아우구스테도 서둘러 계단을 올라갔다. 3층, 베텔하임가 앞에 왼팔에 하켄크로이츠 완장을 단 중년 여자가 있었다. 마침 문을 닫고 발길을 돌려 계단을 내려가는 참이었는데 여자는 차가운 시선으로 데틀레프와 마리아를 보더니 말없이 나갔다.

여자가 사라진 것을 확인하고 나서 데틀레프는 살며시 옆집 문을 두드렸다.

"베텔하임 씨."

아우구스테는 심장이 두방망이질하는 것을 느끼면서 눈물이 글썽한 엄마 곁에 다가가 큰일이 없기를 기도했다. 그러나 그 기도는 하늘에 닿지 않았다.

이츠하크가 군수용 유대인으로 징용된 다임러벤츠 공장에서 쓰러져 그대로 숨을 거두었다. 조금 전 여자는 사무원으로 '시신은 당국이 처리했으니 돌아오지 않는다, 장례와 무덤이 필요하지 않게 해주었으니 국가와 총통께 감사하라'고 전했다고 한다.

에디트는 아들들의 부축을 받으며 소파에 누웠다. 최근 몇 년 사이 단숨에 주름과 흰머리가 늘어 늙어버린 에디트의 몸은 점점 더 작아 보인다. 유리구슬 같아진 눈으로 천장을 응시하고, 마리아가 곁에 다가가도 알아차리지 못하는 모양이었다. 아들들은 아버지는 죽지 않았다, 시신을 볼 때까지 믿지 않겠다고 강하게 주장했다. 데틀레프는 복도에 놓여 있는 작은 트렁크 하나를 보고 부츠가 일가를 쫓아내는 줄 알았지만, 에바는 집을 나가는 건 자신뿐이라고 했다.

아우구스테는 에바의 방으로 가서 한동안 함께 있었다. 노란 별을 가슴에 단 에바는 창가에 앉아 짧은 검은 머리카락을 쓸어 올렸다.

"애인이랑 결혼해. 내일부터 에바 사라 자무엘이야."

남자는 젊고 체력도 좋아 기계 세정 일을 하면서 재독 유대인 연합에 속해 있었다. 그 조직은 유대인으로 이루어졌지만, 당이 내린 명령을 유대인에게 시키기 위해 강제적으로 만든 조직이었다. 남편이 그곳에 소속되어 있으면 당장은 '목록'에 실릴 가능성이 줄어든다고 한다.

아우구스테는 떼를 쓰며 울고 싶은 걸 참으며 축하한다고 대답했다. 미소를 지을 수가 없다. 에바도 양초처럼 하얀 얼굴에 두 눈이 새빨갛게 부었다.

이튿날 아침 에바는 반출을 허락받은 작은 짐을 들고 가족의 배웅을 받으며 집합주택 4번 주거동에서 나갔다. 아우구스테는 부엌 창문에 서서 열 살 연상의 소꿉친구가 떠나는 뒷모습을 바라보았다. 에바는 돌아보며 이쪽을 올려다보았다. 아우구스테는 참지 못하고 창문에서 홱 물러나서 쪼그려 앉아 흐느껴 울었다. 또 저질렀다. 지금 당장 달려가 에바에게 달려들어 꼭 돌아오라고 말할걸! 그러나 아우구스테는 그러지 못했다. 더 이상 에바의 슬픈 얼굴을 보고 싶지 않았다.

넉 달이 지난 늦가을, 에바의 결혼 상대와 같은 재독 유대인 연합에서 온 남자가 어머니와 아들들만 남은 베텔하임가의 문을 두드렸다. 감정을 억누른 얼굴로 갈색 서류 가방 안에서 꺼낸 것은 에디트와 아들들에 대한 징집수용소 출두 명령서와 비밀경찰의 재산 몰수 처분 명령서였다. 명령은 곧바로 실행에 옮겨져 에디트와 아들들은 거의 아무것도 가지지 못한 채 집을 나가 두 번 다시 돌아오지 않았다. 마리아는 그날 몸 상태가 나빠져 밤까지 몸져누웠다.

그때부터 이듬해에 걸쳐 별을 단 유대인들이 작은 가방 하나만 들고 줄줄이 같은 방향을 향해 걸어가는 모습이 독일 안 온갖 곳에서 목격되었다. 베텔하임 일가가 사라지고 상급재판소의 명령으로 봉인된 옆집은 한동안 방치되었다.

같은 무렵 데틀레프는 어떤 전언을 받았다. 지금은 호르스트 베셀 광장으로 개명된 이전 공산당 본부가 있던 뷜로 광장의 극장, 폴크스뷔네. 그 뒤에 있는 누에나방 서점은 데틀레프의 단골 가게로 나이 든 주인과도 친했다. 그곳에서 산 책에 남몰래 들어 있던 쪽지를 데틀레프는 가까운 공중화장실에서 읽었다. 살아남은 공산당원들의 지하활동 조직 '붉은 오케스트라'가 비밀경찰에 일망타진되었다고 한다. 글씨체로 보아 여성이 쓴 듯한 전언에는 '리젤은 간신히 도망쳐서 노이쾰른 지구의 가톨릭 성당에 숨어 있다'고 적혀 있었다. 친했던 친구의 얼굴이 떠오른다. 데틀레프는 곧바로 성냥을 그어 종이를 태우고 재가 될 때까지 지켜보았다.

기온이 한층 내려가 겨울의 차가운 비가 찌푸린 하늘에서 화살처럼 떨어지고 공장 거리의 회색 지붕을 흠뻑 적신다. 공기는 짙은 회색 연기와 매연, 검은 기름 냄새로 가득했다.

독일 안의 모든 것이 전쟁을 위해 봉사하고 있었다. 어른도 아이도 상점과 학교도. 어디를 가든 군대의 호령이 들리고 옥상에 올라가면 거대한 대공포탑이 보여 어쩔 수 없이 전쟁을 떠올리게 했다. 공장의 제조 라인은 군수품을 위해서만 움직이고, 프로펠러와 터빈과 엔진 같은 커다란 물건뿐만 아니라 작은 나사와 너트, 청음기용 코일 등 작은 것까지 만들었다. 가구 공장은 의자와 옷장 제조를 멈추고 판자를 조립해 폭탄 수송에 쓸 상자를 만들었다.

공장 옆에는 각 기업이 노동국을 통해 고용한 외국인 노동자들의 수용소가 있었다. 공업지대인 베딩 지구는 특히 라거가 많고 아커 길 뒤편에도 막사가 있었다.

철조망과 목책으로 둘러싼 라거에는 펠트로 지붕을 얹은 작은 나무 막사가 몇십 채나 빽빽하게 늘어섰다. 여기에 폴란드와 동유럽, 우크라이나와 벨라루스 등에서 모은 사람들이 살며 아침이 오면 일하러 나가 밤까지 돌아오지 않는다. 아우구스테는 학교에서 돌아오는 길에 비에 젖은 막사를 바라보면서 이걸 세우는 토목공사에 베텔하임 댁 아들들도 동원되었던 걸 떠올려 마음이 욱신거렸다.

베텔하임 일가가 사라진 빈집에는 청년과 그의 모친이 입주했다. 인사도 없고 이따금 격렬하게 기침하는 소리가 들리는 것 말고는 조용히 지냈다. 기침은 중년인 모친이 내는 소리였는데 통 모습을 드러내지 않았고, 드나드는 건 아들인 창백한 얼굴의 청년뿐이었다. 둘째 아들이라는 청년은 일주일에 한 번 정도 장바구니를 들고 돌아왔다. 그래도 아우구스테는 딱 한 번 모친의 모습을 보았다. 얼굴은 마리아와 그리 다르지 않은 나이대인데 머리는 새하얗고, 장례식을 다녀오는 길인지 칠흑의 상복을 입었다. 아우구스테와 눈이 마주치자 그녀는 생긋 미소 지었다.

모습을 드러내지 않기는 나라의 총통도 마찬가지였다. 전황이 나빠지자 라디오 연설에는 선전부 장관 괴벨스만 등장했다.

괴벨스가 국민에게 총력전을 호소한 이후 1943년 2월 하순, 몸이 얼듯이 추운 날이었다. 아우구스테는 수업을 빨리 마치고 아버지 공장에 들러 직원 식당 보조로 일했다. 노동 허가 연령에는 미치지 못했지만 젊은 남성이 대부분 징병되어 공장 일손이 여성뿐인 지금, 주방도 예외 없이 일손이 달렸다. 그래서 아우구스테는 소녀단 노동봉사원으로서 배급을 무상으로 도왔다.

공장에 한 걸음 들어가면 열기가 자욱하고 쇠와 땀이 뒤섞인 냄새가 코를 자극했다. 귀마개를 하지 않으면 정신이 나갈 것 같은 소음, 철골로 된 삼각 지붕 밑 거대한 기계 아래에서 많은 여공과 외국인 노동자 들이 쭉 서서 작업을 했다. '승리를 위해 생산성을 높여라!'라는 벽 포스터를 지나쳐 관리동을 향해 계단을 뛰어 올라가 주방으로 들어갔다.

이미 요리는 완성되어 거대한 작업용 가스난로 위 큰 솥 세 개에서 김이 피어올랐다. 하나는 독일 민족 동포용 소시지와 채소 수프, 하나는 푸성귀 부스러기로 만든 동유럽 노동자용 수프, 마지막 하나는 소량의 순무를 끓여 다시 묽게 한 폴란드 노동자와 유대인 노동자용 수프. 아우구스테는 머리에 손수건을 두르고 빵 덩어리에 나이프를 대고 몇십 장으로 잘라서 나누었다.

이윽고 공장 작업 벨이 울리자 아우구스테를 포함한 식당 직원은 팔을 걷어붙이고 배곯은 작업자들을 기다렸다. 먼저 작업복을 입은 독일인들이 쟁반을 들고 배급 카운터에 줄을 서자, 식당 직원은 차례로 수프를 담고 접시 옆에 얇은 빵을 얹었다. 직공 차장의 "다음!"이란 목소리가 울리자 천으로 된

'OST' 배지를 단 노동자가 오고, 그다음은 'P' 노동자. 그 많던 유대인 노동자는 어째서인지 한 사람도 오지 않았다.

"음식이 쓸모없어졌잖아!"

"…무슨 일일까. 그러고 보니 오늘 아침 이슬이 내릴 때 그 사람들이 어딘가로 행진하는 걸 봤어. 어깨를 축 떨구고서."

"그럼 십중팔구 '이주'겠지."

"이주가 뭐야?"

"이 사람, 이주를 몰라? 총독부와 보호령에 만든 의식주가 완비된 수용소에서 사는 거야. 그리고 거기 공장에서 일하는 거지. 노동력이야. 놈들에게 공짜 밥을 먹일 수는 없잖아."

주방 여자들은 혀를 차거나 안절부절못하며 쑥덕거렸고, 아우구스테는 묵묵히 얇은 빵을 접시에 올렸다. 식당은 두 개로 나뉘어 독일인 노동자는 앞쪽 밝은 자리, 외국인 노동자는 안쪽의 어둡고 좁은 곳에 콩나물시루처럼 앉아 식사했다.

"앗, 이반이!"

배식 책임자인 뚱뚱한 여자가 혀를 찼다. 소련인 포로 하나가 식당 입구 앞에 우두커니 섰다. 척 보기에 야위고 얼굴이 흙빛이다. 러시아인 포로용 식사는 없다. 적의 군인에게 온정은 금지되어 있었다.

"…배가 고픈가 본데?"

"쉿, 들리겠어. 동정하면 안 돼."

여자들은 허둥지둥 설거지와 정리를 하러 돌아가고 배식 책임자는 성을 내면서 성큼성큼 주방을 나가 노동자를 감시하는 특별전권위원에게 보고했다. 갈색 군복을 입은 특별전권위원은 곧바로 러시아인 포로에게 호통치며 발로 차고 팔을 뒤로 비틀어 어딘가로 연행했다.

그날 아우구스테는 곧장 집으로 돌아가지 않고 공장 정문 앞 벤치에 앉아 종업 시간 종소리가 울리기를 기다렸다.

주변에는 짙은 안개가 꼈다. 일몰 직후 안개는 푸르스름하니 짙고 수위실의 빨간 조명등이 몹시 불온하게 보였다. 훔볼트하인 공원의 대공포탑 너머에 목이 수직으로 꺾인 크레인 그림자가 희미하게 보여 다른 차원의 환상 속 용이 꿈틀거리는 것 같았다. 종업을 알리는 종소리가 요란하게 울리고 어딘가 열린 창문으로 "승리 만세!"란 외침이 들리더니 이내 사람들이 우르르 나왔다. 윤곽이 분명치 않은 회색 군중이 왼쪽에서 오른쪽으로 움직인다. 인영이 보이지만 손이 닿을 만큼 가까이 설 때까지 누가 누구인지 확실히 알 수 없었다. 눈앞으로 데틀레프가 지나가지 않았다면 서로 알아채지 못했을 정도였다.

"아빠!"

불러 세워 돌아본 데틀레프의 얼굴은 평소 아우구스테 앞에서 보이는 아버지의 얼굴이 아니라 지친 노동자의 얼굴이었다.

"…괜찮아?"

"응, 좀 바빴을 뿐이야."

아버지는 그렇게 대답했지만 어디에 있는지 모를 밀고자를 걱정하는 게 틀림없었다.

짙은 안개 속을 걸으니 외투가 축축하게 젖어 뼛속까지 추웠다. 두 사람은 빨리 돌아가 대용 커피로 몸을 덥히자, 엄마는 벌써 돌아왔을까, 하는 무던한 대화를 드문드문 나누면서 나란히 귀갓길을 서둘렀다. 어둑한 후시스텐 길을 가로질러 성 세바스찬 성당 모퉁이를 돌았을 때 데틀레프가 갑자기 걸음을 멈추었다. 이변을 감지한 짐승처럼 목을 내밀고 성당 쪽을 본다.

"왜요?"

아버지는 "쉿." 하고 검지를 입술에 대고 어떤 소리에 귀를 기울였다. 뒤에서 온 남자가 일부러 부딪치며 "가로막지 마, 자식아."라며 혀를 차서 아우구스테는 아버지의 소매를 잡아끌려 했다. 그러나 아버지는 고개를 저었다.

"신음 소리가 들려. 누가 다쳤나."

낙엽이 져서 벌거벗은 나무 저편 짙은 쪽빛 하늘과 안개에 잠긴 성 세바스찬 성당 마당에 작고 야윈 인영이 서 있었다. 들고양이처럼 부스스한 머리를 한 소녀였다. 데틀레프가 다가가도 도망치지 않고 우두커니 서 있다. 그 발치 돌바닥에 젊은 여자가 똑바로 쓰러져 있었다. 오른쪽 다리가 이상한 방향으로 비틀리고 블라우스는 빨갛게 물들고 도로에서 여기까지 피의 흔적이 한 줄기 남았다. 늦었다. 손안에는 주황색 종이가 쥐어져 있다. 잘 보니 빵 배급표였다. 여자는 마지막에 타국의 언어로 작게 중얼거리고 깊게 숨을 토해내더니 눈이 죽은 물고기처럼 생기를 잃고 꿈쩍도 하지 않았다. 여자의 갈색 머리카락 다발이 바람에 덧없이 나부꼈다.

점령지에서 강제로 연행되어 온 외국인 노동자가 틀림없었다. 옆에서 한마디도 하지 않고 서 있는 아이의 가슴에는 폴란드인 노동자를 가리키는 'P'라는 천 배지가 있었다. 나이는 열 살이나 되었을까. 헐렁한 웃옷은 누가 봐도 어른용이다. 데틀레프는 "자기 옷을 이 아이에게 입혔나 보군." 하고 추측했다.

"너는 다치지 않았니? 이 사람이 어머니셔?"

그러나 반응이 없다. 그래서 어깨에 손을 얹자 소녀는 화들짝 고개를 들고 물에 빠진 사람이 간신히 수면으로 나온 것처럼 크게 숨을 들이쉬었다. 그리고 아무도 없는 허공을 향해 "이다, 나는 일합니다, 주세요, 빵." 하고 서툰 독일어로 말했다. 데틀레프와 아우구스테는 놀라서 서로 얼굴을 마주 보았다.

그때 후시스텐 길 방면에서 엔진 소리와 남자들의 커다란 웃음소리가 들렸다. 친위대와 경찰, 당원처럼 나치스에 가까운 자만이 가솔린을 쓸 수 있다. 자세히 보니 검은 친위대 전용 바이크와 군모를 쓴 집단이 곁에 있다.

데틀레프는 반사적으로 소녀의 윗옷을 벗기고 자신의 옷을 입히더니 손을 잡아끌고 아무 일도 없었던 것처럼 성당 부지에서 나왔다. 아버지의 의도를 파악한 아우구스테도 서둘러 따라가서 소녀의 다른 한 손을 잡았다.

심장이 터질 것처럼 빠르게 뛴다. 아우구스테의 머리에 '지금 나는 길을 벗어났다, 규칙 위반이다'라는 생각이 스쳐서 고개를 가로저었다. 비지땀이 손바닥에서 축축하게 배어났다. 그때 소녀가 손을 꼭 쥐었다. 마치 진짜 가족이 그러듯이 강하게, 확실하게.

독일어를 하지 못하는 데다 눈이 보이지 않는 소녀가 얼마나 상황을 이해했는지는 알 수 없다. 그래도 아우구스테는 소녀가 잡은 손을 꼭 쥔 순간, 공포로 쪼그라들었던 심장에 열기가 되돌아오는 것을 느꼈다. 고동은 여전히 세찼지만 싸움에 도전하는 자와 비슷한 긴장감으로 바뀌었다.

데틀레프는 찻길 쪽, 아우구스테는 가옥 쪽에 서서 두 사람은 소녀가 찻길에서 보이지 않도록 하며 집합주택으로 향했다. 데틀레프는 짙은 안개가 자신들을 숨겨주는 것을 느끼며 정부가 발령한 '밤과 안개' 법령(당국이 국적을 불문하고 누구든 강제로 연행할 수 있게 한 법령 – 옮긴이)을 역으로 이용해 줬다고 생각했다.

집으로 돌아와 있었던 마리아는 갑자기 남편과 딸이 낯모를 외국인 소녀를 데리고 돌아와서 놀람과 당혹감을 감추지 않았지만, 금방 목욕탕으로 데려가 옷을 벗기고 회색 배급 비누로 온몸을 씻겼다. 대용품이라 거품이 잘 나지 않지만 박박 문질러 간신히 몸을 깨끗하게 씻겼다. 그래도 뻣뻣한 머리카락에 들러붙은 이는 다 떼어내지 못해서 남자아이처럼 짧게 잘라야 했다.

아우구스테가 어릴 때 입던 원피스를 입은 소녀는 응접실 소파와 벽 틈에 웅크리고 앉아 또다시 같은 말을 했다.

"이다, 나는 일합니다, 주세요, 빵."

"그래. 네 이름이 이다구나."

마리아는 데운 보리죽을 법랑 커피 잔에 부어 소녀의 손에 쥐여주었다. 이다는 음식 냄새에 코를 벌름거리더니 스푼으로 먹기 시작했다.

"…눈이 안 보이는 것 같구나."

니켈 일가는 소녀 옆에서 소파에 앉아 상태를 지켜보면서 어떻게 해야 할 지 의논했다. 이다가 입은 웃옷 주머니에는 두 사람의 신분증이 있었다. 하나는 서른두 살 여성으로 아마도 죽은 웃옷의 주인이라고 짐작했지만, 다른 하나는 열여섯 살 소녀라고 적혀 있었다. 그러나 소녀는 아무리 보아도 열 살이나 열한 살 정도였다.

데틀레프는 담배 연기를 뱉으면서 머리를 긁었다.

"마침 오늘 노동국 직원에게 연락이 왔어. 며칠 안에 독일제국 안에 남은 모든 '군수용 유대인'을 자르고 앞으로는 폴란드와 동유럽 노동자를 늘린다고."

"자른다니… 에디트처럼 체포되는 거야? 이제 막 결혼한 에바도?"

"아마도."

'이주'. 라디오와 신문은 테레지엔슈타트 수용소에 대해 '유대인은 의식주가 보장된 잘 갖추어진 환경에서 행복하게 산다'고 보도했다. 만에 하나 체포되더라도 에바는 그곳으로 갈 것이라고, 아우구스테는 자신을 설득하려 애썼다.

갑자기 차가운 손이 아우구스테의 손을 잡아 놀라서 옆을 보니 창백한 얼굴을 한 어머니 마리아가 있었다. 둘 다 차디찼지만 손을 포개 체온을 나누자 조금씩 따뜻해진다. 그 온기에 아우구스테는 이다의 작은 손을 떠올렸다.

"아빠, 그래서 저 애는요?"

"아아… 폴란드인도 우크라이나나 벨라루스인도 노동 연령은 열다섯 살 이상이야. 그 이하는 살던 곳에 두고 오지. 이 아이 신분증은 열여섯 살이지만 아무리 봐도 거짓말 같구나. 추측인데… 어쩌면 이 아이 옆에서 죽은 여자, 아마도 모친이 함께 있을 수 있도록 속여서 데려온 게 아닐까?"

그 신분증에는 얼굴 사진이 없다. 그리고 급격한 인원 증가 요구 때문에 총독부에서 선별할 때 어지간히 대충 한 게 아닐까 싶다고 데틀레프는 말했다. 실제로 아커 길 뒤편에 있는 수용소도 사람으로 넘쳐 날 지경이었다.

"아마도 독일에 이제 막 도착했겠지. 내 생각에 여기 노동국에서 신분증 위조와 연령 사칭을 들켜서 'P' 배지를 받지 못한 거 아닐까. 걸리적거리는 어린애, 그것도 앞을 못 본다면… 송환 아니면 처분이겠지. 그래서 아이를 데리고 탈주를 시도했다가 다쳐서 죽은 거고. 당국은 조용했으니 도망치던 중에 안개 때문에 차에 치였을 수도 있고."

일반 독일인이 외국인 노동자의 대우를 개선해 달라고 호소하기도 어려웠다. 개중에는 상급 당원과의 연줄을 이용해 잘 보호하면서 고용하는 경영자도 있지만 극소수에 불과하다. 그들에 대한 말은 대부분 '악취를 해결해 달라', '치안이 나빠진다' 같은 불평이었다. 독일인이 외국인 노동자와 친하게 지내고 온정을 베푸는 일 자체가 엄중히 금지되었기 때문이다.

제국의 인원은 모두 빠짐없이 '국가의 소유물'이다. 만약 수용소에서 노동력을 빼냈다는 걸 들키면 니켈 일가도 무사하지 못할 것이다. 하지만 돌려보내면 틀림없이 수용소로 보내 처분한다.

아우구스테는 이미 이다가 손을 쥐었을 때의 감촉을 잊을 수 없었다. 이다는 아마 진짜 가족으로 착각한 것이리라. 이다가 독일어를 알아듣는다면 전혀 웃지 않고 손을 떼치고 도망쳤을 수도 있다. 그렇다고 해서, 아니 그렇기에 그때 신뢰를 보낸 이다의 마음을 짓밟을 수 없다. 아우구스테의 마음에는 그런 생각이 싹텄다. 기젤라에게도 에바에게도 하지 못한 일을 할 수 있을지도 모른다고.

이튿날 이른 아침, 데틀레프는 혼자 집을 나가 노면전차를 타고 증권거래소역에서 내렸다. 로젠탈러 길의 번듯한 타일 벽 집합주택, 하케셔 회페. 그 뒤쪽에는 앞모습과는 반대로 어둡고 음울한 모르타르 벽 거주구가 있다. 거기에 작은 공장이 있었다. 데틀레프는 녹슨 철 계단을 올라 문을 두드리고 "이른 아침에 죄송하지만 긴급한 일입니다."라고 조심스레 말했다. 조금 뒤 사무원인 중년 여성이 머뭇거리며 나타나 데틀레프는 헌팅캡을 벗었다.

"아, 다행이다. 사실은 긴히 부탁드릴 일이 있어요."

사무원 여성은 "쉿." 하고 검지를 입에 대고 아무렇지 않은 척하며 실내로 불러들이더니 날씨 이야기를 하면서 종이와 펜을 꺼내 여기에 사정을 적으라고 손짓했다. 데틀레프는 스파이가 도청할 위험이 있음을 알아챘다. 주택이 밀집한 건물에서는 어디에 적이 숨어 귀를 기울이고 있을지 모른다.

이곳 공장장은 시력이 불편해 비슷한 처지의 사람들을 고용했다. 수작업으로 털을 심은 브러시를 국방군에 납품하는 공장이었다. 직인은 모두 맹인이나 청아인 유대인이지만 아직 '이주'를 면제받고 있다는 이야기를 들은 데틀레프는 혹시 이다를 맡길 수 있다면 고비를 잘 넘길 수 있지 않을까 싶어 부탁하러 온 것이었다.

"정말 짜증 나는 날씨네요. 번거롭게 해서 미안해요. 서류에 부족한 부분이 있어서."

"아뇨, 어쩔 수 없죠. 총통께 조금이라도 폐를 끼쳐서는 안 되잖아요."

"지크 하일! 제국의 승리는 목전입니다."

마음에도 없는 입발림을 하면서 전혀 다른 내용을 종이에 쓰기란 무척 어려운 일이었다. 데틀레프가 내용을 쓰자 사무원은 쓱 읽고는 안경을 벗으며 "정말로 봄이 빨리 오면 좋겠어요."라고 말하면서 대답을 쓴 종이를 돌려주었다.

'공장장은 오늘 프린츠 알브레히트에 직소를 하러 갔습니다. 내일 다시 오세요. 부디 행운이 있기를.'

그렇게 쓴 종이를 데틀레프는 공중화장실에서 다시 한번 읽고 성냥에 불을 붙여 완전히 재가 된 다음에 물을 내렸다.

그러나 이튿날, 데틀레프가 브러시 공장을 다시 찾을 일은 없었다. 1943년 2월 27일, 독일 국내에 남은 모든 유대인은 군수생산에 종사하더라도 징집수용소로 강제 출두해야 했다. 그때까지 철저한 신분 조사로 유대인의 행동을 파악해 온 당국의 눈을 피하기는 어려웠고, 노란 별을 단 사람들은 일제히 지정된 주소로 갔다. 브러시 공장의 맹인 직원들도 서로 어깨에 손을 올리고 대열을 이루어 걸어갔다.

그렇게 징집수용소에 모인 사람들은 며칠 이내에 다시 이동을 명령받아 특별 운행 열차에 태워졌다. 선로는 폴란드 총독부 등 독일인의 시선이 닿지 않는 곳에 있는 수용소로 이어졌다. 주된 행선지 중 하나가 아우슈비츠 비르케나우 절멸수용소였다.

니켈 일가는 최근 청소국에서 일을 하는 호른까지 네 명이서 이다를 어떻게 해야 할지 조용히 의논했다. 이다는 피로가 쌓였는지 열이 나서 응접실 소파에서 잠들었다. 아우구스테는 당연하게 아이를 이대로 보호해야 한다고 주장했다. 내버려 두면 죽을지도 모르는 걸 알면서 바깥으로 내보내다니 도저히 무리라고 생각했기 때문이다. 모두 동의할 줄 알았는데 어른 세 명은 심각한 표정을 지었다.

"…엄마도 그러고 싶지만 이 건물은 별로 안전하지 않아."

"어째서? 그럼 버리자는 거야?"

이를 악물며 대꾸하자 호른이 사이에 끼어들었다.

"아우구스테, 진정해. 나도 마리아의 말이 맞는다고 봐. 양심에 따르면 분명히 네 말대로 이 아이를 집에 두어야겠지. 하지만 이 건물은 벽이 얇고 주민이 너무 많아. 관리인 부츠의 눈도 있는 데다 맞은편에는 레오 주더가 있잖아. 들키면 어떻게 할 거니."

친누나를 수용 시설에 집어넣어 죽음으로 내몬 레오 주더는 이제 구역 지도자다.

"당의 관리직이 돌아다니는 데다 숨어 지낼 준비도 안 되어 있는 집에 숨길 생각이니? 너희도 위험하지만 결국에는 이다 자신에게 위험이 미칠 거야."

"그럼 어쩌라는 건가요, 선생님? 수용소로 돌려보내 처분당하기를 기다려요?"

"물론 아니지. 이다를 수용소로 돌려보내지 않을 거야. 내 생각은 이래. 이 아이의 은신처를 찾아야 해."

호른은 베를린의 유대인을 제거하는 일제 퇴거령이 내린 중에도 아주 일부이기는 해도 지하활동가가 마련한 은신처에 살아남은 유대인이 사는 모양이라고 했다.

"나도 연줄이 없는 건 아니지만, 아무래도 돈 목적으로 움직이는 사람이라서 그다지 맡기고 싶지 않아. 자네는 어떤가, 데틀레프."

"…그래, 짚이는 데는 있어. 믿을 만한 소스야."

데틀레프의 머릿속에는 누에나방 서점에서 건네받은 전언이 있었다. 리젤이 지하활동을 계속한다면 이다를 맡길 수 있을지도 모른다. 데틀레프는 공산주의 활동에서 벗어난 지 오래지만, 리젤은 옛날부터 발이 넓고 공화정 시대에 베를린에 온 소련 공작원의 위조 신분증을 만든 사람과도 줄이 있던 걸로 기억한다. 리젤을 찾아내 이다의 신분증을 만들고 은신처를 마련한다. 니켈 일가와 친우인 호른은 그런 결론에 이르렀다.

데틀레프는 곧바로 전언에 있던 노이쾰른 지구 성당으로 가서 리젤을 찾았다. 리젤은 그 성당에서 이미 이동했지만 1킬로미터도 떨어지지 않은 다른 성당에 있었다. 젊었던 그녀도 나이를 먹어 검은 머리카락에 하얀 것이 섞였지만 눈에는 힘이 있었다. 그녀는 독일공산당에서 떠난 데틀레프에게 이죽거리기는 했어도 "그 폴란드인, 아직 어린애지. 협력은 할게. 나한테 맡겨."라며 부탁을 들어주었다.

그러나 실행까지는 시간이 걸린다. 당국의 감시를 피하는 안전한 곳, 위조 증명서를 만드는 기술자, 믿을 수 있는 협력자, 식량, 한 사람이 살아남는 데 필요한 것, 모든 것이 부족했다. 준비될 때까지 이다는 니켈 일가의 집에서 맡기로 했다.

좁은 집 안에서 대부분을 보내는 이다에게 마리아는 볕을 쐬고 신선한 공기를 마시게 해야 한다며 최대한 궁리했다. 창문을 자주 열거나 바깥에서 보이지 않는 사각을 찾아 이다를 세우고 비쳐 드는 햇빛을 한동안 쐬게 했다.

아우구스테는 몸을 움직여 노는 방법을 고안했다. 응접실에 있는 의자와 소파를 가운데로 모아 섬으로 치고 테이블로 다리를 만들었다. 아우구스테는 이다의 가는 손을 잡고 여기는 암초, 여기는 산, 여기는 초원이지만 위험한 사자가 있고 지금 당장 잡아먹으려 한다는 이야기를 하면서 놀았다. 하지만 이다는 무서워하며 함께하려 하지 않았다.

이다는 말이 통하지 않고 앞도 보지 못한다. 아우구스테는 고민하다가 이전에 읽은 헬렌 켈러 전기를 떠올리고 이다를 욕실로 데려가 물을 만지게 했다. 그러나 여기에도 별다른 반응이 없었다. 하는 수 없이 아우구스테는 욕실에서 노래를 불렀다. 아는 노래는 당가뿐이라 자신이 브리기테가 된 것 같았지만 이다의 반응은 지금까지 중에 가장 좋았다. 아우구스테가 아는 노래를 전부 부르고 처음부터 다시 노래를 부르기 시작했을 때, 현관문이 쾅쾅 울려서 몸이 굳었다.

"시끄럽잖아, 조용히 해!"

"어머나, 부츠 씨. 왜 그러시죠? 딸은 당가를 연습했을 뿐인

데요."

"…당가는 좋지만 조금 더 목소리를 낮추도록 딸을 가르치라고. 다른 집에서 불만이 들어왔어."

"다른 집에서요? 아, 그렇군요. 당가를 싫어하다니 대단한 이웃이네요?"

아우구스테는 이다를 남기고 욕실 문을 열어 마리아 뒤에서 슬며시 상황을 엿보았다. 부츠는 얼굴이 새빨개져서 웅얼거리다가 결국 "내 입장도 생각해 줘, 마리아." 하고 투덜거리며 돌아갔다. 마리아는 의기양양하게 허리에 손을 대고 당당히 문을 닫는다. 완전히 닫히기 직전에 아우구스테는 맞은편 집 문이 열리고 상복 차림의 여성이 하얀 얼굴로 엿보는 모습을 보았다. 마리아는 알아채지 못했다.

그날 밤, 아우구스테는 이다와 나란히 한 침대에 누웠다. 잠들기 전에 다시 노래하자 이다가 아우구스테에게 기대 작은 목소리로 폴란드 노래를 불렀다. 아우구스테가 아는 힘찬 독일 노래와 달리 구슬프고 맑은 선율로, 먼 동쪽 바람이 여기까지 부는 기분이 들었다. 아우구스테는 이다의 등에 손을 두르고 그대로 눈을 감았다.

창문으로 부는 바람은 차지만, 프리지어 향기가 조금씩 감돌았다. 곧 봄이 온다.

그러나 니켈 일가에게는 어두운 운명이 기다리고 있었다.

1943년은 나치 독일의 파국이 시작된 해다. 전쟁은 수렁에 빠져 소비에트와 대치한 동부전선에서는 피로 피를 씻는 스탈린그라드 공방전이 펼쳐지고, 적군(赤軍)이 40만 전사자를 내고서도 승리를 거뒀다. 헝가리 및 루마니아 전선도 적군에게 돌파되어 독일군은 5월이 되자 북아프리카 전선에서 후퇴했고, 추축국 동맹이었던 이탈리아는 무솔리니가 물러나고 연합국에 항복했다.

라디오와 뉴스영화가 아무리 전의를 북돋아도 국민의 불안은 씻기지 않았다. 독일 전역에 숨은 반나치주의자들은 국민사이에 총통의 총본부에 대한 불신이 퍼지는 것을 감지하고 조금씩 활동을 시작했다.

어떻게든 히틀러의 꼬리를 잡고 싶다. 끈기 있게 호소하면 국민도 눈을 떠 저 독재자를 끌어내릴 것이다. 활동가들은 엽서와 전단에 나치스를 비판하는 내용을 적어 집집마다 몰래 배포했다.

경찰의 호루라기가 울리더니 주택 안마당에서 뛰어나온 남녀가 전단을 길바닥에 사방팔방 흩뿌리며 쓰러지고 옴짝달싹 못 하게 붙들렸다. 아우구스테는 오늘 아침 집 문틈에 낀 전단을 부츠에게 보고해야 할지 망설였지만 얼굴에 멍이 든 두 사람이 호송차에 떠밀려 들어가는 모습을 보고 전단은 보고하지 않고 불을 붙여 난로에 태웠다.

한편, 리젤이 속한 베를린 지하활동가들은 아지트에 윤전기를 숨겨놓고, 선전부에서 보도 규제를 강요받는 신문사 기자를 아군으로 만들어 파악한 특종을 기사로 써서 대량으로 인쇄해 뿌리려 했다.

나치스와 친한 거대 공기업 중 하나인 화학약품 회사 IG파르벤에 사무원으로 잠입한 스파이가 발주 목록에 이상한 숫자가 있다고 보고했다. 나치스 당국은 해충을 박멸하는 독약으로 치클론B를 채택했다. 판매는 IG파르벤의 공동경영 회사인 데게슈를 통하는데, 그 과정에서 무장 친위대 위생부의 어느 수신처에 통상의 네 배에 달하는 독극물을 판매했다고 한다. 수신처는 아우슈비츠 비르케나우 수용소다.

숨어 지내는 유대인 대부분이 '수용소에 가면 살해당한다'고 말하는 걸 리젤은 들어왔다. 먼저 수용소로 보내진 유대인 가족과 연락이 닿지 않으면 몇 주나 몇 달 후에 피도 눈물도 없는 사망 통지서가 우편함에 도착한다. 도시에 아직 남아 있는 4분의 1 유대인이나 독일인 아내가 있는 유대인 남편들은 무슨 이상한 일이 일어나고 있다고 서로 은밀히 이야기를 나눴다. 총독부에 파병된 아들, 남동생, 남편에게 '죄 많은 유대인과 폴란드인과 집시들을 죽이고 세계 평화에 공헌했다'고 자랑스럽게 쓴 편지를 받은 독일인도 있다.

그러나 대부분 '전쟁이니까 적이 죽는 건 당연하고, 유대인이 수용소에서 죽었다면 불만은 총통이 아니라 수용소 문제이니 관리자에게 말해야 한다'고 생각했다. 당국도 '총통을 비난

하기 위한 연합국의 선동이니 우수한 독일 국민은 믿지 말라'
고 성명을 발표했다.

그래도 일부 독일인은 이상한 일이 일어나고 있음을 감지했
다. 수용소 건설에 관여한 사람, 발주 생산 서류에서 기묘한 점
을 발견한 사람, 수용소로 향하는 유대인들에게 폭력을 휘두르
는 장면을 본 사람. 리젤에게 들어온 정보도 그중 하나였다. 리
젤은 데틀레프에게 이 사실을 밝혔다. 그러나 귀는 어디에나
달린 법이다.

리젤은 윤전기를 감춘 아지트에서 성당으로 돌아가는 길에
비밀경찰에게 체포되었다. 이미 동료 몇 명은 프린츠 알브레히
트 길의 비밀경찰 본부에서 심문을 당했고 한 사람이 입을 열
었다. 거기에서 리젤과 함께한 지하활동가들은 불도저로 흙째
파낸 잡초처럼 순식간에 체포되어 처형당했다. 리젤은 교수형
이었다.

소식을 들은 데틀레프는 서둘러 가족에게 명령해 반동적이
라 생각되는 물건을 전부 난로에 집어넣어 태웠다. 호른이 고
생해서 구해준 미국 소설도 희생되었다. 그러나 아우구스테는
《에밀과 탐정들》만은 도저히 태울 수 없었다.

아우구스테는 베갯잇을 벗겨 안에 《에밀과 탐정들》을 숨기
고 부모가 정리에 집중하는 틈에 계단을 뛰어 내려가 호른이
사는 2층 집 문 밑으로 책을 밀어 넣고 다시 서둘러 집으로 돌
아왔다. 호른이라면 금세 알아줄 것이다.

"이다만 남았어."

"하지만 아직 은신처를 구하지 못했잖아?"

"더는 기다릴 수 없어. 누에나방 서점에 부탁하자. 거기 주인 은 저항파와 이어져 있고 믿을 수 있어. 일단 나가야 해."

마리아가 이다에게 모자를 씌우는데 창문에서 안마당 상황 을 살피려 한 아우구스테가 작게 비명을 질렀다. 밭으로 바뀐 화단 옆에서 기젤라의 동생 레오 주더가 담배를 피우고 있었 다. 돌격대와 비슷한 갈색 제복을 입고 예전에 누나가 있던 곳 에서 잡지를 펼친 채 쉬고 있다. 집합주택은 구조상 바깥으로 나가려면 반드시 안마당을 통과해야 한다. 데틀레프는 가족에 게 주의를 주었다.

"천천히 걸어. 절대로 뛰면 안 되고 조급해하면 안 돼. 우리 는 지금 연을 보러 가는 거야. 이다는 친구 딸이야. 알았지?"

계단실을 내려가 안마당 문을 연다. 다행히 레오 주더는 육 체미를 드러낸 여성의 브로마이드에 열중하느라 "어디? 연? 좋은 하루 보내요, 하일 히틀러!" 하고 귀찮은 듯이 말했을 뿐 이다. 그래도 4번 안마당에서 1번 안마당까지 지나가 폴크스 뷔네에 도착할 때까지 모두 살아도 산 것 같지가 않았다.

리젤 없이 은신처를 찾으려면 다른 중개인에게 의뢰하는 수 밖에 없다. 데틀레프가 서점 주인에게 부탁해 긴급 연락을 연 결하는 동안 마리아와 아우구스테는 이다를 데리고 하켄크로 이츠 깃발이 펄럭이는 호르스트 베셀 광장에서 기다렸다.

길 세 개가 둘러싼 삼각형 광장에 초여름의 상쾌한 바람이 불어 아우구스테의 땀에 젖은 이마를 식혔다. 하늘을 올려다보니 여름처럼 선명하지도 겨울처럼 여리지도 않고 싱그럽게 맑은 물색에 손으로 찢은 솜사탕 같은 얇은 구름이 꼬리를 끈다. 태양은 따스하게 주변을 비추고 새싹의 색이 짙어지기 시작한 느릅나무에서 작은 새가 날갯짓하며 날아간다.

아우구스테는 이 시기 독일의 하늘이 가장 아름답다고 생각했다. 그리고 이렇게 하늘이 맑지 않았다면 좋았을 거라고 원망했다. 아버지가 아직 돌아오지 않았다. 심장이 파열될 것 같은 속도로 맥박이 뛰었다. 손가락은 긴장으로 얼어붙어 이다의 손을 너무 세게 쥐고 말았다.

이다가 아파하며 손을 뿌리친 그때 갑자기 옆에서 손을 뻗어 이다를 빼앗았다. 아우구스테도 마리아도 소리 지를 틈도 없었다.

"귀여운 아이네."

상복을 입은 머리카락이 눈처럼 하얀 여자였다. 익숙한 동작으로 이다를 끌어당겨 상냥하게 안는다. 당혹감을 감추지 않고 양팔을 버둥거리는 이다를 바라보는 눈동자는 심해처럼 푸르다. 마리아는 재빠르게 움직였다. 곧바로 이다의 손을 잡아 다시 데려오더니 곧장 쏘아보았다.

"말도 없이 남의 아이를 만지다니 예의가 없네요."

그러자 상복 입은 여자는 생긋 미소 지었다.

"어머나, 그 댁 아이였나요. 조금도 닮지 않아서 착각했어요. 그렇지?"

그렇게 말하며 아우구스테를 본다. 아우구스테는 앗 하고 소리를 지를 뻔했다. 옆집에 이사 온 모친이 분명하다. 영문을 모른 채 얼이 빠진 아우구스테의 손을 마리아가 쥐었다. 그 손은 덜덜 떨렸다.

"엄마?"

마리아의 귀에 아우구스테의 말은 들리지 않았다. 그 자리에 서서 상복 여자의 뒷모습을 바라본다. 데틀레프가 돌아오자 마리아는 방금 있었던 일을 귀띔했다. 아우구스테는 아버지의 굳은 얼굴을 보았다. 그러나 두 사람은 입을 다물고 아우구스테에게 무슨 문제인지 알려주지 않았다.

이윽고 물색이던 하늘에 붉은빛이 비쳐 들 무렵, 흑발의 자그마한 여자가 이다를 데리러 왔다. 데틀레프의 긴급 연락을 받은 활동가 중에 샤를로텐부르크의 부잣집에 줄이 있는 자가 있는데, 그 여자는 사용인인 그레테라고 했다.

"거처는 나중에 서점에 전하겠습니다. 그럼 행운을 빕니다."

그레테는 이다의 손을 끌고 사람들 속으로 사라졌다. 아우구스테는 손바닥에 남은 온기가 점점 사라지는 것을 느꼈다.

세 사람이 집합주택으로 돌아가자 입구 앞에 국가보안본부의 검은 차가 서 있고 안마당에 있던 주민이 허둥지둥 집으로 들어갔다. 4번 마당에 남은 사람은 청록색 원피스를 입은 멋쟁이 여성과 레오 주더뿐이었다. 갈 때는 전혀 경계하지 않았으면서 지금 레오는 구역 지도자다운 얼굴로 돌아가 계단실로 들어가는 일가를 감시했다. 2층 문 앞에서는 호른이 팔짱을 끼고 입술을 깨물며 세 사람이 지나가는 모습을 바라보았다.

데틀레프, 마리아, 아우구스테는 앞으로 무슨 일이 일어날지 알았다. 니켈 일가 세 사람은 서로 부둥켜안고 무정하게 흐르는 시간을 저주했다. 아우구스테는 아버지의 듬직한 몸에 팔을 둘러 등을 붙잡고 따스한 체온과 편안한 냄새와 심장 소리를 느꼈다. 눈물이 넘쳐서 멈추지 않아 아버지의 상의를 적셨다. 데틀레프는 마리아의 떨리는 입술에 입맞춤하더니 가녀린 손에 엄지만 한 작은 종이 꾸러미 두 개를 건넸다.

잠시 뒤 현관 초인종이 울렸다.

문을 부수기 전에 데틀레프가 열자 비밀경찰이 뛰어들어 와 데틀레프의 얼굴을 때리고 복부를 걷어찼다. 마리아는 비명을 지르는 아우구스테를 끌어안고 울먹이면서도 땋은 머리를 계속 쓰다듬었다.

"그만하세요. 그 사람은 저항하지 않잖습니까."

열린 문 너머에서 호른의 떨리는 목소리가 들렸다.

"너는 누구야? 공산주의자를 옹호하면 너도 체포한다."

"아래층 사람입니다…. 근처에 임산부가 있어요. 조용히 해주실 수 없을까요. 놀라서 유산하겠어요. 그러면 당국 사무국에 고소하겠습니다."

그제야 비밀경찰은 데틀레프에게 가하던 폭력을 멈추고 억지로 일으켜 아래로 연행했다.

비밀경찰이 엉망으로 헤쳐놓아 마리아와 데틀레프가 16년 동안 산 집은 갈기갈기 찢기고 벽의 모르타르가 깨져 안쪽 벽돌 파편이 어지럽게 흩어졌다. 그래도 사회의 적이라는 증거를 찾지 못해 30분쯤 지나 집을 나갔다.

6월 22일, 민중 앞에 모습을 드러내지 않는 총통 대신 선전부 장관 괴벨스가 '베를린은 유대인이 없는 도시가 되었다'고 소리 높여 선언했다.

남겨진 마리아는 증오에 휩싸여 데틀레프와 리젤을 밀고한 인간을 찾으려고 했다. 처음에는 호른을 의심했지만 그는 데틀레프가 맞을 때 임산부가 있다는 거짓말을 하면서까지 끼어들어 비밀경찰에 협박당했다. 스스로 밀고하고서 그런 위험을 무릅쓸까?

다음에 의심한 건 한때 동료이자 나치스가 정권을 잡기 직전에 나치당으로 옮긴 라울이었다.

라울은 순조롭게 출세하여 제국예술원 주임이 되었다. 그는 갑자기 나타난 마리아를 맞아들였지만, 본인은 코웃음 치며 의혹을 부정했다.

"내가 새삼 옛 동료를 밀고해서 무슨 덕을 본다고? 섣불리 움직여 내 과거를 들키면 나도 무사하지 못하는데."

"그럼 대체 누구예요?"

"…모르겠어? 밀고자의 목적을 잘 생각해 봐. 어째서 이제야 밀고당했는지…. 리젤과 데틀레프는 뭘 했는지. 거기에 이유가 있지. 이주한 곳에서 유대인들이 어떤 짓을 당하는지 밝혀서 전단을 뿌리려 했다지. 그런 짓을 해서 여론이 유대인을 동정한다면 염원을 이룰 수 없어져. 그렇게 생각하는 사람 중에 너희를 개인적으로 아는 인물, 짐작 가는 바가 있지? 여기서부터는 옛정을 생각해서 말하지. 잘 떠올려봐, 리젤과 데틀레프를 알고 유대인을 죽을 만큼 증오하는 여자가 있었다는 걸."

마리아는 집에 어떻게 돌아왔는지 기억하지 못했다. 정신을 차리니 익숙한 부엌에서 의자에 앉아 데틀레프의 머그잔을 바라보고 있었다.

그날. 벌써 4년도 전에 리젤의 여동생이 경영하는 술집에서 만난 여자 따위 까맣게 잊고 있었다. 그녀는 아이의 어머니였다. 쿠르퓌르스텐담에서 세 아이 중 두 아이를 유괴당해 딸이 백골 사체로 발견된 뒤 체포된 유대인을 증오하고, 유대 민족에 복수를 맹세하고, 히틀러의 말을 맹신하게 된 어머니.

집에 돌아온 아우구스테에게 그 이야기를 하자 아우구스테는 머뭇거리며 새로 이사 온 이웃이 폴크스뷔네 앞에서 이다의 손을 잡아끈 사람이랑 닮았다고 털어놓았다.

그 순간 마리아는 총알처럼 집에서 뛰쳐나가 맞은편 문을 두드리고 때리고 발로 차고 여태껏 한 번도 해본 적 없는 난폭한 말로 욕설을 퍼부었다. 그러나 반응은 없다. 옆집은 데틀레프가 체포된 그날 다시 이사했다고 한다.

예전에 리젤이 성당으로 도망쳤다고 한 전언을 데틀레프는 리젤 본인이 한 연락이라고 믿었다. 그러나 진상은 달랐다. 서점 주인에게 전언을 끼운 책을 맡기고 데틀레프에게 건네라고 한 사람은 그때 아이를 잃은 부인이었다. 줄곧 리젤을 감시하며 기회를 엿봐 이미 탈퇴한 데틀레프까지 엮어 일망타진하려고 일을 꾸민 것이다.

마리아가 깨달았을 때는 이미 늦어 손쓸 방도가 없었다.

플로첸제 형무소에 들어간 데틀레프 니켈은 사형수가 되었다. 마리아가 지푸라기를 잡는 심정으로 법무부에 보낸 청원서는 '기각' 도장이 찍혔고, 7월 2일 데틀레프는 시민들이 지켜보는 가운데 단두대에 누워 많은 사형수가 흘린 피 냄새를 맡으며 강철의 차가운 칼날에 목이 떨어졌다.

소식을 들었을 때 마리아는 의연했다.

"사모님, 당신도 공산당 집회에 나갔다는 증언이 있습니다."

중절모를 깊게 쓴 비밀경찰은 데틀레프를 상대할 때보다 신사적으로 원반 모양 경찰 배지를 보이며 마리아에게 말했다. 그 뒤에는 관리인 부츠가 히쭉거리며 서 있었다.

"…출두해야 하나요?"

"예. 함께 가시죠."

"그러면 준비하게 해주세요. 딸이 있어요. 여자끼리 해야 할 이야기도 있으니 잠시 바깥에서 기다려주시겠어요?"

비밀경찰은 떨떠름한 눈치였지만 마리아는 등을 곧게 펴고 당당히 말했다.

"도망치지 않겠습니다. 나 같은 여자가 창문을 깨고 여기서 뛰어내릴 수 있을까요? 아시다시피 출입구는 이 문밖에 없어요. 걱정된다면 안마당에서 창문을 올려다보셔도 괜찮습니다."

행운이었던 건 이 자리에 있던 비밀경찰이 그녀에게는 배짱도 높은 지능도 없고, 정말로 단순히 '여자끼리 이야기'를 하는 거라고 믿었다는 점이다. 비밀경찰은 나갔지만 관리인이 한 걸음 나와 비린내 나는 숨을 토하면서 마리아를 위협했다.

"마리아, 당신 얘기에 내가 속을 줄 알았어? 내 말대로 해. 그러면."

붉게 충혈된 눈으로 마리아의 몸을 핥듯이 훑어보는 관리인을 마리아는 비웃었다. 더는 참을 필요가 없다는 듯이.

"살려준다고요? 웃기지 마세요. 당신이 나치를 좋아하는 이유는 잘 알아요. 무서운 걸 뒤에 두면 지금까지 댁을 바보 취급한 인간 모두가 당신 말에 따르기 때문이죠."

마리아는 눈을 번뜩이며 가슴에 담아두었던 말을 단숨에 토해냈다.

"그래서 전능해졌다고 생각했겠지만, 어차피 이 집합주택 방공 책임자 정도밖에 안 되는 존재야. 비밀경찰에게 뭘 할 수 있다는 거야? 그리고 나치가 있든 없든 전쟁이 있든 없든, 나는 댁이랑 하는 섹스 따위 일주일 빨지 않은 양말 냄새 맡으면서 자위하는 것보다 최악이라고 생각한다는 거 잊지 마."

그렇게 말하고 마리아는 관리인의 코앞에서 문을 닫고 안쪽에서 잠갔다. 화난 관리인 부츠는 문고리를 잡아당기고 두드리다가, 그래도 열지 않는 걸 깨닫고는 관리인용 열쇠 다발을 가지러 간다고 선언하고 쿵쾅거리며 계단을 내려갔다.

그때 마리아는 이미 침실에서 아우구스테를 끌어안고 갓난아이 시절처럼 등을 부드럽게 두드렸다. 아우구스테는 흐느껴 울며 어머니를 붙들려고 했다. 이대로 비밀경찰과 나가면 두번 다시 돌아오지 않는다. 아버지처럼. 그러니까 필사적으로 등에 손톱을 세우고 어머니의 가는 몸에서 손을 떼려 하지 않았다. 딸의 거센 포옹에 마리아는 아픔을 참으며 자신이 요람이 된 듯이 천천히 흔들었다.

"…잘 들으렴, 아우구스테. 너는 살아남아야 해. 하지만 무기도 필요하지. 지금부터 열을 세면 부엌 창가로 가. 아빠랑 엄마가 주는 선물이 있어."

"…응?"

아우구스테가 어머니의 말에 되물으며 힘이 느슨해진 순간 마리아는 딸의 몸을 떠밀어 침실에서 밀어내고 문을 닫았다.

"엄마!"

아우구스테는 반쯤 미친 듯이 문을 열려 했지만 마리아가 문을 잠근 데다 몸으로 문을 막아서 꿈쩍도 하지 않았다.

"아우구스테, 들어줘. 엄마는 심문을 견딜 수 없어. 아마 이다와 호른 씨 그리고 네 얘기까지 해버릴 거야. 그런 짓을 했다가는 아빠한테 뭐라고 사과해야 할까."

"그건 나도 마찬가지야, 엄마, 문 좀 열어!"

"너는 괜찮아. 너는 아직 어린애인걸. 교정 시설은 괴롭겠지만 목숨은 살려줄 테니까."

아우구스테는 열심히 문을 두드렸지만 엄마는 열지 않았다.

"엄마 말 알았지. 한 가지만 주의해. 광장에서 만난 백발 여자, 요전까지 옆집에 살던 그 사람을 조심해. 가엾게도 그녀는 옛날에 쿠담에서 자식이 살해당했어. 연쇄살인 사건에 휘말린 거야. 체포된 범인은 유대인이었어. 그래서 그들을 도우려 한 사람까지 미워해. 그녀는 줄곧 증오했어. 그 증오 때문에 우리에게 불똥이 튀었어. 하지만 나는 그녀를 잊고 있었어."

마리아는 마지막에는 자신을 타이르듯이 중얼거리며 문에 등을 기댄 채 주머니에서 종이로 감싼 작은 용기를 꺼냈다. 안에서 유리로 만든 작은 앰풀이 나왔다.

"사랑한다, 아우구스테. 우리의 소중한 딸. 엄마를 용서하렴. 네 인생이 행복하기를 바랄게."

투명한 액체가 든 유리 앰풀을 입에 넣고 어금니로 목을 뚝 꺾었다. 눈 깜짝할 사이에 청산가리액이 마리아의 입에서 목으로 흘러들어 심장을 멈추었다. 즉사였다.

쿵.

쓰러지는 소리가 들린다. 문틈으로 어머니의 몸에서 힘이 빠지는 게 보인다. 눈물에 볼을 적신 아우구스테는 참지 못하고 절규했다.

IV

꿈을 꾸었다.

소중한 사람의 껍질을 쓴 생생한 환상이 있는 세계. 그곳에
서 깨어나는 순간에는 억지로 떨어지는 아픔과 애절함이 느껴
지는데, 눈을 뜨고 호흡을 깊이 들이쉬면 벌써 산산이 조각난
파편밖에 떠오르지 않는다.

아침 해가 눈 부시다. 평소와 다르게 낮고 좁은 천장, 불편한
의자. 새가 지저귀는 소리.

나는 딱딱하게 굳은 허리와 무릎을 겨우겨우 펴며 일어나
창문으로 비쳐 드는 빛을 피했다. 꿈 탓인지 심장이 아직 두근
거린다.

그래, 여기는 차 안. 운전석과 핸들에 노란 햇빛이 비쳐 반짝인다. 머리카락을 손가락으로 대충 빗어 두 갈래로 나눠 다시 땋으면서 하늘을 올려다보았다. 화창하고 공기는 상쾌하지만 희미하게 모닥불 냄새가 섞여 든다. 호숫가에서 잠든 사람들이 피운 하얀 연기가 여기저기서 뭉게뭉게 피어올랐다. 전쟁의 연기가 아니라 생활의 온화한 연기다.

발터와 한스는 벌써 일어났는지 바람에 실려 여기까지 목소리가 들린다. 지기는 어쩌고 있을까. 신경이 쓰였을 때 반대쪽 창문으로 나직하게 코 고는 소리가 들렸다. 창문 아래를 들여다보니 시험작 제1호의 그림자가 진 들판에 벌렁 누워 잠든 지기스문트 그라스가 있었다.

구름은 적고 티 없는 하늘은 푸르러 오늘도 날씨가 맑을 것 같다. 동쪽 하늘에서 떠오른 아침 해가 수면을 비추고 풀숲은 밝은 금빛으로 빛났다. 여름의 이른 아침, 기온이 높아지기 전 어둠과 응어리를 씻어낸 듯한 청정한 기척.

차에서 나와 아침 이슬을 종아리로 느끼면서 풀밭을 걸어 호수의 차가운 물로 세수하고 나서 발터와 한스에게 향했다. 두 사람은 모닥불 주위에 앉아 아침밥을 만들고 있었다. 직접 불을 쐰 탓에 새카매진 양철 깡통에 어딘가에서 주워 온 듯한 찌부러진 금속 스푼을 집어넣어 걸쭉한 액체를 휘젓는다. 그 기분 나쁜 잿빛 국물에 상쾌한 아침 기분이 물거품이 되었다.

"…이게 뭐야."

"가방에 남아 있던 감자녹말이랑 저쪽 덤불에서 잡은 개구리, 반제의 신선한 물. 걱정하지 마, 못 먹는 건 안 넣었으니까."

발터가 스푼으로 내용물을 퍼 올리자 발가락을 벌린 채 굳은 가여운 개구리의 다리가 축 늘어졌다.

"하다못해 껍질이라도 벗기지 그랬어."

"그런 수고를 들이라고? 자기 그릇은 스스로 구해 와."

호숫가에는 녹슨 빈 캔이며 무슨 부품이었던 듯한 쇠막대기, 탄약통 같은 게 잔뜩 떨어져 있다. 흙투성이 콘돔을 밟지 않으려고 조심하며 키가 큰 풀을 헤치면서 구멍이 뚫리지 않고 남은 내용물이 썩지 않은 가장 멀쩡해 보이는 빈 콩 통조림과 스푼 대신으로 쓸 수 있을 듯한 구부러진 금속판을 주웠다. 호수 물로 씻고 젖은 캔을 흔들어 물기를 털어내는데 호수의 얕은 물가에 가라앉은 불발탄이 보였다.

발터의 가방에는 소금이 없어서 아침 수프는 아무 맛도 나지 않는 데다 걸쭉한 액체에 섞여 딱딱한 개구리 고기가 입안으로 들어온다. 괜찮다, 개구리는 먹을 수 있는 생물이라고 자신을 설득하면서 억지로 삼켰다. 나는 혀 위에 남은 가죽과 뼈를 풀숲에 뱉어내면서 이거에 비하면 피프티스타스의 기름진 식사는 천국의 음식이고, 종일 신은 양말 같은 대용 커피의 맛조차 지금이라면 맛있을 거라고 생각했다.

그래도 위에 따뜻한 것이 들어가자 그것만으로 몸이 훈훈해져 머리도 돌아가기 시작했다. 나는 발터와 한스를 돌아보고 앞으로 몇 시간만, 바벨스베르크에 도착할 때까지만 차에 태워 달라고 부탁했다.

한스는 흔쾌히 받아들였지만 발터는 좀처럼 고개를 끄덕이지 않았다. 지기가 있는 한 당연하리라. 그러나 포기하려 하자 발터는 통명스럽게 시험작 제1호를 가리키고 말했다.

"저놈을 깨워줘."

지기는 들판에 깐 모포 위에서 아직 코를 골며 숙면하고 있었다. 열린 입에서 토해내는 숨은 고약해서 물이 괸 늪 같은 냄새가 난다. 어젯밤 발터에게 맞아서 뺨에 생긴 멍은 하루가 지나자 검붉어졌다. 짙은 눈썹과 눈썹 사이에는 깊은 주름이 가고 거무스름한 피부에 비지땀을 흘리며 목 안쪽에서 괴로운 듯한 신음이 흘러나왔다.

어깨를 몇 번 흔들자 지기는 크게 숨을 들이쉬면서 두 눈을 번쩍 뜨고 초점이 맞지 않는 눈동자로 허공을 응시했다.

"일어나. 발터가 불러."

"아, 아아…."

지기는 상반신을 벌떡 일으키더니 긴 손가락으로 얼굴을 닦았다.

결론부터 말하면 발터는 지기를 용서하지는 않았다. 당연하다. 반경 10미터 이내에서 하룻밤 보낸 정도로 증오가 사라질 리가 없다. 그래도 발터는 바벨스베르크까지 바래다주겠다고 했다.

"단, 조건이 있어."

발터는 접시 대신인 빈 깡통에 개구리 수프를 담더니 모닥불을 끄고 마주한 지기에게 내밀었다.

"그거 전부 먹어."

지기는 받아 든 깡통 안을 보더니 얼굴이 굳었다. 나도 아까 먹었다고 말하려고 옆에서 들여다보았다가 나도 모르게 입을 틀어막았다. 배 속이 뒤집힐 것 같다.

고여 있는 회색 액체에 개구리 머리가 잠겨 있었다. 부은 눈꺼풀에서 익어서 하얗게 으깨진 안구가 보인다. 뾰족한 코 아래에 있는 입이 살짝 벌어져 있어서 나는 개구리의 숨이 끊어졌을 순간을 상상하고 말았다.

이런 걸 먹으라니 질 나쁜 괴롭힘이다. 예전에 4번 안마당에서 본 남자아이들의 담력 시험이나 마찬가지다. 나는 발터에게 항의하려 했다. 하지만 할 수 없었다. 긴 앞머리 밑에 가려진 발터의 눈동자는 잔혹한 어두운 빛을 띠고 지기만 응시했다.

지기는 고개를 살짝 끄덕이더니 천천히 개구리 머리를 덥석 물고 눈을 깜빡거리며 하늘을 올려다보았다. 거무스름한 목젖이 꾸룩꾸룩 이상한 소리를 내며 위아래로 움직여서 통째로 삼킨 걸 알았다. 하늘을 올려다본 채 얼이 빠진 지기의 손에서 힘이 빠지고 깡통은 국물을 흩뿌리며 풀숲에 나뒹굴었다.

발터는 표정 없이 자리에서 일어나 모닥불을 밟아 껐다.

"…좋아."

발터는 그렇게 말하고 지체 없이 목탄가스 보일러에 불을 지피고, 지기는 말없이 따라가 송풍기를 돌렸다. 시험작 제1호는 커다란 소리를 내며 연기를 뿜고 차체가 덜덜 떨렸다. 한스를 살피니 그도 나를 보며 고개를 젓고 어이없다는 듯이 입으로 푸우 하고 한숨을 토해냈다.

"발터는 늘 저래. 상대가 하고 싶지 않을 일을 시켜서 복수하지."

"그거 완전 갱이잖아."

"그렇지. 하지만 발터는 그래도 관대하다고 생각하지 않을까. 총독부에서 간신히 목숨만 부지하고 도망친 독일인 말로는 해방된 유대인이 폭도로 변해 미처 도망치지 못한 친위대에게 린치를 가한 끝에 목을 매달았대. 그 이야기를 발터에게 했더니 '나도 하고 싶어'래."

한스는 반바지 아래 드러난 자기 무릎을 만지며 기어가는 작은 거머리를 손가락으로 툭 날려버렸다. 거머리는 풀숲에 떨어져 모습이 보이지 않았다. 나는 줄곧 마음을 내리누르던 생각을 문득 한스에게 물어보고 싶어졌다.

"…너라면 증오하는 상대를 만났을 때 어떻게 할 거야?"

"글쎄."

한스는 손을 반바지에 닦으면서 말했다.

"나도 장밋빛 삼각형으로 나에게 낙인을 찍고 교정시키려 한 그 사람들에게 복수하고 싶은 마음은 있어. 여자애 나체 브로마이드를 슬라이드로 보여주거나 '정당한 생식 활동'의 고귀함과 의무를 가르치고 남자가 남자를 좋아하는 건 착각이라고 하거나 내가 이상한 거라는 생각이 들 정도로 내몰렸을 때는 저쪽이 죽든 내가 죽든 해야 한다고 생각했지. 만약 지금이라면 그 의사나 심리학자들을 죽여도 비난받지 않을지도 모르지. 나치스의 나쁜 놈들이니까."

호수를 향한 한스의 옆얼굴은 흔들리는 물 저편, 그에게밖에 보이지 않는 무언가를 보는 것 같았다.

"하지만 나는 겁쟁이고 정의가 뭔지도 모르겠어. 그러니까 그 사람들이 벌써 죽어서 복수하지 않아도 되면 좋겠어."

마침 그때 "이봐, 거기! 출발한다!"라고 고함치는 발터의 목소리가 들렸다.

시험작 제1호의 창문에는 유리가 없어서 주행 중에는 바람을 사정없이 맞아 귀가 북이 된 것처럼 고막이 두두두두 하고 떨렸다.

우리는 호숫가를 나와 일반 도로로 돌아와 반제역에서 포츠담 가도로 접어들었다. 트럭과 지프 주위에 있는 미군 병사들에게 변화가 없으니 별다른 소동은 일어나지 않은 듯하다. 공사가 중지된 채 방치된 라이히스아우토반(제국고속도로) 앞에 세운 지프에 기대 헬멧을 벗고 머리를 무방비하게 드러낸 채 태평하게 담배를 피우고 있다.

조금 전 한스와 이야기를 나눈 뒤 나는 머릿속에서 그의 말을 줄곧 곱씹었다. 무시하고 싶어도 뼈에 닿을 정도로 깊이 박힌 나이프처럼 쉽게 빠지지 않는다. 만약 뺐다가는 피가 대량으로 흘러서 목숨을 잃을 것이다.

발터는 폭이 넓은 포츠담 가도를 조금 달리다가 핸들을 오른쪽으로 꺾어 운행을 멈춘 S반 선로를 따라갔다. 라이히스아우토반은 사용하지 않는다. 여기저기 끊겨 있고 미완성인 부분이 많아 제대로 이어진 구간은 베를린에서 뮌헨까지밖에 없기 때문이다.

점점 올라가는 기온에 붉은 녹이 눈에 띄는 선로는 보기만 해도 뜨거울 것 같지만 왼편 숲은 나무 그늘이 시원하다. 이럴 때는 전부 숲이 되어버렸으면 좋겠다는 생각이 든다. 지구에 있는 모든 강철이 녹음으로 뒤덮여 시원해지면 좋을 텐데.

바벨스베르크로 통하는 드라이린덴 숲을 달리는 동안 난민 촌락을 몇 군데 보았다. 그중에 유대인 조직 '순례(알리야)'임 직한 촌락이 있었다. 현수막이 나뭇가지와 나뭇가지 사이에 매달려 '민족 없는 땅에 땅 없는 민족을! 자, 순례를 떠나자. 약속된 땅 예루살렘으로!', '팔레스티나 동포와 합류하자, 이제 유대인 국가 이스라엘을 건국해야 한다'고 독일어와 히브리어로 적혀 있었다.

그것을 본 발터는 지나가는 길에 "핫!" 하고 코웃음 쳤다.

"민족 없는 땅이래. 놈들에게는 팔레스티나 사람은 이 세상에 없는 모양이지. 약속의 땅이니 지껄이며 빼앗을 작정이라면 어디의 누구들이랑 뭐가 달라?"

"발터는 할머니가 유대인인데 반대하는 거야?"

"민족주의가 나한테 뭘 해주지? 그딴 빌어먹을 걸 남에게 맛보이고 싶다는 생각은 안 들어. 우리니까 해선 안 되지."

발터는 그렇게 내뱉었다.

숲의 나무에 둘러싸인 알리야 촌락, 나무와 나무 사이로 보이는 남성은 여전히 다비드의 노란 별을 가슴에 달고 있다. 그것을 정말 괴로운 듯이 달았던 에바와는 어딘가 달랐다. 꼭 그렇게 해서 자신들의 민족과 혈통을 자랑스러워하는 것 같았다.

"…그래서 어쩔 건데?"

발터가 핸들에 기대며 퉁명스럽게 물었다. 시험작 제1호는 우파슈타트·바벨스베르크역 앞에 도착해서 세워야 했다.

평소 같으면 어느 나라의 관리 구역이든 자유로이 오갈 수 있고 어지간한 일이 없는 한 신분 확인도 하지 않는다. 하지만 오늘은 '통행금지' 간판과 낮은 목제 게이트가 길을 막고 있고, 안으로 들어가려 하자 영국군 병사가 "안 돼, 안 돼, 들어가면 안 돼." 하며 쫓아냈다.

이 일대는 호수와 숲이 펼쳐진 풍요로운 자연 속 휴양지로 곳곳에 아름다운 경치의 고급 빌라가 서 있다. 한때는 많은 은막 스타들이 오갔다는 우파슈타트·바벨스베르크역의 도로를 끼고 맞은편에 활엽수로 둘러싸인 아름다운 그리브니츠 호수가 햇볕에 수면을 반짝여 한스는 "이대로 피크닉이라도 할까?"라며 농담했다.

나는 차에서 내려 벽돌로 만든 역사에 열차가 다니는지 확인했다. 그러나 역무원도 병사들도 하나같이 고개를 저을 뿐이었다.

"오늘내일은 포기해. 세 거두가 왔어. 회담이 끝날 때까지는 운행 정지야."

역무원은 하얀 콧수염 밑을 긁으면서 가르쳐주었다. 나는 지금 역의 북쪽 출구에 있지만 구내 지하를 지나면 남쪽 출구로도 나갈 수 있다. 그러나 그쪽도 통행금지로 똑같은 상황이라고 한다.

"회담은 바벨스베르크에서도 하나요?"

"아니, 기자 말로는 체칠리엔호프궁이래."

체칠리엔호프궁은 여기에서 5킬로미터 이상 더 간 곳, 프로이센 시대 궁전과 정원 들 안에 있다.

"그렇게 먼데 여기부터 봉쇄하는 거예요?"

"나도 그렇게 생각했는데 트루먼에 처칠, 게다가 스탈린까지 그리브니츠 호숫가 빌라에 묵는다지 뭐냐. 여기에서 바로 엎어지면 코 닿을 거리야. 민간인이 조심성 없이 다가가서 나쁜 짓을 하지 않도록 경계하는 거지. 아가씨, 그리고 말이지."

역무원은 더워 보이는 모자를 벗고 벗어진 머리에 손수건을 탁탁 두드리면서 땀을 닦았다.

"바벨스베르크는 소비에트 놈들이 많아서 지금도 우파의 자재를 실어 나르고 있어. 폭격과 시가전 탓에 거리는 대부분 폐허나 마찬가지고 내용물은 텅 비었지. 아주 중요한 볼일이 아니라면 가까이 가지 않는 게 좋을 거야."

그렇게 이야기하는 동안에도 자전거와 짐차를 끈 독일인들이 저편에서 왔다가 게이트 앞에서 헌병에게 돌아가라는 명령을 받았다. 그 옆을 영국, 미국, 소련 국기를 단 고급 군용차와 멋진 모자를 쓴 장교를 태운 지프가 끊임없이 지나가 우리를 추월했다. 역 앞 광장에서는 '보도' 완장을 찬 남성과 소수지만 여성도 함께 지프에 기자재와 라디오 부스를 실었다.

나는 하는 수 없이 시험작 제1호로 돌아가 앞으로 어떻게 할지 두 사람과 의논했다.

"숲으로 돌아가면 어떨까."

한스의 제안은 나도 아까 생각은 했다. 베를린 남서에서 포츠담에 걸친 구역은 숲과 물가가 많은 녹지대로, 우파슈타트·바벨스베르크역은 교통용으로 수목을 깎아내 정비한 땅에 세운 역이다. 포츠담 궁전들은 성답게 주변이 물로 빙 둘러싸여 있어서 다리나 배 등이 없으면 건널 수 없다. 하지만 바벨스베르크는 그 바로 앞이라 뭍으로 이어져 있다. 이 길을 막더라도 우회해서 숲속을 통과하면 어려움 없이 바벨스베르크에 도착할 것이다.

그러나 이 의견에 지기가 반론했다.

"게이트를 피한다고 해도 그 안에서 어슬렁거리는 모습을 들키면 어차피 붙잡힐 거야. 변장이라도 하지 않는 한 민간인이라고 바로 들킬걸. 게다가 만에 하나 변장하더라도 나랑 한스면 모를까 너희 두 사람은 어렵지 않을까."

나는 여자고, 발터는 아무리 봐도 아직 어린애다. 소련군이면 여성도 많지만 미군으로 변장했다가는 틀림없이 의심받을 것이다.

"미안하지만 너희를 위해 위험을 무릅쓰는 건 사양할래."

"다시 오면 어때? 굳이 이럴 때 사람을 찾지 않아도 되잖아. 세 거두가 돌아간 뒤에 다시 날을 잡아서 오면 되지."

발터와 한스의 의견에 결심이 흔들릴 뻔했다. 여름의 태양이 빛나고 호숫가에서 상쾌한 바람이 분다. 이런 화창한 날에 있는지 없는지도 모를 사람을 찾아 무리해서 가려는 게 멍청한 짓 같기도 했다. 한스의 말처럼 피크닉이라도 하고 호숫가에 누워서 자연이 주는 혜택을 누리고서 모든 것을 잊고 집으로 돌아가면 좋지 않을까.

그래도 나는 어느새 고개를 가로젓고 있었다.

"나는 여기 남을게."

"진심이야? 남는다니, 어쩌려고."

"숲을 우회하든 주택가로 돌아서 가든 해서 안으로 들어가겠어. 어딘가에 구멍 정도는 있을 테니 몰래 들어가서 에리히를 찾아볼게. 붙잡힐지도 모르니까 다들 거리로 돌아가. 얼마나 걸릴지 모르니 기다리지 않아도 돼."

발터는 진심으로 어이없어하며 타이르는 듯한 말투로 나를 설득하려 했다.

"너, 더위로 머리가 맛이 갔구나. 에리히는 도망가지 않아. 부보는 언제든 전할 수 있잖아? 굳이 오늘 갈 필요는 없어."

"안 돼. 지금이 아니면 나는 두 번 다시 이곳에 오지 않으리라는 예감이 들어."

"왜?"

"왜냐하면…." 나는 어떻게 대답해야 할지 고민하며 말을 골랐다. "귀찮으니까. 어제 일을 떠올려 봐도 여기까지 오는 게 얼마나 큰일이었는지 몰라. 또 되풀이하기는 싫지 않겠어? 직장도 있고."

가방 주머니에 숨겨둔 집 열쇠를 꺼내 그들 앞에 흔들었다.

"자, 이거. 가지고 가. 우리 집 열쇠야. 도와줘서 고마워."

"…이딴 걸 어쩌라고."

"말했지. 나는 미군에게 고용된 종업원이라고. 마음대로 열고 집 안에서 값나가는 물건을 가져가도 돼. 전부는 곤란하지만. 선반에 통조림과 쿠키가 있고, 소금도 병에 조금 들어 있어. 현금이 좋으면 침대 베갯잇 안에 감춰뒀으니까 가져가. 그리고 창가에 있는 토마토 화분에 물도 좀 줄래?"

발터가 운전석에서 재로 더러워진 손을 뻗었지만 나는 잠시 고민하다가 열쇠를 위로 휙 올려서 피했다.

"이봐, 장난하지 마."

"장난하는 거 아냐. 한 가지 약속해 줘. 지기에게도 자기 몫을 준다고."

옆에 앉은 지기가 놀라서 나를 바라본다. 여기까지 따라와 주었는데 아무것도 안 줄 수는 없는 노릇이다. 발터는 혀를 찼다.

"알겠다. 약속할게."

나는 혼자 시험작 제1호에서 내려 달리는 차를 향해 손을 흔들었다. 떠날 때 한스는 할 말이 있는 것 같았지만 결국 그도 손을 흔들었다.

연기를 뿜으면서 멀어지는 차의 뒷모습을 지켜보면서 이걸로 됐다고 자신을 타일렀다. 만약 에리히를 찾지 못한 채 체포되더라도 그것도 하느님이 내린 운명이라고 생각하면 나쁘지는 않다. 그러나 연기가 개었을 때 나는 흠칫 놀랐다. 지기가 차에서 내려 혼자 이쪽으로 걸어왔다.

"…어쩐 일이야?"

"나는 마지막까지 너랑 함께해야 해. 도브리긴 대위한테 혼쭐이 날 거야."

"도망치면 좋았을걸. 지금이 절호의 기회잖아."

"그렇지. 놈들이 무서운 놈들이 아니면 지금쯤 베를린을 떴겠지. 하지만 그 파란 모자 놈들한테는 누명을 씌우는 것쯤 아무것도 아니니까. 까딱하다가는 내가 크리스토프를 죽인 범인이 될지도 몰라."

413

함께 갈 사람이 생긴 건 기뻤지만 사실은 조금 아쉬웠다. 하룻밤 지나자 나는 에리히와 일대일로 만나고 싶어졌다. 하지만 도브리긴 대위의 차가운 눈동자를 생각하면 지기의 걱정은 틀리지 않았다는 생각이 들었고 내가 고집을 부려서 그가 체포되는 일은 피하고 싶었다.

우리는 일단 우파슈타트·바벨스베르크역 구내로 들어가 계단에서 지하도를 지나 반대쪽 남쪽 출구로 나왔다. 역무원 말대로 여기에도 게이트가 있고 병사가 돌아다녔다. 북쪽 출구보다 길이 넓어서 게이트 폭이 모자라는 곳은 군용 트럭으로 틈을 막았다.

바벨스베르크 같은 네는 관심 없고 이 근처 빌라에 볼일이 있는 척하면서 우리는 게이트를 흘끔흘끔 보며 길을 건너 그대로 수목이 우거진 좁은 길로 갔다. 오른쪽에 커다란 빨간 벽 건물이 보인다. 창문 수로 보면 3층짜리지만 위압적일 만큼 묵직하고 몇 미터에 걸쳐 길게 이어져 있다. 전차가 뚫고 지나갔는지 빨간 벽돌담은 여기저기 허물어져 부지 안이 보였다. 건물이 짙은 그림자를 드리우는 뒷마당에 환자복이나 간호복이 산더미처럼 버려졌고 그 안에 독일 적십자 깃발과 하켄크로이츠 깃발이 끼어 있었다. 여기는 아무래도 독일 적십자 시설이었던 듯하다.

그때 트럭 한 대가 바로 곁을 무시무시한 속도로 지나가는 바람에 하마터면 지기가 치일 뻔했다.

"위험하잖아. 조심 좀 해!"

지기가 팔을 들고 항의하자 운전석에서 얼굴을 내민 군인이 우리를 슬쩍 돌아보더니 이내 고개를 집어넣고 달려가 버렸다. 연합국 차량인 트럭은 하나같이 비슷한 황갈색이라 일반인은 어느 게 어느 나라 트럭인지 구별하기 어렵지만, 지금 트럭이 소련의 스튜드베이커라는 건 금방 알았다. 시가전에서 질릴 만큼 보았기 때문이다. 기본적으로는 수송 트럭이지만 덮개를 벗기면 차틀이 기울어져서 몇십 발짜리 로켓탄을 쏜다. 다들 '스탈린 오르간'이라 부른 무시무시한 무기의 발사대가 되는 것이다.

그 트럭 한 대만 따로 움직였다. 다른 차는 게이트의 순서를 기다리며 줄을 섰는데 거기에 합류하지 않고 그 차만 숲으로 향했다. 그러자 지기가 이상한 제안을 했다.

"저 트럭을 따라가자. 샛길이 있을지도 몰라."

"어떻게 그게 그렇게 돼? 그냥 다른 임무로 저쪽으로 가는 거겠지."

"내 직감이 그렇게 말했어."

그런 소리를 해도 트럭은 자동차고 우리는 도보다. 따라잡을 턱이 없다. 트럭은 빨간 건물이 끝나는 모퉁이에서 왼쪽으로 꺾었다.

"봐, 반대 방향이잖아. 바벨스베르크로 가려면 오른쪽으로 꺾어야 해."

"이상하네…."

지기는 고개를 갸웃하더니 좀처럼 착각을 인정하려 들지 않았다.

그러나 우리도 왼쪽으로 꺾을 수밖에 없었다. 주변은 적군 병사가 삼엄하게 지키는 데다 전차까지 있었다.

"비상선은 대체 어디까지 친 거지? 이 상태라면 우파슈타트 전체가 둘러싸여 있을지도 모르겠네."

지기의 말로는 영화 촬영소인 우파슈타트는 원래 외부 사람이 부주의하게 침입하지 못하도록 담으로 둘러쌌고, 수위실도 모두 갖추고 있으니 비상선을 치기 쉬울 거라고 한다.

"내 친구는 우파슈타트 안에 있을 거야. 이 소란 때문에 연합국한테 쫓겨나지 않았다면."

"…그건 그때 생각하자."

점점 높아지는 태양을 노려보면서 손수건으로 땀을 닦던 그때 한 남자가 우리에게 다가왔다.

주택 벽을 난간 삼아 양손을 짚으면서 한 걸음 한 걸음 한 발로 뛰면서 힘들게 움직인다. 짙은 회색 바지는 오른쪽 다리만 바지 자락을 꽉 묶어 평평하고, 앞으로 나아갈 때마다 흔들거렸다. 나이는 마흔 살 전후쯤일까. 눈 밑과 미간에 깊은 주름이 지고 수염이 덥수룩하고 낯빛이 나쁘다. 남자는 우리 앞을 가로막더니 한 손을 담장에 짚어 몸을 지탱하며 호객하는 광대처럼 아첨하는 듯한 미소를 지었다.

"이봐요. 거기 두 사람! 부탁이 좀 있는데 말이지."

"뭡니까?"

지기는 곧바로 장삿속 담긴 웃는 얼굴로 양손을 비볐다.

"장사치인가? 귀중한 그림? 아니면 진짜 브랜디? 미안하지만 사기에 어울려줄 여유는 우리에게 없거든. 꺼지는 게 좋을 거야. 내 일행인 아가씨가 못 참고 댁을 쏘기 전에."

쏜다고? 나는 입술 끝을 일그러뜨리며 날카로운 한숨을 토해내고 지기에게 항의했다. 남자는 허겁지겁 한 손을 들었다.

"아니, 아냐, 아냐. 그런 거 아냐. 이 꼴을 봐요. 목발을 도둑맞는 바람에 통 걷기가 힘든데 집까지 잠깐만 도와줄 수 없을까요?"

"당연히 도와드려야죠. 어쩌다가…."

나는 서둘러 그의 땀에 젖은 겨드랑이 밑에 내 어깨를 집어넣고 오른손을 허리에, 왼손을 그의 손목에 댔다. 반대쪽을 지기가 부축한다.

한 발을 잃은 남성, 프리드리히의 집은 모퉁이를 왼쪽으로 돌아 100미터쯤 직진한 곳에 있었다. 만약 폭격과 소련군이 없었다면 우아한 하루를 만끽할 만한 장소다. 하지만 이곳도 다른 곳과 비슷하게 여기저기 허물어져 폐허도 많았다. 부러진 나무 우듬지가 지붕을 덮거나 담에 처박힌 자주포가 방치되어 있기도 했다.

프리드리히의 몸을 부축하면서 벌채한 나무가 쌓인 곳 앞을 지났을 때 모퉁이에 스튜드베이커 한 대가 서 있었다.

"여기예요."

프리드리히가 왼손으로 가리킨 것은 교외에서는 흔히 있지만 내 부모는 평생 일해도 갖지 못할 빨간 삼각 지붕 빌라였다. 이런 곳에 살다니 프리드리히는 엄청난 부자거나 나치의 고급 관료일지도 모른다.

담에 설치한 철문은 한쪽이 경첩째 파괴되어 비스듬히 기울어지고 바람에 끼익끼익 삐걱거렸다. 부서져 여기저기 흩어진 벽돌을 밟지 않으려고 조심하며 안으로 들어갔다. 마당에는 폐기 처분 할 작정인지, 아니면 팔려고 내놓았는지 커다란 빈 식기장과 천으로 싼 그림 액자, 축음기 등이 방치되어 있었다.

"이제 조금만 더 가면 됩니다. 집 의자까지 같이 가주실 수 있을까요? 답례로 뜨거운 커피를 드리죠. 따로 남겨둔 진짜 커피 원두예요."

"그거 좋지. 그런데 프리드리히 씨. 아까부터 마음에 걸렸는데 당신 체격이 꽤나 듬직하군. 꼭 군인 같아."

지기가 그렇게 말했을 때 우리는 이미 집 안으로 들어선 뒤였다. 그리고 대리석 현관에 발을 디디자마자 갇혔다.

"미안하군."

나약했던 프리드리히는 우리를 있는 힘껏 떠밀더니 왼발만으로 요령 있게 뒤로 물러나 문을 닫았다. 지기가 서둘러 문고리를 잡기 전에 열쇠를 잠그는 소리가 들렸다. 이어서 무거운 물건을 끌어 바깥에서 문에 대는 소리. 황급히 문을 두드렸지만 꿈쩍도 하지 않았다. 아무래도 마당에 내놓았던 식기장으로 막은 것 같다. 지기가 주먹으로 문을 두드리며 외쳤다.

"제길, 저 자식!"

"프로일라인 아우구스테 니켈."

갑자기 뒤에서 딱딱한 러시아어 억양으로 이름을 불러 나는 흠칫 놀라 돌아보았다.

안쪽으로 곧장 뻗은 어스름한 복도 끝에 적군 야전복을 입은 남성이 서 있었다. 뒤쪽 창문으로 햇빛이 비쳐 들어 역광 때문에 얼굴은 제대로 알 수 없지만, 목소리는 젊은 느낌이었다. 지기가 덤벼들었다.

"너 누구야? 좀 전에 트럭을 운전하던 놈이야? 우리를 함정에 빠뜨리려고?"

투우처럼 돌진하려는 지기의 팔을 잡아끌어 말렸다. 상대방은 병사다. 총에 맞을 걸 경계해야 한다. 그러나 그는 "니예트!"라며 총을 겨누는 행동은 보이지 않았다.

"나는 돕는다. 그뿐."

"뭐라고? 가두고서 돕는다고?"

젊은 병사는 한심하다는 듯이 한숨을 쉬면서 우리에게 다가왔다. 현관의 작은 창문에서 드는 빛을 받고 드러난 얼굴에 놀랐다. 도브리긴 대위의 부하인 베스팔리 하사다.

"…독일인과 친해지는 건 좋지 않다. 싫다. 하지만 동지 대위는 그러라고 하신다. 나는 임무를 다할 뿐."

오늘 하사는 평소의 파란 모자와 군복이 아니라 일반 소련 병사와 똑같은 야전복을 입었다. 찌부러진 전투모에 얇은 황갈색 작업복 위로 가늘고 길게 만 모포를 비스듬하게 멨다. 바지도 황갈색이고 발은 장화가 아니라 천으로 감싸고서 너덜너덜한 신발을 신었다.

"흠, 잘 어울리잖아. NKVD에서 군대로 이동한 건가?"

지기가 히죽거리면서 반격하자 베스팔리 하사는 홍 하고 코웃음을 쳤다.

"당신에게 이유를 이야기할 필요 없다. 그보다 다른 두 사람, 소년이 있을 터."

감정을 읽을 수 없는 눈동자로 나를 빤히 응시한다. 심장 부근이 오싹하게 얼어붙었다.

"어떻게 그걸 알죠?"

발터와 한스는 도브리긴 대위도 모를 텐데. 대체 어디에서 감시한 걸까. DP캠프 때도 그랬다. 지금도 뒤를 밟은 기척은 없는데 어느새 앞질렀다.

"설명할 필요는 없다. 나는 임무를 처리할 뿐."

두 사람과는 헤어졌다고 이야기하자 베스팔리 하사는 황갈색 자루를 나와 지기에게 각각 던졌다.

"입어라. 검문소를 통과한다."

그러니까 소련 병사로 변장해 검문소를 통과한다는 건가.

나는 놀라 당황하면서 자루를 열어 그 안에서 군복을 꺼냈다. 옷을 펼친 순간 등줄기가 얼어붙었다. 일단 세탁은 한 것 같지만 작업복과 바지의 배 부분에 피로 보이는 얼룩이 희미하게 남았다.

"노농적군 저격병 여자의 옷. 기장은 맞을 거다."

하사가 문을 다섯 번 두드리자 묵직한 선반을 치우는 소리와 열쇠를 여는 소리가 들리고 문이 열렸다. 얼른 바깥으로 나가려는 하사를 불러 세웠다.

"기다려요! …옷 주인은 어떻게 됐죠?"

그는 무표정하게 돌아보고 대답했다.

"신경 쓰지 마라. 죽었으니까."

발밑 널 바닥에 노란색 빛 입자가 별이 빛나는 하늘처럼 점점이 흩어졌다. 덮개에 무수히 구멍이 뚫려 태양 빛이 비쳐 든다. 트럭이 속력을 높여 덮개 천이 바람에 펄럭이자 빛 입자도 가늘게 흔들렸다. 둥글어졌다가 타원형이나 반달 모양이 되기도 하는 빛의 형태에 문득 이다의 웃는 얼굴이 떠올랐다.

스튜드베이커 짐칸에는 무언가를 가득 담아 볼록해진 커다란 마대가 스무 개쯤 쌓여 있다. 내용물이 뭔지 신경 쓰였지만 Д 나 Г 같은 키릴문자는 하나도 읽을 줄 몰라서 짐작도 가지 않았다. 바닥에는 발자국과 어떤 액체로 거무스름해진 얼룩이 있다. 온통 짐승 소굴 같은 냄새가 난다. 작은 창문이 두 개, 운

421

전석과 대화하기 위한 창과 뒤에 뚫린 손바닥만 한 구멍뿐이라 지금 어디를 달리고 있는지 몰라 불안해졌다.

나는 좁은 접이식 벤치에 지기와 나란히 앉아 맞은편의 베스팔리 하사를 보았다. 다른 병사는 없다. 하지만 운전사는 있다. 프리드리히다. 그는 독일인인데 소련 편이었다.

우리는 모두 베스팔리 하사가 입은 것과 거의 동일한 보병 야전복을 입었다. 지기는 조금도 어울리지 않았다. 복장만 따라 해봤자 전혀 강해 보이지 않는다. 한편 지기는 나에게 어울린다며 칭찬했다.

핏자국이 남은 바지에 다리를 넣었을 때 나는 몸이 떨리고 긴장을 풀면 울음이 터질 것 같았다. 국방군 군복과는 달리 얇고 뻣뻣한 천, 배꼽 밑 부근에 탄흔 같은 구멍이 뚫려 있어 자꾸만 손가락으로 더듬게 된다. 나는 심호흡하면서 옷깃을 여민 작업복을 아래부터 뒤집어쓰고 땋은 머리카락을 뺀 뒤 가슴 아래 부근까지밖에 없는 단추를 잘못 끼우지 않으려고 신중히 잠갔다. 옷 위에 벨트를 조이고 뒤집힌 보트 같은 모양의 전투모를 쓴다. 여성 병사의 것이라지만 원래 남성용이었던 것 같다. 소매를 걷어보니 지나치게 긴 기장을 접어서 꿰맸다는 걸 알았다. 벨트와 비스듬히 메는 가죽띠를 몸에 착용하면 피 얼룩은 거의 알 수 없었다.

빌라 수납장의 더러운 거울에 비친 나는 정말로 적국 여성 병사다워 보였다. 그녀도 이 옷을 입고 겨드랑이 부분이 풍덩

하다며 불평했을까.

그녀는 어떤 사람이었을까. 전쟁 중에는 생각도 하지 않았던 적병에 대한 공감이 마음 밑바닥에서 끓어올랐다.

우리는 모두 달리고 또 달리고 숨이 차 심장이 멈출 때까지 달려서 전쟁에서 빠져나왔다.

옷의 원래 주인은 저격수였다고 한다. 나 같은 독일인에게는 여성이 전쟁터에서 싸운다니 바로 믿기지 않는 일이고 고생도 했으리라. 그럼에도 총을 짊어지고 전쟁터에서 사람을 죽일 결심을 했을 때, 그녀는 어떤 심정이었을까.

거울 속에 비친 나에게 물었을 때 나는 스스로를 비웃었다. 바보로구나. 당연하잖아. 나 같은 독일인을 죽이기 위해 이걸 입고, 그리고 죽였다.

트럭에 흔들리면서 멍하니 생각에 잠겨 있는데 느닷없이 남자 목소리가 들리고 트럭이 멈추었다. 상대방은 영어를 썼고 운전사와 통행증을 주거니 받거니 했다. 베스팔리 하사도 상황이 신경 쓰이는지 일어나서 짐칸과 운전석 사이의 창문으로 살폈다. 그때 허리 부근에 위화감이 들어 돌아보니 지기가 내 가방에 감자와 순무를 담고 있었다.

"뭐 하는 거야?"

"괜찮아, 신경 쓰지 마."

지기는 짐칸에 실은 자루에서 식량을 훔쳤다. 그중에는 독일제 군용 빵 꾸러미까지 있다.

젖힌 모포 아래에 청음부대가 건물 잔해가 있던 곳에서 쓰던 청음기와 증폭기 비슷한 기자재가 섞여 있었다. 캐비닛에 손잡이며 코드가 잔뜩 달린 물건인데 나에게는 무전기처럼 보이기도 했다.

트럭이 무사히 달리기 시작하고 하사가 벤치로 돌아오자 지기는 모포를 다시 덮고 시치미 떼는 얼굴로 고개를 돌린 채 휘파람을 불었다.

베스팔리 하사는 얼굴을 찌푸리며 지기의 모습을 바라본다. "혼나니까 그만해."라며 지기의 옆구리를 팔꿈치로 찌른다. 그러나 하사는 뜻밖의 반응을 보였다.

"…그 노래. 어떻게 알지?"

"어떻게라니." 지기는 어깨를 으쓱했다. "아니까 아는 거지. 〈아름다운 민카〉래. 오페라극장에서도 부른다고."

그러자 베스팔리 하사는 입술을 내밀었다 오므리며 더더욱 이상한 표정을 지었다. 더 적극적으로 이야기하고 싶지만 참고 견뎌야 한다며 머뭇거리는 듯한 표정이다.

"아름다운 민카? 이건 〈Їхав козак за Дунай〉, 우크라이나 노래다."

"흐응. 그거 잘됐네. 우리의 공통점을 찾았군."

하사는 무슨 말을 되받아치려다가 입을 다물었다. 갑자기 부끄러워졌는지, 아니면 자신의 처지를 떠올렸는지, 주근깨 많은 볼이 살짝 붉어졌다.

처음 만났을 때부터 어린 주제에 표정도 없고 뼛속까지 군인 같다고 생각했다. 하지만 이런 모습을 보니 체격치고 동안인 점이나 몸짓에 소년 같은 느낌이 남아 있는 점이 신경 쓰인다. 게다가 어딘지 NKVD의 파란 모자보다 이쪽이 더 어울리는 것 같았다. 도브리긴 대위나 무표정하고 무슨 생각을 하는지 알 수 없는 NKVD 집단과는 어딘지 다르다.

"하사, 어디 출신이야?"

"…나는 소비에트 사람이다."

"소비에트라고? 나 참, 뭐 어때. 여기에 당신 상관은 없어. 우리밖에 없다고. 우크라이나 민요를 안다면 그쪽 출신인가?"

하사는 다갈색 눈동자로 지기를 가만히 바라보더니 불쑥 시선을 피하고 목덜미를 긁었다.

"태어난 곳은 우크라이나. 작은 마을. 하지만 곧 나왔다. 부모가 콜호스에서 일했다."

"독일어가 꽤 유창한데 어디서 배웠어?"

"10대 초반에 키예프에서. 기술학교에서는 독일어 배웁니다. 영어는 겸사겸사."

"오, 머리가 좋군. 너랑 똑같네, 아우구스테."

마침 그때 트럭이 정지했다. 조금 부드러워졌던 베스팔리 하사의 표정이 순식간에 군인의 얼굴로 돌아가 버렸다.

"바깥으로 나갑니다. 여기서부터는 잡담 금지입니다."

덮개를 올리고 짐칸에서 뛰어내린다. '아우구스트 베벨 길'

이라는 표지판을 세운 그리 넓지 않은 거리의 맞은편, 안에 비밀 시설이라도 있는 것처럼 빨간 벽돌 벽이 둘러싸고 있다.

옆에 있던 지기를 흘끔 쳐다보니 어젯밤 옛날이야기를 들려줬을 때와 똑같이 진지한 눈빛으로 우파를 보고 있었다. 정확하게는 과거에 우파였던 곳이다.

마름모꼴에 UfA라는 글자가 배치된 간판을 건 입구에는 수위실이 있고, 적군 병사가 경비를 서고 있다. 베스팔리 하사를 선두로 나와 지기 그리고 어째서인지 따라온 프리드리히 순서로 걸었다. 프리드리히는 의족을 끼고 마찬가지로 적군 군복을 입고 아무렇지도 않게 걸었다. 나는 조금 긴장했지만 DP캠프 때만큼 겁내지는 않았다. 무엇보다 수위실 앞에 적군 병사뿐 아니라 독일 민간인이 서 있어 안심이 되었다. 사복에 키릴문자 'полиция'와 독일어 'POLIZEI(경찰)'가 병기된 완장을 찼다. 이걸로 에리히가 세 거두 소동으로 쫓겨나지 않았을 가능성이 생겼다.

베스팔리 하사는 익숙한 모습으로 적군 보초와 러시아어로 대화를 나누고 생글생글 웃으면서 담배를 건네고 불을 붙였다. 그리고 우리를 보고 무슨 말을 한다. 보초도 나와 별 차이 없는 나이 같다. 나와 눈이 마주치자 내가 쑥스러울 정도로 순진하게 미소를 지었다. 처진 눈이 애교 있고 상냥해 보이는 청년이다. 가슴이 두근거리고 견딜 수 없어져서 나는 허둥지둥 시선을 피했다.

내가 죽인 소련 병사는 이 청년이었을지도 모른다. 그도 내가 독일 여자라는 사실을 알면 태도를 바꿀지도 모른다.

보초가 손쉽게 문을 통과시켜 주어서 우리는 드디어 안으로 들어갔다.

수위실에서 곧장 뻗은 길 옆에는 벌채된 나무의 그루터기와 통나무, 징수한 물건이 있었다. 수위실 이외의 건물은 대부분 불타 길에 드리운 그림자만 보면 암석 지대 같다.

거기에서 겨우 10미터쯤 걸은 곳에 우파 촬영소가 있었다.

폭격으로 폐허가 되어버린 것부터 검게 그을었을 뿐 아직 쓸 만한 것, 상처 하나 없는 것 등 건물 여러 채가 여기저기 흩어져 있었다. 검게 타서 뼈대까지 무너진 건물과 잔해도 방치한 채 하나도 치우지 않았다. 돌바닥은 전차의 무한궤도 흔적을 따라 벗겨져 무척 걷기 불편했다.

지기는 작은 목소리로 여기는 원래 광장으로 배우와 스태프의 식당이자 쉼터였다고 가르쳐주었다. 식당은 내가 상상한 '영화의 도시가 품은 대식당'과는 달리 지극히 평범해서 시중에 있어도 그냥 지나칠 만한 평범한 건물이었다. 2층짜리 건물인데 벽면에는 아무런 장식도 없고 지붕도 수수한 다갈색 슬레이트다. 광장에는 그 밖에 시골의 소박한 상점 같은 모양새의 건물도 있다.

건물들에서 시선을 조금 움직이자 세로로 긴 텅 빈 공터가 안쪽까지 쭉 이어졌다. 이전에는 잔디밭이었던 것 같지만 포탄과 전차의 바큇자국으로 흙이 엉망으로 솟아오르고 눈을 짓밟은 뒤의 흙처럼 더러웠다. 뜨거운 바람이 불어 나무의 우듬지를 술렁술렁 흔든다. 공습을 당한 지 얼마 되지 않았는지 희미하게 소이탄의 기름 냄새가 감돌고 공기에는 아직 재가 섞여 있다.

화려하고 웅장한 독일 영화의 보루. 여기도 역시 베를린과 마찬가지로 폭탄의 집중포화를 맞고 시가전의 격전지가 되었던 모양이다. 베를린이 가장 격렬하게 불타고 나서 몇 주 후 또는 몇 달 후가 어땠는지 저절로 떠올랐다.

다들 스탈린을 맞으러 갔는지 우파 안 적군 병사의 숫자는 적은 정도가 아니라 경비라 부를 만큼도 되지 않았다. 세 거두가 묵는다는 그리브니츠 호숫가와 이곳 우파 촬영소는 어느 정도 거리가 있고 가로수와 벽돌담이라는 벽이 있다. 경계할 필요성은 낮다고 판단한 것이리라.

덕분에 우리는 목소리를 낮춘다면 독일어로 이야기해도 된다는 허가를 받았다.

"아, 저게 불타지 않고 남았네."

지기는 한숨 쉬며 말하고 손으로 햇볕을 가리면서 한 건물을 올려다보았다. 죽 늘어선 커다란 창문이 인상적인 3층 건물로, 벽은 노란색에 기둥은 빨간 벽돌이었다.

"이건 사무실 건물이야. 이전에는 왼쪽에 글라스 하우스라는 오래된 스튜디오가 있었어. 조명 기기가 제대로 없던 시절에 태양광으로 촬영할 수 있게 만든 거래."

지기는 건물에 다가가 창문으로 안을 들여다보고 문을 흔들었다. 잠겨 있는 듯하다.

"잠겼네. 인기척은 나는데. 이 군복 탓에 겁을 집어먹었나."

지기는 소련 군복을 손가락으로 집었다.

"이봐, 이 옷 벗으면 안 돼? 이야기를 물으려도 상대방이 도망치면 할 수가 없어."

"…고려하지."

"그럼 하다못해 짐을 내려놓자. 위장이 너무 본격적이라 무거워. 나는 병역 훈련조차 안 받아본 애송이니까."

지기는 벗어둔 옷을 내 옷까지 전부 등에 짊어지고 있다. 그러나 베스팔리 하사는 무시하고 곧바로 광장을 가로질러 갔다.

"어이, 어디 가?"

하사는 광장을 끼고 건너편에 있는 노란색 단층 건물 문에 손을 짚고 힘껏 밀어젖혔다. 그리고 어째서인지 프리드리히에게 말했다.

"와라. 보수를 주겠다."

프리드리히는 기쁜 듯이 얼굴을 빛내며 의족인 오른쪽 다리를 재주 좋게 다루면서 하사가 연 문 안으로 들어갔다. 그 뒷모습을 지켜보면서 지기는 팔짱을 꼈다.

"저 자식 대체 뭐야?"

"병사 아닐까?"

"그야 나이는 젊고 다리가 저러니 병사는 맞겠지. 그런데 스튜드베이커를 운전할 줄 알았어. 분명히 독일인이고 말에 외국어 억양도 없었는데 말이야."

그때 화약이 터지는 소리, 총성 같은 소리가 희미하게 들렸다.

"저기 지금 소리."

"응? 무슨 소리가 났어?"

지기는 듣지 못했나 보다. 잘못 들었나 했지만 두 사람이 사라진 건물 옥상에 앉았던 새가 일제히 날아갔으니 소리가 난 게 틀림없다. 심장이 빠르게 뛴다. 잠시 뒤 문에서 나온 사람은 베스팔리 하사뿐이었다. 표정은 안으로 들어가기 전과 특별히 다르지 않고 상태도 이상하지 않다.

"어서 갑시다."

"…프리드리히는요?"

"보수를 받고 돌아갔습니다."

하사의 말투에서 어딘지 압력이 느껴지는 건 기분 탓일까. 냉큼 등을 돌리고 길을 걸어가려 한다. 지기가 "이봐 기다려! 그쪽보다 이쪽이 지름길이야." 하며 쫓아간다. 나는 바로 움직일 수 없었다. 새는 지붕에서 날아간 뒤로 돌아오지 않았다.

사무동 옆길을 지나 안쪽으로 들어간다. 아까까지 지나온 구획은 식당과 매점 등 대기실 분위기가 강했지만, 여기서부터는 진짜 촬영 현장이다.

네덜란드나 프랑스의 시골 같은 소박하고 아기자기한 집집으로 둘러싼 이상한 도시가 나왔다.

"저게 뭐야?"

"세트야. 겉모습만 그럴싸하고 안은 텅 비었지."

농담인가 했는데 정말로 가짜였다. 표면만 정교하게 만들었고 뒤쪽은 철골과 목재 등의 자재가 그대로 드러났다. 멋진 석조 파사드 뒤쪽은 베니어판으로 발판을 짜 맞췄다. 이 도시도 공격을 받아 곳곳이 무너지고 안쪽 가짜 동상은 허리가 꺾여 지면에 머리를 박고 있다. 전쟁이 있던 도시 속 도시에도 전쟁이 벌어진 듯한 기묘한 감각이었다.

세트 옆에는 키 큰 나무가 좌우로 안을 둘러싼 넓은 초원이 있었다. 군데군데 인공 구릉을 만들었고 하얀 길도 있다. 걸어서 한 바퀴 산책만 해도 10분 정도는 걸릴 듯하다. 주변은 철골 건물이 있는 촬영장인데, 여기만 프레임으로 잘라내면 멋진 휴양지에서 지내는 풍경을 찍을 수 있겠지.

마구간도 있어 이전에는 여기서 기르던 말에 안장을 얹고 시대물 의상을 입은 배우가 올라타 카메라 앞에서 연기했으리라고 상상했다. 하지만 지금은 말의 흔적도 없다.

지기는 여행 가이드처럼 이곳저곳 가리키며 예전 모습을 알려주었다.

"저기는 소품을 만드는 공방이었어. 거기는 필름 공장… 직원이 많았지. 아마 필름은 전부 타버렸을 거야."

필름 공장 뒤편에 적군 병사와 미군 병사 그리고 민간인으로 보이는 남자가 서 있었다. 짐차에 기기와 필름이 담겼을 은색 원반을 싣고 이야기를 나눈다. 지기는 허둥지둥 마구간 뒤에 숨었다.

"아는 사람일지도 몰라. 지금 들키면 위험해."

우리도 지기를 따라 마구간 옆 우거진 관목 뒤에 숨어서 그들이 사라지기를 기다렸다. 양철 양동이에 담긴 썩은 물에 장구벌레가 들끓는다. 나는 양동이에 부딪히지 않도록 뒷걸음질 쳐서 베스팔리 하사에게서 조금 거리를 두었다. 프리드리히를 죽인 걸까? 그렇다면 어째서? 아니, 역시 잘못 들은 거다. 아니면 그건 다른 소리고, 그의 말대로 프리드리히는 진짜로 돌아간 게 아닐까? 건물에 뒷문이 있어서 그곳으로 나간 건가?

하사의 옆얼굴은 평소와 다르지 않다. 주근깨 많은 볼에 솜털이 났고, 속눈썹과 눈썹은 옅은 갈색이며, 부루퉁하게 입술을 뾰족 내미는 동작은 아이 같았다. 나는 무심코 이것이 사람을 죽인 인간의 표정일지 생각했다가 고개를 내저었다.

"Один, два, три. 노농적군이 다섯 명, 미군 병사가 세 명, 민간인이 한 명."

사람 수를 세면서 왼쪽 손목의 손목시계를 확인한다.

"5분 기다립니다. 그때까지 자리를 뜨지 않으면 움직입니다."

적군 병사와 미군 병사는 태평하게 담배를 피우면서 필름통을 각각 짐차에 싣는다. 서로 말이 통하지 않는 것 같은데 어째서인지 분위기는 평화롭고 다 함께 웃고 있다.

"시카고! 시카고!"

러시아인은 미국인에게 '시카고'라는 말을 반복하면서 양손을 얼굴 앞에 들고 트럼펫 부는 시늉을 했다. 미국인은 "그건 시카고라고 못 하지."라고 웃으면서 손가락을 움직이며 "빠라라빰빰빠!" 하고 피프티스타스에서 들은 적 있는 밝고 신나는 노래를 불렀다.

한 사람이 트럼펫 흉내를 내고 다른 사람이 선율을 더하고, 또 다른 사람은 손뼉을 치며 리듬을 맞춘다. 그러자 러시아인들은 즐거운 듯이 손뼉을 치고 휘파람을 불었다.

"하라쇼! 하라쇼!"

미국인은 아주 싫지도 않은 것처럼 양손을 펼친다. 이번에는 러시아인들이 마치 곰이나 족제비가 떠오르는 짐승 같은 외모로는 상상도 못 할 만큼 아름답고 맑은 목소리로 답가를 불렀다. 단조지만 어둡지 않고 선율이 조용히 커지며 몇 번이고 반복된다. 마치 아득히 먼 곳에 있는 누군가에게 이야기하는 것 같았다. 나는 러시아가 어떤 곳인지 본 적이 없지만, 신기하게도 그의 땅에 끝없이 광대하고 이곳에 지지 않을 만큼 파란 하늘이 있으리라고 상상할 수 있었다. 언젠가 이다가 부른 노래와 어딘지 비슷하다.

그저께 밤 소비에트 검문소에서 본 소동이 마치 거짓말인 것처럼 관목 덤불 틈으로 보이는 러시아인과 미국인은 허물없었다. 껌과 초콜릿, 증류주인 듯한 병을 교환하고 러시아인이 하얀 얼굴이 터질 듯 활짝 웃으며 초콜릿을 먹자 미국인은 웃으며 "더 줄까?" 하고 천 가방을 뒤진다.

그러나 베스팔리 하사는 탐탁지 않은 얼굴을 하고 러시아어로 중얼중얼 불평했다. 당장에라도 일어나 적군 병사를 뒤쫓아 갈 기세다. 그 팔을 지기가 붙잡아 막았다.

"이봐, 찬물 끼얹지 마. 사이좋아 보이잖아."

하사는 짜증 내며 팔을 뿌리쳤다.

"그럴 수는 없다. 위험 사상이다. 미국 놈의 사상에 물든다. 동지 병사를 처벌해야 한다. 나의 임무다."

"기다리래도. 댁이 여기서 나가서 내무인민위원회라고 신분을 밝히려고? 그 차림을 하고서?"

그러자 하사는 자신이 적군 병사로 위장하고 있다는 사실을 잊었던지 아무런 대꾸도 하지 못했다.

손목시계 바늘이 5분을 지나기 전에 미군 병사와 적군 병사는 서로 모자를 쓰고 예의 바르게 인사하면서 헤어졌다. 독일 민간인이 필름 공장 문을 닫고 길 저편으로 가는 모습을 확인하고 나서 우리는 무릎에 붙은 진흙을 털며 일어났다.

"댁도 참 돌대가리로군, 하사. 그 장황한 이름, 뭐였지?"

"…아나톨리 다닐로비치 베스팔리다."

"그래, 톨랴로군."

"그만둬. 나는 친해질 생각이 없다."

하사는 경솔하게 애칭으로 부르려는 지기를 단호하게 거절하고 지체 없이 가버린다.

"참 재미없네. 내가 아는 적군 병사는 더 애교 있고 재미있었어. NKVD는 정치 교육도 하지? 좀 더 부드럽지 않으면 소비에트의 인상이 나빠지…."

"Да ты ничего не знаешь!"

하사는 쫑알쫑알 떠드는 지기를 힘껏 돌아보고 삿대질하며 덤벼들었다.

"설교하지 마! 내가 적군을 모르기라도 한다는 건가? 나는…."

그러나 중간까지 말하다 말고 하사는 입을 다물었다. 숨을 거칠게 쉬고 어깨를 헐떡이며 자신의 발언에 당황한 것처럼 눈동자가 흔들리더니 발걸음을 돌려 성큼성큼 앞으로 나아갔다.

식당, 세트, 필름 공장을 거쳐 거무스름한 빨간 벽돌 건물 앞을 지난다. 조금 전에 들었던 러시아어 노래가 귓가에 남아 나도 모르게 흥얼거릴 뻔했다. 노래하면 하사는 화를 낼까.

그 앞에 전투기 공장 같은, 우러러볼 만큼 거대한 삼각 지붕 건물이 우뚝 솟아 있었다. 조금 불탄 흔적은 있지만 무너지지는 않았다.

"이걸 봐. 저게 노이바벨스베르크의 대형 스튜디오야."

묵직한 빨간 벽돌 외벽에 창문이 몇 개 있지만, 건물이 쇠고기 덩어리라면 창문은 화덕의 불이 골고루 가도록 나이프로

칼집을 넣은 것처럼 위에서 중간까지 가늘고 길게 어중간한 위치에 늘어서 있다. 높이는 5층쯤 될까. 그러나 창문 형태가 일반적인 형태와 달라서 내부가 어떻게 되어 있는지는 알 수 없다. 너비만 30미터, 전체 길이는 100미터 이상은 될 것 같다.

베스팔리 하사는 조금 전 덤벼들었던 것도 잊었는지 입을 벌리고 대형 스튜디오를 올려다보며 군모를 벗고 머리를 긁적였다.

"굉장하다…. 안쪽도 큽니까."

"그렇지, 바닥 면적만 8000제곱미터는 될걸. 여기서 많은 영화를 찍었어. 하지만 내 친구는 여기에 없을 거야. 이 앞이지."

지기를 따라 대형 스튜디오 뒤쪽으로 돌아간다. 제작부가 있다는 좁고 긴 단층 건물 앞에 기묘한 모양을 한 토치카처럼 견고한 건물이 있었다. 여기에서 보면 두 건물이 직각으로 이어진 걸 알 수 있다.

"여기가 톤크로이츠야. 토키(유성영화)가 시작되었을 무렵에 세운 스튜디오지."

높이는 대형 스튜디오보다 낮지만 위압감이 있다. 빨간 벽돌 벽에 창문이 없는 탓이다.

"벽이 두껍고 창문이 적으니까 외부 소리 유입 없이 녹음할 수 있어. 이쪽 대형 스튜디오에서 이놈을 보면 십자가 모양인 걸 알 수 있지… 봐."

빙 돌아보니 제1, 제2건물과 형태가 같은 제3건물이 수직으로 이어져 있다.

"반대쪽에는 제4스튜디오가 있어. 그래서 '톤크로이츠(소리의 십자가)'라고 불리지."

톤크로이츠의 외벽에는 온실만 한 방이 딱 붙어 설치되어 있다. 이것은 물품 보관소로 스튜디오 안에 들어가기 전에 배우와 스태프가 여기에 짐과 외투를 맡겼다고 한다.

"톤크로이츠는 제작 치프인 포머가 세웠어. 독일 영화는 할리우드보다 유성영화가 훨씬 늦어졌으니 높으신 분을 설득하는 게 큰일이었나 봐. 뭐, 나는 그 무렵에 배우 일을 하지 않아서 들은 얘기지만."

하사는 도중에 이야기에 흥미를 잃었는지 가까이 있는 양쪽으로 여는 묵직해 보이는 철문에 손을 댔다. 손잡이는 원형 핸들로 잠수함 해치처럼 돌려서 열게 되어 있지만 열쇠가 잠겨 돌아가지 않았다.

"아, 그건 열리지 않아. 철문은 세트를 반입하기 위한 거야. 방음을 위해 밀폐할 수 있게끔 되어 있지. 여기로 들어가면 바로 촬영 스튜디오가 나오니까 평소에는 열쇠를 잠가놔. 다른 문으로 가자."

톤크로이츠는 네 건물이 각각 독립되어 있어 이 철문뿐 아니라 각 건물에 직원이 드나들기 위한 나무 문이 있다고 한다. 지기는 "어디를 공략할까?"라며 긴 검지를 입술에 대고 고민하더니 천천히 왼쪽, 남쪽 건물로 향했다. 그러나 나무 문도 잠겨 있었다.

결국 열 수 있었던 건 북쪽 건물에서 십자가 이음매인 모서리에 달린 통행용 나무 문이었다. 문고리를 당겨보니 경첩이 삐걱거리면서 쉽게 열려서 우리는 서로 얼굴을 마주 보았다.

"됐다."

창문이 없어 빛이 차단된 탓인지 바깥 기온보다 2, 3도는 낮은 것 같았다. 서늘한 공기는 곰팡내가 나고 벌써 오랫동안 쓰지 않았는지 당황한 쥐가 발치를 달려가는 기척이 난다. 벽 스위치를 비틀자 지지직 소리와 함께 백열등이 천천히 켜졌다.

"전기는 들어오는군. 자가발전기인지도 모르겠지만… 환풍기도 도는 소리가 들리고 누군가 있어."

"여기에 지기의 친구가 있어?"

"평소 같으면 있겠지. 그 녀석은 음향 기술자야. 여기 음향 설비에 홀려서 여차하면 건물째 죽을 수도 있는 인간이지. 하지만 정말로 죽었을지도 모르니 크게 기대하지 말자."

입구 앞은 음악 홀처럼 작은 공간이 있고 안쪽에 문이 하나 더 있다. 묵직하고 그만큼 두꺼운 문을 열자 불을 켠 밝은 통로가 나왔다. 지기의 말대로 누군가 있는 것 같다.

통로는 오른쪽과 왼쪽 두 갈래로 나뉘었다. 십자가 형태로 사방으로 뻗은 건물 중앙부에서 복도를 따라 걸어가면 각 스튜디오로 갈 수 있다고 한다.

"먼저 북쪽부터 가보자."

스튜디오 문은 두껍고 아주 묵직했다. 지기가 허리를 낮춰 문고리를 있는 힘껏 끌어당기자 천천히 열렸다. 방음용 공간 앞의 문도 열자 드디어 스튜디오가 나왔다. 갑자기 시야가 뚫려 나도 모르게 숨을 삼켰다.

영화를 촬영하는 장소라고 해도 좀처럼 상상이 되지 않았지만, 한 걸음 들어가 본 첫인상은 '도둑이 든 창고' 같았다. 족히 3층 높이는 될 법한 천장은 공장과 비슷하지만 창문이 하나도 없으니 숨이 막혔다.

"아아… 너무하군."

옆에서 지기가 신음했다.

스튜디오 세트는 무너지고 갈가리 찢어진 천이 어지러이 흩어졌으며 다리 부러진 의자가 나뒹굴었다. 파괴의 끝을 보여주는 상처 자국이다. 예전에는 배우가 위에서 연기했을 목제 무대도 판자를 다 벗겨 뼈대만 남았다.

한가운데에는 공중전화 부스와 비슷한 유리를 끼운 네모난 강철 박스가 옆으로 쓰러져 나뒹굴었다. 차에 치여 죽은 뱀처럼 납작하게 찌부러진 코드가 깨친 유리창에서 바닥으로 뻗어 있었다.

"저건 카메라실이야. 카메라라는 게 엄청 시끄러워서 애써 마이크를 준비해도 정작 카메라가 잡음의 원인이 되지. 그래서 저기에 들어가서 촬영한 거야. 마이크는… 아아, 저건 빼앗기지 않았구나."

439

지기의 시선을 좇자 천장에는 거대한 마이크로폰이 매달렸다. 지기는 한숨을 푹 쉬고 양손을 허리에 댄 채 베스팔리 하사를 노려보았다.

"적군분들이 조금 더 소중히 다뤄줬으면 좋았을 텐데."

"우리는 보수를 받았을 뿐이다. 승자의 권리다."

"보수도 받는 방법이라는 게 있잖아. 하기야 우리 독일도 남의 것을 실컷 빼앗았지. 됐다, 그만하자. 얼른 그 친구를 찾아야지."

그러나 첫 번째 건물부터 네 번째 건물까지 모든 스튜디오를 돌고 벽 뒤쪽 조정실까지 꼼꼼하게 뒤져도 지기의 친구는 없었다. 필름을 보관하는 방과 환풍기 모터실, 촬영 중 소리를 확인하기 위한 녹음 바늘과 음반 녹음 재생실에도 먼저 온 사람이 엉망으로 짓밟은 발자국과 검은 쥐똥만 있고 사람은 없었다.

"역시 어디로 가버린 거 아냐? 전기도 누군가 켜놓고 나간 건지도 모르고."

그렇게 말하고 지기를 보니 그는 재생실 구석에 놓인 화장대 같은 것을 열었다 닫았다 했다.

"뭐 하는 거야?"

"음향이랑 관계없는 물건이 왜 여기에 있나 싶어서. 그러네, 포기할까…. 아니, 한 곳만 더 가봐도 될까? 옥상이 있어."

중앙 엘리베이터는 망가져서 우리는 스튜디오 벽에 매달린 작업용 통로로 사다리를 타고 옥상에 올라갔다.

시원한 실내와 달리 옥상은 그늘도 없이 직사광선이 내리쬐고 태양이 작열하고 있었다. 콘크리트 바닥은 풍로에 얹은 프라이팬이 떠오를 정도라 맨살이 닿으면 화상을 입을 것 같다. 여름의 건조한 바람이 불어 머리카락과 셔츠 소매를 펄럭였다. 여기에서 둘러보니 확실히 톤크로이츠는 십자가 모양이었다. 중앙만 휜히 뚫린 것이 아래에 안뜰이 있는 듯했다.

손으로 해를 가리며 사람을 찾는다. 그러자 대각선 맞은편인 북쪽 건물 옥탑 그늘에서 사람 하나가 담배를 피우고 있었다. 검은 테 안경에 중절모를 쓰고 셔츠 소매를 팔꿈치까지 걷어 올렸다. 뚱뚱한 체격에 멜빵 달린 줄무늬 바지가 어울려서 어쩐지 유원지 피에로가 떠오른다. 우리를 보지는 못한 듯하다. 베스팔리 하사가 냉큼 가려 하자 지기가 말렸다.

"부탁해. 지금은 나한테 맡겨줘. 이봐, 대니!"

지기가 큰 소리로 부르자 검은 테 안경을 쓴 인물은 놀라서 고개를 들었지만, 반가워하기는커녕 우리 모습에 놀라 도망치려 했다. 그야 그럴 수밖에. 우리는 아직 점령자의 옷을 입고 있으니까.

"아냐, 아냐, 소련군 아니야! 나야, 카프카라고!"

지기는 허둥지둥 군모를 벗고 커다란 손을 흔들며 성큼성큼 걸어갔다. 대니라 불린 인물은 상당히 경계하는 눈치였지만 지기가 복도를 빙 돌아서 북쪽 건물 옥상에 도착하자 그제야 기뻐하며 일굴을 폈다.

"카프카! 파이비시 카프카잖아! 본인 맞아? 유령 아니지?"

"안아서 확인해 보라고!"

두 사람은 양팔을 벌리고 서로 힘 있게 끌어안고 무사한지 확인하듯이 어깨를 두드렸다. 나와 하사도 북쪽 건물로 건너갔다. 가까이서 보니 대니는 여성이었다. 언행이 차분해서 지기가 대여섯 살 어리게 느껴졌다. 공연히 그리움이 끓어오른다. 성별도 체격도 다르지만 둥그런 안경 탓인지 상냥한 눈동자 탓인지 나에게 영어를 가르쳐준 호른 씨와 닮았다.

"2년 만인가? 걱정했어. 네 그 얼굴이면 '이주'당한 거 아닌가 해서."

"응… 이봐 대니. 사실 나 이제 카프카는 그만뒀어. 본명인 지기라고 불러줘."

그러자 대니는 잠시 눈을 동그랗게 떴지만 납득했는지 온화한 표정으로 고개를 깊이 끄덕였다.

"그렇구나, 지기." 대니는 나와 베스팔리 하사에게도 시선을 보냈다. "이분들은 누구야?"

"아, 우리는 사람을 찾고 있어. 여자애는 아우구스테 니켈. 그녀는 독일인이지만 남자는 진짜… 음, 적군 병사야. 이 군복을 빌려주고 안으로 들어올 수 있게 도와줬어."

"적군 병사."

"괜찮아, 널 체포하지는 않을 거야. 여기 아우구스테 양의 호위 같은 거라고 생각해 줘. 아우구스테가 사람을 찾고 있거든."

대니는 금이 간 렌즈 너머로 우리를 빤히 바라보는가 싶더니 한 손을 획 내밀었다.

"안녕하세요, 다니엘라 비키예요. 만나서 영광입니다."

나는 곧바로 건조하고 부드러운 손을 쥐었지만 하사는 주저하는 건지 경계하는 건지 어깨에 멘 라이플 끈에 손을 대고 내민 손을 지그시 내려다본 채 굳었다. 그러자 대니가 이렇게 말했다.

"당신은 우리 나라의 손님이야. 인간 대 인간으로 인사합시다."

목소리는 침착하지만 주장은 분명하게 드러났다. 하사의 머릿속에 어떤 계산이 있는지는 모르지만 그는 재빨리 손을 뻗어 악수하고 거북이 목처럼 집어넣었다. 그래도 대니는 만족한 모양이다.

대니는 우파의 음향 기사로 톤크로이츠의 마이크로폰과 축음기의 바늘 녹음 그리고 음성을 빛 신호로 바꾸어 필름에 기록하는 광학녹음 등 최첨단 녹음 기기를 다루는 전문가라고 한다.

"남자들이 전쟁에 나간 뒤 대니가 음향을 책임지는 치프가 됐어. 하지만 정말로 여기에서 만날 줄이야. 너야말로 용케 살았구나, 대니."

"여기 말고 있을 곳이 없으니까. 그리고 공습도 있었고, 시가

진은 힘들었지. 꽤 많은 동료가 죽었어. 높으신 양반은 모조리 연행됐지. 그거 알아? 카를 다네만은 적군에게 체포되기 직전에 자살했어."

"다네만? 아, 그 아저씨 배우. 마음에 안 드는 녀석이었지."

"그렇게 말하지 마. 누구든 죽을 때는 가여운 법이야."

우파는 이제 텅 비었다고 한다. 전사자는 많았고 총통과 나치스를 찬미하는 프로파간다 영화를 계속 찍은 우파에는 전범 재판이 기다리고 있다. 선전부와 친했던 상층부와 거물 배우들은 소련군에게 붙잡혀 수용소로 갔다. 그러나 약삭빠르게 처신한 간부와 선전부에 직접 관여하지 않은 스태프는 적지만 남았다.

"연합국은 이율배반에 빠졌어. 국위 선양 영화로 국민을 부추긴 프로파간다 집단은 벌해야 하지만, 영화사로서 우파의 기술력은 높지. 돈이라면 나치에게서 듬뿍 받았으니까. 좋은 기자재와 우수한 기사도 갖췄어. 연합국은 우파의 자산을 받고 싶어 해. 소련도 미국도. 덕분에 나는 한차례 심문만 받고 체포는 면했으니 고마운 일이지. 하지만 전쟁이 끝나면 여자 기사는 성가신 존재가 될 듯한 예감이 들어. 남자들에게 일을 빼앗기고 집에 틀어박히겠지. 하핫, 이런 말 하면 안 되겠지."

"너는 괜찮아."

"글쎄다."

대니는 그렇게 말하고 담배 연기를 내뿜고는 담배를 옥상

구석에 눌러서 껐다. 아래 안뜰에서 키우는 담뱃잎으로 만든 담배 같다.

"뭐, 지금은 배급품을 슬쩍하거나 담배를 마음대로 키우거나 기술자의 특권을 황송하게 쓰면서 제법 꿋꿋하게 살고 있어. 내 기술은 교섭 재료가 되니까. 조만간 동쪽과 서쪽, 어디로 붙을지 압박을 받을 것 같지만."

통통한 볼을 빈정대는 것처럼 일그러뜨린다.

"그런데 사람을 찾는다고? 어떤 사람이지?"

"이 사람이에요."

가방에서 에리히가 찍힌 사진을 꺼내 대니에게 보여주었다.

"어린애?"

"아뇨, 이 사진밖에 없어서요. 지금은 성인이에요. 살아 있다면 스물여섯 살, 지기 또래일 거예요. 바벨스베르크에 살았던 것 같아요."

"이름은?"

"에리히요. 에리히 포르스트."

대니는 사진을 받아 들고 얼굴에 가까이 가져갔다가 멀리 뗐다가 자세히 뜯어보면서 응시했다.

"…여기 나란히 있는 점 세 개가 특징이로군."

"아세요?"

"아니, 기억에는 없어. 바벨스베르크라고 간단히 말하지만 여기는 꽤 넓어. 직원도 많고. 이 사람은 우파에서 일했니?"

나는 자신이 상당히 무모하게 확실한 단서도 없이 사람을 찾고 있다는 사실을 새삼 깨달으며 대니의 관심이 사라지지 않도록 열심히 설명했다.

"…우파에서 일했는지는 잘 모르겠어요. 하지만 바벨스베르크에서 그의 이모에게 전화를 했대요. 바벨스베르크라고 하면 우파니까, 아마 여기일 것 같아요."

"그렇군."

"이봐, 직원 명부는 어때? 수위실 출입 기록이든 뭐든 남겼을 거 아냐."

지기의 제안에 대니는 아쉬운 듯이 고개를 내저었다.

"미국이 압수해 갔어. 독일인 신원 조사할 때 누가 무슨 역할이었는지 서류랑 대조할 필요가 있다나. 증권이며 장부며 하나도 없어. 사무실은 텅 비었어. 하다못해 에리히가 어른이 된 사진이 있다면 모를까."

그때 대니는 자신의 말에 놀란 것처럼 눈을 동그랗게 떴다.

"잠깐만 기다려봐."

"왜 그래?"

"너희는 그 차림이어야 해?"

"응?"

나와 지기는 뜻을 이해하지 못하고 서로 얼굴을 마주 보고 나서 베스팔리 하사의 의견을 살폈다. 그는 고개를 저을 뿐이다.

"…톨랴, 이 석두께서 이대로 있으라시네."

"그 이름으로 부르지 마. 나는 친해질 생각이 없다."

울컥하는 하사와 군인을 놀리며 재미있어하는 지기 사이에 대니가 양손을 들며 끼어들었다.

"알겠어. 부탁이니까 여기서 싸우지 마. 그럼 톤크로이츠 안 어딘가에서 기다릴래? 한번 찾아볼 만한 게 있어. 가져올게."

톤크로이츠에 있을 거면 아래로 내려가 안뜰로 나가는 게 좋을 거라고 추천해서 우리는 대니와 헤어진 뒤 복도에서 일단 지하로 내려가 계단을 올라가서 바깥으로 나갔다. 분위기가 백팔십도 바뀌어 눈앞에 아름다운 안뜰이 펼쳐졌다.

창문이 없는 톤크로이츠의 형무소 같은 외관과 달리 안뜰은 확실히 안락했다. 중앙의 커다란 호두나무에 꽃이 피었고 적당한 그늘을 만들어준다. 그 아래 벤치에 앉아 대니가 준 비스킷을 씹으며 물통의 물을 마신다. 어딘가에서 작은 새가 지저귄다. 덤불에서 벌레가 날개를 떨며 날아오르고 바람이 향기로운 흙과 상쾌한 여름풀 냄새를 나른다. 작은 평화의 모형 정원이다.

가능한 일이라면 이대로 머물고 싶다. 이제 곧 에리히를 만날지도 모른다는 생각만으로도 긴장감에 손가락이 차가워졌다. 이미 결심한 거라고 몇 번이고 자신을 타일러도 도망치고 싶은 마음이 생겨났다.

옆에는 지기가 앉고 그 맞은편에 베스팔리 하사가 군인답게 등을 곧게 펴고 서 있다. 호두나무 아래에서 일광욕을 즐기는 지기에게 어쩐 일로 하사가 먼저 말을 붙였다.

"당신은 체포되지 않나?"

지기는 머리 뒤로 깍지 긴 손을 풀고서 "뭐라고?" 하고 되물었다.

"당신은 사람들을 속였다. 반유대주의에 가담했다. 노농적군에도 많이 있다. 그러나 NKVD에서는 그런 자를 단속한다. 지금 독일도 그렇다. 모두 수용소로 간다."

"아아…"

깊고 긴 한숨을 쉬고 지기는 멍하니 정원을 바라보았다. 잎사귀가 스치는 소리가 들리고 가늘고 긴 이파리 한 장이 빙글빙글 돌면서 떨어졌다. 올려다보니 가지와 가지 사이에 둥근 기생목이 자리 잡고 있다.

"정직하게 이름을 대면 체포되겠지."

"그렇다면 어째서 나서지 않나? 비겁하다. Хамство."

"비겁?" 지기는 흥 하고 콧방귀를 뀌었다. "비겁한 게 뭐. 나는 귀감이 되기는 싫어."

쏟아질 듯이 파란 하늘에 비행기가 날아간다. 벽으로 둘러싸인 안뜰의 좁고 네모난 하늘을 비행기가 일직선으로 구름을 끌면서 날아간다. 어디로 가는지는 모른다. 가는 길인지 돌아오는 길인지 그것조차도 알 수 없다. 그러니까 나는 상상한다. 저 비행기에 누가 타고 무엇을 위해 하늘을 날고 어디에 도착하려 하는지.

30분쯤 지나 대니가 돌아왔다. 양손에 나무 상자를 안고 끙끙대며 가져온다.

"이봐, 도와줘."

우리는 서둘러 복도로 돌아갔다. 입구 앞에 짐차가 서 있고 뭔가 산더미처럼 쌓였다. 두껍고 커다란 책이다. 벨벳을 씌운 고급 장정에, 소중히 보관했는지 벌레 먹거나 빛바랜 부분도 거의 없다. 복도 조명이 어두워서 끌어안아 안뜰 벤치로 가지고 갔다. 눈 깜짝할 사이에 책이 산을 이루었다.

"이게 뭐예요?"

"현금도 증권도 이름을 적은 명부도 아냐. 연합군에게는 가치가 없으니 남았지. 그래도 나나 살아남은 스태프에게는 둘도 없는 보물이야."

호두나무 그늘에서 대니는 책 하나를 꺼내 부드러운 손놀림으로 표지를 펼쳤다.

사진첩이었다.

대지에 주의 깊게 끼운 흑백 사진. 맑은 하늘 아래 이발소의 하얀 케이프를 목에 두른 여성의 머리를 두 명이 손질하고, 여성은 이쪽을 향해 손을 높이 들었다. 여기는 아마 조금 전 지나온 가짜 초원일 것이다. 다음 사진에 찍힌 마구간에는 아직 말이 있고 평온한 얼굴을 한 주름투성이 노인이 말의 등을 빗질한다.

촬영에 지쳤는지 바닥에 몸을 둥글게 말고 낮잠을 자는 아

449

역돌 시진. 카페와 레스토랑 간판 아래 두 여성이 나란히 각자 책을 읽으면서 쉬는 사진. 진지한 얼굴로 세트를 만드는 대도구 담당자 사진. 고층 빌딩 베란다에서 당장에라도 떨어질 것 같은 모습이지만, 알고 보면 배경 그림 앞에서 장난을 치고 있는 남자들 사진. 필름을 비춰 보는 여자, 담배를 한 손에 들고 우는 남자의 옆모습, 개에게 먹이를 주는 아이들, 눈 부신 햇살에 녹아버릴 듯한 누군가의 뒷모습, 그저 아름다운 초원과 가짜 집들.

책장을 한 장 넘길 때마다 촬영소의 나날을 잘라낸 추억이 그들을 모르는 내 마음에도 흘러들었다. 색은 흰색과 검은색과 회색뿐이라도 선명한 순간이 보였다.

"좋은 사진이지? 이것만은 다른 데서 온 놈들에게 못 주지."

대니는 견제하듯이 하사를 보았다. 평소처럼 언짢아할 줄 알았는데 그는 순순히 고개를 끄덕였다.

"당신의 동료들이다. 소중히 하십시오."

"고마워. 그렇게 말해주니 기쁘군."

대니는 안경 렌즈를 셔츠 자락으로 닦아서 다시 쓰고, 걷어 올려 꾸깃꾸깃 흐트러진 소매를 다시 한번 걷는다.

"그럼 안심하고 앨범을 샅샅이 뒤지자. 만약 에리히 포르스트 씨가 영화 관계자라면 어딘가에 찍혔을 거야. 다들 사진 찍는 걸 좋아하니까. 프린트 공장 종업원도 단체 사진을 찍었어."

나는 비교하기 쉽도록 에리히 사진을 벤치에 두고 바람에 날아가지 않게 작은 돌로 눌렀다. 한 사람이 한 권씩 앨범을 맡아 작업을 개시했다. 처음에는 참가하지 않던 베스팔리 하사도 안절부절못하고 왔다 갔다 하다가 갑자기 짐차에서 앨범을 집어 조심스러운 동작으로 책장을 넘겼다.

한 권, 세 권, 다섯 권… 하늘하늘 떨어지는 호두나무 잎을 치우면서 오후의 밝은 햇살 아래에서 영화의 도시에 살았던 사람들의 기억을 더듬었다. 프린트 공장에서 일하는 여성 직원 사진에서 옆 사진으로 시선을 옮겼을 때 내 손이 멈추었다.

하얀 백스크린 앞에서 체구가 멀쑥한 남성이 대본을 읽는다. 지난 세기의 상인처럼 소매가 부푼 셔츠와 검은 조끼를 입고, 커다란 모자를 쓴 채 고개 숙인 옆얼굴은 진지함 그 자체다. 지기가 카프카이던 시절 사진이다. 스포트라이트에 비쳐 바닥에 길고 짙은 그림자가 뻗어 있다. 아름다운 사진이었다.

나는 순간 지기에게 알려주고 싶어서 고개를 들었지만, 눈과 눈이 마주친 순간 그 생각은 들어가 버렸다. 아마 그는 내 웃는 얼굴을 보고 뭘 찾았는지 알았을 것이다. 말로 하지 않아도 그는 이제 보고 싶지 않으리라는 사실을 알았다.

대니가 가져다준 앨범은 스무 권으로, 구석에서 구석까지 뒤지는 건 상당히 힘이 들었다. 우리는 그늘을 찾아 반지하 계단까지 내려가 작업을 이어갔다. 도중에 대니가 식당에서 가져온 민들레 뿌리로 만든 대용 커피를 마시고 빵을 씹으며, 흘린 빵 부스러기가 앨범에 끼지 않도록 주의했다.

그때 하사가 "앗!" 하고 소리쳤다.

"보십시오."

하사가 흥분 상태로 콧구멍을 넓히면서 가리킨 것은 페이지 한가운데에 있는 사진이었다.

상영 전인지 후인지 홀에 늘어선 소파에 하켄크로이츠 완장을 단 고급스러운 정장, 국방군 제복, 친위대 장교 군복 차림의 남성들이 앉아 서로 담소를 나눈다. 의상을 입은 배우가 아니다. 진짜 장교다. 렌즈가 포착한 사진의 주역은 그들이다.

장소는 아마도 어느 영화관이나 시사실인 것 같은데, 하사가 주목한 사람은 이 화려한 사람들 중 하나가 아니다. 한 걸음 떨어져 우측 벽에 선 청년이었다.

곱슬곱슬한 검은 머리카락, 인상적인 커다란 눈동자, 왼쪽 눈 아래 나란한 세 개의 점. 얌전해 보이지만 내면에 무언가 비밀을 간직한 듯한 분위기가 있다. 잘못 본 게 아니다. 내가 그날 불에 탄 로렌츠 저택 앞에서 만난 청년, 그 사람이었다.

심장이 쿵쿵 뛴다. 그가 에리히 포르스트다.

에리히 옆에는 백발에 하얀 수염을 기른 노인이 긴장한 얼굴로 섰다. 두 사람의 왼쪽 팔에는 하켄크로이츠 완장이 있었다.

"어때, 아우구스테? 내가 보기에 어릴 적 사진이랑 빼다 박은 것 같은데."

"응. 틀림없어 보여."

나는 옷깃에 손을 대고 조급한 마음을 억누르면서 대니에게 물었다.

"이건 어디서 찍은 사진이죠? 그는 지금 어디에 있을까요?"

"우파 부지 안에서 찍은 거라면 시사실이겠지만 우파의 작업용 필름 시사실이랑은 다른 것 같아. 조금 더 가까이 보여줘."

대니는 앨범을 받아 들더니 고개를 천천히 젓고 앞머리를 쓸고 안경을 고쳐 쓰고 오뚝한 코끝이 붙을 정도로 사진을 가까이 가져갔다.

"…역시 천장 장식이 달라. 그런데 이상하네. 손님은 나치 고위 관료밖에 없어. 이만큼 높으신 양반을 모았다면 미테(베를린 중심부)에 있는 최첨단 스피커가 달린 우파 팔라스트에 초대했을 텐데."

"그러면 다시 미테를 뒤져야 하나요?"

"아니… 극장에 있을 2층석도 없거니와 실내는 좁고 천장이 너무 낮아. 일반 극장으로는 보이지 않아. 게다가 이것 봐. 여기에 '우파슈타트에서'라고 적혀 있어. 이 앨범은 원래 촬영소에서 찍은 사진을 정리할 목적으로 만든 거야."

분명히 사진 대지에 연필로 작게 날짜와 촬영 장소가 적혀 있었다. 날짜는 1942년 3월.

"하지만 적어도 내가 아는 이곳 시사실이나 홀이 아니야."

"당의 궐기대회로 촬영소 근처 호텔이나 간부 집에 스크린과 스피커를 가져다 놓은 건 아닐까요?"

나는 프레데리카의 저택 같은 호화로운 장소를 떠올렸다.

이를테면 반제의 궁전 같은 빌라. 그러나 지기가 끼어들어 부정했다.

"아니, 그렇지 않아. 여기를 봐."

지기의 긴 손가락이 사진을 톡톡 두드렸다. 남자들이 앉은 옆 통로에 립스틱을 바르고 목에 스카프를 두른 금발 여성이 천사 같은 미소를 지으면서 남자들 손에 잔을 건네고 있다. 그 뒤에 있는 여성은 조금 굳은 표정으로 샴페인 병을 들었다.

"술이야. 게다가 담배를 피우는 놈까지 있어. 궐기대회에서는 있을 수 없는 광경이지. 총통은 술도 담배도 끔찍하게 싫어해서 군에서도 금지했을 정도니까. 게다가 저택 응접실 내부 장식이 이렇게 수수할까?"

지기가 그렇게 분석한 순간 대니가 손가락을 딱 울렸다.

"알았다! 이건 외국 영화 시사회야!"

"응?"

"총통도 괴벨스도 예술 애호가야. 나치의 고위 관료와 신뢰 두터운 공기업 간부와 장교 중에서 동호인을 모아 외국 영화, 특히 할리우드 영화를 보는 비밀 클럽을 만들었어."

나는 깜짝 놀랐다. 가방 안에 든 영문판 《에밀과 탐정들》이 갑자기 무겁게 느껴졌다. 외국어로 쓰인 책. 외국 문화. 외국 영화. 오랫동안 나라에서 금지당한 물건.

"…설마 장교나 친위대가 외국 영화를 본 건가요? 우리한테는 금지해 놓고?"

나도 모르게 목소리가 떨렸다.

외국 문화와 접촉하는 것은 '해서는 안 되는 일'이었다. 외국의 예술 작품 중에 허락된 것은 나치스에 공감하고 찬양하는 나라나 외국인 작가의 것뿐이었다. 아이들은 학교와 소년단에서 다른 문화를 가진 사람들은 모두 악이라고 배웠다. 나라 밖에 사는 사람들에게도 감정이, 고통이, 기쁨이, 분노가, 미래가 있다고 상상조차 하지 못했다. 그들의 생생한 목소리를 들은 적이 없었던 탓이다.

아버지가 비밀경찰에게 체포되기 전에 나는 호른이 필사적으로 모아준 외국 책을 난로에 집어넣고 불을 붙여 태웠다. 영문판《에밀과 탐정들》만은 그럴 수 없어서 호른 씨에게 맡겼다. 호른 씨는 나중에 체포되었다. 폴크스뷔네 뒤편 누에나방 서점이 공습으로 무너졌을 때, 모두가 숨겨둔 외국 책을 건물 잔해 아래에서 꺼내려다 체포되었다. 당국 이외의 인간이 잔해 밑에서 소유물을 뒤져서 가져가는 것은 범죄였기 때문이다. 게다가 손에 든 것이 금지된 책이다. 호른 씨는 이중의 죄를 물어 형무소로 호송되었다. 나의 아버지와 똑같은 형무소로.

나의《에밀과 탐정들》은 호른이 마룻바닥에 숨겨준 덕분에 몰수되지 않았다. 전달해 준 사람은 집합주택에 살던 멋쟁이 여자다. 그녀는 호른 씨의 연인으로 형무소에 들어간 뒤에도 그와 연락을 취하려 했다.

그리고 친절한 영어 교사 호른은 처형되었다고 한다. 그녀는 증거가 없으니 아직 희망이 있다고 했지만, 차가워질 대로 차가워진 나의 심장은 그가 이미 이 세상에 없다고 생각했다.

대니는 호른 씨를 생각나게 하는 눈동자로 나를 가만히 바라보았다.

"너의 분노는 지당해. 모두에게 금지해 놓고 그들은 몰래 수입해서 필름 상영회를 했으니까. 적국의 상황 정찰이라는 명목이었지만 결국은 보고 싶었을 뿐이야."

우파 촬영소는 영화 필름을 보존하는 설비를 갖추었다. 선전부는 몰래 수입한 할리우드 영화 등을 상층부만 들어갈 수 있는 곳에 보존했다고 한다.

"소문으로는 제국영화자료관의 보관 창고에 있었대. 제국영화자료관 자체는 베를린 달렘에 있어. 하지만 거기는 어디까지나 '제국에 바람직한' 영화 저장소지. 나뭇잎을 감추려면 숲속이라고, 금지 품목은 바벨스베르크에 보관했어. 그리고 나에게는 한 가지 짚이는 게 있어. 분명히 바벨스베르크에는 특별 허가가 없으면 출입할 수 없는 창고가 있거든."

대니는 팔짱을 끼고 손을 통통한 턱에 대고 생각하는 몸짓을 했다.

"어쩌면 거기에 시사실이 있었을지도 몰라. 그러니까 우리는 에리히의 얼굴을 본 적이 없었던 거야. 비밀 시사회 담당이라면 면식이 없는 게 당연해."

"그 창고는 아직 있나요?"

"글쎄다…. 나는 바깥에서밖에 본 적이 없어. 자료관 자체는 전투로 반파되었대. 보관 창고는 기본적으로 지하에 있으니 토대가 무너지지 않았다면 무사할 수도 있지만 귀중한 필름이 불탔다는 얘기도 있었어."

"그런가요…."

움터서 부풀어 오르던 희망이 순식간에 쪼그라든다. 진심으로 한숨을 쉬자 지기가 등을 두드렸다.

"풀 죽지 마. 여기까지 왔잖아. 밑져야 본전이니 가보자고. 대니도 살아남았어. 에리히도 틀림없이 무사할 거야. 대니, 그 자료관이 있는 장소를 알려주겠어?"

친절한 대니는 길 안내에 동행하겠다고 나섰지만 베스팔리 하사가 민간인이 있으면 위험하다고 충고해서 여기서 헤어지기로 했다.

지기는 우파의 마지막 영화 〈콜베르크〉의 찢어진 포스터를 들고 있다. 뒷장에 대니가 지도를 그려주었다. 비밀 보관 창고는 우파 촬영소 바깥에 있었기 때문에 우파슈타트를 나와 아우구스트 베벨 길에 세워둔 트럭에 탔다. 이제 없는 프리드리히 대신 운전석에는 베스팔리 하사가 탔다.

트럭은 우파 촬영소의 긴 담 모퉁이를 돌아 바벨스베르크 안쪽으로 달렸다. 디젤엔진 냄새 때문에 속이 안 좋아졌지만 닳아서 해진 소매로 비지땀을 닦으며 간신히 견뎠다. 나는 운전석과 통하는 덮개 창문으로 맞은편을 들여다보고 조수석에서 지도를 펼친 지기에게 물었다.

"이대로 가면 세 거두 회담 한가운데로 돌진할 것 같은데 괜찮아?"

"걱정하지 마, 하펠강보다 전에 있으니 그쪽으로는 건너가지 않아. 그리고 남쪽은 경비가 허술하대."

나는 두 사람에게서 떨어져 짐칸 뒤에 혼자 앉아 덮개 끝을 조금 열어 바깥을 바라보았다. 적군 병사 차림으로 소련 트럭에 타고 나서 안 것은 동포인 독일인들의 날카로운 시선과 얼굴을 피하고 서둘러 도망치는 태도다. 등이 굽은 할머니는 악마를 상대하듯이 길에서 몇 번이고 성호를 그었다. 나는 아무것도 하지 않았지만 상대방이 그런 사실을 알 도리가 없다.

15분쯤 달려서 목적지에 도착했다. 창고라고 들었지만 실제로는 저택이라 해도 될 만큼 호화로운 건물이었다. 녹음이 우거진 넓은 부지는 마치 공원 같아서 자칫하면 아이들을 놀게 하는 시민이 있을 법도 한데, 이곳 관리자 역시 그렇게 생각했는지 부지 앞은 뾰족한 철책으로 둘러싸고 입구의 하얀 문기둥에도 견고해 보이는 철문을 달았다. 양쪽 문기둥의 같은 부분이 손상된 건 하켄크로이츠를 든 독수리 조각이 있었기 때문이리라.

그러나 대니가 일러준 대로 정작 저택은 전차의 포격을 맞은 듯 건물 오른쪽이 먹다 만 케이크처럼 깎였다. 벽은 탄흔 때문에 곰보 같았고 화염병이라도 맞았는지 표면이 여기저기 검게 탔다.

L자형 저택 왼쪽에는 작은 나무가 가지와 잎을 뻗어 바람이 불 때마다 나뭇잎과 꽃차례가 우수수 떨어진다.

현관문을 두드려도 반응이 없고 잠겨서 열리지 않는다. 이런 곳에 누가 남아 있을까 싶었지만 깨진 창문에는 판자를 덧대었고 만져보니 흙도 별로 묻어 있지 않아 최근에 단 듯했다. 주위를 빙 둘러 어딘가 입구가 없는지 살폈다. 정면에서 봤을 때 먹다 만 케이크 같다고 생각한 부분은 옥상부터 아래까지 깎여 벽에 생긴 균열로 실내가 훤히 보이다 못해, 한 사람씩이면 들어갈 수도 있을 것 같다. 내부는 건물 잔해와 분진으로 뿌옇고 구부러진 수도관에서 나온 물에 씻긴 부분만 젖어서 색을 알 수 있다. 아름다운 빨간 카펫, 호화로운 피아노와 응접실의 비취색 소파도 물에 잠겼다. 하켄크로이츠 깃발이 갈가리 찢어져 바닥에 떨어져 있다. 바싹 마른 검은 물체가 뒹굴어 누군가 깃발 위에 일부러 똥을 싸놓은 것을 알고 진심으로 진력이 났다.

"누구 있어요?"

균열에 대고 소리쳤지만 반응은 없다. 먼저 베스팔리 하사가 건물 잔해를 넘어 안으로 들어가고 나와 지기가 그 뒤를 따른다.

실내는 곰팡이와 썩은 물 냄새가 났다. 배관에서 일정한 속도로 떨어지는 물소리가 들린다. 걸을 때마다 뭔가를 밟아 구두 밑창에서 선뜩하고 끔찍한 감촉이 전해진다. 아마 이곳은 응접실로 동료들끼리 담배를 피우거나 진짜 커피를 마시면서 이야기를 나누며 쉬던 곳이었을 것이다. 책장 선반은 부러지고 카펫에 남은 둥그렇게 팬 자국만이 여기에 의자나 테이블이 있었음을 나타냈다. 벽을 만지니 달라붙은 분진으로 손가락이 하얘진다. 둥근 천장은 그렇게 호화롭지는 않지만 돋을새김으로 꾸몄고 샹들리에는 없다. 벽에 키릴문자로 뭐라고 적혀 있는데 하사는 의미를 알면 싸움이 난다고 했다.

"술이 있었으면 했는데 없는 것 같군."

지기는 여기저기 뒤집으며 술을 찾는 듯하다.

"술이 아니라 에리히를 찾아."

문을 열고 현관홀과 화장실, 주방을 뒤졌지만 에리히는커녕 사람 그림자조차 보이지 않았다. 필름도 눈에 띄지 않았다. 겉으로 보기에는 지극히 평범한 빌라다.

"정말 여기가 맞나."

나는 응접실로 돌아가 막막한 기분으로 책장에 기댔다. 대니의 기억이 잘못되었을지도 모른다. 그렇다면 단서를 모두 잃은 상태로 출발점으로 돌아가게 된다.

입술을 깨물고 문득 방 맞은편을 보았을 때 슬쩍 위화감이 들었다.

응접실은 물건이 정신없이 나뒹굴어 발 디딜 틈도 없을 정도인데 내 맞은편에 있는 벽 주변, 커다란 식기 선반이 하나 들어갈 듯한 공간만 이상하게 깨끗하게 정리되어 있다.

하얀 벽에는 아주 작은 그림이 걸려 있었다. 초로의 여성 그림이다. 녹색 초원에 파란 드레스 자락을 부풀려 앉아 어딘지 먼 곳을 바라보는 여성을 그린 소박한 유화다. 적군 병사가 가치 없다고 판단하고 가지고 가지 않아 여기에 남은 듯했다. 괜히 마음이 끌려 자세히 살펴보려고 다가갔다. 하얀 벽에 손을 짚고 까치발을 들었을 때, 다른 벽과 달리 까슬까슬한 감촉이 없고 손가락도 더러워지지 않는 걸 깨달았다.

"여기만 빗자루로 청소를 했나? 설마."

자세히 보니 위에서 아래까지 일직선으로 가는 홈이 나 있다. 발치를 내려다보자 낙엽이 벽과 바닥 사이에 일렬로 쌓였다. 틈이 있다. 바람이 빨아 당기듯 안으로 들어간다.

몸이 심장이 된 것처럼 맥박이 격렬하게 고동쳤다.

"두 사람 다 이리 와봐!"

벽은 밀어도 꿈쩍하지 않았다. 문고리 같은 것도 보이지 않고, 벽 틈에 손톱을 걸어 끌어당기려 했지만 지기가 가세해도 손톱만 아파질 뿐 소용없었다. 그러자 키가 큰 베스팔리 하사가 그림을 가볍게 들었다. 그리고 그 뒤에 감추어둔 레버를 내리자 벽은 곧바로 문이 되어 덜컥덜컥 톱니바퀴 같은 소리를 내며 오른쪽으로 밀렸다. 그 앞에 지하로 이어지는 계단이 있었다.

지하실은 넓어서 위쪽 저택보다 면적이 있었다. 콘크리트가 그대로 드러난 아무런 장식도 없는 투박한 공간으로, 처음에는 지하 방공호로 만들었을지도 모른다고 생각했다. 그 무기질의 회색 방에 강철 선반이 쭉 늘어서고 필름과 서적이 놓여 있었다. 여기는 적군 병사도 찾지 못했는지 무사했다.

오른쪽 통로 끝에 검은 방음용 문이 있고 그 너머에는 작은 극장이 있었다. 빨간 시트를 깐 관객석에 커다란 스크린, 스피커 그리고 반 층 높은 위치에 유리를 끼운 영사실. 공기에 먼지가 많고 곰팡내가 났다.

극장 구석에서 뻗은 나선계단이 영사실로 통했다. 나무판자를 삐걱거리면서 영사실로 올라가 내부를 들여다보았다. 아무도 없다. 하지만 좁은 방 한쪽에 하얀 시트로 싼 매트리스와 모포가 있었다. 조금 전 여기서 잠들고 일어난 것처럼 모포는 젖혀 있고, 매트리스에도 흔적이 있다. 옆에는 통조림과 양초로 만든 등과 물통, 자루가 놓여 있었다.

"여기에 누가 사나 봐."

"응. 여기 구조를 아는 사람이 틀림없군. 아마 돌아올 테니 여기서 기다릴까?"

"그래…. 하지만 그 전에 잠깐 올라갔다 올게."

긴장감으로 마음이 급한 탓인지 갑작스레 소변이 마려워서 혼자 위로 돌아가 화장실에 가기로 했다.

화장실을 써보니 수도가 잘 나오고 비누도 연합국 배급품이라는 사실을 알았다. 틀림없이 누군가 이곳에 산다. 나는 지하로 돌아가지 않고 바깥으로 나가 주변을 돌아보기로 했다. 저택에만 주의를 기울여 부지에는 달리 뭐가 있는지 찾아보지 않았기 때문이다.

가슴이 고동치지만 직원 중 누가 남아도 이상하지 않으니 지나친 기대는 좋지 않았다. 열쇠를 돌려 현관문을 열자 곧바로 풋내 나는 뜨거운 바람이 불어와 얼굴을 찌푸렸다.

그때 소리가 들렸다.

삽으로 푹 하고 흙을 푸는 소리. 퍼낸 흙을 옆에 쌓는 둔탁한 소리. 다시 푹.

나는 옆에 있는 나무의 두꺼운 기둥에 손을 대고 귀를 기울였다. 소리는 저택 뒤편에서 들리는 것 같았다. 조심조심 발소리를 죽이고 다가가 저택 뒤에서 몰래 상황을 살폈다.

작은 승마장이었다. 안쪽에 마구간이 있고 하얀 울타리로 네모나게 둘러싼 곳에는 풀 없는 검은 지면이 펼쳐졌다. 그곳에서 한 남성이 허리를 구부리고 삽을 세워 흙을 판다. 남성은 늘씬하게 키가 큰 체구로, 약간 곱슬한 검은 머리카락은 조금 길고 연한 갈색 외투를 입었다.

"이봐, 뭐 해?"

뒤에서 말을 걸어서 나는 펄쩍 뛰었다.

"지기, 조용히 해!"

언제 왔는지 지기와 베스팔리 하사가 수상쩍게 나를 쳐다본다.

"통 돌아오지 않으니 찾으러 가자고 톨랴가 야단이라… 어, 저 녀석은 누구지?"

"지금 확인하던 참이잖아."

얼빠진 소리를 하는 지기에게 짜증을 내며 시선을 승마장으로 돌렸다가 남성과 눈이 마주쳤다.

검은 일자 눈썹 아래 놀라서 휘둥그레진 커다란 눈동자. 나란히 있는 점 세 개.

나는 갑자기 무릎에서 힘이 빠져 그대로 덜컥 무릎을 꿇었다.

그는 우리를 보자마자 삽을 내버리고 토끼처럼 도망치려 했다. 큰일이다. 아직 변상 중인 걸 깜빡했다. 불러 세우려 해도 목에 힘이 들어가지 않아 저택 벽에 기대 신음하자 대신에 지기가 불러주었다.

"기다려, 우리는 변장했을 뿐이야! 당신 동포야! 당신을 만나러 왔어!"

그러나 그는 이야기를 듣지 않고 발로 흙을 차면서 점점 멀어진다. 나는 주먹을 쥐고 억지로 배에 힘을 주어 목소리를 짜냈다. 이걸로 모든 힘을 다 써도 좋다.

"에리히, 크리스토프 로렌츠가 죽었어!"

그러자 에리히는 등을 움찔 떨며 달리기를 멈추었다. 숨이 막힌다. 하지만 말해야 한다.

"크리스토프 씨가 그저께 돌아가셨어! 나는 그 사실을 당신에게 알리러 왔어!"

에리히는 천천히 돌아보았다. 핏기가 가신 창백한 얼굴로 나를 바라본다.

"…이모부가 돌아가셨어?"

그렇게 되묻는 목소리는 젊고 살짝 높았다.

"그래."

"어째서? 언제? 왜…."

"이봐 에리히 씨, 일단 이쪽으로 와주겠어? 제대로 이야기를 하자."

에리히는 눈을 깜빡거리며 "아, 그래, 그렇지." 하고 고개를 끄덕이더니 긴 다리를 휘청거리며 이쪽으로 다가왔다.

"날씨도 좋은데 바깥에서 이야기하자."

지기의 말에 우리는 응접실에서 쓸 만한 의자와 술병이 든 듯한 나무 상자를 가져와 현관 앞 나무 그늘에 앉았다.

에리히는 갑작스러운 방문과 소식으로 혼란스러운지 테이블 대신으로 삼은 나무 상자에 붙은 검은 얼룩을 바라본 채 굳었다. 지기는 에리히에게 숨겨둔 술이 어디 있는지 듣고는 가지러 갔고 나도 제대로 말을 꺼내지 못한 채 작업복 옷자락의 보풀을 하나하나 집어서 버렸다.

정체된 분위기에 지친 사람은 베스팔리 하사였다.

"그래서 에리히 포르스트 씨. 당신은 크리스토프 로렌츠를 죽였나? 죽이지 않았나?"

천으로 된 수첩과 연필을 들고 심문관처럼 묻는다. 그가 지나치게 단도직입으로 묻자 에리히는 완전히 허를 찔려서 입을 떡 벌렸다.

"죽였다고? 죽였냐니, 그러니까 이모부가 살해당했습니까?"

에리히는 '죽였다'란 말을 되풀이하며 한 손으로 이마를 눌렀다.

"독을 먹었습니다. 몰랐습니까?"

"알고 자시고 돌아가신 것조차 지금 막 들었어요!"

"그레테 노이베르트는 당신으로 생각되는 인물이 며칠 전 크리스토프와 포츠담 광장의 암시장에서 만났다고 했습니다."

"대체 무슨 이야깁니까? 포츠담 광장이라니 베를린요? 애초에 베를린에는 가지도 않았어요! 암시장은 여기에도 있어요. 대체 뭡니까?"

베스팔리 하사는 감정적으로 변하는 에리히를 달랠 생각도 없이 담담히 메모를 적었다. 에리히는 동요를 드러내며 하사를 노려보았다. 아아, 지기는 뭘 하는 거야?

"그레테인지 뭔지 하는 사람은 무슨 근거로 제가 거기에 있었답니까?"

"증거는 없습니다. 다만 크리스토프가 거기에서 '그리운 사람을 만났다, 과거가 만나러 왔다'고 한 말을 들었다고 합니다. 그래서 당신이라더군요."

에리히가 나에게 시선을 보내 나는 그만 눈을 내리뜨고 말았다. 크리스토프가 그런 말을 한 줄은 몰랐다.

"댁들은 나를 체포하러 온 거야? 내가 이모부를 죽였다고?"

"아니에요…. 그렇지 않아요. 나는 당신에게 부보를 전하러 왔을 뿐이에요."

"부보를 전하러? 정말로 그뿐이야? 애초에 너는 누구지?"

대체 어디서부터 이야기를 해야 할지…. 나는 두 눈을 감고 심호흡했다. 여름 냄새, 뜨거운 흙과 생명력이 가득 찬 풀의 푸른 향기를 가득 들이쉰다. 사락사락 나뭇잎이 스치는 소리가 들린다.

"나는 아우구스테 니켈, 크리스토프 로렌츠와 프레데리카 로렌츠가 숨겨준 정치범의 딸이에요. 부모님이 비밀경찰의 표적이 되어 살해당한 뒤 로렌츠 부부에게 도움을 받았습니다. 그들은 전쟁 중에 도망자들을 숨겨주는 지하활동을 도왔거든요. 제… 여동생도 프레데리카가 제공한 은신처에서 신세를 졌어요."

나는 처음으로 이다를 동생이라고 부를 수 있었다. 틀림없이 그 아이도 나쁘게 생각하지 않을 것이다. 그렇게 믿고 싶다. 에리히는 조금씩 침착함을 되찾은 모습으로 "그랬구나." 하고 중얼거렸다.

"몰랐어. 프리카… 프레데리카의 성격을 생각하면 자선활동 정도는 할 법하지만… 이모는 지금 어떻게 지내시지?"

"크리스토프의 죽음을 슬퍼하고 계시지만 현재 건강에는 문제가 없어 보였어요. 당신을 걱정했어요. 있는 곳을 알려준 사람도 프레데리카예요."

더러운 손과 소매로 땀을 닦느라 에리히의 얼굴은 군데군데 진흙이 묻었지만 그는 전혀 신경 쓰지 않았다.

"묻고 싶지 않은 걸 물을게. …설마 이모가 이모부를 죽였어?"

그의 초록색 섞인 눈동자는 불안과 두려움에 흔들렸다.

"아니에요. 프레데리카는 크리스토프를 죽이지 않았어요. 의심은 받았지만 이미 집으로 돌아갔어요. 제가 여기에 온 이유 중 하나는 당신이 소련의 비밀경찰에게 의심받는다는 사실을 알리고 싶어서예요. 결국 미행당해서 함께 오는 꼴이 되었지만요."

시야 끝으로 베스팔리 하사의 시선을 느꼈지만 나는 그를 보지 않았다. 나는 에리히만을 바라보았다.

"크리스토프는 독이 든 치약을 스스로 입에 넣고 죽었어요. 이제 이 세상에 없어요."

"독으로…."

에리히의 얼굴에 떠오른 표정을 뭐라 형용하면 좋을까. 당혹감과 놀라움에 안도가 섞인 듯한, 하지만 당장은 믿기지 않는 듯한, 입을 반쯤 벌리고 얼이 빠진 에리히는 부르르 고개를 젓고 조용히 대답했다.

"다행이다."

그러나 당황한 베스팔리 하사가 일어나 우리 사이에 끼어들었다.

"다행이다? 뭐가 말입니까? 당신 이모부의 죽음이 말입니까?"

에리히는 흠칫 놀라 고개를 들고 서둘러 얼버무렸다.

"이모 말이에요. 이모가 이모부를 죽이지 않아서 다행이라고 한 거예요. 하지만 당신의 반응을 보니 아무래도 범인은 잡지 못한 것 같군요."

"…그렇다. 용의자는 있지만. 당신 이모부는 베어볼프에게 살해당했을 가능성이 있다. 짐작 가는 바가 있습니까?"

"베어볼프요? 설마요. 전혀 몰라요. 다들 순순히 점령군 말을 듣죠. 마침내 전쟁이 끝났는데 왜 일부러 위험을 무릅쓰죠?"

에리히가 딱 잘라 말하자 베스팔리 하사는 부루퉁하게 입술을 내밀면서도 고쳐 앉았다. 에리히는 안색이 조금 좋아지고 정신없이 흔들던 무릎도 멈추고 나에게 이야기하는 말투도 부드러워졌다.

"아우구스테 씨. 당신의 동생은 어떻게 됐죠? 무사한가요?"

"딱하지만 죽었어요. 숨어 지내던 보트 대여점에서."

"그랬군요. 가엾게도…."

나는 에리히를 전혀 모른다. 공습이 있던 직후 프레데리카의 저택에서 본 남자가 그녀의 조카라고는 생각도 하지 못했고, 그저께 밤 그의 사진을 보기 전까지는 불탄 집을 앞에 두고 무슨 생각을 했는지 상상할 필요도 없었다. 하지만 지금 내 마음을 가득 채운 감정은 단 하나다. 공감이었다.

드디어 다다랐다.

마침 지기가 술병을 들고 돌아와서 사람 숫자만큼 이 빠진 잔이며 법랑 잔, 스테인리스 머그잔에 술을 따랐다.

"자, 한잔하자. 크리스토프를 죽인 녀석이 누구인지는 잊고 말이야. 전쟁에서 살아남은 우리에게 건배!"

술은 거의 마신 적이 없어 맛만 봤는데 입안이 확 뜨거워져서 나는 지기에게 떠넘겼다. 베스팔리 하사는 거절할 줄 알았지만, 술이 물이라도 되는 양 벌컥벌컥 마셨다. 에리히도 그제야 어깨에서 힘이 빠졌는지 천천히 맛보듯 컵을 기울였다.

여기에서 보면 꽤 경치 좋은 장소다. 철책 너머에는 푸르른 숲이 울창하고 사방에 빨간색과 흰색 꽃이 피었다. 하늘을 올려다보면 나무의 가지와 잎이 반짝이는 복잡한 그물 무늬를 이루고, 그보다 더 높은 곳에서 구름이 느리게 흐른다.

크리스토프의 죽음을 에리히에게 전했고 하사가 제대로 보고해 준다면 에리히에 대한 이상한 의심도 풀릴 것이다.

전쟁은 끝났다. 세상은 아름답다. 그리고 내가 해야 할 역할도 이것으로 끝이다. 이제 한 가지가 남았다. 하지만 그 일은 지금은 아직 생각하고 싶지 않다.

지기가 에리히에게 담배를 건네면서 질문하는 동안에도 내 마음은 잔잔한 바다처럼 평온했다.

"있지 에리히 씨. 댁 이야기를 들려줘. 애초에 왜 로렌츠 부

부를 떠난 거야? 당신은 아직 어린애였다지. 크리스토프랑 프
레데리카가 그렇게 나쁜 양부모였나?"

에리히는 마침 담배에 불을 붙이려고 성냥을 긋다가 성냥개
비가 뚝 하고 부러졌다.

"…그게 말이죠."

에리히는 성냥갑에서 새 성냥을 꺼내려 했지만, 옆에서도
알 정도로 손가락이 떨려서 잘 되지 않았다. 옆에서 베스팔리
하사가 성냥개비를 쓱 꺼내 대신 불을 붙였다.

"…감사합니다."

"신경 쓰지 마라."

에리히는 맛있다는 듯 담배를 피우고 길고 긴 연기를 내뿜
었다.

"프레데리카, 그러니까 내 죽은 어머니의 여동생은 친절했
어요. 가끔 둔감하지만 늘 사랑으로 넘치는 사람이라 남들에게
도 사랑받는 분이었죠."

"크리스토프는?"

"이모부와는… 별로 이야기를 나누지 않았어요. 첼로 연주
가였는데 집에 있을 때도 연습만 하고 말수도 없어서."

"그럼 당신이 부부 곁을 떠난 이유는 뭐지?"

에리히는 컵 속 술을 한동안 바라보더니 벌컥 들이켰다.

"당시 나는 '반점' 때문이라고 생각했습니다."

"반점?"

"네, 이상하죠? 저는 반점이 무서워서 도망친 거예요."

지기와 하사는 서로 얼굴을 마주 보고 노골적으로 '이 남자는 광기로 머리가 이상해졌다'는 동작을 했지만 에리히는 웃지 않고 조용히 말했다.

"반점을 무서워하게 된 것은 제 부모님이 돌아가시고 샤를로텐부르크에 있는 로렌츠 저택으로 옮긴 지 3년이 지났을 무렵이었죠. 그때까지는 그 집에도 유모가 있었지만 이듬해부터 김나지움에 들어가도 혼자 잘 수 있도록 훈련을 시작했어요."

1929년 에리히는 아홉 살이었다. 그는 불안을 견디며 방 침대에 혼자 들어가 잠들었다. 에리히는 이따금 악몽을 꾸었다. 평범한 꿈도 많이 꿨지만 1, 2주에 한 번은 아무리 즐거운 꿈이더라도 마지막이면 어째서인지 맹렬히 숨 쉬기 괴로워지는 일이 일어났다.

그 일을 프레데리카에게 털어놓자 그녀는 에리히의 정신 상태를 걱정해 주치의에게 왕진을 부탁했다. 주치의는 부모를 잃은 에리히의 마음에 강한 부담이 있어 이대로는 신경쇠약이 된다고 했다. 프레데리카는 주치의의 지시대로 에리히와 피크닉을 가거나 동물원 등 기분 전환이 될 만한 장소로 데려가 신선한 공기를 마시게 하고 영양가 높은 음식을 먹였다.

어느 날 프레데리카는 좋은 약이 있다며 에리히에게 약을 먹였다. 초록색 액체로 선갈퀴 탄산수처럼 달콤했다. 처음에 에리히는 약이 마음에 들었다.

하지만 몇 달이 지나도 악몽은 계속되는 데다 오래 자고 일어나도 몸이 점점 나른하고 기침을 했다. 안색이 나쁜 에리히를 의사는 수면 부족이라고 진단하고 가벼운 수면제를 처방했다. 확실히 잠은 잘 수 있게 되었지만 몸 상태는 조금도 나아지지 않았다. 그리고 몸에 반점이 나타났다.

처음에는 손바닥이 푸르스름해져 햇빛이나 전등 각도 때문에 그렇게 보인다고 생각했다. 그러나 점차 손끝에서부터 조금씩 볕에 그은 피부가 벗겨지는 것처럼 하얘지고 반대로 손바닥은 거메졌다. 여기저기 검은 반점이 듬성듬성 나타났을 때 에리히는 손바닥을 세게 문질러 지우려 했다. 그러나 반점은 점점 더 늘어나 개구리의 점박이 등 같아졌다.

아홉 살 에리히는 너무 무서워서 프레데리카에게 말하지 못했다. 말하면 틀림없이 병원으로 끌려간다. 만약 죽을병이라 앞으로 한 달밖에 살 수 없다고 선고받으면 어쩌지. 에리히는 견디면서 항상 주먹을 쥐어 손바닥을 감추고 지냈다.

온갖 의문으로 마음에 응어리를 지닌 채 부부가 기분 전환으로 데려간 동물원에서 에리히는 갑작스러운 충동에 휩싸여 크리스토프와 잡은 손을 뗐다.

"당시 저는 그의 커다란 손이 무척 무서웠어요. 키가 큰 이모부가 제 얼굴을 들여다보려고 위에서 뒤덮듯 몸을 구부려서, 황급히 시선을 아래로 떨어뜨렸어요. 그때 이모부의 손가락이 이상하게 하얗고 손바닥에 저와 똑같은 반점이 있는 것처럼 보였습니다. 공포로 가득했죠."

에리히는 손을 뿌리치고 크리스토프를 올려다보았다. 그러나 역광으로 그늘져 표정은 잘 보이지 않았다고 한다. 그보다도 말이 없는 게 무서웠다. 아홉 살이던 에리히에게 크리스토프는 벽처럼 거대해서 이대로는 짜부라질 것 같았다.

"모르는 사람이라고 생각했어요. 똑똑히 기억나요. 진짜 부모님은 이런 사람이 아니었어요. 정신이 들었을 때는 이모부를 등지고 동물원 인파 속을 달리고 있었습니다. 앞뒤도 생각하지 않았어요."

그리고 동물원에서 도망친 에리히는 프레데리카가 몇 번 데려간 익숙한 카페로 들어갔다. 웨이트리스 소녀는 에리히를 환영했고 긴장이 풀린 에리히의 두 눈에서 눈물이 넘쳐흘렀다. 그 탓에 초로의 주인이 가게 안쪽으로 들어가 경찰을 부른 걸 알지 못했다. 그러나 에리히는 운이 좋았다. 웨이트리스가 따뜻한 핫초코를 내주어 울음을 그친 에리히가 생글생글 웃으며 고개를 들자 반짝반짝 닦은 은쟁반에 넓은 유리창 너머 경치가 비쳤다. 프레데리카와 바이마르 공화정 시대 질서경찰의 키큰 샤코 군모가 이쪽으로 달려왔다.

아마도 에리히가 사라진 걸 깨달은 프레데리카가 곧바로 동물원 사무소로 달려가 경찰에 연락했을 것이다. 한편 카페 주인은 단골의 아이가 혼자 와서 우니 마찬가지로 경찰에 신고했다. 전화교환원이 겨우 두 번 회선을 연결한 것만으로도 에리히가 있는 곳이 들통났다.

에리히는 크림 가득한 핫초코를 마시지 않고 가게를 뛰쳐나왔다.

이 경험으로 에리히는 익숙한 장소로 가면 곧바로 프레데리카가 달려온다는 걸 학습했다. 프레데리카의 평정심 잃은 얼굴을 보기는 괴로웠지만 크리스토프의 손에 떠오른 반점을 생각하면 도저히 다리가 집 쪽으로 가지 않는다. 에리히는 마음을 호두 껍데기처럼 단단하게 닫고 낯선 길을 골라 걸었다. 돈도 없고 밥도 못 먹고 고급스러운 짙은 쪽빛 윗옷과 반바지는 더러워질 대로 더러워지고, 에리히는 이민자의 자식이 길바닥에서 먹는 찐 감자를 탐내며 바라보았다.

죽은 부모를 간절히 만나고 싶었다. 포르스트는 돌아가신 부친의 성이라고 한다. 에리히는 베를린에 있을 양친의 묘지에 가려고 했다. 그곳 성당의 신부는 상냥했던 기억이 있고 만나면 분명히 보호해 주리라 생각했기 때문이지만, 장례식 때 한번 가본 묘지 위치를 까맣게 잊어 겨우 몇백 미터 걷다가 길을 잃었다.

잘 곳을 찾지 못한 채 날이 저물고 밤이 되자 하늘은 비를 내렸다. 에리히는 빗방울을 피하려고 문 닫은 극장 뒷골목 지붕을 빌렸다. 그 자리에 주저앉아 무릎을 끌어안고 빗방울이 가죽 구두 발끝을 때리는 모습을 지켜보면서 꾸르륵 울리는 배를 움켜쥐었다.

그때 치즈를 입에 물어 옮기는 시궁쥐가 바로 옆을 지나가 길로 나갔다. 에리히가 놀라서 시궁쥐가 온 골목을 돌아보니 치즈를 훔친 시궁쥐 세 마리가 아직 식사 중이었고 그 앞에 적 갈색 문이 보였다. 문은 살짝 열려 있었다.

작은 에리히는 시궁쥐처럼 문틈으로 몰래 들어갔다. 그곳은 극장 배우들이 드나드는 뒷문으로 지하로 통하는 계단이 곧장 아래로 뻗어 있었다. 에리히는 망설임 없이 계단을 내려갔다.

배우와 댄서가 몸단장을 하는 분장실의 향수와 분, 땀과 곰 팡이가 오랜 시간 찌들어 쉰내를 풍기고 화장대에는 가발을 쓴 마네킹 머리가 죽 늘어섰다. 화장대 중 하나만 누가 불 끄는 걸 깜빡했는지 거울 틀을 따라 이어진 전구가 환하게 빛났다.

에리히는 마네킹 머리에 공포를 느끼며 분장실을 통과하고, 무거운 커튼을 열고 안쪽 무대 리프트를 지나 작은 소파에 이 르렀다.

"먹을 걸 찾아야 했는데 소파의 유혹에 이기지 못하고 그대 로 엎드려 잠들었어요. 얼마나 잤는지. 저는 이날만큼 깊이 잠 든 적이 없을 정도로 꿈도 꾸지 않고 잤습니다. 눈을 뜨니 주변 에 전부 불이 켜져 있고 기묘한 화장을 한 어른들이 저를 둘러 쌌어요. 그 뒤 지배인인 슐츠 부부가 김이 모락모락 나는 아이 스바인 냄비를 들고 저를 만나러 와주었습니다."

슐츠 부부는 자신에게 더할 나위 없는 완벽한 부모였다고 에리히는 이야기했다. 작은 소년의 호소에 귀를 기울이고 그날부터 극장 위에 있는 자택 침상과 소박하지만 따뜻한 식사를 주었을 뿐 아니라 프레데리카에게도 연락해 정식 양자로 맞아 주었다.

"오랜만에 만난 프레데리카는 처음에는 무척 화가 나 있어서 저는 양어머니 뒤에 숨어서 일이 어떻게 돌아가는지 지켜봤어요. 프라우 슐츠가 똑 부러진 말투로 이야기하는 동안 프레데리카의 경계도 풀렸지만 슬픈 표정으로 저를 바라봐서 큰 죄책감이 들었죠. 프레데리카를 상처 입힌 마음의 빚은 여전히 있습니다."

슐츠 부부에게는 자식이 없어 에리히에게 가진 것을 전부 주었다. 극장의 상연작, 문화, 영화관에서 상영되는 온갖 작품. 에리히는 바이마르 공화정 시대에 찍은 〈메트로폴리스〉를 좋아해서 3관에서 상영될 때마다 보러 갔다고 한다. 무서웠던 반점은 사라지고 원인 불명의 컨디션 악화도 좋아졌다. 에리히는 건강하게 성장했다.

하지만 5년 뒤 나치가 정권을 잡고 히틀러가 총통이 된 뒤로는 형세가 바뀌었다.

"양부모와 극장 배우, 예술가 동료들은 자유주의자가 많아서 그때까지는 나치 따위 별거 아니라고 생각했지만 그러지도 못하게 됐죠. 그때까지 만들어온 예술이 비판받고 양부모가 '저런 머리가 텅텅 빈 놈'이라 야유하던 각본가와 배우가 당원 배지를 손에 넣자마자 영향력을 행사하며 거리를 활보하고 극장을 점령했어요. 친구이던 예술가들도 프로파간다에 침식당해 생각이 바뀌었죠. 저나 양부모도 예외가 아니었습니다."

슐츠 부부는 나치스 당원이 되고 에리히도 히틀러 유겐트에 들어갔다. 곧 부부는 제국문화원의 영화원 관리직이 되어 우파 슈타트로 갔다. 그리고 이 제국영화자료관의 분관, 외국 영화를 보존하는 비밀 창고의 관리자가 되었다고 한다.

"여기 지하로 통하는 비밀 문은 발견했나요? 그 그림은 양어머니의 초상화예요. 양어머니는 3년 전, 양아버지는 석 달 전 공습으로 돌아가셨습니다."

"그랬군요. 그래서 당신이 시사실 사진에 찍힌 거였어요. 가족 세 사람이 여기서 일했군요."

"예. 많은 돈과 연줄을 써서 병역도 면제받았습니다. 시가전과 적군의 심문은 무척 호됐지만 석방됐어요. 조금 전에는 적군 병사가 오기 전에 땅속에 숨긴 필름 일부를 파내고 있었습니다."

에리히는 이야기를 마치고 술을 벌컥벌컥 들이켜더니 "술을 더 가져오죠."라며 자리에서 일어났다. 긴 이야기를 들은 탓인지 지기도 하사도 술이 들어가 얼굴이 붉었다.

"흘려들을 수 없군. 러시아에도 좋은 영화는 있다. 소비에트는 우파를 살린다."

하사는 뚱하게 입술을 내밀었다. 그쯤 하면 될 텐데 지기가 찬물을 끼얹는다.

"아, 그래. 어차피 우리 흉내나 내겠지?"

"우습게 보지 마."

그때 에리히가 라디오와 술병을 들고 나타났다. 스피커에서 치직 하는 잡음과 함께 독일어 음성이 흘러나온다.

"베를린에 체재 중인 영국 처칠 수상과 미국 트루먼 대통령은 함께 총통 관저를 찾아 시민의 환영을 받았습니다. 수상은 보도 카메라를 향해 익숙한 브이 사인을 보냈지만, 평화는 정말로 찾아올까요. 오늘 소비에트의 스탈린 서기장의 모습은 보이지 않았습니다만, 앞으로 세 거두의 회담을 통해 우리 조국 독일과 지금도 교전 중인 일본에 대한 대응을 의논합니다."

"독일 놈들은 늘 이렇지. 우리를 우둔한 농민과 노동자라고 깔본다. 거드름을 피우며 금세 사람을 얕본다. 그러니까 전쟁에서 지는 거다."

"좋아 이반, 독일인과 논쟁해 보겠다 이거지? 날이 저물고 밤을 새워 아침이 되더라도 말로 눌러주겠어."

아직도 언쟁하는 두 사람 사이에 끼어들어 에리히가 빈 잔과 머그잔에 술을 따랐다. 술병 라벨을 본 지기의 눈이 동그래졌다.

"아스바흐다!"

"술!"

"이 애송이, 네가 아스바흐의 맛을 알아?"

"우습군. 이딴 건 그저 갈색 물이다. 보드카의 맑은 물과 다르냐."

지기와 베스팔리 하사는 단숨에 전부 들이켰다.

"어때, 맛있지?"

"그럭저럭이군."

두 사람이 경쟁하며 잔을 채우고 마시고 다시 한 잔 더 달라고 조르는 통에, 넌더리가 난 에리히가 술을 병째 하사에게 줘버렸다.

하사의 입에서 러시아어 욕 같은 말이 술술 나오고 그는 즐거운 듯이 웃었다. 커다란 몸을 흔들흔들 좌우로 흔드는 모습은 NKVD의 엄격한 베스팔리 하사가 아니라 지기가 말하는 '톨랴'라는 애칭이 딱 들어맞았다.

"톨랴는 할리우드를 이길 생각인가?"

"지금은 뒤처졌다. 인정한다. 하지만 곧 할리우드에도 붉은 깃발이 펄럭인다."

"베를린처럼?"

"베를린처럼."

두 술주정뱅이는 뭐가 재미있는지 얼굴을 마주 보고 깔깔 웃었다.

"이봐 톨랴, 너는 어떤 아이였어?"

"Что?"

"어떤 아이였어? 왜 군대에 들어간 거야?"

"아아… 딱히 이유는 없습니다. 자신의 목숨보다 조국이 중요하다. 독일인은 싫습니다."

아나톨리 다닐로비치 베스팔리 하사는 처음에는 적군 병사였다고 한다. 태어난 해는 확실하지 않고 철이 들었을 때는 우크라이나 외곽에 있는 작은 마을에서 가난한 농민의 막내아들로서 두 마리밖에 없는 암소를 돌보았다고 했다. 두 형은 이미 독립해서 톨랴는 거의 외동처럼 자랐다. 집단화가 시작되고 나서 부모와 함께 집단농지로 이동했지만 노동은 고되었고, 부모는 둘 다 우크라이나를 덮친 기근으로 죽었다.

"고아인 나를 구한 건 소비에트다. 마을에 새로이 생긴 초급학교, 문자를 배웠다. '스탈린'을 적는 법을 배우고 위대한 진짜 아버지의 모습을, 공산주의의 훌륭함을 배웠다. 나는 공부가 좋았다. 열다섯 살이 되어 형이 나를 데리러 왔다."

1년에 몇 번밖에 얼굴을 본 적 없던 형은 키예프로 가자고 톨랴에게 제안했다. 형은 공산주의청년동맹(콤소몰)의 일원이 되어 적군에 배속된 캄소르크였다. 그리고 언젠가 징병될 동생이 순조롭게 출세할 수 있도록 준비했다. 톨랴는 형과 함께 기차에 타 키예프에 도착했다. 역에는 제복 차림 청년이 마중 나와 형과 굳게 포옹하고 친근하게 웃었다고 한다.

"그것이 젊은 동지 도브리긴 대위다. NKVD 특별임무학교 생도였다."

"그랬군. 그럼 오랜 친구인가. 그때부터 계속 상관과 부하였어?"

"아니… 동지는 운이 없었다. 강사가 숙청되어 동지 도브리긴은 막 점령한 폴란드 동부 스몰렌스크로 파병되었고, 나는 평범한 학생이었다."

톨랴는 형이 소개한 하숙집에 신세를 지면서 키예프의 철도기술학교를 다니며 병과와 독일어를 습득했다. 그로부터 2년 뒤, 독일제국이 조약을 깨고 진군했다. 키예프는 독일군의 지배하에 놓였다.

우연히 과외수업으로 국경 근처에 있던 톨랴는 다른 학생과 함께 열차를 타고 도시로 귀환하려 했으나 도중에 공습을 받았다고 한다. 학생들은 대부분 대피를 반복하며 키예프로 돌아갔으나 톨랴는 일행과 떨어져 헤매던 중에 우연히 퇴각 중인 적군(赤軍)과 합류했다.

"마을은 파시스트들이 불태웠다. 멸망했다. 갈 곳 잃은 고아가 지나가던 동포의 도움을 받는 일, 흔히 있었다. 모두 독일인을 미워하고 총을 잡고 '연대의 아들'이라 불리며 사랑받았다. 나는 전차로 안전한 곳으로 보내져 동지가 일러준 대로 징병사령부로 갔다. 처음에는 예비대, 집단농장에서 일하고, 그다음 보병 사단. 일반 순서다."

술로 얼굴이 붉어진 톨랴는 그러니까 별로 재밌지 않다며 딸꾹질하면서 이야기를 마무리했다. 지기는 끈질기게 물고 늘어져 "그래서 어쩌다 적군에서 NKVD로 이적한 거야?"라고 물었지만 그는 더는 신변 이야기를 하지 않았다.

그래도 기분은 좋은지 "Выходила на берег катюша."라고 중얼거렸다. 우파 촬영소나 여기저기서 들은 귀에서 떠나지 않는 그 노래다.

"저 두 사람이랑 같이 오느라 고생이 많았네요."

어느새 옆에 온 에리히가 쓴웃음을 지어서 나도 따라 웃고 말았다.

"분명히 아주 많은 일이 있었어요. 하지만 지금은 잿빛 하늘이 드디어 갠 기분이에요."

"저를 찾아 이모부의 부보를 전했으니까요?"

온화하게 말하는 에리히를 향해 나는 고개를 끄덕였다.

여름 하늘은 바다처럼 푸르다. 손을 뻗으면 손가락을 하늘에 담그는 것 같다. 마지막으로 해수욕을 한 건 언제였을까?

모래언덕에 파라솔을 세우고 어머니가 느긋하게 일광욕을 한다. 아버지는 바다에서 한차례 수영을 하고 머리에 해초를 붙인 채 돌아와 모두들 깔깔 웃었다. 나는 뭘 했지? 해변에 밀려 올라온 조개껍데기를 줍다가 작은 소라게를 발견하지 않았던가. 이다도 거기에 있어서 난생처음 본 소라게에 눈을 동그랗게 뜨지 않았었나.

아니, 이건 전부 가짜 기억이다. 언젠가 꾼 행복한 꿈을 현실이라 믿고 싶을 뿐이다.

회색 도시, 공장 굴뚝이 내뿜는 연기, 넋 나간 눈을 하고 배급품 줄을 선 사람들, 누가 위반하고 누가 얌체 짓을 했는지 캐서 보고하고, 1초라도 빨리 버스에 타서 자리를 잡으려는 사람들, 날카로운 공습경보, 파란 서치라이트 불, 밤마다 대공포가 굉음을 내고 지면이 흔들려 잠들지 못하고. 갈팡질팡하는 발소리, 비명, 친위대의 호통 소리. 어린아이 시신. 내 손을 쥔 이다의 손. 두 번 다시 움직이지 않는 엄마의 손가락.

해수욕은 소녀단의 KdF로 한 번 가봤을 뿐이다. 아버지도 어머니도, 당연히 이다도 없었다. 인솔한 어른은 모두 나치 완장을 차고 입가만 웃으면서 눈은 빈틈없이 움직여 우리를 감시했다.

"너는 무척 괴로운 경험을 했구나."

에리히의 목소리에 나는 현실로 돌아와 화들짝 놀랐다.

"…어?"

"아직 열일곱 살이지. 하지만 네 눈동자는 꼭 노인 같아."

나도 모르게 손으로 내 눈꺼풀을 만진다. 분명히 거울을 들여다볼 때마다 넌더리가 나긴 했지만 노인 같다니.

"미안. 야유할 생각은 없었어. 그저 나는 너보다 연장자로서 미안한 마음이 커. 무너진 집 앞에서 이런 말을 해도 의미는 없지만."

건조하고 뜨거운 바람을 타고 모래 먼지가 휘몰아쳐 나도 모르게 두 눈을 꼭 감았다.

"괜찮아요. 저는 저대로 매듭을 지어야 해요."

그때 엔진 소리가 들렸다. 차량이 여러 대 다가오는 소리다.

흠칫 놀라 눈을 뜨자 짙푸른 색 소형 버스 같은 차량이 대문을 그대로 박아 파괴한 철책을 끌면서 이쪽으로 왔다. 그 뒤를 이어 검은 엠카가 들어왔다. 우리는 일제히 일어났다. 가장 동요한 사람은 톨랴, 베스팔리 하사였다. 커다란 새가 문기둥에서 날아올라 날개를 펼치고 도망쳤다. 우리는 도망칠 수 없다. 도망칠 곳이 없다.

검은 엠카가 멈추고 안에서 파란 모자 장교가 나타났다. 그 모습을 본 순간 등줄기에 소름이 돋았다. 부하를 거느린 그는 광택 있는 장화로 저벅저벅 풀밭을 짓밟으며 다가와서 우리 앞에 섰다.

"안녕하십니까. 오후의 휴식 시간을 방해해서 미안하지만, 슬슬 때가 되었군요."

"도브리긴 대위."

뒤에 대기하던 다섯 명의 NKVD 직원들은 모두 파란 모자에 녹색 상의, 파란 바지를 입고 장난감 군대처럼 일사불란하게 나란히 섰다. 대위는 그 부하 중 한 사람에게 큰 목소리로 무언가 명령하고 저택으로 보냈다.

도브리긴 대위는 내 앞을 지나 기립한 채 떠는 베스팔리 하사의 목덜미를 잡더니 복부를 힘껏 발로 찼다. 하사는 우물거리는 신음을 뱉으며 그대로 땅을 짚고 엎어져 구토했다.

"Что ты делаешь? Не доверяй немцам, дурачок."

대위는 장화 끝에 묻은 그의 토사물을 그의 옷으로 닦았다.

저택에서 조금 전 들어갔던 부하가 양동이를 들고 돌아와 하사의 머리에 물을 부었다. 톨랴는 손바닥으로 땅을 짚은 채 온 몸이 흠뻑 젖어 떨었다.

"Виноват, товарищ капитан."

"Подъём! младщий сержант. Быстро быстро."

톨랴는 발을 휘청이면서 일어나 비틀비틀 파란 모자들 앞으로 걸어갔다.

"대체 무슨 일이야."

사정을 자세히 설명하지 않은 탓에 혼란에 빠진 에리히에게 도브리긴 대위는 생긋 미소 지으며 마주했다.

"저택 안에서 소란을 피워 미안합니다. 그러나 당신이 알아야 할 것이 있습니다. 이자들은 평화를 위협하려 하는 베어볼프입니다. 그들의 말을 신용해서는 안 됩니다."

"뭐라고, 이봐?"

"말을 조심하라, 지기스문트 그라스. 네놈에게는 이미 반역죄로 체포장이 나왔다. 이 계집애도 마찬가지다. 노농적군 군복을 탈취해 변장하고 중대한 회의가 열리는 장소에 숨어들었다. 목적은 동지 스탈린의 목 또는 우리 조국에 불이익을 가져올 행위."

나락으로 떨어지는 감각은 이미 몇 번이고 경험했다. 그래도 아직 익숙해지지 않는다. 도브리긴 대위는 나를 손쉽게 밀어 떨어뜨리고, 나는 눈 깜짝할 사이에 어둠 속에 잠긴다.

내가 평화를 위협하는 베어볼프? 그 말을 듣고서야 비로소 깨달았다. 내가 한 일. 적군 병사 차림을 하고 검문을 속여 돌파하고 세 거두가 모이는 장소 바로 옆에 있다.

…설마 도브리긴 대위도 베스팔리 하사도 처음부터 그게 목적이었을까?

"아니에요! 대위님 당신이 가장 잘 아시죠. 저는 당신 말을 듣고… 당신이 에리히를 의심했기 때문이에요! 저는 베어볼프가 아니에요!"

도브리긴 대위가 신호하자 파란 모자를 쓴 부하 직원들이 일제히 달려와 나와 지기의 팔을 비틀었다. 뼈가 이상한 방향으로 돌아가 아픈 나머지 소리를 질렀다.

"От этой девушки слишком много шума. Уведи её отсюда и заставь замолчать. 당신도 동행하라, 헤어(Herr. 남성에게 붙이는 호칭 - 옮긴이) 포르스트."

"잠시만요, 저를 왜요?"

"당신에게는 군 문화부 연주자인 동지 크리스토프 로렌츠 살해 혐의와 베어볼프를 안내해 이 여자에게서 치약을 입수한 혐의가 있다."

"치, 치약이라고? 그게 뭐야?"

그러나 우리는 저항도 하지 못하고 짙은 파란색 호송차에 밀어 넣어졌고, 금속으로 된 무거운 문이 둔탁한 소리를 내며 닫히고 문이 잠겼다. 빛은 거의 비쳐 들지 않아 어두웠다.

"설명해 줘. 그러니까 너희는 나를 함정에 빠뜨린 거야?"

"아냐. 우리가 함정에 빠진 거야! 제길, 웃기지 말라고."

지기는 뒤로 손이 묶인 상태로 있는 힘껏 벽을 걷어차려 했지만 보초인 파란 모자에게 강렬하게 뺨을 맞고 그대로 바닥에 얼굴부터 고꾸라졌다. 그들에게 독일어와 영어는 통하지 않는다. 우리가 러시아어로 설명하지 못하면 이제 손쓸 방도가 없다.

짐칸 구석에는 베스팔리 하사가 무릎을 끌어안고 앉아 있다. 보초가 비춘 손전등 불빛에도 반응하지 않았다. 늠름하고 자존심 강하던 눈동자는 마치 혼이 빠져나가 껍데기만 남은 것처럼 텅 비었다.

호송차 창문은 막혀 있어서 바깥 상황은 좀처럼 엿볼 수 없다. 어디로 향하는지조차 알 수 없다. 급커브로 보초가 균형을 잃고 욕을 내뱉는 사이에 나는 베스팔리 하사 쪽으로 무릎걸음으로 다가갔다. 토한 알코올과 위액 냄새가 지독하지만, 호송차 자체에 피 냄새가 진동해 후각이 이상해질 것 같았다.

"하사님 가르쳐주세요. 이건 전부 꾸며진 일인가요? 당신은 설마."

"…설마 그렇다면 어쩔 겁니까."

"그렇다면 왜 당신까지 체포되었죠?"

하사의 양손도 우리와 마찬가지로 가는 로프로 묶였다.

"그래야 하니까."

"무슨 뜻인지 모르겠어요. 임무 중에 술을 마셔서요? 우리랑 친해져서요?"

"…어떻게 행동하든 결말은 똑같다. 나는 그저 부품이다. 그리고 패배자에게는 두 가지 길밖에 없다. 굴복해 동화되든 말살당하든."

냉담하게 웅얼거리는 하사가 아까 '자신의 목숨보다 조국이 중요하다'고 한 말을 떠올렸다.

"이게 당신 조국을 위한 일인가요? 나랑 지기랑 에리히에게 누명을 씌우는 것이 조국을 위한 거라고요? 무슨 이익이 있는데요?"

"나에게 묻지 마십시오. 그래야 합니다."

이윽고 호송차는 멈추고 날카로운 러시아어 신호와 함께 문이 열리고 눈부신 햇빛이 시야를 덮쳤다. 개가 맹렬하게 짖는 소리가 들린다. 하나도 보이지 않는다. 눈을 깜빡이며 빛에 익숙해질 새도 없이 남자들이 쳐들어와 팔을 잡고, 내가 바닥에 턱을 찧어 시야가 어지럽든 말든 개의치 않고 바깥으로 끌고 나갔다.

그곳은 숲이었다. 포츠담 어딘가의 숲이리라. 짙은 흙냄새도 침엽수의 상쾌한 향기도 평소처럼 마음을 누그러트리지 못했다. 우리는 파란 모자와 흉포하게 짖는 개에게 몰리면서 숲 안쪽 수목과 풀숲 사이에 세워졌다. 구멍 네 개를 파냈다. 그것만으로 앞으로 무슨 일이 일어날지 알았다.

지기는 저항하며 날뛰다 뒤에서 로프를 든 파란 모자에게 개머리판으로 얻어맞았다. 구멍 앞으로 떠밀린다. 뒤통수에 차갑고 딱딱한 감촉을 느낀다. 총구다. 무릎이 떨린다.

그러나 바로 쏘지 않고 구멍을 끼고 맞은편에 도브리긴 대위가 섰다.

"제군들. 여기에 갑자기 끌려와서 놀랐겠지. 네놈은 아니겠군, 동지 베스팔리 하사. 다닐루치. Возражения есть?"

"…Нет. Никак нет, товарищ капитан!"

베스팔리 하사의 목소리는 작았지만 떨리지는 않았다.

나는 베어볼프가 아니다. 도브리긴 대위는 물론 알고 있다. 우리는 먹이에 끌려 덫에 뛰어든 토끼다. 그리고 베스팔리 하사는 어째서 그럴 수 있는지 나로서는 이해할 수 없지만, 자신이 숙청당할 것을 각오하고 덫의 일부가 되었다.

도브리긴 대위는 러시아어로 무언가 거침없이 말하면서 천천히 걷는다. 뒤에 있는 파란 모자들에게 이야기하는 것 같다.

문득 시선을 움직이자 파놓은 네 개의 구멍 옆에 풀이 나지 않은 두두룩한 흙더미가 있었다. 그 밑에서 누군가의 손가락이 보인 것 같았다. 위 부근이 울컥 밀려 올라와 나는 참지 못하고 토했다. 대니가 준 빵과 신 위액이 내 다리를 더럽혔다.

"풀어줘, 대위. 우리가 베어볼프가 아닌 거 당신은 알잖아?"

지기가 나직하게 말하자 도브리긴 대위는 가슴을 펴고 선언했다. 마치 대단한 말을 하는 척한다.

"베어볼프인가 베어볼프가 아닌가? 진실은 문제가 아니지. 중요한 것은 '어떻게 보이느냐'다. 네놈도 영화 관계자라면 이해하겠지, 파이비시 카프카."

"똑같은 취급하지 마. 그리고 그건 대답이 아니야. 어째서 우리를 베어볼프로 만들지?"

대위는 눈을 가늘게 뜨더니 질문한 지기가 아니라 베스팔리 하사를 보았다.

"조국을 위해, 대조국 전쟁에 승리하기 위해. 나는 언제나 그렇게 말했다. 숨겨진 진실을 말하는 건 오히려 박정한 법이지."

"무슨 뜻이야."

"지기스문트 그라스, 네놈은 동지가 아니다. 새삼 사상 교화도 무의미하겠지. 의문을 품은 채 네놈 조국의 흙으로 돌아가라. 다른 두 사람도 마찬가지다. 내가 줄곧 감시했지만 네놈들은 전원 불합격이다."

바로 옆에서 소변이 흐르는 소리가 들리고 악취가 났다. 에리히가 참지 못하고 지린 모양이다. 나는 지푸라기라도 잡는 심정으로 외쳤다.

"잠깐만요. 부탁이니 기다려주세요. 에리히를 풀어줘요. 그는 아무런 관계가 없어요. 저는 에리히에게 치약을 팔지 않았어요. 저는 누구에게도 팔지 않았어요."

"아가씨, 그건."

에리히는 실금할 정도로 공포에 떨면서도 나를 제지했다.

491

이제 그것만으로 충분하다.

"저는 그 일을 여태껏 줄곧 '전쟁이었으니까'라며 얼버무리려고 했어요. 하지만 알았어요."

도브리긴 대위는 흥미로운 눈으로 나를 보았다.

조금 전까지 오늘 하늘이 이렇게 아름답지 않았으면 좋겠다고 생각했다. 내 마음과 똑같이 비가 내릴 듯한 답답한 흐린 하늘이었으면. 하지만 그렇지 않다. 이게 옳다. 화창해서 다행이다.

"베스팔리 하사⋯ 톨랴. 부디 다른 사람들에게도 통역해서 전달해 주세요. 중요한 이야기를 할 거예요. 저는 크리스토프 로렌츠를 죽였습니다. 독을 넣은 치약을 그에게 건넨 사람은 다름 아닌 저예요. 아무한테도 팔지 않았어요. 베어볼프가 아니에요. 이런 몰골을 하고도 에리히를 꼭 만나서 전하고 싶었던 건 그를 두렵게 한 사람이 이제 이 세상에 없다고, 안심하길 바라서였어요. 그리고 고백해야 했으니까요. 제가 직접 치약에 독을 주입해서 크리스토프 본인에게 줬습니다. 왜냐하면."

✦

막간 IV

마리아가 스스로 목숨을 끊은 뒤 이변을 깨달은 비밀경찰이 계단을 뛰어 올라오기 전에 아우구스테를 도운 사람은 호른이었다. 호른은 긴급할 때 쓰라고 건넨 열쇠로 집으로 들어와 부엌 창가에 선 아우구스테의 팔을 끌고 빨리 가자며 재촉했다.

아우구스테의 손에는 마리아가 죽으면서 '아빠랑 엄마의 선물'이라며 남긴 작고 하얀 꾸러미가 쥐어져 있었다.

계단 밑에서 달려 올라오는 발소리가 가까워진다. 호른은 옆집 문을 열고 아우구스테를 안으로 밀어 넣고 자신도 몸을 밀어 넣었다. 문에 귀를 대고 문구멍으로 상황을 살핀다. 계단에서 두 비밀경찰과 관리인 부츠가 나타나 먼저 비밀경찰이 집으로 들어가고 큰 소리로 관리인을 불렀다. 호통을 맞은 부츠의 뒷모습은 떨면서 허둥지둥 니켈의 집으로 들어갔다. 그 한순간을 틈타 호른은 아우구스테를 바깥으로 내보냈다.

"신발 벗고 빨리."

"하지만 엄마가."

"마리아의 시신은 내가 맡으마. 안심하고 일단 도망쳐."

엄마를 눈앞에서 잃고 넋이 나간 아우구스테는 마치 자신이 기계가 된 것 같은 심정으로 얌전히 신발을 벗고 호른을 뒤따라 계단을 내려갔다. 거기에 다른 건물에 사는 집합주택에서 가장 멋쟁이인 여자가 기다리고 있었다. 스탠드칼라와 커버드 버튼이 특징인 황록색 옷을 위아래로 입고 밤색 곱슬머리에 짙은 녹색 모자를 썼다.

아우구스테는 여성이 자신을 신고하러 왔다고 생각했지만 실제로는 호른이 아우구스테를 맡기기 위해 부른 것이었다. 그녀는 아우구스테의 땋은 머리카락을 재빨리 올려 챙이 넓은 모자 안에 집어넣어 숨기더니 들고 있던 분홍색 숄을 어깨에 둘러준 뒤 손을 끌고 걸었다. 긴 다리로 황록색 치마를 펄럭이며 또각또각 소리를 내면서 큰 보폭으로 인도를 걸어간다.

"저기요, 호른 선생님은요?"

"그 사람은 너희 집이랑 친했으니까 더 관여하면 도주를 도왔다고 문책을 당할 거야. 아무튼 나를 믿어. …뭐야, 너 아직 신발 안 신었니?"

두 사람이 라자루스 교회를 지나 S반의 슈테티너역으로 뛰어 들어갔을 때, 마침 열차가 승강장에 들어왔다. 여자는 출입문의 무거운 핸들을 내리고 하이힐을 신은 발로 버티며 힘껏 밀었다. 바닥이 나무로 된 차에 타사 2인용 나무 의자에 아우구스테를 앉히고 자신도 옆에 앉았다.

"이런, 나도 한동안 밖에 있어야 할 것 같아."

"…감사합니다."

그녀 곁에 앉자 화사하고 좋은 향기가 났다. 향수 냄새를 맡기는 오래간만이다. 물자가 부족한 시대임에도 입술에는 새빨간 립스틱을 발랐다.

아우구스테는 이 멋쟁이와 말을 해본 적이 거의 없었다. 건물이 달랐고 식량과 일용품보다 꾸미는 게 중요한 그녀는 주위와 거리감이 있었기 때문이다. '주위'에는 니켈 일가도 포함된다. 데틀레프도 마리아도 이 여성과 어떻게 친하게 지내야 하는지 끝내 알지 못했다.

아우구스테는 더 빨리 이 사람과 이야기를 나누어볼 걸 그랬다고 후회하면서 "왜 도와주시는 거예요?"라고 물었다. 그러자 그녀는 코웃음을 쳤다.

"모링겐에 가고 싶으면 두고 간다."

모링겐은 악명 높은 시설로 청소년은 대부분 그 이름에 떨었다. 품행이 나쁜 청소년이나 가족이 반동 활동에 참여한 집 자식을 수용하고 재교육하여 교정하는 시설이다.

열차에는 두 사람 말고도 모자를 깊게 눌러쓰고 자는 국방군 장교와 어린아이들을 무릎에 끌어안고 불안한 듯 창밖을 바라보는 여성, 나치당 완장을 찬 부인, 검은 스카프와 파란 치마의 독일소녀동맹 제복 차림 소녀 등이 탔다. 얼핏 보면 더없이 평범한 오후 풍경이었다. 얼굴만 보면 이 안에 수상한 사정을 가진 인물이 있다고 판단할 수 없을 것이다.

프리드리히길역에 도착하기 직전에 앞 차량에 하운드를 거느린 검은 제복의 철도경찰이 검표하며 돌아다니는 모습이 보였다. 여자는 혀를 차고 열차가 정차하자마자 재빨리 아우구스테와 함께 내렸다.

"새겨들어, 집으로 가면 안 돼. 만약 나나 호른에게 연락하고 싶을 때는 파르스홀이나 폴크스뷔네 뒤편 누에나방 서점에 말을 남겨."

"파르스홀이요?"

"몰라? 아, 그렇겠지, 돌머리 니켈 일가의 아이면 모르는 게 당연한가. 금지곡을 듣는 댄스홀이야."

"이름은 뭐예요?"

"비밀. 만에 하나 네가 심문당하기라도 하면 끔찍하니까. 어서 가렴."

여자는 작별 선물이라며 10마르크 지폐 두 장과 고기를 살 수 있는 파란 배급권 조각을 아우구스테의 손바닥에 아무렇게나 얹더니 마지막까지 이름을 말하지 않고 가버렸다.

프리드리히길역 주변은 사람으로 혼잡했다. 몸에 신문 지면을 붙인 신문팔이 소년의 외침이 울려 퍼진다.

"거기 가는 신사분, 숙녀분! 스몰렌스크 카틴 숲에서 폴란드군 장교의 시체가 대량으로 발견됐어요! 우리 신문에 국제 조사단의 보고 게재! 악귀 같은 볼셰비키는 여전히 인정하지 않음! 악마의 소행을 알고 싶다면 거기 거기, 한 부에 10페니히!"

길거리에는 2년 전에 비해 눈에 띄게 남자가 줄고 여자가 많아졌다. 아우구스테는 자연스레 붉은 기가 도는 금발의 곱슬머리 여자나 부드러운 목소리에 반응해 그 모습을 시선으로 좇다 엄마가 아닌 걸 확인했다.

조금 전 눈앞에서 엄마를 잃었다. 문틈으로 보인 엄마의 하얀 팔, 옆얼굴. 커다란 숨을 토해내고 멈추더니 두 번 다시 숨을 들이쉬지 않는 순간까지 한 번도 시선을 피하지 않고 지켜보았다.

그런데 실감이 나지 않는다. 그건 엄마의 분신이고 이 역이나 저 거리, 그 가게에 엄마가 있을 것 같았다.

아우구스테는 슈프레강에 걸린 석조 다리 기슭에 앉아 질서경찰의 녹색 제복이 길에서 걸어오는 모습을 목격할 때까지 잠시 쉬었다. 풀린 신발 끈을 묶자 뚝 끊어져, 끄트러기를 강에 던져 버린다.

인도 여기저기에 설치된 녹색 지수전 펌프를 위아래로 움직여 얼굴을 씻고 물을 마신다. 배는 하나도 고프지 않았다. 과도하게 긴장한 탓인지 심장이 이상할 만큼 빠르게 뛰고 숨이 막혀 몇 번이나 기침했다.

"괜찮아?"

지나가던 유겐트 순찰대 완장을 찬 소년이 아우구스테에게 말을 걸었다가 한층 더 심한 기침 소리에 전염병이 무서운지 가버렸다.

어느새 태양이 서쪽으로 기울고 색이 옅어진 하늘이 황금을 흩뿌린 듯 빛난다. 아우구스테는 가슴을 누르면서 천천히 걸어, 여자가 건넨 마르크 지폐로 지하철 표를 사서 U반을 타고 동쪽 지구로 갔다. 생각나는 안전한 행선지는 폴크스뷔네 뒤편의 누에나방 서점밖에 없었다.

다행히 서점은 영업 중이었다. 아우구스테는 여기에 몇 번 온 적이 있지만 계산대에 있는 점원은 처음 보는 청년이라 한동안 상황을 살피기로 했다. 책을 찾는 독서가인 척하면서 '주말에 아인토프를 먹자!'라는 포스터 앞을 지나쳐 적당한 책을 꺼냈다. 얄궂게도 손에 든 책은 얼마 전에 출간된《유럽은 독일에서 일한다》로 표지는 'P'와 'OST' 천 배지를 단 노동자가 청결한 공장에서 작업하는 풍경을 찍은 사진이었다. 노동자의 얼굴에 즐거운 듯한 미소가 떠올랐다. 언제나 공장에 있는 진짜 강제노동자의 모습은 없다.

점원 청년은 손님에게 "하일 히틀러!" 하고 인사한다. 정말로 이 서점이 맞는 걸까? 아버지와 친하던 초로의 주인은 어디로 가버린 걸까? 혹시 연행되어 살해당했을까?

배어나는 비지땀을 느끼면서 아우구스테가 두 시간쯤 보냈을 때 카운터에서 "구텐탁." 하는 인사가 들렸다.

황급히 서가 틈으로 상황을 살피자 농그란 안경을 쓴 초로의 주인이 있었다. 주인은 모든 손님에게 '좋은 하루 보내요'라며 인사했다. 젊은 점원이 차가운 시선을 보내도 조금도 신경 쓰지 않았다.

아우구스테는 책 재고를 묻는 척하며 자신의 신분증을 슬쩍 건네고 기도하는 심정으로 반응을 기다렸다. 나이 든 주인은 아우구스테가 찾아올 걸 예상했는지 놀라는 기색도 비치지 않고 "그러면 서고를 찾아보겠습니다. A38 서가에서 기다리세요."라며 쉰 목소리로 말하고 가게 안쪽으로 모습을 감추었다.

지시받은 대로 A38 서가 앞에서 기다리며 30분쯤 지났을 때, 갈색 모자를 쓴 작은 체구의 여성이 다가왔다. 주근깨가 있는 역삼각형 얼굴은 어딘지 다람쥐가 연상된다.

"어머나, 거스티! 오랜만이야. 잘 지냈니?"

연상의 낯선 여자가 친근하게 말을 걸어 당황하고 있자, 여자는 팔을 붙잡고 귓가에 "친구인 척해." 하고 속삭였다. 그때 그녀가 이다를 데려간 그레테라는 게 생각났다.

데틀레프는 이다를 맡길 때 아내와 딸이 도망쳐 오면 부탁드린다고 늙은 서점 주인에게 의뢰했다. 아우구스테는 그레테의 차를 타고 준비된 은신처로 곧바로 안내되었다. 차는 관료나 상급 당원밖에 타지 못하는 가솔린차였다.

아우구스테는 은신처라면 당연히 수문으로 들은 가건물이나 다락방, 소리 내지 않고 살아야 하는 방을 생각했다. 그러나 티어가르텐을 곧장 지나 집합주택이 늘어선 주거 단지에서 헤어 길을 올림픽경기장과 삼림지대 쪽으로 나아가 베스텐트 지구에 도착하자 아우구스테는 놀라서 눈을 동그랗게 떴다.

첼렌도르프나 반제에서 고급 장교나 고위 관료가 살 법한 저택이 눈앞에 있다. 녹색 정원에는 작은 분수가 있고, 충분히 넓은 2층 건물이 벽에 정교한 장식이 있는 중앙에서부터 선대칭으로 펼쳐졌다.

"어서 와요. 잘 왔어요. 사정은 들었답니다. 고생이 많았죠."

집주인 프레데리카 로렌츠 본인이 마중을 나왔다. 나이는 쉰 살 전후, 귀금속은 차지 않았지만 연보라색 광택이 있는 빛나는 드레스를 입고 흰머리가 섞인 머리카락도 우아하게 세팅했다.

현관홀은 천장이 높고 2층으로 올라가는 계단 두 개가 중심에서 대칭으로 완만하게 호를 그린다. 왼편에는 벽시계에서 금으로 된 추가 묵직하게 흔들리고 그 앞 열린 문 너머 응접실에 검은 그랜드피아노가 얼핏 보였다. 하지만 가장 눈에 띄는 것은 정면 계단 위에 걸린 거대한 하켄크로이츠 깃발이다.

"이건 가짜야. 표면적으로 나는 위에서 좋아할 얼굴을 하고 있거든."

로렌츠 가문에는 나치스당 간부, 친위대, 국방군 장교 등이 자주 찾아와 남편 크리스토프와 오케스트라 동료들의 연주회가 열린다고 한다. 프레데리카가 열성적으로 접대하고 때때로 요구에 응해 귀중한 그림과 귀금속 등을 건네 간신히 당국에 징용되지 않고 헤쳐 나가고 있다고 한다.

"하지만 안심하렴. 너는 뒤쪽에 있는 별채에서 살 거야. 그 사람들은 그쪽으로 가지 않고 만에 하나 여기를 내주는 날이 오더라도 살 집은 있어."

"네? 설마 저도 여기에서 사나요?"

"은신처는 어디든 가득 찼어. 하지만 서점 주인, 오랜 친구인 위르겐이 직접 부탁한걸. 괜찮아, 잘 속일 테니까. 너는 아리아인이지?"

아우구스테는 고개를 살짝 끄덕였다.

프레데리카는 저택 안을 안내하면서 보통 도망자들의 은신처 생활은 무척 고되다고 이야기했다. 숨어 지내다가 죽는 일은 많다. 식량은 언제 올지 모르고, 집합주택 방에 숨을 때는 이웃에 소리가 새어 나갈 우려 때문에 수도나 화장실도 쉬이 쓸 수 없다. 협력자의 집에 숨었을 때는 협력자 본인의 신변에 위험이 닥쳐 배신당하기도 한다.

"너는 미성년자고 그 외모라면 무사할 거야. 하지만 노동자라는 게 난관이네. 행동거지는 쉽게 바꿀 수 없으니 내 친척이라는 설정은 포기하자. 그러니 미안하지만 예전에 신세 진 장인의 딸인데 사회 공부를 하러 왔다는 걸로 괜찮을까?"

달리 갈 곳이 없는 아우구스테는 승낙밖에 선택지가 없었다.

프레데리카는 친절했다. 기회만 있으면 아우구스테를 신경 쓰고 부족함은 없는지 물었다. 남편인 크리스토프는 과묵하지만 아우구스테를 보면 커다란 머리를 천천히 위아래로 움직여 인사했다.

날마다 새로 까는 주름 하나 없는 새 시트, 고급 백자 식기, 노동국에서 사용인으로 고용한 노르웨이인 부부도 불만은 없다. 고기 배급이 없는 날에도 이따금 그레테가 베란다 돼지, 그러니까 토끼 고기를 가져다주어 식사는 다른 세대보다 훨씬 풍족했다.

그러나 가난한 노동자가 사는 집합주택에서 나고 자란 아우구스테의 몸은 로렌츠 가문의 생활에 조금도 익숙해지지 않았다. 아마도 이런 생활을 목표로 분투하는 사람도 세상에는 있으리라고 생각했다. 하지만 무얼 보아도 무얼 만져도 좁고 조잡하지만 편안했던 집과 부모님을 비교하고 만다.

열다섯 살이 된 아우구스테는 학교에 가지 않고 열다섯 살 이상은 반드시 입단해야 하는 독일소녀동맹에도 들어가지 않았다. 신분증을 구하는 일은 난항이었다. 2월 말 유대인 일제 검거 이후 도피자들의 증가로 위조 신분증 공급이 수요를 좀처럼 따라잡지 못했다. 들통날지도 모를 위험한 다리를 건너기보다는 숨어 지내며 모든 것을 포기하는 편이 나았다.

어차피 아우구스테는 학교 따위 가고 싶지 않았고 독일소녀동맹에 입단하지 않아도 된다는 건 두 팔 벌려 환영할 일이었다. 그러나 위장하고 집에서 나올 때는 반드시 입으라며 독일 소녀동맹 제복을 받았다. 블라우스에 팔을 꿰고 스카프를 두르고 갈색 상의와 파란 치마를 입으면 구역질이 났다. 하켄크로이츠 깃발을 팔에 낄 때는 가까이 있는 물건을 한차례 침대에 던지고 정리하면서 욕설을 퍼부었다.

오랜만에 바깥을 산책하고 들른 호숫가 카페에서 라디오 'VE-301(괴벨스의 입)'이 떠들어댔다.

"함부르크 공습 속보입니다. 어젯밤 무도한 영국 왕립 공군의 폭격으로 제국이 자랑하는 대도시 함부르크가 불탔습니다. 이에 대해…."

카페 손님들이 비통한 한탄과 분노를 드러내는 가운데 아우구스테는 홀로 어둑한 가게 구석에서 대용 커피에 사카린 가루를 뿌리고 계속 저었다. 마음이 바싹 마른 호수처럼 말라비틀어져 어떤 위로도 쩍쩍 갈라진 땅바닥에 몇 방울 흘린 물 정도에 지나지 않았다. 아름다운 여름 하늘도 녹음이 짙은 산책로도 따뜻한 고기 요리도 그저 머리가 정보로 인식할 뿐이지 아무것도 느껴지지 않았다.

방 창문을 열고 창살 사이로 상반신을 내밀어 이대로 손을 떼고 싶은 충동에 휩싸이기를 날마다 되풀이하던 어느 날, 아우구스테는 드디어 이다와 다시 만났다.

8월, 은신처에 식량을 전달하는 지하활동가가 비밀경찰의 미행을 따돌리다가 노면전차에 치여 사망했다. 불행 중 다행으로 은신처의 흔적은 하나도 지니지 않았던 덕에 장소는 들키지 않았지만 협력자 인원을 늘려야 했다. 그레테가 프레데리카에게 보고할 때 문 뒤에서 귀를 기울여 듣던 아우구스테는 창백한 얼굴로 두 사람 앞에 모습을 드러내고 나섰다.

"저에게 맡겨주세요."

뭐든 좋으니 일하지 않으면 정신이 이상해질 것 같았다.

그레테에게 건네받은 배급표로 물건을 사고 그 길로 암기한 지도에 의지해 이곳저곳 은신처를 돌며 식량과 물을 전달한다. 지멘스슈타트에 있는 집합주택에서 빈집으로 되어 있는 방, 호숫가 창고, 초라한 공동묘지 사당. 혼자서 숨어 지내기도 하고, 좁은 실내에 다섯 명이 살기도 했지만 하나같이 지칠 대로 지쳐 병든 이도 있었다. 이다도 다르지 않았다.

이다는 많은 호수 중 하나에 있는 보트 대여점 지하실에 있다고 한다. 일광욕을 즐기러 온 사람이 많아서 은신처로 어울리지 않을 것 같지만, 출발 전 그레테가 "등잔 밑이 어두운 법이야." 하고 설명했다.

"그러니까 절대로 감정을 겉으로 드러내거나 흥분하지 말고 침착하게 행동해야 해. 무슨 일이 있어도 뛰면 안 돼. 그러지 않으면 들켜서 밀고당하니까. 밀고자는 그 자리에 있는 모두라고 생각해."

행락지로 알려진 호숫가에서는 젊은 남녀가 들러붙어 있거

504

나 청년이 통나무 위에서 기타를 뜯고 아이들이 뛰어다녔다. 아우구스테는 요동치는 고동을 억누르고 30분쯤 산책하고 나서 갑자기 생각난 척하며 보트 대여점으로 향했다.

아우구스테는 지시받은 대로 주인에게 수수료를 건네고 변소 위치를 알리는 안내판 화살표를 따라 안쪽으로 갔다. 그리고 변소 바로 앞에서 왼쪽으로 꺾어 작은 창고로 숨어든 뒤 벽 앞에서 세 번째 나무 판을 밀고 열쇠를 꺼냈다. 청소 도구를 헤치고 그 열쇠를 벽의 구멍에 끼워 넣는다. 용수철이 튕기는 가벼운 소리가 들리고 문이 열렸다.

지하로 이어지는 사다리를 내려가자 썩은 수초와 더러운 물 냄새가 코를 찔렀다. 지하는 좁은 방으로 변소와 수도의 오수가 흘러가는 녹슨 두꺼운 관이 콘크리트 바닥을 기어서 가로질러 더 아래층으로 이어진다. 아우구스테는 하수관을 넘어 좁은 통로를 3미터쯤 걸어가 막다른 벽에 걸린 하켄크로이츠 깃발을 걷었다. 그 뒤에 비밀 문이 있었다.

"이다!"

겨우 10센티미터나 될까 싶은 창문으로 약한 햇빛이 드는 방에 어린아이 세 명이 있었다. 일고여덟 살 소년과 다섯 살쯤 된 소녀 그리고 멍하니 벽에 기대 있던 이다. 아우구스테가 이름을 부르자 이다는 힘차게 일어나 아무것도 없는 공중을 향해 두 손을 뻗고 눈물을 뚝뚝 흘렸다.

"미안, 늦어서 미안해. 무서웠지…."

아우구스테는 이다를 안고 팔을 둘렀다가 흠칫 놀랐다. 예전에도 말랐지만 지금은 뼈가 닿아 아플 정도였다. 여름이라 땀이 나는 더위에도 떨고 있는 데다 얼굴과 팔다리도 더럽고 혈색도 몹시 안 좋다. 다른 두 아이도 비슷한 상태였다. 다른 은신처에 숨은 도망자들도 참담한 상태였지만 이 정도는 아니다. 이다의 코 밑에는 코피가 흐른 흔적이 들러붙어 있어 아우구스테는 소매로 이다의 얼굴을 문질렀다. 아이들은 모두 안색이 검었다. 그러나 이상하게 손가락이 하얗고 거기만 볕에 그을어 피부가 벗겨진 것 같았다.

"…가엾어라."

이다와 함께 숨어 있던 다른 두 아이는 부모가 이주당한 유대인 아이들로 약간의 대화를 나눌 수 있었다. 아이들은 봄에 이곳에 숨어 지내게 된 뒤로 계속 상태가 안 좋았다고 했다. '집으로 돌아가고 싶어', '목이 말라'라며 울상을 지었다.

아우구스테는 이다와 아이들을 두고 돌아갈 때 마음이 몹시 아팠다. 프레데리카에게 이다를 데리고 돌아갈 수 없을지 물었지만 "그럴 수 있다면 은신처에 숨기지 않았을 테고, 다른 장소에 있는 아이들은 어쩔 거니?"라고 해서 할 말이 없었다.

여름에서 가을에 걸쳐 거리를 순회하는 제복의 숫자는 두 배로 늘고, 사람들 속에는 사복 수사관이 섞이고, 당국은 숨어 있던 유대인을 한 번에 열 몇 명씩 체포하며 경계를 강화했다. 총통에게 충실한 주민과 휘말리기 무서운 주민은 한 손에 수

506

첩을 들고 이웃을 감시하며 밀고했다. 그 결과 죄수 호송차, 통칭 '녹색 미나(Grüne Minna)' 여러 대가 거리를 달리고 프린츠 알브레히트 길의 비밀경찰 본부에는 연일 많은 '반사회분자'가 연행되었다. 프레데리카 밑에서 일하는 지하활동가도 예외가 아니라 믿을 수 있는 사람은 이미 그레테를 포함해 세 명뿐이었다.

거리의 긴장감이 커진 것은 전황이 점점 더 불리해져 이미 수렁에 빠졌다는 증거이기도 했다. 제국 안에서는 7월에 함부르크가 영국 공군의 공습으로 불타 화재폭풍이라 불리는 맹렬한 불기둥과 폭풍(爆風)으로 대량의 사망자가 나왔다. 8월 말에는 베를린에도 다시 폭탄이 떨어졌다.

"총통은 뭘 하는 거야?"

겁도 없이 초조해하며 욕을 퍼붓는 베를린 시민이 눈에 띄기 시작했다.

점령국 각지에 숨은 레지스탕스와 빨치산의 활동도 활발해졌다. 수송용 선로가 연이어 폭파된 탓에 독일 안으로 들어오는 물자가 줄어 날마다 장을 볼 수 있는 사람은 나치의 고위 관료 가족 중에도 몇 없었다. 상황은 유대인 등을 보호하는 반나치도 마찬가지였다.

숨어 지내는 이들에게 보낼 식량을 배급소에서 얻지 못해 로렌츠 저택의 저장고에서 변통하기 시작했으나, 순식간에 선반의 빈칸이 눈에 띄었다. 프레데리카는 드레스와 구두, 남겨

눈 보식, 실크 스타킹 등 온갖 것을 팔았지만 그래도 은신처에 식량을 조달할 만한 양은 살 수 없었다.

"어쩔 수 없지. 식량을 배급하는 횟수를 줄이자."

2주에 한 번, 어떨 때는 3주에 한 번, 아우구스테는 얼굴도 모르는 협력자 여성과 교대로 운반했다. 이다는 점점 힘을 잃고 얼굴과 팔다리에 기묘한 반점이 생겼다. 맥박도 약해지고 손의 피부가 이상하게 딱딱해지고 손톱에 하얀 줄이 도드라졌다.

아우구스테는 프레데리카에게 세 아이가 있는 곳에 의사를 보내달라고 애원했다. 그러나 지하활동에 가담한 의사는 1년 전에 체포되어 강제수용소로 보내진 바람에 새로운 의사를 찾는 건 불가능에 가깝다고 거절당했다.

프레데리카는 식탁 의자에 앉아 도자기 잔으로 진짜 커피를 마신다. 아우구스테는 그 하얗고 우아한 손을 때려 지긋지긋한 KPM 잔을 깨버리고 이 우아한 귀부인의 귀에 이야기를 제대로 들어달라고 호통치고 싶은 충동에 휩싸여 견디기 위해 주먹을 움켜쥐었다.

"있지, 아우구스테. 이다는 괜찮아."

"어떻게 그렇게 말씀하실 수 있어요?"

"전부터 크리스토프에게 봐달라고 했어. 그이는 의학 지식이 조금 있거든. 지난 대전에서는 위생부대에 있었어. 의사 대신 모두의 건강을 확인하고 있단다. 이다에게는 올 때부터 비타민제를 주었어."

프레데리카는 침착하게 잔을 받침에 두고 난폭한 환자를 상대하는 간호사처럼 담담한 말투로 이야기했다.

"그이는 아이들도 곧 좋아질 거라고 했어. 분명히 영양실조에 걸리기는 했지만 비타민과 약을 늘리면 좋아질 거래. 그러니까 안심하렴."

"그런가요…."

아우구스테는 마지못해 납득했다. 크리스토프와는 대화다운 대화를 거의 한 적이 없지만 똑똑한 사람이라는 것은 대충 알았다. 때때로 노르웨이인 가정부 카밀라가 장부 계산을 하다 막히면 종이도 연필도 없이 암산으로 술술 숫자를 답하거나 처음 보는 악보도 순식간에 외웠기 때문이다.

크리스토프는 말수가 없고 집에 있을 때가 별로 없다. 매일 아침 일어나면 본채 음악실에서 첼로를 연주하고 한차례 마치면 바깥으로 산책을 나가 날이 저물 때까지 돌아오지 않는다. 달에 한 번이나 두 번, 미테의 음악당이나 가극장 오케스트라에 첼로 연주자로 참가한다. 밤에는 식탁에 함께 앉지만 나이프와 포크를 움직이는 소리만 겨우 날 뿐 대화는 오가지 않았다.

"그 사람, 말은 없지만 무척 상냥해."

기억 속의 풍경을 그리워하는 듯한 눈으로 프레데리카는 말했다.

"지금은 감정을 겉으로 드러내는 게 서툴지만 옛날에는 잘 웃고 독일인치고 농담도 잘 하는 사람이었어."

그런 모습은 진히 상상할 수 없어 아우구스테가 눈살을 모으자 프레데리카는 즐거운 듯이 깔깔대며 웃었다.

"어쩔 수 없지. 먼 옛날이야기니까. 그이가 이전 대전에 종군한 건 30대 때야. 군대 안에서는 나이가 꽤 많은 편이었고 대학 출신이니까 군의관으로 교육과 훈련을 받고 위생부대에 입대했어. 많은 전쟁터에서 살아남은 건 행운이었지만 솜에도 가야 했어."

솜전투는 아우구스테도 안다. 이전 대전에서도 가장 비참한 격전지다. 참호전이 시작된 첫날에만 2만 명의 병사가 죽을 만큼 맹렬한 살육이 그 뒤 넉 달이나 이어져 양 진영에 100만 명 이상의 희생자를 냈다. 크리스토프는 그 한가운데에서 부상병을 치료하고 잃었으며, 그때부터 타인과의 교류가 극단적으로 서툴어졌다고 프레데리카는 설명했다.

"하지만 그래서 그 사람은 타인의 아픔을 잘 알아. 아이를 좋아해서 공원에서 노는 아이가 있으면 사랑스러운 듯이 미소 지으며 눈을 가늘게 뜰 정도야. 그러니까 안심하렴. 만약 이다에게 무슨 일이 있으면 크리스토프가 놓칠 리가 없어."

그러나 크리스토프와 프레데리카의 견해와 반대로 이다는 점점 약해졌다. 다른 두 아이도 마찬가지로 체력을 잃어 일어나는 것조차 뜻대로 하지 못했다. 크리스토프가 준다는 약이 있는지 찾았지만 짙은 초록색 유리 약병은 벌써 비어 있었다. 아우구스테는 차가운 바닥에 무릎 꿇고 변변찮은 짚 위에 누운 세 아이를 간병했다. 호수에서 길은 물에 손수건을 적시고 꼭 짜서 치지직 소리가 날 것처럼 뜨거운 이마에 댄다. 이다는 말라서 갈라진 입술을 살짝 열고 작은 숨소리로 노래했다. 처음 함께 잠든 밤 이다가 부른 노래였다.

곧 아이들은 배탈이 나 소변을 볼 때 아파했다. 변소로 쓰는 이탄 저장소는 이미 변으로 꽉 차서 악취가 심각했고 이런 곳에 있다가는 더 나빠질 거라고 생각해서 아우구스테는 필사적으로 세 아이를 지상으로 데려오려 했다. 그러나 아이들은 일어나지 못하고 무릎이 맥없이 처지는 데다 보트 대여점이 있는 호숫가는 일광욕 손님보다 유겐트 순찰대와 질서경찰의 순회가 늘어났다. 아우구스테는 이중으로 겹친 손수건으로 코와 입을 막고 눈을 자극하는 암모니아와 구역질에 울면서 변소를 청소했지만 보름 뒤 찾았을 때는 원래 상태로 돌아가 있었다.

11월이 되어 아우구스테는 하다못해 영양을 보충하려고 남은 15마르크를 정육점 주인에게 쥐여주고 귀중한 통조림 수프를 구했다.

이거면 아이들도 먹을 것이다. 아우구스테는 기쁜 마음으로 지하로 내려갔다. 이미 아이들은 똥도 오줌도 나오지 않아 변소의 이탄은 깨끗했지만, 통조림 수프라면 틀림없이 먹어줄 것이다. 얼른 쇠고기 콩소메 통조림을 따서 주방에서 가져온 스푼으로 입에 떠 넣어줄 것이다.

아마도 아이들은 맛있다며 미소 짓겠지. 아우구스테는 자신이 고른 이 비싼 통조림에 기뻐할 아이들을 상상했다.

그러나 간병은 몽상대로 되지 않았다. 꽃봉오리 같던 아이의 작은 입술은 이제 거칠게 갈라져 색을 잃었다. 아우구스테는 양철 스푼 끝을 마른 입술에 대고 억지로 열어 안으로 수프를 흘려 넣으려 했다. 하지만 아이들은 두 눈을 감은 채 완고히받아들이지 않았다. 한 입도 먹지 못한 채 수프는 턱을 따라 흘러 옷을 적실 뿐이었다.

이다가 오른손을 휘청이며 스푼을 뿌리친 그 순간 마음속무언가가 무너져 내리고 허무함이 눈사태처럼 우르르 몰려와질식할 것 같았다.

틀림없이 이 행위는 효과가 있을 것이다. 그것은 아우구스테의 믿음이었다. 초조함과 분노에 휩싸여 은혜를 원수로 돌려받은 심정이 된 아우구스테는 통조림 내용물을 거칠게 이탄에버리고 신경질을 부리며 사다리를 올라가 빈 통조림을 발로차서 호수에 버렸다.

돌아오는 길에 겨우 냉정함을 되찾기 시작한 아우구스테는다음에야말로 아이들이 기뻐할 만한 것을 가져와야겠다고 생각하며 자신의 몸을 끌어안듯이 팔짱을 끼고 콧물을 훌쩍였다.

그러나 다음은 없었다. 이다와 다른 아이들은 사흘 뒤 아무도 보지 않을 때 잇따라 숨을 거두었고, 그로부터 일주일이 더지나고 나서 다음 당번이던 그레테가 시신을 발견했다. 그레테는 그대로 자리를 떠나 아이들은 땅에 묻지 못했다.

소식을 들었을 때, 주방에서 그릇을 닦던 아우구스테의 손에서 프레데리카의 백자 컵이 타일 바닥으로 미끄러져 떨어졌다. 아우구스테는 깨진 파편을 치우려고도 하지 않고 앞치마를 두른 채 휘청거리며 걸어가 집에서 거리로 나가려 했다.

"뭐 하는 거니? 보트 대여점에 가서는 안 돼!"

"그러면… 시신은요? 하다못해 땅에 묻어줘야죠."

그러자 프레데리카는 고개를 젓고 단호한 말투로 나무랐다.

"안 돼. 그대로 내버려 둬. 가서 어쩔 거니? 어디에 묻을 거야? 묻는 모습을 만약 누구한테 들키면? 아니면 무슨 증거라도 남겼니?"

아우구스테가 고개를 떨구고 가로젓자 프레데리카는 안심하며 어깨의 힘을 빼고 말투를 누그러뜨렸다.

"괴로운 건 알아. 하지만 위험을 무릅써서는 안 돼. 만약 네가 붙잡혀서 심문당하면 어쩌니? 그 사람들은 아마도 네 입에서 모든 것을 토해내게 할 거야. 자신은 절대로 그러지 않으리라 생각한다면 큰 착각이야."

이렇게 아우구스테의 가족은 이 세상에서 모두 사라졌다.

어째서… 어째서 마지막 날에 짜증을 냈을까. 마지막인 줄 알았더라면 수프를 먹지 않는 정도로 실망하지 않았을 것이다. 어째서 더 곁에 있어주지 않았을까? 애초에 그 아이를 떠맡으려 하다니. 수용소 책임자는 그 아이를 죽였을지도 모르지만 살릴 가능성도 있었는데.

그런 생각에 이른 순간 아우구스테의 두 다리 밑에 있던 땅이 와르르 소리를 내며 무너졌다.

그렇다. 내가 부모를 죽인 거나 마찬가지다. 만약, 만약 내가 이다를 숨겨주자고 말하지 않았더라면 아버지는 지하활동으로 돌아가지 않고 밀고도 당하지 않았을 것이다. 상복 입은 여자도 옆집으로 이사 오지 않았을지 모른다. 어머니는 청산가리를 삼켜 자해하지 않고 지금도 그 집합주택에서 미소 짓고 있었을지도 모른다.

그러나 아우구스테는 이다를 가족과 똑같이 사랑했다. 외동딸에, 학교는커녕 국가에도 제대로 녹아들지 못하고 친한 소꿉친구마저 잃은 아우구스테 앞에 나타난 여동생이었다. 만약 또 같은 상황이 되풀이되더라도 다음에도 한번 잡은 손을 놓을 수는 없으리라.

이다를 구하고 싶었다. 아직 고작해야 열 살밖에 되지 않은 여자아이 한 명쯤 간단히 구할 수 있을 줄 알았다. 부모님을 잃은 뒤에도 이다만 살아남는다면 아버지도 어머니도 천국에서 웃어줄 거라고 믿었다.

이다는 보호해야 할 존재이자 토템이었다. 데틀레프와 마리아 그리고 아우구스테, 가족 모두의 양심을 상징하는 토템이었다.

그런 존재를 영원히 잃고 말았다.

세 아이의 시신이 당국에 발견된 것은 그로부터 이틀이 지난 뒤였다. 그러고서 한동안 프레데리카를 비롯해 협력한 지하 활동가들은 숨을 죽이고 상황을 살폈지만, 이 일은 다른 도망자들의 은신처와 엮이지 않았다. 아이들은 아리아인 신분증은 가지고 있지 않았지만, 지독히 마른 몸과 피부 반점 때문에 어느 민족인지 분석하기가 어려웠기 때문이다. 세 사람은 공습 피해 아동으로 처리되었고, 보트 대여점 주인은 도망쳐 행방을 감춘 탓에 이 남자가 저지른 유괴 살인 사건으로 간주되었다.

프레데리카는 수사의 손길이 뻗치지 않았다며 안도했지만 아우구스테의 얼어붙은 마음에는 조금도 와닿지 않았다. 오히려 그로부터 며칠 뒤인 11월 중순, 다시 거리를 덮치기 시작한 공습이 위안이었다.

18일 밤. 8월 말부터 조용했던 베를린의 공습경보가 요란하게 울렸다. 개전 초반 400대도 되지 않던 연합군의 폭격기는 7월 함부르크를 불태운 시점에 1000대를 넘고, 베를린에 다시 돌아왔을 무렵에는 1600대에 달했다.

네온이 번쩍이는 극장에서, 대용 커피와 대용 케이크로 생일을 축하하는 카페에서, 아이에게 이불을 덮어주고 의자에 앉아 한숨 돌리던 자택에서, 사람들은 다가오는 불온한 소리를 들었다. 독일 공군의 훈련 비행이기를 기도한 사람도 있었으리라. 그러나 고막을 진동하는 불쾌한 저음이 잇달아 겹쳐 벽을 흔들 정도의 굉음이 되자 공습경보가 외치지 않아도 얼마나 많은 군이 하늘을 뒤덮었는지 알 수 있었다.

서치라이트의 푸른빛이 어두운 구름 사이를 뒤지기 시작한 직후 하늘에서 빨간색과 초록색 빛이 떨어졌다. 모스키토기의 예광탄이다. 크리스마스트리를 방불케 하는 빨간색과 초록색 빛이 천천히 하늘을 강하한 직후 폭탄이 줄을 지어 거리에 쏟아졌다. 대공포탑이 아무리 불을 뿜으며 포탄을 쏘아 탄막을 치려 해도 상공을 뒤덮은 무수한 폭격기는 당해내지 못했다.

저택 별채, 3층 다락방에서 잠자던 아우구스테는 벌떡 일어나 휘청휘청 창문으로 다가가 떨리는 손으로 창을 열었다. 뜨겁다. 손으로 열풍을 막아 얼굴을 지키면서 실눈으로 바깥을 보았다. 먼 하늘이 불탔다. 마치 도시에 녹인 철을 대량으로 흘려보낸 것 같았다. 폭격은 서서히 다가오고, 불꽃은 번쩍이며 사납게 날뛰고 검은 연기가 피어오르며, 건물은 잇따라 파괴되어 산산이 조각나 흩어진다. 재는 아우구스테 앞까지 날아와 볼과 이마에 들러붙어 눈을 뜨는 것도 어려워졌다. 공습경보 사이렌은 그치지 않고 사람들의 비명과 소방차 사이렌이 울려 퍼진다. 적을 향한 연민 따위는 손톱만큼도 존재하지 않는다. 폭탄은 시민을 죽이기 위해 끊임없이 쏟아졌다.

아아, 철퇴다. 틀림없이 분노의 철퇴다. 아우구스테는 발바닥부터 온몸에 흥분이 샘솟는 걸 느끼며 전율했다.

적이여, 이 도시를 불태워. 내게서 아버지와 어머니와 동생을 빼앗은 이 나라를 태우고, 모두를 죽음으로 내몬 나를 그 불길로 태워 없애줘. 인간의 모습을 한 이 죄 많은 해충을 쓰러뜨리고 철퇴를 내려라.

기름 냄새가 나는 열풍이 분다. 격렬한 분노와 파괴의 기쁨에 잠긴 아우구스테의 긴 머리카락과 잠옷 치맛자락이 바람에 펄럭였다.

아우구스테는 옷장 문을 열고 치마 주머니에 넣어둔 엄지손가락만 한 작은 꾸러미를 꺼냈다. 마리아가 죽을 때 선물이라고 말한 물건이다. 하얀 종이를 살짝 들추자 앰풀이 나타났다. 안에 마리아의 목숨을 빼앗은 청산가리가 들어 있다. 데틀레프가 준비한 독약이다. 이걸 마시면 폭탄이 이곳을 덮치기 전에 모든 것을 끝낼 수 있다.

그러나 용기가 나지 않는다. 막상 죽으려고 생각하니 무서워서 손이 떨린다. 죽으면 각각 신 곁으로 간다고 믿는 사람이 있다는 건 알지만, 아우구스테는 그게 진실이란 생각이 들지 않았다. 죽음 끝에는 아무것도 없다. 그러나 '아무것도 없다'는 건 어떤 것일까?

그리고 아우구스테에게는 아직 살아야 할 목표가 있었다. 이다의 죽음은 도저히 납득이 되지 않았고 부모를 죽음으로 내몬 상복 차림의 여자를 만나야 한다는 강한 바람이 있었다.

오늘 살아남는다면 이 저택을 나가자. 보호받지 못해도 좋다. 아우구스테는 앰풀을 다시 종이로 조심히 싸고 그제야 지하 방공호로 도망쳤다.

프레데리카와 크리스토프 그리고 노르웨이인 사용인 부부는 이미 지하 방공호에 있었다. 아우구스테는 그들에게 거리를 두고 방공호 구석에 앉아 폭탄의 충격으로 후드득 떨어지는 콘크리트 분진을 노려보면서 폭풍이 지나가기를 기다렸다.

이날 베를린을 덮친 불길의 폭풍은 45분 동안 지속되었다. 새벽이 되자 아우구스테는 여느 때처럼 아침 해가 뜨는 것에 놀라워하면서 독일소녀동맹 제복을 입고 작은 가방에 옷가지와 빗, 프레데리카가 조달한 면 생리대 등의 일용품을 담아 아무 말도 하지 않고 집을 나왔다.

겨우 45분간의 공습이었는데 베를린 시가지는 무참히 붕괴했다. 건물을 삼킨 불은 끈적한 기름이 담긴 폭탄의 불길로, 활활 타올라 꺼지지 않는다. 끊임없이 방공부대와 소방단의 펌프차가 길을 지나가려 하지만 도로는 잔해와 철골로 막혀 이쪽 저쪽에서 오도 가도 못하고 있다. 거리에는 재가 잔뜩 묻은 제복을 입은 소년 단원이 서서 교통을 정리하고 화재가 심한 장소에 가지 않도록 통행인을 안내했다. 사람들은 수면 부족과 피로로 건물 잔해 위든 남의 집 앞이든 어디든 개의치 않고 주저앉아 넋을 놓고 있었다.

얼마 안 되는 남은 돈과 배급표를 웃옷 안쪽에 핀으로 고정한 아우구스테는 그 길로 사회복지 사무소로 가서 긴 줄 뒤에 따라 섰다. 한 시간이 지났을 때 돌아보니 뒤에는 길 끝까지 긴 줄이 이어졌다.

복지 사무소는 많은 시민으로 북적였고 접수처 여성들은 익숙하지 않은 작업 탓에 힘에 부쳤다. 아우구스테가 나이를 열여덟 살이라고 속이고 피해가 심했던 지구에 살았다고 거짓 신청을 해도 얼굴과 독일소녀동맹 제복만 흘끔 보고 간단히 공습 재해 증명서를 발행했다.

"부상이 있거나 상태가 나쁘지는 않습니까? 오늘 밤에 묵을 곳은 있습니까? 저쪽에서 부인 단체가 빵을 나눠주고 있어요. 하일 히틀러."

공습 재해 증명서는 그것만으로 신분증이 된다. 아우구스테는 그대로 북쪽으로 가서 지멘스 공장에 들어가 일자리와 주거를 얻었다. 이재민 증명서는 온갖 곳에서 두루 쓰일 뿐만 아니라 크게 동정을 받았다. 나치스 당원 배지를 달고 총통과 똑같이 흑발을 딱 붙여 7 대 3으로 가른 사무원은 독일 청년다운 근로 의욕을 칭찬하더니 일주일 뒤부터 일할 수 있는 고용증명서에 도장을 찍었다. 나치당원에게 칭찬받기는 처음이었다.

전황이 바뀌었다. 개전 직후 별로 심각하지 않았던 공습에 영국의 병력을 비웃고 국방군의 전선이 어디까지 진전했는지 지도로 확인하며 들떴던 시절과는 명백히 달랐다. 닷새 뒤인 23일 일몰 직후. 다시금 영국 공군이 돌아왔다. 대량의 폭격기, 750기가 넘는 대군이 베를린의 짙푸른 밤하늘을 날아왔다.

폭격 시간은 지난번의 절반, 겨우 20분이었다. 그러나 폭격이 부른 피해는 배 이상이었다. 동물원에서는 가여운 동물들의 비통한 울음소리가 울려 퍼지고 많은 동물이 불타 죽었다. 선로는 녹아서 구부러지고 옆으로 쓰러진 열차에서 검은 연기가 피어올랐다.

12월, 여러 차례 돌아온 대규모 공군 부대에 의해 샤를로텐부르크와 빌머스도르프, 크로이츠베르크가 불탔다. 그때까지 3주 동안 아우구스테는 폭탄이 직격해 심각한 피해를 입은 공장을 정리하느라 일에 쫓겼지만, 그날 우연히 휴가를 얻어 샤를로텐부르크로 물건을 사러 나갔다. 이미 공습 피해를 입은 거리에는 제대로 된 물건이 없어 장바구니에는 대용 버터와 이물질이 섞인 대용 밀가루밖에 들어 있지 않았다.

여기저기 돌아다니다 날이 저물어 어딘가에서 잠깐 쉬려고 어느 중급 호텔 앞을 지나칠 때였다. 공습경보가 울리기 전에 두 여성이 후다닥 뛰어나와 아우구스테와 부딪혔다. 두 사람은 사과도 하지 않고 "대피해, 대피!" 하고 주변에 있는 사람들에게 닥치는 대로 말하며 지하 방공호로 가도록 재촉했다. 수상하게 지켜보자 아우구스테의 어깨를 잡고 흔들며 "폭격기 군단이 하노버를 넘어와."라며 호소했다. 그 손에 있는 개조 라디오를 확인한 직후 공습경보가 울렸다.

아우구스테는 지하 방공호로 도망치기 전에 샤를로텐부르크 상공으로 떨어지는 빨간색과 초록색 예광탄 '크리스마스트리'를 보았다. 간발의 차로 대형 폭탄 블록버스터탄이 마치 물고기가 새끼를 대량으로 낳는 것처럼 잇따라 떨어졌다.

첫 알림 덕분에 공공 지하 방공호로 들어갈 수 있었지만 눈 깜짝할 사이에 길 가던 사람이며 호텔 숙박객으로 가득 차서 답답할 만큼 공기가 희박해졌다. 벽에 산소 계측기 대신 설치한 촛대의 촛불이 불안하게 흔들린다. 그때 문이 열리고, 다들 일제히 새로 온 사람을 노려보았다. 입구에 선 젊은 남자에게 사람들이 '이제 한 사람 들어올 여유도 없어, 나가!'라고 말하는 듯한 시선을 보내자 남자는 움츠러들어 이내 돌아갔다. 마침 오른쪽 벽 부근에 있던 아우구스테는 그가 떠날 때 눈가에 있는 눈에 띄는 점 세 개를 보았다.

이윽고 폭격기의 굉음과 동물원의 대공포탑 탄막에 이어 폭탄이 쏟아졌다.

직격당한 건물은 격렬한 불꽃이 불기둥을 내뿜고 맹렬한 폭풍이 일며 파열해서 주변 건물을 도려내고 쓰러뜨렸다. 우레 같은 굉음에 몇 킬로미터 떨어져 있어도 진동만으로 바닥이 꺼질 것 같았다. 소이탄은 석조 건물 내부까지 침입해 기름을 부착하고 사람들의 몸을 태웠다.

밀집한 집합주택에 불길이 번져 지하 방공호로 피난한 주민은 이웃과의 사이에 있는 방화벽을 부수고 도망쳤지만 미처 도망치지 못한 사람도 많았다. 주황색 불길에 휩싸인 건물의 열기로 지하 방공호는 초고온의 사우나로 변했고 산소가 부족해 많은 이가 질식과 화상으로 죽었다.

아우구스테가 숨은 지하 방공호가 있는 거리도 근처 건물이 직격당했는지 방공호기 심하게 흔들리는 통에 사람들이 비명을 질렀다. 이어져 있는 어느 지하실에서 무시무시한 열풍이 틈을 통해 불어닥쳤다. 방화벽이 부서지고 공황에 빠진 사람들이 잇따라 우르르 쓰러져 어린아이가 비명을 지르는가 싶더니 소름 끼칠 정도로 조용해졌다. 누군가 "가스다!"라고 외치자 출구로 쇄도하는 사람과 다시 옆 방화벽을 부수고 옮겨 가려는 사람으로 나뉘었다. 아우구스테는 출구를 선택했다.

겨울인데도 땀이 날 정도로 더웠다. 일대가 온통 불타고 대들보가 쿵쿵 떨어지고 건물이 주저앉아 붕괴했다. 눈을 뜨자 뜨거운 먼지가 날아들어 따끔했다. 도저히 앞을 볼 수가 없었다. 아우구스테는 콜록거리며 눈앞의 대로를 건넜다. 다행히 맞은편 거리는 직격당하지 않았고 도로 폭이 넓어서 불길이 번지는 것도 피했다. 좁은 골목이 적은 베를린의 장점이었다.

장바구니는 어느 틈에 사라졌다. 아우구스테는 소매로 입과 코를 막으며 무사히 도망친 다른 사람들과 함께 밤을 지새울 장소를 찾았다. 옆 방공호로 옮겨 간 사람들은 어떻게 됐을까. 겨우 다른 사람들을 걱정할 수 있게 되었을 때 흥분 탓인지 격렬한 심적 부담 탓인지 코피가 나더니 좀처럼 멈추지 않았다. 마침내 이재민에게 개방된 음악 홀을 찾아 털썩 쓰러지자마자 정신없이 잠에 빠졌다. 계속해서 죽음에 직면하는 사이 이다를 향한 슬픔은 옅어지고 이제는 저 폭탄에 '철퇴'를 내리라고는 생각할 수 없게 되었다.

이튿날 아침 방공호 일대가 전멸했다는 사실을 알았다. 불길이 샤를로텐부르크와 베딩 경계까지 뻗었다는 소문을 들은 아우구스테는 로렌츠 씨 집이 무사힌지 살피러 걸어갔다. 겨우 도착했을 때는 태양이 중천에 떴고, 아우구스테는 공중에 날아다니는 재와 기름으로 온몸이 시커멓다.

로렌츠 씨의 호화로운 저택은 전소했고 뒤쪽 별채도 무너져 덜 부푼 실패작 케이크 같았다. 불은 이미 꺼졌지만 물에 젖은 집에는 두 번 다시 살 수 없을 것이다. 아우구스테는 두 사람을 찾았다. 길에는 시신 몇 구가 뉘어 있었지만 그중에서는 발견하지 못했다.

포기하고 돌아가려던 그때 뜬숯이 된 나무 아래에 우두커니 선 젊은 남자 하나를 보았다. 늘씬하게 키가 크고 곱슬곱슬한 검은 머리카락, 고급 양복과 바지는 여기저기 그을렸다. 남자는 발길을 돌려 아우구스테 곁을 지나쳐 어딘가로 사라졌다. 스쳐 지날 때 왼쪽 눈 아래에 나란히 있는 점 세 개를 보았다. 방공호에 들어오지 못한 그 남자다.

저 사람은 뭘 한 걸까. 흥미가 생긴 아우구스테가 남자가 섰던 곳으로 가니 발치에 남은 돌바닥에 '크리스토프, 프레데리카 모두 무사합니다. 지인 프라우 폰 슈타인 집에 있습니다'라고 돌 조각으로 쓴 듯한 하야스름한 글자가 있었다.

그로부터 베를린에는 1년 반 뒤 전쟁이 끝나기까지 수없이 폭탄이 떨어졌다. 영국과 미국 공군이 독일 전토에 출격한 횟

수는 1943년에만 5만 번 가까이 됐다.

괴벨스가 아무리 전의를 고무하든 총력전이라고 부채질하든 국민은 이제 대부분 듣지 않았다.

"총통은 어떻게 된 거야? 침묵하기로 작정을 했구먼."

"괴벨스 혼자 떠들잖아. 총통 목소리를 못 들은 지 얼마나 됐어? 하다못해 이 참상을 보러 오라 이거야."

전쟁에 승리하는 것보다 볼품없이 무너져 납작해진 자택 앞에서 조사국의 평가 위원이 조사서를 적는 모습을 냉정하게 지켜보면서 오늘은 어디에서 잠을 청하면 될지, 저 건물 잔해 아래 묻힌 재산은 어떻게 되찾을지 생각하는 데 1분 1초를 보내는 편이 더 중요했다.

건물 잔해 아래에 갇힌 사람을 구하려 해도 국내 전선 부대의 중장비가 오려면 먼저 길을 정비해야 해서, 러시아인 포로를 올려 보내 하나하나 철거했다. 생존자가 밝혀지지 않은 건물 잔해에는 군복을 입은 청음부대가 증폭기를 들고 돌아다니며 생존자의 응답을 기다렸다. 먹을거리는 점점 줄어들고 공공복지단의 배급으로는 부족해져서 불타 죽은 말이 나오면 시민들은 나이프를 들고 다가가 고기를 잘라서 가지고 돌아갔다. 길에 난 쐐기풀을 데치고 민들레를 씹고 토끼와 개구리, 다람쥐를 먹었다.

낮에는 미국 공군, 밤에는 영국 공군이 폭탄을 밤낮 가리지 않고 누구 위에든 쏟아냈다. 국방군 고위 관리, 친위대 간부,

그 아내, 노동자의 아이, 은신처를 마련해 준 사람, 소중히 키운 꽃, 동물, 역사 깊은 건물, 중요한 선로, 위엄 있는 브란덴부르크 문과 대성당 위에도. 하늘은 며칠이나 노란 연기에 뒤덮여 더러운 회색 비가 내리고 외국인 강제노동자들이 대열을 이루어 잔해를 철거했다. 독일인도 상처투성이 손으로 구멍을 팠다. 무참한 모습으로 변한 시신이 놓인다. 모든 것이 정신이 아득해질 듯한 작업이었지만, 아무것도 하지 않으면 마음이 부서져 다시 일어날 수 없었다.

아우구스테의 고향 베딩 지구에도 폭탄은 떨어졌다.

공장 라디오로 소식을 들은 아우구스테는 근무처인 지멘스에 다시 돌아가지 않을 작정으로 걸어서 베딩 지구로 향했다. 그녀를 기다린 건 아무것도 없는 벽돌과 모르타르, 튀어나온 철골의 산으로 변한 이전 집합주택이었다. 1번부터 5번까지 늘어섰던 주거동 대부분이 무너지고 간신히 1번 주거동 벽만 남았다. 화단의 흔적조차 없다.

안마당에는 주민들의 시신이 일렬로 놓였다. 모두 낯익은 사람이다. 5번 주거동에 살던 사람, 4번 안마당에서 항상 정치 얘기로 꽃을 피우던 나치당원 두 사람, 전쟁터로 나간 아들의 편지를 기다리던 어머니, 아들을 잃은 아버지. 관리인 부츠도 얼굴에 상처를 입은 채 죽었다. 그리고 친누이를 정신요양시설로 보낸 레오 주더. 그는 자신이 사랑한 나치스의 갈색 제복을 입은 채 하반신이 뭉개졌다. 주더 일가는 전멸했다. 당국에서 보낸 통지로는 기젤라가 장염으로 죽었다고 했지만 최근 정신 요양시설에 보내진 사람들이 안락사당했다는 이야기를 들었다. 아우구스테는 신이 틀림없이 기젤라를 천국으로, 레오와 부츠를 지옥으로 보내기를 기도했지만 사후 세계는 그저 차가운 허무라고도 생각했다.

호른과 아우구스테를 도왔던 여자의 모습은 보이지 않았다.

"아가씨."

갑자기 부르는 소리에 돌아보니 어느 여성이 서 있었다. 얼굴과 오른팔에 붕대를 감아 아파 보였지만 살아 있었다. 변함없이 하이힐을 신은 그녀와 아우구스테는 서로 따스하게 끌어안았다.

"네가 무사해서 기뻐. 지금 어디에 사니?"

"일단 알렉산더 광장 근처로 옮기게 됐어요. 어느 집합주택일지는 아직 모르지만."

"그래. 자리 잡으면 연락해. 호른이 얼빠진 짓을 했어."

"…무슨 일이 있었나요?"

시신이 없어 당연히 호른이 살아남았다고 믿었던 아우구스테는 표정이 굳었다.

"사실은 폴크스뷔네 뒤 누에나방 서점도 당했어. 주인도 돌아가셨어. 그런데 바보 같은 호른이 방공부대와 감시원이 오기 전에 건물 잔해를 뒤집어 안의 장서를 꺼내려 했어. 거기에는 미국 금서가 아직 남아 있다면서. 아가씨가 살아 있다면 읽고 싫어 할 거라고."

그러나 혼자 힘으로는 무너진 건물을 파낼 수 있을 리 없었고 호른은 방공부대에게 들켜 '대참사를 무책임하게 이용하고 국민에 해를 끼친' 약탈죄로 체포되어 데틀레프와 같은 플로첸제 형무소에 수용되었다.

슬픈 소식은 그뿐만이 아니었다. 베텔하임 일가의 사망 통지가 아우슈비츠에서 왔다고 한다. 에디트는 병사, 두 아들은 작업 중 사고. 에바는 다하우에서 기계에 끼었다.

"너도 조심해. 살아남아서 또 만나자."

두 사람은 다시 한 번 끌어안고 헤어졌다.

1944년 6월 6일, 드디어 연합군이 유럽 대륙에 상륙했다. 프랑스 노르망디에서부터 시작해 8월에는 파리가 해방되고 서쪽에서는 영국과 미국이, 동쪽에서는 소련의 적군(赤軍)이 독일을 압박해 왔다. 10월에는 시내에 남은 열여섯 살에서 예순 살 사이의 시민들로 국민돌격대가 편성되었고, 'VE-301(괴벨스의 입)'은 도망자를 밀고해 처형하는 조직 '베어볼프'에 참가해 최종전에 대비하라고 말했다.

1945년 나치 독일 최후의 해.

베를린에 우유가 공급되지 않게 되고 '마지막 한 사람까지 싸우라'고 부추기던 라디오의 음성도 결국 끊겼다. 찢어진 하켄크로이츠 깃발을 신경 쓰는 시민은 없었다. 수도관이나 저수조가 파괴되었는지 물도 나오지 않았다. 석탄은 오래전에 자취를 감추고 가스는 아주 조금밖에 나오지 않아 충분한 취사가 불가능한데 구할 수 있는 식량은 감자뿐이었다. 그중에는 어쩌다 깨지지 않은 귀중한 화분에 채소가 아니라 담배를 기르는 중독자도 있었다. 공습은 여전했고 매일 온종일 경보가 울려서 사람들은 대부분의 시간을 지하 방공호나 엄폐호에서 보내게 되었다. 이 무렵 아우구스테는 알렉산더 광장 주변 집합주택에서 살았다. 주민은 여자뿐이고 한 달 전에 도착한 신문을 여전히 돌려 읽는다.

거기에는 '악귀 같은 볼셰비키'가 독일 여성을 처참하게 다루고, 강간과 살인을 저지른다고 쓰여 있었다. 기자가 이미 소련군에 침략당한 거리를 취재해 쓰고 윤전기를 돌려 정보를 인쇄해 팔았다. 그러나 신문 배달이 끊어진 지 벌써 2주 이상 지났다. 도망칠 곳 없이 그저 기다릴 수밖에 없는 건 여자들에게 공포일 뿐이었다.

바리케이드를 만들고 얼굴에 반점을 그려 병에 걸린 것처럼 꾸미고 머리를 짧게 잘라 남자인 척한다. 그러나 성인 남성은 소련군이 가차 없이 죽인다고 한다. 남자가 되어도 여자가 되어도 지옥이 기다린다.

"요새는 1초라도 빨리 영국과 미국이 오기를 신께 기도해. 이반에게 내장을 찢기는 것보다는 나은걸."

아우구스테는 급수차 줄에 서면서 뒤쪽 여자가 하는 소리를 들었다. 세면기와 양동이에 물을 받아 돌아가는 길에 친위대와 베어볼프가 죽여서 본보기로 매단 독일인 '도망자'와 '배신자'의 시신이 바람에 날려 흔들거리는 모습이 보였지만 감정이 피폐해져 동요하지 않았다.

마침내 그날이 왔다. 급수차에서 만난 여성의 기도는 통하지 않았고, 베를린에 가장 먼저 쳐들어온 것은 소련의 적군이었다. 시가전은 격렬해서 이미 공습으로 엉망이던 거리를 다시 불바다로 만들었다. 대공포가 불을 뿜으며 적군의 전차를 격파하려고 했으나 유탄포가 주택을 직격하거나 낙하한 파편 때문에 크게 다친 시민도 많았다. 어린아이와 노인을 모은 국민돌격대에게 주어진 무기는 최신 병기라고 호언하던 판처파우스트 단 하나였고, 그들은 허무하게 목숨을 잃었다. 스탈린 오르간이 황록색 불을 뿜고 로켓탄이 무시무시한 기세로 잇따라 발사되었다. 주택의 잔해, 말의 사체, 파괴된 열차와 자주포가 그대로 바리케이드가 되었다.

많은 이가 자결했다. 결혼식 드레스를 입은 아내의 머리를 남편이 쏘고 남편은 아내 곁에 누워 하켄크로이츠 깃발을 쥔 채 자신의 관자놀이를 쏘았다. 잠든 아이의 입에 청산가리 캡슐을 넣고 턱을 쳐서 독을 먹인 부모도 있었다. 제국의 패배를 깨달은 사람들은 목을 매고 투신하여 닥쳐오는 미래로부터 도망쳤다.

아우구스테가 숨어 있던 지하 방공호 문은 갑자기 열렸다. 비명을 지를 새도 없이. 짐승 같은 냄새를 풍기는 소련 병사들이 총구를 여자들에게 들이대면서 다가왔다. 러시아어는 아무도 알지 못했다. 한 여성을 세 사람이 둘러싸고 웃으면서 덮치는 소련 병사들에게 현기증을 느끼면서 꼬이는 다리로 걸었다.

상대의 얼굴도, 나이가 얼마쯤 되었는지도 잘 기억나지 않는다. 아우구스테는 다른 여자들이 지하실에서 끌려 나간 뒤 마지막에 온 병사에게 인기척 없는 폐허로 끌려갔다. 아우구스테는 차가운 벽에 떠밀려 머리를 부딪혔다. 조용하고 주위에 사람은 없었다. 동료가 있는 곳에서 하고 싶지 않았던 이 병사는 조금쯤 섬세했던 것 같다는 말을 나중에 남자 의사에게 들었지만, 사정없이 옷을 찢고 뺨을 때리며 나이프를 들이대고 좋은지 어떤지도 묻지 않은 채 가르고 들어온 상대의 어디가 섬세한지 아우구스테는 이해할 수 없었다. 이때 아우구스테는 그저 상대가 아무렇게나 바닥에 둔 라이플에만 의식을 집중했다. 여기서는 손을 뻗어도 아직 닿지 않는다.

모든 것이 끝나고 방심한 병사가 허리를 들어 몸을 위에서 치우려던 순간, 아우구스테는 상반신을 비틀어 남자 밑에서 도망치자마자 라이플을 집어 방아쇠에 손가락을 걸고 병사의 목을 쏘았다. 총성은 어디에서나 들린다. 아무도 신경 쓰지 않는다. 내뿜는 붉은 피가 서서히 바닥에 퍼진다. 아우구스테는 무겁고 벅찬 라이플을 끌어안은 채 그저 달렸다. 그리고 대파된 차와 차 사이에 몸을 누일 정도의 틈을 발견하고 숨어들었다.

사람을 죽인 죄책감은 없었다. 모두가 죽고 죽이는 나날이다. 하지 않으면 당한다. 아우구스테는 전쟁에 이긴 상처 입은 짐승처럼 흥분했다. 차 안에는 시체가 있었지만 신경도 쓰이지 않는다. 그저 소련의 모신나강 소총을 끌어안은 채 암흑 속에서 꼼짝하지 않았다. 아무도 가까이 오지 못하게 하겠다. 그러나 서서히 의식이 몽롱해져 쓰러졌다. 감염증 때문에 지독한 고열이 났다.

정신을 차리니 아우구스테는 병원에 있었다. 겨우 촛불 몇 개만 켜놓은 창문 없는 어스름한 엄폐호 안, 조잡한 침대가 늘어서고 사이사이에도 짚과 시트를 깔아 병자나 부상자를 누였다. 독일어를 하지 못하는 외국인 의사, 군대 위생병, 머리에 손수건을 둘렀을 뿐인 부인 간호사가 야전병원을 우왕좌왕했다. 짙은 피 냄새와 상한 과일 같은 달큼한 썩은 내. 병원은 항생제도 진통제도 부족해서 아우구스테도 목숨을 잃을 위험이 있었지만, 다행히 일어날 만큼 회복했다. 자가 증류한 슈납스(증류주─옮긴이)로 갈증을 달래고 딱딱한 군용 빵을 씹는다. 옆 침대 여자가 지금이 벌써 5월이라고 알려주었다.

잠든 사이에 전쟁이 끝났다.

"바깥으로 나갈 때는 뭐라도 하얀 걸 몸에 다는 게 좋아. 깃발이든 완장이든. 소련군이 무서우니까. 총통은 자살했대. 기르던 개도 에바 브라운도 괴벨스도 함께."

머리에 붕대를 감은 옆자리 여성은 아무래도 좋은 듯 떠들지만, 반대쪽 여성은 "총통님, 가엾은 총통님." 하고 하염없이 울었다. 아우구스테는 아무 맛도 나지 않는 빵을 입에 집어넣었다.

아리아인 의사가 아리아인 환자만 진찰하는 청결한 병원도, 유대인이나 동유럽인이 동포를 진찰하는 더러운 병원도 이제 존재하지 않았다. 나치당원 배지를 단 민간인의 맥박을 윗옷에서 천 배지를 뗀 흔적이 있는 의사가 재고, 다친 소년병의 붕대를 살아남은 지하활동가가 갈아준다.

하지만 지상에서는 해방된 죄수와 숨어 지내던 유대인이 나치당원에게 침을 뱉거나 자살하지 못한 친위대원을 린치해서 때려죽이기도 했다. 폭주가 넘치고, 하켄크로이츠 깃발을 태우고, 당원의 아내와 친나치였던 여자의 머리카락을 삭발했다.

6월에 들어서자 어느 정도 정세가 안정되어 소비에트는 모든 독일인을 죽이려던 방침에서 친절하게 대하는 방식으로 방향을 바꾸었다. 소련군이 정치적으로 독일에 가까워지기 시작하면서 식량과 의약품이 시민에게 배급되었다. 치마 차림의 소비에트 위생 지도원이 약품을 전달하러 오고 독일 국방군의 위생병이 그것을 받았다.

아우구스테는 회복한 뒤에도 한동안 병원에서 지내며 간호사를 돕거나 지급된 잡육과 채소를 야전 취사차에서 조리하고 환자에게 배급했다. 그런 어느 날 병원에 숨이 넘어가는 여자가 실려 왔다.

그녀를 안다. 밀고자, 옆집에 살던 상복 입은 여자다.

독약을 먹고 자살을 시도해 의사는 보자마자 이제 손쓸 수 없다고 고개를 저었다. 간호사도 떠나고 들것 주위에 사람이 없어졌다. 단 한 사람 아우구스테만 남아 조용히 머리맡에 쪼그려 앉았다. 분노가 부글부글 치밀어 오른다.

"…당신 알아. 데틀레프의 딸이지."

여전히 새카만 상복을 입은 여자는 신음하면서 말했다.

"맞아요. 당신이 아버지를 밀고했죠."

"그래. 네 아버지가 유대인을 도우려 했으니까. 하지만 아니었어. 속았어."

늘 이렇다. 나치에 심취했던 사람은 반드시 실수였다고, 자기는 속았을 뿐이라고 말한다. 아우구스테는 진저리를 치며 일어나려 했다. 그러나 그때 죽음의 문턱에 있다고는 생각지 못할 만큼 거센 힘으로 손목을 붙들렸다.

"가지 마. 아니야. …정말로 내 착각이었어. 호숫가 보트 대여점 밑에서 아이들 시신을 발견했다고 신문에서 봤을 때, 어차피 숨어 있던 유대인이 죽었을 거라고 특별히 마음에 두지 않았어. 하지만 다음 보도를 봤을 때… 나는 내 잘못을 알았어."

상복 입은 여자는 눈을 부릅뜨고 쉰 목소리로 죽어라 말을 걸었다.

"나는 보안경찰 담당자에게 줄이 있었어. 검시를 담당한 의사를 만나 시신도 봤어. 많이 달라졌지만, 너희가 숨겨주던 아이인 걸 알았어. 네 아버지와 어머니가 죽은 뒤에 다른 은신처로 옮겨져 거기시 죽은 거였어."

여자의 손톱이 아우구스테의 피부에 파고들어 날카로운 통증이 느껴졌지만 떼치지도 못하고 어금니를 꽉 깨물었다.

"들어, 데틀레프와 마리아의 딸아. 내 아이는 비소로 살해당했어. 그리고 네가 숨긴 아이도 비소로 살해당했어."

아우구스테는 귀를 의심했다. 이 여자는 이다의 죽음이 독살이라고 한다.

"17년 전 내 딸은 감금되어 살해당했어. 뼈에까지 반응이 남아 있었지… 이 증오를 어떻게 잊을까. 똑같아. 같은 범인이야, 전부 이어져 있어. 나는 과거의 사건을 조사했어. 행방불명되었다가 시신으로 발견된 아이 중에 비소 중독이 사인인 아이 몇 명을 찾았어. 나는 딸을 죽인 게 그 유대인 의학생이라고 믿어 의심치 않았어. 그가 처형당하고 모든 게 끝났다고 생각했어. 설마 계속됐다니. 하지만… 유대인은 이미 이 도시에 남아 있지 않아. 설령 남아 있더라도 거리를 자유로이 돌아다닐 상태가 아니었어. 그런데 아이가 또 비소로 죽었어. 나는… 틀렸어."

그 말을 마지막으로 상복 입은 여자의 의식은 흐려졌고 그 뒤로는 그저 두 눈을 부릅뜨고 괴로워하며 신음할 뿐이었다. 한 시간 뒤 여자는 숨이 끊어졌다.

이다의 몸에 나타난 반점. 비소. 아우구스테는 약품에 무지했다. 그러나 보트 대여점 지하에 식량을 배달하던 인물 중 한 사람, 의학에 통달한 인물이 있다.

크리스토프다.

그는 아이들에게 약을 먹였다. 이다와 함께 있던 독일어를 할 줄 알던 아이는 '여기에 온 뒤로 계속 상태가 나쁘다'고 했다. 그리고 상복 입은 여자의 아이들이 죽은 일과 관련이 있다면, 적어도 17년 전에는 쿠르퓌르스텐담 주변에서 비소를 입수할 수 있는 입장이어야 한다. 비소는 약국에서 쥐약으로 팔리니 약사가 꺼리지 않으면 간단히 살 수 있다. 그 조건에 들어맞는 사람은 크리스토프뿐이다.

"그 사람이 아이들에게 약을 먹였어. 독약을⋯."

언제였는지 프레데리카는 크리스토프가 아이를 볼 때 '사랑스러운 듯이 미소 지으며 눈을 가늘게 뜬다'고 했다. 사실은 사냥감을 음미하는 매의 눈이 아니었을까. 아우구스테는 벽에 등을 기댄 채 주르륵 주저앉아 양손으로 머리를 감싸 쥐었다. 뱃속 깊은 곳에서 신음과 오열이 새어 나왔다.

그 뒤로 보름 남짓 지난 7월 1일, 일요일.

아우구스테는 물건을 사러 암시장에 갔다. 도로 다섯 개가 모이는 거대한 교차로, 포츠담 광장의 불탄 폐허는 장사꾼들로 활기가 넘친다. 일요일에 열리는 베를린에서 가장 큰 암시장이다. 전쟁 직후 베를린은 모든 것이 부족해서 팔지 못할 것이 없었다. 의류, 책, 신선한 양배추, 그저 나뭇가지를 모아 묶어놓은 장작, 뒷장이 하얀 전단. 장바구니를 들고 순서대로 들여다보던 아우구스테는 병원에서 조금 나눠준 소독약과 탈지면을 교환해 깨지지 않은 화분과 남자 가방 하나를 사고서 걸음을 우뚝 멈추었다.

혼잡한 사람들 속에서도 머리 하나는 더 큰 남자가 있었다. 넓은 등을 옹색하게 웅크리고 커다란 머리를 숙이고 걷는 모습.

틀림없다. 크리스토프 로렌츠다. 곧바로 믿기지 않아 제 눈을 의심했지만 그 사람이 맞았다. 이 남자도 전쟁에서 살아남았다.

크리스토프는 어느 노점 앞에 멈추어 섰다. 주운 유리병을 파는 대여섯 살 어린아이다. 크리스토프는 허리를 숙이고 말을 건다.

아우구스테는 치마 주머니를 쥐고 거기에 여전히 들어 있는 청산가리 앰풀을 확인했지만 심장이 터질 것처럼 빠르게 뛰어 행동에 옮길 수 없었다. 그러는 사이에 크리스토프는 아이 앞에서 멀어져 사람들 속으로 사라졌다.

이튿날 아우구스테는 전단을 발견했다. 베를린에 도착한 미군이 영어가 가능한 독일인 직원을 모집한다고 한다. 아우구스테는 짐을 챙겨 신세 졌던 야전병원을 뒤로했다. 소련 병사에게 능욕당하고 상대를 살해한 아우구스테는 소련군 관리 구역에서 나갈 수 있는 것만으로도 기뻤다. 그리고 리히터펠데 지구에 있는 미독 고용사무소의 문을 두드리고 나치당원이었는지 묻는 황갈색 질문표에 답했다. 엑스레이로 몸을 찍고 건강 진단을 받고 간단한 영어 회화 능력을 검사받은 뒤 채용되었다.

그리고 병사식당 피프티스타스에서 웨이트리스로 일하기 시작해, 온켈톰스휘테역에서 10분쯤 떨어진 집합주택 중 폭탄을 피한 곳에 정착했다.

집에는 계약금 대신 케어패키지 절반이 도착했다. 상자를 열고 오랫동안 동경한 미국 물건을 집어 적힌 영어를 탐독했다. 그리고 콜게이트에서 나온 치약을 꺼냈다.

벌써 몇 년이나 치약을 보지 못했다. 암시장에서 팔면 꽤 비싼 값을 쳐줄 것이다. 붉은 패키지의 튜브를 빤히 바라보던 아우구스테의 머리에 문득 한 가지 생각이 떠올랐다.

V

프로일라인 아우구스테 니켈

친애하는 아우구스테

잘 지내? 나 지기야.

편지를 쓰는 건 고역이지만 그래도 슬슬 연락해야 할 것 같아서 오랜만에 펜을 샀어. 이거 또 터무니없는 가격을 부르지 뭐야. 게다가 펜촉과 펜대와 잉크를 전부 다른 가게에서 파니까 사느라 엄청 힘들었어. 참고로 편지지도 살 생각이었지만 길어질 것 같고 돈도 바닥날 것 같아서 착실히 모은 포스터와 전단 뒤에 쓴다. 몇 장은 배급으로 얻었지만 이 종이는 주운 거야. 뒤로 뒤집어 봐. '히틀러는 살인자다, 시민이여 각성하라!'래. 얼마 전까지는 이런 걸 소지하기만 해도 연행당했는데 이제는 뒷면을 편지지로 쓸 정도로 흔해졌어. 이런 시대가 됐으니 이걸 만든 녀석도 조금은 만족하지 않을까.

그건 그렇고 겨울이 오니 여름의 더위를 까맣게 잊었어. 날이면 날마다 흐리거나 비나 눈밖에 안 내리니 푸른 하늘과 태양이 그리워. 추운 건 싫고 어두우면 한층 우울해져. 이것만은 오래 살아도 익숙해지지 않아. 하지만 남반구는 지금이 한여름이래. 정말 부럽다!

서론이 길다며 표정을 찌푸릴 네 얼굴이 떠오르네. 너는 무척 성실하고 뭐든 고지식하게 받아들이잖아? 조금 더 가볍게 생각하면 편해질 거라고 말하고 싶지만, 나는 이 가벼움 때문에 인생에 실패했고 네가 진지하게 이야기를 들어준 덕에 구제받았어. 그러니까 부디 어디에 있든 그대로 있어줘. 나 같은 놈이 말하지 않아도 잘 알겠지만.

그 일이 있고 벌써 반년이나 지났다니 믿기지 않는군. 너와 함께 지낸 이틀은 내 인생에서는 그저 무릎에 흘린 빵 부스러기 한 알도 되지 않을 정도로 아주 짧은 시간이었을 텐데, 만나지 못하니 쓸쓸하구나. 네가 신경 쓰던 방울토마토 말인데, 무사히 열매를 맺어서 우리가 맛있게 먹었으니 안심해. 사실은 발라서 씨앗을 받아놨어. 내년을 기대해.

에리히는 베를린을 떠날 거래. 크리스토프의 죽음을 알려주어 정말로 고맙다고 했어. 덕분에 오랜만에 이모를 뵈었대.

어째서 네가 그렇게 고생해서 에리히에게 직접 부보를 전하려 했는지 겨우 이해했어. 그러니까 너는 크리스토프에게 어린 시절 가출한 조카가 있다는 사실을 안 순간 그가 크리스토프의 피해자가 될 뻔했다는 걸 알아챈 거지? 한번 맛본 공포는 잊을 수 없어. 하지만 하다못해 죽음을 알리면 조금은 마음이 평온해질지도 모르니까. 내 말이 맞지? 서두른 건 네가 체포되어 부보를 전하지 못하게 될까 두려웠기 때문이었어. 아니면 참회 때문이니?

발터와 한스는 잘 지내. 나와 말을 섞는 건 여전히 한스뿐이지만. 마음 쓰게 하기도 미안해서 웬만하면 만나지 않으려고 해. 용서받지 못하는 것도 당연하고.

두 사람은 암시장에서 장사를 시작했어. 미군의 잔반을 뒤지는 고아를 가엾이 여긴 장교 사모님께서 정원 청소부로 고용했대. 보수로 얻은 초콜릿이며 사탕이며 연필 한 다스를 나눠서 한 개씩 팔고 있어. 합하면 매입 가격보다 비싸지는 거지. 담배 한 보루보다 담배 한 갑, 담배 한 갑보다 담배 한 개비가 돈을 더 받는 거랑 같은 원리야. 이런 건 어느 장사치나 다 하는 짓이지만 발터의 당당한 위세는 호감을 주는 데다 머리도 잘 돌아가니까 잘하겠지.

한스가 가르쳐줬는데 발터는 돈을 모으면 새로운 차를 만들어서 이번에는 그걸 팔고 싶대. 장사 재능도 있어 뵈니까 어쩌면 조만간 거대 자동차 회사 사장님이 될 수도. 너무 나갔나?

한스 본인은 기자가 되거나 다시 공부를 하기 위해 바깥으로 나갈지도 모르겠다고 했어. 똑똑한 한스는 이렇게 말했지. "우리가 받은 모든 교육이 전쟁과 독재 체제에 지나치게 기울었다는 걸 알았어. 이제 독일 청년의 학력은 땅에 떨어졌어. 이래서는 독일의 미래를 떠받칠 수 없어."라고.

정말 젊은 놈들을 보면 짜증이 나. 부러워서.

어린애는 욕심 많고 잔혹하지. 어른이 말하는 '젊은이의 유연함'은 거짓말이야. 놈들만큼 선입견이 심하고 어디에 빠지기 쉽고 건방진 세대는 또 없어. 순식간에 새로운 시대에 익숙해지겠지만, 과거와 후회는 성장해서 어른이 될 때까지 미뤄두지. 못된 아이들을 미워하느냐고? 그래, 맞아.

하지만 그렇기에 부러운 거야. 희망이란 건 대개 무모하고 천진한 거니까.

음, 내 시시한 얘기는 됐고. 발터는 네 방에서 보수를 확실하게 챙겨 간 것 같지만 너는 걱정되나 봐.

그리고 누구보다 대니! 최고로 현명한 대니! 나는 쓰레기지만 대니와 친구란 점만은 자랑스러워. 엄청나게 큰 음성이 거기까지 울려 퍼졌을 때 놈들이 당황하는 모습이란! 만약 그게 없었다면 우리는 지금쯤 사이좋게 바벨스베르크 흙 속에 묻혔겠지. 나는 이세 배우 일에서 밥을 썼었고, 무엇보다 그 장소에 뼈를 묻는 건 사양할래.

네가 크리스토프를 죽였다고 고백하고 톨랴가 러시아어로 통역했을 때, 파란 모자 놈들은 조금은 동요했어. 적어도 내 뒤통수에 들이민 총구는 움찔하며 떨렸거든.

그 직후에 그렇게 큰 소리가 터진 거야. 톤크로이츠 옥상에 스피커를 있는 대로 꺼내 전기를 연결하고 마이크를 쥔 대니가 떠들었지. 반경 몇 킬로미터까지 들렸는지 물으니 "포츠담 궁전 앞 하펠강까지 들렸을걸."이래.

꼭 미국의 라디오 방송 같은 쾌활한 목소리로 대니는 도브리긴 대위를 지목했지. "이 사건에서 손을 떼고 모두를 풀어주지 않으면 여기서 전부 이야기하겠다. 지금은 독일어로 말하지만 다음에는 러시아어로 네가 한 짓을 전부 폭로하겠다. 너의 소중한 동지에게도 들려주지."라고 말이야!

지금 다시 생각해도 가슴이 뛰지만 그때는 살아 있어도 산 것 같지 않았어. 큰일 났다, 죽을 거야, 나까지 오줌을 지릴 것 같았다니까.

허풍이라고 생각하지 마. 하지만 거기에 다니엘라 비키가 확실하게 미리 손을 써놓은 거지. 스피커를 준비하는데 근처에 있던 미군과 소련군 병사를 불러서 돕게 한 거야. 기억하지? 필름 공장 앞에 무리 지어 있던 태평한 놈들.

대니는 독일어밖에 못하고 거기에 있던 미군과 소련군도 말이 통하지 않아. 하지만 오히려 그래서 다행이었지. 대니가 뭐라고 떠드는지 몰랐으니까. 무슨 재미난 방송을 한다고 생각했던 것 같고 아마 지금도 그렇게 믿을걸. 대니는 소련 병사에게 손짓해서 마이크를 향해 떠들게 했어. 난생처음 마이크를 쥔 그는 기분이 좋아서 노래를 불렀지. 다음은 미군 병사 차례야. 장난이 너무 심했지만 포츠담 회담 자체는 다음 날이었으니까 상관에게 혼나지는 않았겠지? 어쨌거나 내 책임은 아니니까.

여기에 세 나라 사람이 있다고 알려서 도브리긴을 주저하게 하기는 충분했어.

마지막 한 방으로 톨랴가 "물러나십시오, 동지."라고 말해준 것도 고마웠지. 덕분에 나와 에리히는 침입자로 하루 유치장에 들어간 것으로 끝났어. 너는 크리스토프 건으로, 톨랴는 민간인에게 군복을 빌려준 건으로 남았지만… 그래도 살았지. 도브리긴의 죄를 증언했으니까. 모든 것은 놈의 명령이었다는 진실 말이야.

도브리긴은 톨랴가 증언하기 전에 죽여서 입을 막으려고 했던 것 같아. 하지만 '어떤 인물'이 내린 명령으로 도브리긴은 체포됐어. 죄명은 '반혁명죄'. 어떤 인물이 누구야? 반혁명죄라니? 석방된 뒤에 징벌 노동으로 북동 지역으로 떠나기 전 톨랴에게 물었어. 놈은 잠깐 머뭇거리더니 "이름은 알려줄 수 없다. 굳이 말하면 과거다. 동지 대위가 두려워했던 과거."라고 이상하게 시적인 말을 했어. 톨랴가 이전에 도브리긴과 처음 만난 이야기를 했던 거 기억해? 그는 운이 없다고 했지. 그 영향이 아직 남아 있었나 봐.

도브리긴은 정해진 선로를 폭주하는 열차 같은 놈이야. 자기가 짠 계획을 완성할 때까지 무슨 일이 있든 힘으로 굴복시키고 쓰러뜨려 최종 지점으로 향하는 것에만 집착하는 거대한 열차. '국가를 위해 어쩔 수 없다'는 말은 귀에 못이 박힐 만큼 지겹게 들었지. 사실은 자신을 위해 움직이는 놈도 그렇게 말하지. 도브리긴도 그랬던 거야.

사리사욕으로 권력을 이용한 자는 나치 밑에서도 소비에트에서도 발견하면 즉각 사형이야. 하지만 뒤에서는 다들 하지. 끝까지 숨기면 돈을 왕창 긁어모을 수 있으니까. NKVD도 이래저래 뇌물을 보내고 편의를 꽤 봐주고 있다나 봐.

하지만 도브리긴의 동기는 돈이 아니었어.

과거 청산. 도브리긴은 그때 이미 위태로운 처지였어. 톨랴 말로는 독일어와 영어에 능통하면 스파이 혐의를 씌우기 쉬워서 숙청당하기 쉽대. 하지만 그것만이 원인은 아니야.

도브리긴은 이제 반혁명죄를 저지른 반역자야. 톨랴는 말하지 않으려고 했지만, 러시아어를 아는 녀석에게 부탁해 조금 파봤더니 내용은 대충 알겠더라. 아무래도 도브리긴은 특별임무학교 시절에 예조프인가 하는 인간의 파벌이었던 강사 눈에 들었던 모양이야. 그런데 예조프는 스탈린에게 숙청당하고 파벌도 대부분 전멸했어. 학생이던 도브리긴은 살아남았지만 출 셋길은 끊기고 더러운 일이 많았던 것 같아. 그러고 보니 녀석 은 스몰렌스크에 있었다고 했지.

대위는 어떻게든 자신이 '위대한 소비에트연방에 충실하며 숙청의 대상에서 벗어날 필요가 있는 자'라고 계속해서 상부 에 호소해야 할 정도로 내몰렸다고 해. 특히 전쟁이 끝나고 눈 앞의 적이 사라지자 내무부는 자신을 마구잡이로 캐기 시작했 어. 그토록 냉정하고 침착한 얼굴 뒤에서 꽤나 초조했겠지. 뇌 물도 썼지만 고작해야 언 발에 오줌 누기였나 봐.

거기에 '소비에트 문화부의 연주자 크리스토프가 미군 치약 에 든 독으로 소련군 영역에서 죽었다'는 소식이 날아들었어.

진짜 세 거두가 모여 독일 전후 처리와 아직 항복하지 않은 일본을 어떻게 할지 회담하는 중요한 시기에 말이지. 3개국의 첩보부는 저마다 방해 공작이 없도록 신경을 곤두세웠겠지. 음 모론만 살짝 흘려도 십중팔구 시끄럽게 경보를 울리며 소란을 피울 정도로.

그러니까 도브리긴은 크리스토프가 죽은 사건에 주목하고 경찰에 개입해서 이용 가치가 있을지 지켜보려 했지. 아우구스 테, 그때 네가 나타난 거야.

그에게 너는 '자신의 꼭두각시가 될 다루기 쉬운 계집애'였 겠지. 어쩌면 네가 크리스토프 살해범인 걸 간파했을지도 모르 지만, 그에 대한 고발은 아무래도 좋았어. 그저 말을 잘 만들어서 자기 뜻대로 움직여 줄 '희생양'이 필요했던 거야.

도브리긴 대위는 너를 심문하며 온갖 계산하에 포석을 깔았지. 너와 베어볼프에 어떤 관계가 있다는 의심을 말로 해서 경찰관이 적게 했어. 교활한 뱀 같은 그 눈초리가 문득 떠오르는군.

하지만 이것만으로는 아직 완벽하지 않아. 크리스토프의 죽음과 베어볼프의 음모는 묶을 수 있지만, 베어볼프와 세 거두 회담이 아직 이어지지 않아. 대위는 고민했지.

톨랴의 이야기로는 대위가 사건을 이용할 수 있다고 판단한 최대의 계기는 프레데리카 밑에서 일하는 그레테 씨의 심문이었다고 해. 그레테 씨는 로렌츠 부부에게 에리히라는 조카가 있고 바벨스베르크, 포츠담 회담이 이루어질 궁전 코앞에 산다는 정보를 대위에게 알렸어.

그걸로 살해당한 크리스토프와 세 거두의 회담 사이에 지도상 관계가 생겼지.

무대와 각본을 갖춘 대위는 나에게 보석 얘기를 꺼내며 아침이 되면 아우구스테 니켈을 포츠담 광장으로 데려오라고 명령했어. 사실 나는 그날 밤 프레데리카와 네가 잠든 집합주택 밑에서 잠복했어. 그리고 알다시피 나는 너를 만나《에밀과 탐정들》을 훔쳐서 너를 꾀어내는 임무를 무사히 완수했어.

도브리긴 대위는 포츠담 광장에서 재회한 네가 바벨스베르크로 갈 거라고 해서 속으로 뛸 듯이 기뻤을 거야. '희생양'은 어려움 없이 생각대로 움직였어. 에리히를 만나러 가려 한 진짜 네 동기는 전혀 달랐지만.

이제 네가 세 거두의 회담이 이루어질 동안 자력으로 바벨스베르크까지 도착하기만 하면 돼. 자신과 연관되지 않도록 사실은 도중에 전혀 관여하지 않고 끝내고 싶었겠지. 그러나 역시나 예기치 못한 사태는 일어났고 톨랴를 이용해 뒤처리를 했어. 내가 DP캠프에 갇혔을 때는 대단히 초조했겠지.

아무튼 희생양은 무사히 바벨스베르크에 도착했어. 이제 경찰서에서의 심문과 기록에 근거해 NKVD 직원을 움직여 얼빠진 가짜 병사 차림을 한 너와 나를 체포한 뒤 스파이 혐의와 음모죄로 처형하고 공적을 혼자 차지하려 했어. 계획의 일부를 알고 가담한 톨랴도 처리하는 쪽을 선택했지. 그러나 생각지 못한 방향으로 계획은 좌절되었고, 자기가 직접 음모를 기획했다가 쓸데없이 더 큰 무덤을 파버렸어.

이상이 사건의 전말이야.

위안이 될지 모르겠지만 NKVD를 아는 녀석 말로는 놈들은 날조가 특기래. 그러니까 어쩔 수 없었던 거야. 신경 쓰지 말라는 것도 이상하지만 그런 일도 있다고 생각해. 호수에 던진 돌멩이의 파문 같은 거지. 너에게는 작은 돌멩이였지만 수면에는 물결이 일고 떠다니던 낙엽 위 벌레가 날아가기도 해.

도브리긴 대위는 어제 숙청됐대. 너도 이미 들었을지도 모르겠지만. 만에 하나 모든 게 그의 뜻대로 풀려서 나나 너나 처형됐다면 어떻게 됐으려나. 조금 신경 쓰이네.

…그런데 그때 일을 길게 되짚은 데는 이유가 있어. 아직 쓰지 않은 사실이 있거든. 너도 아주 잘 알겠지만 나는 분명 사과가 서툴러. 그래도 사과해야 해. 미안했다.

무슨 일이냐고? 그걸 지금부터 쓸 테니까… 아, 역시 고역이야.

되돌아보면 너도 분명 생각할 거야. '어떻게 대니는 그렇게 딱 맞춰서 큰 소리로 방송을 했지?'

비밀을 이야기할게.

나는 도브리긴이 심은 스파이였어. 너를 베어볼프로 만들기 위해서는 확실하게 포츠담까지 가게 할 필요가 있었지. 그래서 절도죄로 체포된 나를 석방으로 꾀어 너와 함께 행동하게 했어. 어떤 물건을 들려서.

이상했지? 내가 유대인 난민 캠프에 수용되었을 때 도브리긴 대위는 어디에서 냄새를 맡고 우리가 있는 곳을 파악했을까? 바벨스베르크에서도 그래. 톨랴, 베스팔리 하사는 어떻게 우리를 찾았지? 우리가 고생해서 에리히가 있던 창고를 찾아냈는데, NKVD 직원을 거느린 대위가 쉽게 찾아온 이유가 뭐지? 우리는 누구에게도 미행당하지 않았어. 도브리긴 대위는 뭐든 들을 수 있는 마법의 귀라도 있는 걸까?

정답. 훌륭해. 대위는 마법의 귀를 가진 사람이야.

그건 은색의 가늘고 긴 막대기에 재봉틀의 보빈을 조금 크게 만든 것 같은 금속 덩어리가 붙은 기묘한 '귀'였어. 나는 이유도 모른 채 그냥 이걸 윗옷 뒤에 붙이고 네 곁에서 떨어지지 말라고 명령받았어. 그리고 만에 하나 다른 사람에게 보여주거나 건네면 내 목숨으로 갚게 한다고 했어.

소심한 나는 굽신굽신 말을 들었어. 너는 몇 번이나 나에게 도망치면 되지 않느냐고 했지만 이걸 들고 어디로 갔다가는 내가 죽겠지. 정체도 모르겠고… 이게 신형 폭탄이라 어딘가에 두고 도망치는 순간 폭발하면 어쩌지? 그리고 도브리긴이 어째서 그렇게까지 너에게 집착하는지도 신경 쓰였고, 네가 고집을 부리며 에리히를 만나려 하는 이유도 알고 싶었어.

그러니까 여정을 같이한 거야. 이 은색 막대기의 정체를 제대로 알고 싶어진 건 바벨스베르크에 도착했을 때야. 지나가다 본 미군 병사 중 한 명이 무전기를 짊어지고 있었어. 본 적 있어? 긴 네모 모양의 커다란 상자에 전화 수화기가 달린 녀석. 그 무전기에 가늘고 긴 막대기가 위로 뻗어 있었어. 어라. 머릿속에서 두 가지가 딱 들어맞은 거야.

톤크로이츠에서 꼭 대니를 만나고 싶었던 건 에리히 때문이기도 하지만 은색 막대기를 어떻게 생각하는지 진짜 음향 기사에게 물어보고 싶었던 이유도 있었어.

에리히가 있는 곳을 지도로 그리기 전에 종이를 찾으러 간 대니 뒤를 따라가서 슬쩍 물었어. 윗옷 뒤에 부착한 은색 막대기를 보여주니 대니는 평소의 진지한 눈빛으로 조사해 줬어. 그리고 천천히 종이에 적었어. '이건 폭탄이 아니야. 하지만 이거에 대해 말하지 마. 여기에 적어'라고. 이놈 앞에서 소리를 내거나 실수로 떠들지 않는 편이 좋으니까.

도청이나 통신 감청 이야기는 너도 알겠지. 군대에서도 늘 하는 거야. 커다란 기계로 헤드폰을 쓰고 적의 통신 주파수를 훔쳐서 듣는 거지.

은색 막대기는 그런 기계의 일종으로, 아마 독일 국방군 통신부대도 가지지 못한 기술일 거라고 대니는 말했어.

그런 평범한 막대기가 음성을 모아 라디오처럼 전파를 보낸다니 믿겨? 애초에 전기 코드도 안 붙어 있는데 동력은 어디에서 오지? 배터리도 안 달려 있어. 나는 혼란스러웠어. 이런 물건이 있다면 벽이나 책상 밑, 전화 안, 일상생활 모든 것이 '귀'가 되잖아. 게다가 독일과 미국이라면 모를까 소비에트가 가지고 있었다고. 소련군의 통신수단은 대단히 조잡해서 여전히 유선통신을 쓴다고 해. 소련군의 형편없는 장비는 언제나 모두의 웃음거리였어. 난생처음 쓰는 마이크에 감동해 노래를 부르는 병사가 있을 정도인데!

하지만 대니는 어릴 적에 러시아의 테레민복스라는 기묘한 악기 연주를 들은 적이 있대. 테레민복스는 나도 들어봤어. 특별할 것 하나 없는 상자에 은색 막대기와 U 자 모양 은색 고리가 달려 있고 손을 드리우기만 하면 음악을 연주할 수 있대. 언제였지, 우파 스튜디오 식당에서 음악가가 한 이야기를 들은 기억도 있어.

'이게 어떤 구조인지는 전혀 모르겠지만 러시아라면 할 수 있을지도 몰라'라고 대니는 종이에 적었어. '이 도청기가 내는 전파를 나도 주울게. 베스팔리가 신경 쓰여. 독일인에게 군복을 빌려주다니 너무 이상해.'

NKVD, 내무인민위원회는 남의 이야기를 훔쳐 듣는 기술이 더욱 필요한 조직이니까 개발하는 게 당연하다고 대니는 말했어.

너무 오래 이야기하면 톨랴에게 의심받을 테니 내가 대니와 그 자리에서 한 이야기는 거기까지야.

나중에 대니에게 들은 수신 방법은 몇 가지 있었어. 개조 라디오, 청음부대가 남긴 청음기와 증폭기. 결과적으로는 게슈타포가 버리고 도망친 수신기와 개조 라디오를 합친 대니의 발명품이 가장 도움이 되었던 모양이야. 톤크로이츠 재생실에 어울리지 않는 화장대가 있던 거 기억해? 거기에 숨겨놨어. 대니는 테레민복스의 원리를 생각해서 시험 삼아 전파를 발신해봤지. 그러자 어느 특정 주파수를 내보냈을 때 내 목소리가 들렸어. 우리가 에리히를 만나 도브리긴이 찾아올 때까지 그녀는 헤드폰을 귀에 장착하고 우리 이야기를 들었던 거야. 그리고 방음을 위해 만든 톤크로이츠 옥상에서 반대로 큰 소리를 방출한 거야. 그 생생한 소리는 막힘없이 숲까지 전달됐어.

나에게 '거'를 건넨 것도 너에게 베어볼프 누명을 씌운 것도 전부 도브리긴 대위가 독단으로 판단해서 한 일이야. 하지만 최첨단 신기술을 피점령민에게 건넨 것만으로도 발각되면 기밀 누설죄를 물어. 도브리긴은 썩었어도 우수한 내무부 직원이었으니까. 대니의 목소리를 들은 순간 우리가 은색 막대기의 정체를 파헤친 데다 통신을 감청한 걸 깨닫고 포기한 거야.

그렇지, 톨랴가 왜 소련군에서 NKVD로 옮겼는지 들었어.

소련군에 있던 시절 톨랴는 인간이 인간을 먹고 살아남아야 할 정도로 처참했던 레닌그라드 포위전 배급 작전에 참가하고 열심히 싸워서 소위까지 승진했대. 그러니까 지금은 강등된 거지.

어느 전투에서 톨랴의 부대는 우리 독일 국방군에 포위되어 포로로 잡혔어. 수용소행이지. 톨랴가 들어간 수용소는 우크라이나의 돼지우리가 호화로운 저택으로 느껴질 정도로 열악했대. 수천 명 수용 예정인 시설에 한 번에 수십만 단위의 포로가 들어가면 어떻게 될지, 베를린에서 혹사당한 러시아인 포로나 이주에서 돌아온 유대인들을 본 우리는 쉽게 상상이 가지.

하지만 좋은 면도 있었어. 포로가 너무 많은 탓에 감시의 시선이 미치지 않아 탈주는 그다지 어렵지 않았다고 해. 애국심 강한 톨랴는 부하 한 명을 데리고 기회를 엿봐서 건초 더미에 숨었다가 밤의 어둠을 틈타 수용소를 탈출했어. 하지만 부하는 도중에 감시대 사격수의 총에 맞아 죽었대.

혼자 살아남은 톨랴는 아군을 찾아 며칠이나 걸어서 겨우 합류했어. 그리운 행진, 마호르카 담배 냄새, 펠트 장화 발렌키, 땅을 파낸 반지하의 제믈랸카(토굴집). 모닥불의 붉은 불길. 투명한 보드카.

낯모르는 소련군 병사는 톨랴를 환영했어. 그러나 중대의 정치장교에게 체포돼 수용소에서 탈출한 용기보다 포로가 된 것을 질책받았어. 그리고 징벌대대로 보내졌어.

너는 소련군의 "우라!"라는 우렁찬 외침을 들은 적 있어? 정말 굉장해. 나는 시가전 직전에 그걸 들었는데 땅이 흔들릴 것 같은 소리야. 징벌 이야기를 듣고 소련군 놈들이 어째서 그렇게 죽음을 각오하면서까지 적에게 돌격하는지 대충 이해가 갔어. 도망은 즉시 처형, 적 앞에 항복하면 인정사정없는 징벌이 기다렸던 거야.

징벌대대에 들어간 톨랴는 장교에서 일개 병졸로 돌아가 지뢰밭에서 철거 작업을 했대. 톨랴는 '떠올리고 싶지 않은 비참한 한 달'이라고만 했어.

어느 겨울날 톨랴가 있던 부대는 또다시 위험 지대에 파병됐어. 명령을 들은 병사 한 명이 반쯤 미쳐서 야영지의 제믈랸카를 뛰쳐나가 쌓인 눈을 헤치고 숲으로 도망치려 했어. 동료들 모두 그걸 보고 말았어. 본 이상 봉쇄부대에 보고하지 않으면 무엇을 했느냐고 문책받겠지. 하지만 아무도 꿈쩍하지 않았어. 탈주를 시도한 남자는 이미 쉰 살이 넘었으니 이미 충분하다고 생각했대.

새하얀 눈에 뿌예진 뒷모습을 보며 우두커니 서 있는데 톨랴 옆에서 한 병사가 라이플을 내밀고 쏘라고 했어. 쏘면 자신의 공적이 되지. 그러면 징벌 기간은 금방 끝나고 여기서 나갈 수 있다고. 톨랴는 이 병사를 몰랐어. 동료의 얼굴과 이름을 기억하는 건 특기였을 텐데 옆에 있는 병사가 누구인지는 몰랐어.

그 후에 벌어진 일은 마치 꿈을 꾼 것처럼 현실감이 없다고 톨랴는 이야기했어. 그는 병사의 라이플을 쥐고 숲으로 사라져가는 남자의 등을 조준해 방아쇠를 당겼어. 남자는 소리도 없이 쓰러졌어.

"악마의 속삭임이었습니다."

톨랴는 작게 중얼거렸어.

총을 쏘게 부추긴 병사는 그 후 두 번 다시 만나지 못했지만 그의 예언대로 톨랴는 포로가 된 죄를 씻고 3급 영광훈장을 받아 징벌대대를 나오게 되었어. 보통은 그 뒤 계급을 돌려받아 원래 있던 부대로 돌아갈 수 있대.

그러나 그리되지 않았어.

소위 계급은 돌려받지 못한 채 징병 사령부로 보내져서 무슨 영문인지 키로프로 가라고 명령받았어. 이유를 따져 물어도 담당관은 그저 레닌 길 96번지로 가라며 고개를 젓고 그 이상은 아무것도 가르쳐주지 않았어. 톨랴는 몸 안쪽에서 폭발하는 불만을 느끼며 키로프로 향했어. 그곳에 있던 게 내무인민위원회, 다시 말해 NKVD 지국이었어.

그를 맞이한 인물은 일찍이 형의 벗이었던 유리 바실리예비치 도브리긴이었어. 도브리긴은 친근하게 '다닐루치'라고 불렀어. 형과 마찬가지로 아버지에게 물려받은 다닐로비치라는 이름의 애칭이야. 톨랴는 오랜만에 소년 시절의 자신을 떠올리고 도브리긴을 따랐어.

그 뒤로 톨랴는 NKVD에 배속되어 도브리긴 아래로 들어갔지.

도브리긴에게 명령받은 일은 뭐든 했어. 살인, 밀고, 누명을 씌우는 공작도. 톨랴는 그의 심복이 되어 독일어와 영어를 배우고 포로에게서 정보를 입수했어.

톨랴는 때때로 꺼림칙하게 느껴지는 일도 있었다고 해. 내무부보다 군대가 적성에 맞았고 돌아가고 싶었지. 그러나 상관의 명령은 절대적이야. 자신의 바람을 위해 움직이면 조국에 대한 배신과 같은 뜻이 되지.

이 이야기도 징벌 노동을 가기 직전에 들었어.

기차를 타고 헤어질 때 톨랴는 마지막으로 재미있는 이야기를 했어. 마지막에 도브리긴의 행위를 증언한 까닭은 도브리긴이 체포되었기 때문이고, 조국을 위해 어쩔 수 없었기 때문이래.

이제 종이가 얼마 남지 않았군. 슬슬 마무리를 지어야겠다.

그런데 아우구스테, 미국 적십자 병원 분위기는 어때? 네가 거기에서 조금이라도 안심했다면 좋겠다.

톨랴의 증언과 미군의 협력 덕분에 어렵게 소비에트의 감옥에서는 석방되었는데 이번에는 경찰서 유치장에 다시 들어가려 하다니 무슨 생각인지 나는 이해를 못 하겠어. 설마 감옥을 좋아해? 좁고 딱딱한 침대가 아니면 못 자? 하긴 열일곱 살 무렵에는 그렇지. 외곬으로 생각하고 전부 자기 책임이라고 믿어버려. 나쁜 어른은 거기에 파고들지만 그 경찰서 놈들이 그렇지 않아서 다행이야.

크리스토프는 아이들을 유괴해 살해한 연쇄살인범이고, 그래서 죽었다고 네가 고백했을 때 나는 죽여 마땅하다고 생각했어. 아무리 생각해도 크리스토프는 용서하지 못할 극악무도한 인간이니까.

나중에 에리히도 그렇게 생각했다고 했어. 톨랴와 도브리긴, 뒤에서 듣던 파란 모자들마저 우리랑 같은 뜻이었을 거야. 우리는 여태껏 그렇게 남을 벌하는 것이 당연한 세상에서 살았으니까. 소련 놈들은 아동 살해범 이야기 따위 제대로 듣지 않고 즉각 처형하겠지. 이상의 균형을 깨뜨리는 놈들은 죽음으로 배제하는 수밖에 없다는 건 나치의 민족 공동체도 소비에트의 공동체도 똑같은 논리야.

하지만 너는 싫지?

첼렌도르프의 미국 적십자 병원에 있는 너에게 소비에트 관리 구역 경찰지서의 정보가 얼마나 들어갈지 모르니까 쓸게. 크리스토프의 방에서 비소가 발견된 뒤에도 프레데리카는 크리스토프가 결백하다고 주장하는 모양이야. 손목에 선이 있었던 건 비소를 다루는 데 장갑을 쓴 증거라고 하는데, 프레데리카는 그래도 사용인들에게 시키지 않고 스스로 쥐약을 놓느라 그랬다고 했대.

로렌츠 집안을 잘 아는 에리히도 크리스토프는 아동 연쇄살인범이 틀림없다고 했고, 에리히가 어린 시절 도망친 이유는 크리스토프에게 살해당할 것을 직감했기 때문이었어.

하지만 프레데리카는 아직 남편의 정체를 인정하지 못하고 있어. 설령 그가 아이를 살해한 살인귀라 해도 "그의 죽음을 더럽히지 마. 그는 솜전투를 본 가여운 사람이니까."래.

프레데리카가 무슨 말을 하든 크리스토프의 죽음을 추모하는 사람은 그녀 말고는 없겠지. 어떻게 생각해도 아이들은 그의 경험과 관계가 없으니까. 전쟁에서 마음에 상처를 입은 그를 위해 희생양이 되었다는 건가? 살해당한 아이들은 두 번 다시 살 수 없어. 10년도 되지 않는 인생이 남의 손에 멋대로 끝났어. 내가 너였다면 더 잔인한 방법으로 크리스토프에게 복수했을 거야. 당연한 처벌이지.

그래도 너는 감추었던 피에 젖은 철퇴를 모두에게 알리는 쪽을 선택했어.

너의 분노와 슬픔이 얼마나 격렬하고 깊은지 그리고 어떤 심정으로 자백했는지 나는 상상조차 할 수 없어.

책임을 느낄 테고 속죄도 필요하겠지.

그런데 말이야, 너도 아직 어린애야. 열일곱 살이잖아. 파시스트로 가득했던 얼마 전까지는 분명 열일곱 살은 군대에 갈 나이였어. 판처파우스트를 들고 전차에 돌격해 죽으라는 소리를 들었지. 그러니까 네가 자신을 내모는 심정은 이해해.

그런 세상이 된 건 우리 어른 탓이었는데.

첼렌도르프 경찰지서에 출두한 너에게 독일 부인 경찰이 사정을 들었다지. 그녀가 지서를 관리하는 미국 행정부에 연락해서 자선단체가 너를 보호했다고 들었을 때, 그런 방법도 있구나 하고 감탄했어. 한스가 '다시 공부해야 한다'고 했던 말, 비꼬는 게 아니라 정말 그렇다고 납득했어. 앞으로 아직 절차나 조사가 남아 있을지 모르지만 아무튼 병원의 푹신한 침대에서 푹 쉬어.

다만⋯ 한 가지 마음에 걸리는 게 있어.

너는 어떻게 크리스토프에게 치약을 건넸지? 그걸로 양치를 하라고 속여서 줬어? 아니면⋯ 독이 들어 있다고 가르쳐준 다음에 건넸어? 전자라면 이해해. 하지만 후자라면⋯ 크리스토프의 죽음은 대체 무엇이었을까. 나는 앞으로 줄곧 고민할 것 같아.

참고로 나는 매우 건강해. 춥긴 하지만…. 아직 가스가 안 나와. 석탄도 부족해. 어제 미군의 특별 배급이 있어서 코코아를 샀지만 우유도 탈지분유도 없는 데다 뜨거운 물을 끓이려 해도 불을 피울 수가 없어. 그래서 다 함께 안마당에 아궁이를 만들었어. 옛날처럼 조금씩 석탄과 목탄과 장작을 모아서 공동으로 써.

하지만 겨울을 날 수 있을지 걱정이야. 동네 노인들은 옛날 전쟁이 생각나는지 여기저기에 루타바가(순무의 일종)를 심어서 길러. 아무리 그래도 30년도 전 상태로 돌아가지는 않을 거라 생각하고 싶지만 우리 생사는 연합국님의 손짓 한 번에 달린 것도 사실이지.

정말로 베를린은 다시 일어날 수 있을까. 서쪽 세 나라와 동쪽 소련은 점점 더 서로를 적대시하고 있고 이대로는 갈가리 찢길 것 같단 예감을 떨칠 수 없네. 영국의 수상은 애틀리인가 하는 놈으로 바뀌었고, 어떻게 되려나.

배급품은 점점 줄어들어. 앞으로 기온이 빙점하가 되는 계절인데 방한구도 모포도 부족해. 연합국은 아직 중장비를 돌려주지 않았어. 추위로 잔해가 얼어붙어서 이제 포기했어.

아직 잔해는 치우지 못했고 음식도 부족하고 얼어붙은 양동이 물에 솔을 담가 도로에 들러붙어서 피 묻은 돌바닥을 닦는 매일이지만 어딘가에서 희망을 찾게 돼. 신기하지. 보잘것없는 삽으로 서리 내린 땅을 파내 공습으로 죽은 모친 옆에 전사한

형의 인식표를 묻고 이제 드디어 가족 모두를 묻었다며 기뻐하는 거야.

정말 못해 먹겠네.

우리는 앞으로 어떻게, 어디로 가는 걸까.

이 나라는 훨씬 전부터 침몰하는 배였어. 어디가 잘못되었는지, 어디서부터 끝이 시작되었는지 맨 처음 난 구멍을 찾아 돌아다녀도 아무도 똑 부러지게 대답할 수 없어. 전부가 끊김 없이 연결되어 있으니까.

하지만 우리는 의기양양하게, 어쩌면 두려움에 떨면서 배에 타 자신만만하게 새로운 국기를 휘날리는 선원들에게 노를 맡겼어.

선실에 여유를 만들기 위해 방해되는 승객을 바다에 버린다는 소문이 돌 때, 우리 승객들은 갑판으로 나가 어떤 상황인지 살필 수도 있었어. 하지만 자칫 자신이 바다에 버려질까 봐 무서워서 선실에 틀어박혀 이 배가 얼마나 아름다운지, 자신들이 훌륭한 승객인지 알려주는 이야기만 들으며 보냈어.

마침내 배는 폭풍우로 돌격해 바다는 거칠어지고 다른 배를 공격해 약탈하고, 휘몰아치는 폭풍우 속에서 함대는 점점 커졌어. 선장을 따르면 언젠가 바다는 잔잔하게 진정되고 밝은 세상으로 나갈 수 있으리라 믿으면서.

그러나 사방팔방에서 적이 들이닥치자 선장은 조타를 포기하고 시커먼 바다에 뛰어들어 말 없는 죽음의 나라로 도망쳐 버렸어. 돌아보니 선원도 승객도 수없이 죽어 나가 시체가 산더미였어.

남은 선원과 승객은 어쩔 줄 몰랐지. 적은 마침내 배를 대고 올라타서 멋대로 배를 움직이기 시작했어.

선장에게 버려져 침몰해 가는 배에서 키를 만지는 것도 허락되지 않은 채 승객은 망연자실해. 돛대를 쳐다보면 적이었던 나라의 깃발이 펄럭이고 자국의 국기는 바다에 떠다니지. 너는 이 배에서 무엇을 했지?

게다가 올라탄 놈들은 멋대로 서쪽으로 가라, 아니 동쪽이라며 키를 서로 빼앗아. 폭풍우는 가차 없고 배는 심하게 흔들려서 누구의 눈에나 금이 가기 시작한 게 보여.

다음은 누구를 선장으로 세우면 될까? 누구에게 키를 맡기면 될까? 누가 누구를 심판하고 자신들은 앞으로 어떤 국기를 걸면 되지?

상식 있는 선량한 사람들은 어딘가에 답이 있을 거라고, 모두가 납득할 정답이 있을 거라고 조용히 앉아서 주위를 눈여겨보지. 하지만 보이는 건 우왕좌왕하거나 뻔뻔하게 행동하거나 격노하거나 무모하게 덤비거나 영원히 나오지 않는 답에 괴로워하거나, 다시 말해 하나 다를 바 없이 평소와 똑같은 인간들의 모습밖에 없어.

마침내 모두가 깨닫지. 일일이 신경 쓰다가는 내가 버티지 못한다는 걸. 그러니까 눈앞에 있는 것, 손이 닿는 범위의 일만을 생각하며 살아가는 거야. 그러면 적어도 마음은 평온무사하니까.

배나 인간에게 난 상처는 절대로 사라지지 않아. 바다로 떠밀린 사람은 돌아오지 않아.

그러면 보지 않으면 돼. 전쟁은 그런 거니까, 일일이 보고 있으면 끝이 없으니까, 누구나 다들 남모르게 켕기는 데가 있으니까, 말을 꺼내면 끝이 없으니까 보지 않고 말하지 않아.

나는 그걸로 좋아. 하지만 너는 속이지 않고 한 걸음 앞으로 내디뎠어.

나는 고민하는 걸 잘 못해. 편한 방법만 고르며 살아왔지. 용기 따위 가질 필요 없는 인생을 보냈어. 그런데 너를 만나고 나서 나는 생각하고 싶지 않은 것을 계속 생각해.

아까 쓴 것도 그래. 크리스토프는 거기에 독이 든 줄 몰랐어? 아니면 알았어? 알면서 입에 넣었다면 자살이잖아. 그러면 의미가 달라져….

어떻게 하면 되지?

지금 책상 위에 뭐가 있을 것 같아? 내가 파이비시 카프카였던 시절 사진이야. 대니에게 부탁해서 얻었어. 이렇게 보니 부끄러울 정도로 점잔을 빼고 있군.

나는 죽지 않아. 무슨 일이 있든 살 거야. 하지만 계속 살아가려면 할 일이 있나 봐. 너랑 마찬가지로.

나는 이 사진을 들고 경찰서에 가려고 해. 내가 나치스의 프로파간다에 가담했다고 자수할 거야.

하지만 엄청나게 고민하고 있어. 사실 사진 옆에는 여권이 있어. 엘리가 밖으로 나가지 않겠냐고, 빌마의 맹렬한 반대를 무릅쓰고 말해줬어. 이 여권이 있으면 독일에서 나갈 수 있어. …그래, 그런 선택지도 있어.

경찰한테 가고 싶지 않아. 도망치고 싶어. 있잖아, 나는 어느 쪽을 선택해야 할까?

추신

얼마 전에 피프티스타스의 웨이트리스와 함께 네 집을 정리하러 갔더니 너를 찾아온 손님이 있었어. 화사하고 예쁜 여자랑 딱하게도 머리와 한쪽 팔에 붕대를 감은 안경 낀 남자였어. 남자는 자신이 호른이라고 했어. 조만간 네가 있는 병원으로 문병을 가겠대. 방울토마토 씨도 그가 줬어. 만났기를 바란다.

막간 V

아우구스테의 눈앞에는 병원에서 훔친 주사기와 면장갑, 부모에게 받은 청산가리 앰풀 그리고 콜게이트 치약이 있다.

방의 딱딱한 침대에 앉아 그것들을 한동안 노려보다가 천천히 일어나 장갑을 끼고 청산가리를 들었다. 액체의 양은 작은 앰풀의 1밀리리터도 되지 않는다.

유리 앰풀의 목을 뚝 꺾어 내용물을 주사기로 빨아들이고 뚜껑을 열어둔 콜게이트의 튜브 입구 바로 아래에 액체를 주입했다. 여분의 액체가 들어가는 바람에 튜브 입구에서 하얀 치약이 약간 넘쳐 종이봉투 안으로 뚝 떨어졌다. 아우구스테는 뚜껑을 닫고 손을 물과 비누로 꼼꼼히 닦고서 장갑과 앰풀, 종이 봉투를 포대에 담아 꼼꼼하게 묶고 병원의 열쇠 달린 쓰레기통에 '독극물'이라 적어서 버렸다.

한 주 지난 7월 8일 일요일, 아우구스테는 천으로 싼 독이 든 튜브를 들고 이른 아침에 포츠담 광장 암시장으로 갔다. 그리고 열 살 이하의 어린아이가 판매대를 보는 가게를 찾아 돌아다녔다.

길 끝에 아직 여덟 살쯤 되어 보이는 빨간 바지를 입은 소년이 있었다.

"나 대신 어떤 남자에게 이 치약을 팔아줘. 반드시 살 거야."

소년은 노골적으로 싫은 기색을 했지만 아우구스테가 케어 패키지에 든 런천미트 캔과 밀크초콜릿을 건네자 바로 승낙했다. 아우구스테는 머리에 손수건을 뒤집어써 얼굴을 숨기고 소년 옆에 앉아 크리스토프가 오기를 기다렸다.

크리스토프는 온다. 반드시 온다.

정오를 지나 태양이 중천에 뜬 오후, 크리스토프는 모습을 드러냈다.

그 순간 아우구스테의 귀에는 주변 소리가 아무것도 들리지 않았다. 크리스토프와 자신 이외의 모든 것이 세상에서 사라진 것 같았다. 이제 사냥감을 향해 그저 곧장 돌진하면 된다.

인파 속에서 머리 하나가 튀어나와 눈에 확 띄는 커다란 남자는 아우구스테의 예상대로 어린애가 가판대를 보는 가게만 돌았다. 그리고 30분쯤 지나자 마침내 눈앞에 다가왔다.

인상을 미리 일러둔 소년은 상당히 긴장한 목소리로 크리스토프에게 말을 걸었다.

"아저씨, 이거 어때요? 미, 미군에게 받은… 입수한 진짜 치약이에요. 꽤 오래 못 닦았죠? 이빨."

크리스토프는 생긋, 프레데리카의 말대로 상냥하게 생긋 소년에게 미소 지었다.

"그거 좋군. 꼬마는 필요 없니?"

"흥, 나는 양치 따위 싫어요. 음, 20마르크 어때요?"

크리스토프가 지갑을 꺼내려던 그때, 아우구스테는 자신의 의사와 반대로 손을 뻗었다. 그대로 치약을 크리스토프의 손에서 빼앗는다. 소년은 놀라서 "왜 그러는 거야!"라며 항의했지만 가장 놀란 사람은 아우구스테 본인이었다.

어째서 끼어들었지? 지금이 최대의 기회였는데! 하지만 이제 돌이킬 수 없다. 아우구스테는 어지럼증을 참으면서 고개를 들었다.

"크리스토프 씨. 저를 기억하세요?"

그렇게 말하며 머리에 쓴 손수건을 벗었다. 자신보다 훨씬 키가 크고 훨씬 나이가 많은 크리스토프가 나를 내려다보았다.

"아, 너로구나."

기억에 남은 인상에서 하나도 변하지 않은 유리구슬 같은 눈동자다. 달리 무슨 말을 듣고 싶었던 걸까. 대체 어떤 반응이 돌아오리라 기대한 걸까. 현실은 상상처럼 즐겁지도 극적이지도 않다. 말하지 않으면, 손을 움직이지 않으면, 하나도 움직이지 않는다. 아우구스테는 자신을 멈추려는 망설임을 밀어내고 떨리는 다리로 한 걸음 앞으로 나아갔다.

"용건이 있어요. 이쪽으로 오세요."

아우구스테는 크리스토프를 데리고 포츠담 광장의 인기척 없는 구석으로 향했다. 교차로 한가운데에서는 소련군 여성 병사가 깃발을 위아래로 흔들며 교통을 정리했다. 두 사람은 교차로를 왼쪽으로 돌아 사람이 적은 폐허 앞에서 멈추어 섰다.

"크리스토프 씨. 당신이 이다를 죽였죠."

서론도 인사도 없이 단도직입으로 묻자 크리스토프는 부정도 긍정도 하지 않고 슬픈 눈동자를 아우구스테에게 향했다.

"다시 한번 물을게요. 당신이 아이들을 죽였죠. 17년 전부터, 어쩌면 그보다 전부터… 왜 그랬어요?"

전혀 어울리지 않는다고 아우구스테는 생각했다. 패전 따위 관계없이, 폐허가 가득해도 상관없이, 많은 사람이 전쟁이 끝난 것을 기뻐하고 살아남은 것을 축하하고 푸른 하늘 아래 생명을 구가했다.

하지만 아직 전쟁은 끝나지 않았다. 아직 이곳에 있다. 나와 이 남자 사이에는 전쟁과 동등한 증오가 가로놓였다.

"당신은 죄 없는 아이들을 살해했어. 경찰이 상대하지 않을 만큼 가난한 아이나, 등화관제로 혼잡한 틈을 타거나, 숨어 지내니까 언제 영양실조나 병으로 죽어도 이상하지 않은 아이를 골라서 죽였어. 그것도 비소로 조금씩 시간을 들여서…. 그걸 충동이라고 할 거야? 아니. 당신은 머리를 써서 계획대로 살해했어!"

만약 그가 쿠르퓌르스텐담에서 가난한 아이들을 죽이지 않았다면, 상복을 입은 여자의 아이들은 건강하게 성장하고 그녀의 인생도 달라졌을지도 모른다. 그랬다면 억울한 죄를 뒤집어쓴 남자를 미워할 일도 없고 내 아버지를 밀고하지 않았을 수도 있다.

무엇보다도 이다. 기젤라도 이웃의 베텔하임 일가도 구하지 못한 아우구스테가 발견한 소녀. 그 아이를 구함으로써 내가 구원받았다. 장미의 팻말, 어둠 속에서 빛나는 부모님의 토템이었다.

그것을 이 남자가 빼앗아 갔다.

지금 당장 철퇴를 내려야 한다. 살아 있으면 앞으로도 아이들을 죽일지도 모른다. 나는 이미 한 사람을 죽였다. 나를 능욕한 소련군 병사를 죽였다. 전쟁이었으니까. 죽이지 않으면 당한다.

하지만 아우구스테는 주저했다.

아아, 나는 모르겠어. 나는 모르겠어. 모르겠어. 하나도.

아우구스테는 오른손을 크리스토프에게 내밀었다. 손바닥에는 꽉 쥔 탓에 미지근해진 빨간 튜브 치약이 놓여 있다.

온화한 표정을 지은 채 고개를 갸웃하는 크리스토프에게 아우구스테가 말했다.

"…이 안에는 청산가리가 들어 있어요. 사실은 덫을 놓으려고 했죠. 나는 당신을 증오합니다. 그래서 아무 말도 하지 않고 이걸 쓰게 해서 당신을 죽일 생각이었어요. 하지만… 못 하겠어요. 그러니까 가르쳐드릴게요. 이 치약을 쓰면 죽어요."

작고 하얀 손바닥에 그림자가 겹친다. 크리스토프의 커다란 손바닥이 튜브를 집었다.

"알겠다."

크리스토프는 독이 든 치약을 바지 주머니에 집어넣더니 아우구스테에게 등을 돌리고 여름 햇살이 환히 비추는 소란함 속으로 사라졌다.

곤죽이 된 무거운 몸을 끌고 아우구스테는 온켈톰스휘테의 집합주택으로 돌아와 침대에 엎드렸다. 신발을 신은 채 꿈도 꾸지 않고 깊고 깊은 잠에 빠졌다. 꿈속에서 크리스토프가 빨간 치약을 써서 낯선 아이를 죽이고, 아우구스테는 벌떡 일어났다.

창밖에는 석양이 지고 있어 주변이 피처럼 붉게 물들었다. 멍한 머리로 바로 옆에서 들려오는 소리를 들었다. 누가 현관문을 두드리는 소리다.

"니켈 씨, 당신 앞으로 소포가 왔어요."

아우구스테는 비틀거리면서 방을 가로질러 문을 열었다. 관리인이다. 집을 비운 사이 짐을 맡았다가 전해주러 왔다고 한다. 소포는 종이봉투를 끈으로 묶은 평평하고 딱딱한 물건으로 음식은 아닌 것 같았다.

아우구스테는 감사를 전하고 방으로 돌아와 침대에 앉아 포장지의 끈을 풀었다. 종이봉투에서 엽서가 팔랑팔랑 떨어졌다.

'네 주소를 찾는 데 꽤 고생했지만 잘 지내서 다행이야. 잊었을지도 모르지만 소중한 물건을 보낼게. 그리고 좋은 소식이 있어. 얼마 뒤에 또 올 테니까 여기서 기다려. 안녕.'

같은 집합주택에 살던 멋쟁이 여성이 분명하다. 여전히 이름이 적혀 있지 않지만 필치로 알았다.

대체 뭘 보내준 걸까? 아우구스테는 종이봉투에 손을 집어넣어 만진 순간 앗 하고 작게 외쳤다.

이 두께, 이 촉감, 잊을 리 없다.

아우구스테는 천천히 안에 든 물건을 종이봉투에서 꺼냈다.

한 권의 책. 그리운 노란색 책이다.

그날 도저히 이 책만큼은 버리지 못하고 호른 씨 집 문 아래로 집어넣었다. 호른 씨는 그것을 지켜주었다.

온갖 감정이 아우구스테의 마음에 왈칵 밀려들었다.

책장을 넘긴다. 어릴 적에 쓴 서툰 번역문이 그대로 남아 있다. 먹으면서 읽다가 떨어뜨린 음식 얼룩, 읽다 만 책장 모서리를 접은 귀퉁이. 자유의 상징이었던 책. 가족의 목소리, 이웃의 목소리. 따사로운 온기.

창밖은 조용하고 폭탄은 더 이상 떨어지지 않는다. 살아남기 위해 참고 견디거나 마음속 깊은 곳에 감춘 용기를 애써 일으켜 죽기 살기로 달릴 필요도 없다.

자유다.

이제 어디든 갈 수 있다. 무엇이든 읽을 수 있다. 어떤 말이든….

잃어버렸다고 생각한 빛이 불현듯 아우구스테의 마음에 비쳐 들었다. 그리고 그 빛은 지금의 아우구스테에게는 새하얗고 눈부셨다.

◆ 참고 문헌 ◆

이 책을 집필하며 여기에 적은 서적 외에 많은 문헌, 영상 자료, 웹 사이트를 참고하였습니다. 전문 연구자, 아마추어 연구자, 번역가가 매일 치밀한 탐구에 몰두한 덕택에 이 책을 집필할 수 있었습니다. 체험으로 엮어낸 뛰어난 작품들도 길잡이가 되었습니다. 이 자리를 빌려 깊이 감사를 드립니다. 또한 이 책 안에 오류가 있다면 참고 자료와 관계없이 모두 작가의 책임임을 여기에 적습니다.

- 로저 무어하우스, 《전시의 베를린: 공습과 궁핍한 생활 1939-45》, 다카기 스스무 옮김, 하쿠스이샤.
- 데틀레프 포이케르트, 《나치 시대의 일상사》, 김학이 옮김, 개마고원, 2003.
- 라울 힐베르크, 《홀로코스트 유럽 유대인의 파괴》(1, 2), 김학이 옮김, 개마고원, 2008.
- 앤터니 비버, 《베를린 함락 1945》, 가와카미 다케시 옮김, 하쿠스이샤.
- 저자 미상, 《베를린 종전일기: 어느 여성의 기록》, 야마모토 고지 옮김, 하쿠스이샤.
- 아돌프 히틀러, 《나의 투쟁》.
- 클라우스 크라이마이어, 《우파 이야기: 어느 영화 콘체른의 역사》, 히라타 다쓰지 외 공역, 조에이샤.
- 외르크 프리드리히, 《독일을 불태운 전략폭격 1940-1945》, 가쓰키 에리 옮김, 미스즈쇼보.

- 리처드 베셀, 《나치스의 전쟁 1918-1949》, 오야마 쇼 옮김, 주코신서.
- 괴츠 알리, 《암흑 속에서 마리온 자무엘의 짧은 생애 1931-1943》, 와시노스 유미코 옮김, 산슈샤.
- 린 H. 니콜라스, 《나치즘에 사로잡힌 아이들: 인종주의가 짓밟은 유럽과 가족》 (상, 하), 와카바야시 미사치 옮김, 하쿠스이샤.
- 앤드루 나고르스키, 《히틀러랜드 나치의 대두를 목격한 사람들》, 기타무라 교코 옮김, 하쿠스이샤.
- 브룬힐데 폼젤, 《어느 독일인의 삶》, 박종대 옮김, 열린책들, 2018.
- 죙케 나이첼, 하랄트 벨처, 《나치의 병사들》, 김태희 옮김, 민음사, 2015.
- 이시다 유지, 《히틀러와 나치 독일》, 고단샤.
- 다카다 히로유키, 《히틀러 연설의 진실》, 심정명 옮김, 바다출판사, 2015년.
- 시바 겐스케, 《홀로코스트: 나치스에 의한 유대인 대량 살육의 전모》, 주코신서.
- 히라타 다쓰지, 《베를린 역사의 여행》, 오사카대학출판회.
- 히라야마 레이지, 〈우리를 도와준 베를린 아이들 – 유대인을 구한 사람들 (10)〉, 《인문연구 기요 제86호》, 주오대학인문학과 연구소.
- 나가마쓰 사카에, 《(도설) 도시와 건축의 근대: 전근대의 도시 개조》, 가쿠게이 출판사.
- 다케이 아야카, 《전후 독일의 유대인》, 하쿠스이샤.
- 다노 다이스케, 《사랑과 욕망의 나치즘》, 고단샤.
- 캐서린 메리데일, 《이반의 전쟁 1939-45》, 마쓰시마 요시히코 옮김, 하쿠스이샤.
- 스베틀라나 알렉시예비치, 《전쟁은 여자의 얼굴을 하지 않았다》, 박은정 옮김, 문학동네, 2015.
- 엘레나 르조프스카야, 《히틀러의 최후: 소련군 여성 통역가의 회상》, 마쓰모토 유키시게 옮김, 하쿠스이샤.
- J. K. 자워드니, 《사라진 장교들: 카틴 숲 학살 사건》, 나카노 고로, 아사쿠라 가즈코 옮김, 미스즈쇼보.
- 크리스토퍼 앤드루, 오레크 고르조프스키, 《KGB의 내막 레닌부터 고르바초프까지의 대외공작 역사》(상, 하), 후쿠시마 마사미쓰 옮김, 분게이슌주.
- Stiftung Topographie des Terrors, 《1945 Deutschland die letzten kriegsmonate》.
- Stiftung Topographie des Terrors, 《BERLIN BETWEEN PROPAGANDA AND TERROR》.

- Stiftung Topographie des Terrors, 《BERLIN 1945 Eine Dokumentation》.
- Michael Sobotta Sutton Archlv, 《Berlin in frühen Farbfotografien 1936 bis 1943》.
- Philippe Rio histoire&collections, 《The Soviet Soldier of World War Two》.

[지도 등]
- PHARUS-PLAN BERLIN 1944
- Otto Kohtz UFA, Tonfilmatelier Tu Berlin Architektrumuseum,Inv.
- Studio map Studio Babelsberg.com

[영상]
- Berlin and Potsdam 1945 – aftermath BERLIN CHANNEL
- Nazi Germany 1936-1945(in color and HD) chronoshistory
- BS세계 다큐멘터리 〈애프터 히틀러〉 전후 편, 원제 〈After Hitler〉, 제작 CINÉTÉVÉ, 프랑스, 2016.
- NHK스페셜 《영상의 세기》, 제4화 〈히틀러의 야망〉, 제5화 〈세계는 지옥을 보았다〉, 제7화 〈승자의 세계 분할〉.

[웹사이트]
- 동굴수도원, 러시아사, 소련군 자료실, 병사들과의 대화.
  http://www.geocities.co.jp/SilkRoad/5870/beseda.html
- DP Camp in Europe
  http://www.dpcamps.org/dpcampseurope.html
- UNITED STATES HOLOCAUST MEMORIAL MUSEUM
  http://www.ushmm.org/
- Vom Roten Kreuz zum Hakenkreuz von Steffi Pyanoe(Der Tagesspiegel Potsdam)
  http://www.pnn.de/potsdam/1076629/

[소설]
- 피에르 프라이, 《점령도시 베를린, 희생자들도 꿈을 꾼다》, 아사이 쇼코 옮김, 나가사키출판.

- 클라우스 코르돈, 《베를린 1945》, 사카요리 신이치 옮김, 리론샤.
- 한스 팔라다, 《누구나 홀로 죽는다》, 이수연 옮김, 씨네21북스, 2013.
- 조지프 캐넌, 《안녕, 베를린》, 시부야 마사코 옮김, 하야카와쇼보.
- 사토 아키, 《스윙하지 않으면 의미가 없다》, 카도카와.
- 미나가와 히로코, 《쌍두의 비빌론》, 도쿄소겐샤.

무죄의 여름

1판 1쇄 인쇄 2022년 3월 10일
1판 1쇄 발행 2022년 3월 24일

지은이 후카미도리 나와키
옮긴이 추지나

발행인 양원석 **편집장** 김건희
디자인 정세화, 김미선 **영업마케팅** 조아라, 김보미, 신예은, 이지원

펴낸 곳 ㈜알에이치코리아
주소 서울시 금천구 가산디지털2로 53, 20층 (가산동, 한라시그마밸리)
편집문의 02-6443-8902   **도서문의** 02-6443-8800
홈페이지 http://rhk.co.kr
등록 2004년 1월 15일 제2-3726호

ISBN 978-89-255-7867-5 (03830)